몽몽롱

몽몽롱

1판 1쇄 찍음 2016년 9월 7일
1판 1쇄 펴냄 2016년 9월 19일

지은이 | 밀혜혜
펴낸이 | 정 필
펴낸곳 | (주)뿔미디어

기획 · 편집 | 박경희, 김수정

출판등록 | 2002년 9월 11일 (제1081-1-132호)
주소 | 경기도 부천시 원미구 소향로 17, 303(두성프라자)
전화 | 032)651-6513 / 팩스 032)651-6094
E-mail | scarlets2012@hanmail.net
블로그 | http://blog.naver.com/dahyangs
홈페이지 | http://bbulmedia.com

값 9,800원

ISBN 979-11-315-7369-3 03810

몽몽롱

밀혜혜 장편 소설

SCARLET
ROMANCE
STORY

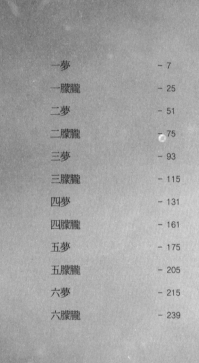

중세 이후, 연성진을 사용하는 연금술은
거의 맥이 끊겼다.

一夢

아직 포기하지 못했구나.

너를 향한 음성이 목 언저리까지 차오르자, 자조적인 독백이 고개를 내밀었다. 이게 현실일 리 없다는 옅은 냉소는 금방 나를 꿈에서 깨어나게 만들었다. 그래, 내가 찾을 너는 없다. 그런 너는 내게 오지 않는다. 절대로 올 수 없다. 그것을 자각한 순간에 세상은 검게 물들었고, 꿈은 몽환적인 낭만에 취해 가던 나를 내쫓았다.

나는 갈망을 뱉어 내지 못하게 목을 틀어막았다. 그러나 목은 한 템포 늦게 명령에 반응해 그 이름을 뱉어 냈다. 입에서 나온 목소리가 귀를 타고 흘러 들어갔다. 고막의 떨림이 사고를 진동시켰다. 더 깊은 어둠에 닿은 나는 현실로 버려졌다.

"아…… 아, 밀아."

열락에 젖어 눈을 떴다. 짙은 어둠보다는 차라리 밝은 아침 햇

살이 나를 맞아 주길 기대했다. 언제나 그러했듯이 기대는 나를 배신했다. 눈에 보인 건 아쉽게도 검은 천장이었다. 열기가 갑갑해 이불을 걷어 내자 땀이 식으며 오한이 났다. 몸이 금방 차게 식었다. 성욕의 잔재는 흔적도 없이 사라졌다. 욕망이 떠나간 자리에는 자기혐오와 멸시, 죄악에 대한 두려움만이 남았다. 나는 다시 이불을 끌어와 차가운 공기를 막는 방어막을 만들었다. 머릿속으로도 높은 벽을 쳤다.

상상이 범죄는 아니야.

하지만 공고하지 않게 쌓아진 벽은 금방 허물어졌다. 나는 역겨운 변명에 진저리 치며 내게 답했다. 그런 합리화가 필요하기에 더욱 구역질이 나오는 상황인 거라고.

몽정의 늪에서 뛰쳐나온 대뇌는 모든 판단을 내리고 나를 비웃을 준비를 마쳤다. 당장 어젯밤까지만 해도 성적인 부분에 관해서는 완전히 해탈했다고 생각했다. 그러니 이제는 오직 너를 향한 더러운 망상들만 걷어 내면 된다고 생각했다. 그렇게 믿고 싶었다. 나는 이제 그렇게까지 어리지 않으니 괜찮을 수도 있겠다 싶었다. 그런데도 몸이 아직은 젊다고 시위하는 건가 싶어 웃음이 나왔다. 하지만 진짜 소리를 내어 크게 웃진 않았다.

테이블 위의 손목시계를 들어 네 시가 조금 넘은 시간임을 확인했다. 밤은 아직 깊었다. 나는 눈을 감고 다시 잠에 빠져야 한다고 주문을 걸었다. 그러나 시간이 지날수록 정신은 또렷해졌다.

갈수록 선명해지기만 하는 장면들이 쓰나미처럼 밀려와 나를 상처 입힌다. 아무리 벗어나려 해도 결국 이렇게 무너져 내린다. 너는 관심조차 없으리라는 걸 안다. 사랑을 바라지 않는다 말할 것이다. 너는 무심한 표정으로, 차가운 말투로, 끔찍하고 역겹다는 듯이 나를 바라보겠지. 불타는 연정을 알아 달라 오열하고 싶지 않다. 그럴 배짱도, 자격도, 용기도, 무엇도 없다.

새벽이 지나가고 아침이 찾아오면 무슨 일 있었냐는 듯이 태연한 얼굴로 너를 맞을 것이다. 그것도 아니면, 너를 마주하기도 전에 내가 먼저 이 공간을 벗어나겠지. 아무 일도 없었던 척하려 애쓸 이유도 없다. 애초에 처음부터 아무 일도 없었으니까. 그냥 평범하게, 아주 자연스럽게 행동하면 된다.

스쳐 지나가는 사람보다 낫다. 적어도 너는 나를 그저 스쳐 지나가는 수많은 남자 중 하나로 만들지는 못할 것이다. 나는 가면을 쓰고, 그런 너의 곁에서, 너를 감히 머릿속에서 범하는 죄를 맨정신에, 잠결에 취해, 꿈속에서 저지르면서 스스로를 학대하겠다. 남는 것은 나의 상처뿐일 테니 그를 형벌로 생각해 부디 나를 용서해 주길 바란다. 너는 끝까지 그 감정을 모르겠지만.

속이 뒤집어지는 느낌에 상체를 급히 일으켜 목을 움켜쥐었다. 위액을 쏟아 내진 않았다. 하지만 식도가 타들어 가는 느낌에 목에서 손을 떼지 않은 채로 다시 누웠다. 만성적인 스트레스성 위염은 놀랍지도 않다. 의사를 찾아가 진단을 받을 필요도 없었다. 무엇 때문에 이런 증상을 달고 살아가는지 듣는 것도 지겨웠다.

그렇게 살아왔듯이, 그렇게 살아갈 것이다. 그렇게 살아가는 중이다. 앞으로도 계속 그럴 것이다. 네가 전부인 나의 세상에서, 너란 사람이 내게 아무 영향을 주지 않는 것처럼 살아갈 것이다. 썩어 가는 심장을 감추고, 차오르는 감정을 삼켜 내면서, 그렇게 하루하루 죽어 갈 것이다.

❖

9년 전 그날을 기억한다. 선명한 기억은 어느 화랑에서부터 시작된다. 내 시야는 형체를 알 수 없는 도형들에 의해 점령되고 있었다. 현대미술의 난해함을 보며 내가 읽어 낼 수 있던 것은 그 색채뿐이었다. 내 눈에 담겼던 캔버스 위의 색채들이 시각적 황홀경을 선사했기에 그 순간을 또렷하게 기억하는 것은 아니다. 그날의 일을 또렷하게 기억하는 건 순전히 그다음에 일어난 사건 때문이다. 그 사건은 옆 전시실에서 전화를 하고 있던 한 사람과 관련이 깊었다.

"그러니까 그 망할…… 법적인 것만?"

통화를 하는 한 사람의 음성이 들렸다. 그녀는 내게 통화 내용을 들려주고 싶지 않아서 옆 전시실로 갔지만, 유감스럽게도 그녀가 말하는 내용은 대단히 또렷하게 들렸다.

"나는 문서로만 받았다고! 그냥 비서실에서 찾아온 남자가 던지고 갔단 말이야!"

나는 소음의 진원지를 힐끗 보았다. 여성의 목소리치고는 파장이 길었다. 그래서 그녀가 건너편의 상대에게 진상을 부리고 있다는 느낌이 들지 않았다. 화를 내는 모습마저도 프로페셔널하게 보였다.

그녀와 눈이 마주쳤다. 나는 내가 괜한 참견을 했나 싶은 생각에 미안하다는 말을 입 모양으로 전하려고 했다. 그러나 이어진 그녀의 행동에 나는 그냥 입을 닫아야 했다.

그녀는 나의 시선을 그대로 받아 내면서 자신이 입고 있던 셔츠의 단추를 풀기 시작했다. 그녀의 입에 미소가 걸렸다. 방금 전까지 화를 내고 있던 사람이 할 법한 짓은 아니었다. 그녀는 그런 사람이었다. 나는 시선을 돌리지 않았다. 남자의 시선을 기대하는 여자를 외면하는 것은 예의가 아니라고 생각했다. 조잡한 신념이었다.

그녀의 대담함을 좋아했다. 마흔이 넘은 나이에도 과감한 것을 존경해야 할지, 마흔이 넘은 여자들은 대개 그런 편인 건지는 여전히 모르겠다. 그녀 이전에도, 이후에도 마흔을 넘긴 여자와 관계를 가진 경험이 없으니 일반화는 어렵다.

그 상황에서도 통화는 멈춰지지 않았다. 그녀는 그녀가 서 있는 전시실과 내가 서 있는 전시실을 연결하는 문 앞까지 구두 소리를 내며 걸어왔다. 짙은 미소를 입에 건 여자는 문을 닫았다. 나는 그제야 시선을 다시 작품 쪽으로 돌렸다.

대개 눈에 담기는 것들의 색채는 붉었다. 카펫은 보라색이었다. 오디오에서 나오는 첼로 선율이 외설적이었던 것이 기억난다. 포스트모던의 정신이 섞여 있는지, 질척한 효과음이 중간중간에 쏟아졌다. 뭔가 찔꺽대는 소리였다. 야한 상상을 부추긴다고 생각했다.

그때는 남자란 원래 머리 안에 좆질밖에는 들어 있지 않은 동물이라는 주위 쓰레기들의 주장에 의심 없이 고개를 끄덕이곤 했다. 키나 얼굴이나 두둑한 지갑보다도 가장 자랑스러운 건 동양인 사이즈로 나온 콘돔이 맞지 않는다는 것이었다. 상상은 그렇게 잠시 감상으로부터 멀어졌다.

시간이 흘러갈수록 해괴한 상념은 옅어지고, 시계를 점령한 작품만을 멍하니 보게 되었다. 빛이 프리즘을 만나 넓게 펼쳐졌다. 방 안의 빛은 잘게 부서지고 있었다. 절단될 수 없을 거라 믿었던 것들이 조각조각 잘려 나가는 중이었다. 가시광선의 영역은 나뉘고 나뉘어 파동을 헤집고 질주했다.

그때 나 역시 금방 그렇게 수없이 많은 갈래로 찢길 것이라는 걸 알고 있었다면 좋았을까. 하지만 나는 스스로를 그저 하나의 단일한, 또한 견고한 백색광으로 여겼다. 그 시절의 나는 지나치게 오만했다. 서서히 해가 저물어 가는 늦은 오후는 빛을 먹기 시작했다. 프리즘이 부수어 버릴 것들이 점점 사라져 갔다.

"어때? 마음에 들어?"

뒤에 와 있는 것을 몰랐다. 옷은 다시 깔끔하게 정돈되어 있었다. 그 아래에 무엇이 있는지 알았다. 분명 완전히 젊은 여자란 생각이 들진 않았다. 하지만 아름다웠다. 눈이 부셔서 견딜 수 없는 정도는 아니지만, 존경과 애정을 담아 그녀를 보고는 했다. 나는 그녀처럼 성공한 여자에게 젊은 남자를 완전히 지배할 권리를 주고 싶다고 생각했다.

"잘은 모르겠지만, 아마?"

"흠. 그럼 판단이 설 때까지 보고 있어. 난 갈 테니까."

대화가 짧게 이어졌다. 그녀는 금방 내게 작별의 말을 뱉었다. 심지어 시선을 내게 주지도 않은 채였다. 나는 작게 투정을 부려 봤다.

"……싫어."

그녀는 나를 보며 작게 한숨을 쉬었다. 서로가 연기라는 걸 알았다. 하지만 대부분의 남녀 관계라는 게 다 그런 것이다. 그녀는 내게로 다가와 내 머리를 헝클어뜨렸다. 우린 작위적인 웃음을 주고받았다.

"떼쓰지 마. 우리 딸이 밖에서 기다린다고 했어."

그녀가 셔츠 깃을 당겼다. 눈높이가 맞추어졌다. 돌아온 답에 나는 눈을 살짝 크게 떴다. 이건 신선한 소재라 놀라웠다. 얼굴에 드러난 놀람은 진짜였다. 딸이 있다는 걸 알고는 있었지만 그녀와 나 사이에 그 소녀의 존재가 끼어든 적은 단 한 번도 없었다.

하지만 그녀는 내 생각 따위 안중에도 없다는 듯 짧은 키스를 마치고, 립스틱을 꺼내 화장을 고치고, 머리를 약간 매만졌다. 그녀는 물 흐르듯이 준비를 마치고, 갤러리의 문손잡이를 잡고, 돌리고, 나갔다.

탁.

문이 닫혔다. 나는 호기심을 참지 못하고 창문 곁으로 다가갔다. 밖에서 기다린다는 것이 정말 나와 있었던 갤러리 바로 밖에서 기다린다는 뜻일까 궁금했다. 보통의 엄마라면 딸을 자신이 데이트 같은 것을 하는 공간 밖에서 기다리게 하지는 않았겠지만, 그녀는 좀 달랐다. 그녀가 일반적인 40대 여성이었다면 화랑에서 20대 남자인 나와 그런 식으로 시간을 보내고 발걸음을 돌리지도 않았을 것이었다.

내 예상은 적중했다. 소녀가 있었다.

그 자리에, 네가 있었다.

그 순간 필연적 운명에 휩쓸렸다고 말한다면, 그건 내가 쓰레기라는 걸 스스로 시인하는 꼴이다.

그래, 나는 쓰레기였다.

여전히 그렇다.

대체 그 순간에 무슨 일이 일어난 건지는 지금도 모르겠다. 그걸 알고 있었으면 개 같은 일들이 그 이후에 연속적으로 벌어지게 두지 않았겠지.

그냥 직감적으로 알았다. 무표정하게 가만히 있는 소녀를 보았을 때, 내가 저 소녀를 언젠가 여자로 느끼게 되는 순간, 완전히 그녀에게 미치게 되리란 걸 직감했다. 그것은 첫눈에 반한다는 것과는 미묘하게 다른 감각이었다. 그때 그만두었어야 했다. 모든 소꿉놀이를 멈추고, 돌이킬 수 없는 강을 건너지 말았어야 했다.

하지만 나는 사랑을 믿지 않았다. 모든 저울질을 미루고 내 전부를 바칠 가치가 있는 무언가가 존재할 리가 없다 생각했다. 그래서 나의 피를 진동시키는 그 낯선 충동을 애써 모른 척했다. 짧은 인생이지만 나름대로 열심히 지켜 온 철학을 수정하지 않으려던 나의 고지식함이, 결국 나를 파멸로 이끌게 된 것이다.

너는 그때 교복을 입은 소녀였다. 나는 네가, 어렸을 때 아버지를 여의고 돈 많은 집안의 외동딸로 자라서, 게다가 갑자기 피가 반만 섞인 어린 동생이 생기는 이상한 가정사를 겪어서, 또 전혀 가정적이지 않은 어머니 밑에서 자라서 매우 반항적인 사춘기 시절을 보내고 있을 거라 어림짐작했다. 하지만 네 몸에는 차분함이 잔뜩 감겨 있었다. 지나칠 정도로 너는 무신경해 보였다.

무표정한 그 얼굴에, 어떤 감정이 입혀지는지 궁금했다. 너의 말을 듣고, 너의 손길을 느끼며 네게 완전무결하게 사로잡히고 싶다는 피학적인 욕망이 나를 충동질했다. 내 쪽을 한 번만 봐 주길 바라면서도, 이 괴상한 몰골을 네가 보게 될지도 모른다는 사실이 두려웠다. 지배에 대한 갈증과 갈망이 시작됨과 동시에, 나는 이미 소녀에게 지배당하고 있었다. 출구가 없는 예속 상태에 놓였다는 걸 빠르게 인정했어야 했다.

주차장을 빠져나온 검은색 BMW가 소녀의 옆에 와서 멈추었다. 소녀가 차에 탔다. 그리고 차는 출발했다. 멀어져 가는 차를 지켜

봤다. 그것이 무엇보다 파괴적이었던 사건이었다. 그 순간이 내게 남았다. 시간이 지날수록 색채는 또렷해지고 짙어지기만 한다.

❦

나는 내가 개자식이라고 생각하기는 했지만, 분리수거도 안 되는 쓰레기라고 생각하지는 않았다. 내 주위에는 정말로 답 없는 쓰레기 같은 녀석들이 한가득이라, 나는 으레 남자들이 그러하듯이 '그래도 저 새끼들에 비해서는 내가 낫다' 는 식으로 나의 악행들을 정당화하고는 했다.

나는 내 주위의 쓰레기들처럼 여자들에게 성적인 수치심을 유발할 수 있을 법한 농담들을 버릇처럼 던지지도 않았고, 클럽 바텐더에게 돈을 꽂아 주며 모히또나 마티니에 이상한 약물을 타게 만들지도 않았다. 그렇게 해롱해롱해진 여자를 골뱅이라 부르며 강간하지도 않았고, 작은 카메라를 모텔 어딘가에 숨겨 두는 짓도 한 적 없다.

하지만 분명 나는 착한 자식은 아니었다. 열등감으로 떡칠이 된 검은 공포와, 알렉산더가 칼로 끊어 낸 매듭보다도 복잡하게 얽힌 인간에 대한 두려움이 내 안에 자리했다.

초등학생 때의 난 내가 반항할 때마다 나를 구타하던 박준중 원장을 두려워했다. 중학생 때 시설을 뛰쳐나온 다음부터는 고작 몇 년 먼저 태어났다는 이유로 권력을 휘두르는 선배라는 인간들을 경멸하면서도 무서워했다. 스무 살 때에는 내가 사배자 전형으로 명문대생 타이틀을 얻었단 걸 다른 사람들이 알게 되는 것을 싫어하면서도, 동시에 그런 시선을 신경 쓰는 나를 끔찍하게 바라봤다.

서열 놀이와 갑질을 누구보다 선명하게 읽어 내던 나는, 나를 포함한 인간 전반에 대한 불신과 역겨움, 혐오에 시달리며 어떻게든 더 높은 곳으로 나를 올려 줄 동아줄을 찾아 헤맸다. 그렇게 대학을 졸업하고, 시설에 5년 이상 있었다는 이유로 얻어진 군면세 때문에 남들보다 빨리 그럴싸한 명함을 가진 사회 초년생이 되었다. 나는 겉으로 보기에는 미래가 창창한 여의도 증권가의 루키였을 것이다. 물론 실상은 전혀 그렇지 않았다.

그때 그녀를 만났다. 나는 사다리에 오를 준비가 되어 있었다. 주위 쓰레기들이 혼테크라고 부르며 낄낄대는 입을 막고, 그녀가 제안하는 젊음과 돈의 맞교환을 받아들였다. 소녀의 어머니는 내 젊음을 원했고, 나는 돈이 필요했다. 실적에 대한 압박에 매일 시달리면서 뼈 빠지게 죽어라 일을 해 봤자 강남에 건물 하나 사지도 못할 인생을 정신 승리 하면서 살아가기엔, 내가 너무 영악했다.

게다가 내가 하려고 했던 짓은 결혼 사기가 아니었다. 우리는 서로가 서로에게 무엇을 원하는지 정확하게 알고 있었다. 돈과 섹스의 절묘한 교환은 인류의 역사 모든 곳에 스며들어 있다. 내가 거기에 케이스를 하나 더 추가했다고 해서 달라질 것도 없었다. 대외적으로는 그녀의 선택을 사랑이라 포장해 냈다.

우리 사이에 자리했던, 미묘한 문제들은 애써 모른 척했다. 그녀는 대한민국 최고 재벌가의 며느리였던 사람이라, 제대로 설명도 해 주지 않으면서 내게 많은 문서들에 서명을 하게 만들었다. 그 서명을 해야 하는 이유들 하나하나를 나는 묻지 않았다. 내가 설명을 제대로 들은 서류는 하나뿐이었다. 그녀는 내가 그녀의 죽음에 기여한 바가 없다는 게 증명되었을 때에만 자신의 유산을 받을 수 있을 거라고 내게 속삭였다.

'겸아. 우리 사이엔 이런 긴장이 필요해, 그지?'
'글쎄.'
'치정 살인의 승자가 되고 싶으면 머리를 한번 잘 굴려 봐.
영화처럼 끝나는 인생은 나쁘지 않은 것 같아.'

그녀는 이상한 부분에서도 위트가 넘치는 당당한 사람이었다.
그녀가 자신감을 잃어버리는 건 단 한 사람 앞에서밖에는 없었다.
심지어 그 남자가 그녀의 결혼이 그가 사는 반도에서 이루어지길
원치 않는다는 이유 때문에, 결혼식은 한국 밖에서 진행되었다. 게
다가, 같은 이유로, 나와 그녀의 결혼이 갖가지 신문의 헤드라인을
장식했음에도 혼인신고는 제대로 이루어지지 않았다.

그건 별로 큰 문제가 아니었다. 우리가 부부가 되었다는 것을
모르는 사람도 없었고, 비싼 차를 몰고 비싼 집에서 비싼 음식을
먹으며 살게 되었으니 다른 문제는 차차 생각하고 싶었다. 부부 사
이의 살인에 관한 그녀의 농담을 웃으며 받아 주기는 했지만, 그녀
를 죽이고 유산을 챙겨야겠다는 계획 같은 건 없었다. 그냥 비싼
인생이 그대로 유지되기만을 바랐다.

길바닥에서 굴러다니던 어린 시절에 비하면 더할 나위 없이 나
아진 상태였다. 애써 그녀와 미지의 남자 사이의 관계를 캐내려고
하면서 내 무덤을 내가 파고 싶지는 않았다. 나는 어쨌거나 내가
그녀에게 복종해야 하는 입장임을 확실히 알고 있었다.

더 큰 문제는 다른 곳에 존재했다. 그래, 내 선택은 인생 최대의
실수였다. 그때는 그걸 몰랐다. 매일 밤 꿈에 찾아오는 소녀, 네가

나를 처참하게 지배해 가는 과정을 애써 모른 척했다. 외면해서는 안 되는 감정이었다.

나라는 미친 새끼는 대체 왜 그런 같잖은 객기를 부리면서 내가 아무렇지 않아질 수 있을 거라 생각한 걸까.

나는 너를 향한 감정을 정신 나간 소아성애라고 짓밟으며 받아들이지 않았다. 육체적 성관계를 현실에서 요구하는 순간 범죄가 되는 감정이었던 것은 사실이다. 그래도 그때는 몇 년을 더 기다리기만 하면 범죄가 아니게 될 가능성이 남아 있기는 했다. 지금은 수십 년이 더 흘러도 영원히 배덕과 불륜의 행위로서만 명명될 감정이 되었지만.

"연우겸입니다."

"저는 정밀. 밀이라고 부르세요."

나는 와이프의 딸에게 들이댈 수 있을 정도의 쓰레기는 분명 아니었다. 그리고 내가 통제할 수 없는 선을 넘기 전에, 너는 러시아로 갔다. 물론 지독한 꿈이 멈춘 것은 아니었다. 종종 나는 땀에 젖어 깨어나, 덜덜 떨리는 손으로 맺힌 눈물을 닦아 냈다. 지옥에 떨어지기 위해 애써 죽을 필요도 없었다. 죄에 대한 형벌은 이미 내려진 채였다. 그곳이 이미 지옥이었다. 내가 행했던 수많은 기만과, 애써 보지 않은 척했던 수많은 죄악들이 모두 내게로 돌아왔다는 것을 알았다.

서른을 목전에 두고서야 조금 철이 들었나? 그제야 나는 내가 어른이 되어야 한다는 걸 깨달았다. 황당하고 어이없는 깨달음이었다.

부동산 부자인 아내가 생긴 덕인지 나는 내 눈알이 뽑히도록 쳐다보고 있던 코스피와 코스닥 지수에서 멀어져서, 부동산 운용

파트로 넘어갔다. 몇백억 대 부동산 소유주의 남편이 되어 외제차를 뽑고 돈 걱정이 사라진 것은 좋은 일이었으나, 칼퇴근은 여전히 요원했다. 남창 딱지가 붙은 것 역시 그리 유쾌하지 않았다. 누구도 내 앞에서 떠들진 않았지만 나는 내 뒤에서 동료와 상사들이 어떤 식으로 나를 씹고 있는지 모를 만큼 멍청하거나 순진하지 않았다.

그녀의 아들과 친해지는 일도 힘들었다. 그녀와 폴란드 남자 사이에서 태어난, 치료할 수 없는 병에 걸린 아이였다. 갈수록 아이에 대한 애정이 늘어 갔다. 어린아이가 병원에서 보내야 하는 시간이 길어지면 길어질수록, 나는 자신의 아들에게 충분한 애정을 주지 않는 소년의 어머니를 향해 분노하면서 어떻게든 시간을 내서 소년을 보러 갔다.

누구보다 아끼고 사랑하는 내 아이였다. 나는 아이를 돌봐야 했던 그 2년 동안 이전까지 삶을 살며 얻었던 깨달음보다도 많은 것을 얻었다. 돈과 권력으로 바꿀 수 없는 것, 사람이 마음에 품을 수 있는 깊고 짙은 애정, 그건 열망과 경애와는 다른 바람과 안타까움을 남겼다.

아이에게 남은 시간이 정말 얼마 없다는 것을 알았을 때, 아이의 바람을 이루어 주기 위해 나는 일을 관두고, 아이와 함께 여행을 갔다. 어떠한 모성애도 보이지 않는 아내에게 처음으로 소리를 지르며 화냈다. 쓸데없는 짓을 하지 말라는 그녀에게 차 키를 돌려줬다. 돌아오면 이혼을 할 생각이었다. 법정에 갈 필요도 없었다. 비싼 인생은 더 이상 매력적이지 않았다. 정신 나간 헛짓거리를 끝내고 싶었다. 그런데 서울에 돌아오자, 내 아이가 먼저 내 곁을 떠났다.

내가 저지른 모든 죄, 더러운 망상들이 전부 내게로 쏟아졌다. 나는 나를 죽이고 싶었다.

모스크바에서 서울로 잠시 돌아온, 이제는 완벽한 성인이 된 너를 보고 좁은 방에 들어가 입을 막고 오열했다. 나는 나를 증오했다. 그래서 내게 편안한 죽음을 선물할 수가 없었다. 나는 좀 더 괴로워해야 했다. 기나긴 지옥을 살아 내는 벌을 받아야 했다.

장례 이후에 경리단길에 레스토랑을 차렸다. 내가 직접 돈을 벌어야 했다. 레스토랑이 잡지와 방송에 여러 번 소개되자, 상당한 매출이 잡혔다. 아내가 모스크바로 떠나서 이혼에 관한 발표는 기약 없이 미루어졌다. 그냥 서로가 없는 사람처럼 살기 시작했다. 아이를 떠올리게 만드는 얼굴을 다시 보고 싶지 않다는 마음도 컸다.

유학을 마치고 돌아온 셰프들이 서울에서 가게를 차릴 때마다 조금씩 투자를 해서, 가로수길과 경리단길 요식업에 미치는 영향력이 확장되었다. 사업에서 계속 성과가 나니까 더욱 일에 매달렸다. 슬픔을 잊기 위해서라도 그래야 했다. 망해 가는 화장품 회사를 인수해서 회사 경영을 시작하고, 레스토랑 사업에는 다른 CEO를 앉힌 것도 순전히 더 바빠지기 위해서였다.

화장품 사업은 CF모델인 아이돌이 갑자기 한류 열풍의 주역이 되면서, 뷰티 한류로 요식 사업보다도 빠르게 성공 궤도에 진입했다. 많은 이들이 레스토랑 사업을 할 때에는 나를 그저 돈 많은 여자 뜯어먹으면서 돈 굴리는 기생오라비라고밖에는 보지 않았었는데, 화장품 회사가 슬슬 상장할 것 같다는 찌라시가 증권가에 풀리자 나를 완벽한 기업인으로 대하기 시작했다.

그러다가 아내가 사고를 당했다. 나는, 그 전날 걸려 왔던 이상한 통화를 모른 척했다. 전화기 너머의 그녀만 이야기를 계속 뱉었다. 나는 그녀의 말에 주의를 기울이지도 않으면서 전화를 빨리 끊어 버리려고만 했다.

— 우겸아. 나 죽을지도 몰라. 그 남자가 내가 죽기를 바라는 것 같아.

"……."

정말로 처음엔 대꾸할 가치를 전혀 느끼지 못했다.

— 나야 뭐 괜찮아. 하고 싶은 거 다 하고 살았으니까.

"……그래서?"

— 밀이가 남아 있잖아. 어려우면 내 재산 반 잘 챙기는 대가라고 생각해. 내 아들한테도 잘했었잖아? 진심이야. 내가 어떤 사고를 당해도, 그 이유를 찾으려고 하지 마. 특히 그 정 회장에게는 그 책임을 지게 만들려는 시도조차 하지 마.

헛소리라고 생각했다. 그녀는 언제나 극적이고 격정적인 구석이 있는 사람이었기에, 나는 그 통화 역시 그저 별거 아닌 투정일 뿐이라고 생각했다. 하지만 아니었다. 사고는 진짜였다.

다음 날 아침에 전화가 걸려 왔다.

나는 한참을 멍하니 서 있었다. 내가 막을 수 있는 것은 아니었을까? 내가 그녀의 말을 헛소리로 치부해서 한 사람이 이 세상을 떠나간 것은 아닐까? 나는 죄의식에 빠져 허우적대며 한참을 정신을 차리질 못했다.

어렵게 만든 가족이 그렇게 쉽게 하나하나 곁을 떠나갔다. 불타는 사랑은 아니었어도, 좋은 엄마가 아니라고 생각했어도, 진심으로 그녀가 아름답다고 생각했던 때가 있었다. 어머니의 사랑을 제대로 못 받고 자라서, 그녀의 관심과 애정에 기대어 어머니를 상상했던 적도 있었다. 그렇게 내 세계가 나의 자기혐오로 다시 한 번 무너져 내렸다.

그리고 공부를 끝마친 네가 한국으로 돌아왔다.

너는 너의 가족의 모든 불행이 나 때문이라 말하지 않았다. 너는 그저 가만히, 입을 다물고, 아무런 말 없이 너를 낳은 그녀의 사진을 보며 서 있었다. 너는 한참이 지난 후에야 이제 새아버지와 자신만 가족으로 남은 것이냐 물었다. 나는 힘겹게 그런 것 같다고 답했다.

우리는 그렇게 기묘한 가족이 되었다.

나는 이제 이것이 내가 평생을 짊어지고 살아가야 하는 죄임을 안다. 이제 나는 내 감정의 단 한 자락도 네게 비쳐서는 안 된다는 걸 안다. 나는 분별력이 있는 어른이 되었고, 이제는 내가 해도 되는 일과 해서는 안 되는 일이 어떤 것인지를 확실히 안다. 이제는, 안다.

연금술사는 모든 종류의 연금술을 하지는 못한다.
각자 특수한 연금 영역을 가진다.

一朦朧

엄마가 갑자기 밤에 방문을 열고, 나중에 한국에 가면 아빠와 잘 지내라고 말했다. 진짜 아버지는 기억도 안 나는 어린 시절에 돌아가셨으니, 엄마가 칭하는 아빠는 새아버지일 것임이 분명했다. 나는 그냥 알았다고만 답했다. 당장 해야 하는 과제가 많았던 터라, 그냥 얘기를 빨리 끝내고 싶었다.

집에 잘 들어오지도 않던 엄마가 의미심장하게 내 방까지 찾아와 하는 말에 특별한 의미가 있을지도 모른다는 생각을 하지 않았던 것은 아니었으나, 나는 원래부터 호기심에 의해 추동되는 사람이 아니었다. 의구심은 금방 증발했다.

다음 날, 엄마가 세상을 떠났다는 소식을 들었다. 그제야 내가 전날 밤에 그녀에게 더 많은 것을 물어야 했을지도 모르겠단 생각을 했다. 짙은 후회라기보다, 무심한 나의 성정에 대한 옅은 환멸이 내게 왔다. 카뮈의 〈이방인〉이 떠올랐다. 소설의 주인공처럼 나는 어머니의 죽음에 무덤덤했다.

　그래서 유언처럼 엄마가 남긴 말을 애써 따라야겠다는 생각을
하지도 않았다. 멀쩡히 살고 있는 새아버지의 인생을 망치는 민폐
덩어리가 되고 싶지 않았다. 하지만 나는 결국 새아버지가 준비해
둔 내 방에 들어가 사는 것을 택했다. 새로 집을 구하기가 귀찮기
때문이었다.

⚜

　"밀아, 혹시 너 동거남이랑 같이 자니? 섹파야?"

　나는 피자를 썰던 행동을 멈추었다. 그리고 수려한 외모를 가진
눈앞의 친구를 잠시 보았다. 섀도 그라데이션이 예쁘다고 내가 칭
찬하자, 샤넬 한정판이라고 그녀가 답한 것이 우리가 15분 전까지
나누던 대화의 주된 내용이었다.

　나는 어쩌다가 대화가 이 지경까지 오게 된 것인지를 곱씹어 봤
다. 화장품에 관한 대화를 나누던 나와 화연과 아람의 앞에, 오늘
의 메인 메뉴인 시카고피자가 나왔다. 푸드 체인은 분명 10만원씩
예약금을 걸어야 하는 가로수길 레스토랑들 같은 우아한 맛을 선
사하지는 못했다. 하지만 가격을 생각하면 충분히 흡족했다.

　최초 시식과 짧은 품평이 끝난 다음, 아람이 잠깐 남자 친구와
전화를 하겠다며 일어났다. 그렇게 아람이 핸드폰을 챙겨 시야에
서 사라지자 화연이 갑작스럽게 나의 모든 행동을 중지시키는 물
음을 던진 것이다. 복선이나 암시, 개연성이라고는 찾아볼 수 없는
흐름이었다.

　"뭐?"

나는 되물을 수밖에 없었다. 일단 내가 제대로 그녀의 물음을 들은 것인지 확신할 수가 없었다. 청각이 둔해졌거나, 뇌의 사고 회로가 꼬였을 확률을 무시하지 않기로 했다.

"그럴 가능성이 적다고 생각하긴 하는데, 혹시 진짜 둘이 한 침대 구르는 사이야?"

"아니."

"진짜? 솔직하게 말해도 나 어디 가서 떠벌리고 다니지 않아. 백 퍼 이해함."

"완전 아니야."

나는 내가 최초의 물음을 정확하게 알아들었다는 것만 확인하게 되었다. 그리고 그렇지 않다는 것을 확인시켰다. 화연은 그래? 작게 다시 묻고는 내가 고개를 젓자 작게 고개를 끄덕였다.

나는 그런 그녀의 행동을 황당하게 보았다. 화연은 종종 내가 공감 능력이 부족하다거나, 다른 사람과 사고 회로가 다른 것 같다는 말을 하고는 했는데, 내가 보기에 그런 경향이 짙은 것은 그녀도 만만치 않았다. 나는 피자 한 조각에 늘어지는 치즈를 말아 한 입 더 먹었다. 그리고 그녀가 언급한 나의 동거인을 떠올렸다.

집에 동거인이 있다.

아홉 살 많은 남자다.

오빠도 아니고, 남자 친구는 더더욱 아니다. 대외적으로는 새아버지인데, 도무지 아빠라고 할 수 있는 비주얼이 아니다. 당연히 친아버지가 아닌 건 말할 것도 없다. 둘이 있는데 누가 와서 무슨 사이냐고 물으면 무슨 사이라고 답하기 힘들 것 같다. 다행히 여태까지 그런 물음을 던진 사람은 없었다. 화연을 제외하고는. 내가 만나는 사람들 자체의 풀이 워낙 좁기 때문이기도 하고, 집 밖에서 둘이 따로 만난 적이 없기 때문이기도 할 것이다.

그와 나는 전혀 가까운 사이가 아니다. 가깝지 않은 정도가 아니라, 굳이 따지자면 불편한 사이다. 그래서인지 나도 내가 그와 같이 몇 년째 살고 있다는 사실이 놀랍다. 어쩌다 보니 이 생활이 몇 년째 지속되고 있다. 처음부터 이렇게 긴 시간을 같이 살게 되리라 예상하지는 않았다. 화연의 추측도 그런 면에서 완전히 무례하다고 볼 수는 없는 것이리라. 분명히 이상한 구석이 차고 넘치니까. 그래서 내가 그녀의 물음에 분개하지 않은 것인지도 몰랐다. 아니, 사실 나는 어떤 상황에서도 거의 분노하지 않는 사람이다.

그래, 나는 태평하고, 괴상하다. 나도 알고 있다.

정신과에서는 어렸을 때부터 내가 공감 능력이 현저히 부족하고 EQ가 매우 낮다고 했다. 친할머니는 아들도 못 낳고 당신의 아들을 잡아먹은 쌍년이 애의 정신까지 망치고 있다며 엄마에게 소리를 질러 대곤 했다.

신문 기사에 따르면 아빠는 내연녀와 함께 교통사고에 휘말렸다. 그 내연녀가 당시에 잘나가는 배우였기에 뉴스는 대대적으로 보도되었다. 그래서 나는 아빠가 죽을병에 걸려 앓다 죽었다는 할머니의 말이 거짓임을 할머니의 기대보다 빠르게 알게 되었다. 어쨌거나 할머니는 남편을 밖으로 돌게 한 것마저도 엄마의 탓이라고 믿는 모양이었다. 그녀는 아주 사소한 것이어도 핑계로 삼을 수만 있다면 기어이 찾아내 그것을 핑계로 엄마를 욕하는 사람이었다.

그리고 엄마는 절대 그런 시어머니에게 지고 들어가는 법이 없었다. 할머니는 애가 뭘 보고 배우겠냐며 더욱 언성을 높였다. 어린 나는 두 여자의 싸움을 지켜보면서 무엇보다 이 싸움이 가장 안 좋은 것을 학습시키고 있는 것 같다는 생각을 했다. 조롱과 신경질로 채워진 대화는 정신 건강에 해로웠다. 그러나 내 부족한 감수성의 원인을 집안의 두 어른에게 돌리고 싶지는 않다. 오히려 나는 나의 존재가 주위 사람들을 괴롭혔다 생각한다.

아홉 살쯤까지는 그 싸움이 계속됐다. 엄마와 영국에 있을 때도 할머니는 런던으로 찾아왔다. 그만 좀 하시라는 엄마의 비명에, 할머니는 모든 재산을 내놓으면 그만 오겠다고 받아쳤다. 할머니는 엄마에게 건물 밖으로 뛰어내릴 것을 종용하기도 했다. 엄마가 죽으면 유산은 딸인 나의 것이 되지만, 내가 성인이 될 때까지는 할머니가 그 관리자가 된다는 말에, 엄마는 사망 시 유산 전액을 기부한다는 유서를 썼다. 그에 더해 엄마가 폴란드 남자의 아이를 임신하고, 작은아버지가 아들을 낳자 나와 엄마는 할머니에게 그냥 없는 사람이 되었다.

기억의 끝자락부터 나는 항상 매사에 붕 떠서 관찰자로만 사람들 사이에 존재하는 세미소시오패스였다. 사람을 죽이고 싶다는 생각이 안 드니까 적어도 내가 사이코패스는 아닌 것 같다며 스스로를 위로하고는 했다. 슬프다는 영화를 보고도 울지 못하고, 아이돌이나 배우에 열광하는 또래 소녀들을 이해하지도 못했다. 그런 내가 이상하다는 걸 알아챈 다음부터는 나름대로 가면을 쓰고 그들 사이에 녹아들기 위해 노력했으나, 어쨌거나 그건 본질적인 해결책과는 거리가 좀 있었다.

엄마의 영정 사진 앞에서, 그렇게 쌍년이라고 항상 욕하던 할머니도 눈물을 떨구었는데, 나는 어떤 감정이 내 안에서 휘몰아치고 있는지 알 수가 없어서 한참을 멍하니 엄마의 얼굴만을 보았다. 처음에는 내 잘못인 것 같다고도 생각했는데, 시간이 조금 지나자 그 판단에 대한 확신마저도 사라졌다.

현실감이 없었다.

"밀."

"어?"

피클을 노려보면서 회상에 잠겨 있던 나를 화연이 불렀다. 나는 한 손에 턱을 괴고 다른 한 손으로 포크를 빙빙 돌리고 있는 친구를 보았다. 눈 위에 칠해진 브라운 섀도는 정말 예뻤다. 나는 저 홀리데이 키트를 반드시 사야겠다는 다짐부터 했다.

"그럼 진짜 왜 같이 계속 살고 있는 건데?"

"아마."

"아마?"

"이사 가기 귀찮아서?"

가끔씩 왜 새아버지와 이렇게 같이 살고 있나, 그런 생각을 안하는 건 아니다. 그런데 집주인은 내가 아닌 그라서 그에게 나가라고 할 수도 없다. 내가 집에서 나가야 이 기묘한 동거 생활이 끝날 것 같은데, 이사도 귀찮고 지금 집의 위치도 좋아서 그냥 살고 있다. 시작이 중요하다는 말이 옳다는 걸 매일 깨닫고 있다. 애초에 그 집에 들어가지 말았어야 했다. 나는 지금 지나치게 그 집에서의 생활에 길들여진 상태다.

그 집의 장점은 그냥 귀찮은 일이 적게 벌어진다는 것 외에도 여러 개가 있다. 한강이 내려다보이는 주상복합 복층 펜트하우스의 뷰는 환상적이다. 게다가 집주인인 그는 일찍 출근하고 늦게 퇴근하는 데다가 집이 넓어서 마주칠 일도 거의 없다. 물론 꼰대질이나 간섭도 없다. 그리고 이사는 매우 귀찮다. 불편한 부분이 없으니 귀찮은 일을 찾아서 하고 싶지 않다. 고로, 눌러앉아 있자는 판단은 나름대로 합리적이다. 뭐 그런 마음이랄까.

그는 레스토랑 경영으로 사업을 시작해서, 요즘엔 화장품에 관한 사업을 한다. 그는 거리에 즐비한 로드샵 브랜드 '보와'의 CEO인데, 나는 다른 건 몰라도 보와가 립스틱과 틴트 색상만은 어마어마하게 잘 뽑아낸다고 생각한다. 어쨌거나 사업 영역이 그래서인지 그는 레스토랑 예약에 대한 메모나 화장품 신상들을 가끔 식탁 위에 두고 갔다. 그렇게 얻는 선물들이 꽤 실용적이라 집을 떠나기 싫은 것도 이유라면 이유였다.

그 외에도 찾을 수 있는 이유는 많다. 애써 신경 쓰지 않아도 고용인을 써서 집이 늘 깨끗하고, 그가 매일 아침을 챙겨 먹기 때문에 냉장고에는 항상 맛있는 요리들이 준비되어 있다.

"그게 다?"

"외롭지 않기도 하고. 아, 네가 상상하는 그런 의미는 아냐. 완전 아냐."

"내가 뭘 상상하는 것 같은데?"

화연이 작게 웃는 것이 보였다. 화연은 저렇게 이빨을 보이지 않고 입꼬리만 살짝 올려 웃을 때 매력이 폭발했다. 그녀 때문에 남자 친구에게 차였던 러시아 여대생이 그녀의 방에 찾아와 그녀의 미소에 반해 키스만 한번 해 달라고 졸랐다는 일화가 사실임을 나는 알고 있다. 내가 그때 그녀의 집 안에서 그 대화를 듣고 있었기 때문이다. 얼마나 어이가 없었는지.

"그냥, 혼자가 아니구나, 하는 거지."

가끔 새벽에 깰 때, 집에 홀로 남겨진 상태가 아니라는 생각이 나를 안심시킨다. 온 우주에 나 홀로 남겨져 있다는 기분을 유학 생활 때 종종 느껴야 했다. 외로웠던 것은 아니다. 같이 모스크바에 있던 화연이 가끔 새벽에 술 취해 전화를 걸어 외롭다고 진상

을 부려 댈 때 화연이 말하던 그 '외로움'이 무엇이었는지는 지금
도 모르겠다.

내가 느낀 것은 화연이 말하는 외로움보다는, 완전한 단절에 의
한 고독과 고립에 가까웠다. 그런 것들로부터의 해방을 그는 내게
안겼다. 사실 대화를 나누거나, 같이 밥을 먹거나 하는 일은 거의
없는데도 그런 생각이 든다.

돈을 안 내고 살아도 된다는 것도 이유기는 한데, 사실 돈이 필
요하다면 낼 의사는 있다. 관리비도 안 내는 주제에 계속 얻어먹기
만 하는 게 좀 미안해서 늘 밥을 준비해 주셔서 감사하다, 가끔 장
은 내가 볼 수 있다, 아니면 관리비라도 보태고 싶다 얘기했는데
그는 그냥 거절했다. 차갑고 단호한 어조로 말한 것은 아니었다.
그런데 뭔가 거절은 거절한다는 군은 표정이라 나는 그러겠노라
하고 감사하다는 말만 한 번 더 반복했다.

화연은 포크를 테이블에 내려놓고 몸을 테이블 쪽으로 기울였
다. 그녀는 장난스러운 미소를 지우지 않았다. 나는 이 이후의 대
화 내용이 어떻게 이어질지 감을 잡았다.

"흐음. 그럼 나한테 소개시켜 줄 수 있는 거야?"

"아, 그건 아니지."

그를 소개해 달라는 내용의 대화는 전에도 많이 나눈 것이었다.
이제야 대화의 주제가 조금 편해졌다.

"진득하게 안 들러붙을 거야. 한번 자 보고 싶단 말야."

"그런 마인드라 더 문제야."

일단은 그에게 여자를 소개해 주겠다는 얘기를 꺼내는 것부터가
괴상한 일일 거라고 생각한다. 거의 대화를 나누지 않으면서 살고
있으니까. 그런데 설령 우리가 대화를 많이 나누는 사이더라도 친

구를 소개해 준다는 게 말이 되는 소릴 리가 없다. 그가 어떤 여자를 만나는지에 관해 간섭하고 싶지는 않지만 내 엄마와 결혼을 했던 남자가 내 친구와 만나는 건 상식 차원을 넘어선 이야기다.

아람이 다시 다가오는 것이 보였다. 남자 친구와 애정이 넘치는 대화를 나누었는지 표정이 밝았다. 아람이 핸드폰을 백에 넣으며 다시 자리에 앉았다. 나는 오이 피클을 입에 넣었다.

"아 맞다. 현재 이번 달에 홍콩에서 한국 들어온다고 하더라."

내가 오이 피클을 하나 더 입에 넣고 오독오독 씹고 있을 때 피자 한 입을 다 씹어 넘긴 화연이 입을 열었다. 이번엔 완전히 다른 내용이었다. 그리고 내가 피클을 씹느라 대답을 못 하고 있을 때에 아람이 먼저 화연에게 물었다.

"그게 누군데?"

"모스크바에서 우리 대학 어학원 다녔던 남자애. 엄마가 법대 교수고, 아빠가 로펌 네임 파트너. 초등학교는 미국에서 졸업하고 돌아와서 중고등학교 청담 중고 찍고 S대. 전형적 청담 도련님이라고 할까? 지금 M컨설팅펌 홍콩지부에 1년 있었는데 로스쿨 간다고 한국으로 들어온대. 외모 준수. 게다가 훤칠함. 근데 목소리가 별로 안 낮아. 게다가 해 본 애한테 들었는데 5초 조루래. 끔찍. 내 스타일 아님."

"아. 그래?"

나는 엄청나게 빠른 속도로 한 남자에 대한 품평을 완결하는 화연의 입술을 보았다. 항상 들어 왔지만 새로웠다. 화연은 남자들이 혐오한다는 방식으로 남자들을 평가하는 데에 일가견이 있는데, 사실 재력이나 외모나 그런 것들보다도 목소리와 밤일을 잘하는 능력을 최우선시했다. 게다가 어딜 가나 자신의 평가를 늘어놓는

데에 거리낌이 없었다.

그런 발언들이 인격 모독적이라는 지적을 다른 친구가 하자, 남자들은 이것보다 심하게 여자애들을 평가한다며, 자긴 조금 솔직할 뿐이라고 너무나 당당하게 말해서 질문을 던진 친구마저 고개를 끄덕이게 만들었다는 후일담도 있다. 사실인지는 모르겠다. 어쨌거나 나는 그녀가 어떤 사람에게 어떤 평을 내리든 별생각이 없다. 내가 보는 단 한 가지 문제는 화연의 기준들이 나와 같이 사는 그에게도 똑같이 적용된다는 것이었다.

화연의 말에 따르면 화연이 내 동거남 혹은 '전(화연은 늘 이걸 붙여 말한다)' 새아버지라고 부르는 연우겸의 목소리는 합격점. 그리고 '결혼 전에 진짜 장난 아니었다던데'라고 하면서 한 번만 자보고 싶다는 거다. 차라리 사랑에 빠져서 연우겸 씨랑 한 번만 얼굴을 마주하게 해 달라고 하는 거면 그건 아닌 것 같다고 설득을 하거나 큰맘 먹고 소개라도 해 줄 텐데 '그냥 자 보고 싶다'는 이유로 소개를 조르니까 더 난감했다.

나는 애써 그쪽으로 이어지는 생각을 치워 버리며 아람과 화연의 대화에 끼어들었다.

"신현재?"

"기억나지?"

"응."

"안부 좀 전해 주래. 한국 가서 보자고. 내가 봤을 때는 너 좀 꼬셔 보려는 것 같은데. 자리 좀 만들어 줄까? 너도 진짜 남자 맛 좀 봐야지. 다리 사이에 거미줄 칠 거냐?"

나는 잠시 어떻게 답할까 망설였다. 일단 피클을 하나 더 입에 넣었다. 이번에도 피클을 씹는 내 대신 아람이가 끼어들었다. 아람은 수위가 높은 대화를 싫어했다.

"야, 너는 진짜 말을 무슨."

"뭐가 어때서. 밀. 어떻게 생각해. 역시 5초 조루는 좀 아닌가?"

나는 피클을 꼭꼭 씹어 넘겼다. 화연이의 말에 부끄러워지거나, 민망해지거나 그런 건 아닌데, 뭔가 남녀 사이의 애정사에 관한 문제는 답하기가 힘들었다. 감정 대입이 어렵다. 나는 진짜 딱히 남자들과 어떤 관계를 맺고 싶다는 생각을 한 적이 없었던 것 같다. 끌리지 않는다.

"난 딱히 안 끌려."

"그치? 5초는 아니지?"

"그것 때문은 아니지만, 뭐. 어쨌거나."

"야. 나 잠깐 화장실 갔다 올게. 5초랑 거미줄 얘기는 내가 갔다 오면 좀 끝내고 있어."

아람이가 인상을 찌푸리며 가방에서 파우치를 꺼내 일어났다. 아람이는 성적으로 노골적인 대화를 즐기지 않았다. 이렇게 성향이 완전히 다른 나와, 아람과, 화연이 친하다는 게 참 신기하기는 했다. 대체 어쩌다 이런 조합이 구성된 것인지 설명하려면 긴 이야기를 해야 한다.

아람이 다시 시야에서 사라지자, 화연은 테이블 위에 양 팔꿈치를 올려놓았다. 그러고는 잠시 망설이다가 입을 열었다. 주저하는 것이 그녀답지 않았다.

"진짜 궁금해서 물어보는 건데, 정말 이젠 네 기분 상하게 할까봐 걱정된다. 물어봐도 돼?"

"물어봐."

"밀아, 혹시 너 전 새아버지랑 같이 잘 계획은 있어?"

난 이제 두 손으로 얼굴을 한 번 가렸다가 내려놓는 리액션까지 보였다.

"너 진짜, 계속 지금 그걸 말이라고."

"그래서, 그래?"

"전혀. 절대."

나는 고개를 절레절레 저으면서 이젠 내가 화를 내도 괜찮은 상황인 게 아닐까 생각했다. 화연의 물음은 굉장히 직접적이게 저급한 내용을 담고 있는 게 분명했다. 아람에게 화연이 이런 물음을 던졌다면 아람이 물컵을 화연에게 부었을 것이다. 애초에 파트너 얘기가 나왔던 시점에 이미 화연은 물을 뒤집어썼을 것이다. 하지만 나는 이게 일반적이지 않은 물음이란 걸 알면서도, 감정적으로 크게 동요하지 않았다.

어쩌면, 그렇게 보일 수도 있겠다는 싶어서 일정 부분 내 책임이 있다는 생각도 들었다. 그래서 그냥 부정만 했다. 그런 나를 잠시 보다가 화연은 계속 말을 이었다. 아까 현재에 대한 평가를 하듯이 속사포처럼 말들이 쏟아졌다.

"이상한 건 알지? 다 큰 성인 남녀 둘이서. 괴상한 가족으로 2년째 같이 살고 있다는 게. 게다가 내가 소개 얘기할 때마다 너 엄청 말렸잖아. 난 연우겸이 네 남자인 거면 깨끗하게 포기할 순 있어. 어쨌거나, 연우겸한테 섹파 동거녀가 있다는 찌라시가 떠돈 지 꽤 됐단 말이야. 잘난 얼굴, 쭉 뻗은 기럭지, 역대급으로 섹시한 통장 잔고를 가진 데다가 한때 강남에서 선수로 날리던 남자가 여자 없이 몇 년을 지내고 있는 게 말이 되냐고. 음대 여자들 돈 많은 남자 꼬시려고 혈안이 된 집단 중 하난 거 알지?"

"내가 아는 음대 여자인 널 보면 아닌 것 같기는 한데……."

답이 정해진 물음을 던지고 내 대답을 기다리는 화연에게 나는 솔직한 대답을 말했다. 그녀가 내뱉는 말 중에 성행위를 연상시키는 단어가 있어서 나는 이제야 괜히 주위 사람들이 이 대화를 엿듣고 있는 것은 아닐까 걱정했다. 다행히 가까운 테이블은 전부 비워져 있었다. 정해진 정답을 내가 뱉지 않았는데도 화연은 아무래도 상관없다는 듯이 대화를 이어 갔다.

"우리 쪽 네트워크에서는 이젠 모두가 그 찌라시를 진짜라고 생각해. 나야 널 아니까 아닐 거라고 생각은 하지만. 아무튼, 밀아, 나는 네가 결혼 생각이나 인간관계 구축에 대한 열망이 별로 없는 거 알아. 근데 혹시라도 괜찮은 남자 잡을 생각 있으면 너 진짜 혼삿길 막힌다. 물론 나야 네가 비혼으로 남으면 땡큐지. 아람이야 서른 되기 전에 간다고 벼르고 있으니 금방 떠나보내겠지만."

그때 아람이 화장실로 이어지는 복도에서 다시 모습을 드러냈다. 화연이 말을 멈추었다. 아람이 윤리적인 문제에서 꽤 보수적이라는 건 모두가 알았다. 서로를 위한 나름의 배려라면 배려였다. 화연은 남자들은 그렇게 정신적으로 쥐어 패면서도, 여자아이들의 비밀과 사생활과 정신세계는 철저하게 지켜 주었다. 내가 기억하는 바에 의하면 중학교 때부터 그랬다.

중학교 때 수련회에서 레크리에이션을 진행하던 남자 MC가 여자들끼리는 질투가 심하지 않냐고 물으며 화연에게 마이크를 건넸다. 화연은 반에서 가장 예쁜 애를 무대 위로 올리라는 지시에 따라 무대 위에 올라가 있는 상태였다. 화연은 성적인 욕구의 해결을 제외한 모든 부분에서 여자가 남자보다 인생에 도움이 되는데 질투를 왜 하냐고 물으며, 당신이 여자에 대한 편견에 찌든 열등감 찌질이라는 건 알겠다고 답했다. 그때 강당에는 1분간 정적이 찾아왔다.

아람이 다시 자리에 앉으며 물었다.

"이제 그 얘기는 끝났어?"

"어. 5초 얘기는 끝났고, 이제 4초대 남자들 얘기하려고."

"야!"

"네 남친은 몇 분 버티냐? 초 단위라서 찔리는 건 아니지?"

나는 아람이 인상을 쓰고 화연과 투닥거리는 걸 잠시 보다가 글라스에 담긴 물을 한 모금 마셨다.

이젠 정말 집에서 나가야 할 때가 되었나.

나는 계속 그 생각을 하면서 피자와 샐러드와 피클을 먹었다. 아람과 화연의 미묘한 설전이 BGM처럼 뒤에 깔렸다.

⚜

정말 어쩌다 이렇게 괴상한 관계가 구성된 걸까.

새아버지는 엄마를 만나 계를 탔다. 엄마는 그에게 로또이자 돈벼락이었을 것이다. 그러니 나는 그를 엄마를 꼬신 제비라고 생각할 수도 있었다. 하지만 한 번도 그렇게 생각했던 적 없고, 여전히 그렇게 생각하지 않는다. 시집을 잘 가 돈더미 위에 앉은 건 엄마도 마찬가지였다. 어떤 면에서는 나 역시 신데렐라 결혼의 수혜자였다. 그러니 엄마를 유혹하려 노력이라도 한 그를 욕하고 싶진 않다. 나는 내가 가진 돈을 얻기 위해 그 어떤 노력도 하지 않았다. 그냥 금수저를 물고 태어났을 뿐.

러시아로 대학을 갔으면 좋겠다는 할아버지 비서실의 제안을 받아들인 게 노력이라면 노력일 텐데, 내가 애써 수고를 들였던 그행동은 아쉽게도 금전적인 이득을 만들어 내지는 못했다. 사실은 친할아버지가 왜 굳이 러시아까지 나를 보내려고 했는지에 대해서도 잘 모른다. 그 사이에서 할아버지의 의견을 내게 전한 엄마가 사라졌기 때문이다. 모스크바에서의 대학 생활이 나빴던 것은 아니어서, 누군가를 원망할 생각은 없다.

그리고 우스운 얘기지만 나의 인생을 통틀어 가장 '부모님' 처럼 내게 구는 사람은 그였다. 내가 독감에 걸려 앓아누웠을 때, 집에서 마주치는 일도 없었는데 귀신같이 알고 의사를 보내고, 의사를 집으로 불러내 건강 상태를 체크하기에 조금 당황했다. 그와 같이 지낸 이후에야 나는 처음으로 생일 케이크와 생일 선물을 가족에게 받아 봤다.

진짜 아버지는 너무 어릴 때 돌아가셔서 기억나지 않고, 엄마는 가정에는 전혀 관심이 없는 사람이었다. 그녀는 내가 어린 소녀였던 시절부터 생일 선물은 남자에게 받아야 하는 거지 엄마에게 기대해서는 안 되는 거라고 말했다. 그러면서 계속 남자를 갈아 치워 댔다. 집에서 벗고 돌아다니는 남자와 마주치는 일도 흔했다. 엄마가 결혼을 하겠다고 선언했을 때, 나는 오히려 그 상대가 불쌍하다는 생각이 들었다.

물론 남편 될 사람이라고 데려온 남자가 그렇게 어릴 줄은 몰랐다. 스물일곱이라던 그는 깨끗한 피부 때문에 많아 봐야 20대 초중반으로밖엔 보이지 않았다. 교복만 입혀 놓으면 내신, 논술, 수능의 3중주에 시달리는 고3 선배들보다 더 청량한 분위기를 낼 것 같았다.

처음엔 깔끔한 얼굴과 잘 차려입은 정장 뒤에 난잡한 사생활을 숨긴 날라리가 아닐까 생각했다. 그런데 한국 최고의 사립대 출신이라는 것을 알게 되자 학벌도 그만하면 나쁘지 않네 싶어서 그냥 괜찮아 보인다고 엄마에게 말했다. 당시에 대학입결이 전부라 주 입시키는 외고를 다니며 내가 배운 인간성을 판단할 수 있는 척도 는 학벌 같은 것밖엔 없었다. 학벌과 인간성에 유의미한 상관관계 가 있지 않다는 걸 깨닫는 데에는 좀 더 시간이 걸렸다.

사실 내가 어떻게 말하든 그게 중요한 건 아니었을 테다. 엄마 는 내게 미안하기는 했는지, 분당에 있는 수십 억대의 빌딩을 내게 증여했다. 나는 엄마의 인간 된 도리를 지적하기보다는 그냥 주어 진 걸 받아들이자는 쪽이었다. 나랑 결혼을 하는 것도 아니니 내가 왈가왈부할 문제도 아니라고 생각했다. 오히려 빌딩이 하나 생겼 다는 사실에 만족했다.

요즘의 그는 전혀 날라리 같지 않다. 이젠 그냥 엘리트 집안의 사업가라고 해도 믿을 수 있을 정도다. 엄마의 재산을 말아먹기는 커녕 오히려 불려 놓았다. 그는 엄마가 맨 처음에 시집을 간 진짜 아버지보다도 돈이 많아졌다. 물론 할아버지의 재산을 아빠의 재 산이라 생각하면 얘기가 달라지겠지만.

그가 일을 열심히 하는 동안에, 나는 학비를 축내며 노어노문 학 사 학위를 받았다. 지금도 그는 여전히 일을 열심히 하고, 나는 거의 집에서 뒹굴뒹굴한다. 별걱정 없이 방 안에 박혀 미드나 소설을 보 다가 가끔 노어 번역 일을 하는 게 일과의 전부다. 일하지 않는 자 먹지도 말라던데, 어떻게 보면 그에게 내가 기생하고 있는 꼴이다.

얼마 전까지는 내일 아침 메뉴로 뭘 먹을까 생각하는 게 내 인 생 최대의 고민이었다. 이젠 내가 새아버지의 혼삿길을 막는 주범 이 아닌가 싶어서 집을 알아봐야 하나 생각하는 게 최대 고민으로 뒤바뀌었다. 물론 그래 봐야 고민을 하다가 머리를 쥐어뜯거나 하 지는 않을 것 같다. 나야 결혼 생각이 없어도, 새아버지가 결혼을 하려면 내가 먼저 나가 줘야 하는 거겠지? 싶은 생각이 뇌에 자리 잡았을 뿐이다. 내일 걱정은 내일모레에 하자며 그냥 생각만 하기엔, 화연의 얘기를 들으니 빠른 결단이 필요하단 걸 알겠다.

화연의 말대로 내 동거인은 잘생긴 얼굴에 돈까지 많다. 돌싱인 걸 감안하더라도 여자들이 줄을 설 것 같다. 몇 개월 전이었나, 집에 여자를 부르는 걸 내가 방해하는 것 아니냐는 물음을 던진 적이 있다. 나는 엄마가 세상을 떠난 지 3년이나 되었기에 그가 여자를 만나는 것에 대해서 완전히 쿨하다는 것을 알려 줄 생각이었다. 그런데 그가 예상보다 지나치게 차갑게 반응해서, 나는 내가 그의 사생활 영역을 침범했다는 걸 깨달았다. 그 이후에는 비슷한 물음을 던지지 않고 있다.

그런 관계가 2년이 조금 넘는 시간 동안 유지되어 왔다. 뭔가 자연스럽지 않지만, 그 어떤 문제도 없이 그냥 그런대로 또 하루하루 흘러왔다. 이젠 정말 변화가 필요한 때가 왔다.

❧

집으로 가는 택시 안에서, 나는 끝이 보이지 않는 빌딩들의 높이를 가늠하는 대신에 이사에 관해 계속 생각했다. 일단 돈 문제는 생각하지 않기로 했다. 쓸 돈이야 차고 넘치고, 이미 몇 년 동안 그의 집에 얹혀살면서 돈을 굳혔으니 조금 손해를 본다고 잃는 장사도 아니었다. 나는 스마트폰으로 이사에 관해 검색했다.

택시는 금방 내가 사는 주상복합 앞에 멈추어 섰다. 기사는 아가씨가 좋은 곳에 산다며 시집을 잘 간 새색시냐고 물었다. 나는 아니라고 답했다. 이어서 동전 거스름돈은 필요 없다고 말하며 내렸다. 예전에 기사에게 거스름돈을 받지 않겠다고 하니 눈에 띄게 기뻐했던 것이 떠올라 그랬는데, 이번엔 기사의 표정이 그리 밝아지지 않았다. 몇백 원으로 생색을 낸다고 생각했을까. 내가 자존심을 긁은 건지도 몰랐다. 택시는 내가 문을 닫자 바로 떠났다.

나는 여전히 이런 종류의 마주침과 거래에서 어떤 행동을 취하는 것이 옳은 것인지 감을 잡지 못한다. 나는 내가 잘못한 게 있는 것은 아니라고 생각하며 로비로 들어가는 회전문 앞으로 갔다.

내가 사는 주상복합은 재난에 취약하고, 방풍 구획과 회전문을 필요로 하고, 수평 변위가 크고, 관리비가 폭탄처럼 투하되는 괴상한 건물임에도, 수많은 사람들의 드림하우스다. 나는 최상층에서 내려다보는 한강이 좋아서 내 방이 좋았다. 그런데 정말로 침실에서 한강이 보인다는 것이 그 많은 단점들을 상쇄하나? 나는 내가 꼭대기에서 살고 있는 건물이, 인간의 행동과 사고를 이해한다는 게 얼마나 힘겨운 일인지를 보여 주는 단적인 예라는 것을 알았다.

나는 체념 어린 합리화를 행했다. 인간을 대하는 것이 어렵다고 느끼는 건 나만의 감정이 아닐 것이다. 인간관계가 그리 쉬웠다면 전쟁도, 철학도, 역사도 그 무엇도 어렵지 않았겠지.

방에 도착해서는 노트북을 열었다. 포털 사이트에 들어가서 부동산 매매를 검색해 봤다. 유산으로 받은 것들 중에 100평대 아파트가 있기는 했다. 그런데 위치도 일산이고, 전세 계약이 아직 꽤 남아 있어서 그곳으로 이사를 가는 것은 적절치 않은 선택이라 판단했다. 나는 강남 일대에 한강이 보이는 집으로 가고 싶었다. 딱히 넓을 필요는 없는 것 같다. 편의 시설이 가까이 있다는 점에서는 주상복합이 편하겠지만, 한강과 접한 강남구와 서초구 일대에서 생활 편의 시설이 가까이 있지 않은 집을 찾기가 더 힘들 것 같기에 어느 쪽이든 상관은 없었다.

법적인 절차를 진행하기 위해 전화를 누구에게 해야 할까 고민
했다. 세금이나 자산 관리를 정리해야 하는 철이 오면 늘 담당자가
알아서 먼저 연락을 줬다. 아니면 새아버지를 통해 연락이 와서 그
가 리포트나 관련 서류를 식탁에 올려놓고 가고는 했다. 나는 검토
완료 포스트잇이 붙어 있는 서류면 사인을 하고, 그렇지 않은 경우
엔 변호사의 연락을 기다렸다.

노트북 하단에 뜬 시간을 확인하자 벌써 저녁 먹을 시간이 지나
있었다. 나는 노트북을 그대로 들고 1층으로 내려가 주방 아일랜드
에 노트북을 두고, 포장된 떡갈비 도시락을 열어 렌지에 돌렸다.
굳이 멀리 있는 테이블까지 가져갈 이유가 없었다. 아일랜드도 충
분히 넓었다. 나는 의자를 끌어와 앉고, 계속 포털 사이트를 뒤적
거렸다.

「연우겸」

검색창에 그의 이름을 검색해 봤다. 바로 그의 사진이 뜰 것임
을 알았다. 그런데 예상대로 바로 포털에 그의 사진과 인적 사항이
바로 뜨자, 묘한 느낌이 들었다. 나 역시 번역가로서 인쇄물에 관
련된 일을 하기에, 검색을 하면 프로필이 뜨는데도 그랬다. 나는
사진이 뜨지 않기 때문일까, 아니면 '정말'이라는 이름이 이름보
다는 다른 의미를 가진 단어로 많이 쓰여 나에 관한 내용으로 페
이지가 도배되지 않기 때문일까.

스크롤을 내리자 문서와 뉴스들이 많이 보였다. 흔한 이름이 아
니니까, 연우겸이라는 세 음절의 조합은 분명 그 한 사람만을 의미
하는 것임이 분명했다. 나는 도시락을 좀 더 멀리 밀어 버리고 노
트북 화면에 집중했다. 연우겸이라는 인물에 관한 것보다는 보와

에 관한 기사들이 많았다. 괄호 안의 CEO 이름에 연우겸이 적혀 있는 기사들이 이어졌다. 30대 CEO들을 다룬 책이 출판되었다는 기사도 보였다. 하나하나 기사를 클릭해 읽지는 않았다.

「G결혼정보회사에서 뽑은 20XX년 돌싱남 TOP 3 이재운 · 연우겸 · 최익진」

페이지를 넘기다가 새로운 뉴스 제목에 잠시 시선이 머물렀다. 결혼 얘기라니. 나는 다시 화연이의 말을 떠올렸다. 집에서 나가야 만 한다는 생각은 더 큰 추진력을 얻었다. 내용은 뻔할 것임이 분명했기에 기사 제목을 클릭하지는 않았다. 나는 뉴스 페이지를 반복적으로 넘기는 행위를 멈추고 다른 카테고리에도 들어가 봤다.

그를 찬양하는 블로그 포스팅을 보기도 했고, 어떻게 하면 그와 만날 수 있는지 묻는 질문 글을 보기도 했고, 어떻게 나의 엄마가 죽었는지 아냐는 카페 글을 보기도 했다. 가까웠던 사람의 죽음에 대한 생각에 잠시 입술을 깨물고 멍해지기는 했지만 후유증이 길지는 않았다. 나는 그 창을 닫고 다른 카테고리를 클릭했다.

내 호기심을 자극한 것은 웹문서들이었다. '연우겸 동거녀'라는 단어가 눈에 들어왔다. 나는 한쪽 손에 턱을 괴고 글의 제목을 클릭했다.

「연우겸 동거녀인 의붓딸이 육변기라던데 레알?」

글의 제목은 여섯 글자, 글의 내용은 한 줄이었다. 인격 모독적인 표현에 인상이 살짝 찡그려졌다. 당사자가 보면 보통은 충격을 받을 내용이겠지만, 이미 화연이에게 비슷한 내용을 들어서인지 그렇게까지 큰 충격은 없었다. 다만 저급한 단어 선택이 조금 역하다고 생각했다. 나는 반응이 궁금해서 댓글까지 스크롤을 내렸다. 대부분의 댓글들 역시 짧았다.

「그게 ㄴㄱ????」

「너 고소각」

「찌라시ㅇㅇ」

「아무도 모르는 거지」

본문보다 긴 댓글은 자음과 인터넷 약어들로 구성됐는데, 정확한 뜻을 알 수야 없었지만 그 의미를 연상하는 것이 그리 어렵게 느껴지진 않았다.

「모녀덮밥ㅋㅋㅋㅋㅋㅋㅋㅋㅋㅋㅋㅋㅋ 사실이면 연상녀지갑먹버+연하녀노예장착으로 연우겸 존나 개쌉상타취 아니냐 갓우겸 개존경ㅋㅋㅋㅋㅋㅋㅋ」

그것들 외에도 비슷한 글들이 많았다. 나는 '연우겸 동거녀'로도 검색해서 나오는 글들을 더 읽었다. 수많은 추측 글이 난무했지만 디테일을 가진 글들은 보이지 않았다. 연우겸이 S그룹 회장과 가까운 사이라는 내용도 있어서 나는 고개를 갸웃했다. 그 글에서 실수로 광고를 클릭해 버리는 바람에 다른 페이지로 넘어갔다가 뒤로가기를 클릭했는데, 존재하지 않는 글이라는 메시지가 떴다.

작성자가 내가 글에 들어가 있던 타이밍에 글을 지우다니, 신기한 일이었다. 나는 서핑 작업을 이어 갔다. 내용이 긴 글들은 구체적인 사실보다는 돈 많은 여자를 물어 엄청난 부자가 된 남자에 대한 열등감을 표출하는 데에 글 내용의 대부분을 할애했다.

정신 건강에 안 좋은 텍스트들을 보면서, 나는 세상엔 정말 쓸데없는 짓에 어마어마한 에너지를 쏟는 사람들이 많구나 하는 것을 새삼스럽게 깨달았다.

그 짓을 조금 더 반복하다 보니 대체 나 역시 왜 이 짓거리를 하고 있는 건지 모르겠단 회의감이 덮쳤다. 나는 열어 놓은 연우겸에 관한 모든 웹문서를 꺼 버렸다. 그 후에는 도서 사이트에 들어가 인테리어 잡지를 몇 권 주문했다. 옷을 살 때 패션 잡지를 사서 옷을 고르듯이, 가구 역시 잡지를 사서 그 안에서 고르면 될 거라는 생각이 들었다. 모두를 위해 빨리 이 집에서 나가야겠다는 생각만 더 짙어졌다.

✤

그래서 그를 기다렸다. 나의 결심을 이야기해 줄 생각이었다.

더 미루면 더욱 미루게 될 것 같아서, 나는 결심한 그날에 일을 바로 실천하기로 했다. 공부를 이런 마인드로 했었다. 나라고 늘 나무늘보 같기만 한 것은 아니었다. 필요하다 느껴지는 일이면, 안 하는 게 더 부담이 되는 일이면, 빨리 끝낼 수 있을 때 끝내는 편이 더욱 이로웠다. 나는 식탁에서 먹은 걸 정리하고, 두 개의 층이 복층으로 뚫린 홀의 소파로 자리를 옮겼다. 양반다리를 하고 소파 위에 앉아 적절한 집을 찾고, 이사 팁을 검색하니 시간이 생각보다 더 빠르게 흘러갔다.

열두 시가 다 되어서, 집에 들어오지 않을 수도 있는 그를 계속 기다리긴 그러니 내일을 기약하며 일어나려는데 엘리베이터 문이 열리는 소리가 들렸다. 펜트하우스는 거주자용 엘리베이터 탑승 전에 인증을 해야 최상층 버튼을 누를 수 있다. 이 시간에 집으로 들어오는 사람은 고용인이 아니라 그일 것임이 분명했다.

나는 다시 자리에 앉아 그가 앞을 지나가기를 기다렸다. 금방 그의 발걸음이 다가오는 소리가 들렸다. 나는 그가 접근하는 쪽에 시선을 고정했다. 그는 자신의 방을 향해 걸어가다 나를 보고는 행동을 멈추었다. 그의 입이 살짝 벌어졌다가 닫혔다. 그리고 다시 열렸다.

"안 자고 있었네요."

"저, 드릴 말씀이 있어서요."

그는 내게 존댓말을 한다. 나 역시 그렇다. 나는 노트북을 닫았다. 다리 역시 바르게 밑으로 내렸다. 그가 내 노트북 화면을 볼 수 있는 위치에 있는 것은 아니었지만 아직까지 한 개의 탭에 내가 '연우겸'을 검색한 것이 그대로 남아 있는 것이 조금 신경 쓰였다. 그리고 이제 진짜 노트북을 접고 방 안에 들어가야 한다는 생각을 했기 때문이기도 했다.

그가 내게 좀 더 다가왔다. 그는 브리프케이스를 내 앞에 있는 일인용 소파 옆에 내려 두었다. 그러나 내 앞의 빈자리에 앉지는 않았다. 우리는 뭔가 어색하다. 그는 언제나 이 정도의 거리를 계속 유지하고 있다. 그는 한 팔에 걸린 외투를 소파에 걸쳐 놓거나 다른 곳에 내려놓지도 않았다. 이대로 10분이 넘게 대화를 해도 그는 외투를 내려놓거나 자리에 앉지 않을 것이다.

그를 완전히 이해하기는 힘들다. 내가 스스로도 이해하기 어려운 사람인 만큼, 그 역시 이해하기 어려운 사람이다. 그러나 그가 나를 편하게 생각하지 않는 것만은 확실히 이해할 수 있다. 우리의 관계가 편하다면 그게 더 이상한 일일 것이다. 나는 늦은 시간에 퇴근한 그를 더 피곤하게 만들고 싶지 않아서 빠르게 나의 용건을 전했다. 나는 그가 내 결심을 기쁘게 받아들일 것이라 생각했다.

"이제 여길 나갈 생각이에요."

"……어디를 말입니까?"

그는 잠시 나를 보다가 내게 되물었다. 기대한 반응은 아니었다.

물론 내 기분을 생각해서 눈에 띄게 기뻐하지는 않으리라 예상은 했다. 그런데 이보다는 좀 더 유한 분위기를 기대했다. 부동산 중개인이나 관련 업계 전문가를 연결해 주겠다는 제안을 하면 감사히 받아들이려고 했고, 나가서도 가끔 만나자는 진심 없는 인사를 건네면 웃음을 잃지 않으며 속아 주는 척할 생각이었다. 앞으로 인생을 살아가는 내내 애써 만날 생각이 전혀 없다는 걸 서로 알고 있다고 해도, 예의를 갖춘 인사를 박대할 이유는 없다.

딱딱한 그의 반응에 김이 새기는 했지만 나는 그의 질문에 답하기 위해 다시 입을 열고 말했다. 의사가 제대로 전해지지 않은 것 같아 말의 의미를 더욱 정확하게 전달할 수 있는 어휘들을 찾았다.

"이 집이요, 이제 나갈 때도 됐죠."

원래부터 감정을 담고 있지 않아 보였던 그의 표정이 더욱 굳었다. 내가 그에게 다른 여자를 만나도 된다는 얘기를 했을 때도 비슷한 분위기였던 것 같다. 나는 여전히 이유를 알 수 없어서, 그가 기쁜 마음을 표현하지 않기 위해 애쓰는 중이리라 결론지었다. 그다운 젠틀한 배려였다.

나는 자리에서 일어나며 안녕히 주무시란 말을 했다. 내 용건은 끝났으니, 그대로 그를 지나쳐 2층으로 올라왔다. 언뜻 돌아봤을 때 그는 계속 그 자리에 서 있었다. 왜 그러냐는 물음을 던질 타이밍을 이미 놓쳐 버린 것 같아 나는 그냥 방으로 들어가 문을 닫았다. 오랫동안 미루어 두었던 숙제를 해결한 것 같아 조금 홀가분한 마음이 들었다.

연금술사에겐 각각 특수한 현자의 돌이 있다.
그중에서도 생명이 깃든 현자의 돌, 특히 인간 현자의 돌을
필요로 하는 이들이 가장 강하다.

二夢

　애정이 뻗어 나가는 모든 경로를 막지는 못했다. 사랑으로 끓는
피는 작은 틈이라도 생기면 그 사이를 비집고 나가 콸콸 쏟아졌다.
사소한 것이라도 더 해 주고 싶어 하고, 무엇을 하고 있는지 궁금
해하고, 어떻게든 너의 관심을 받고 싶어 몸부림치는 나는 어김없
이 악몽 속으로 찾아왔다. 그런 나를 발견할 때면 언제나 나는 스
스로를 찢어발기고 싶은 충동에 휩싸였다.

　외설적인 꿈에서 깨어나 가빠지는 숨을 고르고, 내 곁의 너를
상상하면서, 동시에 나를 혐오하는 그 과정은 이제 치욕스럽지도
않다. 그런 내가 역겹긴 하지만 애잔하다는 생각마저 든다. 결국
완전히 모든 욕구를 잘라 낼 수 없다고 생각한 나는, 나름대로 타
협의 선을 그었다.

　접촉에 관해서는 꿈도 꾸지 말 것, 부담스러워하지 않을 선물만
줄 것.

S/S, F/W 시즌이 바뀔 때마다 프로덕트 룸을 가득 채우는 경쟁 브랜드의 신상과 자사의 신상들 속에서, 습관적으로 너를 상상해 내는 나를 막지 못했다. 그래서 사업상 들어오는 것들이란 핑계를 대며 내가 직접 새 제품으로 구매한 것들을 식탁 위에 올려놓고는 했다. 화장품을 좋아하는 네가 가지고 있지 않은 것을 고르기 위해 애썼다. 너에게 어울릴 색상을 짚어 내기 위해 얼마나 고민하는지 너는 알지 못할 것이다. 늘 그러했듯이, 알기를 바라지도 않는다.

나를 지배하는 욕망의 작은 표현이다. 소유욕과 정복욕은, 직접 너를 가지고 취할 수 없다는 걸 깨닫자 다른 방향으로 고개를 틀었다. 나의 존재가 너의 곁에 머물지는 못해도, 나의 선택이 너를 휘감고 있기를 바란다. 내가 너를 위해 두고 가는 립스틱은 너의 입술을 탐하고 싶은 욕망을 은폐할 수단으로 선택되었다. 나는 네가 절대 알아서는 안 되는 마음을 어쩌다 받은 선물이란 틀 안에 구겨 넣고, 나의 심장을 쥐어뜯으며 너에게 건넨다. 아니, 건네는 것도 아니다. 직접 얼굴을 마주할 용기가 없어서 작은 쪽지에 글씨를 써서 전하기만 한다.

내가 너에게 어떤 짓을 할지도 모른다는 공포에 휩싸여서, 얼굴을 마주 보고 말을 건네는 것도 두려워하니까.

정말 어쩌다 이 지경이 된 걸까.

너를 만나기 전까지의 나는 내가 여자를 원하는 것을 두려워하게 될 것이라고는 생각조차 해 본 적 없었다.

엇나간 통제욕은 식탁 위에 올려 둔 화장품들에만 스며들진 않았다. 나는 외출이 잦지 않은 네가 집을 나서서 가는 곳이 어디인지 알고 싶어서 미칠 것 같은 나를 견딜 수가 없었다. 그래도 미행을 붙이는 건 쓰레기 같은 짓이었다. 어디까지가 용납이 되는 거

고, 어디부터 용납이 되지 않는 건지 정한다는 게 매우 작위적이긴
했지만 어쨌거나 미행은 옳지 않다고 생각했다. 네게 그 행위를 들
키는 순간 내 인생이 파멸할 것이라는 확신이 나를 지배했다.

어느 날 예약된 레스토랑 식사권을 받았는데 내가 갈 일이 생기
지 않을 것 같아 너에게 주었다. 그날 나는 네가 집 밖에 나가서
점심을 먹는 곳이 어디인지 알고 있다는 생각에 마음이 조금 평안
해졌다. 그래서 레스토랑 예약권이나 식사권 선물을 기다리게 되
었다. 들어오는 예약권이 충분치 않다는 생각이 들자, 나는 너의
식사 예약을 직접 하기 시작했다. 나는 네가 집을 떠나 어디로 가
는지 알 수 있도록, 네가 방문할 레스토랑을 직접 정해 예약을 하
고, 빌을 내게 달아 놓으라 말하고, 내가 받은 것처럼 포장해 초대
권을 네게 선물했다.

네가 점심을 먹을 레스토랑 테이블의 위치까지 지정하는 행동
이, 삐뚤어진 나의 소유욕의 발로임을 안다. 네가 어느 시간에 어
디에 있는지 정확하게 알고 싶다는 병적인 집착일 뿐이다. 그런 내
가 제정신이 아닌 것 같다는 생각이 들어도, 그것조차 하지 않으면
불안함에 미쳐 버릴 것 같아서, 나는 계속 미련한 짓을 반복한다.

나는 압구정과 청담동, 신사동 근처의 새로 오픈하거나 새로운
메뉴를 선보이는 레스토랑을 찾아서 예약을 했다. 내가 지분을 소
유한 레스토랑의 오너들이 그들만의 네트워크 속에서 내 예약 패
턴과 주기를 알아차렸다. 그들은 내가 그들 가게의 단골인 것이 레
스토랑 홍보에 도움이 된다고 판단했던 것 같다. 그래서 그들이 내
비서에게 먼저 전화를 걸어 창가 자리에 예약을 잡아 드려도 되냐
고 물었을 때, 나는 그들이 내 가면을 벗겨 버릴지도 모른다는 피
해망상에 사로잡히기도 했다.

다행히 그들은 선을 넘지 않았다. 나도 그들의 레스토랑에서 식사를 하고, 너도 그들의 레스토랑에서 식사를 했다. 나의 주기적인 방문은 그 자체로도 가게의 매출을 올렸고, 적절한 홍보 수단으로도 쓰였다. 모두가 만족할 수 있는 방안이었다. 레스토랑 오너들에게는 음모론을 창작하고자 하는 욕구도, 루머를 확대 재생산하고 싶다는 욕구도 없었다.

속은 갈수록 썩어 들어가도, 나는 그래도 집 밖에서는 멀쩡한 척하면서 일을 해내며 살아가는 법을 익혔다. 왜 열병이 호전되지 않는 건지 원망하는 마음이 완전히 사라지진 않았다. 동시에 헛된 욕심을 거두고 서서히 죽어 가는 길을 택하기로 결심한 마음 역시 아직 사라지지 않았다. 가끔씩 두려워질 뿐이다.

분명 위태로웠다. 위기의 평안이 내 삶 전반에 녹아 있었다. 그 상태만 계속 유지하면 될 거라 믿었다. 안일한 생각이었다.

그리고 폭탄이 떨어졌다.

⚜

오랜만에 너를 봐서 좋았다. 묶은 머리가 목과 쇄골을 전부 드러냈다. 밤에 눈을 감고 수없이 그렸던 선이 그대로 보였다. 상상을 이어 가지 않으려고 애썼다. 나는 지나치게 다가가지 않으려 주의하면서 너의 앞에 섰다.

너는 그런 나는 안중에도 없다는 듯이 네가 뱉고 싶은 말을 뱉었다.

"이제 여길 나갈 생각이에요."

"……어디를 말입니까?"

아닐 거라 생각했다. 내가 다시 입을 열기까지 걸린 그 짧은 시간 동안 얼마나 많은 생각들이 나를 스쳐 지나갔는지 열거하자면 끝이 없다. 그래도 나는 아직 단테의 지옥문을 통과하진 않은 상태였다. 작은 희망은 아직 내 영역 안에 머무르고 있었다.

너는 말했다. 아주 쉽게. 언제나와 같은 무표정한, 내 심장을 날뛰게 하는 얼굴로.

"이 집이요, 이제 나갈 때도 됐죠."

예상을 완전히 못 한 것은 아니었다. 언젠가는 너를 놔주어야 한다는 걸 머리는 알았다. 평범하지 않은 동거 생활이 언제까지 지속될 수 있을까 자조적으로 종종 내게 묻고는 했다. 어쩌면 얼굴 한번 볼 핑계를 찾기가 어려운 상황이 올 수도 있다는 것 역시 알았다. 하지만 예상을 하는 것과 직접 그 음성이 전해지는 것 사이에는 엄청난 괴리가 있기 마련이다.

너는 거의 외출을 하지 않는다. 외출을 한다 해도 늘 만나는 사람이 정해져 있다. 약속 시간은 대개 낮이다. 저녁과 아침은 거의 항상 집에서 먹는다. 그래서 좋았다. 그나마 다행이라고 생각했다. 다른 사람에게 빼앗길 염려를 크게 하지 않아도 됐다. 너는 법적으로 나의 공간임이 보장된 나의 집에서 머무르기만 했다. 그런데 그건 동시에 네가 이 집을 벗어나는 순간 너의 인생에 내가 비집고 들어갈 틈이 사라진다는 뜻이 되기도 했다.

매일 생각했다.

매일 두려워했다.

언젠가는 네가 나를 두고 떠날 거라고. 매일 2년 동안 주문을 걸었다. 네가 맛있게 먹기를 바라면서 집에 놓을 음식을 체크해 비서에게 넘길 때마다, 언젠가는 네가 나의 집의 식탁이 아닌 다른 곳에서 밥을 먹을 수도 있다는 사실에 몸을 떨었다.

평생을 같이 살 수 있을 거란 낙관에 빠져 있었나.

같이 침대를 나누어 쓰거나, 몸을 만질 수 있거나, 하다못해 더 친밀한 사이가 되는 것까지도 바라지 않았다. 그냥 같은 지붕 아래에 있고, 내가 고른 화장품으로 화장을 하고 내가 선택한 음식을 네가 나의 집에서 먹는다는 사실만으로도 벅차게 행복해할 각오가 되어 있었다. 그 정도의 선에서 만족하는 연습을 내내 하고 있었다.

그래, 나에게는 그런 것을 요구할 자격이 없다. 그를 모르는 것은 아니다. 그런데 도무지 표정 관리가 되질 않았다. 너는 안녕히 주무시라는 말을 하고 나를 스쳐 지나갔다. 옅게 퍼지는 너의 로션 향기마저 내가 고른 것이라는 사실은 그 어떤 위안도 되지 못했다.

어떤 핑계를 대서 붙잡아 놓아야 하는 걸까?

후회할 선택은 이미 많이 했다. 다시 후회하지 않으려면 신중한 답변을 해야 했다. 그런데 이런 생각을 한다는 것 자체가 혐오스러워서, 나는 그냥 열리지도 않는 홀의 창을 깨고 투신자살을 하는 나를 머릿속으로 떠올려 보기도 했다.

차라리 죽는 게 낫지 않을까?

이제 그냥 죽을 때가 된 걸까.

네가 내게 할 이야기가 있다면 사흘 밤낮을 자지 않고 이야기를 들어 줄 수 있다. 너의 음성에 홀려 시간이 흐르는 것도 잊어버리겠지. 황홀한 연주를 듣는 것처럼 청각은 내게 온종일 환상적인 카타르시스를 선사할 것이다. 너의 온전한 시선을 받으며, 단둘이 같은 공간에 있을 수 있다면 무엇이든 할 수 있다.

네가 나를 떠나겠다는 내용만 아니라면.

어떻게 정신을 차리고 다리를 움직여 방까지 왔는지 모르겠다.

문을 닫고 바로 가방과 코트를 떨어뜨렸다. 문에 등을 대고 그대로 주저앉았다. 내가 얼마나 별 볼 일 없고 나약한 인간인지, 스스로를 욕할 정신마저 없었다.

이곳은 지옥이다.

밀, 나를 구원할 수 있는 건 너밖에 없어.

회의실의 상석에 앉아 프레젠테이션을 지켜봤다. 문장 단위가 아니라 단어의 집합으로만 언어가 뇌에 입력됐다. 도무지 집중할 수가 없었다. 컨설팅펌에서 나온 남자가 영단어를 지나치게 섞어서 PT를 진행하기 때문은 아니었다. 그는 프레젠테이션에 집중하지 않고 있는 나를 의식하는 듯했지만 그의 기분을 배려해 집중하는 척 애쓸 이유는 없었다. 컨설팅펌에서 주장하는 바를 행했을 때 순이익이 얼마나 증가되고 주가가 얼마나 뛰는지는 회의에 참석한 다른 능력 있는 임직원들이 알아서 잘 판단하고 있을 터였다.

높낮이가 없던 너의 말이 계속 맴돈다.

나는 뇌를 압박하고 편두통을 일으키는 생각으로부터 벗어날 수가 없었다. 위는 먹은 것도 없는데 지나치게 위액을 분비했다. 머리는 머리대로 아프고 속은 속대로 쓰렸다. 나는 앞에 놓인 생수병을 열어 물을 몇 모금 마셨다. 물을 마셨다고 두통이나 속 쓰림이 해결되진 않았다. 눈을 감고 한쪽 손으로 이마를 부여잡자 내 어깨를 두어 번 두드리는 손길이 느껴졌다.

「어디 안 좋으십니까?」

CMO인 김찬기가 자신의 노트에 쓴 내용을 내게 보여 주었다.

나는 고개를 양옆으로 저었다. '좀 피곤하네요'라고 입 모양으로 말하자 그가 작게 고개를 끄덕였다. 나는 다리를 꼬고 등받이에 몸을 더욱 기대었다. 김찬기는 화면으로 고개를 돌렸다. 프레젠테이션을 진행하는 남자는 최상석의 두 남자의 분위기가 좋지 않자 더욱 긴장한 모양이었다. 그의 기분이야 신경 쓸 필요가 없었지만, 어쨌거나 집중을 해서 듣는 게 나쁠 건 없다는 생각이 들었다. 나는 프레젠테이션을 따라가려 노력했다.

하지만 단 한 문장의 의미도 제대로 들어오지 않았다. 나는 그냥 눈을 감았다. 그냥 다른 생각을 해 보려고 애썼다. 이를테면 왜 이 프레젠테이션에 내가 집중하지 않아도 되는가에 관해. 그런 생각을 하는 것이 어떠한 타개책으로 나를 인도하진 않겠지만, 그냥 너에 관한 생각만 아니면 뭐든 괜찮았다.

성공한 CEO들의 스토리에 공통적으로 등장하는 내용이 있다면, 그건 노력과는 상관없이 얻어진 행운과, 자신보다 뛰어난 능력을 가진 사람들을 찾아 자신의 밑에서 일하게 만든 일화일 것이다. 내가 CEO로서 걸어온 길도 그 틀에서 크게 벗어나지 않았다.

초창기엔 CF 모델과 드라마 PPL이 대박을 터트려 일이 잘 풀렸고, 그다음에는 예일대를 졸업하고 MS에서 15년간 일하고 한국 회사로 이직했다가 3개월 만에 강제로 사표 수리를 당한 김찬기를 CMO로 데려왔다. 마케팅과 경영 전략에 탁월한 감을 가지고 있는 CMO는 지금은 화장품 업계의 전설이 된 마케팅 전략을 예술처럼 구사했다.

김찬기가 한국에 오자마자 회사를 때려치운 이유를 알 사람은 다 알았다. 한국식, 정확하게는 난잡하기로는 둘째가라면 서럽다는 북창동식 성접대에 컬쳐쇼크를 받고 그에 관한 항의를 했기 때문이었다. 그는 내게 인수인계조차 다 받지 못한 채로 접대 자리에 나갔을 때 일어났던 충격적인 사건에 관해 말한 적이 있다.

그가 룸에 들어간 지 10분이 채 되지 않았을 때에, 하청 업체 사장이 미성년자처럼 보이는 여자애의 다리 사이로 술을 먹는 계곡주를 권했다는 것이다. 15년이 넘게 미국 본사 MS 전략팀에서 있었다는 남자는, 벌거벗은 여자의 다리 사이에 돈을 끼우며 이루어지는 영업과 접대 문화를 받아들일 생각이 전혀 없었다. 회사도 황당했을 것이다. 헤드헌팅 회사에 비싼 돈을 주고 데려온 엘리트가 마초 문화를 혐오하고 비윤리적 성행위에 대한 타협이란 있을 수 없다고 생각하는 사람일 줄이야. 물론 덕분에 나는 좋은 인재를 얻었다.

영국인인 그의 아내는 내 와이프와 친구여서, 한국에 왔을 때 나를 저녁 식사에 초대했다. 김찬기를 염두에 두고 초대에 응한 것은 아니었다. 그런데 식사 자리에서 김찬기가 먼저 자신을 CMO 자리에 앉힐 것을 요구했다. 공식적으로 드러나지 않은 C재벌 그룹의 적대적 M&A 시도까지 추측해 낸 그의 통찰력에 감명을 받은 나는 어차피 재벌 그룹에 잡아먹힐 회사면 도박을 해 보는 것도 나쁘지 않겠다 싶어 그를 CMO자리에 앉혔다. 결과는 예상을 뛰어넘었다.

나는 그를 CMO로 영입하면서 공식적으로 성접대·성매매·성폭행 및 성추행을 하는 직원들을 용납하지 않을 거라는 성명을 발표했다. 그것은 김찬기가 CMO로 우리 회사로 오는 조건이기도 했고, 여성들을 타깃으로 하여 뷰티 회사의 청렴함을 어필하는 수단이 되기도 했다.

남창처럼 몸을 팔듯이 결혼을 한 주제에 이제와 깨끗한 척한다는 조롱을 듣지 않았던 것은 아니다. 그런 지적에는 공식적으로 대응하지 않았다. 다만 비공식적으로 김찬기가 사석에서 나를 조롱하던 국회의원을 깔끔한 논리로 녹다운시켰다는 얘기는 전해 들었다. 그 국회의원은 얼마 뒤에 여기자 성추행 혐의로 사퇴했다. 그다음 날 김찬기의 표정이 유달리 밝았던 것이 기억난다.

그날은 너의 생일이기도 했다.

너의 친구가 운영하는 블로그에 생일 파티 사진이 올라왔었다. 나는 몇 달간 본 적 없던 너의 얼굴을 마주하고서 심장이 멎는 기분을 느꼈다. 늘 무표정하던 얼굴에 약간 미소가 걸려 있었다.

사진 언저리에 외국인 남녀들이 보였다. 사진에 등장하는 남자들을 다 죽이고 싶었다. 격정적인 질투가 나를 사로잡았다. 그런 치욕적인 감정이 세상에 존재한다는 걸 너를 알기 전까지는 몰랐다. 너를 안 이후부터 나는 그 감정이 얼마나 파괴적인지를 알아갔다. 나는 비행기로도 오랜 시간이 걸리는 거리에서 너의 모든 것을 그리며 괴로워하는데, 그 남자들은 바로 너의 곁에서 술을 마시며 떠들고 있다는 사실을 인정할 수가 없었다. 나에게는 그 비슷한 어떤 것도 허락된 적이 없었다. 그런 현실이 나의 목을 조였다.

그들에게는 네가 미소를 보여 주었을까. 나를 보고 그렇게 웃어 주면 좋을 텐데. 아니, 그런 미소를 기대하는 것은 사치다. 그냥 같은 지붕 아래서 같이 살아 주는 것만으로도 감사할 수 있다. 그 이상을 바라지 않으며, 모든 감정을 가리고 그렇게 계속 살아갈 수 있다.

네가 나를 떠나지만 않으면, 그러지만 않는다면.

생각은 다시 너에게로 돌아갔다. 두개골을 쑤시는 고통은 사라지지 않았다. 나는 위액이 역류하는 느낌에 손을 들어 목을 움켜쥐었다. 다행히 구역질을 하지는 않았다.

"사장님."

"……아."

나는 의자가 움직이는 소음과 나를 부르는 목소리에 눈을 떴다. 프레젠테이션이 끝난 모양이었다. 발표를 마친 남자가 주먹을 꽉 쥐고 있는 게 보였다. 나의 시선이 그의 손으로 향하자 그는 놀라며 꽉 쥔 주먹에 힘을 풀었다. 그는 나의 평가를 두려워하고 있었다. 김찬기는 약간 걱정스러운 표정이었다. 나는 표정을 풀고 애써 미소를 지으며 잘 들었다고, 임원들의 피드백을 먼저 듣고 싶다고 말했다.

프레젠테이션을 요약하고, 짧은 피드백을 주고받는 임원들 사이에서, 나는 정신을 바짝 차려서 PT의 핵심이 무엇이었는지는 금방 파악했다. 예리한 지적과 칭찬이 섞인 CMO의 발언을 마지막으로, 나는 PT와 피드백을 잘 들었으니, 논의 내용을 반영해서 깔끔한 보고서를 받아 보고 싶다는 멘트로 회의를 마무리했다.

총책임자가 정신줄을 놓은 상태여도 그런대로 회사는 잘 굴러갔다. 대형 사고만 만들지 않으면 CEO치고 중간은 가는 거라는 누군가의 말이 떠올랐다. 판단력을 완전히 상실한 상태로 돌이킬 수 없는 괴상한 결정만은 내리지 않기를 바랐다. 아니, 사실 회사는 망하든 말든 별 상관이 없다고 나는 생각하고 있다. 정말 제정신이 아니다.

❉

잠을 거의 못 잔 건 말할 것도 없다. 어젯밤, 방에 들어가서 한참을 주저앉은 그대로 있었다. 그냥 쓰러졌으면, 기억을 다 지워 버렸으면 싶은데, 정신은 또렷했다. 이성적으로 모든 상황을 판단할 수 있는 능력을 잃지 않은 채로 감정의 폭발을 견뎌 내는 것만큼 괴로운 고문도 없다. 그 상태로 날을 거의 새다시피 했다. 다섯 시가 다 된 것을 보고는 찬물로 샤워를 하고 정장을 갈아입었다. 이어서 도망치듯 집에서 나가려다가, 발걸음을 돌려 주방으로 갔다.

아보카도를 넣은 크루아상 샌드위치를 직접 만들었다. 네가 특별히 좋아하는 아침 메뉴다. 가끔 매우 이른 시간에 일어나면 그걸 만들었다. 너는 이 샌드위치 역시 나의 돈을 받은 누군가가 만들어서 냉장고에 넣어 두는 것이라 생각하겠지만 사실 그것만은 언제나 내가 직접 만들었다.

그런 진실을 한 번도 전하지 못했다. 아마 평생 전할 수 없을 것이다. 아침으로 샌드위치를 먹고, 나의 집에서 매일 이렇게 맛있는 아침을 받아먹으면 좋겠다고 생각하게 되기를 바랐다. 크루아상 샌드위치가 너의 생각을 바꾸어 네가 다시 집에서 머물 결심을 하게 된다면 얼마나 좋을까.

밤을 새고 나서 샌드위치를 만든 것은 말하자면 작은 시위였다. 입에 담을 수도 없는 바람을 담은. 냉장고에 샌드위치를 넣은 다음에야 도망치듯 집에서 빠져나왔다. 회사에 도착해서는 샷을 두 번이나 추가한 커피를 마시고, 컨설팅펌에서 나온 남자의 프레젠테이션을 들었다.

자리에서 일어날 때에 김찬기가 과로하시는 것 같다며 나를 걱정했는데, 나보다 명백히 회사에 기여하는 바가 큰 사람이 업무량으로 나를 걱정하니 정말 나는 바지사장이 맞구나 싶었다. 걱정할 필요가 없다고 말하며 비서와 함께 사무실로 올라가는 엘리베이터에 탔다. 그러니 이제는 윤 비서가 나를 걱정했다.

"잠은 주무셨습니까?"

"약간?"

나는 적당히 둘러댔다. 거짓말 좀 하지 말라는 게 윤 비서, 윤상환의 얼굴에 그대로 드러났다. 대학 시절부터 오지랖 넓은 것으로는 타의 추종을 불허하던 윤 후배는 주위 사람들의 건강 상태에 극도로 예민하게 굴었다.

"좀 쉬시는 게 낫지 않을까 싶습니다. 이번 옴므 라인 런칭 관련해서 무리하신 것 같습니다. 마침 런칭 일도 끝낸 김에 휴가는 어떠십니까?"

"괜찮아."

"일 안 한다고 뭘 사람도 없는데 왜 그러십니까. 점심시간까지 내리 주무세요. 특별한 일 생기면 바로 깨우러 들어가겠습니다."

"……그래."

결국 나는 체념하듯이 말했다. 정말로 몸이 갈수록 노곤해져서 휴식이 필요한 것 같기도 했다. 엘리베이터가 최상층에 도착해서 열렸다. 윤 비서는 사장실과 유리벽으로 구획된 자리에 앉으며 눈으로 사장실 옆의 숙면실로 들어가는 나를 좇았다.

나는 침대에 앉아 머리를 부여잡았다. 잠을 잘 수 있을지 확신이 서지 않았다. 잠에 빠지더라도 꿈에서 다시 네가 나타나 나를 욕정에 들끓게 할까 두려웠다.

❦

꿈의 끝자락을 집어삼킨 것은 너에 대한 이야기를 늘어놓는 줄리아나 도우였다. 너와 몸을 섞는 굴욕적인 장면이 아니라 다행이었을까. 그래도 정신이 피폐해지는 것은 똑같았다.

실제로 미친년과 너는 전혀 만난 적이 없는 사이지만 내 꿈속의 미친년은 너에 대해 나보다 잘 안다는 듯이 떠들어 댔다. 귀를 막은 손을 뚫고 선명하게 전해지는 한국어에 나는 그것이 꿈임을 알았다. 아동성범죄자인 줄리아나 도우, AKA 미친년은 5년이 넘게 한국에 있으면서도 '열등한 황인종 원숭이들의 언어'를 단 한 문장도 제대로 구사하지 못했다. 미친년의 언어 학습 능력이 믿을 수 없을 정도로 열등했기 때문이었다.

'너는 나를 범죄자라고 생각하잖아. 그런데 사실 우리 둘 다 별 차이가 없는 거 아냐?'

'닥쳐.'

'나쁜 말은 하면 못써.'

'닥쳐.'

미친년은 벤치에 앉아 땅에 닿지 않는 다리를 앞뒤로 휘젓고 있던 내 옆에 앉아 'Hi, what's your name?'을 연발하며 말을 걸었다. 초등학교를 입학하기도 전에 있었던 일이다. 나는 연한 색소를 가진 외국인을 신기하다는 듯이 보았고, 미친년은 내 옆으로 더 가까이 다가와 내 허벅지 위에 손을 올렸다. 그렇게 시작된 관계는 미친년이 주한미국대사관에서 근무하는 미국인 외교관의 아이를 납치했다가 본국으로 강제 송환 되기 전까지, 장장 4년 동안 이어졌다.

미친년은 원어민 영어 강사였다. 당시엔 원어민 강사가 흔치 않았다. 아마 불법 취업이었을 것이다. 원래는 옆 동네 섬나라로 가고 싶어 했다는 얘기를 들었다. 그런데 일본에서는 받아 주지 않아 차선책으로 옐로우 몽키들의 나라 중에서도 후진국인 한국에 올 수밖에 없었다고 자기 입으로 말했다.

한국 학원은 강사가 영어를 말하고, 듣고, 읽고, 쓸 줄 알기만 하면 다른 것들은 별로 중요하지 않다고 생각했던 것 같다. 아니, 영어를 제대로 읽고 쓸 줄 몰라도 그냥 외국인이기만 하면 됐다. 미친년은 어퍼스트로피를 어디에 찍어야 하는지도 모르는 문맹에 가까웠다. 지금은 어떤지 모르겠지만 초기의 원어민 강사들은 모국어가 영어라는 것 말고는 다른 능력을 가지지 못한 사람들이 상당수였다. 그리고 그중에는 아동성범죄자 같은 악질도 종종 섞여 있었다. 줄리아나 도우가 딱 그랬다.

갈수록 수위가 높아지는 성희롱과 유사 성폭행에, 나는 힘겹게 시설의 선생님들에게 도움을 요청했다. 무슨 일이 벌어지고 있는 건지는 몰랐지만 그게 적절치 않다는 것은 직감적으로 알았다. 그런데 선생들은 내가 네이티브 억양으로 영어를 조금씩 하기 시작하자 그녀에 대한 나의 불만을 쓸데없는 것으로 일축했다. 너의 영어 학습에 도움이 되니 과민 반응 하지 말고 더 친해지라는 게 그들의 주장이었다.

나는 어떻게 보아도 성폭행일 수밖에 없는 행위의 피해자가 되었다. 범죄는 반복됐다. 몇 년 동안.

초등학교 입학을 하고 나서야 성교육 비디오를 보고 담임에게 나의 경험을 털어놓았다. 담임은 경기를 일으키며 적극적으로 문제를 해결해 주려 했다. 그러나 가해자가 외국인인 데다가 공식적인 나의 보호자인 박준중 원장이 여성에 의한 성폭행은 물론, 강간이라는 것 자체가 불가능하다고 생각하는 쓰레기인 게 문제였다.

박준중의 반응은 딱 그랬다. 그는 벗겨지는 머리를 매만지며,

'강간'이라는 키워드에 집중해 아직 서른이 되지 않은 초등학교 여교사를 희롱했다. 낄낄거리던 목소리와 진득했던 시선이 기억난다. 음흉한 시선이 날씬했던 담임의 몸을 여러 번 훑었다. 그게 미친년이 나를 쳐다보던 눈빛과 흡사해서 나는 몸을 떨며 담임의 손을 꽉 잡았다. 담임은 박준중의 희롱을 감내하면서까지 박준중을 설득하려 했다.

'강간? 강제로 뭘 씹질을 한다고? 사실 여자들은 벌리고 꽂아주면 다 좋아해. 비싼 척하려고 연기하는 거지. 허벅지를 지들이 열어 줬다는 것부터가 육봉 맛을 보기로 선택한 거지. 강간이란 건 없다니까?'

'아닙니다. 원장님. 그건 둔기로 맞은 사람에게 둔기를 피하지 못했다며, 맞는 걸 선택했다고 비난하는 것과 같아요.'

'에이. 일단 쑤셔 대기 시작하면 물이 줄줄 나온다고. 근데 싫어하고 있다고? 아니야. 존나 느끼고 있는 거야.'

'그건 입에 음식이 들어가면 침이 나오는 것과 같은 반사적 반응입니다.'

'그래? 아가씨도 경험해 봤나? 물이 반사적으로 뚝뚝 흐르던?'

내가 잡고 있던 담임의 손이 덜덜 떨렸다. 담임은 끝내 금방이라도 울 것 같은 표정으로 원장실에서 나와 나를 안고 흐느꼈다. 나는 그런 담임을 따라 울었다. 울어야 할 것 같았다. 잠깐 들른 경찰서에서 돌아온 반응도 비슷했다. 그나마 친절했던 여순경이 망연자실하게 앉아 있는 담임에게 믹스커피를 내밀면서 그녀를 위로했던 것만 기억난다. 시설로 돌아가자 원장이 나를 불렀다.

'벌써 백마를 타 본 거냐? 새끼야, 구멍 동서가 되게 공유 좀 하자.'

나는 비명을 질렀고, 야구배트로 맞았다. 박준중 원장은 더러운 구두로 내 볼을 밟았다. 그때 마침 중학생 형들이 수련회에서 돌아왔다. 형들도 폭행을 당했다. 그날 배트와 다리를 휘두르는 일에 재미가 붙었는지, 박준중 원장은 별 같잖은 핑계를 대면서까지 시설의 형, 누나들을 불러 인간 샌드백이 되게 만들었다.

미친년은 계속 나를 괴롭혔다. 그리고 그렇게 나를 괴롭히던 미친년이 꿈속에 찾아와 너에 대해 내게 말하고 있었다. 이제는 얼굴도 거의 기억나지 않지만, 끔찍한 모습을 한 여자가 그 미친년이 아닌 다른 괴물일 리가 없었다.

'스위티 연, 미성년자에 발정하는 나를 이해하지? 그래 놓고 나를 미친년이라고 욕해 온 거야?'

'밀은 꼬마가 아니었어. 그리고 나는 아무 짓도 하지 않았다고.'

'헤에. 맨날 꿈에서 했던 이런 짓, 저런 짓 목록을 읊어 줄까?'

"씨발, 닥치라고!"

나는 소리를 지르면서 꿈에서 깨어났다. 나의 목소리가 밖에까지 들렸는지 금방 윤 비서가 뛰어 들어왔다. 윤 비서는 헛구역질을 하는 내 등을 두어 번 두들기더니 제산제와 물을 내게 건넸다. 약을 넘기고 다시 누워 천장을 보며 숨을 고르고 악몽을 지워 내려 애썼다.

진짜 나는 왜 살고 있는 거지.

지금 네가 보고 싶다 생각한다면 나는 정말 쓰레기인 거겠지.

스스로를 비난하는 원색적인 말들이 뇌 속에서 쏟아졌다. 늘 일어나는 자아분열 증세로 치부하기에는 정신적인 데미지가 지나치게 컸다. 전부 지난밤에 있었던 대화의 후유증이었다.

윤 비서가 흰죽과 잘게 다진 장조림이 올라간 접시를 들고 들어왔다. 먹고 싶지 않다고 했지만, 오늘 먹은 거라고는 샷을 추가한 커피 한 잔이 다라는 윤 비서의 강력한 항의에 나는 몇 숟가락이라도 뜰 수밖에 없었다.

✤

하루가 길었다. 너를 떠나보내는 시점까지 내가 하루를 길게 산다는 것은 어찌 보면 절망의 와중에 그나마 기뻐할 만한 일이었다. 문제는 네가 떠나갈 것을 알기 때문에 길어진 그 모든 시간이 고문이 될 것임이 뻔하다는 거였다.

이사라는 게 그렇게 쉬운 일이 아니란 걸 알고 있다. 눈 깜빡할 사이에 네가 증발하지는 않을 것이다. 집도 봐야 하고, 집을 고르면 취향에 맞게 내부 리모델링도 새로 하고, 인테리어 디자이너와 디테일에 관한 조율도 하고, 네가 태어났을 때부터 애용한 브랜드의 침대와 장을 새로 사길 원한다면 이태리에서 원목 가구가 제작되어 올 때까지 기다리기도 해야 한다.

최소 한 달은 필요하다. 그 정도의 시간은 아직 있었다.

담담하게 계획을 말하던 것으로 미루어 보아 내게 진절머리가나서 집을 떠나는 건 아닐 것이다. 그러나 내가 싫은 티를 내지 않으려 노력했을지도 모를 일이다. 내 망상을 조금이라도 네가 엿보았다면…… 너는 이미 나를 역겨워하며 증오하고 있을 테니까.

나는 최대한 너에 대한 생각을 털어 내기 위해 없는 일감까지 끌어왔다.

뉴 옴므 라인 런칭이라는 큰 분기점을 넘어간 상태라 일감이 산더미처럼 쌓인 상태가 아니었다. 그런데도 자잘한 판단을 요하는 처리 문건과 제안서까지 전부 긁어 오게 했다. CFO와 CMO에게 일임한 부분도 서류를 검토하고 싶다고 말했다. 명색이 CEO인데 검토도 안 하고 승인을 할 수는 없지 않냐는 말에 윤 비서는 그럼 여태까지는 CEO가 아니셨냐고 물었지만, 그 말은 못 들은 척했다. 윤 비서는 결국 항복하듯이 내일 일까지 당겨서 오늘 열심히 하시고 내일부터 휴가를 낸 다음 주말까지 내리 쉬시라는 말을 하며 서류를 쌓아 두고 갔다.

일에 치여 네 생각을 덜 할 수 있어서 그나마 나았다.

저녁에는 또 CFO, CMO와 함께 보와 뉴 옴므 라인의 방향에 관한 회의를 짧게 했다. 김찬기의 중국 출장이 급하게 잡혀 회의를 미루지 않고 그냥 당겼다. PPL을 넣기로 한 드라마의 남자 주연 배우가 바뀌었는데 그 배우의 전작이 중국에서 꽤 흥행을 한 상태라 중국 지사 마케팅부에 갑자기 일감이 떨어졌다. 이왕 옴므 라인을 하나 새로 판 김에 중국 남자를 대상으로 스타 마케팅 전략을 구사할 수 있을지 데이터 분석을 하겠다는 거였다.

쓸데없이 직원들을 쪼아 댄 결과로, 속은 여전히 좋지 않았지만 아침보다는 혈색이 괜찮아졌다는 평을 들었다. 자정이 다 되어 회사를 나설 때에야 진상 짓을 하루 내내 했다는 생각에 마음이 편치 않아졌다.

집으로 돌아가는 시간을 늘 좋아했다. 네가 집에 있기 때문이다. 따듯하게 나를 맞아 주지 않아도 괜찮다. 그냥 같은 공간에 네가 있다는 사실만으로도 나는 충분히 벅찼다. 그런데 오늘은 그런 만족감보다도 싸늘한 긴장이 나를 옥죄었다. 끔찍한 하루를 보내며 내가 도달한 결론은 하나였다.

절대 놓아주기 싫다. 놓아줄 수 없다. 그게 가능할 리가 없다.

솔직한 본심은 그랬다. 정말이지, 내가 너를 포기할 수 있을 리가 없다. 적절한 핑계를 잘 찾아서 붙잡아야 했다. 나는 평생 너를 옭아맬 핑계를 찾고 싶었다. 그냥, 몇 달간 나를 안심시킬 수 있는 시한부 해결책이 아니라, 평생을 내 곁에 머무르게 만들 환상적인 핑계가 필요했다. 아니면 내가 살 수가 없다.

나는 가능한 모든 수단을 동원해 볼까 생각했다. 나쁜 곳에까지 생각이 닿았다. 몇 년 전에 만났던 한 노인이 이 상황을 해결하는 데에 어떤 도움을 줄 수도 있지 않을까 하는 생각까지 했다.

너에게 더 가까이 가려고 해서는 안 돼.

그런데 현실적인 상황에 대한 생각을 발전시킬수록 더 큰 난관들이 보였다. 네가 다른 남자와 결혼을 하고 싶어 할 수도 있을 거라는 난관, 너에게 남자가 생길지도 모른다는 공포. 나는 애써 그런 가능성들을 무시하고, 나의 생각 속에서 그런 미래를 은폐해 왔다.

내 삶에 떨어진 폭탄은 내 정신 상태를 완전히 초토화시켰지만, 전조 없이 찾아온 예상 불가능한 재난은 분명 아니었다. 나는 상황이 더 나빠질 수도 있다는 것을 인정했다. 나를 그저 떠나가는 것에서 너의 결정이 끝나지 않을 수도 있었다.

그런 결말은 반드시 나를 파멸시킬 것이다. 정말 그런 상황을 마주하게 되면 나는 아마 나를 죽여야 할 것이다. 아니면 살인자가 되거나. 살인에 대한 생각을 아무렇지 않게 자행하는 걸 관조하면서, 나는 내가 미친년이나 박준중 원장, 내 주위의 여타 수많은 쓰레기들보다 더 쓰레기라는 결론에 도달했다. 나는 수억 년을 견딜 수 있는 통에 넣어 지반 깊숙이 박아 두어야 하는 핵폐기물 수준이다. 적어도 내가 언급한 쓰레기들 중에 살인자는 없었다.

나는 기사가 주차장에 차를 멈추어 세우고 난 다음에도 몇 분간 내리지 않고 가만히 있었다. 그리고 수고했다는 말을 기사에게 건네고 결심을 하듯 차에서 내려 엘리베이터에 올랐다.

집에 들어서는 순간, 뭔가가 잘못되었다는 것을 알았다. 너는 언제나 지갑을 엘리베이터 옆 화분 밑에 두었다. 하지만 지갑이 보이지 않았다. 나는 그럴 리 없다고 생각했다. 몇 달간 밟은 적 없던 계단을 올라갔다. 특별한 이유가 있어 지갑을 챙겨 방으로 갔을 수도 있다. 갑자기 고용인들에게 없던 도벽이 생겨 명품 지갑을 훔쳐 갔을 수도 있다.

나는 방 안에 네가 있다는 것만 확인할 수 있으면 바로 너의 영역인 2층에서 내려올 생각이었다. 너의 방문이 열려 있었다. 침대 시트는 깔끔하게 정리되어 있었고, 내가 기대했던 잠든 너의 모습은 보이지 않았다.

집에, 네가, 없다.

연금술사의 능력은 대개 일 할의 확률로 유전되며,
연금술사와 현자의 돌 사이의 자식인 경우에는
무조건 연금술사가 된다.

二 朦朧

의욕이 넘치는 새로운 하루는 크루아상 샌드위치로 시작되었다. 늦은 시간에 일어나 배가 고팠다. 그런 와중에 먹은 샌드위치는 내게 활력을 주었다. 닭 가슴살 슬라이스, 아삭한 양배추, 채 썬 파프리카, 올리브, 할라피뇨, 햄, 토마토, 렌치 드레싱에 이은 아보카도까지 전부 완벽했다.

집을 나가면서 맛있는 음식이 솟아나는 냉장고와 작별해야 한다는 사실이 조금 안타까웠다. 그러다가 그냥 새아버지에게 식사 준비 업체를 소개받으면 된다는 결론에 도달했다. 얼마나 지급해야 꼬박꼬박 냉장고에 내 취향에 맞는 온갖 종류의 도시락들이 쌓이는 건지 알 수는 없지만 내가 지급할 수 없을 만큼 비쌀 리가 없다.

명함 앨범을 뒤지며 세무사에게 연락해야 할지 고민했다. 나는 쌓아 둔 돈을 까먹으며 사는 입장이라 세금 문제에 늘 주의해야 했다. 가진 집과 건물의 개수에 따라 세금 내역이 변동되는 범위를 확인해 줄 세무사가 필요했다. 그리고 인터넷은 이사를 할 때 도움을 주는 건 공인중개사라고 말해 주었다. 유감이게도 내 연락 리스트에는 공인중개사가 단 한 명도 없었다.

공인중개사의 번호는 검색으로 얻었다. 엘리베이터만 타고 내려가면 5분도 걸리지 않을 거리에 있는 사무실이었다. 전화를 받은 여성은 나의 방문 시간을 확인했다. 한 시간 이내에 가겠다고 말했다. 나는 샤워 후에 화장을 하고 나갈 준비를 마쳤다. 집을 나설 때쯤에 청소 및 잡다한 집안일을 처리해 주는 경진 씨와 엘리베이터 바로 앞에서 마주쳤다. 짧은 인사 후에 엘리베이터에 올랐다.

공인중개사와 함께 몇 개의 집을 돌았다. 들어가기 싫은 집도 없었지만, 끌리는 집이 있는 것도 아니었다. 나는 다음을 기약하면서 공인중개사와 헤어졌다. 시세와 집을 구매하는 메커니즘에 대한 이해를 했다는 것만도 성과로 느껴졌다.

엘리베이터 앞에 서 있는데 모르는 번호로 전화가 왔다. 받지 않았다. 그런데 엘리베이터에 올라 집에 도착해 방에 들어갈 때까지 계속 같은 번호로 전화가 걸려 왔다. 부재중 전화 4통이 찍힐 때까지 계속 전화를 걸어 대자 받을 수밖에 없었다.

— 밀! 모르는 전화 안 받는 건 여전하네. 스토커처럼 계속 건 건 미안.

남자가 나를 반갑게 불렀다. 내 이름을 알고 내가 자신을 목소리만으로 알아챌 거라 생각하는 걸 보면 분명 친분이 있는 사람일 텐데, 바로 누군가가 떠오르지 않아 잠시 고민했다. 그러다가 어제의 점심 식사가 기억났다. 화연이 5초대라고 들었다던 친구가 떠올랐다.

"……현재?"

— 응응, 맞아. 기억하네. 나 아까 한국 들어왔는데, 지금 올림 픽대로 타고 달리고 있어. 한강이 반갑다. 밥 먹을 생각 있어?

"아. 돌아온 거 환영. 언제?"

— 네가 괜찮으면 난 오늘도 좋은데.

미취학 시절부터 국제적으로 놀았다는 도련님네 집은 집안의 막 내가 외국 생활을 끝마치고 한국으로 돌아왔다고 해서 그걸 기념 하는 가족 식사를 가지진 않는 모양이었다. 가족이 비행기를 탄 걸 기념하는 모임을 가지면 어떤 일주일은 한 주 내내 하루하루를 축 하해야 할지도 모를 일이었다. 반겨 줄 가족들이 한국에 그대로 있 기는 한지부터가 의문이었다.

물론 인천국제공항을 버스 터미널 정도로 여기는 건 우리 가족 도 마찬가지였다. 사실 다른 일반적인 가정에서 버스터미널이 갖 는 의미를 제대로 이해하고 있다는 생각이 들진 않지만, 비유적으 로 볼 때 나름 적절한 것 같아 그냥 그렇게 생각했다. 일반적이고 평범한 것에 대한 감이 없는 나는 종종 주위 사람들에게서 평범함 을 캐내어 나의 위치를 가늠해 보았다. 비교 우위를 점하거나, 상 대를 깎아내리기 위해서는 아니었다. 그런 사고를 주기적으로 행 하지 않으면 진짜 원더랜드에 갇힌 앨리스가 될 것 같아 그랬다.

"오늘 저녁?"

— 그래, 디너. 강남에 있는 거 맞지?

"응. 삼성동."

나는 이미 외출을 했는데 또 나가기 귀찮단 생각을 했다. 그런 데 내가 오늘 시간이 없다는 거짓말을 내뱉지 않은 시점에서 이미 현재는 오늘 저녁을 나랑 먹기로 결정한 모양이었다.

안 되지만 않으면 무조건 된다는 자기중심적인 사고방식은 화연이 '청담식 개쌍마이웨이' 라고 이름을 붙인 것이었다. 화연은 종종 그 단어를 언급하며 도련님들을 욕했다. 욕을 얻어먹는 남자들 중 실제 청담동에서 나고 자란 사람이 별로 없다는 게 웃긴 점이었다.

— 나 내년 초까지는 청담에서 지낼 건데 가깝네. 지금 데리러 갈까? 어디 있는지 알려 줄래?

"삼성동 판도라더퍼스트엠파이어. 코엑스 지나면 쌍둥이 빌딩 같은 거 있어."

나는 포기하듯이 말했다. 사실은 나가기 싫은데, 거절한 다음에 변명을 하거나 불편한 감정을 받아 내는 건 그 나름대로의 에너지 소모를 요했다. 신현재라는 인간을 아주 좋아하지는 않았지만, 귀찮다는 이유로 인간관계를 정리해 버리는 나의 나쁜 버릇을 오픈하고 싶진 않았다.

타고 있는 차의 기사에게 위치를 아는지 확인하는 모양이었다. 약간 멀어진 목소리가 들렸다. 테헤란로의 끝을 달릴 때면 보이는 육중한 건물을 모르긴 쉽지 않을 것이다. 다른 건물들의 한강 조망권을 해친다며 거대한 소송이 걸리기도 했었고, 작년 말에 방영한 드라마 속 재벌 3세가 지내는 집으로 나오기도 했었다.

재벌 3세는 드라마 속에서 내가 지내고 있는 꼭대기 펜트하우스에서 살았다. 그에 관한 칼럼을 지갑을 새로 사기 위해 뒤적거리던 여성 잡지 속에서 읽은 적이 있다. 에디터는 실제 펜트하우스에는 부자이며 싱글이고 잘생기기까지 한 연우겸이 살고 있다는 말로 칼럼을 마무리했다.

— 근처 가면 다시 연락할게. 내려와. 청담에서 태국 음식 괜찮

아? 팟타이랑 카오팟, 뿡가리 등등. 만약 안 가리면 돔얌꿍도 먹고.

"괜찮아. 고수가 엄청나게 들어간 게 아니면."

— 그래. 이따 봐.

전화가 끊어졌다. 매너를 갖춘 듯이 말하지만 화연이 말하는 '청담식 개쌍마이웨이'에 따라 청담에서 나고 자란 도련님은 사실 다른 음식을 먹을 생각이 없을 것이었다. 심지어 메뉴를 추천해 준답시고 내 의견도 묻지 않고 내 음식까지 주문할지도 몰랐다. 어차피 여자들 밥값까지 자기가 다 내는데 내 맘대로 음식을 시켜도 되지 않느냐는 생각을 하고 있을 것이 뻔했다. 거기에 덤벼 싸우고 싶진 않았다.

난 검은 스키니진과 흰 티 위에 걸친 하늘색 남방, 도톰한 녹색 니트 카디건을 갈아입어야 하나 고민했다. 분명 고급스러운 장소에 데려갈 텐데 예의가 약간 아닌 것 같아 보이는 차림이었다. 나는 드레스룸으로 가서 옷장을 열었다. 불편하지 않아 보이는 미니드레스와 무난한 디자인의 펌프스를 꺼냈다.

그제야 현재가 내게 관심을 보이는 것 같다던 화연의 말이 떠올랐다. 나는 그에게 관심이 전혀 없다. 가끔 몇 달에 한 번씩 만날 친구 목록에 그가 추가되는 것은 내가 소시오패스가 아니라는 걸 증명할 수 있는 좋은 일이었지만 일주일에 두세 번씩 만나는 건 전혀 다른 이야기였다. 일차적으로는 미치게 귀찮고 짜증 날 것이고, 이차적으로는 강남 결혼 적령기 도련님들과 아가씨들의 입에 내가 오르내리는 빈도를 현저하게 증가시킬 것이며, 그리하여 결과적으로 화연이 나를 쪼아 대는 수위가 높아질 것임이 자명했다. 무엇도 원치 않았다.

나는 예의를 갖춘 차림이지만 그를 의식해서 과하게 꾸민 것처럼 보여서는 안 된다는 난제에 직면했다. 이런 비생산적인 고민을 해야 한다는 것부터가 괴로웠다. 이래서 남자들을 만나지 않는 것이었다. 예뻐 보이는 동시에 차갑게 만들어서는 안 된다는 원칙을 지키기 위해 고군분투하는 여자들을 언제나 대단하게 생각했다.

그냥 남자 없이 사는 것을 택하면 인생의 수많은 난관과 고민들이 해결될 것 같은데 왜 그런 선택을 하지 않는가?

답할 수 없는 미스터리였다. 사랑받고 싶어서라는 말은 좀 이상했다. 그 사랑이라는 것이 더욱 골치 아픈 수많은 문제들을 양산하기 때문이었다. 남자 친구에게, 남편에게 맞아 죽는 여자들에 관한 기사는 언제나 신기했다. 왜 끊임없이 이런 일이 반복되게 두는 거지? 대체 무엇 때문에?

한때는 성욕 때문이리라 생각했다. 특히 화연처럼 남자들과 자는 것을 좋아하는 친구가 옆에 있으니 더욱 그랬다. 그런데 많은 한국 여자들이 성관계에서 기쁨을 느끼지 않는데도 그러는 척 연기하며, 심지어 관계를 가지고 싶다는 충동을 전혀 느끼지 않는다는 리서치 결과에 관한 칼럼을 보고서 나는 혼란에 빠졌다.

그냥, 인간은 어렵다. 그게 언제나 도달하게 되는 결론이었다.

나는 옷을 갈아입고 화장을 고쳤다. 적당하게 꾸미는 게 어떤 것인지 고민하는 건 하지 않기로 했다. 귀찮게 군다 싶으면 관계를 그냥 정리하면 그만이었다. 세 살 버릇 여든까지 간다는 속담을 떠올렸다. 그 속담이 사실이고 대부분의 평범한 사람들이 그 속담에 따라 살아가고 있다면, 어렸을 때부터 유지해 온 버릇에 따라 연락을 끊어 내는 건 나름대로 평범한 일일지도 몰랐다.

혼이 아니라 둘만 있는 룸에서 식사를 했다. 그 어떤 방해도 없이 우리의 대화만으로 하나의 공간이 채워졌다. 내 예상보다 현재는 훨씬 더 내 기분을 맞춰 주려 노력했다. 다정한 배려는 고마운 일이었지만 나는 음식이 세팅되고 대화가 진행되어 갈수록 지나친 친절이 나를 불편하게 만들고 있다는 걸 깨달았다.

확신은 못 하겠지만 자신의 미래 플랜이나 비전에 대한 이야기, 부모님과의 관계까지 늘어놓는 걸 보면 하루 이틀 짧고 진득하게 놀아 보자는 것도 아닌 것 같았다. 나는 집을 보러 다니는 중이라는 얘기를 괜히 했단 걸 알아채고 스스로를 자책했다.

"조금 더 기다릴 생각은 없어? 결혼하면서 신혼집 차려서 나가는 방법도 있잖아. 몇 년 안 가서 다시 옮겨야 하면 그게 또 무슨 고생이야. 귀찮고 번거로운 거 싫어하잖아. 이제야 나가서 혼자 살겠다는 데에 이유가 있어? 연 사장님 결혼하신대?"

"그건 모르겠어. 이유는 그냥 특별한 건 아니고."

"그럼?"

"나가서 쭉 독신으로 살아야지 싶어서."

"그게 뭐야. 그럼 무슨 재미로 살아. 브런치 모임 나가서 잘난 남편이랑 예쁜 자식들 자랑해야지. 너 닮은 아들딸 낳으면 진짜 예쁘겠다. 하하. 우리 둘 유전자 섞이면 좀 괜찮을 것 같지 않아? 너무 나갔나?"

현재는 객관적으로 잘생겼다. 연예 기획사가 즐비한 청담동에서 캐스팅디렉터의 명함을 전단지 받듯이 받으며 살았던 것을 알고 있다. 집안도 좋았다. 친가 외가 할 것 없이 법조계, 정계 거물들이 빽빽했고 집안에 쌓인 재산도 많았다. 하지만 그렇다고 해서 잘해 보고 싶지는 않았다. 전혀 그럴 마음이 들지 않았다.

"결혼이나 아이 생각 없어."

"왜?"

"좋은 엄마가 어떤 건지도 모르겠고, 나 같은 딸 나는 원치 않아. 물론 나 같은 아들도. 좋은 아내는 더더욱 모르겠어. 그렇게 되고 싶지도 않고. 화연이는 결혼 안 한다는데 브런치는 그냥 화연이랑 둘이서 하면 될 것 같아."

현재의 표정이 딱딱해졌다. 마음에 드는 방향으로 대화가 진행되지 않고 있는 것임이 분명했다. 나는 그냥 나오지 않는 게 옳았다는 생각이 들었다. 현재의 목소리가 가라앉았다.

"왜 그렇게 마음에도 없는 소리 하면서 비싸게 굴려고 해. 서른 넘어가면 감가상각 장난 아니다. 이화연? 걔는 걸레같이 굴다가 제값도 제대로 못 받고 팔려 갈 게 분명하잖아. 연주회는 누구 돈 끌어와서 할 거래? 언제까지 버틸 수 있을 것 같아?"

그의 오만한 생각이 보였다. 내 판단이 옳고, 너는 틀렸다. 아무리 튕기는 듯해도, 사실 여자들은 다들 나를 좋아한다. 그는 그런 생각을 여과 없이 뿜어냈다.

그냥 그렇구나, 그런가 보다, 혼자 착각하고 살아라, 하고 평소처럼 괜한 에너지 낭비를 하지 않고 밥만 먹고 일어나면 됐을 일이었다. 그런데 러시아 마피아가 뒤에 있다고 소문이 자자하던 남자애가 나에게 위해를 가하려고 했을 때 그 앞을 막아서던 화연이가 떠올랐다.

실제로 화연이가 만난 남자들보다 더 많은 수의 여자들을 만나고도 스스로는 고고한 척하고, 화연이는 걸레로 매도하는 신현재의 모습에, 다른 사람이 나에 대해 비슷한 얘기를 하면 화연이가 참을 리가 없다는 생각이 들었다.

그래서 화연이를 위해 내가 뱉을 수 있는 적절한 말을 떠올렸다. 문제는 내가 남자들의 사고방식에 굉장히 무지해서, 나의 발언이 일으킬 분노와 파급을 전혀 예상하지 못했다는 데에 있었다.

"화연이가 걸레인 게 소문나서 시집 못 갈까 걱정하기 전에, 네가 5초 조루인 게 소문나서 장가 못 갈 걱정을 하는 게 더 생산적이지 않을까?"

방 안에 정적이 맴돌았다.

신현재는 맨 처음에는 내가 뱉은 말을 이해하지 못한 것 같았다. 하지만 분노가 차오르는 두 눈과 마주했을 때, 나는 그가 제대로 내 말의 뜻을 받아들였다는 것을 알았다. 시간이 조금 필요했던 것뿐이었다.

나는 금방 내가 돌이킬 수 없는 선을 건넜다는 걸 알아챘다. 나는 건드려서는 안 되는 부분을 건드렸다. 켜져서는 안 되는 스위치가 켜졌다.

"씨발년아, 뭐라고?"

신현재는 이성을 잃었다. 나를 아내로 맞는 선택지가 지워졌다는 것에 대해 기뻐할 수만은 없는 상황이었다.

"……"

처음엔 이렇게 과민 반응 할 일인가 싶었는데, 갈수록 분위기가 더 심각해지는 것 같아 나는 이게 말이 되는 상황인지 말이 안 되는 상황인지 판단하는 건 중요한 문제가 아니란 걸 깨달았다.

방 안에는 나를 도와줄 사람이 아무도 없었다. 나보다 체격이 월등히 큰 남자가 서서히 이성을 잃어 가는 모습을 보자 폭력에 대한 공포가 피어올랐다. 생존에 대한 본능 같았다. 손에 약간 땀이 차는 느낌이 생소했다. 사실 나는 다른 사람의 분노를 받아 낸 경험이 거의 없었다. 집집 자체도 적었고 감정적으로 충돌하는 상황을 피하는 선택을 늘 해 왔다. 그래서 내 말 때문에 손을 부들부들 떠는 사람이 앞에 있다는 건 내가 경험하지 못했던 미지의 영역이었다.

나는 이성적으로, 일어날 수 있는 최악의 상황들을 떠올려 봤다. 법조계 집안의 아들에게는, 멀쩡한 사람을 폭행하고도 럭셔리한 변호인단의 변호를 받아 모든 혐의로부터 벗어난 경험이 이미 있을 수도 있었다. 그렇다면 상황은 정말 위험했다. 사람들은 대부분 처음 한 번을 어려워한다니까.

아까 잠깐 생각했던 남자에게 맞아 죽은 여자들에 관한 기사가 떠올랐다. 그런 극단적인 상황은 쉽게 일어나지 않기 때문에 기사가 나는 것이라 스스로를 위로해 봤다.

"XXXX."

그는 알아들을 수 없는 언어를 뱉었다. 할 줄 아는 언어가 워낙 많으니 무슨 말을 한 건지 알 수야 없었지만 좋은 뜻이 아닐 것임은 분명했다. 그가 자리에서 일어났다. 그냥 뒤돌아서 나가 주길 바랐다. 다시는 다른 사람을 긁을 의도로 비아냥거리지 않으리라 맹세했다. 하지만 자리에서 일어난 그는 재킷 안주머니에 손을 넣어 하얀 가루가 든 봉지를 꺼냈다.

미친.

신현재가 약을 하는 녀석일 거라고는 생각해 본 적 없었다. 예상보다 상황이 더 안 좋았다.

"내가, 말실수를 한 것 같은데."

난 더 큰 일이 닥치기 전에 상황을 수습해 보려 했는데 그는 내 변명을 들어 줄 생각이 없어 보였다. 정말 내가 해서는 안 될 말을 뱉은 모양이었다.

나는 눈으로만 그가 봉지를 열어 물 잔에 가루를 타는 것을 지켜봤다. 동작은 생각보다 느긋했다. 하지만 그렇다고 안심이 되는 건 아니었다. 불안감의 크기는 점점 커졌다. 나는 내가 생각했던 최악의 상황보다 더 최악인 상황을 발생 가능한 사건 목록에 추가했다.

그가 동그란 테이블을 돌아 내 옆으로 왔다. 나는 반사적으로 일어나 다른 방향으로 가려 했다. 그러나 높은 힐은 나를 돕지 못했다. 우악스러운 손이 내 머리채를 휘어잡았고, 입술 위로 액체가 쏟아졌다. 나는 당연히 입을 벌리지 않았지만, 성인 남자의 손이 턱을 부여잡고 무력으로 틈을 만들자 저항이 불가능했다.

정체를 알 수 없는 가루를 탄 액체가 입 안으로 들어갔다. 허탈한 기분이 들었다. 금방 어둠이 찾아왔다.

머리가 아팠다. 정신이 들고 눈을 뜨기 전에 방금 있었던 괴상한 사건이 머리를 스치고 지나갔다. 조루라는 말을 들은 도련님이 돌변해서 내게 약을 먹이고 쓰러트린 사건 말이다. 생각하면 할수록 그 구성이 괴상해서 나는 그냥 눈을 뜨면 내 방 침대 위에 누워서 이상한 꿈을 꿨다고 생각하게 되지 않을까 싶기도 했다.

그러나 불편한 몸의 자세와 약간 떨어진 거리에서 들려오는 한 남자의 목소리로 미루어 보건대, 눈을 뜬 다음 내가 보게 되는 게 내 방 천장일 확률은 제로였다.

"야마 돌아서 끌고 나왔다고! 말했잖아! 이미 약은 먹였고!"

음성이 더욱 선명해지기 시작했다.

"아, 새끼야. 씹. 그냥 버리고 갈 수가 있냐! 보와 연 사장 딸이란 말이야! 게다가 이년이 누구 손녀인지 알아? CCTV 한두 개를 지났겠냐!"

나에 대한 얘기를 하고 있는 것임이 분명했다. 눈꺼풀을 힘겹게 들어 올렸다. 차 시트가 보였다. 나는 사람이 없는 주차장 같은 곳에 있었다. 정확하게 말하자면 그런 곳에 세워진 차 뒷좌석에 누워 있었다. 신현재는 차 밖에서 고래고래 소리를 지르며 통화하는 중이었다.

"존나 진짜 딸은 아니지만……. 상식적으로 피가 안 섞여도 가족인데 찾기는 하겠지! 씨발, 너 뉴스 안 보냐? 게다가…… 버려진 손녀 아니냐고? 야 이 새끼야! 그게 지금 핵심이 아니잖아!"

흥분한 상태로 대화를 이어 나가는 모습으로 유추하건데 금방 나를 살피러 올 것 같지는 않았다. 나는 머리를 부여잡고 내 가방이 있나 눈으로 살피기 시작했다. 바닥에 박혀 있는 하얀색 가죽 가방이 보였다. 내용물은 친절하게 쏟아져 있었다. 나는 핸드폰으로 손을 뻗었다.

무엇이 먼저인가. 신고? 위치 파악?

계속 머리가 지끈거렸다. 시야가 종종 뿌옇게 변했다. 경찰 출동에 엄청난 시간이 걸린다는 뉴스를 언뜻 보았던 기억이 났다. 나는 통화 버튼을 누르기에 앞서 지도 앱을 켜서 위치를 확인했다.

내가 생각해도 정말 침착한 행동이었다.

서울 외곽에 내가 있다는 걸 안 나는 그제야 112를 눌렀다.

"변호사 불러야 한다는 거 알아! 근데 씨발 로펌에 연락하면!"

Rrrrr—

이런.

"아버지가 아시…… 야, 잠깐만."

망했다.

내가 예상하지 못했던 건 통화 연결음이 생각보다 크게 들릴 거
란 것이었다.

신현재는 성큼성큼 다가와 뒷좌석 문을 열고 아까처럼 내 머리
카락을 잡아당겨 나를 주차장 바닥에 내동댕이쳤다.

"악!"

무릎이 그대로 바닥과 충돌했다. 정말 아팠다. 동시에 아픈 게
문제가 아니라는 생각이 들었다. 스마트폰은 바닥에 떨어져서 배
터리와 본체가 분리됐다. 나는 필사적으로 떨어진 핸드폰 본체를
주워 들었지만 배터리가 더 멀리 날아간 시점에서 그 폰이 유용하
게 쓰일 수 있을 리가 없었다.

"쌍…… 뭐 됐네. 좆같다. 이걸 어떡하나."

고개를 들어 마주한 신현재의 눈은 완전히 충혈되어 있었다. 단
정하던 정장은 잔뜩 구겨져 있었고, 뭔가 시야가 탁했다. 눈이 풀
려 있었다.

"아."

너는 여기서 약을 했다.

정상적인 판단을 할 수 있는 상태인 것처럼 보이지 않았다. 나
는 그냥 나를 놓아주면 신고하지 않겠다고 말해 볼까 생각했다. 그

런데 네가 오른발로 내 허리를 걷어차 내가 주차장 천장을 보게 만들고 내 배 위를 꾹 밟자 나를 짓누르는 무게감과 공포에 말 한 마디도 입 밖으로 뱉지 못했다.

나는 진정으로 생존에 대한 강한 욕구를 경험했다. 아까보다 더했다. 내가 느끼는 공포와 두려움은 정말 절체절명의 상황에서나 인간이 느낄 감정이었다. 어쩌면 죽을 수도 있다는 생각에 확신이 더해지는 순간, 감각이 마비됐다.

"형, 나 그냥 현행범으로 잡혀 들어가기 전에 섹스나 한번 할까 싶다."

체념 어린 어조로 전화기 너머의 상대에게 말한 신현재는 그대로 핸드폰을 멀리 던졌다. 핸드폰 너머로 비명을 지르는 남자의 목소리가 작게 들렸다. 그러지 말라고, 변호사가 해결해 줄 거라고, 괜히 더 망치지 말고 가만히 있으라고 애원하는 소리가 들렸다.

신현재는 제정신이 아니다. 나는 눈을 깜빡이지도 못했다. 그는 내 위에 걸터앉았다.

나는 생각했다. 내 손에 있는 핸드폰이 칼이었다면, 팔을 휘둘러 신현재의 어깨에 꽂아 넣을 텐데, 얇고 긴 예리한 칼날을 가진 무기라면, 지금 나를 보호하고 그로부터 도망칠 수 있을 텐데.

"야."

어?

"너, 이게 무슨……."

그때 신현재의 눈이 핸드폰을 힘겹게 쥐고 있던 오른손으로 향했다. 나도 그의 시선을 따라 고개를 돌렸다. 내 손에는 내가 상상했던 것과 똑같은 형태의 무기가 쥐어져 있었다. 두려움에 빠져 정지해 있던 뇌가 다시 돌아갔다. 마지막 기회일 수도 있었다.

약에 의한 환각일까. 어찌 됐건 신현재도 동시에 뭔가 이상한 걸 보고 있는 것은 분명했다. 틈은 그때뿐이었다. 나는 힘차게 오른팔을 휘둘렀다. 가죽을 뚫고, 칼이 박히는 느낌이 들었다.

"아악!"

신현재의 비명이 들렸다. 나는 왼손으로 땅을 짚고 일어나 미친 듯이 뛰었다. 펌프스가 벗겨지고, 발바닥에서 피가 배어 나오는 느낌이 들었지만 절대 멈추거나 돌아보지 않았다. 5분 정도를 정신없이 뛰어가자 택시가 한 대 지나가는 것이 보였다.

나는 택시를 쫓아 달리며 창문을 때려서 결국 택시가 멈추어 설 수밖에 없게 만들었다. 그제야 긴장이 풀렸다. 문을 열고 탄 나는 그 자리에서 엉엉 울었다. 그렇게 울어 본 기억이 없었다. 기사는 3분 정도 달린 후에 차를 세우더니 내 손에 들려 있던 칼을 빼앗아 갔다.

한참이 지난 이후에 숨을 고르자 룸미러 너머로 걱정스럽게 나를 보던 기사와 눈이 마주쳤다. 나는 그가 경찰을 불렀으리라 생각했다. 피 묻은 장도를 들고 택시에 탄 여자를 데리고 액셀을 밟을 만큼 담력이 큰 기사라서 다행이라는 생각이 들었다. 감사하다는 말이라도 하려 했는데, 나는 그의 양손에 들린 똑같은 기종의 핸드폰에 시선이 멈추었다.

하나의 핸드폰에는 피가 묻어 있었다.

"괜찮아요? 아가씨 배터리가 없는데 마침 내 거랑 같은 기종이라 배터리 바꿔서 아버지로 저장된 분께 전화 걸었어요."

"……."

"바로 온다고 했는데 이 피가 아가씨 거면 병원으로 갈까요?"

기사가 이어서 하는 말이 잘 들리지 않았다. 나는 내 핸드폰 윗

부분에 묻어 있는 피에 시선을 고정했다. 분명 칼이었다. 그랬었다. 그래야만 했다. 나는 또다시 불어닥치는 두려움에 어깨를 떨었다.

머리가 아팠다. 나는 눈물을 닦아 내고 빨리 이 상황에서 벗어날 수 있기를 간절하게 기도했다. 빨리 침대에 들어가 눕고 싶었다.

현자의 돌 혹은 연성진 없이
연금을 하는 연금술사는 단명한다.

三夢

엘리베이터 앞까지 뛰어갔다. 차 키를 챙길 정신이 있는 게 그나마 다행이었다. 손과 다리가 미세하게 진동하고, 심장 진동의 진폭이 커지고, 뇌에는 폭발이 일어났다. 아무리 속으로 일관성도, 완결성도 없는 기원을 반복해도 엘리베이터의 속도는 빨라지지 않았다. 평소보다 수백 배는 느려진 시간의 흐름이 그렇게 원망스러울 수가 없었다. 내가 들어 본 모든 욕과, 내가 아는 모든 신들이 순식간에 밀물처럼 밀려들었다가 썰물처럼 빠져나갔다. 처음 팽창한 사고가 인식의 영역을 덮치는 것은 해일이나 쓰나미에 가까웠다.

항상 기사가 엘리베이터 앞까지 몰아 온 차만 탔기에 펜트하우스 주차 구역이 어디인지 알 수가 없었다. 람보르기니가 보이지 않았다. 속으로 욕을 수십 번 읊조렸다. 나의 분신 수천 명을 일렬로 세워 놓고 모든 수단을 동원해 연우겸이란 이름을 가진 개자식들을 다 죽여 버리고 싶었다. 화형이 제일 고통스럽다니, 모든 나를 하나하나 불로 지져서 죽이는 게 나을 거란 결론에 도달했다.

전용 주차 구역이라 생각되는 쪽으로 얼마 다리를 움직이지 않아 푸르고 거대한 차체가 보여 그나마 다행이었다.

차를 타서는 제한 속도를 생각하지 않으며 밟았다. 물리적으로는 엔진 소리밖에 들리지 않는 상태였겠지만, 방금 전 전화기 너머로 들려왔던 문장이 엔진 소리보다 더 크게 가상의 청각 신경을 자극했다.

'아버님이신가요? 따님이 지금 신발도 뭣도 없이 택시에 타서 울고 계시는데.'

너에게 전화가 온 적이 없었다. 그래서 저장된 너의 번호가 핸드폰에 뜨자, 반가움과 동시에 두려움이 밀려왔다. 나는 잔뜩 긴장한 채로 전화를 받았다. 나는 네가 외박을 하니 걱정 말라는 말을 하는 상황이 최악일 거라 생각했다. 전화를 건 남자의 목소리 너머로 작게 너의 우는 소리가 들릴 거라고는 생각도 하지 않았다.

그대로 퓨즈가 끊어지는 느낌이 들었다.

정신이 통제되질 않았다. 완전히 패닉이 되어서 액셀을 밟았다. 자정을 넘긴 시간에도 강남대로를 횡으로 지나갈 때에는 차들이 많았다. 클랙슨 소리가 산발적으로 들렸다. 고가의 차에 기스 하나라도 만드는 순간 어마어마한 돈이 털릴 걸 알기 때문인가. 클랙슨을 눌러 대는 소리는 들려도 실제로 사고가 날 만큼 위험천만한 상황이 만들어지진 않았다.

물론 사고가 나건 말건 그런 건 안중에도 없었다.

당장 너에게로 달려가야 했다.

길이 막히는 시간이면 한 시간도 더 걸렸을 거리를 달리는 데는 20분이 채 소요되지 않았다. 번잡하지 않은 새벽의 거리, 24시간 편의점과 365은행 코너 앞의 한 택시가 보이는 순간 급하게 브레이크를 걸었다.

스키드 마크라도 남길 듯이 차가 정지했다. 엔진 소리보다 더 큰 마찰음이 들렸다. 나는 바로 문을 열고 내렸다. 벨트가 앞을 막지 않았다. 벨트를 매지 않았다는 사실도 몰랐다.

"밀!"

나는 너의 이름을 급하게 부르며 택시 앞으로 다가섰다. 택시 뒷좌석에서 덜덜 떨고 있다 내가 있는 쪽으로 고개를 천천히 돌리는 너의 모습이 눈에 들어왔다.

클로즈업. 정지. 세상이 멈추었다.

숨이 멎었다.

번진 화장, 볼의 상처, 어깨 한쪽이 내려간 드레스, 모래가 붙어 있는 머리. 몇 걸음 더 가면 되는 거리에 네가 있는데, 창문이 나와 너를 가로막고 있었다. 격정적인 걱정이 먼저 휘몰아쳤다.

괜찮은 거야?

알 수 없는 두려움에 떨고 있는 너에게 내가 대체 무엇을 해 줄 수 있을까. 너를 안심시키기 위해 내 영혼은 물론 인류 70억의 운명 하나하나까지 다 걸 각오가 순식간에 다져졌다. 악마가 계약의 대가를 원한다면 히틀러보다 더한 짓도 할 수 있으리라.

팔을 뻗으면 닿을 거리에 있는 너지만, 나는 입술을 달싹이면서 내가 정말 뱉고 싶은 말을 뱉지 못했다. 닫혀 있는 문조차 열지 못했다.

분노가 서서히 차올랐다. 네가 스스로를 그런 모습으로 자해했을 리가 없다. 그 누구도 내게 설명해 주지 않았지만 어떤 상황이 너를 그런 상태로 만들었는지 추측하는 것은 어렵지 않았다. 나는 지금과 같은 결과를 야기할 수 있는 모든 상황에 대해 분노했다.

끔찍하다. 그 자리에 내가 있었어야 했는데.

내가 품어서는 안 되는 마음을 품고, 돌이킬 수 없는 죄를 저질렀다 해도 너는 그런 나의 죄악과 하등 상관없었다. 너는 고결하다. 너는 내게 선악과를 따라 부추기지도 않았으며, 내 손에 칼을 쥐여 주지도 않았고, 내가 내 주제를 알 수 있도록 헤프게 정을 나누어 주지도 않았다. 그러니 가해자는 온전히 나다. 나는 네가 내 앞에 있었다는 이유로 너에게 책임을 전혀 물고 싶지 않았다.

그러니 죄를 뒤집어쓰는 건 나여야만 해. 너는 어떠한 처형을 받을 이유가 없어. 하지만 끔찍한 상황은 내게 떨어지지 않고 너에게로 간 모양이었다. 나는 한 걸음 더 너에게 다가섰다.

이건 다 나 때문이야. 그러니 난 네가 바라는 건 뭐든지 할게. 너에게 이런 짓을 한 게 누구든 가만두지 않을게. 나는 어떤 형벌이나 처벌이 두렵지 않으니 더러운 짓은 전부 다 나에게 맡겨.

확신할 수 있는 건 가해자가 있다는 사실이었다. 나는 내가 동원할 수 있는 것들의 목록을 떠올리고, 그 모든 항목에 내가 기꺼이 너를 위해 버릴 수 있는 것들이란 딱지를 차례로 붙였다. 너를 위해 잃는 것보다 그것들을 더 가치 있게 소비할 수 있는 방법은 없다.

"아, 아버님이신가요?"

폭풍처럼 나와 네 사이를 쓸고 지나가는 생각들 속에, 나에게 전화를 건 게 분명한 남자가 끼어들었다. 나는 정신을 차리려 노력하며 시선을 옮겼다.

"……네."

어떻게 봐도 아버지로는 보이지 않는 내가 아버지라고 말하니 당황한 내색을 숨기지 않는 기사가 나를 맞았다. 그는 내가 타고 온 차를 커진 눈으로 보았다. 아무래도 상관없었다. 그는 나와 택시 사이에 파고들었다. 이어서 택시 뒷좌석의 문을 열어 주면서 너를 부축하려 했다.

"아."

너의 몸에 손대는 게 싫다.

나는 거칠게 너의 어깨에서 그의 손을 떼어 냈다. 기사는 놀라서 나를 보았고, 나는 안주머니에서 지갑을 꺼내 집히는 5만 원권을 다 꺼내 그에게 주었다.

사람의 욕심이라는 게 참 간사하다. 네가 눈에 보이지 않았을 때는 눈앞에 나타나기만 하면 뭐라도 할 수 있을 것 같았는데, 다른 남자가 네 몸에 손을 대고 있는 것을 보자 정신이 돌아 버린다.

"밀."

너를 불렀다. 이름이 튀어 나갔다. 이런 식으로 너를 부르는 일은 거의 없었다. 너는 나를 보더니 한 손으로 입을 가렸다. 눈물이 차오르는지 끅끅거리는 소음만 내며 입을 열지 못했다.

나는 너와 눈을 마주했다. 감정이 좀처럼 담기지 않던 너의 표정에서, 공포와 안도감을 동시에 읽어 낸 건 나의 착각일까. 나는 조심스럽게 손을 뻗었다. 그러다 네가 작게 몸을 떠는 것을 보고는 급하게 내 재킷부터 벗었다. 내 옷을 너의 어깨 뒤로 두르고, 네가 택시 밖으로 나오는 것을 도왔다.

구두가 신겨지지 않은 발을 택시 밖으로 뻗는 것을 보며, 그 발이 땅에 닿게 할 수 없어, 무릎 밑으로 손을 넣어 너를 완전히 안아 들었다. 상처 입은 너를 달래고, 안심시키고 싶단 마음 뒤에, 누군가가 너에게 가한 폭력의 원동력이었을 그 욕망이 똬리를 트는 것을 느꼈다.

쓰레기.

그래, 나는 쓰레기다. 다만 적어도 나는 너를 절대 상처 입히진 않을 것이다.

받은 지폐를 주머니에 급하게 구겨 넣은 기사는 내가 네가 놀라지 않도록 천천히 내 차로 옮겨 가자 내 차 앞으로 달려가 조수석을 열었다. 나는 몸에 힘을 주지 않고 내 손길에 따라 움직이는 너를 조수석에 조심스럽게 앉히고 한 걸음 물러났다. 기사가 문을 닫았다.

"감사합니다. 안녕히 가세요. 모쪼록 무사하시고, 잘 치료하시고, 잘 해결되시길 바랍니다."

그의 인사에 나 역시 고개를 끄덕이고 차에 올랐다. 너는 울음을 그치고 멍하니 앞을 보고 앉아 있었다.

정확하게 무슨 일이 있었던 건지는 알 수가 없다. 무슨 일이 일어났든 상관없이 너의 몸을 품에 안고, 머리를 쓰다듬으며, 안쓰러운 너를 계속 달래 주고 싶다. 이게 나쁜 생각인지, 아니면 내가 품어도 되는 생각인지 알 수가 없었다.

난 조심스럽게 입을 열었다. 가장 묻고 싶은 건 내가 너를 안아 주어도 될까 하는 것이었지만, 통제가 안 될 것 같은 욕망은 구겨 넣었다. 태연한 척 침착하게 말해 온 세월이 벌써 몇 년이었다. 나는 너를 보고 천천히 물었다. 내 말이 너를 상처 입히진 않길 바랐다.

"괜찮아요? 무슨 일이 있었던 건지 말할 수 있겠어요?"

너는 고개를 저었다. 너는 침을 한 번 삼킨 후에 작게 속삭였다.

"병원이나 경찰서…… 말고."

"……그럼?"

"집에 가서 눕고 싶어요."

너는 말을 마치고 눈을 감았다. 나는 히터를 켜고 설정 온도를 높였다. 내 품에 안아 온기를 전해 주고 싶었다. 정신의 멀쩡한 부분이 그래서는 안 된다고 제동을 걸어 다행이었다. 너는 재킷을 끌어당겨 담요처럼 덮더니 숨을 천천히 고르기 시작했다.

돌아가는 길은 속도를 내지 않았다. 너의 숨소리가 점점 느려졌다. 너는 그대로 잠에 빠진 것 같았다. 주차장에 도착해서도 잠에 빠진 너를 보면서 그대로 한참을 멈추어 있었다.

⚜

분명 너를 깨워 올라가야 한다는 걸 알았다. 하지만 옅은 숨을 뱉어 내는 너에게로 손을 뻗지 못했다. 시선은 떨어지지 않았다. 작게 오르락내리락하는 너의 숨소리에 맞추어 숨을 참았다가 뱉었다. 자연스럽게 호흡을 하는 방법을 잊은 것처럼, 나는 신경을 끄면 멎어 버리는 숨을 온 힘을 다해 들이쉬고 내뱉었다.

핸드폰에 작은 진동이 느껴졌다. 그래도 나는 너에게서 시선을 떼지 못했다. 괴로움, 분노, 안타까움, 애정, 슬픔, 쓰라림, 원망, 안도, 바람, 기대, 그런 모든, 종횡으로 구획될 수도 없는 감정들이 혼재했다.

나는 그래도 내가 어리지만은 않은 남자라고, 이제 내가 무슨 생각을 하고 있는지는 알 수 있다고 믿었다. 그 모든 것이 다 자만이라는 걸 확실히 알겠다. 나는 내가 하는 생각을 억누르지도 못할 뿐더러, 실제로 내가 어떤 생각을 하고 있는지 온전히 파악하지도 못한다. 나는 여전히 어리고, 너무 많은 것을 모르며, 스스로를 통제하지도 못한다.

나를 지옥의 입구까지 인도하는 감정들이 숨통을 조여 와도, 그래도 네가 눈앞에 있어서 다행이었다. 네가 있는 곳에 내가 있다는 사실은 나 자신을 향한 경멸뿐 아니라, 환상적인 평온을 주었다. 작은 평안을 찾을 수 있고, 네가 지금 악몽을 꾸고 있지 않은 것처럼 보인다는 게 이 상황의 유일한 좋은 점일까.

이어서 다시 진동이 오고서야 나는 운전석 옆에 두었던 핸드폰을 집어 들었다. 시야에 네가 들어오지 않는 그 짧은 시간 동안, 나는 네가 사라질까 하는 두려움에 시야의 끝자락에라도 너의 모습을 걸치고, 청각의 예민함에 기대어 작은 너의 숨소리라도 듣고 있으려 했다.

멍청한 짓이다. 나는 스스로를 비웃었다.

[택시 기사입니다!! 핸드폰을 안 챙겨 가셨네요^^~ 어디에 맡기거나 전해 드리러 갈까요?]

[서울 시내면 지금이라도 갈 수 있고 어디든 내일 오후엔 가능합니다!!!^^**]

도착한 메시지를 읽고 내가 얼마나 정신을 두고 행동하고 있는지 새삼스럽게 깨달았다. 나는 일단 통화 버튼을 누르며 차에서 내렸다. 위치를 알리자 기사는 이리로 오겠다고 했다.

5만 원권을 집히는 대로 건넸을 뿐 감사의 말도 제대로 하지 못했다. 그래도 세상엔 도리를 지키기 위해 애쓰는 사람이 있는 것 같아 다행이란 생각을 했다. 그가 내게 연락을 한 덕분에 상황이 더 악화되지 않았다. 내게 바로 전화를 건 그의 판단에 감사해야 했다.

게다가 사실 밀에게 묻고 싶지 않은, 그러나 확인해야 하는 사실들이 있었다. 기사에게 물어야 하는 것들이 목록을 갖추어 갔다. 나는 푸른색 람보르기니에 기대어, 너를 뒤에 두고 생각을 정리했다. 제대로 정리되지 않기는 했지만, 적어도 정리를 해 보기는 하려 부단히도 애썼다.

이 감정의 격동을 풀어낼 대상이 필요하다. 복수라 이름 붙이면 너무 유치할까. 그러나 대갚음해 주지 않으면 내가 견디지 못할 것이다. 나는 고개를 돌려 여전히 조수석에서 눈을 감고 누워 있는 너를 보았다. 어깨까지 재킷이 끌어 올려져 있고, 밑으로는 너의 새하얀 허벅지가 드러났다. 약간 말려 올라간 드레스 밑으로 속바지의 끝부분이 보였다.

나는 황급히 고개를 돌렸다.

아까 너를 안아 들 때에도 다리 안쪽에 특별한 상흔이 보이진 않았다. 외상은 얼굴과 발에만 크게 드러났다. 드레스 뒤에 모래가 묻어 있고, 옷이 잔뜩 구겨져 있던 것을 제외하면 옷이 크게 상한 흔적도 없었다. 네가 정말로 끔찍한 상황의 궁극적 결말에까지 도달하진 않았으리라 생각했다. 물론 그렇다고 시도가 사라지는 것은 아니다. 네가 상처 입지 않았다는 생각도 전혀 들지 않았다.

정당한 사법적 절차 외의 수단을 동원해서라도 가해자의 인생을 끝낼 것이다. 성폭행 미수에 의해 내가 만족할 만한 형량이 나올 리가 없다. 그렇다면 칼은 내가 들겠다. 나는 어떤 끔찍한 짓도 저지를 각오를 이미 했다.

교도소에서 몇 년만 썩으면 되는 걸로는 어림도 없다.

분명 가장 큰 분노는 나 자신을 향하고 있다. 하지만 그건 너를 상처 입힌 누군가를 용서할 수 있다는 뜻이 절대 아니다. 네가, 너를 이렇게 만든 쓰레기가 법의 단죄를 받길 원하는지, 원하지 않는지는 여전히 몰랐다. 너는 당장 병원이나 경찰서에 가고 싶지 않다고 했으니 증언대에 서는 것도, 의사의 진단서를 받는 것도 원치 않을 수 있다. 이쨌거나 나는 내 방식을 사용할 것이다.

핸드폰에서 몇 년 동안이나 전화를 건 적 없던 번호를 찾아냈다. 010을 제외하고는 거꾸로 저장해 둔 번호다. 내일 아침에 밀봉된 봉지에 든 대포폰을 찾아 전화를 걸 것이다.

나는 태생부터가 일반적이지 않았다. 미친 또라이들이 득실거리는 장소에서 태어나 갖가지 끔찍한 경험으로 떡칠된 인생을 살아왔다. 그래서 사람들의 시선이 닿지 않는 사각지대에서 어떤 일들이 일어나는지 알았고, 또한 그런 상황을 직접 구성하고 싶을 때 누구를 찾아야 하는지도 알았다.

너는 몰라도 된다. 빛이 닿는 곳에서 살아온 사람들은, 어둠 속에서 무슨 일이 일어날 수 있는지 상상도 하지 못한다. 너는 끝까지 모를 것이다. 너의 시선이 닿지 않는 곳으로 걸어 들어가서, 나는 나의 일을 끝낼 것이다.

누군가가 다가오는 소리에 핸드폰을 바지 뒷주머니에 넣고 몸을 돌려 확인했다. 정장을 입은 보안 요원이 허리를 숙여 인사했다. 그러고는 일직선으로 내게 다가왔다.

"안녕하십니까."

"네, 안녕하세요."

"웰 택시 기사가 사장님께 전해 드릴 물건이 있다고 합니다. 확인할 방법이 없어 주차장 입구에서 통제하고 있습니다. 람보르기니를 타는 분이라고 해서 사장님이실 거라 생각했습니다. 마침 CCTV에 여기 계신 게 찍히기에 그대로 돌려보내지 않았습니다."

정말로 정신을 놓고 있는 것임이 분명했다. 내가 있는 곳은 진입을 하려면 보안 게이트를 통과해야 했다. 내 차로 출입할 때에야 막는 사람이 없으니 다른 사람이 이리로 들어오는 경우는 생각도 못 하고 있었다. 나답지 않았다. 나는 받을 물건이 있는 것이 맞으니 택시 기사를 들여보내라 말했다.

폰을 돌려받으면서 너를 태운 장소와 시간을 확인했다. 명함과 연락처를 받고, 일하는 회사도 확인했다. 그에게 더 사례를 하고 싶다고 말하자 그는 벌써 45만 원을 벌었다며 사양했다. 나는 그에게 사례가 아니라 이번 일에 대해 떠벌리지 않겠다는 약속을 위한 금액을 지급할 생각이며, 변호사가 연락을 할 것이란 말을 하며 돌려보냈다. 그다음에야 나는 네가 타 있는 좌석의 문을 열었다.

"밀."

너를 불러도 너는 대답하지 않았다. 어깨를 작게 흔들어도 깨지 않았다. 미세하게 강도를 더 높여 봤으나 너는 계속 고르게 숨을 들이마시고 내쉬기만 했다. 더 격렬하게 깨워서 올라갈 순 없었다. 다시 잠이 드는 것도 힘든 일일 거고, 그래도 편하게 취하고 있는 휴식을 망치고 싶지 않았다.

그러니 잠에 빠진 너를 데리고 올라가서 내가 직접 침대에 눕혀야 했다. 나는 그게 엄청난 난관일 것임을 본능적으로 알아챘다. 사실은 잠든 너를 계속 쳐다보고 있던 때부터 쭉 그것을 알고 있었다.

⚜

내 인내심을 시험하려 하지 마.

망할.

나는 쓰레기가 되고 싶지 않다. 나는 이성에게 제발 나를 놓지 말라고 소리 질렀다. 나를 외면하는 짐승 같은 욕구는 내 뇌의 한 구석에서 계속 나를 충동질했다. 네가 방금까지 어떤 일을 겪다가 이 상태가 된 것인지 알았다. 그런데 언제나 내게 찾아드는 배덕한 망상은, 이런 상황에서도 이제야 너의 꿈을 이룰 때가 되었다며 악마의 언어를 나지막하게 속삭였다.

보안 카메라로 모니터링되고 있을 엘리베이터 안에서는 그래도 너를 안아 든 채로 잘 버텼던 것 같다. 엘리베이터에 오른 후에는 그대로 멈추어 서 있었고, 펜트하우스에 도착해서도 조심스럽게 내렸다. 계단을 오를 때 몸을 돌리다 너를 덮고 있던 재킷을 땅에 떨어뜨린 게 문제였다.

성인 여성의 몸을 똑같은 자세로 계속 품에 안고 있는 게 그리 편하지만은 않았다. 그대로 계단을 올라가야 하자 더욱 부담스러 워진 건 사실이다. 그러나 네가 편하게 느끼기만 한다면 내 팔이 끊어진다 해도 사실 그건 큰 상관이 없었다.

나에게 완전히 무방비한 상태로 안긴 네가, 상당히 짧은 드레스를 입고 색색거리는 숨을 내 목 언저리에서 내뱉고 있다는 것이 문제였다. 나에게 완전히 너의 몸을 의탁한 네가, 상상 속에서 그려지던 나에게 너의 모든 것을 주던 너와 겹쳐지면서, 찾아들어서는 안 되는 영상이 뇌를 쿡쿡 찔렀다.

진정해. 제발, 상상하지 마.

짧은 드레스가 감싸지 않는 허벅지에 자꾸 시선이 갔다.

난 눈을 꽉 감고 천천히 계단을 올랐다. 너의 침대가 멀리 있지 않다고 스스로 되뇌는 게, 참 이중적인 의미인 것 같았다. 내 뇌가 이성을 제대로 유지하고 있기만을 바랐다. 내가 네 침대가 가까이에 있다고 생각하는 것은, 그곳에 너를 두고 네가 깊은 잠이 들 수 있게 이불을 덮어 주고 나오기 위함이다. 절대 다른 더러운 망상을 하기 때문이 아니다.

나는 스스로에게 주문을 걸었다. 계속해서 생각을 돌리려 하다 심지어는 애국가의 가사까지 머리에 돌려 봤다. 너의 방 안, 침대 바로 앞까지 왔을 때에는 몸에 열이 올라 걷는 것도 쉽지 않았다. 그래도 나는 정신을 가다듬고 너를 침대 위에 눕혔다.

눈물에 화장이 지워지기는 했지만 여전히 메이크업이 남아 있는 상태였다. 몇 년 전, 클렌저 광고 카피 하나를 정하기 위해 반복되던 회의가 떠올랐다. 그래서 화장을 지우고 자는 게 좋겠다는 생각이 들기는 했지만 너를 내가 대신 씻길 수 있을 리가 없다.

나는 네 몸 밑의 이불을 약간씩 당겼다. 빼낸 이불을 너에게 덮어 주었다. 이불 밑으로 삐져나온 발을 가만히 보다가 나는 1층으로 급하게 내려와 약상자를 다시 챙겨 올라갔다. 수건에 따뜻한 물도 적셔 준비했다.

다시 침대 앞으로 가서 발만 나오도록 이불을 걷어 냈다. 생채기가 가득한 발이 보였다. 심장을 쥐어짜는 느낌이 들었다. 이 모든 상처가 내게로 왔으면 좋겠다는 생각이 들었다. 일단 모래와 피를 조심스럽게 닦아 냈다. 약간 네가 뒤척이는 것 같아 잠시 행동을 멈추기도 했다.

처음으로 너의 몸을 만져 봤다.

이제는 욕망보다, 성스러운 신을 영접하는 느낌이었다.

스치듯 만진 창백한 발목의 피부는 생각보다 부드러웠다. 가려진 부분에 연고를 바르기 위해 발을 들었는데 뭔가에 홀리기라도 한 듯 손이 종아리를 타고 올라갔다. 부드러운 삶의 감촉이 그대로 전해졌다. 손보다는 입술을 대고 싶었다. 입술에 머금고, 이 몸의 향을 내 온몸에 뒤집어쓰고 싶었다.

무슨 짓을, 하려고 하는 거지.

나는 황급히 손을 떼고 물러났다.

약상자와 수건을 챙겨 방에서 도망치듯 뛰쳐나왔다.

쾅.

너의 방문을 닫을 때에 힘 조절도 하지 못하고 큰 소음을 냈다. 나는 그 자리에 멈추어 섰다. 열린 드레스룸 안에, 나를 비추는 거울이 있었다. 해서는 안 될 짓을 한 내가, 그 안에 보였다. 나는 그런 나를 보지 않기 위해, 수건에 손에 묻은 연고를 닦아 내고, 손으로 얼굴을 가렸다. 너의 다리를 쓰다듬은 손으로 얼굴을 가렸다. 그 사실을 알아채자 나는 얼굴에서 내 손을 떼어 낼 수밖에 없었다. 다시 거울 안의 내가 보였다.

연우겸, 평생 다시는 이럴 기회가 없을지도 몰라.

거울 안의 내가 내게 말을 거는 것 같았다.

이 미친 새끼야. 이건 명백하게 범죄고, 추행이야.

나는 내 입을 막았다. 내가 상상하는 것들을 입 밖으로 절대 뱉어서는 안 됐다.

❧

엘리베이터를 잡아타고 헬스장으로 내려가 두 시간을 내리 뛰었다. 잠에 빠져 휴식을 취해야 하는 새벽이었다. 하지만 나는 일부러 몸을 혹사시키려고 애썼다. 속도를 올렸다 내렸다 반복하며 인터벌로 달려서, 두 시간이 지나자 정말 한 걸음만 더 걸으면 쓰러질 것 같은 상태가 되었다. 그래도 정신력으로 샤워실까지 가서 찬물을 뒤집어써 땀을 식혔다. 집으로 돌아와서는 침대 앞에 다다르자마자 그대로 쓰러졌다. 원했던 결과였다.

아홉 시 5분 전에 눈을 떴다. 평소라면 회사에 도착해서 새벽 회의를 하나 끝냈을 수도 있는 시간이었다. 다행히 아침에 급한 스케줄은 없었다. 핸드폰을 열자 확인하시면 전화를 달라는 윤 비서의 문자가 보였다.

늦잠을 잤지만 눈을 떴을 때 집은 조용했다. 방문이 열려 있었는데 아무런 소리도 들려오지 않았다. 너는 아직 일어나지 않은 모양이었다. 아니면 일어났다가 다시 방으로 들어갔거나. 나는 일단 윤 비서가 그렇게 고대하던 소식을 전하기 위해 핸드폰을 열었다. 몇 번 신호가 간 후에 그가 전화를 받았다.

"나 오늘 출근 안 하고 휴가 쓴다."

그는 예상했던 대로 기뻐했다. 정말이냐, 푹 쉬셨으면 좋겠다, 밥도 잘 챙겨 드셔야 한다는 등 잔소리가 이어지기에 대충 알았다는 말을 반복했다.

"그리고 박경진 씨 오늘 출근, 가능한 한 일찍 와 줄 수 있는지 묻고 확인해서 연락 남겨."

너를 집에 혼자 두고 나갈 순 없었다. 너를 간호하거나, 네게 무슨 일이 생겼을 때 내게 바로 연락을 줄 사람이 필요했다. 알겠다는 말을 듣고 전화를 끊었다.

침대에서 일어나 몸을 움직이자 근육통이 찾아왔다. 오랜만에 엄청 뛰고 잤더니 허벅지가 약간 당겼다. 견디지 못할 수준은 아니었다. 나는 빠르게 샤워를 하고 정장을 갖춰 입었다.

아직 내게 있는 너의 핸드폰을 꺼냈다. 핸드폰 윗부분에 피가 묻어 있었다. 발의 피가 핸드폰에 묻게 되었다고 하기에는 피가 묻어 있는 흔적이 이상했다. 나는 면봉으로 혈액 샘플을 조금 채취해서 밀봉해 두었다. 피의 주인이 네가 아닐 수도 있었다. 핸드폰에 피가 묻어 있다는 사실이 이상하기는 했지만, 세상엔 쉽게 상상을 뛰어넘는 많은 가능성들이 있기 마련이다.

핸드폰을 켜서 통화 기록을 확인하려 했지만 배터리가 없었다. 네 핸드폰은 내가 예전에 업무용 핸드폰으로 쓰던 것과 같은 기종이었다. 나는 기기 변경 후에 핸드폰을 보관해 두었던 서랍을 열어 배터리를 넣고 통화 기록을 확인했다. 연 서랍에서 한 번도 사용하지 않은 대포폰도 꺼내 들었다.

[신현재]

마지막으로 통화를 하고 문자를 주고받은 사람의 이름이었다. 나는 속에서 욕지거리가 올라오는 것을 참으며 그 이름의 주인을 기억해 냈다. 나는 망설임 없이 마지막으로 그가 남긴 메시지를 확인했다.

[도착했어. 내려와!]

그냥 의미 없이 주고받은 연락이어도 피가 거꾸로 솟는 느낌이 들었을 것이다. 상황은 그보다 더 안 좋았다. 정말 이대로 얼굴을 보면 살인이라도 하게 되는 건 아닐까. 그러나 나는 깨끗한 끝을 선물할 생각은 없었다. 상상할 수 있는 것보다 더 고통스럽게 만들어 주어야 했다.

신현재.

네가 모스크바에 있을 때 너와 친해진 녀석이었다. 허우대 멀쩡한 녀석이지만 뒤가 그렇게 깨끗하진 않았다. 그때부터 느낌이 좋지 않았다.

아니, 사실은 느낌이 안 좋았던 것은 그 혼자만이 아닐 수도 있다. 나는 너의 근처에 있는 모든 남자들을 싫어했다. 심지어는 너와 특별히 가까운 이화연 같은 여자마저 그렇게 좋아하진 않았다. 나보다 그들이 너에게 특별한 존재가 될 수 있다는 가능성 자체를 원망했던 건 정말 수준 낮은 사고방식이었지만, 내 의지에 반해 무의식적으로 행해졌기에 막을 수가 없었다.

정말 그가 이 사건의 가해자인지 확신할 수는 없었다. 그래도 일단 나는 그와 관련이 있는 인맥들을 떠올렸다. 아버지가 5대 로펌 중 하나인 법무법인 율령의 네임 파트너였다. 법정싸움으로 가기에 좋은 상대가 아니라는 뜻이다.

나는 차오르는 분노를 억제했다. 최대한 머리를 차갑게 식히려 노력했다.

그때 엘리베이터가 도착하고 박경진 씨가 내리는 소리가 들렸다. 나는 그녀에게 다른 집안일들보다 우선적으로 밀을 챙길 것을 당부했다. 무슨 일이 있으면 전화를 하고, 한 시간에 한 번 정도씩 문자를 남기라 하며 개인용 핸드폰 번호를 적어 주고, 보너스 수당을 충분히 지급할 테니 내가 돌아올 때까지는 퇴근하지 말란 말도 덧붙였다.

속단할 수는 없었다. 확인 작업이 더 필요했다. 나는 보안실로 향했다. 나의 등장에 잔뜩 긴장한 보안 요원들이 보였다. 내가 오는 것이 보안 카메라를 타고 실시간으로 넘어갔을 테니 불시의 방문은 아니었는데도 그랬다.

"안녕하십니까!"

"펜트하우스의 연우겸입니다."

"예! 사장님!"

사실 소개는 필요 없었다. 요원들은 내가 누군지 정확하게 알고 있었다. 나는 이 건물에서 사는 사람 중 가장 갑부였고, 그들에게 월급을 주는 회사의 지분을 보유한 회사의 사장이기도 했다. 그들은 내가 지나다니는 엘리베이터와, 주차장의 감시 카메라를 매일같이 모니터링했다. 내가 통과하는 게이트에서 내 신분과 출입 시간을 기록하는 것이 그들의 업무이기도 했다.

나는 이 자리에 없는 그들의 상사보다도 상위에 군림하는 존재다. 그리고 이들은 대충 맡은 일을 하기만 하면 되는 단순한 고용인이 아니다. 이 건물 안에서 사고가 나면, 특히 나나 너에게 사고가 나면 책임을 져야 하는 입장이다. 그 말은 다른 식으로 하면 나는 이들에게 슈퍼갑이고, 마음껏 갑질을 해도 이들이 직장에서 짤릴 각오를 하지 않는 이상 이들은 내게 대들 수 없다는 의미가 된다.

어제 이들은 내가 너를 안고 엘리베이터에 오르는 것을 확인했을 것이다. 그렇다면 뭔가 평범하지 않은 일이 일어났다는 걸 알겠지.

"어제 오후 외부 영상 좀 확인하고 싶은데요."

아무나 녹화된 감시 영상을 볼 수 있는 것은 아닐 것이다. 하지만 보안상의 이유로 영장이 필요하다거나 하는 건 나와는 완전히 상관없는 일이었다. 그들은 내가 원하는 장면을 바로 재생해 주었다.

너를 지켜 주지 못한 모든 이들에게 분노하게 되기는 했다. 하지만 이들은 내가 분노를 쏟아 낼 대상이 아니었다. 나는 영상 안에서 차 문을 열어 너를 태우는 남자를 확인했다.

예상했던 남자, 익숙한 얼굴이었다.

젠틀한 행위가 같잖았다. 더욱 화가 차올랐다. 나는 최대한 평정심을 유지하려 애썼다.

나는 경찰에게 수사 협조를 위해 자료를 넘겨야 하는지, 아니면 영장을 들고 오기 전까지는 주지 말지, 그것도 아니면 영장을 가지고 와도 모른 척 발을 빼고 자료를 주지 않기 위해 전부 삭제하고 폐기 처리할지 묻는 질문에 일단 폐기 처리를 할 준비는 해 두고 다른 수사기관이든 누구든 수상한 낌새를 보이면 연락을 달라 했다.

주차장으로 내려가 이번엔 벤츠에 탔다. 엔진 소리를 사방에 뿌리는 푸른색 차보다는 눈에 덜 띄어야 했다. 운전석에 올라 대포폰을 꺼내 들었다. 평생 전화 걸 일이 없을 거라 생각했던 번호였다. 과거의 어떤 사건 이후로 완전히 기억에서 지웠다고 생각했는데, 역시 세상일은 모르는 거였다. 신호는 오래 걸리지 않았다. 누군가가 전화를 받는 소리가 들리자 나는 망설임 없이 말했다.

"나야."

— 누구?

익숙한 목소리였다. 그의 신원을 물을 필요는 없었다. 나는 나의 이름만 밝혔다.

"연우겸."

— 뭐? 누구라고?

"……네가 상상하는 그 사람이다."

— 야, 야. 무슨 일이야? 개오랜만이네.

"거래 하나 트자."

— 오오. 그래. 뭔데.

"율령의 신하평 파트너 변호사 아들 뒷조사 좀 해라. 신현재. 셋째 아들이다."

113

거의 5년 만의 통화였다. 그때도 거의 스치듯 번호를 주고 떠난 거였으니 실제로 긴 대화를 나누어 본 건 10대 후반 시절이 마지막이었다. 그런데도 우리는 반가운 인사를 나누기보다는 빠르게 용건만을 교환했다.

기억에 묻어 버린 기억, 떠올리고 싶지 않은 장면을 떠올리게 할 친구였으나, 아무래도 괜찮았다. 내가 원하는 도움을 줄 수 있는 데에 이보다 더 나은 사람은 없었다.

안전벨트를 매자 박경진 씨로부터 문자가 도착했다. 아가씨가 일어났고, 몸에 타박상이 보이지만 병원에 가길 원치 않으며, 경찰서에도 가고 싶지 않아 한다는 내용이었다. 그리고 전화를 걸었던 오랜 친구로부터 5분도 걸리지 않아 1차 보고가 들어왔다.

[지금 소재는 신촌 대학병원 VIP개인실. 어깨에 칼빵 맞고 들어갔다는데ㅋㅋㅋㅋ 무슨 재밌는 일이 일어나는 중일까나ㅋㅋㅋㅋ]

이 자식은 몇 년이 지나도 변한 게 없는 모양이었다. 나는 병원으로 가기 전에 다른 곳을 들러야 했다. 액셀을 밟아 주차장을 빠져나갔다.

경찰서나 병원에 가고 싶지 않다는 너의 바람은 충분히 들어줄 생각이었다. 그러나 너는 신현재를 협박하거나 족쳐 놓지 말라는 말은 하지 않았다. 그러니 내가 지금 하려는 짓은 너의 의지에 반하는 행동은 분명히 아니었다.

현자의 돌과의 접촉은 연금술사의 능력을 증가시키고,
짧아진 수명을 되돌린다.

三朦朧

핸드폰에 시선이 머물렀다. 침대에 누워 내가 하는 일은 핸드폰을 뚫어져라 보는 것뿐이었다. 그런데 핸드폰을 본다는 의미가 평소와는 약간 달랐다. 나는 지금 핸드폰으로 글을 보거나, 동영상을 보거나 웹서핑을 한 결과를 보는 중이 아니었다. 나는 정말 말 그대로 핸드폰만을 보았다. 불도 들어오지 않은 화면을 노려봤다. 이렇게 열심히 본다고 핸드폰이 답을 뱉을 것 같진 않았지만, 생각을 정리하기 위해서는 그런 짓이라도 하는 수밖에 없었다.

핸드폰은 문제없이 작동했다. 날아간 데이터, 눌려지지 않는 부분, 새롭게 추가된 기스마저 없었다. 하지만 분명 어제와는 다른 상태였다. 침수가 하나도 안 된 게 용하다 싶을 정도로 액정 윗부분에 피가 잔뜩 묻은 것은, 어제와 오늘 사이에 일어난 사고의 결과물이었다.

피가 묻었다는 것 자체는 중요하지 않았다. 중요한 것은 피가 묻게 된 과정이었다.

분명 칼이었다.

칼로 변했다.

핸드폰의 위쪽에 말라붙어 있는 피가 그것을 증명했다.

하지만 약에 의한 환각 작용 때문에 뭔가를 잘못 보았을 수도 있었다. 일단 나는 내가 인지했다고 생각한 그 상황 자체를 부정해 보았다. 그런데 그렇게 생각을 하기 시작하면, 내게 일어났던 모든 상황 자체가 환각일 수 있다는 생각이 들어 결국엔 데카르트처럼 '나는 생각한다, 고로 존재한다'는 결론밖에는 남지 않았다.

그런 철학적인 사고를 하고 싶은 것은 아니었다. 나는 진짜 무슨 일이 일어났는지를 알고 싶었다.

통화와 문자 내역이 남아 있다. 신현재. 그러니 우리는 분명 만났다. 그리고 전화를 건 지 몇 초가 되지 않아 끊긴 112로의 발신도 남아 있다. 어떤 식으로든 나는 112에 전화를 걸기는 했던 것이다. 지도에서 현재 위치를 검색한 내역도 남아 있다. 위치는 기억하는 바와 같았다. 발에 상처도 남아 있고, 배에도 멍이 잔뜩 들었다. 이 사실들을 바탕으로 여러 가지 경우의 수를 생각해 보았다.

약에 취해 나 혼자 망상 쇼를 한 걸 수도 있고, 내가 경험했다고 생각하고 있는 납치극이 실제로 벌어졌을 수도 있다. 그런데 어떤 시나리오를 써 봐도 정말로 답하기 힘든 것이 남는다.

핸드폰에 묻은 피는 대체 어떤 일의 결과물인 거지?

내 몸에서 나온 피는 이렇게 핸드폰을 적실 수 있을 정도는 아니었다. 내 몸에는 심각한 자상이 없으니 이 피의 주인은 다른 사람이 맞았다. 후보로는 신현재가 유력했다. 칼로 변하지 않은 핸드폰으로 어깨를 내리쳐서 생긴 결과물일까. 하지만 핸드폰으로 어깨를 내리쳤는데 이런 식으로 피가 묻을 수는 없다. 깊은 상처를 내고 핸드폰 끝을 그 상처에 넣어 피를 묻히지 않는 이상.

"하아."

작게 한숨이 나왔다. 나는 약에 취한 내가, 그로테스크한 짓을 해서 오히려 신현재에게 이상한 고문을 한 게 아닐까 하는 생각까지 해 봤다. 어쨌거나 내게 약을 먹인 그에게 미안하단 마음이 들지는 않았지만 내가 괴상한 폭행을 직접 행했을 수도 있다는 생각이 드니 약간의 죄책감이 드는 건 사실이었다.

"아가씨, 혹시 드시고 싶으신 거나 필요하신 거 생기시면 바로 말씀하세요. 씻는 걸 도와 드릴 수도 있는데 씻고 싶으신가요?"

"아니요. 괜찮아요."

내 생각을 가르고 경진 씨의 물음이 끼어들었다. 고개를 돌리자 드레스룸을 정리하다 내 한숨을 듣고 나왔는지 한 팔에 나의 옷을 걸고 있는 경진 씨가 보였다. 나는 문가에서 질문을 던지는 그녀에게 괜찮다고 웃어 보였다.

잠에서 깨어났을 때 해는 이미 중천에 떠 있었고, 머리는 더 이상 아프지 않았다. 그리고 엄청나게 걱정스러운 표정으로 날 보고 있는 경진 씨와 눈이 마주쳤다. 그게 오늘 하루의 시작이었다. 집을 보러 가야겠단 의욕이 넘쳤던 어제 아침에 비해 얼마나 많은 변화가 일어났는지, 정말 사람 일은 한 치 앞을 알 수 없는 거란 격언이 이렇게 와 닿을 수가 없다.

그녀는 대충 내게 무슨 일이 일어났던 건지 짐작은 하는 것 같았다. 하지만 자세한 내용을 묻진 않았다. 내가 고통스러울 거라 생각하기 때문일 것이다. 하지만 나는 생각보다 괜찮은 기분이었다. 난 내게 주어진 상황을 관조적으로 받아들이는 데에 일가견이 있는 사람이다.

보통 일반적인 사람이라면 이렇지 않겠지. 하지만 나는 일반적인 사람이 아니었다. 어제는 어땠는지 모르지만, 적어도 오늘의 나는 다시 평소처럼 상당히 무신경한 신경을 장착한 사람이 되어 버렸다. 나는 어젯밤 관람한 영화의 줄거리를 떠올리듯이 기억을 짚어 나갔다.

나는 약쟁이 미친놈을 건드렸고, 범죄의 피해자가 되었고, 도망쳤으며, 새아버지의 손에 의해 집까지 왔다. 차에 탄 기억까지만 있는 걸 보면 약 때문에 기억이 끊어졌거나, 아니면 그대로 잠이 들어 새아버지에게 들려 올라온 듯했다.

기억 속의 나는 공포와 두려움을 느끼고, 종국엔 안도감을 느끼면서 온몸의 액체를 다 쥐어짜 낼 듯이 울었다. 새벽에 일어난 사건들 중 그게 특히 가장 신기한 일이었다고 말한다면 정말 나 스스로가 미친 거라는 걸 증명하는 꼴이겠지. 하지만 정말 그랬다. 가끔 뉴스를 보면서 특이한 범죄의 피해자가 되는 거야 상상해 봤지만 펑펑 우는 나를 상상하는 일은 없다시피 했었다는 점에서, 확실히 내가 눈물을 그렇게 흘린 것은 대단히 센세이셔널한 사건이었다.

펑펑 울던 내가 진짜 나처럼 느껴지지 않는다. 약의 효과였을까. 나를 점령하던 공포와 끝내 느꼈던 안도감은 생전 느껴 보지 못한 감정의 격동이었다. 그리고 새아버지의 도움을 받았다는 사실에 죄송한 마음과 민망한 마음도 찾아왔다. 매우 감사해야 하는 일이었다. 민폐를 끼친 것은 아닌지 걱정도 들었다.

'밀.'

이상하게 그의 부름이 선명했다.

정말 또렷한 기억으로 박힌 건, 공포의 감정보다 내게로 손을 뻗던 그였다. 뭔가 내가 아주 오래전에 잃어버린 무언가를 드디어 발견한 느낌이었다. 평생을 바쳐 찾아온 보물을 발견한 것처럼, 나는 환희에 가까운 감정을 경험했다. 안심하고, 안도하는 것과는 조금 달랐다.

순간, 그래, 그때 그 순간, 나는 어서 그의 품에 안기고 싶다는 생각뿐이었다. 뭔가, 그의 품에 안기면 완전히 치유될 수 있을 거라는 생각이 들었다. 두통으로부터도 해방되고, 그대로 단잠에 빠질 수 있을 것 같은 느낌이 들었다.

나의 이름을 부르는 그의 목소리는 세이렌의 노래 같았다. 이미 약에 취해 있던 상태에서 그의 목소리에 다시 취해 버렸나. 아니, 원래 그렇게 감미로운 목소리를 가진 사람이었다. 화연이 그의 목소리가 낮고 좋다고 말했을 때도 그냥 그런가 보다 했다. 그러나 어제는 달랐다. 완전히 달랐다.

공포보다는 그의 품이 아른거린다. 나를 안아 들던 단단한 팔을 떠올렸다. 조심스럽게 재킷을 내게 두르자 온기가 전해졌다.

일반적으로 사람들은 그렇게 진폭이 큰 감정 변화를 겪으면서 살아가는 걸까 묻고 싶다. 그렇다면 새아버지를 향해 느꼈던 감정들이 설명될지도 모른다. 그는 정말 잘난 남자고, 실제로 많은 여자들이 그에게 목을 맨다는 걸 알고 있다. 가족이라고 해도 피가 전혀 섞이지 않았으니 내가 정말 잘난 남자에게 안기고 싶어 하는 여자였다면 그를 상대로 연정을 품었을 수도 있겠지. 나는 어쩌면 굉장히 위험한 영역까지 사고를 뻗어 갔다.

완벽한 남자를 보았을 때 여자가 겪게 되는 감정의 변화를 그저 한번 경험한 것인지도 몰랐다. 품에 안기고 싶은 것, 손길을 원하는 것, 목소리에 매료되는 것.

무슨 생각을 이어 가는 건지, 스스로가 한심하다는 생각이 들어 나는 눈을 감았다.

새벽에 그런 사건을 경험하고도 이렇게나 담담하게 사건을 되짚어가는 것은 정상적이지 않았다. 내가 정상이 아니라는 건 좀 그만 인정하고 싶다. 나는 이불을 머리끝까지 끌어 올렸다. 그냥 잠이나 더 자고 싶었다.

⚜

어제는 집 구경을 다니느라 밥을 제대로 못 먹었다. 저녁 식사도 제대로 하기 전에 납치를 당했다. 브런치 타임 정도에 경진 씨가 들고 온 죽은 반 그릇도 안 먹었다. 그러니 눈을 떴을 때에, 나는 정말로 배가 고파 죽을 것 같은 상태였다. 사실 눈을 뜨자마자 그런 생각을 한 건 아닌데, 찝찝하단 생각이 들어 아픈 발을 이끌고 씻으러 들어가 몸을 조금 움직이자, 허기가 갑자기 몰아닥쳤다.

갑자기 며칠 전 친구들과 먹은 피자가 떠올랐다. 피자가 미치도록 먹고 싶었다. 그래서 씻고 나가서 경진 씨에게 다급하게 말했다.

"피자가 먹고 싶어요."

그녀는 누군가와 통화를 하고 있는 중이었다. 나는 내가 배가 너무 고파 그녀의 통화를 방해했구나 싶어서 손을 저으며 잠시 기다리겠다고 입 모양으로 말했는데, 그녀는 살짝 웃으며 통화 상대에게 내 말을 그대로 옮겼다.

"사장님, 아가씨가 피자가 드시고 싶다 하네요."

경진 씨가 통화를 하고 있던 사람이 새아버지였던 모양이었다. 나는 괜히 민망해야 하는 상황인 것 같아 난감해졌다. 그녀는 내가 일어났다는 얘기를 하면서 내게 먹고 싶은 피자의 종류를 물었다. 나는 치즈가 많이 올라간 것이면 좋겠다고 얘기했다.

"사장님께서 사서 들어오신답니다."

나는 소파에 경진 씨와 마주 앉아 피자를 사 올 새아버지를 기다리기 시작했다. 그녀는 자신이 집에 올 때까지 퇴근을 하지 말고 있으라는 부탁을 받은 듯했다. 그리고 채 5분이 지나지 않아, 나는 상당한 조리 시간을 요하는 음식을 택한 것을 후회했다. 정말로 뭔가가 먹고 싶어져서, 그냥 냉장고에 들어 있는 음식을 데워 먹을까 하는 생각까지 했는데, 새아버지에게 피자를 사 오라고 한 주제에 그러는 건 정말 예의가 아닌 것 같아서 나는 주린 배를 부여잡고 꿋꿋하게 견뎠다.

그래서 엘리베이터가 열리는 순간에, 진심으로 기뻤다. 나는 환하게 웃으며 그를 맞았다. 잠시 그가 멍한 표정으로 나를 보았던 건 착각이겠지. 나는 새아버지에게 가까이 다가가 그의 손에 들린 피자를 받아 들었다. 손이 스치자 그가 한 걸음 물러났다. 그는 살짝 놀란 모습이었다. 나는 진짜 배가 고팠다고, 세팅을 해 둘 테니 옷을 갈아입고 오시란 말을 했다. 빨리 피자가 먹고 싶었다.

❖

접시를 꺼내 세팅하고, 포크와 나이프도 꺼냈다. 박스를 열자,

피자가 매혹적인 향내를 내뿜었다. 피자의 짭짤하고 달콤한 맛을 향기로부터도 느낄 수 있었다. 새우와 불고기가 잔뜩 토핑된 다음, 고구마와 치즈로 마무리된 피자는 비주얼까지 환상적이었다.

다만 피자가 그리 크지 않은 게 문제였다. 피자의 절반이 온전히 다 내 것이라면 상관이 없겠지만 분명 새아버지는 나보다 많은 양을 먹을 것 같았다. 저녁 시간이고, 옷 갈아입고 오시란 말에 별 반응이 없었던 걸 생각하면 분명 그도 저녁을 같은 피자로 해결할 생각임이 분명했다.

나는 원래 그리 많은 양의 음식을 먹는 편은 아니지만 아무래도 지금은 좀 많이 먹어야 할 것 같았다. 정말 굶주렸던 관계로, 새아버지가 도착하기도 전에 피자를 집어 들고 싶은 욕구를 참아 내는 게 정말 힘들었다.

뭐라도 더 같이 먹는 게 좋겠다 싶어 냉장고를 열었다. 양심상 또 다른 고칼로리 음식을 꺼내기는 그랬다. 샐러드 종류가 바람직하게 느껴졌다. 그런데 샐러드 종류가 보이지 않아서 잘린 파인애플과 수박, 리치를 꺼내 볼에 담았다.

과일을 피자 옆에 다 가져다 놓고도 그가 문을 열고 나오는 소리가 들리지 않아서, 나는 정말 피자를 앞에 두고 가만히 앉아 있다가는 그걸 먼저 먹어 버릴 것 같다는 작은 공포에 사로잡혔다. 피자로부터 떨어지기 위해 자리에서 일어나 주방을 서성였다. 발이 아픈데도 그 짓을 반복했다. 결국 뭔가 일이라도 만들어서 하잔 마음에 앞치마를 두르고 칼을 준비해서 돌아와 리치의 껍질을 벗기고 씨를 빼내는 작업을 하기 시작했다.

식사 상대가 도착하기 전에 음식을 들지 말라는, 어렸을 때 배운 교육이 쓸데없이 빛을 발하는 순간이었다. 그를 기다리는 시간은 사실 해 봐야 몇 분이 고작이었다. 그 짧은 시간 동안 나는 정말 이렇게까지 식욕을 참아야 하는가에 대해 진지하게 고민했다. 인간의 3대 욕구라는 식욕, 성욕, 수면욕 중에 수면욕은 완전히 채워진 상태였고 성욕은 원체 느껴질 못하니 지금의 나는 온전한 식욕의 노예였다.

문이 열리고 그가 다가오는 소리가 들렸다. 나는 그가 오는 쪽으로 시선을 고정했다. 새아버지가 시야에 들어오자 나는 씨를 빼는 작업을 하던 마지막 리치를 내려놓았다.

그는 앞치마를 두르고 있는 나를 보고 멈칫했다. 약간 눈이 커졌다가 작아진 것 같기도 했다. 그러고 보니 같은 집에서 사는데 앞치마를 입거나 주방에서 뭔가를 준비하는 모습을 보인 적이 한 번도 없다는 게 떠올랐다.

"앞에 앉으세요."

그건 별로 중요한 문제가 아니었다. 나는 그대로 자리에 착석해서 그에게도 착석을 권했다. 그리고 그가 앉기를 기다렸다. 그는 면바지와 셔츠 차림으로 앞에 앉았다. 정장을 갖추어 입지 않은 그를 보는 것도 오랜만이었다. 그는 준비된 접시와 포크, 나이프 등을 하나하나 보다 입을 열었다. 그가 피자를 먼저 먹어 줘야 내가 무안하지 않게 먹을 수 있는데 그는 그리 배가 고프지 않은 모양이었다.

"과일이랑 준비 고마워요. 제가 샐러드나 애피타이저 종류도 포장해 올 걸 그랬나 봐요."

"아니에요. 이것만 해도 진짜 맛있어 보여요. 드세요."

나는 일단 손을 뻗어 그의 디쉬를 집었다. 내가 직접 한 조각을 먼저 피자 나이프로 덜어서 권했다. 그는 당황하면서 그걸 받아 들었다. 내가 자신에게 먼저 주는 것이 예상외인 것 같았다. 그는 레이디퍼스트를 생각한 것 같지만, 나는 일단 연장자 우대를 택했다. 뭐가 됐든 나는 내 입에 빨리 피자를 넣고 싶었다. 그래서 그의 사양을 미소까지 지어 보이며 사양하고 드디어 피자를 덜어서 먹었다.

아.

행복.

고구마가 녹고, 통통한 새우의 식감이 전해지고, 몇 번 씹자 불고기의 깊은 맛까지 입에 퍼졌다. 너무 허겁지겁 먹는 것은 예의가 아닌 것 같아 꼭꼭 씹어서 먹었는데, 천천히 먹으니 음미하는 시간이 길어져서 오히려 좋았다.

한 조각을 다 먹고 새아버지를 보자 그는 접시에 손을 하나도 대지 않은 상태였다. 그는 나와 눈이 마주치고 나서야 황급히 포크와 나이프를 들었다. 나는 약간 무안해져서 감사 인사나 더 내뱉었다.

"진짜 맛있네요. 감사해요."

"많이 드세요."

"저만 너무 막 먹네요."

"입맛에 맞으신 것 같아 다행입니다. 취향이 아니면 어쩌나 걱정했거든요."

지나치게 이성을 잃고 먹고 있다는 비꼼은 아니길 바랐다. 그래도 당분이 몸에 돌고 허기가 조금씩 가시기 시작하자 기분이 좋아져서, 아무래도 괜찮단 생각도 했다. 과일도 몇 조각 집어 먹으며 식사 속도를 늦췄다.

그제야 나는 뭔가 어색하게 나를 대하는 새아버지의 반응에 반응했다. 내가 지금 뭔가 매우 일반적이지 않은 반응을 보이고 있다는 걸 인지했다.

소시오패스적인 나의 속성을 완전히 드러내고 있는 중인 게 아닐까. 그리고 그는 그런 부분을 여과 없이 읽어 내는 중인 거고. 나는 그냥 맛있는 음식을 먼저 먹고 싶단 생각에, 정상적인 감정을 느끼는 인간처럼 보이려고 애쓰는 가면마저도 거의 내려놓은 채였기 때문이다.

나는 훨씬 더 괴로워하고, 두려움에 떨고 있어야 했다.

정상적인 인간은 감정적 충격에서부터 이렇게 빨리 헤어 나오지 못한다.

나는 정말 어제 끔찍한 일을 당한 상태였다. 여전히 몸 군데군데에 많은 상처를 달고 있기까지 했다. 보통 사람이라면 생애 내내 트라우마를 가지고 살아갈 일을 겪고도 남 일처럼 이성적으로 나를 관찰하는 것은 내 주특기였다. 나의 이런 행동이 그에겐 완전히 감정을 느끼는 능력을 상실한 괴행처럼 보일 것이었다.

나는 침대에 누워서 덜덜 떨면서, 죽이나 받아먹으며 누워 있어야 했던 것이 아닐까. 만약 내가 기억도 나지 않는 시간 동안에 약에 취해 그에게 헛소리를 지껄이거나 했다면 새아버지는 진짜 나를 완전히 미친년처럼 생각하고 있을 게 분명했다.

나는 어떻게 이 상황을 수습할 수 있을까 생각해 봤다. 그는 피자를 썰어서 먹는 중이었다. 로봇 같을 정도는 아니었지만, 내 눈에도 그가 나를 상당히 의식하고 있음이 드러났다.

내가 사이코라고 생각하는 중일까. 내 몸에 상처도 없는 상태에서 피가 묻은 핸드폰을 들고 나타났으니 사실은 내가 칼부림을 하다가 돌아온 거라고 생각할지도 몰라. 심지어 지금 내 손에는 피자를 잘라 먹기 위한 나이프까지 쥐어져 있었다. 그는 내가 그 나이프로 자신을 찍어 버릴지도 모른다고 생각하는 중일 수도 있었다.

실제 그런 일이 있었는지 확신할 수는 없지만, 내 기억에 의하면 나는 다른 남자의 어깨를 찍었다. 그런 행동을 한 지 만 하루도 지나지 않았다. 그래서 나는 최대한 나를 정상인처럼 보이게 할 대화의 주제를 생각해 봤다. 나는 좀 더 상처받은 척해야 했다.

"아, 저."

그런데 갑자기 그의 시선을 받으면서 상처받은 가련한 양인 척하기도 쉽지가 않았다.

"네?"

"어제…… 일이요."

"……네."

"아무래도, 저는…… 일단은…… 얘기하고 싶지 않아서."

뜸을 들였다. 상처를 완전히 연기하는 것도 아니긴 했다. 확실히 나는 몸에 물리적인 상해를 입었고, 그에 관해 유감인 것은 사실이었으니까.

"불편하시면 안 하셔도 됩니다."

"……감사해요."

"혹시 외출할 일이 생기면 경호원을 붙여 드리겠습니다. 그리고 저번에 말씀하신 이사 건은, 안정될 때까지 충분히 휴식하시면서 뒤로 미루는 게 좋을 것 같습니다."

그는 나를 배려하려 애쓰는 것 같았다. 나는 보호와 친절에 감사하다 말했다. 이사가 뒤로 늦추어지는 건, 손이 많이 가는 일이 미뤄졌다는 뜻이었다. 여유를 애써 만들어 주겠다고 하는데 거절할 이유도 없어 그것 역시 받아들였다.

"당장 나가긴 그렇지만, 어쨌거나 올해 안에는 나가거나 할게요."

그래도 내게 남은 양심이 있어서 데드라인을 스스로 긋기는 했다. 지금은 가을이었다. 올해가 끝날 때까지 몇 개월이 남았으니 그 정도 시간이면 적절한 것 같았다. 그런데 그는 내가 당한 일이 정말 신경 쓰이는 것 같았다. 적어도 내년 봄까지는 있어야 된다며, 그때까지는 경호원을 달고 다녀야 한다고도 덧붙였다. 과한 친절이었다.

"제가 계속 집에 있으면 저 때문에 집에 여자 친구나 그런 분들 데려오지도 못하시잖아요."

잘못 뱉었다는 걸 알았다. 내가 말을 끝낸 다음부터 분위기가 눈에 띄게 가라앉았다. 원래 자신의 사생활에 관한 언급을 유쾌하지 않게 생각한다는 걸 알고 있었다. 내가 실언을 한 거다. 예전에도 비슷한 말을 했을 때, 이렇게 완전히 가라앉은, 싸늘하게 식은 표정으로 나를 보았었다. 이번에도 마찬가지였다.

그는 답을 하지 않았다. 나는 목이 막히는 기분이 들어 컵을 찾았는데, 컵을 준비해 두지 않은 것을 알아챘다. 나는 물을 떠 오겠다며 일어났다. 그때 그의 답이 돌아왔다.

"괜찮습니다. 정말로 그런 부분은 전혀 신경 쓰지 않아도 괜찮아요."

나는 만회할 기회를 얻었다는 생각에, 급하게 그의 기분을 풀어줄 멘트를 생각해 냈다. 나름대로는 유머를 곁들인 것이었다.

"제가 계속 있으면 사람들이 우리가 불륜 관계라고 생각할 거예요. 저 같은 잉여인간의 남자로 묶이게 만드는 거 죄송해요. 아무래도 새아버지는 저한테 너무 아까우시잖아요?"

더한 실언이었다. 이건 만회도 수습도 뭣도 아니었다. 그의 표정이 더 알 수 없게 변했다. 테이블에서 일어난 상태인 나의 포즈까지 어정쩡하다는 걸 눈치채자, 나는 정말 시간을 되감고 싶어졌다.

새아버지에게 할 이야기가 아니다. 그는 한참을 답하지 않았다. 나도 뭐라 말을 더 잇지 못했다. 나의 멱살을 잡고 흔들고 싶었다. 그래서 결국 몸을 옮겨 아픈 발을 끌고 물을 두 잔 떠와 그의 옆에도 두고 내 옆에도 두었다. 물을 마시려고 떠 왔는데 물도 넘어가지 않을 것 같은 분위기가 되었다.

"아깝지 않아요."

"네?"

나는 중간이 끊긴 대화의 맥락을 제대로 찾지 못했다.

"전혀 그렇지 않아요."

그는 내 눈을 똑바로 보고 이야기했다. 그대로 시선을 마주하고 한참을 있었다. 그는 그저 내가 적절치 않은 농담을 섞어 나 자신을 깎아내리는 화법을 구사하자, 어른으로서 젠틀하게 상황을 무마해 주는 것뿐이었다.

그런데 이상했다. 뭔가, 어제 느꼈던, 이 남자가 정말 멋지고 굉장하고 대단한 사람이라는 그런 생각이 갑자기 찾아들었다. 원래부터 잘생겼다는 것을 알고 있기는 했다. 그런데 정말 새삼스럽게 눈앞의 남자의 미모에 감탄했다. 귓가에 내려앉는 음성 역시 심장을 당겼다.

이상한 느낌이었다. 정말 이상했다.

연금술사가 아닌 이도 후천적으로 연성어를 습득하면
연성진을 그려 연금술을 할 수 있다.

四夢

아주 오래 잊고 있었던, 생각조차 하지 않았던 익숙한 기운을 느꼈다.

10대 중반, 일반적으로 나쁜 친구를 만나 새로운 세계에 눈을 뜬다는 시기에 나 역시 그런 나쁜 친구를 만났다. 보통은 그런 친구에게 술이나 담배, 여자를 꼬시는 법 등을 배우겠지만 내가 경험한 새로운 세계는 그런 종류의 것이 아니었다. 내가 본 것은 정말 완전히 새로운 세계, 세계를 초월한 세계였다.

그리고 그 초월적인 힘에 기대고 싶어진 순간, 나는 그 힘이 만들어 낼 수 있는 끔찍한 단상 역시 보게 되었다. 나쁜 친구를 만나 배워서는 안 되는 것을 배우고 그걸 끊어 내는 경우는 흔치 않다고들 하지만, 다행히도 나는 그 세계를 벗어났다. 운도 좋았고, 반드시 벗어나야겠다는 의지도 강했다.

이후에는 정말 잊은 듯이 살았다. 어느 날 나를 그 세계로 인도

했던 친구를 다시 만났을 때도, 나는 그냥 과거에 친했던 친구를 오랜만에 만난 것같이 굴기만 했다. 우리는 번호를 주고받고 인사를 했다. 녀석은 뭔가 하고 싶은 얘기가 있는 것처럼 언제 한번 밥이나 먹자고 말했지만, 나는 그 말에 큰 의미를 두지 않았다.

오늘이 오기 전까지는 내가 그 친구가 준 번호로 전화를 걸 거라고는 생각도 하지 않았다. 전화를 걸면서도, 그 친구가 저지를지도 모르는 나쁜 짓의 '과정'에는 신경을 쓸 생각이 전혀 없었다. 나는 그 친구가 내게 줄 수 있는 결과물만 생각했다. 다시 그 기운을 느끼기 전인 지금까지는.

거의 20년 전에 있었던 일이다. 최대한 양보해도 17년이다. 그러니까 나는 지금 거대한 착각을 하고 있는 것일 수도 있었다. 나는 짓다 만 건물의 주차장 안에서 땅에 묻은 피와, 그 위로 나 있는 신발 자국과, 내 손에 들린 하이힐을 번갈아 보았다. 최악의 가능성이 튀어 올랐다.

대체, 왜. 지금, 이런 곳에서?

어째서?

택시 기사가 너를 태웠다는 장소에 갔고, 차를 세웠다. 너의 발자국을 따라 걸었다. 피가 약간씩 섞인 발자국 흔적이 띄엄띄엄 있는 데다가, 뛰어왔을 법한 경로가 꽤나 명백해서 너의 흔적을 뒤쫓는 일은 그렇게 어렵지 않았다. 너의 구두도 발견했다. 나는 그것을 집어 들었다.

네가 얼마나 두려워하며 도망쳤을까 생각하자 화가 치밀었다. 다시 너를 품에 안고 다독여 주고 싶었다. 그게 쓰레기 같은 마음까지 닿는 망상이란 걸 알면서도, 나는 그런 허구적 상상을 떨쳐 내질 못했다. 그래도 나는 최대한 분노를 다스렸다. 차가운 머리로 생각해야 일을 망치지 않고 깔끔하게 처리할 수 있다며 나를 다독였다.

문제는 사건이 일어난 것 같은 건물 내에 진입하면서부터였다. 허리에 새겨진, 아무도 볼 수 없는 문신을 진동시키는 특정한 기운을 감각했다. 왼쪽 장골을 따라 그려진 문장이 반응했다. 내 눈에도 보이지 않는 문신의 존재를 정말 완전히 잊고 있었다. 나는 문신이 있는 골반 언저리를 짚었다. 작은 진동이 느껴졌다. 그리고 17년 전에 내가 겪었던 어떤 사건이 연속적으로 뇌에 찾아들었다.

주차장에 도착했을 때에, 그 진동은 셔츠를 약간 떨리게 만들 정도가 되었다. 그럴 리가 없다고 생각했다. 하지만 확인은 해야 했다. 허리를 가리고 있는 셔츠를 걷어 냈을 때, 나는 옅게 빛나는 문신을 보았다.

'네가 연성진을 그릴 수 있게 할 뿐 아니라 연금술의 흔적까지 감응할 수 있는 문장이야. 연성진을 발동시킨 연금사나 연금술을 시전한 연금술사의 능력에 따라 그 흔적이 남는 시간은 달라져. 그런데 연금술과 관련된 것에 가까이 가지 않을 때에는 이런 문신이 전혀 보이지 않을 거야.'

20년 전에 들었던 말이 스쳐 지나갔다. 그런 문장을 들었던 걸 여전히 기억하고 있다는 것부터가 놀라웠다. 나는 옷을 바르게 정리하고 다시 손에 들린 구두와, 땅에 남은 피와, 신발 자국을 보았다. 멀리 자동차 바퀴가 찍힌 흔적도 보였다.

무슨 일이 있었던 거지?

갑자기 가능성들이 수천 갈래로 뻗어 나가기 시작했다. 나는 방금까지만 해도 이 일이 나와는 전혀 관련 없이 행해진 거라고, 나는 직접적으로 이 사건의 원인에 기여한 바가 없다고 생각했다. 하지만 점점 생각이 바뀌었다.

혹시 내 존재가 네게 위해를 가한 거라면? 내 과거가 너를 상처 입힌 거라면? 내가 빠져나왔다고 생각했던 세계에서 여전히 빠져 나오지 못한 거라면?

명백하다고 생각했던 과정이 어그러졌다. 나는 일단 주위를 한 번 돌아보았다. 공포를 느끼진 않았다. 두려움은 없었다. 그러나 미지의 상황이 주는 당혹감에서는 완전히 나를 구제할 수가 없었 다. 머리가 차게 식었다.

적어도 눈에 보이는 감시 카메라는 없었다. 아니, 그런 게 있든 없든 생각 없이 이 안에 들어온 순간 누군가가 먼저 나를 옭아맬 덫을 놓아둔 상태였다면 난 이미 끝난 거였다. 난 내가 행해도 되 는 행동을 떠올렸다. 그리고 그 목록을 그냥 밀어 버렸다. 할 수 있는 행동은 사실 하나밖에 없었다.

대포폰을 꺼내 들었다. 신호가 가기 시작했다. 전화를 받은 오 랜 친구는 옛날과 똑같이 능청스러운 말투로 농담부터 건넸지만 나는 이제는 그런 걸 들어 줄 여유가 없었다. 나는 농담을 던지는 임성진의 말허리를 자르면서 내 용건을 먼저 전했다.

"알고 있어?"

— 뭘? 무슨 지금 명예훼손 고소 걱정하냐? 주어랑 목적어 붙여 서 말해.

"너도 관련이 있는 거냐?"

— 나중에 국회의원 출마할 거냐? 문장 뜻을 정확하게 말하라니 까.

"여기, 연금의 흔적이 있다고."

— 뭐?!

"……."

잠시 정적이 찾아왔다. 나는 전화기 너머의 임성진이 연기를 하고 있는지, 아니면 진짜 몰랐던 건지 가늠해 봤다. 지금 내가 서 있는 곳에 감시 카메라나 도청 장치가 있어서 지금까지 했던 행동 하나하나가 누군가에게 관찰당했을 수도 있었다.

그런데 이미 이 주차장에 무방비로 들어온 순간부터 나는 돌이킬 수 없는 멍청한 짓을 해 버린 거였다. 그래서 그냥 전화를 걸었다. 뭐가 맞는 판단인지 확신할 순 없지만, 사실 그쪽 세계에 대해 완전히 감을 잃어버린 내가 합리적인 판단을 한다는 것도 불가능한 일이 아닌가.

밖에서 이상한 낌새를 눈치챈 순간 행동을 멈추고 일단 떨어져서 사태의 추이를 지켜봐야 했다. 하지만 물은 이미 엎질러졌고, 내게 새로운 정보를 줄 수 있는 유일한 소스는 임성진이라는 인간 한 명뿐이었다. 만약 임성진이 너에게 일어난 사건에 기여한 바가 있다면 임성진 역시 죽여 버리고 싶어질 테지만, 끔찍하게도 그 상황이 가장 나은 상황일 수도 있었다.

불안한 만큼 집에 있을 네가 걱정되었다. 일을 처리하려 하지 않고, 그냥 집에 남아서 네 곁을 지키고 있었어야 했다. 심장이 빨리 뛰며 네가 보고 싶단 생각이 밀려왔다. 네가 안전하게 있다는 걸 확인하고 싶었다.

— 어…… 그러니까…… 그 '여기'가 어딘데?

"장난치지 마라."

— 와, 완전 장난치는 거 아님. 너는 모르겠지만 내가 아는 연성진 그리는 애들 다…… 아, 아무튼, 야, 근데 진짜야? 완전 갑작스럽네.

"그러니까, 모른다고?"

— 어. 그쪽으로는 생각도 안 했지. 너는 모르지만 한국에서 이
제 거의 그럴 가능성이 사라졌어.

"왜?"

— 말하자면 길어. 우리 아무래도 만나야 할 것 같다. 난 그런
가능성은 상상도 안 했지.

나는 신경질적으로 머리를 쓸어 넘겼다. 거짓말을 하고 있는 걸
수도 있었다. 내게는 어렸을 때부터 사람들이 진실을 은닉해 대는
것을 귀신같이 간파하는 직감이 있었지만, 전화기 너머의 상대에
게 그런 감이 통할 리가 없다. 게다가 이렇게 오랜 시간 만나지도
않았던 상대가 무슨 연유로 거짓말을 하고 있는지 상상하기도 쉽
지 않았다.

— 난 그냥 또라이가 네 의붓딸 강간하려다 칼빵 맞은 걸로 결
론짓는 중이었어. 청담 태국 레스토랑 CCTV 잡았고, 너는 열 받
아서 나 찾고, 그 새끼는 병원 들어가고, 병원 근처에 걔네 아버지
로펌 변호사들 왔다 갔다 하고. 딱 견적 나오는 그림 아니냐? 게다
가 신현재 이 새끼 주위 쪼니까 소시지처럼 줄줄 나오더라고. 약
하고, 더럽게 놀고, 장난 아냐. 어떻게 정상인인 척 로스쿨 입시까
지 해내는 건지 존경스러울 정도다. 시험 성적도 좋고, 자소서도
읽어 봤는데, 쌈박해. 내가 교수여도 합격시킬 각이야. 뭐, 어쨌거
나, 근데 거기가 어디라고?

"확실해?"

— 으, 연우겸. 님아. 주어랑 목적어 좀.

"나랑 너와, 그쪽 세계랑 관련 있단 사실을 모르고 있었던 거?"

— 어. 그럴 수가 없다니까. 간단하게 말하자면…….

임성진은 빠르게 말하지 않고 뜸을 들였다. 나는 서서히 인내심

138

이 바닥나는 걸 느꼈다. 욕이라도 한마디 해 주려고 입을 열었는데, 임성진의 말이 들려온 게 먼저였다.

— 다 죽었어.

나는 그 말의 의미를 곱씹었다. 죽었다고. 주어랑 목적어 타령을 하더니 앞 뒤 잘라먹고 동사만 던지는 화법을 구사하는 건 임성진도 마찬가지였다. 나는 눈을 감고 잠시 그 말의 의미를 생각한 다음에 다시 물었다.

"……누가?"

— 연성진 그리는 짝퉁 연금술사들.

세 명 정도의 얼굴이 스쳐 지나갔다. 연금사. 선천적으로 능력을 타고난 연금술사와는 다르게 연성어를 공부해서 습득한 인간들이었다. 딱히 가깝게 지내진 않았지만, 한때는 그들이 보여 주는 능력에 매료되어 어떻게든 그 능력을 배우려고 애썼다. 소수가 다다른 비극적인 결말을 보고 나서는 그런 매력이 순식간에 반감되기는 했지만, 일반인들에게 은폐된 초월적인 힘의 세계라는 건 어쨌거나 매력적이었다.

그런데 다 죽었다고? 왜? 그럼 지금 내가 여기서 느끼고 있는 것은 뭐지?

정말로 혼란스러웠다. 나는 이렇게 내가 통제할 수 없는 문제와 마주하는 것을 싫어했다.

위치를 불러 주면 오겠다는 임성진의 말이 전화기 너머에서 들렸다. 내가 아무 말도 하지 않자, 임의로 위치 추적을 해냈다며 근처로 가겠다는 임성진의 말이 들려왔다.

갑자기 모든 생각이 걷혔다. 남은 건 너에게 위해를 가하는 상황은 절대 만들고 싶지 않다는 생각뿐이었다. 네가 상처 입는 일은 일어나서는 안 된다. 그러지 않기 위해서는 무슨 짓이라도 할 자신이 있었다. 무슨 일이 일어나도, 너만은 내가 지킬 것이다. 나는 눈을 감고, 편안하게 잠에 빠진 너의 모습을 상상했다.

오랜 시간이 지나지 않아, 바이크 하나가 주차장에 진입했다. 운전자인 남자가 헬멧을 벗자, 나이에 맞지 않게 탈색한 노란 머리가 드러났다. 나이를 짐작할 수 없는 동안인 얼굴. 20년 전과 거의 변한 것이 없는 임성진이었다.

❖

금으로 된 장신구를 몸에 둘둘 말고 있는 것도 예전과 똑같았다. 미묘하게 앳된 인상인 것 역시 여전했다. 순금일 게 뻔한 목걸이, 귀걸이, 반지가 반짝였다. 몇 년 전에 보았을 때는 그래도 좀 어른이 된 것 같아 보였다. 그래서 그때보다 더 철이 든 모습일 거라 생각했다. 예상은 보기 좋게 빗나갔다.

녀석은 이곳에서 일어난 연금의 시전은 전혀 모르는 일이란 말부터 뱉었다. 몇 년 만에 얼굴을 본 친구끼리 만나 대화를 시작하는 방법치고는 좀 인간미가 없었지만 친한 척하며 예의를 갖출 이유가 없었다. 임성진은 내 앞으로 다가와 문신이 드러났냐고 물었다. 나는 그렇다고 답했다.

일반적인 사람은 상상도 할 수 없는, 심지어 본인도 그 메커니즘을 제대로 이해하지 못하는 괴상한 힘을 구사하는 녀석이 무방비하게 들어온 공간이면 적어도 사건이 일어난 주차장이 전자 장치로 감시를 당하고 있단 뜻은 아니었다. 녀석은 전자기적 신호에 대해서만큼은, 내가 아는 한 이 세상 어떤 인간이나 기계보다도 예민했다. 임성진은 일단 주위를 살폈다. 나는 양팔로 팔짱을 끼고 녀석이 하는 행동을 지켜봤다. 녀석은 조금 뜸을 들이다가 입을 열었다.

"내가 지금 상상할 수 있는 건 두 가지인데."

"두 가지밖에 안 된다고?"

나는 녀석의 상상력의 빈약함에 인상을 찡그렸다. 수많은 가능성들을 딱 두 가지로 압축하는 것이 조금 성의 없게 느껴져서 언짢기는 했지만, 잠깐 생각해 보니 큰 맥락은 내 생각과 일치하는 것 같아 표정을 조금 풀었다. 임성진은 초기의 내 반응에만 신경을 썼다. 그래서 변명을 하듯 말을 덧붙였다.

"자잘한 걸 뺀 메인스트림이 그렇다는 거지. 하나, 연금에 관련한 제3자가 사건에 끼어들었거나. 둘, 사건의 당사자인 두 명 중에 한쪽이 연금을 할 수 있는 능력자거나."

"그래."

초등학생도 추리할 수 있는 사실이었다. 저런 추측이 문제를 해결해 줄 리는 없었다. 그래도 나보다 연금을 하는 인간들 속에서 오래 구른 녀석이 내가 상상도 할 수 없는 제3의 시나리오를 건네지 않아서 약간 안도감이 들기도 했다. 적어도 내가 아는 선의 상식은 아직도 통용된다는 뜻이니.

여러 가지 문제가 나를 괴롭히고 있기는 했지만, 적어도 나는 얼마 전까지는 일반적인 세상의 이치 속에서만 사건들에 관해 고뇌하고는 했다. 판타지를 가득 담은 망상이야 매일같이 자행했지만 그건 배덕의 연정을 바탕으로 한 것이었지 연금술에 관한 것은 아니었다. 연금술은 지금의 내가 살아가는 세계에는 속하지 않는 마법이었다. 임성진이 도착하기 이전에 네가 죽을 먹고 다시 잠에

빠졌다는 내용의 문자를 박경진 씨로부터 받기는 했지만 완전히
안심이 되지는 않았다.

달려가고 싶은 마음에 피가 배어 나올 정도로 주먹을 쥐었다.
그 어떤 것도 확신할 수 없는 상황에서, 자제력을 시험당할 환경에
나를 밀어 넣는 건 좋은 판단이 아니었다. 나는 내 욕망에 제동을
걸었다.

닿고 싶은데, 지켜 주어야 하는데, 그런데 너는 나를 떠나겠다
말했었지.

나는 크게 호흡했다. 더욱 상황을 악화시키는, 나를 공포의 구
렁텅이로 몰아넣는 생각은 접어 두어야 했다. 나는 임성진 역시 동
의한 두 가지 가능성에 집중해 최대한 생각을 이어 나갔다. 어느
쪽이 더 가능성이 있을지 저울질했다. 그런데 임성진이 중간에 말
을 더 덧붙였다.

"참고로 말하자면, 만약 연금을 할 수 있는 능력자가 있다면 그
건 아마 연금사가 아니라 연금술사일 거야."

"……."

나는 잠시 생각을 멈추고 녀석을 보았다. 방금 전에 임성진이
전화기 너머에서 했던 말과 지금 녀석이 하는 말을 연결 지어 봤
다.

"왜냐하면 내가 알기로 대한민국에 남은 연금사는 너 하나거
든."

그 원인에 대한 설명을 듣지는 못했지만, 어떤 결과가 있었다는
것만은 일단 받아들이게 되었다. 빠르고 냉정한 판단이었다. 마음
을 쓰고 괴로워할 문제라 생각하고 싶지 않았다.

✤

우리는 일단 신현재가 연금술사일 리는 없다는 사실에 합의했다. 신촌으로 차를 몰고 가면서, 녀석은 신현재에 대한 주요한 정보들을 읊었다. 너에게 약을 먹인 것 같다는 대목에서는 살인 충동을 억누르기 위해 정말 애써야 했다. 예상은 했지만, 약물의 명칭과 예상 투여량에 대한 이야기를 줄줄이 듣고 있으니 단어 수의 제곱에 비례해서 분노가 증폭되는 듯했다.

나는 내 손으로 신현재를 죽이고 사건을 끝낼 생각은 없었다. 그래도 흥미롭단 표정으로 내 얼굴을 살피는 임성진에게 절대 들켜서는 안 되었던 감정의 자락을 흘리는 것 같아 주의는 했다. 최대한 입을 굳게 다물고 운전에만 집중했다. 얼마 가지 않아 신촌의 대학 병원 주차장에 차를 멈추었다. 임성진은 따라 내리지 않으며 내 뒷모습에 대고 말했다.

"여기서 기다릴게. 죽이지는 마라. 가능하면 내가 용의자로 지목되게 너 자신을 죽게 만들지도 말고. 죽으려면 곱게. 이해했냐?"

그 말을 무시하고 발걸음을 옮겼다. 병원 내부까지는 금방이었다. 보안 요원에게 VIP실은 방문 권한이 있어야 한다는 얘기를 들었다. 압력을 넣어서 병실에 올라가야겠다는 생각을 하던 차에, 거래처 사장을 만났다. 그의 어머니가 입원 중이라는 얘기를 듣고 같은 엘리베이터에 올랐다. 쓰레기란 말도 아까운 새끼의 병실 앞에 서는 것까지의 과정은 순조로웠다.

나는 신현재의 병실 앞에서, 나는 모르지만 분명히 그쪽은 나를 아는 것 같은 남자와 마주쳤다. 나를 보고 눈이 커졌다. 놀라서 한 걸음 뒤로 물러나기까지 했다. 나는 예의를 갖출 생각이 없었다.

나는 그의 옆으로 가서 병실 문을 그대로 열고 들어갔다. 침대에 누워 있는 허우대만 멀쩡한 쓰레기가 눈에 들어왔다. 나는 그제야 짧게 내 소개를 했다.

"연우겸입니다."

쓰레기의 동공에 지진이 난 게 보였다. 협박의 말을 줄줄이 늘어놓지 않더라도 내가 이 공간에 찾아왔단 사실만으로도 갑질을 할 수 있는 위치를 점한 것이 확실했다.

"아······. 아."

쓰레기는 입을 열었다 닫았다만 하면서 말을 잇지 못했다. 병실에 있는 모두가 저 새끼가 어떤 짓을 저질렀고, 이곳에 문을 박차고 들어온 내가 어떤 사람인지를 아는 것 같았다. 그렇다면 이야기가 더 편했다. 나는 최대한 예의 바르게 질문을 하나 던졌다.

"성범죄자이자 약쟁이가 로스쿨에 잘 들어갈 수 있겠습니까? 그리고 아들이 그런 짓을 했는데 아버지가 내년 선거에서 공천받을 수 있겠어요?"

로스쿨 입시를 앞둔 아들과 이제 정계에 제대로 발을 담그려는 아버지의 조합에, 성범죄와 마약은 직격탄일 것임이 분명했다. 방 안의 모든 사람들은 내 질문에 답을 하지 못했다. 모든 질문이 꼭 답을 듣기 위해 던져지지는 않는 법이다. 그래서 답을 독촉하지는 않았다.

게다가 떠도는 소문에 의하면 나는 좀 질이 안 좋았다. 사실관계는 불분명했지만 소문을 만들어 내길 좋아하는 사람들 사이에서 내가 S그룹 회장과 그렇고 그런 사이라는 얘기가 떠도는 것도 알았다. 대꾸할 가치가 없어서 반응을 하진 않았지만 그 사실의 진위 여부를 모르는 인간들은 괜히 나를 더 두렵게 여기고는 했다. 그리고 그런 소문들이 전부 사실이 아니더라도, 어쨌거나 나는 소유한 주식만 따져도 3천억이 넘는 돈을 가진 남자였다.

저 새끼는 잃을 게 꽤 많았다. 당장 미래가 아작 나는 게 걱정되겠지. 마약에, 성폭행 미수에. 그냥 언론에 전화만 해서 불어도 금수저 도련님에게 열등감 느끼는 키보드워리어들이 다 달라붙어서 죽어라 욕해 줄 텐데, 나같이 쓸데없이 돈 많은 자식이 작정하고 묻어 버리려고 애쓰면 인생 하나 구렁텅이에 처넣어 주는 건 불가능할 이유가 전혀 없는 일이었다.

정보 제공자가 나라는 걸 뻔히 아는 마당에 명예훼손이라고 난리를 쳐서 언론의 입을 막지도 못할 거다. 혹시라도 잘못해서 내가 직접 언론에 나가 말을 뱉으면 땅콩 회항에 이어 금수저 마약 파티가 올해의 키워드가 될 테니까. 마침 약 하는 금수저 도련님이 출현하는 영화가 한창 잘나간다는 얘기를 들은 것도 같았다. 저 새끼에게는 지금 출구가 없다.

내가 나타나기 전까지, 그래도 희망을 가지고 재고 있었을 것이 뻔했다. 새아버지와 피 안 섞인 딸의 사이가 그렇게 가깝진 않을 테니 어느 선에서 합의를 할지 짜고 있었겠지. 그 세계 사람들만 아는 사실에 가까운 집안이라 내가 단순한 사실혼 관계만을 유지했었다는 것 역시 알지도 몰랐다.

잘못 짚어도 완전 잘못 짚었다. 내게 너는 내 목숨보다도 소중하다. 이 세상 그 어떤 것과도 비교할 수 없다. 너를 위해서는 무슨 짓이든 할 수 있다.

내가 내 비서나 수행원을 보낸 것도 아니고 제 발로 빡친 티를 잔뜩 내면서 병실까지 쳐들어왔으니 상식적으로 돌아가는 뇌가 있으면 사건이 장난 아니게 심각해졌다는 걸 모를 수가 없었다. 내 얼굴과 마주하지 않고 변호사를 통해서만 합의를 조율하는 소프트한 이야기가 해피엔딩으로 끝나기를 기대하고 있었겠지만, 미안하게도, 아니, 전혀 미안하지 않게도 내가 쓴 시나리오는 그런 친절은 어림도 없는 하드코어한 이야기다.

건드려서는 안 될 사람을 건드렸다. 차라리 칼을 들고 내 내장을 쑤시는 게 내게 가장 소중한 사람의 눈에서 눈물 한 방울 떨어트리는 것보다 나았다. 전자의 경우에는 조금이라도 관용적인 용서를 생각해 볼 수도 있었겠지만 이 경우는 아니었다.

"일단 둘이서 좀 얘기를 하고 싶은데요."

아무도 대꾸하지 않았다. 변호사들인지 뭔지 녀석의 수발을 들던 사람들이 전부 나가자 나는 천천히 쓰레기에게로 다가갔다. 물러날 곳이 없는 곳에서 몸을 뒤로 빼려는 쓰레기의 행동이 내 기분을 더욱 잡치게 만들었다.

고작 저런 쓰레기가.

나는 눈을 쳐다보며 옆에 섰다. 쓰레기는 내 쪽으로 고개를 돌리지도 못했다. 나는 천천히 허리를 숙였다. 그리고 귓가에 속삭였다.

"보니까 딱 너 약쟁이인 거 알겠네. 부모님은 아시니?"

"아, 저, 그게……."

생각보다 겁이 많은 애새끼라 전투 의욕은 쉽게 사라졌다. 짓밟는 게 생각보다 어려울 것 같지 않았다. 그래서 더 짜증이 났다.

이런 개보다도 못한 새끼가 감히.

내가 눈 한 번 마주치는 것도 어려워하는 너에게 손을 댔다는 것이 나의 뚜껑을 열어 버렸다. 작게 몸을 떠는 녀석의 상처 입은 어깨에 손가락을 넣어 피를 철철 흐르게 하고 싶었지만, 나는 더 괜찮은 고문 방식이 있다는 걸 알았다. 나는 이불 위로 그 녀석의 허벅지가 있을 만한 곳에 손을 올렸다.

"칼 가지고 잘라 내는 거, 내가 못 할 것 같아?"

"죄송합니다!"

특정한 대상을 가리키지는 않았다. 하지만 보통 이런 새끼들이 목숨만큼 중요하게 생각하는 것이 다리 사이의 그것이라는 건 뻔했다. 역겨웠다. 나는 느린 동작으로 안주머니에서 작은 나이프를 꺼냈다.

"그거 알아? 내 동기 중에 검사가 있거든. 열등감에 찌든 녀석이라 별로 나랑 상성이 잘 맞지는 않았지. 이 자식 꿈이 내 다리 사이에 염산을 붓는 거였어. 염산 가지고 내 앞에 와서 씩씩댈 때 그거 설득하느라 얼마나 애를 먹었는지. 내가 그때 네가 사시라도 통과하면 나는 넘보지도 못할 젊은 여자들 끼고 놀 수 있을 거라 겨우겨우 설득했어."

"아……."

녀석의 허벅지 위를 칼로 살짝 쿡쿡 찔렀다. 옆에 있는 꽃병을 들어 다리 사이에 내리꽂고도 싶었지만, 초인적인 인내력으로 견뎌 냈다. 대신 잔잔하게 편안한 어조로 쓰레기에게 그럴싸한 이야기를 계속 들려줬다.

"근데 이 자식이 진짜로 사법 고시를 통과했단 말이야. 근데 그래도 예쁜 여자들이 줄을 안 서는 거야. 당연하지. 그래서 이 자식 꿈이 잘난 새끼들 인생 엿 먹이는 게 됐네? 지금 내 동기는 적절한 상대를 기다리는 중이야. 지 인생까지 잡칠 각오로."

"……으."

칼로 긋지도 않았는데 다리를 오므리며 떠는 모습이 정말로 내 인내심을 간당간당하게 만들었다.

"나는 이제 너무 커 버렸잖아. 나이도 들었고. 여자를 딱히 만나는 것 같지도 않고. 내 눈엔 딱 네가 좋은 표적이 될 것 같네. 감히 너는 상상하지도 못할 방식으로 영화 한 편 찍고 싶어? 너는 내가 지금 무섭지? 너도 지금 눈에 보이니까 알겠지만 난 진짜 신사 같은 남자잖아. 사이코는 어떻겠어? 지금 나는 진짜 젠틀하게 굴고 있잖아. 안 그래?"

"네, 네. 그, 그렇습니다."

쓰레기는 허벅지 위를 오가는 칼을 흔들리는 눈으로 쳐다보며 흐느끼는 목소리로 말했다. 금방이라도 울 것 같은 얼굴을 옆에 두고 있으니 구역질이 올라와서 나는 천천히 자리에서 일어났다.

진짜 검사의 권력은 기소를 할 때 생기는 게 아니라 기소를 할 수 있는 상태인데도 안 할 때 생기는 것이라고 했다. 목줄을 쥐고 있다고 느끼게 하는 것. 그게 큰 공포가 돼서 다가올 거다. 게다가 신변의 위협까지 더해지면 편하게 잠자기 힘들겠지. 특히 그냥 괴한에게 처맞는 것도 아니고 다리 사이에 염산이 부어지는 것에 대한 공포라면 더더욱.

"아, 네가 핵심을 제대로 못 잡았을까 봐 요약해 줄 테니까 잘 들어. 마약 때문에 고소당하는 것보다, 밤길에 다리 사이에 부어질 염산을 더 조심해."

나는 더 시간을 낭비하기 싫어 문가로 다가갔다. 새하얗게 질린 얼굴이 보였다.

"루저 새끼."

나는 작게 중얼거렸다.

저런 쓰레기가 감히 너를 넘봤다는 사실에 분노가 치민다.

차로 돌아온 나는 조수석에서 실실거리는 표정으로 나를 기다리고 있던 임성진에게 끊임없이 이어질 고문까지 요구했다.

"표시 제한 걸어서 한 달에 두어 번씩 문자 남겨."

"뭐라고?"

"협박죄로 넌 안 잡혀 들어가고 저 새끼는 노이로제 걸릴 정도로."

"알아본 투약량 보니까 그 이전에 약 때문에 멘탈 나가게 생겼는데?"

"어느 쪽이든 인생 파멸하게."

"그래. 멸망하게 만들어 주마."

임성진은 다시 연금술에 대한 이야기를 시작하기에 앞서, 웃으면서 나의 말을 받았다. 그런 쪽으로는 믿을 만한 녀석이었다. 그게 사실 맨 처음에 녀석에게 연락을 한 이유였다.

❖

돈 많이 벌지 않았냐고 녀석이 물었다. 그렇다고 답했다. 일한 건 따로 청구할 거지만 비싼 고기에 칼질도 하고 싶다는 말에 스테이크하우스까지 갔다. 녀석은 소믈리에를 불러 300만원이 넘는 와인까지 오픈했다. 10% VAT를 포함해도 400만원이 안 되는 액수를 긁는 게 힘들거나 곤란할 이유가 전혀 없었다.

대화의 주제는 연금사들이 다 사라져 버린 이유부터 시작되었다. 대개 대화 내용을 선별하는 것을 망설이는 녀석이 아닌데 녀석은 조금 주저하다가 입을 열었다.

"누군지 모르겠는 사건의 배후가 있어. 나도 아주 자세한 건 몰라. 우리가 한창 같이 지낼 때도 연금사와 연금술사들 사이에서 권력 다툼이 있었잖아? 서로가 서로의 부족한 부분을 보충해 줄 수 있기는 한데, 늘 삐거덕삐거덕했지. 어쨌거나 결말은 그래. 연금술사 쪽의 권력자가 연금사들에게 연금술사의 권위를 들먹이며 절대적인 복종을 요구했는데, 연금사들 쪽에서는 모든 연성진을 발동시키지도 못하고, 현자의 돌 없이는 살지도 못하는 결핍아들이 유세를 떤다며 난리를 친 거지."

"그래서 다 죽었고, 일을 벌인 게 누군지는 모른다? 너는 연금술사 아니냐?"

"아나키즘이 우리 집안의 모토라고."

"그래. 그거야 알지."

더 자세한 내용을 알아야 하기는 했다. 그런데 더 급한 문제가 있었다. 주제는 금방 주차장에서 실제 일어났던 사건의 재구성으로 넘어갔다. 중간중간에 녀석은 연금사가 이렇게 희귀해진 마당에 같이 큰 건 하나 해 보자며 나를 봤지만 나는 그런 짓 안 해도 벌 만큼 벌었다며 녀석의 제안을 일축했다.

제3자인 연금술사.

아니면 너.

임성진은 두 번째 시나리오에 더 무게를 실었다. 녀석은 신현재가 너에게 약을 먹이고 사촌형에게 전화를 했던 자료를 내게 보여주기도 했다. 옆에 연금술사가 있는데 이런 리액션이 나가려면, 연금술사와 신현재가 아는 사이거나, 연금술사가 뒤에서 숨어 있거나 해야 하지 않았을까. 신현재의 반응을 보면 그럴 가능성은 전무했다. 게다가 연금사의 말살 이후에 연금술사들의 자기 검열이 갈수록 심해지는 추세라는 설명도 덧붙여졌다.

단서도 없는데 애써 흑막을 구성할 이유는 없었다. 언론과 정부의 모든 주장을 믿지 않는 임성진마저 음모론에 심취하지 않을 상황이면, 흑막의 가능성은 폐기해도 되는 상황인 게 맞았다. 그냥 네가 연금술사라고 생각하면 상황은 꽤 간단해졌다.

신현재의 어깨에 난 상처를 설명해야 한다는 과제도 주장에 무게를 실었다. 우리가 들렀던 주차장은 어깨에 깊게 들어갈 칼이 굴러다닐 주차장처럼 보이지도 않았고, 두 사람이 그런 칼을 휴대하고 다녔을 가능성은 더욱 없어 보였다. 특수한 능력의 발현이라 생각하는 편이 그럴싸했다. 특히나 상처가 난 방식의 조잡함까지 고려하면.

"뭐, 급박한 상황에서 능력에 대한 열망이 갑자기 연금술을 가능하게 만들었을 수 있지. 능력이 약하거나, 능력에 대한 의지가 없었으면 연금술사라는 걸 몰랐던 것도 그렇게 특이한 경우는 아닐 거야. 근데 보통 그렇게 정보도 없이 연금술에 눈을 떠서 초능력에 매료되면 현자의 돌 없이 능력을 남발하다 죽는 것도 금방이다. 아니면 사고 하나 치고 다른 연금술사들한테 걸려서 죽거나."

장난을 치듯이 글라스를 흔들면서 그 말을 뱉었을 때 손에 들린 나이프를 일직선으로 던질까 고민했다. 나는 원래 그리 폭력적인 사람이 아닌데 요즘따라 주위 환경이 내가 그저 잔잔하고 평화를 추구하는 사람일 수 없게 나를 흔들어 놓는 경우가 눈에 띄게 늘었다. 내 주위의 모두가 나의 인내심을 시험하고 있었다.

피가 묻어 있던 핸드폰을 상기해 봤다. 연금술은 기본적으로 등가교환을 바탕으로 한다. 그리고 가장 기본적인 연금술의 능력은 대개는 금속 변형이다. 보이지 않는 것들을 조정하는 데에 특화된 능력을 지닌 임성진 같은 경우가 특이한 거였다. 너의 손에 철이 있었고, 그게 위험한 상황에서 무기가 되길 바라는 너의 의지에 따라 칼이 되었을 거라는 건 어려운 추측이 아니었다. 하지만 입을 열어 굳이 임성진에게 내 머리를 채우는 가능성을 떠벌리지는 않았다.

불안함, 그런 것이 찾아들었다. 아닐 거라 생각하고 싶지만, 이성은 내게 무엇이 더 가능성이 있는지 또박또박 내게 말을 뱉어 댔다.

임성진은 오래전부터 나를 알아 왔던 친구답게 나의 어두운 구석을 그대로 집어내는 것에도 능숙했다.

"지금 너 반응이 좀 재밌는 거 알지? 뭐, 나야 야설의 소재가 될 것 같은 이런 스토리 전개 매우, 존나게, 아, 방금 쓴 비속어는 취소, 어쨌거나 나야 불륜 소재를 온 마음을 다해 애정하지만. 넌 뭐냐? 그리고 진짜 연금술사여 봐."

한 대 치고 싶은 마음도 들지 않았다. 맞는 소리라는 걸 부정할 수는 없었다. 싸우고 싶지도 않았다. 그냥 시궁창에 처박히는 기분이 들었을 뿐이다. 다른 사람의 입에서 나의 감정에 대한 말을 듣는 것도 처음이라, 어떻게 반응하는 것이 맞는 건지도 감을 잡을 수가 없었다.

그나마 도덕과 윤리에 대한 감각을 오래전에 양심과 함께 헐값에 팔아 버린 임성진이 그런 말을 하는 당사자라 다행인지도 몰랐다. 녀석은 품어서는 안 되는 감정을 품은 내 심장을 비난하진 않았기 때문이다. 네 불행이 나의 행복이라며 낄낄대고 즐거워했으면 즐거워했지.

나는 너와 내가 아닌 제3자에게 당할 평가는 사실 나를 그리 상처 입히지 않을 거라는 걸 알았다. 사회적으로 매장당할지도 모른다는 건 진짜 두려움을 불러일으키는 요인이 아니다. 정말 두려운 것은, 네가 나를 차가운 시선으로 보는 것이다. 다른 사람들이 나를 어떻게 생각하는가는 아무래도 괜찮다.

결국 나는 계산은 먼저 하고 가겠다며 일어났다. 나는 이제 너에게 가야 했다. 마음이 급박해져 일단 네가 잘 있는지 확인하기 위해 박경진 씨에게 전화를 걸어 네가 잘 있는지 물었다. 네가 피자를 먹고 싶어 한다는 말에 나는 급히 차를 세웠다.

너에게로 빨리 달려가고 싶고, 네가 먹고 싶어 했던 피자를 네가 맛있게 먹었으면 좋겠다는 생각이 동시에 머리끝까지 차올랐다가 머리를 뚫고 나갔다. 나는 너에게 맛있는 것을 사다 먹일 수 있는 정도의 삶이면 만족할 거라고, 나는 나를 위로했다. 정말로 그렇게 생각했다.

엘리베이터 문이 열리고 네가 환한 얼굴로 나를 맞을 때까지. 최상층 펜트하우스에 있던 내 심장이 지하 주차장을 지나, 단단한 지반을 지나 맨틀까지 추락하는 느낌을 경험할 때까지 나는 정말 그런 마음이었다.

네가 웃었다. 나를 보고 웃었다.

그리고 손이 스쳐 지나갔다. 너의 몸이 내게 닿았다. 내가 너를 만진 것이 아니다. 네가 먼저 내게로 손을 뻗은 것이다. 온몸의 생명 대사 활동이 순간 정지한 게 아닌가 하는 생각이 들었다. 너는 마치 내가 오기를 기다렸다는 듯이, 나와의 저녁을 당연하게 생각하는 것처럼, 내게 옷을 갈아입고 오라 말했다.

순간 내가 어떤 미래를 상상했는지, 그것이 너무나 추악한 망상이라 나는 감히 그 생각을 다시 되짚을 수도 없다. 나를 뒤에 두고 사라진 너를 보고, 나는 내 몸에서 심장이 사라져 버렸으면 좋겠다고 생각했다. 대체 어쩌다 너는 나의 세상의 전부가 된 걸까. 너의 작은 손짓 하나가 내 존재 자체를 무너뜨린다.

나를 맞던 너의 모습을 되짚었다. 너는 조심스럽게 발을 옮기며 멀어져 갔다. 걷는 동작이 어색한 것이 나를 안타깝게 만들기는 했지만, 다행히 발 외에 크게 아픈 곳이 있는 것 같지는 않았다.

너는 연금술사일까.

정말 그럴까.

그럴 때엔 내가 무엇을 해야 하는지 생각했다. 현자의 돌 없이 능력을 과하게 사용한 연금술사들에게 나타나는 증상들은 전혀 눈에 띄지 않았다. 그렇다면 아직은 시간이 있었다. 네가 힘을 남발하고 있지 않다는 건 좋은 징조였다.

약 때문에 네가 자신이 사용했던 힘을 완전히 잊어버리고 있을 가능성도 고려했다. 그렇다면 연금술사의 능력을 들먹이면서 너에게 그 힘을 사용하지 말라 말하는 게 오히려 역효과를 일으킬 수도 있었다. 호기심에 능력을 사용해서 수명을 깎아먹게 할 수는 없었다. 게다가 경우에 따라서는 힘이 폭주할 수도 있으니, 기억을 못해 사고가 날 가능성이 원천적으로 차단되어 있는 쪽이 사실은 가장 바람직했다.

넥타이를 풀고, 옷을 갈아입으면서 내가 취해야 하는 적절한 행동의 목록을 만들었다. 중간중간에 방금 나를 보고 웃던 너의 얼굴이 스쳐 지나갔다. 심장이 쿵쿵거리는 게 느껴져서 옷장을 닫고 크게 심호흡을 했다.

피자가 먹고 싶었던 것뿐이리라. 내가 와서 네가 기뻐했던 것이 아니다. 그저 내 손에서 피자 박스를 받아 가려 했던 것뿐이다. 그러니 나의 손을 잡으려 했던 것 역시 아니다. 스킨십이 일어났던 건 정말 찰나의 순간이었다. 엄연히 말하면 손이 스친 거였지 손을 잡은 것도 아니었다.

설령 손을 잡았다고 하더라도, 대체 그게 어떤 의미가 있는 거지? 사소한 눈짓이나, 흑심 없는 관심에 지나친 의미 부여를 해서 정신 못 차리는 건 늦어도 중학생 때에는 졸업해야 하는 사고 과정이었다. 서른 중반이 되어서 할 상상이 아니다. 내가 끔찍하게 생각하던 주제 파악 못 하는 남자들의 착각의 늪 속으로, 나 스스로 걸어 들어가고 있다는 사실을 믿을 수가 없었다.

감정의 단초라도 읽는 순간, 너는 싸늘한 표정으로 나를 마주할 것이다. 아니면 전혀 감정을 담지 않은 무표정한 얼굴로 너의 인생에서 완전히 나를 지워 낼 수도 있겠지. 끔찍한 일이었다. 나는 혼잣말을 내뱉으며 닫힌 옷장 문에 이마를 가져다 댔다. 정말 나는 정신을 차릴 필요가 있었다.

"정신 차려, 연우겸."

나를 반겼고, 실제로 손을 잡았다고 해도 그건 큰 대수가 아니다. 정말로 그렇다. 무슨 일을 할 수 있는 것도 아니다. 우리는 그 어떠한 관계도 될 수 없다. 나는 그보다 더 확실할 수 없는 사실을 내 뇌에 주입했다. 나와 너는 어떤 결실을 만들 수 있는 사이가 아니다. 아닌 척, 모르는 척, 잊은 척 굴고 싶어도 부정 불가능하다.

동시에 나는 정말 일관성도 없는 망상에 사로잡혔다. 네 남자가 될 수 있는 가능성을, 네가 나를 허락할 가능성을 여전히 완전히 포기하지 못했다. 나에게는 기다림을 만끽할 권리도 없다. 하지만 쓰레기 같은 나는 여전히 너의 남자가 되고 싶다. 정말로, 간절히. 시간을 돌릴 수 있다면 무슨 짓이라도 할 각오가 되어 있다. 하지만 그런 각오를 하든지 하지 않든지, 어차피 출구는 보이지 않았다.

❦

정말 너는 심장마비로 나를 죽일 생각인 모양이었다. 부엌에 갔을 때, 앞치마를 두르고 나를 맞는 너를 본 내 심정을 어떻게 표현해야 좋을까.

네가 매일 저녁을 차려 주는 아내가 되기를 꿈꾼 적 없다. 나는 네가 부담을 느낄 만한 것이라면 사소한 것도 강요하고 싶지 않다. 요리나 청소나, 그런 모든 것에 전혀 손대지 않더라도 내 곁에 있어 주기만 하면 됐다. 그런데 그건 그런 상황을 거부하고 싶단 뜻은 아니었다. 매일 갖가지 꿈을 꾸는 나에게마저도 지나치게 허황된, 망측한 꿈이라 상상하지 않았을 뿐이다.

그런데, 내가 감히 상상하지도 못한 판타지가 바로 눈앞에서 재생되는 중이었던 거다. 정말 네가 나와의 저녁을 준비하고 나를 기다리는 아내라면, 나는 매일 너를 만질 수 있겠지. 하루도 가만히 너를 재우지 못할 것이다. 너를 나의 품에 끌어안고 매일 입 맞추고, 귓가에 사랑을 속삭일 것이다. 잠드는 순간에도, 아침에 눈을 뜨는 순간에도. 물론 네가 그런 나를 버거워한다면 너의 의사를 존중해 충분히 배려할 수도 있기는 했다.

너는 내가 너에 대한 어떤 상상과 망상을 매일 밤마다 하는지 상상도 하지 못할 것이다. 나는 과도를 들고 리치의 씨를 빼내는 너를 멍하게 보았다.

"앞에 앉으세요."

홀리듯 너의 앞까지 다가가 앉았다. 정신을 차리려 애쓰며, 너의 수고에 먼저 감사를 전했다. 밖에서 음식을 먹고 와서 배가 고프지 않다는 말을 꺼내지도 못했다. 다정하게 나를 배려하는 행동에 숨이 멎어 갔다. 제대로 호흡하고 있다는 사실이 놀라울 지경이었다.

나는 완전히 얼이 빠져서 나이프와 포크를 집어 들지도 못했다. 피자 한 조각을 다 먹은 너와 눈이 마주치고, 네가 고개를 갸웃할 때까지 나는 내가 완전히 넋을 놓고 있었다는 사실도 몰랐다. 나는 그제야 식기를 들었다.

"진짜 맛있네요. 감사해요."

"많이 드세요."

"저만 너무 막 먹네요."

"입맛에 맞으신 것 같아 다행입니다. 취향이 아니면 어쩌나 걱정했거든요."

오물거리는 입술에 완전히 넋을, 시선을 빼앗겨 내가 제대로 된 대화를 이어 나가는 중인지 확신할 수도 없었다. 그래서 네가 잠시 망설이다가 나를 불렀을 때, 나는 내가 모르는 사이에 실수를 한 건 아닐까 생각했다.

"아, 저."

"네?"

나는 약간 음 이탈이 가미된 목소리로 대꾸했다. 네가 그 이상함을 눈치채지 않길 바랐다.

"어제…… 일이요."

"……네."

나는 네가 말을 꺼내기 전까지 연금술에 대한 이야기를 잊고 있었다. 그리고 네가 당했던 일에 대한 생각 역시 못 하고 있었다.

나는 속으로 나의 멱살을 잡고 흔들었다. 훨씬 더 배려하면서, 세심하게 대화를 이끌었어야 했다. 내 앞의 네가 너무 내 기분을 황홀하게, 또한 처참하게 만들어서 다른 걸 생각할 겨를이 없었다.

나는 내가 충분히 주의해서 대화를 듣고 있으며, 네게 필요한 모든 것들을 준비할 것이라는 걸 알릴 계획이었다. 신변에 위협이 될 수 있으니 경호원도 대기시킬 생각이었다. 연금술사들은 분명 초자연적인 존재들이긴 했지만, 너를 보호하는 사람들이 많은데도 너에게 쉽게 위해를 가할 수 있는 무적인 인간들은 아니었다. 인간 현자의 돌을 대동하고 다니는 숙련된 괴물들이 아닌 이상 21세기의 발달된 경호 시스템으로 어느 정도 커버는 가능했다.

"아무래도, 저는…… 일단은…… 얘기하고 싶지 않아서."

"불편하시면 안 하셔도 됩니다."

"……감사해요."

"혹시 외출할 일이 생기면 경호원을 붙여 드리겠습니다. 그리고 저번에 말씀하신 이사 건은, 안정될 때까지 충분히 휴식하시면서 뒤로 미루는 게 좋을 것 같습니다."

나는 경호원에 대한 이야기를 전했다. 네가 편안하게 받아 주기를 기대했다. 너의 곁에 바로 남자들이 붙어 있는 걸 바라지는 않으니, 주상복합에 상주하는 보안 요원의 수를 늘리는 쪽이 좋을 것 같았다. 바로 내가 받아 볼 수 있는 시스템을 갖춘 보안 카메라를 몇 군데에 더 설치하는 것도 계획에 있었다.

"당장 나가긴 그렇지만, 어쨌거나 올해 안에는 나가거나 할게요."

그런데 너는 내가 가장 상상하고 싶지 않은 방식으로 내 대화를 받았다. 그 이후에 이어진 말은 내 뇌를 순간 백지로 만들기에 충분했다.

"제가 계속 집에 있으면 저 때문에 집에 여자 친구나 그런 분들 데려오지도 못하시잖아요."

그래, 너는 내가 다른 여자를 만날 수 있는 남자라고 생각한다.

피가 식었다. 내가 꾸역꾸역 머리 안을 채워 놓은 망상들이 나를 비웃는 것 같았다. 편안하게 표정 관리를 해야 하는데 그게 정말 쉽지 않았다. 너는 내가 나 자신을 더욱 한심하게 생각하도록 만들고, 보다 더 혐오하게 만든다. 그래도 나는 너를 안심시키기 위해 말을 뱉었다.

"괜찮습니다. 정말로 그런 부분은 전혀 신경 쓰지 않아도 괜찮아요."

그 이후에 덧붙여진 너의 말은 또 내 뇌의 작동을 일순간 정지시켰다. 너는 하루 동안 나를 절망으로 인도하기도 했고, 구름 위에 올려놓기도 하더니 이제는 내 심장을 꺼내 손 위에서 가지고 놀고 있었다.

"제가 계속 있으면 사람들이 우리가 불륜 관계라고 생각할 거예요. 저 같은 잉여인간의 남자로 묶이게 만드는 거 죄송해요. 아무래도 새아버지는 저한테 너무 아까우시잖아요?"

네가 나에게 아깝다고?

적절한 대꾸를 찾을 수가 없었다. 내가 알고 있는 모든 단어의 의미 하나하나가 완전히 무용한 것이 되었다. 너는 내게 과분하다. 나는 그 사실을 잘 알았다. 그 역은 논할 가치도 없었다. 그런데 누구도 아닌 너의 입에서 내가 알고 있는 진리에 완벽히 반하는 이야기가 나온 것이었다. 수많은 생각이 몰아치고 지나간 다음에, 나는 그저 부정의 의미만을 남긴 말을 짧게 뱉었다.

"아깝지 않아요."

나는 못 들었다는 듯이 되묻는 너의 앞에서 다시 입을 열었다. 뱉어서는 안 되는 말이었다. 네가 제대로 이해하지 못했다는 것처럼 반응할 때, 그냥 잊어버리라며, 별 얘기 아니었다고 말해야 했다. 그런데 내 입술은 내 의지를 배반하고 움직였다.

"전혀 그렇지 않아요."

단어 하나하나에 힘을 실어 말했다. 내가 아는 명백한 진리를 너에게 역시 알리고 싶었다. 사실은 이런 빙빙 돌린 말보다, 마음을 가득 채운 사랑을 말하고 싶었다. 사랑을 속삭이고 싶은 나의 욕망은 이런 어긋난 경로를 타고 흘러 나갔다.

살짝 너의 눈이 떨리는 게 느껴졌다. 실제로 그런 장면이 보이는지, 아니면 내가 네가 그런 반응을 보이기를 바라는 건지 모르겠다.

나는 그래도 10년 가까이 너를 지켜볼 때마다 나를 둘러쌌던 방어막으로 나를 감쌌다. 감정에 휘둘려 괴상한 짓을 반복하는 건 이 정도로 충분했다. 나는 다시 최대한 자연스럽게 나이프를 움직였다. 물론 몸이 완전히 통제되진 않았다. 손은 내가 바라는 것보다 강한 힘으로 나이프를 잡았다.

손끝이 떨리는 걸 들킬까 두려웠다. 너를 향한 불타는 연정이 네게 닿는 순간, 네가 나를 경멸하게 될지도 모른다는 공포가 나를 잠식하기 시작했다. 심연의 두려움 속에서 익사하고 있는 중임을 절대 너에게 알릴 수는 없었다.

최초의 연성을 행한 이후부터 연금술사는
자신의 현자의 돌에게 특수한 끌림을 느낀다.

四 朦朧

　나는 그와 나를 이성 관계 프레임에 가두는 말을 뱉었다. 가히 개념을 상실한 실언이라 할 만했다. 그가 언짢아하는 것을 이해했다. 그런데도 내 사고는 여전히 정상 궤도에 오르지 못했다. 단 한 번도 심각하게 숙고하지 않았던 새아버지의 남자로서의 매력에 관한 생각이 사고에 침투하기 시작했다.

　잘생긴 얼굴, 언제나 깔끔하게 차려입는 옷, 잘 정돈된 몸매, 낮은 목소리, 능력, 머리, 재산 등 상상할 수 있는 모든 것에서 완벽한 남자였다. 그나마 찾을 수 있는 흠은 결혼 경력이 있다는 것과 의붓딸을 하나 달고 있다는 거였는데, 그 의붓딸이 나인 입장에서 그에 대한 지적을 하기는 쉽지 않았다.

　결국 정적을 먼저 깬 것은 그였다. 다행히 그 이전에 우리가 나누던 주제에서는 벗어날 모양이었다. 그런데 그가 새롭게 꺼낸 주제도 딱히 좋은 것이라 말하기는 힘들었다.

"혹시, 핸드폰을 볼 수 있을까요?"

그가 내게 핸드폰에 대한 물음을 던진 순간, 나는 뭔가 들켜서는 안 되는 것을 들킨 것 같아 멈칫했다. 그의 저의를 살폈다. 그는 주의 깊게 내 표정을 보고 있었다. 나는 그가 뭔가 특이한 것을 눈치챘나 싶어 두려워졌다.

"⋯⋯어, 그게, 어째서죠? 아니, 방에 있기는 한데."

나는 약간 말을 더듬었다. 그의 표정을 읽을 수가 없었다. 무엇을 알고 있는 건지, 내가 뭔가를 잘못한 건지, 갈피를 잡을 수가 없었다. 나는 내가 정말로 신현재의 어깨에 상처를 내고 그 상처 안에 핸드폰을 꽂아 넣은 게 아닐까 두려워졌다. 그렇다면 오히려 내가 역으로 폭행으로 기소를 당할 수도 있는 상황일지도 몰랐다.

내가 신현재가 먹인 약에 취해 과잉 방어를 했다면, 약의 핑계를 대고 정상참작을 받을 수 있는 걸까? 아니면 그냥 내가 가해자가 되나? 침을 천천히 삼키고 그의 답을 기다렸다. 순식간에 단두대에 끌려 올라간 기분이 되었다. 아까와는 다른 의미로 상황이 굉장히 안 좋아졌다. 그런데 그는 대신 다른 것을 물었다.

"피가 묻은 과정에 대해 기억나는 게 있나요?"

그는 거의 먹지도 않았으면서 포크와 나이프를 완전히 테이블에 내려놓은 상태였다. 나 역시 대화에 집중해야 할 것 같아 먹는 행동을 전부 멈추었다. 피에 대한 설명을 해야 할지도 모른다는 생각을 안 했던 것은 아니다. 그런데 이렇게 돌직구로 그 상황에 대한 설명을 요구받을 거라고는 생각하지 않았다. 마땅히 준비해 놓은 답변이 없었다.

"저⋯⋯ 그게⋯⋯. 약을 강제로 먹여서, 기억나는 상황이, 실제로 벌어졌던 상황인 것 같지 않아요."

그는 내 답을 듣고 생각에 잠겼다. 곧이어 경찰이 들이닥칠 거라는 얘기가 이어지지는 않길 바랐다. 계속 그는 설명은 해 주지 않고 새로운 질문을 꺼내는 식으로 대화를 이어 갔다.

"다른 환각 작용이 남거나 하지는 않았나요? 괴상한 게 계속 보인다거나, 두통이 이어진다거나, 체온이 내려가는 느낌이 든다거나."

"……네."

"그럼 최대한 그 상황을 잊어버리고, 떠올리지 않으면서 일단 휴식을 취하세요. 핸드폰은 내일 중으로 바꿔 드릴게요."

"아, 네. 감사합니다."

다시 식사 시간은 조용히 흘러갔다. 사실은 내게 그런 질문을 계속 던진 이유를 묻고 싶었다. 하지만 그러면 그가 더욱 답하기 난해한 질문을 던질 것 같아 질문을 삼켰다. 신현재의 상태에 대한 궁금증도 생겼지만 그건 더욱 물을 수가 없었다. 나에게 여전히 그의 시선이 머무르는 것 같았다. 고개를 들어 그를 마주 보지는 못했다.

❧

아침엔 새 핸드폰이 나를 반겼다. 피가 묻은 것은 어제 새아버지가 받아 갔다. 금요일 밤에 폰을 가져가 토요일 오전에 백업이 완료된 새 폰을 받을 수 있다니, 돈의 힘이란 게 좋은 것이긴 한 모양이었다. 경진 씨는 토요일인데도 출근했다. 새아버지는 주말이라 출근하지 않고 서재에 있다고 했다. 흔치 않은 일이었다. 그는 주말에도 늘 집을 비우고는 했다.

이상한 기억을 불러일으키는 물건이 눈앞에서 사라지니 후련했지만, 동시에 미결의 사건이 그대로 내 손을 떠난 것 같아 찜찜했다. 그 핸드폰은 내가 그것이 칼로 변하길 바랐을 때 칼이 되었다.

잊어버리라는 새아버지의 조언이 귓가에 재생되기는 했다. 그런데 이상하게, 시간이 지날수록 기억은 선명해지기만 했다. 정말 환상일까? 환상이 아닐지도 모른다는 의심이 고개를 들었다. 정신 나간 생각이었다. 나는 머리를 흔들었다.

나는 반항적인 소녀였던 적은 없었지만, 하지 말라는 말에 하고 싶은 마음이 드는 인간의 본능 정도야 약간은 지니고 있었다. 떠올리지 말라는 조언을 계속 재생시켜 봤다. 조언과 함께 주차장에서의 사건 역시 같이 재생되었다. 생각을 반복할수록, 그때 일어났던 일이 정말 실제로 벌어졌던 일처럼 느껴졌다.

그때 진동이 울리더니 핸드폰 화면에 화연의 메시지가 떴다.

[보면 전화해!!!!!!!!!!!!!!!!!]

나는 망설이면서 핸드폰을 집어 들었는데, 내가 전화를 걸기도 전에 다시 진동이 울리기 시작했다. 이번에는 전화였고, 발신자는 방금 문자를 남긴 화연이었다. 뭔가를 들은 걸까? 내가 모르는 걸 알고 있나? 나는 침을 삼키고 화연의 이름을 불렀다.

"응. 화연아."

― 밀! 괜찮아? 완전 걱정했잖아! 신현재 지금 병원이래! 어깨에 문제 생겨서 신경 수술해야 할지도 모른다고 하더라고! 근데 생각해 보니 한국 오자마자 네 번호 알려 달라고 나한테 연락했단 말야! 뭐라고 설명 좀! 말 좀 해 봐!

화연은 전화기 너머로 소리를 질러 댔다. 통화 음량이 너무 크게 들려 놀라서 귓가에서 폰을 떼어 냈다. 내 대답을 요구하면서도 엄청나게 빨리 말을 뱉어 내서 중간에 내가 끼어들 수가 없었다.

진실을 알려 주어야 하나 고민이 됨과 동시에, 이상하게도 약간 마음이 따뜻해졌다. 이상한 일이었다. 세상에 딱히 도움이 되는 것 없는 인간으로 살아가고 있는데 그래도 나를 걱정하는 사람이 몇몇은 있는 모양이었다. 그 새벽에 나를 데리러 나온 새아버지에게도, 이렇게 나의 일로 흥분하는 화연에게도 고마웠다.

하지만 진실을 말하는 것은 완전히 다른 문제였다. 새아버지에게는 핸드폰에 관해 말할 수가 없었다. 화연에게 말할 수 없는 문제는 더 많았다. 신현재가 약을 한다는 것부터 말해도 되는 문제인지 고민됐다. 핸드폰에 대한 건 고민할 것도 없었다. 나는 결국 단어를 고르다가 그냥 두루뭉술하게 넘기는 쪽을 택했다.

"아, 그게…… 그렇게 됐어."

사건이 커지는 걸 원치 않았다. 나는 내가 약에 취해 괴력을 발휘해 신현재를 폭행했을 가능성을 배제할 수가 없었다. 그리고 화연이 그에 대해 어디까지 알고 있는지 모른다는 것도 입을 함부로 놀릴 수 없는 원인이었다.

— 그게 뭐야! 너 몸은 괜찮아? 밀아, 어디 다치고 그런 거 아니지? 진짜 이게 대체 무슨 경우야!

정말이지, 사실 지금 이게 대체 무슨 경우인지 모르겠다는 생각을 가장 강하게 하는 건 나였다. 사건의 당사자인 나조차 이게 정확히 무슨 일인지 파악을 못 했다. 나는 전화기 너머의 화연만큼이나, 어쩌면 그녀보다도 더 사건의 진상을 궁금해했다.

화연은 계속 말을 이어 나갔다. 그녀는 내가 잠들어 있던 시간 동안 벌어진 일들을 알려 주었다. 신현재가 병원에 갔고, 괴한의 습격을 받은 것 같은 상태라 경찰도 그에게 찾아갔다고 한다. 그런데 신현재가 용의자를 전혀 기억하지 못하고, 신현재와 그 가족들이 전부 수사를 원하지 않아서 일이 이상하게 돌아가고 있다고 했다.

화연은 중간에 사실은 신현재가 5초 조루일 뿐만 아니라 약쟁이기까지 하다는 걸 믿을 만한 소식통으로부터 입수했다는 얘기를 하기도 했다. 사건이 벌어지기 전에 그 사실을 알았다면 좋았을 테지만, 이미 일이 벌어진 상황에서 누구를 원망할 수도 없는 노릇이었다. 화연은 그다음에 자기가 괜찮은 남자 리스트를 물색하고 있다는 얘기도 덧붙였다. 남자 얘기로 대화의 주제가 넘어가자 또 자연스럽게 화연은 '전' 새아버지의 소식을 물었다.

— 여전히 전 새아버지는 섹시하시고?

"……."

나는 갑자기 던져진 화연의 물음에 잠시 입을 닫고 고민했다. 예전 같았으면 고민도 하지 않고 적절한 반응으로 일축했을 질문이었다. 그런데, 이상하게 머뭇거리게 되었다. 진심으로 섹시하다는 평가에 동의하는 나를 발견했기 때문이다. 하마터면 예전에도 그랬듯이 지금도 섹시하고, 앞으로도 쭉 섹시할 것 같다고 말할 뻔했다.

핸드폰의 변화만큼이나 이 문제도 나를 더욱 괴롭게 만들었다. 다행히 화연은 나의 침묵이 예전과 같이 그녀를 한심하게 생각하는 나의 반응이라 해석했는지 다른 주제에 관해 떠들었다. 나는 적당히 대꾸를 하면서 핸드폰과 새아버지에 대해 생각했다. 그가 매력적이란 건 여태까지 단 한 번도 문제가 된 적 없었다. 하지만 내가 그를 매력적이라 생각하는 순간, 그의 매력은 문제가 될 수도 있었다.

걱정으로 시작해 잡다한 수다로 변질된 통화는 한 시간이 넘게 지속된 다음에야 끝날 기미를 보이기 시작했다.

— 혹시 무슨 일이나 고민 생기면 바로 연락해.

"응."

— 생각을 비우는 데는 술이 좋은데. 보드카 할까? 너희 주상복합 2층 바에서. 어때?

"음…… 그건 다음에. 지금은 좀 쉬어야 될 것 같아."

나는 그녀가 기분 상하지 않게 둘러서 거절하고 꼭 연락하라는 강요를 들으며 통화를 마쳤다. 그런데 전화를 끊고 나자 확실히 착잡한 기분을 해결하는 데에 술이 도움을 줄 수 있겠다는 생각이 싹텄다. 나는 몸을 일으켜 술이 있을 곳을 향해 몸을 옮기기 시작했다. 시도해 볼 만한 가치는 있었다.

⚜

보드카를 집어 온 다음, 나는 술로 해결을 하려는 게 정말 바보 같은 생각임을 알고 그냥 병을 따지 않았다. 그런데 나는 읽으려고 펴 든 책에도 집중을 못 했고, 시간을 그냥 죽이려고 튼 드라마에도 집중하지 못했다.

결국 한참을 고민하다 러시아에서 수입되어 온 보드카를 땄다. 안주는 치즈가 박힌 육포였다. 그리고 자작을 하면서 한두 잔만 마신 것 같은데 어느새 저녁 시간이 다 되었다. 경진 씨가 퇴근 전에 내 상처를 살피러 올라왔다.

"아가씨, 소독 도와 드릴게요. 그리고 퇴근하려고 생각 중인데…… 아, 아가씨."

"네……에."

"으. 너무 많이 드신 거 아니에요? 지금 상처도 있으시잖아요. 그만하셔야 돼요. 알코올 섭취하면 회복이 느려져요."

"네에. 알겠어요오."

진짜 좀 많이 마신 모양이었다. 혀가 미묘하게 꼬이는 것이 느껴졌다. 그녀는 헤롱헤롱한 상태인 나를 치료해 주고 떠나갔다. 방문이 닫혔다.

탁.

나는 또 한 잔을 더 마시며 틀어 놓은 영화를 보았는데, 갑자기 근처에 놓인 핸드폰에 시선이 닿았다. 한참을 보았다. 나는 손을 뻗어 그것을 집어 들었다. 알코올은 좋은 돌파구가 아니었다. 도수가 좀 있는 증류주를 마셔도, 칼로 변한 핸드폰에 대한 생각은 전혀 증발하지 않았다. 나는 다시 칼로 변한 스마트폰을 상상했다.

장도.

신현재의 어깨를 찌르던 것.

그리고 눈을 감았다. 눈을 떴다. 나는 화들짝 놀라 손에 잡고 있던 것을 놓치며 자리에서 벌떡 일어났다. 손에 들린 것을 거의 던지다시피 했다.

챙.

진짜 칼이 된 스마트폰이 보였다. 날아간 칼은 테이블을 덮고 있던 유리와 충돌해 유리를 부수었다. 그러고는 바닥으로 떨어졌다. 칼은 다시 원래의 형태로 돌아오지 않았다. 그 모습 그대로 바닥에 있었다. 나는 덜덜 손을 떨며 뒤로 물러났다. 의자에 다리가 걸렸다. 나는 뒤에 의자가 있다는 것도 잊고 물러나다가 의자에 다리가 걸려 주저앉았다.

"악!"

나는 비명을 질렀다. 아프게 넘어지진 않았지만 충분히 놀랐다. 다시 발 옆에 떨어진 칼을 보았다. 다시 고개를 들자, 나는 정말 믿을 수 없는 것들을 보았다. 방 안에 있는 모든 금속기구들이 어그러져 있었다. 모든 철제 물건들은 칼과 같은 날카로운 형상이 되는가 싶더니 내가 몸을 덜덜 떨기 시작하자 완전히 형체가 없는 것으로 변해 흘러내리기 시작했다.

비명도 나오지 않았다. 나는 멍하게 흘러내리는 물건들을 보았다.

환각인가?

손이 덜덜 떨려 왔다.

취한 건가? 경진 씨도 취했다고 했지. 조절을 못 하고 좀 많이 마시기는 했어. 그래. 그런 것 같지? 아직 환각이 가시지 않은 걸까.

나는 떨리는 손으로 머리카락을 한 번 넘겼다. 오른쪽 귀걸이가 땅에 떨어졌다. 귓불을 만지자 귀걸이가 잡히지 않았다. 놀라서 왼쪽도 만졌다. 왼쪽 귀에서도 귀걸이가 잡히지 않았다. 바닥이 진동했다. 내가 앉아 있는, 평평한 바닥에 놓여 있던 원목 의자가 기울어졌다.

안 돼.

건물을 구성하는 철근까지 이런 상태가 되도록 내가 만들고 있는 건 아니겠지. 나는 귀를 만졌던 손으로 입을 가렸다.

밖에서 쿵쿵거리는 소리가 들렸다. 누군가가 급하게 방 앞으로 다가오고 있었다. 혹시 내가 우리가 살고 있는 주상복합을 무너뜨리는 중은 아닐까 하는 두려운 생각이 증폭됐다. 그건 필사적으로 막아야 했다. 나는 눈을 감고 온 힘을 다해 완벽한 건물의 모습을 상상했다. 그래야 할 것만 같았다. 금방 의자는 원래의 평형 상태를 되찾았다. 안심이 됨과 동시에 엄청난 두통이 찾아들었다. 나는 머리를 부여잡았다.

문이 열렸다. 머리가 아파서 눈물이 나올 것 같았다. 안압이 차오른 상태로 문이 있는 쪽을 보았다. 나를 보고 있는 새아버지와 눈이 마주쳤다. 그는 방 안의 전경을 보고 말을 잇지 못했다. 바닥은 원상태가 되었지만 형체가 사라진 물건들은 여전히 그대로였다.

"당장 그만둬요. 당장!"

소리를 지르는 그의 말이 무엇을 의미하는 것인지 알 수가 없었다.

그만두라고? 이걸 어떻게 해야 한다는 건데? 나는 방 안을 둘러보기만 했다. 시선이 닿을수록 금속 물건들은 더욱 기괴한 형태로 변해 가기만 했다. 열린 문 너머로 드레스룸이 보였다. 쇠로 둘레가 둘러진 거울의 프레임이 어그러지더니 거울이 산산조각 났다.

두통이 심해지고, 오한이 들었다. 피가 식는 느낌이 났다. 눈에서는 눈물이 흘렀다. 멈출 수가 없었다.

그는 뛰듯이 다가왔다. 내 주위에 유리 조각이 가득한 것은 신경도 쓰지 않았다. 그는 급하게 내 어깨를 잡더니 흔들었다. 옷이 완전히 구겨졌다.

그런데.

이상하게 소리를 지르는 그의 목소리가 감미로웠다. 나는 뭐에 홀린 듯이 그를 올려 보았다. 그는 내가 완전히 그의 말을 이해하지 못하고 있다는 것을 발견했는지 절망적인 얼굴이 되어 방을 둘러보기 시작했다. 그 역시 믿을 수 없다는 얼굴로 방을 보고 있는 것을 생각하면 내가 보고 있는 것이 나만의 환각은 아닌 것 같았다.

그가 소리를 지르는데, 내용은 여전히 들리지 않았다. 감미로운 음성을 뱉는 입술에만 시선이 고정됐다. 나는 계속 그의 입술만을 보았다.

어느 순간 숨이 막혀 왔다. 눈물은 멎었다. 두통이 더욱 심해지고, 호흡이 힘들어졌다. 나는 목을 부여잡았고, 그는 정말 형용할 수 없는 표정으로 나를 보았다. 죽을 것 같은 건 난데, 나보다 그가 더 큰 절망을 마주하고 있는 것 같아서, 나는 내 죽음에 대한 유감을 표하기에 앞서 그에게 위로의 말을 던져야 하는 게 아닐까 생각하기까지 했다. 우습다는 생각이 들었다. 그에게 그 사실을 말해 주고 싶었다. 숨이 멎어 가는 와중인데도 그랬다.

본능이 나를 그에게로 이끌었다. 그가 내게 말했던 것이 무엇이든지, 지금 왜 그런 표정을 짓고 있는지, 그런 것보다 중요한 것이 있었다. 나를 이끄는 그의 존재 자체가 중요했다.

나는 분명 술에 취해 제정신이 아니었다. 두통도 정상적인 사고를 하지 못하게 했다. 그렇게 숨이 멎어 가는 와중에, 그는 체념한 얼굴로 내게 작게 속삭였다. 짧은 단어를 뱉은 것 같았다. 그렇게 말하는 그 입술이 나를 유혹했다. 나는 그에게 손을 뻗어 그의 목에 손을 댔다.

그의 말이 멈추었다. 나는 두통이 조금 사라지는 느낌에 눈을 감았다. 나는 내 의지와 상관없이 그의 목 뒤로 손을 넣어 당겼고, 그는 저항하지 않고 내게 끌려왔다. 그는 무엇이라 내게 말을 더 뱉으려 했다.

나는 그런 그의 말을 먹어 버렸다. 나는 턱을 들고, 그에게 입을 맞추었다.

그의 모든 행동이 정지했다.

입술은 부드러웠고, 숨결이 달콤하단 느낌이 들었다. 두통이 사그라졌다. 나는 약간 몽롱한 기분이 된 상태로 닿았던 입술을 떼고 그를 보았다.

그는 크게 떠진 눈을 닫질 못하고 있는 상태였다. 나는 그제야 무슨 짓을 했나 싶어 황급히 물러났는데, 그가 손을 뻗어 멀어지려는 나의 팔을 잡고 당겼다. 그대로 그의 품에 안겼다. 나는 정신을 잃었다.

현자의 돌은 그 어떤 특수한 표식도 가지고 있지 않다.
연금술사의 반응을 통해서만 그것이 현자의 돌임을
알 수 있다.

五夢

색이 옅었다. 눈동자의 색소가 점점 빠져 갔다. 그게 어떤 의미인지 알았다. 부정하고 싶었지만 분명히 알았다. 마음의 창이라는 동그란 보석이 전부 하얗게 변하면 너의 삶은 끝난다. 나는 네게 그만두라 소리쳤다. 나는 절규했다. 너는 스스로의 힘을 통제할 능력을 완전히 상실한 것처럼 보였다. 앞에 굴러다니는 술병과 깨진 유리만 보아도 이게 네가 원해서 벌어진 상황이 아님은 명백했다.

절망과 체념 그리고 분노와 같은, 나를 고문하는 감정들의 극단을 충분히 경험했다고 생각했다. 하지만 아니었다. 더한 것이 남아 있었다. 이것이야말로 극단이었다. 인생이 유한하다는 것과 끝이 허무할 수 있다는 걸 알았다. 사춘기 소년이 되기 전부터 알았다. 하지만 이것은 아니었다. 이럴 수는 없었다. 이런 끝이어서는 안 됐다.

나는 어떻게든 상황을 뒤집어 보려 필사적이었다. 너를 막아야 했다. 그런데 내가 할 수 있는 것은 간신히 음성을 쥐어짜 제발 너 자신의 폭주를 막으라고 소리치는 것뿐이었다. 그마저도 너에게 닿지 않는 것 같았다.

너의 어깨를 잡고 흔들었다. 네가 입은 셔츠 위로 피가 통하지 않을 정도로 너의 몸을 세게 잡았다. 어깨를 지나치게 꽉 쥐어서 네가 아파하는 것 같기도 했다. 그런데도 멈출 수가 없었다.

덜덜 떨리는 손으로 내 피를 재료로 연성진이라도 그려 볼까 생각했다. 할 수 있는 거라면 뭐든 해야 했다. 그런데 그렇게 한다고 이 상황이 멈추어질까. 연금술사의 폭주를 막는 연성진은 연금술사 본인이 적지 않으면 아무런 의미가 없다는 걸 나는 누구보다 잘 알았다.

상황을 해결할 수 있는 것은 현자의 돌뿐이다.

나는 힘의 존재를 은닉하고 해결을 유기하기 전에, 필사적으로 너의 현자의 돌이 무엇인지 찾는 노력을 했어야 했다. 그렇다면 이 런 상황이 만들어지지 않았을지도 모른다. 하지만 정말 부질없는 생각이었다. 만약을 가져다 붙이는 건 아무런 실효성이 없었다.

누구를 원망할 것인가. 아무리 내가 저지른 죄악이 인류을 저버 린 것이라 해도, 이 지독한 형벌은 너무 가혹했다. 네가 상처 입어 서는 안 됐다. 내 몸의 피와 살을 전부 거두어 가도 좋다. 너에게 가해지는 고문만은 멈추어져야 했다.

간절한 내 진심을 제발 알아 달라 애원하고 싶었다. 욕심을 부 려서 죄송하다고, 주제도 모르고 과분한 것을 너무 오랫동안 꿈꿔 왔다고, 내가 행한 모든 죄를 낱낱이 고백하고 벌을 받을 테니 이 런 짓은 하지 말아 달라고.

무릎을 꿇고 기도라도 하면 뭐가 달라질까? 바람이 닿아야 하는 대상도 분명치 않았다. 이런 종류의 진술을 너무 자주 해서 말 자체가 가지는 진정성이 의심받는지도 몰랐다.

"밀아! 정밀! 그만!"

너는 계속 답이 없었다.

"제발. 제발 그만해. 밀아……."

결국 비명은 점점 흩어지기 시작했다. 머리가 아픈 것처럼, 내 말이 하나도 들리지 않는 것처럼 행동하는 너는 내가 소리를 지를 때나, 목이 메어 오는 상태에서 음성을 쥐어짤 때나 보이는 반응이 똑같았다. 너는 계속 연금술을 끝도 없이 행하고 있었고, 너의 눈동자는 계속해서 색이 옅어졌다.

그만해.

제발 그만둬.

손이 닿지 않는 곳의 물건들에까지 너는 연금의 손을 뻗었다. 너의 눈에 보이지 않았을 계단의 철제 난간마저 잔뜩 구부러진 채였다. 잠시 바닥이 진동하기까지 했다. 그것들을 지나 네 방까지 올라왔다. 신체 부위가 닿아 있지 않은 물건을 연성하는 것은 엄청난 능력의 소모를 요한다. 눈에 보이지 않는 것에 대한 것은 말할 것도 없다. 연금술에 대한 이해가 조금이라도 있는 인간이라면 그런 짓을 하는 게 자살행위라는 걸 분명 알 것이었다.

그래서 더 절망적이었다. 너의 연금술은 임성진처럼 24K 순금이기만 하면 무조건 현자의 돌로 받아들이는 녀석은 꿈도 꿀 수 없는 수준이었다. 말도 안 되는 수준의 연금술을 네가 구사한다는 건, 네가 세상에 하나뿐인 특정한 인간을 현자의 돌로 받아들이는 고위급 연금술사라는 걸 증명했다.

그것은, 다시 말하면, 내가 네가 완전히 탈진해서 쓰러지기 전에 현자의 돌을 네 앞에 대령할 수 없다는 의미이기도 했다. 네가 내 목소리조차 제대로 듣지 못하는 것 같은데, 현자의 돌에 대한 얘기를 설명할 방법부터가 없었다.

연금술의 기본은 원하는 것을 만들기 위해 최소의 시간을 들여 최소의 변화를 일으키는 것이다. 아니면 더 많은 비용을 치러야 했다. 원칙에 따라야만 부작용 없이 그 힘을 사용할 수 있는 거였다. 네가 지금 하고 있는 것은 정확히 그 반대였다. 너는 명확한 목적도 없이 네 힘이 미칠 수 있는 영역 모두에, 목적이 없는 연성으로 너의 생명을 낭비하고 있었다.

너는 죽어 가고 있다.

나는 아무것도 할 수가 없다.

내 전부를 바치고 싶은 네가 괴로워하고 있는데, 그 앞에서 나는 완전히 무용하다.

나는 어떤 생각을 해야 하는지도 몰랐다. 지금의 상황과 감정을 설명할 단어도 찾아낼 수 없었다. 내 두개골 사이에 들어 있는 기관이 제대로 작동하지 않기 시작했다. 혼용무도인가, 아니면 갱무도리나 만사휴의인가.

나의 네가 스스로를 잃어 가고 있는 와중에, 언젠가 달달 외웠던 것 같은 사자성어들이 흩어졌다. 그런 단어들을 기억하고 있다는 것조차 잊고 있었던 것들이었다. 사자성어의 뜻도 기억나지 않았다. 그저 좋은 의미는 아니었다는 것만 느껴졌다. 머리는 제 기능을 상실했다.

느껴 본 적 없던 공포가 왔다. 아침에 눈을 뜨고 악몽에서 깨어났다고 말할 수 있기를 바랐다. 하지만 지금 내 눈에 보이는 상황이 무엇보다도 선명한 현실임을 또한 인지했다. 받아들이지 않고 도망칠 방법이 없었다. 손댈 수 없는 것투성이로 엉망인 공간에서, 내가 확신할 수 있는 건 너를 잃을지도 모른다는 사실뿐이라는 게 나의 숨 역시 앗아 가고 있었다.

제발 그만하라는 애원도 잦아들었다. 나는 체념하듯이 숨조차 제대로 쉬지 못하는 너를 눈에 담았다.

목숨이 필요한 거라면 그냥 나의 것을 거두어 가. 너 자신을 괴롭히지 마. 내게 있는 모든 것을 줄 테니 너만은 행복하게 살아가야 해. 하지만 이 말들은 다 닿지 않았다.

나는 벼랑 끝에 서서, 나 역시 이 세상을 떠날 결심을 했다. 빛바래 가는 너의 눈을 보다가, 나는 그보다 더 절망적일 수 없는 기분으로 네게 물음을 던졌다. 추악한 마음을 전부 담은 그 말이 울렸다.

네가 이대로 나를 버리면, 감은 너의 눈 위에 한 번만 입을 맞추어도 되겠니.

그 이상 어떤 것을 기대하고 싶지는 않았다. 잠든 너를 안고 한참을 있다가, 너를 진정으로 사랑하고 아꼈단 유서를 써야 할 것 같았다. 너는 읽을 수 없는 편지겠지만, 어떻게든 나의 사랑을 시인해야 했다. 그게 이 끔찍한 사랑 이야기의 끝이리라.

나는 나의 모든 죄를 고백할 것이다. 깨끗한 마음으로 한 자 한 자 적어 내려가겠지만, 행간에 쓰이지 않은 문장들이 세상의 그 어떤 오물보다 더럽다는 걸 모두가 알아챌지도 모르지. 그게 사실일 테니까 부정하고 싶지도 않다.

큰 눈으로 나를 보던, 혼혈 소년이었던 아들을 잃고, 아내까지 떠나보내고, 이제는 너마저 잃는다면, 이 세상에 내가 존재해야 하는 이유가 완전히 사라진다. 모두가 떠난 세상에서, 우리를 주제로 한 영화와 책들이 쓰이리라. 엔딩 크레딧에 이것은 실화라는 말이 나와도 모든 사람이 믿지 않을 그런 이야기가 될 수도 있다. 사람들의 입 위에 우리의 삶이 오래도록 머무르겠지.

적어도 사람들은 내가 너를 사랑했음을 기억할 것이다. 그렇게, 오래도록 기억될 그 감정을 담아, 나는 너에게, 할 수 있는 최대한의 진심을 담아 마지막 고백을 전했다.

"사랑해."

심장이 저렸다. 이런 식으로 비겁하게 마음을 전하고 싶었던 것은 아니다. 하지만 말해야 했다. 나는 이미 나의 생이 끝났음을 인정했다. 차라리 너보다 먼저 이 세계를 떠나, 네가 어디에서든 외롭지 않게 먼저 너를 맞고 싶었다.

너는 여전히 숨도 쉬지 못했다. 나 역시 더 이상 숨을 쉴 수가 없었다. 내가 끔찍했다. 그리고 언어가 입에서 나간 순간에, 언어는 다시 내게 돌아와 감정의 크기를 키웠다.

정말 어쩌지. 이런 순간에도 너를 향한 사랑이 커져만 가는 것 같아.

그때 네가 손을 뻗어 목소리가 흘러나온 내 목에 손을 댔다. 닿은 너의 손이 차가웠다. 너의 몸이 이렇게 식어 가고 있었다. 너를 품에 안아도 될까 묻고 싶었다. 내 온기가 너에게 전해지지 않을 거라는 걸 알았다. 그래도 마음은 커져만 갔다. 발악인지 무엇인지 알 수 없었다. 허락을 구하고 싶었다.

나의 무례를 용서해 줄 수 있겠니. 어디든 상관없으니 네가 갈 곳에 나도 함께 데려가 줘. 너와 함께 있을 거야. 어디라도 따라갈 거야. 나는 절절한 연정을 뱉었다. 나는 너의 손길을 느끼며, 정말 다시는 전할 수 없을 고백을 이었다.

"절대 네가 없는 세상에 혼자 남지 않을 거야."

목의 앞쪽에 닿았던 차가운 너의 손이 내 목을 타고 뒤까지 넘어갔다. 너는 고백을 말하는 목을 만졌다. 그래도 너의 손길이 좋았다. 나는 목을 두르는 너의 손을 온 힘을 다해 감각했다. 너는 나의 목에서 흘러나오는 언어를 멈추고 싶은 모양이었다.

네가 그런 식으로 내 말을 거부하려 한다 해도, 나는 고백을 할 수 있는 마지막 순간에까지 물러날 수는 없었다. 그게 나의 이기적인 마음이었다. 벌을 받기도 전에 이곳을 떠나 버릴 테니, 또한 이미 모든 형벌이 내려졌으니 미련이 생기지 않는 것인지도 몰랐다.

너의 눈은 완전히 하얗게 바래 갔다. 나는 네가 이곳을 떠나기 전에 마지막으로 눈에 담는 것은 나라는 사실에서라도 위로를 받고 싶어 하는 나의 쓰레기 같은 생각을 읽고는, 나를 저주했다. 동시에 나는 숨을 못 쉬어 창백해진 너를 안고 달래 주려 했다. 나의 이기적인 욕망은, 끝까지 내가 구제할 길 없는 쓰레기임을 시인하게 만들었다.

그러나 네가 나를 당긴 것이 먼저였다. 내 목 뒤로 들어온 손에 힘이 들어갔다. 나는 무슨 일이 일어난 건지 알 수가 없었다. 너는 눈을 감았고, 분명히 손에 힘을 주어 나를 당기고 있었다. 나는 그대로 끌려갔다.

그리고 굳었다.

달콤하고 부드러운 것이 입술에 닿았다. 그 무엇보다 아름다운 것이 입술에 내려앉았다. 완전히 멈추어 가던 너의 숨이 네게 찾아든 것을 느꼈다. 생각은 사라지고, 나는 생전 경험한 적 없던 환상적인 황홀함 속으로 넘어졌다.

수많은 밤 동안 내가 상상했던 것보다 더, 이건, 대체, 정말, 대체.

내가 겪었던 모든 감정과 감각을 초월한 씨앗이 심장에 뿌리를 내리자마자 만개하는 느낌이었다. 차갑던 너의 입술에 온기가 녹아들었다. 생명을 잃어 가는 연금술사는 온기를 받아들일 수 없는 상태가 되어야 했다.

단 한 가지 경우를 제외하면.

내가.

내가 너의…….

말도 안 돼.

나의 모든 행동과 사고가 멈춘 동안에 너의 숨결이 멀어졌다.

내 눈에 네가 담겼다. 나와 너의 눈동자가 서로 마주했다. 너의 눈동자는 여전히 아주 옅은 색을 띠었지만, 방금 전과 같은 하얀색은 분명히 아니었다.

멀어지려는 너를 붙잡아 나의 품에 가두었다. 허리에서 전해지는 문신의 진동과 심장의 진동 모두가 나를 흔들었다. 전부 헤집어지고, 조각조각 난 상태였던 나의 모든 파편이 서서히 짜 맞추어지기 시작했다.

휘몰아쳤던 모든 걱정이 갑자기 흔적도 없이 사라지고, 나는 내 품 안에서 쓰러진 너의 체온을 느꼈다. 허리에 있는 문신이 끊임없이 진동했다. 심장도 펌프질을 계속했다. 나는 정말 지금 크게 내 몸이 진동하는 이유가 문신의 반응 때문인지, 아니면 터질 듯이 뛰는 심장 때문인지 갈피를 잡을 수 없었다.

방 안의 모든 철제 기구들은 느릿느릿 원래의 모습으로 돌아갔다. 그럴수록 너의 체온이 서서히 올라갔다. 너는 더 이상 얼음장 같지 않았다. 나의 체온이 그대로 전해지고 있었다. 너는 옅은 숨을 내쉬면서 여전히 내 품에 안겨 있었다. 나는 덜덜 떨리는 손을 들어 너의 등을 한번 쓸어 봤다. 더 이상 마냥 차갑지만은 않은 네가 느껴졌다.

나의 구원은 너일 수밖에 없다 믿었다. 정말 너는 나를 구원했다. 그렇게밖에는 생각할 수가 없었다. 그리고 나는, 나 역시 너의 구원이 될 수 있을지도 모른다는 희망과 마주했다. 그 문장이 지닌 향이 지나치게 달콤해서, 이제는 이 상황이 꿈이 아니기를 애원하게 되었다.

너의 잔향이 내게 남았다. 터질 것 같은 나의 심장엔 네가 닿아 있었다. 매일 밤 나를 악몽으로 이끌던 네가 나를 당겨 입을 맞추었다. 나는 이미 너를 그 이상 사랑할 수 없는 상태였다. 그 이상 사랑이 더해지면 더 이상 사랑이라고 말할 수도 없을 것만 같은 괴기한 감정으로 너를 바라봤다.

몇 년간 그렇게 홀로 너를 마음에 품었다. 그런데도 너는, 이미 너에게 완전히 예속된 나를, 너의 노예가 되어 전부를 바치고 싶어 하는 나를 또 쥐어짠다. 더욱 네게 빠져들게 만든다. 대체 어디서 끌어왔는지 알 수 없는 감정에 나는 또 짓눌려 간다.

정말 어쩌면 이것은 사랑이 아닐지도 모른다. 모든 사람들이 떠들어 대는 사랑이 정말 내가 느끼는 감정과 같은 것이라면 세계는 진작 멸망했을 것이다. 너의 입술이 내게 닿았다는 사실 하나에 이렇게 미쳐 가는데, 깊이를 더한 행위는 상상도 할 수 없다. 너를 상대로 갖가지 망상을 끊임없이 자행해 왔는데도 그랬다.

상상과 현실은 다르다. 그걸 뼈저리게 느꼈다. 말 그대로 모든 뼈가 진동하는 게 느껴졌다.

대개의 남자들에겐 육체적 사랑의 전희일 뿐이지만, 이상하게 공식적으로는 성스러운 결합이나 영혼의 사랑의 완결로 포장되고는 하는 행위는 인간들 사이에서 흔한 것임이 분명했다. 길거리에 울려 퍼지는 노래들 중에서도 둘에 하나는 이 흔한 행위를 가사에 담았다. 그래서인지 나는 입맞춤을 별것 아닌 것으로 여겼다. 입술을 마주하는 행위는 직접적으로 성감을 자극하는 것이라기보다는 상상력을 자극하는 행위고, 서로가 쉬운 사람이 아니라는 걸 증명하기 위해 거쳐 가야만 하는 과정이라 생각했다.

하지만 아니다.

나는 내 머릿속의 정의를 바꾸어야 한다는 걸 알았다. 나는 분명 아주 짧지는 않은 인생을 살았기에, 입을 맞추는 것이 어떤 의미이며, 그것이 내게 어떤 감정을 불러일으키는지 잘 안다고 생각했다.

그러나 나는 틀렸다. 어른스럽고, 젠틀하게 너를 대할 수 있는 가면이 너의 작은 행동 하나에 모두 무너졌다. 그런 상황에서 입맞춤을 그냥 흔한 행위라고 여전히 여기는 건 내게 정신분열이 있다는 걸 시인하는 꼴이었다.

적어도 너에게만큼은 아니다. 네가 내게 입을 맞추면 나는 완전히 다른 세계로 이끌려 간다. 욕망의 스위치를 돌리는 전희인 것과는 별개로, 그 자체만으로도 천국을 걷는 기분을 경험할 수 있게 된다. 네 키스는 너의 숨을, 네가 살아 있음을, 네가 나를 거부하지 않는다는 확신을 내게 전했다. 그 짧은 순간에 그 모든 것이, 내가 나열한 것보다도 더 많은 것들이 내게로 왔다.

그래도 네가 지옥의 문 앞에서 서성이다 순식간에 별들의 축제에서 날아다니게 된 내 기분을 알 리 없으니 다행일까. 방금 전까지의 나와 지금의 나 사이에는 도무지 연속성이란 게 없었다. 내가 미친 게 분명했다. 그렇지만 나는 네가 나를 완전히 미친놈이라고 생각하는 걸 난 원치 않았다. 물론 실제로 난 미친놈이었지만, 어쨌거나 그걸 들키고 싶진 않았다.

너는 완전히 무방비하게 내 품에 안겼다. 조심스럽게 나는 또 등을 쓸어 봤다. 네가 숨을 쉬는 것이, 온기를 지니고 있는 것이 놀랍다. 존재 자체가 너무 예쁘고 사랑스럽고 소중해서 어쩌면 숨을 쉬는 나와 같은 사람이 아닌 게 아닐까 종종 의심하기도 했었다.

그렇게 나는 너를 품에 안은 채로 한참을 굳어 있었다. 비슷한 상황을 수없이 상상했던 것 같기는 한데, 이런 식으로 직접 경험하게 될 거라 진심으로 생각한 적은 없었다. 바람만 가득했을 뿐이었다. 그래서 미치도록 기뻤지만 동시에 혼란스러웠다. 나는 천천히 구름 위에서 내려와 지금 무슨 일이 벌어진 건지 제대로 파악해 보려 했다. 사고가 매끄럽게 이어지지는 않았다.

내가 지금 상상한 게 맞는 거야?

내가 생각한 일이 실제로 일어난 게 맞는 거야?

그 누구도 내게 답을 해 주지 않았다. 물론 네가 안정을 찾았다는 것만은 확실했다. 네 폐가 제대로 기능하고 있다는 것이 확실하게 느껴졌다. 나는 약간 안심이 되어서, 또 너를 하염없이 보다 호흡이 중간에 멎는 바람에 작게 한숨을 쉬었다. 호흡을 가다듬어야 했다.

"하아."

네가 연금술사인 건 분명하다. 그건 정말로 확신할 수 있다.

그리고 뒤에 있는 보드카 병으로 보건대, 알코올이 들어가 자신에 대한 통제력을 상실한 상태로 너는 힘을 사용한 것 같았다. 거대한 능력이 비집고 나오기 시작했고, 너는 힘이 콸콸 쏟아지는 와중에 그 입구를 막을 방법을 찾아내지 못했다. 대가를 요하는 능력은 너의 생명력을 갉아먹었다. 그렇게 폭주가 시작된 것이다.

너는 힘의 발현을 멈추지 못했다. 연금술의 폭주는 이론으로만 알아 왔다. 특히 연금 능력이 강한, 연금술사들에게서 종종 나타나는 반응이라 했다. 최초의 연금을 행한 다음부터 짧게는 두 달, 길게는 1년 정도의 주기로 그 폭주의 시기가 진동한다. 연성진만 그려 넣으면 안정을 찾는 편이라 해결 방법은 꽤나 간단한데 연성어를 익히는 과정이 쉽지 않을 수 있다는 게 문제기는 했다.

너는 폭주를 막는 연성진을 그리는 법을 배울 필요가 있었다. 내가 그걸 직접 알려 줄 수 있으면 좋겠지만 나는 연금술사가 아니어서 그에 관한 내용을 외울 필요성을 느끼질 못했었다. 그래도 그 연성진을 그리는 걸 알려 줄 수 있는 사람을 알기는 했다. 내키지는 않지만, 임성진의 도움을 받아야 하는 상황이었다.

너는 내게 너의 몸이 닿는 순간 안정을 찾기 시작했다. 폭주가 끝나 가는 순간에 현자의 돌과 접촉하면 연금술사는 생명을 잃지는 않는다. 현자의 돌은 폭주 자체를 차단하지는 못한다. 다만 폭주 이후에 생명을 잃는 것은 막을 수 있다. 눈이 완전히 하얗게 바랜 다음에도 네가 여전히 이렇게 살아 숨 쉬는 걸 설명할 방법은 그것밖에는 없었다.

내가 너의 현자의 돌이다.

내 목을 당겨 입술을 닿게 한 너의 행동을 다시 재생해 봤다. 본능적으로 연금술사는 생명력이 깎이기 시작하면 현자의 돌을 알아본다고 했다. 그래서 그 이끌림을 그대로 실천했을 것임이 분명했다. 그러니 네가 나라는 인간을 애정해서 한 행동이 아니라는 걸 안다. 하지만 동기 따위야 아무래도 상관없었다. 나는 지금 그런 걸 가릴 처지가 아니다.

꿈이라면 절대 깨지 말아야 한다. 이런 진행은 지나치게 달콤하다. 숨 막힐 정도로 환상적이다. 기쁜 마음에 깔려 죽는 게 아닐까 싶을 정도로 벅차다. 나는 정신을 잃고 내게 안긴 너의 등을 다시 한번 쓰다듬어 봤다.

깨진 유리에 닿지 않게 너를 안아 들어 침대로 옮겼다. 며칠 새에 너를 이렇게 품에 안는 일이 반복되고 있었다. 네가 정신을 잃어버리는 걸 좋은 징조라고 생각할 수는 없었지만, 네가 내게 안겨 있다는 것은 그래도 나를 안심시켰다. 나는 이전처럼 다시 너를 네 침대에 눕혔다. 천천히 숨을 내쉬는 너의 옆에, 그대로 홀리듯 앉아 너의 머리를 쓸어 넘겼다.

욕정보다는 애정이 더 짙게 담겼다. 팔을 쓸어 내려간 손으로 너의 손을 마주 잡았다. 온기가 돌아오기는 했어도 여전히 약간 차가운 네 손이 녹을 때까지 한참을 잡고 있었다. 얼마나 시간이 지났는지 모르겠다는 생각이 들었을 때에 나는 너의 손을 천천히 들어 손등에 입을 맞추었다. 경애를 담아, 애정을 표현하고 싶었다. 내가 너를 정말로 아끼고 있다는 것이 전해지기를 바랐다.

❧

나의 접촉이 고통을 덜어 줄 것임을 알기에, 너의 옆에 앉아 계속 손을 만졌다. 점점 더한 것을 하고 싶다는 욕정이 들끓기 시작했다. 정해진 수순이었다. 잠에 빠진 너의 옆에서, 내가 언제까지나 평정심을 유지할 수 있을 거란 생각은 사실 처음부터 하지도 않았다. 나는 내가 선을 넘지 않는 수준에서 최대한 너를 안정시키고 방을 벗어날 생각이었다.

최대한 손을 잡고 오래 머물러야 네가 덜 힘들다. 그런데 손을 잡는 행동 이상의 것을 하는 것은 범죄다. 나는 그 중간 지점에서 계속 머물렀다. 초기의 마음가짐을 잃지 않기 위해 필사적으로 노력했다.

피부에 닿는 면적이 늘어날수록 현자의 돌의 효과가 좋아진다고 했다. 그래서 임성진은 온몸에 금을 두르고 다녔다. 체액에 닿는 것은 더욱 좋다고 했다. 그래서 녀석은 중학생 때에 입에서 침이 나온다는 이유로 혀에 금으로 된 피어싱까지 했었다. 그래서 일주일 내내 급식을 한 수저도 뜨지 못해 살이 쭉쭉 빠졌었다. 얼마 전에 보았을 때는 주의 깊게 살피지 않았지만 여전히 혀에 금으로 된 구슬이 박혀 있을 것임이 분명했다.

그래서…… 지금 네 체액에 내가 섞여 들어갈 짓을 하자고?

미친 생각이었다.

하지만 설득력은 있었다.

그래도 결국 미친 생각인 것은 여전했다.

밤이 깊어지고 네 손이 나의 손만큼 완전히 따뜻해졌을 때에야 나는 일어났다. 땅에 떨어진 물건들을 주워 올리고 깨진 유리를 치웠다. 절망적인 상황에서는 탈출했지만 정말로 모든 문제가 해결된 것은 아니었다. 연금술의 흔적을 다른 누군가가 감각하면 곤란했다. 연금술의 흔적은 수평적으로 퍼지는 편이라 주상복합의 최상층에서 일어난 일을 누군가가 감각하기는 쉽지 않겠지만, 최대한 조심할 필요는 있었다.

바닥을 정리하고 연성진을 그릴 준비를 했다. 흔적을 전부 지우는 거야 불가능해도 완화하는 정도는 가능했다. 나는 20년 전까지 시간을 되감았다. 연성어의 장점은 익히기가 대단히 어렵기는 해도 한번 외우면 절대 잊을 수가 없다는 것이다. 그 앞뒤에 무슨 일이 있었는지는 전혀 기억이 나지 않음에도 불구하고 내가 그려야 하는 연성진만은 선명하게 떠올랐다.

연성진을 전부 그리고 그것을 발동시킨 다음에, 나는 방에서 밖으로 나가 문을 닫으려다 말고 다시 방으로 들어갔다. 방 안의 불을 끄고 천천히 네게로 다가갔다. 이불을 바르게 덮어 주고, 베개도 불편하지 않게 정돈해 주었다. 그리고 다시 아까처럼 너의 옆에 앉아 한참을 너를 보았다.

"밀아."

작게 너의 이름을 불러 봤다. 너는 답하지 않았다. 그래도 괜찮았다. 답을 기대한 것이 아니었다. 그냥 네가 내 눈 앞에 있다는 사실만으로도 족했다. 나는 천천히 내 안에서 피어오르는 온 감정을 담아 작게 속삭이려 했다.

사랑해.

한번 입에서 나갔던 말이 입술 안에서 다시 맴돌았다. 절대로 말할 수 없을 거라 생각했지만, 이미 한번 입 밖으로 꺼내 버린 만큼 돌이킬 수가 없었다. 걸어 두었던 자물쇠가 날아간 것 같다. 내가 언제까지 참을 수 있을지 모르겠다. 갑자기 어느 순간에, 너와 눈이 마주치자마자 내 감정을 뱉어 버리게 되지 않을까 우려스럽다.

천천히 고개를 숙였다. 농밀하고 질척한 짓을 할 생각은 없었다. 나는 잠시 네 입술 위에 나의 것을 포개었다 떼어 냈다. 차분한 행동이었다. 간절하게 너를 원하지만, 해서는 안 될 행동으로 네게 상처를 주진 않을 것이라 다짐했다.

지난 며칠간 많은 일들이 있었다. 너는 갑작스럽게 나를 떠나겠다 말했고, 어떤 쓰레기에게 잘못 걸려들었다가 처음으로 연금술을 행하고, 그 여파로 폭주까지 경험했다. 그리고 나는 내가 너의 현자의 돌임을, 내가 네게 훨씬 더 가까이 다가갈 수 있을지도 모른다는 사실을 알게 되었다.

모럴 배반, 윤리 파괴, 도덕 붕괴, 배덕을 일컫는 단어의 고문이 완전히 증발한 것은 아니었다. 여전히 너는 멀고, 내게는 여전히 네게 사랑을 구걸할 자격이 없다. 나는 여전히 내가 구제불능의 쓰레기임을 알고 있고, 네가 내게 과분하다는 사실 또한 안다.

죽음들이 스쳐 지나간다. 내가 보았던 나의 상실들을 훑는다. 내가 내게 했던 맹세들이 있다. 이 지구 위에서 행해진 모든 맹세들이 반드시 지켜진 것은 아니지만, 기필코 지키리라 외치며 행했던 맹세들이 있었다. 나는 그것들을 버리고 싶다. 내 손으로 놓아 버리고 싶은 것들이 생겼다.

다시 가면을 쓰고, 물러서서 그저 너를 지켜보는 것이 옳을지도 모른다. 너의 완전한 회복을 위해서는 체액이 섞이는 행위를 하는 게 가장 효과가 좋기는 하지만, 반드시 육체적으로 사랑을 나누는 행위를 해야 하는 것은 아니다.

그런데 그럴 수가 없을 것 같다. 도무지, 나는 이제 정말 안 될 것 같아.

"미안해."

작게 뱉었다. 마지막 사과였다. 진심을 담아 미안함을 전했다. 이제부터 내가 전혀 미안해하지 않을 것임을 알기 때문에 이 순간

만큼은 정말 그렇게 생각하고 싶었다.

너의 목에 손을 뻗었다. 한 손으로 맥박을 느꼈다. 나중에, 시간이 조금 더 흐르고 나면 그곳에 나의 흔적을 새기고 싶었다. 네 피가 흘러가는 자리 위에 붉은 자국을 남기고, 네가 진정 나의 것이 되었다는 걸 네게 알려 줄 것이다.

목뿐만 아니라, 머리끝부터 발끝까지, 너를 구성하는 모든 세포와 분자 하나하나가 다 깨달을 때까지 너를 놓아주지 않을 것이다. 네가 나에게 기쁨과 환희를 선물해 주는 만큼 돌려줄 것이다. 난 네게 쾌락이 어떤 것인지 알려 줄 준비가 되어 있다. 천천히, 차분하게, 너는 내가 네게 무엇을 줄 수 있는지 알아 가게 될 것이다.

세상 사람들에게 인정받지 않아도 돼. 그게 대체 무슨 상관이야. 우리 둘만의 공간 밖에서 일어나는 일들에 신경 쓸 시간이 아깝다. 너를 구석구석 알아 가고, 너에게 남자가 어떤 건지, 특히 나라는 남자가 어떤 것을 네게 선물할 수 있는지에 대해 알려 주는 것만 해도 시간이 부족하다.

나는 너의 이마에 짧게 입을 맞추고 일어났다. 눈의 색은 여전히 옅어도 고통은 사라졌을 것이다. 폭주가 다시 일어나려면 시간이 좀 필요했다. 일단 위험한 상황은 아니었다. 그리고 내가 하고 싶은 일을 제대로 해내려면, 너의 완전한 회복이 더뎌질 필요가 있었다.

내게는 나쁜 계획이 있다.

아주 질이 나쁜데 네게는 전혀 미안하지 않다. 미안해할 만큼 이미 다 미안해했다. 이젠 미안해하지 않고 너를 더 아끼는 것으로 내 마음을 표현해야지. 다시 다짐했다. 너를 정말 아낄 것이다. 절대 상처를 주지 않겠다는 내 결심만은 유효하다.

나는 방에서 걸어 나갔다. 문을 닫고 뒤돌았다. 드레스룸 안의 거울에 내가 비춰 보이지 않았다. 거울의 프레임은 되돌아왔지만, 거울은 산산이 부서진 채였다. 이전에 저 거울은 네게 욕정하는 나를 그대로 담아낸 적이 있었다. 나는 나를 지주했었지. 그리고 그런 마음을 더는 품어서는 안 된다고 생각했다. 그런데, 여전히 나는 너를 원한다. 게다가 이제는 그런 마음을 포기하거나 내게서 지워야 한다고 생각하지도 않는다.

생각보다 기분이 편안했다. 갈팡질팡하고 손을 덜덜 떨던 것에서 많이 발전했다. 이제는 가질 수 있다는 것을 아니까, 완전히 내 것이 되리란 것을 아니까 그렇게 두려워할 필요가 없다. 약간의 기다림이 필요할 뿐이다.

지금 네 몸에 손을 대지 않겠다는 게, 영원히 너를 갖지 않겠다는 뜻은 아니다. 나는 네가 상상하는 것보다 훨씬 나쁜 남자다. 돌이킬 수 없는 선은 이미 넘었다. 너를 가지고 싶다. 그러니 가질 것이다.

⚜

나에게도 중2병에 걸렸던 시절이 있었다. 연우겸이라는 16세 소년은 돈보다는 진리를 욕망했다. 복수보다도 진리를 갈망했다. 아동 폭력의 희생자로 오랜 시간을 견디다 그에서 해방된 후에, 일종의 스톡홀름증후군에 걸렸던 건지도 몰랐다. 나를 괴롭혔던 이들을 응징할 수 있는 강한 힘을 원하기보다, 그들을 동정하는 나를 발견했다.

범죄자들을 향한 증오는 여전히 짙었지만, 그 너머 어딘가에, 어쨌거나 그들은 결국 이 사회가 만들어 낸 괴물이며 한 개인이 개인의 행위에 대한 모든 책임을 져서는 안 된다는 믿음이 찾아들었다.

그건 용서와는 달랐다. 나는 분명히 줄리아나 도우를 미친년으로, 박준중 원장을 악의 축이라고 생각했다. 나는 여전히 그들을 용서할 수 없었다. 그들은 그들의 행위에 대한 벌을 받아야 했다. 그래도 나를 분노하게 만드는 기재가 이전과는 다르게 약간 틀어졌다. 거지 같은 세상 자체에도 문제가 있다는 식이었다.

몇 달 먼저 태어났다는 이유로 후배들을 인간 이하로 취급하는 중학교 선배들 역시 증오했다. 나는 내가 잘생겼기 때문에 마음에 들어 빽을 서 주겠다는 선배의 옆에 서서, 대체 무슨 연유로 후배의 머리 위에 선배가 소변을 보는 것이 정당화되는가 질문해 봤다. 신고식, 삥뜯기, 왕따, 돌림빵, 담배빵, 콩까기, 물갈이…… 괴상한 전통은 끝도 없었다. 나 말고는 아무도 그 행동들에 대한 의심을 품지 않는 것 같아서 물음을 입 밖으로 꺼내진 않았다.

일진이라는 권력 놀이에 매료된 미성숙 분자들은, 내가 학교를 졸업한 한참 이후에야 사회 문제로 대두되었던, 청소년 폭력에 관한 다큐멘터리에 등장하는 장면보다 더 끔찍하게 놀았다. 자살을 했다는 다른 도시의 동갑내기 녀석은 패배자였다. 생일빵이라며 생일 기념으로 남자 선배 세 명에게 돌림빵을 당했던 여중생은 정말 의아하다는 얼굴로 내게 물었다.

'그 새끼는 1년만 더 견디면 지도 후배 물갈이하러 다닐 수 있는데 왜 병신처럼 뛰어내렸대? 본드에 취해 본인이 날 수 있다고 믿었나?'

얼굴도, 이름도 잘 기억 안 난다. 나는 여중생 소녀에게 굳이 네가 엄청난 사건의 피해자임을 말해 주지는 않았다. 폭력이 아니라고 생각하는 편이 소녀의 정신 건강에 이로울 거라 생각했기 때문에 그런 건지, 아니면 대체 어디서부터 잘못됐는지 설명할 수도 없을 정도로 병신 같은 질문이라 말을 잇지 못한 건지는 모르겠다. 나는 그런 배치 속에 있었다.

나 혼자만 제대로 된 생각을 하고 있는 것 같다고 맨 처음에는 생각했는데, 그런 집단에 속해 있다 보니 나는 결국 내가 제정신이 아닌 것 같다는 결론에까지 도달했다. 본드에 취해 해롱대는 그들을 혐오하는 것밖에는 내가 택할 수 있는 답이 없었다. 시설에서는 나왔고, 내게 신체적으로 위해를 가하는 사람은 단 한 명도 없었지만, 나는 여전히 불안정했다.

나와 동갑이었던 그 후배들은 결국 똑같은 선배가 되었고, 그들이 괴롭힘을 받을 때 아무런 말 없이 그들을 지켜보던 나를 원망하기보다, 잘생긴 친구를 옆에 끼고 다니면서 자랑하고 싶어 하는 그 머저리 같음에, 약자였던 그 후배들마저 나는 혐오하게 되었다.

사실 나는 언젠가 그들이 나를 응징하리라 생각했다. 나는 비난받아 마땅한 방관자였다. 명백한 암묵적 가해자였다. 그런데 선배들이 떠난 후에도 그들은 여전히 나를 그들보다 상위의 서열을 가진 존재로 인식해서, 내가 가만히 있어도 알아서 설설 기었다.

진절머리가 났다. 그래 봐야 혐오의 끝은 허무함뿐이었다. 괴물이 결국 괴물이 될 수밖에 없게 만드는 우주의 잔혹함과, 원망과 증오가 양산하는 어둠은 진짜 선이 무엇인지 모르고서는 아무것도 해결하지 못한다는 벽과 만나 나를 나락으로 이끌었다. 진리는 어디에 있는 걸까, 정말 알 수가 없었다.

나는 진리를 원했다. 간절했다. 누군가 내게 세상의 답을 알려 주길 바랐다. 그게 당시 연우겸의 꿈이었다. 어린 나는 세상엔 명백한 윤리 규범과 답이 있을 거라 생각했고, 그런 생각을 가진 존재들이 대개 그러하듯이 누구보다 위태로웠으나 본인만은 그것을 몰랐다. 감정의 폭풍을 견디기엔 상당히 어렸지만, 그를 외면하는 법도 배우지 못했고, 내가 어떤 사람인지도 명확하게 설명할 수 없었으며, 사랑을 비롯한 모든 긍정적인 감정은 그저 환상 속에서만 존재하는 거라 생각했다.

나는 옳은 것이 무엇인지 누군가 내게 가르쳐 주기를 원했다. 선과 악의 경계가 어디에 있는지 알고 싶었다. 그리고 무엇보다 벗어나고 싶었다. 이 지긋지긋한 동네에서, 매일같이 자행되는 폭력에서, 담배와 본드 냄새로부터, 눈물과 피로부터.

남들이 모르는 사자성어를 찾아 외우면서 시간을 죽이기만 하는 나날을 보냈다. 그때 괴상한 녀석이 전학을 왔다. 사실은 수업 시간 내내 자느라 전학생이 왔다는 걸 점심시간이 되어서야 알았는데, 웬 새로운 녀석이 교실에 있다는 걸 알아챈 순간 그 미친놈은 성큼성큼 내게로 오더니 자신을 소개했다.

'안녕. 난 외모지상주의자야. 너 되게 잘생겼다. 우리 친구 하자. 아무래도 너 말고는 여기 수준이 다 너무 낮아. 물론 난 연애 상대로는 여자를 좋아해.'

'뭐?'

'아, 그러고 보니 이름을 말 안 했네. 임성진이다. 너는?'

녀석은 한자로 쓰인 자신의 명찰을 가리키며 말했다. 읽어 주지 않아도 어떤 한자인지 알았는데, 녀석은 내 명찰의 한자 이름을 못

읽는 모양이었다. 그래서 내가 알려 줬다.

'연우겸.'
'오. 이름도 나보다 세련된 것 같은데? 맘에 든다.'

나는 속으로 생각했다.
뭐지 이 병신은?
박진영의 노래를 처음 들었을 때보다 새로웠다. 얼떨결에 같이 식판을 들고 학교 옥상에 올라가 같이 급식을 먹었고, 열여섯 살짜리의 여성 편력이 뭐 그리 화려하다고 7교시가 끝날 때까지 내내 수업에는 안 들어가고 거기서 녀석의 전 여친들 욕을 들어 주었다. 수다에 질린 내가 결국 끝에 던진 한마디에 나온 녀석의 반응은 더 가관이었다.

'어. 그래. 지연이도 민정이도 다 쌍년이네.'
'그지? 그렇지? 역시. 내가 너랑 나는 통할 줄 알았어. 운명의 죽마고우를 여기서 만날 줄 알았다니까.'

나는 죽마고우가 의미하는 바는 그런 게 아니라는 걸 설명해 주어야 하는 걸까 고민했다가, 그런 고민을 하는 게 너무나 한심해서 입을 닫고 그냥 옥상 바닥에 드러누웠다. 그리고 그대로 잠이 들었다. 눈을 떴을 때 나는 옆의 벽에 기대앉아 연습장에 엄청나게 낙서를 하고 있는 미친놈을 발견했다. 나는 결국 질문을 던질 수밖에 없었다.

'너 뭐 하냐?'

'진리 그리기.'

'뭐?'

'세상의 진리를 외우고 있어.'

나는 그 말에 혹할 만큼 어렸다. 그리고 당시의 임성진은 연금술에 대해서 절대 발설하고 다니면 안 된다는 부모님의 조언을 단 1초의 망설임도 없이 쌈 싸 먹을 수 있는 뇌청순 소년이었다.

사자성어를 외우는 것에 질렸던 내게, 괴상한 무늬가 난무하는 그 연습장은 꽤 괜찮은 타깃처럼 보였다. 얼굴, 가슴 등등에 점수를 매기고 여자들을 평가하는 동갑내기 녀석들의 놀음도 보고 싶지 않던 참이었다. 매일 뒤뜰이나 옥상에 집합하라 외쳐 대는 선배들이 사라진 시점에, 쓰레기들보다는 뭔가 나아 보이는 녀석을 발견했으니 어울리는 걸 주저할 이유는 없었다. 나는 그렇게 연금술이 뭔지도 모르는 채로 연금사가 되었다.

처음 나의 존재를 눈치챈 녀석의 부모님은 경악하여, 아들의 청순함을 원망하고 땅을 치며 통곡했지만, 내가 임성진보다 빠르게 연성어를 습득하는 게 임성진에게 굉장한 자극이 되어 공부의 능률을 높인다는 걸 안 다음부터는, 내게 임성진 입단속 임무를 넘겨주었다. 어른의 기대를 받은 건 그때가 처음이었다. 아들을 좀 도와 달란 그들의 부탁이 내게는 생소했다.

그렇게, 피가 난무하는 붉은 방을 보기 전까지는 그것에 빠져 있었다. 붉은 방에서 죽음을 눈앞에서 마주한 나는, 강한 힘은 대가를 필요로 한다는 걸 깨닫게 되었다. 그래서 그 세계에서 손을 털고 나가겠다고 선언했다. 그 과정이 아주 순탄하지는 않았지만,

연금사들은 연금술사들과의 대립이 짙어지는 과정을 겪어 나가고 있는 중이었다. 그들에게는 성인이 되지 않은 소년의 반항까지 교정하려 나설 여력이 없었다.

사건 이후로는 당연히 임성진과도 멀어졌다. 연금술은 매력적이었지만, 어쨌거나 임성진과 나는 상성이 아주 잘 맞는 조합은 아니었고 나는 본래 인간에 대한 애정이 없는 편이라 임성진을 잃는 게 그리 아쉽지는 않았다. 임성진도 내가 나쁜 기억을 상기시키는지 나를 피했다.

연금술이 내게 준 영향은 꽤 긍정적이었다. 그래도 상대적으로는 어쨌거나 정상적인 중산층 가정의 친구가 생기는 바람에, 나는 공고나 상고가 아니라 내가 인문계에 진학할 수도 있는 인간이라는 걸 알게 되었고, 가출 청소년 지원 단체에 연줄이 있는 임성진의 부모님의 도움으로 임성진이 이사를 갈 때 비슷한 동네에 있는 청소년 보호 시설로 들어가게 되었다.

인문계 고등학교에 진학해, 나는 내 머리가 꽤 좋다는 걸 알았고, 나의 불행한 배경으로 인해 사회배려자전형으로 명문대에 진학할 수 있다는 것 역시 알게 되었다. 끝내 S대에 진학하지는 못했지만, 내 출신 성분을 고려할 때 그 정도면 인생 역전이라 할 만했다. 시간은 그렇게 흘렀다. 세상에 진리나 선은 없다는 걸 인정하게 되면서 10대 극후반에 중2병으로부터도 벗어났다.

나는 진리를 향한 갈망 대신에 금전과 돈, 권력에 대한 욕망으로 나를 채우기 시작했고, 이전까지 내가 추구하던 것에 비해 상대적으로 매우 상대적인, 언제든 뒤바뀔 수 있는, 진리의 틀을 쓴 말들을 내게 입력했다. 나는 언제든 입맛에 따라 원칙을 바꿨고, 약간 보편적 도덕률에 어긋나는 것 같은 행위를 해도 내게 이득이 된다면 그것을 택했다. 내가 생각했던 것들은 다음과 같았다.

결과가 있으면 원인을 찾고, 문제의 책임자를 찾아내 책임을 지게 하라.

시스템 자체가 문제일 때는, 부품이 아니라 시스템의 문제를 지적하라. 단, 시스템이 너무나 견고하면 그냥 포기해라. 괜한 짓 하다가 너만 다친다.

기회주의자가 되라. 그리고 기회주의자라 너를 비난하는 사람들을 루저라고 욕해 줘라.

진심을 보이지 마라. 비싼 척 굴어라. 갖은 수단을 다 동원해 너 자신의 가치를 높여라.

복수는 빈틈없게 하고, 상처는 가능하면 빨리 잊어라. 잘 안 되면 잊은 척이라도 잘해라.

그렇게 진리다운 진리는 내 인생에서 사라졌다. 16세 소년은 성인으로 점점 자라면서 낭만을 잃어 갔다. 대신 삶의 스킬들만은 나날이 발전시켰다. 나는 예전보다 웃음이 많아졌고, 칭찬이 늘고, 아부가 늘고, 거짓말이 늘고, 허풍이 늘고, 허세가 늘고, 요령이 늘었다.

여자들도 많이 만났다. 학비는 국가와 학교에서 해결해 주었고, 생활비 문제는 여자들이 해결해 줬다. 대학에 들어간 이후부터 '누나'라는 말이 내 모든 밥값을 해결할 수 있는 수단임을 알게 되었고, 그 외에도 인간적으로 존경심이 드는 친구들보다는 쓰레기처럼 보이는 녀석들과 어울리는 게 골치 아픈 일을 덜 만든다는 것 또한 깨닫게 되었다.

그리고 시간이 흘렀다. 그렇게 지금이 되었다. 성인이 된 그때로부터 또 16년이란 시간이 흘러 지금 서른여섯이 된 나는, 다시 세상엔 진리가 있다는 믿음을 가진 나를 마주했다.

정밀, 너라는 진리를 생각한다.

네가 나의 삶을 밝히는, 나를 진정으로 자유케 할 진리다. 모든 사람의 진리가 너는 아닐 수도 있다. 그런 의미에서 진리라는 게 상대적이라는 10대 후반에 내가 내린 결론은 약간 유효하다. 너를 내 곁에 있게 하는 것, 동시에 너를 행복하게 하는 것, 그것만이 절대선이다. 그런 믿음을 가지고 평생을 살아가겠다.

찬물로 샤워를 하고 나와 거울 안을 봤다. 내가 보였다. 열여섯의 나의 흔적도, 스무 살의 나의 흔적도 보였다. 내가 이 몸을 가지고 저질렀던 많은 나쁜 일들을 아무것도 아닌 것으로 여길 수는 없다. 그렇다. 정당화되지 않는 죄들이 있다.

고통들이 휘몰아친다. 나를 비난하는 것은 습관처럼 내 몸에 녹아 있다. 나를 볼 때 화가 난다. 그리고 나는 더욱 큰 죄를 지으려고 하는 것 같다. 나는 내 눈을 한참을 보았다. 상처를 받던 나 역시 비쳐진다. 야구배트, 대나무 회초리, 효자손, 줄넘기, 골프채. 어린 나를 구타하던 그 많은 것들. 울컥하는 마음이 밀려와 입을 가렸다.

"으."

상처받지 않은 척, 단 한 번도 괴로워하지 않은 척. 모든 괴로움을 극복한 척, 괜찮은 척, 아무렇지 않은 척. 나는 수많은 척을 오랫동안 반복하다 못해 이제는 나 자신마저 속이고 있다. 사실은 그렇지 않다고, 마음속 깊은 곳의 무언가가 외치고 있는데 나는 어린 나를 상처 입히던 그 존재들에게, 그들처럼 폭력을 행사하는 방법을 배워 몸부림치는 나를 짓밟는다.

정말 힘들었다고 누구에게도 그 시절에 관해 말해 본 적 없다. 진리를 갈망하던 나는 진리가 나의 괴로움의 원인이라도 알려 주리라 생각했던 것 같다. 그런데, 내가 결국 끝내 찾던 것이 너라면, 나는 언젠가 너에게 나의 밀봉된 어린 시절에 대한 이야기를 할 수 있을까.

입술이 닿았을 때 내가 느꼈던 미지의 감정에 나는 나를 향한 위로 또한 녹아 있는 게 아닐까 생각했다. 이것도 지나치게 더럽고 추악한가. 하지만 이제는 물러날 생각이 없다. 미안함과 함께 이 역시 다 씻어 낼 것이다.

방 안의 테이블 앞, 작은 소파에 앉아 머리가 다 마를 때까지 눈을 감고 입술에 내려앉던 너의 숨결을 떠올렸다. 소파에서 일어난 나는 침대에 가서 누워 다시 눈을 감았다. 어떤 꿈이 찾아들어도 좋다. 어떤 악몽도 괴롭지 않게 맞이할 수 있는 밤, 정말로 오랜만에 진심에서 우러나오는 미소가 입술에 녹아들었다. 나는 그냥 이기적인 쪽을 택하기로 했다. 내가 너에게 온기를 줄 때, 너는 내게 이걸 선물한 것일까.

연금술사가 현자의 돌과의 접촉 없이 연금술을 행하면 눈동자
의 색이 점점 옅어지고, 하얗게 변하는 순간 목숨을 잃는다.
단, 눈의 색이 옅어지는 것은 연금의 기운을 감지할 수 있는
자들에게만 보인다.

五朦朧

S그룹 정 회장의 손녀로 산다는 건 어떤 것이냐고 배우가 물었다. 다짜고짜 묻는 말에 나는 가만히 고민하다가 입을 열었다. 글쎄요, 그냥 정 회장의 손녀로 사는 기분인 것 같아요.

그러자 배우는 인상을 쓰고 설명을 더했다. 그러니까 아가씨, 일반인과 다른 인생을 산다는 건 어떤 기분인지 비교 설명을 해 달라는 말이잖아요. 나는 다시 고민하다가 입을 열었다. 있잖아요, 배우 언니, 진짜 미안한데, 저는 다른 인생을 살아 본 적이 없어서 모르겠어요.

배우는 질린 얼굴을 했다. 그런데 눈 위에 반짝이는 것이 꽤 예뻐서, 나는 내가 참 예쁜 것들을 좋아하는구나, 그냥 그렇게 생각했다. 나도 어서 빨리 어른이 되어 얼굴에 잔뜩 색칠을 해 보고 싶었다. 특히 반짝이는 주황색이 끌렸다.

배우는 내게 답을 듣는 것을 포기하지 않았다. 20대 중반의 배우는 갓 열 살이 된 꼬마를 눈앞에 두고 무엇을 얻으려고 했던 걸까. 그녀는 술에 취해 있었던 것 같다. 눈에서 눈물이 떨어졌다. 배우란 원래 이렇게 다 감수성이 예민한 인간들인 걸까, 어린 나는 그걸 정확하게 알 수가 없어서 그녀에게 물었다.

'언니, 있잖아요. 저 궁금한 게 있어요.'

'뭔데요?'

'우리 아빠가 죽기 전에 같이 있던 배우도 언니처럼 눈물이 많은 사람이었을까요?'

'아가씨, 여자들은 그냥 배우가 아니라 여배우예요. 그리고 그게 궁금해요?'

'아, 그렇군요. 여배우 언니. 아빠의 내연녀였다는 여배우도 언니처럼 울 때 눈 위가 예쁘게 반짝였을까요?'

'예뻐요?'

'네. 아주. 그런데 웃는 게 더 예쁠 것 같아요.'

여배우는 눈물을 멈추고 웃었다. 기대했던 것만큼 예뻐지지 않아 실망스러웠다. 더 활짝 웃는 얼굴이 좋을 것 같았다. 그녀는 눈물이 흐르는 것을 참는 표정으로 내게 말했다.

'아가씨는 저보다 더 예뻐질 거예요. 그리고 예뻐지지 않아도 괜찮을 거예요. 아가씨는 정 회장님의 손녀잖아요.'

내가 예쁜 건 별로 궁금하지 않았다. 나는 반짝이는 게 예쁘다고 생각했을 뿐이었다. 나는 여전히 묻고 싶은 게 많았다. 그러나 묻지 않았다. 그녀의 슬픔을 이해했기 때문은 아니었다. 나는 눈 위에 반짝이는 걸 계속 보고 싶은데, 그녀가 더 울면 그게 완전히 씻겨 내려갈 것 같았다. 나는 거대한 저택의 한구석에 박혀서, 오지 않는 엄마와 저택의 주인인 할아버지에 관해 생각했다.

다들 할아버지가 아빠와 엄마를 버렸다고 했는데, 모두에게 버려진 나 같은 어린애들은 어디로 흘러들어 가는 거지? 그럼 내가 회장 손녀인 건 또 무슨 소용일까. 음, 그때는 회장 손녀와 그렇지 않은 것의 차이를 알게 될까. 근데 사실 버려졌다고 해도 나는 여전히 회장 손녀인걸. 흐음.

나는 무릎을 세우고 무릎에 얼굴을 묻었다. 여배우 언니의 얼굴에 대한 흥미가 사라졌다. 그리고 꿈 안에서 나의 어린 날의 기억이 흩어져 갔다.

⚜

다음 장면은 고등학교 때였다. 나는 조용한 미술실에 들어가 바닥에 담요를 깔고 앉아 도스토예프스키를 읽는 중이었다. 〈카라마조프가의 형제들〉은 등장인물이 매우 많은데, 이름이 다 비슷해 너무 헷갈렸다. 그래서 옆에 연습장을 펼쳐 두고 새로운 인물이 등장할 때마다 이름을 기록하고 관계도를 그렸다.

외고에서 예체능은 투명한 과목 취급을 받았기에 미술실엔 늘 사람들이 없었다. 그 한적함을 좋아했다. 그런데 나의 독서를 방해하는 소리가 들렸다. 재잘거리는 소리가 점점 다가오더니 문이 열렸다.

미술실 책상들에 가려져 누가 들어오는지 볼 수 없었다. 그런데 목소리가 익숙했다. 옆 반 영어과 애들이었다. 목소리가 방에 퍼졌다. 한 명은 여자, 한 명은 남자. 아무래도 밀애에 심취한 커플인 것 같았다. 연애가 금지된 외고에서는 밀애의 상황이 종종 연출되고는 했다. 걸리면 벌점을 받고 부모님께 전화가 갈 수도 있기 때문에 연애는 대단히 은밀하게 이루어져야 했다. 미술실이나 음악실 같은 곳에서.

나는 잠시 고민의 시간을 가졌다. 커플을 위해 미술실을 양보하는 게 아깝긴 했지만 예의를 갖추는 쪽을 택하기로 했다. 그래서 내가 있다는 사실을 알리려 했다. 그런데 커플의 입에 내 이름이 오르내리는 걸 듣고는 입을 닫았다. 내가 끼면 안 될 것 같았다.

'너 정말 얘기 들었어? 걔네 엄마 결혼한다고 하더라.'

'뭐?'

'근데 예비 신랑 나이가 이십 중반이래.'

'뭐?!'

학교에 내 가십 얘기가 굴러다니는 건 흔했기 때문에, 난 민망한 상황을 만들지 않기 위해 소리를 내지 않기로 했다. 나에 대해 떠드는 거야 아무래도 좋았지만, 책을 읽는 게 방해받아 좀 안타까운 마음이 들었다. 나름대로 이 시간을 고대하며 어젯밤까지 공부를 그렇게 열심히 했는데, 아쉬웠다.

역시 세상일은 모르는 거로군.

그래도 공부를 열심히 한 건 나쁘지 않은 선택이었다고 나를 다독였다. 원래 시험이 끝나고 하고 싶은 일들 목록은 시험이 끝나면 딱히 매력적으로 느껴지지 않는 법이었다. 그런데 갑자기 미술실에 쳐들어온 두 명의 친구들 때문에 내가 다시 매우 간절하게 조용한 독서를 바라게 되었으니 책을 읽고 싶은 열망이 연장되어 좋은 게 아닌가 하며, 나는 그냥 쓸데없고 말도 안 되는 생각이나 시도해 봤다.

'걔네 집 인간들도 진짜 대단하다.'
'대체 정밀로 사는 건 어떤 기분일까? 인생이 막장 드라마네. 그 와중에 걘 진짜 존나 고고하게 사람들 쳐다보잖아. 부모 잘 만나서 잘 태어난 것밖에는 한 게 없는데.'

대화는 계속 이어졌다. 나는 가만히 생각해 봤다. 내가 답할 수 없는 질문을 소년 · 소녀들은 던지고 있었다. 나는 나로 사는 게 어떤 기분인지 명쾌하게 설명할 수가 없다. 정말로 나로 사는 건 어떤 기분일까, 정말 어떤 기분일까. 정밀의 기분. 정말과 정밀이라니. 뭔가 언어유희 같은 느낌이네. 대충 그냥 이런 평범한 기분인 거겠지. 왜 사람들은 그런 걸 궁금해할까. 기억 속의 장면은 다시 사라졌다.

새로운 영상이 찾아왔다. 익숙한 사람이 보였다. 지금보다는 약간 앳된 얼굴을 한 익숙한 남자가 보였다. 그는 지나치게 나를 어려워했다. 나를 어려워하는 사람들이 없었던 건 아니라서 그게 뭐 그렇게 새롭진 않았는데, 만약 그게 나에 대한 미안함 때문이라면 그러지 않아도 된다고 말해 주고 싶었다. 그런데 대화도 없던 사이에 갑자기 내가 미안해하지 말라고 말하면 그것도 웃긴 것 같아서 나는 입을 그냥 다물고 있었다.

밥 먹는 테이블에서 유일하게 소리를 내고자 하는 의지를 가진 것은 엄마였다. 그는 원래 말이 없는 편인지 엄마의 물음에도 길게 답하지 않았다. 그때 밖에서 큰 소음이 들려오고 문이 열렸다. 여전히 정정하신 할머니였다. 오랜만에 뵙는데 자리에서 일어나서 인사를 해야 하나 생각했다. 그런데 할머니의 노성이 꽂히는 것이 느껴졌다. 할머니는 삿대질을 하며 엄마와 싸우다가 결국 내 새아버지가 될 사람에게도 소리를 질렀다.

'제정신이야? 남자가 자존심도 없어? 너처럼 사는 건 대체 어떤 기분이니!'

조용해진 방 안에 낮은 목소리가 퍼졌다.

'……연우겹으로 사는 기분입니다.'

나는 그를 보았다. 눈이 살짝 커졌다. 맞다. 그런 일이 있었다. 갑자기 기억이 난다. 흥미로운 사람이라 생각했다. 할머니의 쌍욕이 들려오자 그는 더 이상 말을 잇지 않았고, 할머니가 떠나고 간 자리에서 엄마는 잘했다며 그를 칭찬했다. 생각보다 우리 세 사람은 할머니가 만들고 간 여파로부터 쉽게 탈출해서 다시 식사를 이어 갔다.

나처럼 생각하는 사람이 또 있구나, 동지를 얻은 기분이었다. 그래서 나는 큰마음을 먹고 그날 식사 도중에 그에게 내게 미안해할 필요가 없다는 얘기를 하려고 했다. 그런데 엄마와 그의 사이에 끼어들기가 뭐해서 적당한 타이밍을 못 잡고 머뭇거리기만 했다.

그렇게 식사 자리가 끝나는 듯했다.

"미안해."

네?

그가 그런 말을 했던가. 나는 멍해졌다. 그를 보았다. 그런 말을 뱉은 주체는 그가 아닌 것 같았다. 하지만 분명 그의 목소리였다. 나는 그를 한참 쳐다보았는데 그는 계속 내 쪽으로 시선을 돌리는 것을 피했다. 그 영상이 점점 멀어져 간다.

미안해하지 말아요.

나는 점점 검어지는 기억 속으로 내가 하려고 했던 말을 흘려보냈다.

내가 누군가를 이해하거나, 언젠가는 누군가가 나를 이해할 거라는 위로가 아니라, 사실은 그런 이해를 받거나 이해를 하지 않아도 살아갈 수 있다는 말을 듣고 싶었다. 나는 다른 사람의 존재 자체가 잘못됐다고 생각한 적이 없는데, 사람들은 종종 내 존재 자체가 자신들에게 피해가 되는 것처럼 말했다. 그런 경험이 쌓일 때마다 나는 더욱 사람들로부터 물러나는 것을 택했다. 나는 그에게 하고 싶었던 말을 중얼거렸다.

잊고 있었는데, 당신의 그 말이 내게 조금은 용기를 줬던 것 같아요. 나는 섬세하지 못한 인간이라 쉽게 잊은 것 같기는 하지만. 근데 진짜 고맙다고 생각했어요. 그러니까 미안해하지 않아도 돼요. 당신에게 무언가를 빼앗기는 중이라 생각하지 않았어요. 나는 이미 내가 내게 과분한 것들을 잔뜩 가졌음을 알고 있었어요.

연금술사는 성장 과정에서 특수한 뇌파를 가지게 된다.

六夢

아침에도 너는 깨어나지 않았다. 나는 너를 계속 보다 보면 네게 뛰어들고 싶어질 것을 알기에 네게 더 이상 가까이 가지 않았다. 양귀비가 흐드러지게 핀 들판도 너보다 위험하게 아름답지는 않을 것이다. 그 꽃밭을 가로지르는 강 위로 코카 잎이 한가득 떠서 흘러도 마찬가지다. 지금의 너는 아편이나 코카인보다도 더하다. 너를 멍하게 보고 있는 건 도무지 권장할 만한 행동이 아니라서, 나는 방문만 열어 보고, 문틀조차 넘어가지 않았다.

네 능력은 탄성이 상당히 강한 모양이었다. 어떤 한계를 가지는 힘인지 아직은 속단할 수 없지만, 드레스룸의 깨진 유리마저 한숨 자고 일어나니 다시 원래대로 돌아온 걸 보면 소성보다는 탄성이 강한 힘일 것이다. 다만 너의 방 테이블 유리만은 원래대로 돌아가지 않았는데, 내가 완전히 그 부분을 정리했기 때문인지, 아니면 연금술이 아니라 물리적인 힘에 의해 깨졌기 때문인지는 알 수 없었다.

점심시간쯤에 집으로 김 변호사가 왔다. 내가 세운 계획의 일부는 나를 긴장시켰다. 공식적으로는 대형 로펌에 소속되어 있지만 비공식적인 소속은 S그룹 비서실인 그는, 우선 내가 부탁하지 않은 문제에 대한 보고부터 시작했다.

내가 말하지 않아도 나의 물질 자산과 신체의 안전에 위해를 가할 수 있는 상황이라 판단하면 변호사가 먼저 나설 수 있는 조항이 최초의 계약에 있었던가 생각해 봤다. 문서로 작성된 적이 없으니 검토해 볼 수도 없었다. 그런 조항이 없다면 그의 상관의 지시일 수도 있었다. 나는 머리가 하얗게 바랜 노인을 떠올렸다.

"의문의 판도라더퍼스트엠파이어의 진동에 관한 기사는 일단은 퍼지지 않을 겁니다. 거주자들은 사장님이 어젯밤 그대로 계셨다는 사실에 안심하는 분위기입니다. 무엇보다 집값이 떨어질까 걱정할 테니 알아서 서로 셀프 입단속 할 겁니다. 상가가 있는 저층부에서는 아주 큰 진동을 느낀 사람은 없다고 합니다. 아르바이트생을 몇 고용해서 어제 1층 베이커리에 계속 있었는데 진동을 전혀 느끼지 못했다고 SNS에 글을 쓰게 만들기도 했습니다. 영수증 조작까지 마쳐서 여차하면 법정 진술도 가능합니다. 보안팀에서도 위증할 멤버들 알아서 꾸릴 겁니다. 외부 보안 카메라 DB도 없앴습니다. 어제 일에 대한 괴담을 퍼트리면 법적 조치를 당할지도 모른다는 기사가 몇 개 인터넷 언론사를 통해 나갔습니다."

"제 이름도?"

"성함은 없습니다. 펜트하우스 거주자는 괴담을 믿지 않는 것 같으며, 지켜봐야 알겠지만 다음 날인 지금까지 펜트하우스가 매물로 나오지도 않았고, 거주자가 호텔로도 안 갔고 그대로 집에 있었다는 내용이 한 줄 쓰인 기사가 있습니다. 내릴까요?"

"괜찮습니다."

"사설 고용팀 구해서 안전성 검토하시겠습니까? 오늘 중에 착수 가능합니다. 원하시는 대로 써 줄 B대학 건축공학과 교수도 일단 섭외했습니다. 시세 하락 없이 제값 다 받고 펜트하우스 및 소유하고 계신 같은 건물 주택 두 개와 옆의 상가 건물까지 전부 처분하고 나가실 수 있도록 돕겠습니다. 언론에 건물 안전성 문제가 본격적으로 새어 나가기 전에 말입니다."

돈과 권력이 있으면 일요일에 변호사는 물론 위증과 증거 조작을 위해 대학교수까지 집에 부를 수 있는 거야 그렇다 치더라도, 저 말의 핵심은 나라는 한 인간의 재산을 위해 다른 수많은 사람들의 알 권리와 안전할 권리가 박탈당하고 있다는 뜻이었다. 의도하지 않은 범죄 연루였다. 물론 이럴 가능성이 있다는 걸 몰랐던 건 아니다.

어제 잠깐 너의 능력이 건물의 내력 구조에도 영향을 미치진 않았을까 생각하긴 했는데 보안팀의 출동이 없어 심각하진 않은 정도라고 생각했다. 미세한 진동 정도가 건물 아래까지 전해지긴 한 모양이었다. 그래도 보고의 내용에 국가 안보 문제까지는 담기지 않는 걸 보니 큰 영향력은 건물 상층부에서 그친 것 같았다. 그나마 다행이었다.

하지만 진짜 문제는 안전이 아니었다. 나는 김 변호사 뒤에 있는 그의 상관에 대해 다시 생각했다. 이것은 두뇌 게임인가. 아니면 그렇지 않은가. 여러 시나리오들을 검토했다. 그리고 나는 그냥 안전 불감증에 걸린 인간을 연기하며 그가 던진 질문에 답했다.

"나갈 생각 없으니 괜찮습니다. 언론에 퍼지더라도 제가 계속 여기서 살면 집값은 안 떨어집니다. 적당히 공개적으로, 불법적 개입 없이 가는 걸로 합시다."

"네. 어제 오전에 전화번호 알려 주신 택시 기사랑은 기밀 사항 문제 가이드 주신 대로 처리했습니다. 담당자들 입막음 문제도 걱정 안 하셔도 됩니다. 그리고 또 법무법인 율령 쪽에서 저희한테 연락이 왔는데, 사장님께서 말씀해 주신 전달 사항만 전했습니다."

"달라지는 거 있으면 바로 보고하세요. 기자들한테 뿌릴 수 있다는 액션만 하는 걸로. 또 신현재랑 엮인 다른 얘기라도 들어오면 알려 줘요. 소문이든 뭐든. 율령 신하평 막내아들. 내가 상당히 언짢게 생각하고 있는 녀석이란 거 잊지 말고 계세요."

"명심하겠습니다."

변호사의 표정이 미묘하게 변했다. 그의 상관에게 내게 전한 내용을 똑같이 보고하며 나의 반응을 곁들이리라. 그쪽한테 먼저 보고를 하고 왔으면, 나가면서 추가 보고를 하겠지. 후자의 가능성이 더 높아 보였다. 그는 딱히 표정 관리를 할 생각도 없어 보였다. 나도 그런 걸 기대하지 않았다.

물러서지 않고 뛰어들기로 했다. 결심은 이미 해 버렸다. 내게는 분명한 계획이 있고, 그게 제대로 먹힐 것도 알았다. 그리고 그 노인에게 한 가지만 허락한다면 나머지는 당신 뜻대로 하겠다고 말하면 된다. 영혼을 파는 것도 아니고, 그냥 허락을 구하기만 하면 된다.

나는 그 이후에 개인적인 부분들, 가령 인터넷 포털에 나를 검색하면 나오는 내용들에 관한 검열이나 기타 보안 문제들에 대한 얘기도 들었다. 적절한 선을 긋고 명예훼손에 관해서 리갈 액션이 나갈 수위를 검토했다.

나는 다른 건 괜찮은데 너에 대한 안 좋은 얘기가 엮인 찌라시들은 좀 막아 보라고 했다. 김 변호사가 어떤 상상을 하든지 상관없었다. 상상을 좀 해 보라고 일부러 말하는 중이기도 했으니까. 그는 나의 개인적인 일을 처리하는 사람이었으므로, 회사와 관련된 얘기는 전부 컷했다. 마지막으로는 증권가에서 퍼지는 가십과 내게 관심을 가지는 여자에 대한 얘기까지 이어졌다.

"김지율 씨 기억하십니까. 20대 초반에 만나셨다고 들었습니다."

나는 그게 누군지가 잘 떠오르지 않아서 인상을 살짝 썼다. 기억을 감다가 그녀가 누구인지 떠올랐다. C그룹의 며느리가 되었던 천재 소녀. 이혼 소송이 시작되었다는 기사를 작년 정도에 읽었다.

"그런 것 같네요."

"사장님과 만난다고 떠들고 다닌답니다. 아직 이혼 소송이 끝난게 아니라 남편이 걸고넘어지고 싶어 한다는 얘기를 들었습니다. 그쪽 변호사와 연수원 동기라 지나가다 들었습니다."

남의 집안 치정싸움에 끼고 싶은 생각은 추호도 없었다. 내 표정에 약간 짜증이 담겼는지 변호사는 그게 다라며 파일을 닫고 내게 넘겼다.

꼭 그럴 필요가 있는 건 아니었지만 배웅을 하겠다며 그를 따라 나갔다. 그가 내가 볼 수 없는 서재 밖에서, 네가 있는 2층으로 마음대로 올라갈지도 모른다는 수준 낮은 경계심과, 배웅을 하며 하고 싶은 말 때문이었다.

"제 안전을 걱정해 주신 상사분께 감사의 의미로, 처음으로 저녁 한번 대접하고 싶습니다."

엘리베이터 문이 닫히기 전에 나는 말했다. 변호사는 어깨를 으쓱하며 무표정으로 답했다.

"누구를 말씀하시는지 모르겠네요. 혹시라도 파악되면 연락드리겠습니다. 안녕히 계세요."

엘리베이터 문이 닫혔다. 거절도 인정도 무엇도 아니지만 내가 요청 불가능한 걸 바란 건 아닌 모양이었다. 나는 엘리베이터를 뒤에 두고 걸어가다 네 방이 있는 쪽에 시선을 두었다.

네게 보이고 싶지 않은 세상의 추악한 면모들이 있다. 거짓을 원하지 않는다고 하면 언젠가는 다 말할 것이다. 너를 기만하고 싶지는 않다. 나는 속으로만 고백을 속삭였다.

⚜

서재에서 이번엔 임성진에게 전화를 걸었다. 나는 주로 결정을 하면 망설이지 않고 실천을 하는 사람이다. 그런데도 작게 한숨을 쉬며 주저했다.

임성진이 상당히 감이 좋음에도 불구하고 스스로의 뇌를 지나치게 배려해서 생각이란 걸 하지 않을 때가 많다는 걸 확실하게 기억해 냈기 때문이었다. 상식적인 것은 이해를 못 하지만, 대신 눈치채지 않았으면 좋겠는 것을 집어내는 녀석이다. 멍청하게 구는 것처럼 보여도 진짜 자신이 원하는 것은 거의 얻어 내고는 했다. 하지만 다른 대안이 있는 것도 아니었다.

전화를 반갑게 받은 친구에게 나는 우선 네가 연금술사라 말했다. 녀석은 별로 놀라지 않았다. 그럴 줄 알았다는 반응이었다. 그리고 네가 쓰러졌다고 말했을 때에야 녀석은 흥미를 보였다. 네가 아직도 자고 있다는 말을 하자 녀석은 사건의 전말을 궁금해하기 시작했고, 네 현자의 돌이 나라는 것에까지 이야기가 진전되자 재미있어 죽으려고 했다.

그러나 본편은 시작도 안 한 상태였다. 난 여러 가지 정황이 있다며 녀석에게 나를 도와 달라 말했다. 직접적으로 말하면 너무 외설스러운 이야기가 될 것 같아 적당히 돌려서 설명했지만 갈수록 대답에 장난기가 녹아드는 걸로 보아 임성진은 내 계획을 제대로 이해하며 따라오고 있었다.

— 그러니까 '나는 개쩌는 미친놈입니다' 라고 지금 인정한다는 거지?

"대체 몇 번을 더 물어볼 거냐?"

— 그냥 너무 즐거워서 그러지. 얼마나 땡겨 줄 건데?

나이를 먹을수록 철이 든다는 건 거짓말이다. 나는 내가 택할 수 있는 보기가 임성진 하나뿐인 것이 대단히 안타까웠다. 그래도 그나마 다행인 건 녀석은 절대 도덕적인 잣대나 윤리에 기대어 나를 평가하지 않을 거란 것이었다. 임성진은 망설임 없이 내 제안을 받았다. 재미있는 게 좋은 거지 뭔가가 옳고 그른 게 중요하단 생각을 안 하는 인간은 그런 점에서만큼은 편안한 상대였다.

"불러."

— 와.

"얼마면 되는데?"

— 얼마나 줄 수 있는데요? 네가 무슨 원빈이세요? 열라 박력 넘치게 물으시네요.

살짝 인상을 찡그렸다. 임성진의 장단에 놀아 주고 싶지 않았다.

223

"내가 정해?"

— 아니, 근데 우겸아.

"왜."

— 내가 거액의 돈을 당기기 전에, 방금 나 자신이 충분히 똑똑하지 않을 수 있다는 가능성에 대해서 사유를 해 봐야 하지 않나, 진정한 인생의 철학의 시간이 도래한 것이 아닌가, 심도 있게 내게 묻기 시작했거든.

나는 녀석이 뱉은 문장을 제대로 이해하기 위해 절과 구를 끊어서 의미를 파악했다. 왜 제대로 의미 전달이 되지도 않게 말을 꼬는 건지 저의를 알 것 같으면서도 알 수가 없었다.

"그 생각을 서른여섯 먹고서야 하기 시작했다고?"

어쨌거나 결론은 내가 이 자식을 참으로 한심하게 생각한다는 것이었다.

— 우리가 계속 통화에서 직접적인 단어를 사용하기보다는 은유적인 표현을 많이 썼잖아?

"그래. 대부분 초등교육만 마치면 알아들을 수준에서."

나는 한때는 모든 연금술사가 다 이렇게 뇌에 결함을 가지고 있나 생각하기도 했다. 그런데, 지금 2층의 침대 위에서 자고 있는 내가 아는 다른 연금술사는 매우 똑똑하고 예의 바른 데다가 사려 깊고 예술을 비롯한 교양에도 능통한 걸 생각하면, 이건 연금술사들의 특성이 아니었다. 그냥 임성진만 선천적으로 타고난 결함이었다.

— 그러니까, 내가 정리해 볼게. 아니면 말해.

"어."

— 네가 키스보다 더한, 체액이 섞이는 행위, 근데 네가 존나

224

특정해서 설명해 주질 않아서 내가 너의 은유적인 비유를 근거로, 초등학생도 아는 수준에서 이해해야만 하는 행위가 우선 있는 거지.

"……."

— 아, 우리 우겸이는 초딩 때부터 되게 성숙했나 보네. 미안한데 난 그때 되게 순수했었거든. 애는 손만 잡고 잤다가 일어나면 생기는 거였다고. 근데 그걸 네가 할 수 있도록 내가 좀 도와서 명석 깔라는 거지?

임성진이 눈앞에 있는 것이 아니라 그나마 다행이었다.

남의 입에서 저딴 말이 나오는 걸 들으니 확실히 암담하단 생각이 들기는 했다. 나는 전화기를 잡지 않은 남은 한 손으로 얼굴을 가렸다. 음담패설에 얼굴을 붉힐 나이가 아니다. 임성진이 전혀 나나 너를 모욕할 의도로 뱉은 말이 아니라는 것도 알고 있었다. 그래도 뭔가 얼굴에 열이 오르는 기분에 작게 한숨을 쉬었다. 낚이고 싶지 않았다. 피하고 싶었다.

"쓸데없이 친한 척 굴거나 들이대지 말아라."

— 너나 말 돌리지 말아라.

"……."

— 너는 지금 존나 그렇다는 걸 긍정하고 싶은데도, 네 스스로가 중딩 때도 안 하던 짓을 하는 개쓰레기 찌질이 같아서 네 입으로 지금 그걸 인정하기 싫은 거고.

나는 결국 포기했다. 이러다가 하루 내내 통화를 해야 할 수도 있었다.

"……그래. 맞아."

— …….

"됐냐?"

호탕하게 웃는 웃음소리에 정말 목 끝까지 욕설이 차올랐다. 근데 그 말을 뱉으면 나 역시 임성진의 수준으로 내 사고 수준을 격하시키는 것 같아서 대신 이만 악물었다.

— 형님만 믿어라 새끼야.

……그 말만 안 했어도 조금 더 믿음이 갔을 텐데.

— 선금은 맘대로 후하게 보내라. 최종 청구액은 더 고민해 보고 내가 알아서 정함.

그제야 통화가 끝났다. 어쨌거나 임성진의 말에 의하면 긴 잠은 폭주 이후에 흔하게 나타날 수 있는 반응이라 했다. 24시간에서 48시간 사이엔 일어날 테니, 하루 종일 자고 내일까지 자도 걱정 말라는 말을 듣자 그래도 좀 안심이 됐다.

⚜

나는 CEO다. 월요일엔 회사에 출근을 해야 했다. 하지만 이전과 같은 수많은 월요일들처럼 그저 한번 2층으로 올라가는 계단에 시선을 두다 출근하지는 않았다. 대신 네가 좋아하는 아보카도 크루아상 샌드위치를 만들었음은 물론, 너에게 남길 메모도 썼다. 네가 나에 대해 어떤 식으로든 더 생각했으면 좋겠다. 내 존재를 알아봐 주길 바란다. 잠에서 깨어나 샌드위치를 맛있게 먹으면 좋겠다. 내 메모에 대한 답을 직접 보내 주면 더할 나위 없이 좋을 것이다.

집에 계속 있고 싶은 마음이 없는 것은 아니었으나 나는 월간 남성 잡지에 주기적으로 오르내리는 엘리트 사업가의 삶을 정상인인 척 살아갈 필요가 있었다. 나를 믿고 삶을 회사에 바치며 살아가고 있는 수많은 임직원들을 위해, 내게 돈을 맡긴 수많은 투자자들을 위해, 그리고 무엇보다 너에게 더욱 괜찮고 능력 있는 남자로 보이기 위해.

사실 내가 사업을 하고 있는 땅은 미국이 아니라 대한민국이기 때문에 주식회사 CEO의 근무 태만이 주주 회의 안건으로 채택되어 내가 CEO 자리에서 물러나야 하는 일이 일어날 확률이 매우 낮기는 했지만, 권력이 주어졌다고 해서 그걸 남용하는 것은 옳지 않았다.

우리 회사의 능력 있는 CMO는 항상, 이상적인 회사는 경영자의 소유물이 아니라 직원들의 삶의 집합체여야 한다고 떠들고 다녔다. 나는 그처럼 확고한 경영 철학이 있는 것은 아니었지만 그의 의견이 상당 부분 옳다는 것에 동의하는 편이었다.

「생각은 많이 하지 말고 편하게 쉬고, 저녁으로 먹고 싶은 메뉴 있으면 알려 줘요.」

한 줄짜리 메모를 쓰는 건데도 적당한 멘트와 적당한 글씨체가 나올 때까지 몇 장을 썼다가 버렸다. 그리고 식탁 위에 두었다. 잘 보이는 곳을 찾아 몇 번 위치도 옮겨 봤다. 그래 봐야 거기서 거기였지만.

심장을 간질이는 느낌 위로 두려움이 파도치듯 밀려왔다. 나를 좀먹어 들어가는 두려움은 애써 모른 척 지워 냈다. 마음속에 방파제를 건설하고, 먼 바다가 아닌 육지로 시선을 돌렸다. 이제 회피하는 선택엔 그렇게 시선조차 두지 않으려 한다. 네가 나를 보지 않을지도 모른다는 두려움의 바다에 빠져 허우적대다 그저 그렇게 죽어 가지만은 않을 것이다. 그럴 수는 없다.

엘리베이터가 도착한 것을 보고도 그 앞에 한참을 서 있었다. 집에서 나가는 것이 그렇게 아쉬울 수가 없었다. 한 번만 잠든 네 얼굴을 더 보고 나갔으면 좋겠다는 생각과 힘겹게 싸웠다. 결국 나는 내키지 않는 마음으로 엘리베이터에 올랐다. 저녁은 집에 와서 먹을 생각이었다. 엘리베이터가 주차장에 도착하고 내렸을 때, 나는 기사에게 뭔가를 두고 나왔다고 말하며 다시 올라갈까 진지하게 고민했다.

중증이었다.

회사에 도착해서는 한 주를 시작하는 미팅에 들어가기 전에 지난 금요일에 회사에 어떤 일이 있었는지 알아야 했다. 김찬기 CMO가 중국에 출장을 가서 더 있을 줄 알았는데 어제 돌아와서 회의에 참석한다는 등의 직원들의 동태부터, 진행되고 있는 사업에 대한 보고들이 간략하게 이루어졌다.

다음에는 바로 회의실로 갔다. 내 양옆에 CMO인 김찬기와 CFO인 민유리가 앉고, 다른 이사들이 다 착석했다. 일단 시작은 언제나처럼 농담을 주고받다가 숫자로 가득한 PPT 슬라이드를 몇 개 점검하고, 민유리와 재무회계 부서들의 숫자 놀음을 사실 전부 이해하지 못함에도 완전히 이해하는 척 고개를 끄덕이다가, 언제나 순항 중인 마케팅부의 퍼포먼스를 감상한 후에, 요즘 우리 회사가 포커싱하고 있는 옴므 라인 얘기로 돌아왔다.

사실 당장 현재 매출액만을 생각하면 남성 화장품에 이렇게 집착할 이유가 없는데도 모든 이사들이 상당히 비중 있게 그 주제를 다루고 싶어 하는 건, 남성 화장품은 아직도 제대로 열리지 않은 시장이기 때문이었다. 1년 전에 대한민국 화장품 시장이 완전한 레드오션 상태라서 중국을 비롯한 해외시장 진출만이 답이지 않겠냐고 묻는 민유리에게 김찬기는 하나의 솔루션이 더 있다고 의기양양하게 말했다.

'우리는 40대 남자가 직접 자기 얼굴에 색조 화장을 하게 만들 겁니다.'

나는 그 프로젝트에 관심이 많았으나, 그런 흥미로운 프로젝트의 진행에도 신경을 쓸 수 없을 만큼 다른 데에 정신이 팔려 있었다.

쌓인 메시지가 없나 확인했다. 10분마다 시계를 살피며 손톱으로 액정을 톡톡 두드렸다. 계속 정신을 빼앗기는 기분이 들어 결국 눈앞에서 치우기로 했다. 설정을 무음 무진동으로 바꾸고 화면이 땅을 향하게 핸드폰을 뒤집어 두었다.

나는 아직 아무런 거대한 사고를 치지 않았다. 그런데 무언가를 시작도 하기 전에 이미 구렁텅이에 처박힌 것만 같은 느낌에 이마를 짚었다. 좋아하는 사람에게 카톡 읽씹을 당하면 원래 이런 기분을 느끼는 건가. 물론 카톡이 아니라 메모기는 했지만, 유사한 상황 같았다.

초조하다. 괜한 짓을 한 것 같아 작게 한숨을 쉬었다. 이런 경험을 해 본 적이 없었다.

메모를 남길 때까지만 해도 이성 관계 발전의 기본은 주기적으로 이루어지는 의견 교환이라 생각했다. 서로의 삶에 서로가 개입할 여지를 계속 주어야 점점 마음을 열게 된다. 하루를 완전히 지배하는 것은 아니더라도, 자신의 말 몇 마디가 상대의 하루의 작은 부분에라도 영향을 미칠 수 있다는 사실에 흥미를 느끼면서 관계는 발전하게 되는 거다.

그 와중에 권력관계가 탄생하고, 아쉬운 쪽이 지고 들어가면서 연인 관계라는 딱지를 다는 게 일반적이다. 난 그 원리를 아주 잘 이해했다. 적절하게 밀고 당기기를 반복해야 상대가 내게 안달복달하게 될 거란 것 역시 알았다. 나는 단 한 번도 헌신하다 헌신짝이 되는 상황 근처에도 가지 않았다.

하지만 이번 경우는 좀 달랐다. 헌신하다 헌신짝이 되는 건 큰 문제가 아니었다. 내 재산 전부가 털려도 불평할 생각이 없었다. 문제는 관심을 1g이라도 받고 싶어서 발버둥 치면서, 애가 타서 죽겠는데 당장 아무것도 변화시킬 수가 없어서 답답하다는 것이었다.

9년을 지켜봤다. 그리고 너를 집에 두고 온 지 9시간도 되지 않았다. 눈앞에 없고, 상황이 그렇게 급박하게 돌아가고 있는 것도 아니니까 뭔가를 할 수도, 할 필요도 없는 상황이란 걸 머리는 알고 있었다.

네가 아직 깨어나지 않았을 수도 있다. 딱히 저녁 메뉴로 먹고 싶은 게 없을 수도 있다. 나에게 문자를 보내려고 했는데 적절한 멘트가 떠오르지 않아 망설이고 있는 걸 수도 있다. 혹은 내가 남긴 메모를 발견하지 못했을 수도 있다. 네가 나를 미워하는 마음에 의도적으로 연락을 하지 않고 있다고 생각할 근거가 없다.

"하아."

이래서 기대를 하면 안 되는 것이다. 그냥 영원히 멀리서 지켜보는 짝사랑만 하면 이런 고민은 안 한다. 그럴 때에는 건넨 것의 대가나 자극에 대한 반응에 대해 완전히 체념하고 살아가기 때문에 일상의 스트레스 지수가 이토록 급격하게 상승하지는 않는다. 자꾸 더한 것을 기대해서 그런다. 너의 관심을 야금야금 받아먹으면서 기뻐하고 싶어서 이런다. 나는 좀 기대를 내려놓고 진정할 필요가 있다.

그냥 퇴근을 하면서 전원을 다시 켜야겠다 생각했다. 그래서 핸드폰을 다시 뒤집어 전원을 끄려고 했다. 그런데, 그때, 그제야 읽지 않은 메시지 1통이 있다는 게 보였다. 나는 바로 눈을 감았다.

그렇게 기다리던 메시지가 왔는데 나는 눈을 떠서 핸드폰 액정이 아니라 내 데스크 너머를 보았다. 이제는 내용을 우려하기 시작했다. 나도 내가 정말로 미친 것 같았다. 방금 전까지는 점 하나라도 찍어서 보냈으면 좋겠다고 생각하고 있었으면서도 또 메시지가 오니까 나쁜 내용일 것 같아 두려워했다.

나는 몇 번 심호흡을 하다가 그냥 이대로 배터리를 빼 버리고 퇴근을 하면서 확인하는 게 낫지 않을까 내게 물어봤다. 멘탈에 타격이 조금 생기더라도 퇴근을 하면서 메시지를 보면 문자를 확인하는 순간과 집에 들어가서 너와 마주하는 사이의 텀이 짧아지므로 나의 괴로운 시간이 좀 줄어들지 않을까 하는 생각에 근거한 판단이었다.

그래도 나는 내 호기심을 이기지 못했다. 결국 나는 문자를 확인했다.

[스시가 먹고 싶어요. 회가 크지 않은 일본식으로 부탁드려요. 언제 오시나요? 묻고 싶은 게 많아요.]

옅게 미소가 퍼졌다. 몸이 둥둥 떠오르는 것 같았다. 나쁜 징조가 아니다. 나는 내 퇴근 시간까지 궁금해하는 너의 물음에 날아갈 것 같은 기분이 되어 바로 답을 입력했다. 그러나 전송 버튼을 누르기 전에 멈칫했다.

너무 빨리 답장을 보내면 나를 바지사장이라 생각하지 않을까. 일 열심히 하는 능력 있는 남자로 보여야 하는데. CEO 명함만 가지고 일은 전부 부하 직원들에게 떠넘기는 진상처럼 여겨지면 곤란했다.

나는 그래서 시계를 보며 10분을 기다리기로 결심했다. 아니, 10분을 딱 맞추면 너무 기다린 것 같으니까 9분? 11분? 초침이 돌 아가는 것을 지켜보는 시간이 즐거워졌다. 우선 나는 여태까지 가 본 일식집들의 목록을 떠올리고, 컴퓨터로 강남 일대에 혹시 다른 맛집이 있나 검색해 봤다.

이게 바로 바지사장이 정규 업무 시간에 하는 짓이라는 비난이 머리를 스쳐 지나가기는 했다. 하지만 나는 어차피 조금 후에 동남 아 쪽 복합 준명품 상가에 옴므 라인이 입점하는 문제와 관련해서 현지 컨설팅펌, 로펌, 은행, 그리고 미국 투자자와의 컨퍼런스콜이 예정되어 있으며, 이미 오전 내내 많은 업무를 처리한 상황이라고 스스로의 행동을 합리화했다.

점심도 회사 부동산 문제와 관련한 급한 미팅 때문에 포장 음식 으로 대충 먹었기 때문에 이 정도 여가는 허락될 필요가 있었다. 후보지를 고르고 너에게 답장을 보냈다. 그리고 기쁜 마음으로 컨 퍼런스콜을 위한 서류를 챙겨 자리에서 일어났다. 타이밍에 맞게 투자자 서류를 정리해 온 윤 비서가 문을 두드렸다. 나는 금방 나 가겠다고 말했다.

❧

설렌다.

몽글몽글한 느낌이 차올라 너에게 못 할 짓을 하는 건 아닐까 싶기도 했다. 너는 내게 아직 아무런 여지를 주지 않았는데도 망상은 자꾸 이어져서, 상상이 약간 죄스러웠다. 엘리베이터가 올라가는 것과 함께 나의 기분도 수직 상승했다. 이렇게 설렘을 느껴도 되는 걸까. 복잡다단한 마음을 그래도 문이 열리기 전에 정리해야 한다는 걸 알았다.

집 안으로 들어갔다. 네가 있는 곳이다. 나는 식탁이 있는 쪽으로 돌아 걸어가면서 만약 네가 방에 있으면 너를 부르러 직접 가야 하나, 아니면 기다릴까, 핸드폰으로 전화를 걸까, 어떤 게 제일 평범하고 무난해 보이는 방법일까 고민했는데, 너는 식탁에 앉아 노트북 화면을 보고 있었다.

그 앞에서 멈추었다. 너의 시선이 내게 닿았다. 눈의 색은 여전히 옅었다. 생명력을 잔뜩 잃은 것을 증명하는 그 모습이 위태로워 보여 아팠다. 내가 다시 너를 전부 채워 줄 수 있다는 게 행복하면서도 무섭다.

이럴 때 설렘은 약간의 고통이 된다. 알 수 없는 기쁜 마음뿐 아니라 눈앞에 둔 상대가 내뿜는 아련함마저 심장에 덧입혀진다. 그저 뒷모습에 눈물이 난다는 어느 노래 가사처럼, 너의 무표정은 무척이나 아름답지만 동시에 애틋함으로 나를 적신다.

"오셨어요. 바로 드시게요?"

"네. 기분은 좀 괜찮으세요?"

나를 맞이하기 위해 자리에서 일어난 너의 말이 먼저 내게 왔다. 나는 천천히 다가가 종이백을 식탁 위에 올려 두면서 물었다. 외투를 벗어 의자에 걸었다. 너를 앞에 두고 다시 옷을 갈아입으러 갔다 오는 것보다야 그냥 이대로 있고 싶었다. 물론 그래도 손은 먼저 씻고 식탁에 앉아야 할 것 같아서 앉지는 않은 채로 잠시 너의 답을 기다렸다.

네가 잠깐 고민에 빠진 것 같아서, 나는 일단 잠시 물러나서 세면대가 준비된 쪽으로 가서 손을 씻고 돌아왔다. 너의 답은 그때가 돼서야 들을 수 있었다.

"네……. 그런데, 알 수 없는 것들이 너무 많아서 혼란스러워요."

너는 노트북의 화면을 닫고 옆으로 치웠다. 수저와 앞 접시는 이미 놓여 있었다. 나는 백에 담긴 스시 상자들을 하나하나 꺼냈다. 뭘 특별히 좋아하는지 모르겠어서 일단 있다고 하는 종류는 다 달라고 했고, 히라메나 오도로, 캐비어 군함마끼 같은 비싼 종류들로만 한 상자를 더 채워서 받았다.

어제 내내 자느라 영양 공급이 제대로 안 되었을 테니 잘 챙겨 먹여야 했다. 물론 계속 나오는 상자를 많다는 듯이 보는 네 표정에 내가 좀 과했다는 생각이 든 것은 사실이었으나, 뭔가를 해 주려고 하는 마음을 조금씩 느끼는 것은 피할 일이 아니기에 후회를 하지는 않았다.

나는 네가 먼저 자리에 앉자 따라 앉았다. 머뭇거리며 나의 시선을 조금씩 피하는 것 같아서, 나는 네가 지난 토요일에 있었던 일을 기억한다는 것을 알았다. 어디까지? 내게 먼저 입을 맞춘 것까지? 묻고 싶었으나 그럴 수는 없었다. 긴장이 됐다.

그러나 동시에 가능한 한 아무렇지 않은 척하면서, 와사비를 풀고 맛이 옅은 초밥을 집었다. 하고 싶은 말이 많았지만, 괜히 생각나는 대로 뱉었다가 말실수를 하면 곤란했다. 너 역시 젓가락을 들었다. 너도 할 말을 고르는 듯 보였다.

"제 눈이, 어떤 색으로 보이세요?"

스시를 한 점 먹고 네가 물었다. 나는 젓가락을 내려놓고 답했다. 너무 앞서 나가지 않고, 천천히 가는 게 중요했다. 갑자기 네게 네가 감당할 수 없는 것들을 강요하고 싶지 않았다.

"상당히 옅은 회갈색으로 보입니다."

"왜 이런 건지 아시나요? 이틀 전에 있었던 일도 정말 죄송한데…… 대체 뭐가 어떻게 굴러가고 있는 건지 모르겠어요. 제가, 갑자기 상식적으로 설명할 수 없는 짓을 잔뜩, 정말."

너는 한 손으로 너의 입을 가리면서 나의 시선을 피했다. 약간 부끄러워하는 것 같다고 느낀 것은 내 착각인가. 이런 너의 표정 변화를 보는 것도 거의 처음인 것 같아서, 나는 들뜬 마음을 진정시키려 애썼다. 성급한 착각은 곤란했다.

나는 불안함을 조금씩 드러내는 너의 옆으로 가 너를 안고 다시 입 맞추고 싶었다. 안심하라고, 내가 지켜 줄 거라고, 나만 믿으면 된다고, 그렇게 속삭이며 너를 품에 끌어당겨 내 안에 가두고 싶었다. 드라마에 흔하게 그런 대사들이 등장하는 이유를 알 것도 같았다.

그러니 네 손에 가려 네 입술이 보이지 않아 다행이었다. 나는 내 눈을 보고 있지 않은 너의 질문에 답했다. 최대한 편안하게, 상상은 잠시 접어 두고, 너 역시 별일 아니라고 느낄 수 있도록.

"눈은 저와 특정한 몇 사람을 제외하고는 변했다는 것을 못 알아볼 테니 안심하세요. 물론 멀리 돌아다니시는 건 안 됩니다. 가능하면 집 안에 계세요."

"저는, 잘 이해가 안 가요."

이해가 안 가는 게 당연했다. 질문으로부터 미묘하게 어긋나는 설명에 당황하는 것 역시 이해했다. 그런데 더 적합한 설명 방식을 찾아내는 것도 어려웠다. 연금술사의 역사를 제대로 말하려면 거의 4대 문명이 발발한 시기까지 거슬러 올라가야 했다.

현대의 연금술사들의 권력관계만을 설명하려고 해도 최소 세계 2차 대전의 국제 정세를 읊어야 하는데, 히틀러가 어떻고 스탈린이 어떻고 루즈벨트의 죽음 이후에 트루먼 독트린이 무슨 효과를 만들어 냈고 하는 그런 거대 스케일의 설명은 오히려 네게 두려움을 불어넣기만 할 것 같아서 별로 택하고 싶지 않았다.

"스스로가 연금술사라는 걸 받아들이는 게 그리 쉬운 일은 아니겠지만 그러지 않으면 금방 위험해지실 겁니다."

"……제가, ……연금술사요?"

"네. 그리고 특별히 제 도움이 필요하실 겁니다."

내 말에는 흑심이 가득 담겼다. 미안해하지 않기로 작정했으니, 내 말의 기저에 너를 가지고 싶다는 욕망이 깔려 있는 게 미안하진 않았다.

"돕게 해 주세요. 원하신다면 제가 할 수 있는 일은 다 하겠습니다."

"아…… 감사해요."

너는 지금 내가 말하고 있는 게 뭔지는 알고 감사를 말하는 걸까. 내가 하겠다고 하는 짓이 어떤 짓인지 알고 있었으면 그런 식으로 감사하다는 말을 하기가 쉽지는 않았을 것이다. 나는 살짝 미소 지어 보였다. 너 역시 살짝 불편하게 따라 웃고는 다시 스시 한 점을 집어 먹었다.

오물오물 씹어 먹으며 생각에 잠기는 게 귀여웠다. 한 3시간 동안 앞에 앉아 먹는 것만 지켜봐도 즐거울 것 같다. 그래도 네게 부담을 줄 수는 없으니 나는 적당히 먹는 속도를 맞췄다.

무서워서 도망치지만 않으면 된 거다. 세상의 많은 문제들에 대해 생각보다 무신경하고, 깊게 고민하지 않는 것 같은 너의 태도에 내가 오히려 더 감사했다.

"스시 맛있네요. 이것도 감사해요. 괜히 요즘 제가 먹고 싶은 것만 먹는 것 같아요."

"아닙니다."

"다음엔 사서 오실 때 제게 묻지 마시고 드시고 싶으신 거 사 오세요."

"네. 앞으로 저녁 자주 같이해요."

나는 진짜 내가 먹고 싶은 건 밖에서 사 올 수 있는 게 아니라는 말을 굳이 입 밖으로 꺼내지는 않았다. 내가 진짜 먹고 싶은 것은 이미 내 눈에 담겨 있었다. 옅은 눈 색이나, 붉은 입술이나, 하얀 도화지 같은 피부나, 진짜 음식이 아님에도 불구하고 혀로 감각해 보고 싶은 것들이 다른 종류의 식욕을 자극했다.

네 입술 안으로 들어가는 적색 초밥을 보았다. 나는 침착한 척 네가 집은 것과 비슷한 색을 띠는 초밥을 골라 입에 넣어 씹었다. 정말 도무지 만족되지 않는 느낌이었다. 그래, 언젠가는 내가 진짜 먹고 싶은 것을 먹을 것이다. 너는 조용히 음식을 먹으며 생각에 잠기는 듯했고, 나 역시 옅은 미소만 띠우며 대화를 더 이상 이어가지 않았다.

연금술사는 탄성과 소성이 특정한 비율로 섞인 힘을 갖는다.
탄성은 물체에 가해졌던 힘이 사라지면 물체가 원래대로 되돌
아오려는 성질, 소성은 변한 상태 그대로 남는 성질을 말한다.

六朦朧

누군가가 다정하게 바라보는 느낌이었다. 눈을 뜨면 금방 잊힐 꿈속으로 뭔가가 전해졌다. 착각인지 아닌지 알 수 없었다. 어쨌거나 그런 느낌이 빠르게 사라질 것임을 알았다. 꿈은 늘 그렇게 증발하기 때문이다. 뭔가 중요한 생각을 했던 것 같은데, 꿈에서 깬 다음에 뭔가를 확인해야겠다고 생각했던 것 같은데, 사고와 행동은 이어지지 않는다. 꿈은 그저 누구도 알 수 없는 시공간으로 다시 떠나간다.

대신 눈을 뜬 나는 그 자리에서 잠들기 전의 기억을 마주했다. 한강이 보이는 유리벽을 따라 방 안으로 햇살이 쏟아졌다. 태양은 높이 떠 있었다. 그래서 나는 내가 눈을 감기 전과 뜬 다음인 지금 사이에 상당히 큰 시간차가 있다는 걸 알았다. 시간차보다야 그 간극이 적어 보이기는 했지만 공간적인 차이도 존재했다. 어젯밤의 나는 내 발로 내 침대에 누운 적이 없었다.

나는 눈을 깜빡여 봤다.

무슨 일이 있었던 건지 생각했다. 그리고 침대에서 상체를 일으켜 주위를 둘러봤다. 방 안은 나름대로 깨끗하게 정리가 된 상태였으나, 물건의 위치가 미묘하게 달라진 것들이 보였다. 차이는 매우 작았다. 괜히 내가 그것들이 옮겨졌다고 착각하고 있을지도 모르는 정도였다. 주로 철이 그 구성 원소인 것들이라는 정보가 내 머릿속에 들어왔다. 나는 더 달라진 것이 있나 살폈다. 고개뿐 아니라 허리도 돌렸다. 내 시선이 테이블에서 멈추었다.

원목 의자 앞에 놓인 테이블은 원래 그 위에 유리가 놓여 있어야 했다. 그런데 없었다. 유리가 없고, 그 밑을 바치는 프레임만 남아 있었다. 나는 천천히 오른손을 들어 입을 가렸다.

내가 미친 게 분명해.

나는 내 하체를 덮고 있던 이불을 걷어 내고 침대 밑으로 발을 내렸다. 땅과 발이 닿는 순간 더 큰 고통이 전해질 줄 알았는데 거의 아프지 않았다. 나는 약간 불편한 자세를 취해 발바닥을 확인했다. 붕대에 감겨 있어 육안으로는 확인할 수 없었다. 살짝 눌러 봤다. 여전히 아프기는 했지만 하루 자고 일어난 걸로 나아질 수 있는 수준보다 훨씬 더 나아진 느낌이었다.

나는 고개를 들어 멍하게 창 밑으로 흘러가는 한강을 보았다. 무슨 생각을 지금 해야 하는 건지 알 수가 없었다.

그러다 눈에 보이는 핸드폰을 집어 들었다. 저번 핸드폰만 괴상했던 것이 아니라 이번 핸드폰도 괴상했다. 배터리가 다 닳았는지 화면에 불이 들어오지 않았다. 화연과 통화 후에 꽤 배터리가 남아 있었던 것 같은데 이상한 일이었다. 핸드폰에 충전기를 꽂았다. 그리고 침대에 걸터앉았다. 핸드폰이 부팅되는 게 보였다. 전원이 들어오니까 좀 안심이 됐다. 문제는 핸드폰 액정에 뜬 시간이 내가 예상했던 것과 상당한 차이가 난다는 것이었다.

월요일.

월요일?

나는 다시 몇 번 눈을 깜빡였다. 이건 더 이상했다. 나는 후들거리는 다리로 일어나서 욕실로 들어갔다. 완전히 멍해진 상태로 허우적대다가 나는 더 놀랄 만한 것을 발견하게 되었다.

눈이 이상하다.

거울 안의 내가 이상했다. 나는 손을 뻗어 거울을 만져 봤다. 내가 하고 있다고 생각하는 행동 그대로 거울 안의 여자가 움직였다. 가슴보다 조금 더 길게 내려오는 검은 머리는 몇 개월 전에 했던 펌 때문에 컬링이 약간 남아 있었다. 보통 사람보다 흰 피부도 여전했고, 이목구비도 기억하고 있던 그대로였다. 하지만 눈의 색이 달랐다. 내 눈의 색은 이렇게 옅지 않았다.

나는 세면대에서 나오는 찬물로 세수를 연거푸 하고 다시 거울을 보았다. 내가 모르는 사이에 렌즈를 꼈나 싶어서, 눈을 감고 꾹꾹 눌러 봐도 전해지는 이물감은 전혀 없었다. 다시 눈을 떠도 눈은 그대로였다.

"대체 뭐야."

무슨 일이 일어나고 있는 거지?

나는 연쇄적으로 일어난 황당한 일들을 정리하면서 내 모습을 멍하게 보았다. 나를 멍하게 보고 있는 내가 보였다. 이게 꿈이든 아니든 저 거울 속에 있는 누군가가 적어도 지금의 나의 모습의 반영이라는 것은 확실했다.

뭔가 말랑한 게 닿았었다. 젤리나 마시멜로보다도 더 말캉한 느낌. 부드럽고, 약간 따뜻하고, 조금 더 깊게 들어갔으면 디 촉촉하고 뜨거웠을 것이다.

정말.

대체.

무슨 생각을 하는 거야.

나는 얼굴을 가렸다. 나는 침대 위에서 거의 태어나서 처음으로 내 머리를 쥐어뜯고 있었다. 어제 입었던 옷 그대로, 아니, 그제 입었던 옷 그대로 나는 침대 위에 있었고, 이번에도 정신을 잃기 전에 마지막으로 본 것이 그였으니 만약 내 기억이 실제로 벌어졌던 현실이라면 나를 침대 위에 올려 둔 것이 그일 것임이 자명했다.

자꾸 민폐를 끼치는 거야 매우 죄송하기는 해도 이렇게 머리를 쥐어뜯을 일은 아니었다. 내 기억이 끊기기 전에, 내가 마지막으로 했던 행동이 나를 괴롭혔다. 미치지 않고서야 할 수 없는 행동이었다.

내게 무어라 말하는 입술 위에 입을 맞추고 싶다 생각했다. 몸이 닿고, 그의 입술을 잡아먹으면 두통이 조금 진정될 것 같다는 막연한 생각이 찾아왔었던 것 같다. 낮은 목소리가 나오는 목을 만지고 싶어 손을 뻗었다. 그는 피하지 않았다. 목이 손에 닿자 입술에 다른 것을 머금고 싶다는 욕구가 찾아들었다.

그래서 했다. 미친 게 정말 분명했다.

친구들과 종종 대화를 할 때 그녀들의 흑역사에 대한 얘기를 듣게 되고는 했다. 밤에 잠을 자기 위해 누웠을 때 불현듯 찾아오는 기억 때문에 이불을 팡팡 차게 되는 경험을 서로 떠벌리는 것으로 대화가 이어질 때, 나는 대개 말없이 그걸 지켜보는 역할이었다. 시간이 지나도 '쪽팔린다'고 흔히 말하는 그 감정을 제대로 이해하지 못하리라 생각했다. 그런데 나는 지금 그 단어의 맥락과 용례를 완전히 이해하게 되는 경험을 하는 중이었다.

다시 돌아간다면 절대로 하지 않을 일, 기억에서 영영 삭제하고 싶은 일이 생겼다. 이것은 감추고 싶은 흑역사라고 조심스레 고백할 수도 없는 진성 흑역사였다. 아람은 할 말을 잃고 나를 쳐다보다가 그냥 서로 이 대화를 없었던 것으로 하자고 할 것이며, 화연은 미친 듯이 웃으면서 앞으로 진도를 어떻게 더 뺄 건지 매뉴얼을 작성해 줄 것임이 분명했다.

나도 나를 이해할 수가 없다. 근데 대체 왜 그런 짓을 했을까를 생각하면 더 상황이 심각해졌다. 어제는, 아니, 그제는, 아무튼, 뭐가 됐든 쓰러지기 전의 나는 핸드폰을 그저 칼로 바꾸는 것보다 더 엄청난 짓을 저질렀다. 이 방의 바닥마저 기울어지게 만들지 않았나.

마약의 부작용일 수 있다. 병원에 가야 하는 것인지도 모른다. 나는 혈액검사나 기타 검사들을 받는 시기가 너무 늦어져서 이미 내 몸에 문제가 생긴 것인지도 모르겠다는 결론에까지 도달했다. 그래서 병원에나 가 봐야겠다는 결심을 하고 일어났는데, 하루 종일 누워 있던 것의 영향인지 또 배가 고팠다. 인간의 신체라는 게 이렇게 눈치가 없었다.

119를 부를 것인가, 아니면 음식을 먼저 섭취할 것인가. 나는 잠시 망설이다가 어차피 조금 늦어진다고 큰일이 날 거였으면 이미 큰일이 난 상태고, 먹으면서 검색을 좀 해서 정보를 알아내는 게 어느 병원에 가야 하는지 파악할 수 있어서 더 낫지 않을까 생각했다.

나는 부엌에 가서 뭔가를 먹어야 하나 고민하다가, 나갔다가 경진 씨나 다른 고용인들과 마주치면 눈에 대해 어떤 변명을 해야 하는 건지 모르겠어서 또 잠시 고뇌했다. 그냥 컬러렌즈를 꼈다고 말해야지, 생각하면서 나는 일단 1층으로 내려갔다. 먹을 걸 챙겨서 올라와 내 방에서 먹을 생각이었다. 냉장고로 가기 위해 식탁을 지나치는데 종이 메모가 올려져 있는 것이 보였다. 움직이던 다리가 정지했다. 단정하게 쓰인 글씨가 총알처럼 빠르게 뇌에 박혔다.

「생각은 많이 하지 말고 편하게 쉬고, 저녁으로 먹고 싶은 메뉴 있으면 알려 줘요.」

확. 얼굴이 붉어졌다. 누가 남기고 간 것인지 명백했다. 얼굴로 피가 오르는 느낌에 주위에 누군가가 그런 나의 변화를 관찰하고 있을까 봐 놀라서 급히 메모를 챙겨 쥐고 냉장고로 달려간 다음에 마침 있는 크루아상 샌드위치를 챙겨 파워워킹으로 방까지 올라왔다.

"하아."

들어가자마자 문을 바로 닫고, 등을 기대고 멈추었던 숨을 골랐다. 볼에 홍조가 생기는 기분은 쉽사리 사라지지 않았다. 나는 등을 문에 대고 미끄러지듯 주저앉은 다음에 다시 머리를 부여잡았다.

✤

생각의 연쇄는 또다시 다른 국면을 맞이했다. 나는 크루아상 샌드위치만 먹고 병원에 가려고 했다. 그런데 그 전에, 바닥이 기울어진다고 느끼는 이상 증상들에 대한 걸 샌드위치를 먹으면서 검색을 하다가, '판도라더퍼스트엠파이어의 바닥이 기울어짐'이라는 내용이 담긴 기사를 보게 되었다. 모든 생각이 정지하는 느낌이었다. 나는 떨리는 손으로 그 글을 클릭하고, 비슷한 내용들을 더 찾아보기 시작했다.

상층부로부터 시작된 진동이 있었다는 주장, 펜트하우스 거주자는 떠나지 않았다는 사실, 그런 내용들이 제시되고 결국엔 다 괴담이라는 결론이 대부분이었다.

정말, 어쩌면.

정말로 어쩌면 내가 환각을 본 게 아닐 수도 있겠다는 생각이 들었다. 나는 기억을 되감았다. 내가 봤던 것들과 내가 했던 행동들이 진짜 현실일 수 있나? 말도 안 된다는 생각이 자꾸 들었지만, 그게 진실이어야지만 설명되는 것들이 너무나 많았다. 결국 그런 생각의 끝에 도달했을 때, 나는 챙겨서 올라온 메모의 내용을 다시 확인했다.

「생각은 많이 하지 말고 편하게 쉬고, 저녁으로 먹고 싶은 메뉴 있으면 알려 줘요.」

생각을 많이 하지 말란 식으로, 그가 전에도 말한 적이 있었다. 그때도 나의 환각 증상에 대해 내가 고민을 하고 있을 때였다. 내 힘은 나의 생각과 함께 시작되었다. 그런 의미에서, 내가 그의 조언을 따랐다면 그런 사고를 치진 않았을 것이다.

대체 무슨 음모론을 떠올리는 거야?

정말 제정신에는 할 수 없는 생각이었다. 그런데 나는 회의적인 질문들을 뚫고, 새로운 가능성이 싹을 틔우는 것을 보았다. 내가 괴상한 힘을 보였을 때 그는 내 힘 자체에 놀라기보다는 내가 그것을 제어하지 못하고 있다는 것에 더 좌절하는 것처럼 보였다. 보통은 그런 상황에서 그만두라는 소리를 치지는 않는다. 다시 한참을 멍하게 있다가 정신을 차렸다.

그는 당황하지 않고 메모를 썼다. 메모만 본다고 그의 생각을 추측해 낼 수 있는 것은 아니겠지만 뭔가를 알고 있는 것처럼 보이는 그가 저녁 메뉴나 정하라는 메모를 남긴 것을 보면 생각만큼 일이 심각하진 않은 것일 수도 있었다.

나는 그래도 가능한 합리적인 판단을 하려고 애썼다. 생각을 정리하는 데만 몇 시간을 썼다. 나는 한강을 쳐다보기도 하고, 아픈 발을 이끌고 방 안을 서성이기도 하면서 생각을 정리해 갔다.

내가 하고 있는 게 완전히 정신 나간 생각처럼 느껴지기는 해도, 병원에 가서 며칠 전에 마약을 한 것 같다고 말하는 것이 그에 비해 썩 좋은 해결책인 것도 아니었다. 신현재와의 일이 어떻게 처리되고 있는 건지 알 수도 없었으므로, 대체 어쩌다가 마약을 먹게 되었는지 설명해 보라고 하면 입이 막힐 것임이 또한 분명하기 때문이다.

결국 나는 스시가 먹고 싶다는 내용의 메시지를 보냈다. 병원에는 일단 가지 않기로 했다. 내가 뭔가 내게 상처를 주는 일을 자행했던 것이고, 그가 나를 구해 낸 거라면, 나는 이번엔 또 어떤 감사를 해야 하는 걸까 싶어 마음이 무거워졌다. 그가 어서 와서 내게 답을 주길 원했다. 동시에 두렵고 민망하고 부끄러운 마음도 찾아왔다.

내게 그만하라 소리를 지르던 남자, 체념한 얼굴로, 세상을 다 잃은 얼굴로 나를 보던 그 표정, 그리고 내가 그에게 입을 맞추고 나서 다시 나를 자신의 품에 당기던 것까지. 모든 상황이 다시 머리에서 재생되었다. 그는 나를 잃는 것을 두려워했나. 그것 역시 모르겠다.

다시 입술을 덮던 온기가 생각났다. 좀 더 깊게 들어가고 싶다고 생각했다. 조금 더 다가와서, 내가 그를 삼킬 수 있으면 좋겠다고 생각했다.

아.

정밀.

생각하지 마.

나는 두 손에 얼굴을 묻었다. 빨리 이 괴상한 흑역사의 도미노로부터 탈출하고 싶었다.

❧

그가 말한 시간이 다가올수록 긴장감이 고조됐다. 입맞춤은 내가 맨 처음에 그것을 떠올렸을 때보다 더 선명하게 머릿속에 자리 잡았다. 내 몸을 당겨 품에 가두던 그 행동은 더했다. 키스는 내가 사고를 친 거였지만, 그가 나를 안은 것은 달랐다. 내가 안아 달라 매달린 것이 아니었다. 그 저의를 알 수가 없었다. 다급한 행동이었다. 스치듯, 그 순간에 그가 나를 놓치기 싫어하는 것처럼 보인다고 생각했던 것 같다. 그런데 나의 기억을 믿어도 되는 건지는 여전히 미스터리였다.

남자의 가슴에 얼굴을 대 본 것이 처음 있는 일은 아니었다. 유럽에서 시간을 보내던 때에는 그런 인사가 일상이었다. 그때는 아무런 떨림이나 이상함을 느끼지 않으며 살았다. 하지만 쓰러지기 전에 있었던 사건은 그렇지 않았다. 자꾸 팔을 당기던 그 손이 전했던 감각이 되살아났다. 나는 계속 생각을 밀어 냈다. 이상한 의미 부여는 모든 사건의 전말을 알고 난 다음에 해도 늦지 않았다.

내가 쓰러질 걸 알았기 때문이겠지.

분명 그는 내가 알고 있는 것보다 더 많은 것을 알고 있음이 분명했다. 나는 일단 포옹은 생각의 목록에서 지웠다. 다른 문제들이 산적해 있었다.

키스. 그 행동은 내가 했다. 그건 또 다른 극복할 수 없는 난관이었다. 나는 자동적으로 머리나 얼굴을 부여잡기 위해 올라가는 손을 느끼면서 괴로워했다. 나는 이전까지 입맞춤을 욕망한다는 걸 거의 이해하지 못하고 있었다. 사실 대부분의 이성 관계나 스킨십에 대해서도 거의 다 그렇게 생각하기는 했지만 입맞춤은 더했다. 그런데 그걸 내가 직접 먼저 했다니. 믿을 수가 없었다.

게다가, 내가 그 순간에 그걸 기분 좋은 일이라고 생각했다는 사실이 나를 더 암담하게 만들었다. 다시 나는 머리를 부여잡았다.

술 냄새가 났을 것이다. 그것도 엄청. 최근엔 그런 일이 거의 없었지만, 가끔 어쩌다 술에 취한 사람들과 가까운 거리에 있어야 할 때에 내가 그 상황을 별로 좋아하지 않았던 것을 생각했다. 그런 상황이기만 해도 괴로운데, 그는 그런 내가 입을 맞추기까지 했으니 얼마나 그 상황이 역겨웠을 것인가. 얼굴이 붉어졌다.

제발 이 괴로운 생각을 끝내고 싶었다. 나는 그냥 단단히 결심을 하고 노트북을 챙겨 밖으로 나갔다. 할 수 있는 한 몸을 움직여야 잡생각이 떠나갈 것 같았다. 식탁을 닦고, 앞 접시를 꺼내 놓고, 멍하니 앉아 있으려니 다시 애먼 생각들이 차올라서 노트북을 열어 21세기의 초능력자나 판도라더퍼스트엠파이어의 의문의 진동에 관한 것들이나 더 검색해 봤다.

초능력자들을 검색할 때에는 내가 시즌1부터 거의 다 챙겨 본 미드들의 목록들만 나왔다. 드라마가 타개책이 될 수 있을 것 같진 않았다.

❦

짙은 색의 정장. 그것도 키가 크고 잘생긴 남자가 금욕적이게 목 끝까지 셔츠 단추를 다 채우고 입은 투 버튼의 정장이 계속 침을 삼키게 만들었다. 어깨, 목둘레, 손목둘레, 가슴둘레, 그리고 그 외의 모든 신체 사이즈를 다 줄자로 재어 맞춤으로 주문했을 게 뻔한 명품 정장은 지나치게 눈앞의 남자와 잘 어울렸다.

각이 잘 잡힌 옷은 한 치의 오차도 허락하지 않았다. 그의 모든 행동을 따라 살짝 구겨지기도 하고 펴지기도 하는 그의 옷은 한 남자의 매력이 그가 차지하고 있는 공간을 압도하도록 만들었다.

자리를 앉기 전에 버튼 두 개를 풀고 자리에 앉는 행동도, 젓가락을 집는 긴 손가락도, 식기가 부딪치는 소리를 만들지 않는 테이블 매너도, 입을 열면 나오는 낮은 목소리도, 내가 시선을 두는 상자가 있으면 그걸 내 앞에 소리가 나지 않게 옮겨 주는 배려도, 내가 꺼내고 싶어 하지 않는 주제에 대해서는 먼저 말하지 않는 태도도, 그 모든 게 정말 나를 긴장의 구렁텅이로 몰아넣었다. 무너져 가는 도미노는 멈출 줄을 몰랐다.

정말 내가 제정신이 아니다.

나는 내가 이런 생각을 하면 안 되는 이유를 수백 가지도 더 생각해 낼 수 있었다. 그런데 그와 동시에 지금 앞에 앉아서 젓가락질을 하는 남자가 정말 얼마나 잘생기고 능력 있는 남자인가 역시도 계속 떠올리게 되었다. 그 사실이 너무나 분명해서 어떻게 하면 여태까지 내가 이런 남자와 한 지붕 아래 살고 있었다는 걸 모를 수 있었을까 황당할 지경이었다.

결국 나는 힘겹게 그 생각들을 옆으로 치우고, 처음으로 던질 질문을 골랐다. 눈이 어떤 색으로 보이냐는 내 질문에 그는 내가 보고 있는 것이 옳다는 걸 알려 주었다.

그는 다행히 토요일에 있었던 일에 대해 말하며 내가 무안해지 도록 만들지는 않았다. 대신 내 눈의 색이 변한 것을 알아볼 수 있 는 사람은 흔치 않다 말했다. 그런 설명만으로는 무슨 일이 일어나 고 있는 건지 정확히 이해하기가 힘들었다. 그다음에 이어진 이야 기는 더했다.

"스스로가 연금술사라는 걸 받아들이는 게 그리 쉬운 일은 아니 겠지만 그러지 않으면 금방 위험해지실 겁니다."

연금술사?

나는 파울로 코엘료의 소설이나, 예전에 본 적이 있는 애니메이 션 같은 것들을 떠올려 봤다. 내가 선보였던 괴상한 능력은 연금술 사라는 제목의 소설보다는 강철의 연금술사라는 만화 쪽과 더 가 까운 것처럼 느껴졌다. 그런데 그런 설명이 진짜 사건의 본질을 알 려 줄 수 있을 리 만무했다. 나는 침을 삼키고 다시 물었다.

"……제가, ……연금술사요?"

"네. 그리고 특별히 제 도움이 필요하실 겁니다."

그는 이미 지나칠 정도로 나를 돕고 있었다. 나는 그야말로 굴 러다니는 민폐덩어리였다. 그것도 시간이 지날수록 더 많은 민폐 를 흡수해서, 기하급수적으로 그 부피를 더하고 있는 성장형 민폐 덩어리였다. 그런데 여기서 더 내가 도움을 필요로 한다고? 나는 무슨 흑막이 내 능력의 뒤에 있는 건지 알기도 전에, 미치도록 죄송한 상황을 먼저 마주하게 되었다.

"돕게 해 주세요. 원하신다면 제가 할 수 있는 일은 다 하겠습니다."

"아…… 감사해요."

감사하다는 말밖에는 할 수가 없었다. 나는 내가 그냥 잉여인간도 아니고 민폐를 파워슈트처럼 차려입은 파워민폐잉여인간이 되었다는 걸 깨달았다. 슈트 생각을 하니까 다시 그가 차려입은 슈트가 눈에 들어왔다.

녹색과 남색이 섞인 넥타이가 그와 잘 어울렸다. 예전에 언뜻 짙은 푸른색이 잘 어울리는 사람이란 생각을 했던 것이 기억났다. 여전히 그랬다. 정말 인간이 맞나 싶을 정도로 완벽하게 잘 어울렸다. 짙은 네이비 정장은 이미 여러 여자들의 심장에 폭탄을 투하했을 것임이 분명했다. 그리고 금방 지금 내가 먹고 있는 스시를 사 와 준 것에 대한 감사를 아직도 전하지 않았다는 것을 깨달았다.

"스시 맛있네요. 이것도 감사해요. 괜히 요즘 제가 먹고 싶은 것만 먹는 것 같아요."

"아닙니다."

"다음엔 사서 오실 때 제게 묻지 마시고 드시고 싶으신 거 사 오세요."

아. 실언인가.

나는 우리가 자주 식사를 같이하는 사이가 아니며, 그는 매우 바빠서 저녁 시간에 집에 들어오는 일이 거의 없다는 걸 내가 고려하지 않은 채로 말을 뱉었음을 알았다. 그런데 이미 뱉은 말을 주워 담을 수는 없는 노릇이었다. 이런 실언이 그와의 식사에서 자주 나가는 느낌이 들었다.

"네. 앞으로 저녁 자주 같이해요."

그는 친절하게 답했다. 진심이 아니란 걸 알지만 나를 배려한 답변에 감사했다. 그는 정말 매너가 훌륭한 신사였다.

나는 사실 내가 저지른 짓이나, 이상 현상들에 관해서 묻고 싶은 말이 아직 많았다. 그런데 긴장이 자꾸 풀어지지 않아서 차마 다시 입을 열지 못했다. 지금이 아니면 기회가 없을 것 같기도 했다. 오늘 식사가 끝나기 전까지 내가 궁금한 것들을 다 묻지 못하면 다시 내일이 되었을 때 또 머리를 뜯으면서 아무것도 진전이 없는 상황만 마주하게 될까 봐 걱정이 되었다.

그런데 그는 이번에도 역시, 내가 묻기 전에 내가 원하는 것을 내게 주었다. 내가 배가 불러서 젓가락을 내려놓을 때에 그도 젓가락을 내려놓더니 내게 내가 듣고 싶어 했던 정보를 주었다.

"내일, 임성진 씨라고, 다른 연금술사가 방문할 겁니다. 그리고 며칠 전에 일어났던 사건에 대한 것과 연금술을 통제하는 방법에 대해서 알려 줄 거예요."

"⋯⋯정말 감사합니다."

나는 그에게 다시 작게 감사를 전했다. 그리고 자리를 정리하기 위해 일어났는데, 상자를 닫기 위해 손을 뻗다가, 그와 손이 스쳤다.

아.

그 역시 나와 같은 상자의 뚜껑을 집으려고 했던 모양이었다. 나는 순간 정지했다.

손가락이 닿았다. 짙은 색의 정장이 손목까지 이어졌고, 그 밖으로 나와 있는 손목, 거기에 걸린 명품 시계, 그리고 그 손목을 그대로 따라가면 보이는 긴 손가락과 내 손이 닿았다. 나는 손을 바로 뒤로 빼냈다. 그리고 얼굴이 붉어지지 않기를 바라며 그를 보았다. 그는 살짝 미소 지으며 내게 말했다.

"준비해 주셨으니까 제가 정리하겠습니다. 올라가서 쉬세요."

식사를 준비해서 들어온 연장자를 부엌에 그대로 두고 내 방에 들어가서 쉬는 게 예의가 아닌 걸 알았다. 당연히 호의를 거절하고 내가 정리를 하는 게 맞았다. 그런데 그럴 수가 없었다. 몇 마디를 더 나누다가는 점점 붉어지는 얼굴이 그에게도 보일 것임이 자명했다. 결국 나는 또 작게 감사하다는 말만 하고 도망치듯 방으로 돌아왔다. 나는 정말 진상 짓이란 진상 짓은 다 하고 있었다.

미칠 것 같았다.

나는 다시 아까처럼 주저앉아서 무릎에 얼굴을 묻었다. 그와 닿았던 손으로 주먹을 꽉 쥐어 봤다. 몇 번 손을 쥐었다 폈다를 반복했다. 남아 있는 것만 같은 그의 체온이 어서 사라지기를 기다리면서.

평범하지 않은 사람일 거란 예상은 했다. 그런데 이런 비주얼을 상상하지는 않았다. 샛노랗게 탈색한 금발, 양쪽 귀에 가득한 피어싱, 금팔찌와 금목걸이를 비롯한 갖가지 종류의 금액세서리들이 모두 지나치게 화려했다. 연금술사라기보다는 어느 만화 속 캐릭터를 코스프레한 사람이 아닐까 싶기까지 했다. 정말 2D 일러스트의 실사판처럼 생긴 남자가 내 앞에 있었다.

잘생기긴 굉장히 잘생겼는데, 뭐랄까, 굳이 표현하자면 저쪽 안드로메다은하의 사람 같은 인상이었다. 다른 사람들의 옷차림에 별로 관심이 없는 나라도 길을 걷다 이런 사람을 보면 잠시 멈칫할 것 같았다. 그런데 그런 사람이 그냥 강남대로도 아닌 내가 사는 펜트하우스에서, 나를 보자마자 환하게 웃으며 인사를 건네자 나는 더욱 크게 멈칫했다.

"임성진입니다. 얘기는 들었죠? 내가 나이가 더 많으니까 일단 말은 놓는 걸로 할게요. 괜찮지?"

"아, 네."

등장부터 화려했던 남자는 내가 정신을 가다듬지도 못했을 때에 내게 말을 놓았다. 임성진이라는 이름도 뭔가 어울리지 않았다. 뭔가 임솔장이나 임휘혈 같은, 현실에 존재하지 않을 것 같은 이름을 가진 남자여야 할 것 같다는 건, 나의 편견일까. 괜히 예전에 읽었던 인터넷 소설 몇 개가 스쳐 지나갔다.

"이름이 정밀? 외자인 거지?"

"네."

"밀이라고 부를게. 나는 편하게 성진 오빠라고 불러. 진 오빠도 좋고, 성 오빠는 그렇게 부르는 사람은 여태까지 없었지만 뭐 괜찮고, 그냥 오빠라고 불러도 여기에 다른 오빠는 없으니까 그것도 상관없고. 맘대로 해."

"……네."

'오빠'라는 단어는 나와 지나치게 멀었다. 기억에도 없는 어렸을 때는 어땠는지 모르겠지만 적어도 기억에 남아 있는 선에서는 그랬다. 연장자인 남자들은 그냥 학교 선배면 선배였고, 대학은 모스크바에서 다녔으니 오빠라는 호칭으로 부를 남자는 거기에도 없었다. 나는 가능한 호칭을 부르지 않는 쪽으로 대화를 이어 가야겠다 결심했다.

"근데 밀아, 너 우겸이는 뭐라고 불러?"

"……글쎄요, 새아버지?"

나는 그의 질문이 약간 이상하다고 생각했다. 우선 무엇보다 그가 나의 새아버지를 그냥 이름으로 부른다는 것부터가 이상했다. 내가 아는 한 새아버지는 한 기업의 CEO로, 저렇게 출신 성분을 알 수 없는 남자가 막 이름을 불러 댈 수 있는 상대가 아니었다. 게다가 눈앞의 남자는 새아버지의 동년배라고 생각할 수 없을 만큼 어려 보였다.

그래서 나는 눈앞의 남자가 완전히 예의범절을 말아먹은 사람이 아닐까 생각했다. 아니면 연금술사라는 게 생각보다 엄청나게 대단한 거여서, 뱀파이어처럼 나이를 먹지 않는 존재일 수도 있었다. 일단 나는 모든 가능성을 열어 두었다.

"흐음…… 그래? 별로 애정 가득한 호칭은 아니네?"

"다른 호칭이 있나요?"

"아니. 나한테 오빠라고 부르면 그 새끼 속 좀 쓰리겠다 싶어서. 내가 그 자식이랑 친구 먹은 지, 같은 반에서 만난 중딩 때부터 거의 20년이 흘렀는데 요즘 들어서야 내가 그 자식을 고문할 수 있는 수단이 생겼다는 것에 대해 매우 감사하게, 또한 기쁘게 생각하고 있거든. 그런 면에서 나는 너를 만나기 전부터 네게 굉장한 호의를 가지고 있었다는 걸 알려 줄게."

지나치게 빠르게 쏟아지는 말에 나는 말의 의미를 제대로 파악하지 못했다. 하지만 몇 가지 단어는 남았다.

중딩? 그때부터 친구? 20년?

나는 다시 연금술사라는 남자를 바라봤다. 속이 쓰릴 거란 말을 하는 맥락은 정말로 전혀 이해가 되지 않았다. 분명히 알아들은 것은 20년이 된 친구라는 얘기였다. 게다가 20년 전이면 새아버지가 중학생일 때인데, 그때 같은 반이었다고 말했다. 월반을 통해 뛸 수 있는 나이에는 한계가 있다.

저 얼굴로 30대라고?

만난 지 5분도 채 되지 않아서, 나는 임성진 씨가 내가 살아오면서 만난 사람들 중 가장 특이한 사람이라 생각하게 되었다. 그리고 사실 내가 여태까지 스스로를 굉장히 특이한 인간이라 생각하고 있었던 것은 자의식 과잉이 만든 엄청난 착각이 아니었을까, 내게 물었다. 나는 27년 동안이나 굳게 진실이라 생각하던 믿음에 약간 균열이 가는 경험을 했다.

"자, 그러면 일단 기본 정보부터 습득하는 걸로 하자. 연금술사라는 얘기는 들었지? 그게 뭔 줄은 알아? 아니면 혹시 〈강철의 연금술사〉라는 만화 알아?"

"네. 아니요. 네."

진행이 빨랐다. 나는 세 가지 질문에 차례로 답했다. 그는 알았다는 듯이 고개를 끄덕였다. 뭔가 대화를 주고받는 방식이 일반적인 것 같진 않지만, 이 상황에서 대화가 일반적인 느낌으로 진행되면 그게 더 이상할 것 같아서 굳이 지적하지 않기로 했다.

"뭐 거기에 나온 거랑 비슷한 거야. 연금술을 하려면 기본적으로 원자 수준에서 등가교환이 성립해야 하지. 간혹 진짜 초월적 능력을 가진 미친 것들이 원자 수준의 등가교환을 무시한 핵폭탄급 연성, 장난이 아니라 진짜 말 그대로 핵폭탄 연성을 하기는 하지만 그때에도 에너지 보존법칙은 성립해. 원자력 발전이라는 게 뭐 그런 거잖아? 아인슈타인의 상대성 이론에 따라 질량 손실이 있을 때, 빛의 속도랑 뭐 그런 거 있잖아. 대충 알지?"

"네."

"그래? 나는 잘 모르는데. 너 좀 똑똑하구나. 아무튼, 그건 핵심이 아냐. 왜 그 만화 보면 머리 색깔 안 들어간 키 작은 애를 제외한 애들은 다 연성진을 그려서 연금술을 하잖아? 우리 세계에서는 그런 애들은 연금술사라고 안 해. 걔네는 짝퉁이야. 우리는 연금사라고 부르지. 네 주위에서 예를 찾자면 연우겸. 뭐, 대한민국에서는 현재 아마 유일한 연금사지."

"새아버지가요?"

'연금사' 라. 연금술사만 있는 건 줄 알았는데 그게 아닌 모양이었다. 이 상황에서 새로운 다른 존재가 등장한다는 것에 놀라워하고 싶진 않았지만 약간 신기한 마음이 드는 걸 감출 수는 없었다. 그는 원래부터 내가 모르는 세계를 알고 있는 사람이었나 보다. 그가 내가 원래 연금술사라는 걸 알고 있었는지 궁금했다. 하지만 눈앞의 남자에게 물을 수는 없어서 그 질문까지 이어서 꺼내지는 않았다.

"어. 재수 없게도 연성어를 배운 연금사들은 연금술사들이 가지고 있는 연성 영역 제한의 벽이 없어. 아무리 연성을 해 대도 생명력도 잃지를 않지. 근데 단점은 첫째는 연성어가 더럽게 어렵다는 거, 둘째는 연성어가 엿같이 어렵다는 거, 셋째는 연성어가 뒈지게 어렵다는 거, 넷째는 연성진을 직접 그릴 시간이 상당히 길게 필요하다는 거야. 게다가 인간 현자의 돌을 필요로 하는 연금술사 수준의 파괴력을 내지도 못해."

"현자의 돌이요?"

"응. 그 얘긴 못 들었나?"

"네."

그는 환하게 웃으면서 내게 묻더니 갑자기 키득거렸다. 그가 웃음의 이유를 설명해 주길 기다렸다. 그런데 웃음이 상당히 오랜 시간 동안 멈추지 않았다. 나는 무슨 개그 코드가 있었는데 내가 그걸 눈치채지 못한 건가 싶어서 대화를 다시 되감아 보기도 했다.

적어도 내가 생각하기에는 눈앞의 남자가 저렇게 즐거워할 부분이 우리의 대화에는 존재하지 않았다. 원래 저렇게 웃음이 많은 사람인가? 아니면 현자의 돌이란 게 연금술사의 세계에서는 대단히 재미있는 무엇인가인 걸까? 나는 남자가 그만 웃을 때까지 기다려야 했다.

"연성진을 그리지 않는 대신에 필요한 포션 같은 거야. 어떤 의미로는 이 역시 등가교환이라고 할 수 있지. 초월적인 힘을 사용하는 대가로 생명력을 잃는데, 그걸 다시 복구할 유일한 수단이랄까."

"생명력이요?"

"응. 생명력. 보통 눈을 보면 바로 알 수 있어. 네 눈 색깔 변한 거 보이지? 네가 폭주해서 능력을 끌어다 쓰면서 생명력도 다 날린 거야."

나는 이전의 설명에서도 등장했던 단어의 의미를 물어봤다. 그는 내 질문에 답하면서 내가 어제부터 가지고 있었던 의문을 풀어 주었다. 내 눈이 왜 이런 상태가 된 것인지 드디어 알게 된 것이다. 그런데 그 답이 그렇게 만족스럽지는 않았다. 생명력이 뭔지 정확하게 알 수야 없지만 단어에 '생명'이라는 말이 들어가는 이상 생명과 관련 있는 뭔가가 급격하게 없어졌단 추론이 타당할 것이다. 나는 작게 감탄사를 뱉었다.

"아."

"왜?"

"그럼, 저는 금방 죽는 건가요?"

숨이 막히던 순간이 기억났다. 죽는구나, 그렇게 생각했다. 눈의 색이 옅어진 게 생명력을 잃었다는 것을 드러내는 징표라면 정말 살아 있을 수 있는 시간이 오래 남지 않은 걸까?

오래 살고 싶다고 생각해 온 것은 아니지만 당장 죽기를 바랐던 적도 없었다. 삶에 대한 열망이 강렬하지는 않지만 그렇다고 그냥 죽고 싶은 건 아니었다.

"아니. 절대. 그럴 리가 없어."

"네?"

"어떤 미친 새끼 하나가 절대 그렇게 되도록 두지 않을 게 분명하거든."

"네?"

그는 무슨 말인지 모르겠다는 나의 반응에 다시 웃기 시작했다. 그는 웃음을 멈추고 나서, 이번에도 자신이 왜 웃었는지에 대한 설명을 해 주지 않았다.

"그 부분에 관한 게 제일 재미있는 거야. 그러니까 그건 나중에 얘기하자. 일단은 연금술의 역사부터 좀 짚을까?"

남자는 기원전의 4대 문명 얘기부터 시작했다. 러프하게 역사를 따라가는 정도에서 그치는 다분히 간결한 설명들이었다. 내가 기억하는 세계사의 상식 수준에서 이야기를 해 나가니까 이해하기는 쉬웠다. 나는 역사적으로 거대한 사건들 뒤에 그런 흑막들이 있었다는 것에 놀라워하기도 하고, 믿을 수 없어 하기도 하면서 설명을 들었다.

그러면서 현자의 돌이라는 게 무엇인지 대충 감을 잡았다. 현자의 돌은 역사적으로 위대했던 연금술사들의 약점이자 강점, 거의 유일한 한계 같은 것이었다.

설명을 하던 임성진 씨는 종종 현자의 돌을 사람인 것처럼 묘사할 때가 있었는데, 나는 이야기를 들으면 들을수록 위대한 연금술사들의 현자의 돌들이 전부 다 사람이었다는 것을 알아 갔다. 그러면서 방금 전에 그가 인간 현자의 돌에 관해 말했던 부분까지 떠올렸다. 그리고 역사에 관한 설명이 특정 부분까지 도달했을 때에, 결국 나는 그에게 물을 수밖에 없었다.

"그런데요."

"응. 그래. 뭐가 궁금해."

"여태까지 자꾸 돌이라고 불렀던 것들이, 설마 전부 사람인 건가요?"

그는 웃었다.

"반쯤 맞고, 반쯤 틀려. 사람이기도 하고, 아니기도 하지. 사실 거의 90퍼센트의 연금술사들은 정말 돌이라고 부를 수 있을 만한 것들을 자신의 현자의 돌로 가지고 있어. 그런데 그런 연금술사들은 능력이 그렇게 강하지 않아서, 역사에 기록되는 연금술사들은 인간 현자의 돌을 가지는 경우가 대부분이지."

"그렇군요."

"그래, 보통 소설은 이쯤 오면 약간의 스포일러가 필요한 법이지? 뭐 하나 알려 줄까?"

"어떤 거요?"

"네 현자의 돌도 인간이야."

나는 장난기 가득한 미소를 입가에 머금은 남자의 얼굴을 쳐다

보았다.

내가 연금술사라는 걸 덤덤하게 받아들일 준비는 되어 있었다. 나는 초자연적인 현상이 일어났다는 사실을 인지했고, 내가 그 현상에 기여한 바가 크다는 걸 알았다. 그러니 내게 마법사든 연금술사든 어떤 이름이 붙든지 간에 이상한 초능력을 내가 부릴 수 있게 되었다는 것은 일단 믿어 볼 생각이었다. 내가 환각을 보는 중이라는 게 내가 이능을 얻었다는 것보다 훨씬 매력적인 설명으로 느껴지지도 않았다.

아니라고 소리쳐서 얻을 것도 없었고, 나는 원래부터가 평범하지 않았으니 그냥 이상한 능력을 얻어도 방 안에서 계속 미드나 보고, 가끔 번역 일을 하고, 초능력을 쓰는 주인공들이 나오는 드라마를 보면 약간의 동질감을 느끼면서, 그렇게 다시 조용하게 살아가면 되는 거라고 막연히 생각했다.

그런데 생명력과 현자의 돌과의 접촉 문제까지 엮이면 상황이 좀 변했다. 내가 바라던 건 이런 복잡한 상황이 아니었다. 나는 그가 방금 뱉은 말의 의미를 이해하려 애썼다. 그는 방금 내 현자의 돌이 인간이라 말했다.

연금술사에게는 현자의 돌이 필요하다. 현자의 돌 없이 능력을 사용하는 연금술사는 금방 죽는다. 현자의 돌을 찾아내 접촉을 해야 연금술사는 생명력을 다시 채우게 된다는 게, 무엇보다 중요한 요점이었다.

또한 그는 분명 설명을 하는 과정에서 연금술을 한번 사용한 연금술사는 본능적으로 자신의 현자의 돌을 알아볼 수 있게 된다고 말했다. 알아보는 과정에 대한 설명은 대단히 피상적이었다. 그는 현자의 돌에 끌리는 현상은 연금술사만이 경험하는 거라, 다른 사람들은 그 끌림이 정확히 어떤 느낌인지 알 수 없다고 했다.

개별적으로 떠다니던 정보가 틀을 갖추기 시작했다. 연금술사인 나, 인간인 나의 현자의 돌, 그 두 가지가 섞였다.

나는 내가 최근에 이상한 끌림을 느낀 존재를 기억해 냈다. 살짝 입술이 벌어졌다. 그리고 의식해서 닫았다. 다행히 다른 큰 반응이 튀어 나가지는 않았다. 그래도 고민을 하는 것이 얼굴에 전혀 드러나지 않은 것은 아닌 모양이었다. 눈앞의 남자는 나의 반응을 보더니 다시 웃기 시작했다. 그가 왜 웃는 건지 이제는 좀 알 것도 같았다.

나는 새아버지의 접촉을 필요로 하는 존재가 되었다. 그가 나를 만지지 않으면 죽을 것이다. 어제 스치듯 지나갔던 손길이 기억났다. 그 스침에 강렬한 반응을 보였던 건 그가 나의 현자의 돌이기 때문이었을까. 나는 나름대로 답을 얻었다는 사실에 안도했다. 패닉에 빠질 일은 아니었나 보다.

접촉에 대한 생각은 길게 하지 않았다. 괜히 그에 관한 생각이 이어지면 얼굴로 피가 몰릴 것 같아 상상들을 다 끊어 냈다. 상상으로 괴로워했던 것은 하루면 족했다. 이제는 좀 나아지는 것도 같았다.

나는 그래도 아직까지 임성진 씨가 나의 현자의 돌이 누구인지 특정해서 말해 주지는 않았다는 것을 알았다. 물론 말하지 않아도 맥락상 그게 누구인지 파악하는 게 어렵지는 않았으나, 그래도 나는 다시 확인을 해야 했다.

"새아버지……인가요?"

"그래. 연우겸 맞아. 근데, 사실 진짜 핵심은 그게 아냐. 이거 보여?"

아직도 끝이 아니라니. 뭐가 더 남았다는 사실을 믿을 수가 없었다. 그는 메롱을 하듯이 자신의 혀를 내밀었다. 그의 혀에는 금색 구슬이 박혀 있었다. 금을 얼마나 좋아하면 혀에도 피어싱을 하는 걸까 싶은 생각이 들어, 나는 새아버지에 관한 생각으로부터 꽤나 멀리 벗어날 수 있었다.

"네. 보여요."

그는 작게 내밀었던 혀를 다시 입 안에 넣었다. 구슬이 입 안으로 다시 들어갔다. 그는 여전히 웃음을 잃지 않은 채로 설명을 이었다. 조금씩 그 웃음이 편치 않게 느껴지기 시작했다. 그 웃는 얼굴 뒤에 어떤 폭탄을 갖추고 있든 당황하지 않기로 마음을 단단히 먹었다. 그래도 두어 시간 그와 얼굴을 마주하고 앉아 있으니 조금씩은 그의 페이스에 말려들어 가지 않고 적응을 해 가는 것 같기도 했다.

"내 현자의 돌은 금이거든. 그래서 이러고 다니는 거야. 나는 금이 미치게 좋아. 진짜 좋아해. 근데 지금 네 눈에 보이는, 내가 몸에 두른 금 전부를 합친 것보다도 내 혀에 박힌 작은 이게 효과가 훨씬 세. 왜일까?"

뭔가 답해야 할 것 같은데 입을 열어 답할 수가 없었다. 그가 내가 했던 이상행동의 원인을 설명해 줄 수도 있을 것 같다는 생각이 듦과 동시에, 나는 정말로 두려워졌다. 공포 영화를 볼 때도 느끼지 않던 공포가 내 인생의 앞길에 드리워졌다.

그가 그 말을 꺼내기 전까지는 내가 취한 행동의 원인을 굉장히 궁금해했는데, 정작 그 답을 알 수 있는 상황이 오자 답을 듣는 걸 피하고 싶어졌다.

"체액에 섞이는 게 직빵이야."

"……"

"그리고 너는 그런 도움이 필요할 거야. 인간 현자의 돌을 필요로 하는 연금술사들은 그 능력이 거대한 만큼 확실한 보상을 필요로 하거든."

믿을 수가 없었다. 다르게 설명할 수 없었다. 얼굴에 핏기가 가시는 느낌이 들었다. 완전히 새하얗게 질려 있을 것임이 분명했다. 얼굴의 피를 희게 만드는 것 역시 내가 행할 수 있는 연금술의 종류 중 하나가 아닐까 싶을 정도였다.

손을 잡는 접촉은 그래도 양보하려 했다. 그건 인사니까. 하지만 입술은 그렇지 않다. 인사로 체액을 섞는 문화권은 적어도 내 머리 안에서는 떠오르는 데가 없었다.

임성진 씨의 웃음이 뒤에 깔렸다. 뭘 저렇게 즐거워하는 건지 다시 알 수가 없어졌다. 누가 괴로워하는 게 저렇게 즐거운 걸까? 생각을 알 수 없는 사람이었다. 알고 싶지도 않았다. 얄밉다는 생각이 들어 그만 좀 웃으라고 타박하고 싶기도 했다.

그냥 죽어 버리는 게 낫지 않을까 싶기도 했다. 물론 진짜 죽고 싶은 건 아니었지만, 내가 죽지 않는 다른 한쪽을 택하면, 그때에는 민망해서 죽을지도 몰랐다. 안 그래도 사용하지 않던 뇌의 영역을 요 근래에 풀가동하여 과부하가 걸린 상태였는데, 단발성 이벤트가 아니라 주기적인 접촉의 투하가 전부 장전된 채로 준비되어 있다는 사실은 정말 나를 돌아 버리게 만들고 있었다.

새아버지는, 연우겸이라는 남자는, 예의와 매너를 누구보다 잘 갖추고 있는 남자니까, 내가 그의 눈앞에서 죽어 가게 두지는 않으려고 할 것임이 분명했다. 그 생각이 나를 더욱 괴롭게 만들었다. 그가 베풀려고 하는 것은 호의인데, 동시에 사실은 호의가 아닌 것만 같다. 친절인데, 보통 이런 것을 친절이라고 부를 수 있는 걸까.

일반적인 상식이 통하는 필드가 아니었다. 갖가지 도덕적인 문제들도 떠오르고, 내가 이미 저지른 수많은 민폐 행각들도 나를 괴롭혔다. 그래도 다행인 건 어제처럼 얼굴이 붉어진 채로 심장이 폭발하는 느낌이 들지는 않았다는 거였다. 갈수록 영혼이 몸에서 빠져나가는 느낌이기는 했지만, 그래도 나는 상당히 침착한 상태로 나의 미래를 예견해 보고 있었다.

한참을 그렇게 있다가 임성진 씨의 웃음이 잦아들어 방 안이 고요해지고 내 얼굴의 혈색이 그나마 정상적이게 돌아왔을 때쯤에 나는 결국 체념하듯이 그에게 내가 생각한 상황을 정리하는 물음을 던졌다.

"그러니까…… 제가……."

"응. 더 말해 봐."

"혀에 피어싱을 박는 것처럼……."

"침이 닿게 해야 하냐고? 응. 그리고 아니."

"아닐 수도 있어요?"

나는 좀 희망이 생겨서 기쁘게 물었다. 진정으로 기쁨을 담았다. 티 나게 밝은 목소리를 꺼냈다. 의도한 행동이었다. 흔하게 내뱉는 톤이 아니라서 내 입에서 나간 목소리가 나도 어색했다. 나는 다른 타개책을 그가 제시해 주기를 바랐다. 나는 기대를 품고, 그가 나를 실망시키길 바라지 않으면서, 내 질문에 대한 답이 흘러나올 입술을 예의 주시했다.

"그거 가지고 안 돼."

설마. 그건 아니다.

"체액이 섞이는 다른 행위가 있잖아? 나는 성희롱으로 잡혀가기 싫으니까 자세한 설명은 생략할게."

얼굴의 핏기가 다시 가셨다. 몸에서 피가 1L는 순식간에 증발한 기분이 들었다. 나는 완전히 망연자실한 상태로 그를 보았다. 그가 암시한 행위를 내가 이해하지 못한 것처럼 굴고 싶었지만, 나는 그가 말한 체애이 섞이는 행위가 무엇을 말하는 건지 금방 이해했다. 그냥 부끄러워할 수도 없었다. 이건 부끄러운 것과는 완전히 다른 문제였다.

거짓말이라고, 농담이라고 말할 때까지 입을 열지 않고 싶었다.

그가 나와 완전히 다른 세계에 살아서, 나와 다른 농담 코드를 가진 사람이라 굳게 믿어 보기로 했다. 그러나 내 기대는 얼마 가지 않아 박살 났다. 그는 여전히, 미소를 한껏 머금은 얼굴로, 순정만화에 나오는 눈치 없는 미소년과 싱크로율이 무지하게 높아진 상태로 말을 더 덧붙이고 일어났다.

"오늘은 많이 했지? 내일 또 올 테니까 오늘 알려 준 거 알아서 복습하고 있어. 그리고 숙제 하나 줄게. 알림장 같은 거 만들어서 적어 놓을까? 그런 거 없으면 머리에 새겨. 숙제 하나, 일단 침부터 섞어 보기. 알겠지? 알아들어?"

이건 아니다. 절대 아니다. 나는 간절함을 담아 말했다.

"……농담이라고 해 주세요."

"아니. 농담 완전 아니야. 네 새아버지는 이 상황에 대해 잘 알고 있을 테니 네가 부탁하면 알아서 잘 리드해 줄 거야. 너무 부담 가지지 마. 닳는 것도 아닌데. 우리 밀이는 충분히 똑똑하잖아? 우리 밀이라 그러니까 좀 귀엽네. 너 초등학교 때 이런 걸로 놀림 좀 당했겠다. 우리 밀 빵. 우리 밀 과자. 그치?"

"대체……."

나는 머리를 부여잡았다. 요즘 이런 행동이 늘었다. 나는 고개를 미약하게 양쪽으로 저었다. 그는 그런 나는 안중에도 없다는 듯이 의자에 걸어 두었던 코트를 집어 몸에 걸쳤다. 그리고 문이 있는 쪽으로 걸어갔다. 문을 열고 나가기에 앞서 그는 잠시 멈추었다. 그대로 고개만 돌려서 내게 말했다.

"내일은 능력 제어랑 연성어의 기본에 대해 배울 거야. 근데 제어를 하려면 일단 능력을 조금씩 사용해 봐야 하잖아?"

답하고 싶지 않았다.

"너 생명력 안 채우고 있으면 능력을 조금이라도 써 보려고 했다가 그대로 죽을 수도 있어. 그러니까 생명력 잘 받아 둬라."

생명력을 잃어 죽기 전에, 민망함과 당혹감과, 나를 혼란스럽게 만드는 모든 것에 빠져 죽을 것만 같았다. 내 정신 상태는 더할 수 없는 카오스였다. 하지만 내가 처음으로 만난 연금술사는 그런 나의 상태에 대한 배려를 하지 않았다.

그는 그냥 나갔다. 칼퇴근을 하듯이 나를 뒤에 두고 사라졌다. 믿을 수가 없었다. 그가 말했던 수많은 세계사의 사건들과, 연금술사와 현자의 돌 사이의 관계 등에 관한 것들을 다 헛소리로 치부하고 싶었다. 말이 안 되는 이야기였다. 내가 알아 온 견고한 세계의 기초를 갈아엎는 내용이었다.

그런데 내 안의 무엇인가가 그게 사실이라고, 네가 특수한 능력을 쓰는 것을 네 눈으로 보지 않았냐고 자꾸 속삭였다. 그 소리를 지워 내려 애썼지만 작은 속삭임은 사라지지 않았다.

계속 현실에서 도피할 수만은 없었다. 어느 순간 나는 모든 행동을 정지하고 어제 정장을 입고 젓가락질을 하던 그를 떠올리는 나를 발견했다.

그 잘 차려입은 정장 밑에, 그는 그가 인간임을 증명하는 신체를 가지고 있을 것이다. 완벽해 보이는 남자는 분명 피가 흐르는 인간이다. 그러니까, 그런 상상은 정말 해 본 적도 없지만, 우리 둘 사이에, 그런 일이…… 그가 동의하면, 가능할 수도 있었다.

하지만 말이 안 된다. 도덕, 윤리를 비롯한 대충 떠올릴 수 있는 모든 것들이 나의 앞을 가로막았다. 과거에 대학 교양 수업에서 생명보다 무엇이 중요하냐는 도덕적 패러독스를 건네받았을 때, 나는 그 상황은 그저 인간을 궁지로 몰아넣고 싶어 하는 철학자들이 임의로 구성해 낸 상황일 뿐이라 답했다.

실제로는 그렇게 저울의 양쪽에, 반드시 둘 중 하나를 선택해야 하는 상황은 찾아오지 않을 것이라고 말을 이었다. 그리고 만약 그런 상황이 오게 될 것이라 해도, 우리가 살아가는 세계는 훨씬 더 복잡해서 그런 문제가 던져지는 상황 자체를 뒤집어 버려 문제 자체를 없애는 경우의 수도 있을 수 있다고 말했다.

어떤 것이 옳은 선택이냐의 문제가 아니다. 현답은, 그런 선택을 해야 하는 상황 자체를 만들지 않아야 한다는 것이다. 하지만, 내 경우엔, 사건이 이미 벌어졌고 선택지밖에 남지 않았다. 딜레마, 내가 피할 수 있다고 답했던 것이 내 앞에 배달되었다.

철학적 딜레마에 대한 강렬한 확신이 있었던 것은 아니었다. 그런데 수업에서는 일단 그렇게 생각하는 척을 했다. 모국어도 아닌 언어로 말할 수 있는 내용이 한정적이라서, 준비해 온 내용은 그냥 나의 의견이 되었고, 다른 복잡한 사고가 귀찮았기 때문에, 나는 그냥 그럴싸하게 내 입장을 포장해 냈다.

견고한 믿음은 아니어도, 나름대로 옳다고 생각해 온 명제가 무너졌다. 이제 더는 그냥 당혹감을 내비치거나, 민망해하는 것, 혼란스러워하기만 하는 것으로는 견딜 수도, 무언가를 해결할 수도 없었다. 사건의 진행을 막을 수도 없었다. 그 어떤 때보다 큰 폭동이 내 머릿속에서 일어났다. 단 한 번도 마주한 적 없던 격한 폭풍을 끌어안은 정밀이 내 안에서 나를 뒤흔들었다.

나는 선택을 해야 했다. 이어지지 않을 것 같은 기억들이 이어져서, 내게 물음을 던졌다. 피하고 싶지만 반드시 답해야만 하는 질문이었다. 허락된 시간 역시 길지 않았다. 사고를 해야 하는데, 머리에서 빠져나간 피가 다시 들어가질 않아서 뇌는 여전히 하얗다.

일생일대의 위기가 찾아온 기분이었다. 아니, 그냥 기분만 그런 게 아니었다. 실제로 일생일대의 위기가 찾아왔다. 도망칠 곳도 없다. 뇌를 하얗게 표백시켰던 당혹감은 금방 내가 계속 피해 온 상상으로 치환되어 갔다. 벗어날 수가 없다. 나는 결국 감정을 드러내는 모든 행동을 멈추고, 눈을 감고, 깊은 생각에 잠겼다. 무엇을 생각해야 하는지도 모르는 채로, 나는 결단을, 중대한 결정을 직접 내려야 했다.

외면하고 싶다.

하지만 현실은 나의 결단을 필요로 했다. 시간은 그렇게 흘러갔다. 피에 흐르는 모든 당들을 뇌가 먹어 치웠다. 나는 자꾸만 차게 식어 갔고, 더욱더 깊은 공포의 동굴로 걸어 들어갔으며, 그 속에서 단 한 번도 상상하지 않았던 미지의 인물과 조우했다.

연금술사라는 정밀이었다. 나는 그런 나를 알았던 적이 없었다.

배덕의 행위는 어쩌다가 배덕의 행위가 되었을까. 도덕은 어떻게 만들어졌으며, 어찌하여 계속 살아남아 이데올로기와 사고의 기반에 스며들어 가나. 만약 내가 윤리적으로 지탄받을 만한 행위를 한다면, 나는 죄의식을 느껴야 하는가, 그렇지 않은가. 죄를 저지른다는 생각이 든다면, 그건 내가 피해자를 만드는 가해자가 되기 때문인가, 아니면 그저 내가 암묵적인 합의를 어기기 때문인가.

나와 나의 대화가 시작되었다.

나는 어렸을 때부터 사과를 구하는 것을 주저하지 않았다. 괜히 자존심을 세우며 잘못을 인정하지 않는 것이야말로 에너지 낭비였다. 하지만 진심으로 네가 무언가를 잘못하고 있다고 생각했기 때문에 사과를 한 것이냐고 물어보면 글쎄, 그랬을 것 같지 않다. 왜냐하면 나는 어쨌거나 내가 편한 쪽을 택한 것이었기 때문이다.

다른 사람들에게 직접적으로 피해를 주지는 않았지만, 간접적으로 피해를 주는 상황들을 나는 은연중에 방치해 왔다. 정말 내가 유토피아를 꿈꾸는 정의감에 불타는 사람이었다면 그 어떤 노동도 없이 벌어들인 엄청난 재산을 기부하지 않고 그대로 가지고 있다는 것부터가 말이 안 됐다.

내 재산을 풀면 정말 어마어마하게 많은 기아들을 굶주림으로부터, 유행병으로부터, 폭력으로부터 구출해 낼 수 있을 테지만 내가 하는 것은 고작 내 재산의 몇 퍼센트도 되지 않는 돈을 연례행사처럼 기부하는 것뿐이었다. 그마저도 세금 문제 때문에, 세무사의 권유에 따라 액수를 정해 사인했다.

나는 아프리카나 제3세계 등지에서, 어쩌면 한국에서도 죽어 가는 많은 아이들을 알면서도 외면하는 유사 살인자였다. 그러나 큰 죄의식을 느끼지는 않았다. 유감이라는 말을 뱉어야 하는 장소에서는 망설임 없이 그런 현실이 유감이라는 말을 뱉을 테지만, 정말 그 사실에 대해서 안타까움을 느끼고, 그 고통을 공감하진 못했다.

유감이지만, 나는 물질적으로 풍요롭지 않은 인생을 단 1초도 살아 본 적이 없었다. 사실은 이 생각 앞에 붙인 '유감'도 정말 '유감'이라 말할 수 없는 게 유감이다.

내가 외면한 것이 피가 난무하는 살인 현장이었다면 살인방조죄를 들먹일 수도 있겠지만, 내가 모른 척했었던 부조리들은 칼부림에 의한 살인이 아니었던 탓에, 나는 내 행위들로 인해 비난받지는 않았다. 그게 더 문제였는지도 모른다.

나는 문제가 많지만, 그를 은폐하는 법을 지나치게 빨리 익혔던 탓에, 사람들은 진짜 내 문제가 뭔지 잘 몰랐다. 나는 착한 아이인 척을 잘했고, 쉽게 상처받지도 않았다. 나는 세상이 자신의 추악한 모습을 완연히 드러내기 전에, 이미 나를 상처 입힐 수 없게 만드는 방공호를 구축해 냈다.

물론 감정적인 변화를 전혀 겪지 않으면서 살아온 것은 아니다. 얼마 전에도 화연에게 감사하고, 새아버지에게도 감사하는 감정을 느끼지 않았나. 하지만 그래서 내가 평범해지나?

나는 내가 귀찮으면 화연을 피하고 싶어 할 것임이 분명하다. 그녀에게는 굉장히 미안한 이야기지만, 그 후에 일어날 결과들을 전부 내가 알았다면 신현재가 그녀를 욕했을 때 내가 그녀를 변호하려고 했을까? 그랬을 것 같지 않다. 나는 그녀에게 좋은 친구가 아니다. 그녀가 내게 굉장히 좋은 친구인 것과는 별개로.

그래서 내 존재 자체가 문제라고 여기는 사람들을 보면서 크게 상처받지 않았던 것 같기도 하다. 이해받지 못한다는 생각에 안 좋은 마음이 들었던 건, 사실 그리 강한 감정도 아니었다. 이해받는다면 더 나아질 텐데, 라고 생각하는 건 내 안에 있는 더욱더 큰 이기심을 드러내는 사고였을 뿐이다.

내 존재 자체의 문제를 지적하는 그들의 말에는 일리가 있었다. 관심을 원하는 소년·소녀들은, 출생을 비롯한 태생부터가 센세이셔널한 나에게 그들이 누려야 할 관심을 빼앗겼다. 사람들은 자신이 세상의 주인공이라 생각했는데, 내가 광범위하고 광역적인 주의를 끌기 시작하자 내게 분노한 거다. 그래서 내 존재부터가 문제라고 욕했다. 그건 어느 정도 사실이었다.

내가 가진 돈에 관한 것도 비슷했다. 세상에 돈은 무한한 게 아니니까. 내가 돈이 많다는 말은, 돈이 적은 사람이 있다는 것을 전제로 한다. 나는 도둑질을 하거나 약탈을 한 것은 아니지만 남에게 줄 수 있는 것을 내 손에 쥐고 있는 것은 맞았다. 그것도 내 노력으로 얻은 것도 아닌 재화를.

교묘한 장치 속에서, 그냥 내가 적당히 편하도록 굴러가는 시스템 안에서, 이기적이게 보이지 않기 때문에 더욱 이기적이게, 그냥 그렇게 살아온 것이다. 나는 예의와 매너에 민감하지만, 그건 좋은 사람으로 보여 비난을 받지 않으며 살아갈 수 있도록 내 삶을 다지는 데에 매너와 예의가 기여하기에 그런 것일 확률이 다분했다.

그러니까, 다시 묻자면, 그렇다.

도덕적인 잣대가 나의 개인의 이득에 우선하는가?

아니다. 그랬던 적이 없다.

그건 확실했다.

✤

나는 성적으로 대단히 담백한 편이지만, 이상하게도 내 주위에는 그렇지 않은 사람들이 많았다. 그렇지 않은 정도가 아니라 완전히 그 반대인 사람들이 거의 전부였다.

내 염색체의 절반을 준 한 사람은 40대일 때에 맨날 20대의 남자들을 갈아 치우다 20대의 남자와 결혼을 했고, 다른 절반을 준 사람은 결혼을 한 지 2년이 채 되지 않았을 때에 유명 여배우와 바람을 피우다 사고를 당했다. 그리고 유학 생활 4년을 함께 보낸 친한 친구는 밤일을 잘하는 능력으로 남자들을 평가하는 취미가 있었다.

나를 에워싸고 있는 공기도 질척할 때가 많았다.

사회는 보통 성장기의 아이들의, 특히나 여자아이들의 성을 엄격하게 억압한다. 그러나 나는 예외였다. AV를 틀 것도 없이 엄마의 방 근처에 가면 3D 서라운드 라이브로 성행위의 음향을 감상할 수 있었고, 내 컴퓨터에는 성인 사이트를 차단하는 비밀번호가 걸린 적도 없었다. 여자아이는 얌전하고 순결해야 한다고 강요한 사람도 없었다.

순결주의를 외치다 외롭게 죽어 가지 말고 네 몸으로 누릴 수 있는 쾌락을 다 누리면서 살라고 말한 사람들이 오히려 많았다.

그러니까 이상한 일이다. 아무도 나를 막지 않는데 내가 인간에게 최고의 쾌락을 준다는 행위를 택하지 않았다는 게.

나도 가끔 그 이유를 궁금해했다. 나름대로 내린 결론은, 애초에 성적인 욕구 자체가 나를 크게 진동시키는 경험을 해 본 적이 없고, 혹여 사태가 나쁘게 흐를 경우에 내가 받아야 하는 패널티가 너무나 크다는 걸 확실하게 인지하고 있었기에, 나름대로 합리적인 판단에 따라 내가 성적인 관계를 내 인생에서 지워 버렸단 것이었다.

혼전 순결을 지키거나, 성녀가 되기 위해 성관계를 피해 온 것이 아니다. 성을 그다지 신성한 것으로 여기고 있지도 않았다. 관계를 수단으로 더 괜찮은 무엇을 얻을 수 있다면 그것 역시 큰 문제가 되지 않았다. 성은 그 무엇과도 교환 불가능한 무엇이라는, 얼핏 종교처럼도 여겨지는 그 성문은 내게는 그 어떠한 효력도 미치지 못한다. 아이들의 죽음도 외면하는 마당에, 나의 삶을 위해서 성의 가치를 외면하지 못할 이유는 없다.

하지만 그럼에도 나는 여전히 마음이 편치 않은 나를 발견했다. 나는 뭔가가 옳지 않다고 말하고 싶어 하는 것 같았다. 그리고 그 이상으로, 심장에 이상한 진동이 전해진다고 외치는 것 같기도 했다.

논리가 아닌 무엇, 며칠 동안에 갑자기 찾아든 고뇌와 색다른 행동들이 내게 녹았다. 며칠 동안은 갑자기 커진 감정의 진폭에 당황해 관조적으로 상황을 판단하는 행동을 거의 하지 못하고 있었다. 약에 취해 환각을 봤다고 생각하자, 며칠간, 나의 모든 반응이 생각보다 평범해졌다. 나는 감정에 휘둘리며 사고했다.

이제야, 이렇게 조용하게 거대한 문제 앞에 서서 판단의 맥락과 한계를 재구성하려니 요즘 나의 사고의 패턴이 그 이전과 상당히 연속성이 결여된 상태로 이루어지고 있었다는 것을 확실하게 인지했다. 나는 약간 달라졌다.

나는 발전한 걸까. 소시오패스가 되고 싶지 않다고 늘 생각하고는 했는데, 어쨌거나 평범한 인간이 되고 싶다는 콤플렉스에 시달려 왔는데, 나는 그런 틀에 나를 가두기 위해 노력하는 인간이라 믿었는데, 사실은 소시오패스로 살아가고 싶지 않다고 생각하는 그 생각마저도 내가 나 자신을 정당화시키기 위해 걸던 주문이 아니었을까. 그저 삶을 편하게 살아 내려는 시도 중 하나가 아니었을까.

그런데 모르겠다. 내가 그에게 이끌리는 게, 그를 대단한 사람이라 생각하는 게, 그에게서 생명력을 받아야 하는 게 문제가 될까. 점점 더 문제가 어려워질까.

탈출할 수 있을까?

복잡해지길 원치 않는다. 나는 그냥 조용한 삶을 원한다. 삶이 끊어지기를 원치도 않고, 내 삶이 거대한 폭풍의 일부가 되기를 원하지도 않는다.

여태까지의 삶은 문제가 없었다. 임성진 씨는 초월적인 힘의 대가로 생명력이 필요하다고 말했다. 그러면, 힘을 사용하지 않으면, 그리고 아무 때에나 내 힘이 나가지 않을 수 있게 제어하는 방법만 익히면 완전히 새아버지에게 의지해 살아갈 필요는 없다는 뜻이었다. 그러니까 접촉은 시한부다.

이성적인 판단에 따라, 나는 내게 주어진 상황을 이해했다.

내가 그에게 느끼는 감정이 성적인 끌림이라면, 이건 언제쯤 끝나는 걸까. 언제까지 나는 그가 매력적이라고 생각할까. 언제까지 그의 품에 안기는 것이 부끄러운 일이라고 생각하게 될까. 언제까지 임성진 씨가 빙빙 돌려 말하는 그와의 체액이 섞인 접촉에 민망해할까.

내가 마주한 세상에서 한 걸음 한 걸음 뒤로 물러나도, 보이지 않는 저 너머의 경계가 있다. 지구는 둥글어서 그 끝을 보여 주지 않는다. 바다 멀리 항해하면 배는 자취를 감춘다. 나를 구성하는 조각들도 지구와 비슷한 상태라서, 절대 그 끝을 보이지 않는다면, 어쩌면 나는 평생 이 감정에 구속된 채로 살아야 할지도 몰랐다.

원해? 그런 감정을 계속 바라고 있어?

내가 느낀 민망함과, 부끄러움과 잡다한 감정과, 심장의 고동과, 그 모든 것들이 사라지지는 않았다. 확신할 수 있는 것은 거의 없었고, 그런 채로 밤은 깊어졌다. 나는 내가 이기적이란 걸 알았다. 그건 확실했다.

"저는…… 죽고 싶지 않아요."

내 말은 그를 내게로 이끌었다. 그는 내게 입을 맞추었다. 체액이 섞이는 행위는 나의 심장을 당기고, 머리를 표백시키고, 손을 뻗어 그의 옷자락을 쥐게 하고, 그 순간이 영원하도록 바라게 만들었다.

눈물이 차오르는 혼란이 그 끝에 자리했다. 벗어나고 싶은데, 완전히 가둬지고 싶은 마음이 나를 옥죘다. 나를 둘러싼 역설이 달콤하다는 것이 끔찍했다. 동시에 유혹적이었다.

나는 성애의 세계에 처음 발을 들인 소녀가 되어 그를 보았다. 그를 보고 있었지만, 나는 정신을 가누지 못하는 나를 보고 있었다. 입맞춤이 이런데, 몸을 섞는 행위가 어떤 것일지는 감도 잡히지 않아 두렵다. 동시에 기대한다.

그가 블랙홀이 아니기를 바란다. 그 안으로 빨려 들어갈 때, 그가 나를 완전히 박살 내지 않길 바란다. 끝까지, 언제까지나 끝까지, 도망칠 수 있는 출구는 닫히지 않아야 한다.

현자의 돌과의 접촉은 연금술사의 노화를 약간 늦추고 면역력을 상당히 높아지게 만든다. 현자의 돌이 인간을 비롯한 생명체인 경우에는, 현자의 돌 역시 비슷한 효과를 누리는 것으로 알려져 있다.

七夢

　그저 손을 뻗어 만질 수는 없다. 허락을 구하고, 모든 경애를 담아, 벅차게 은애하는 감정을 더해 네게 나의 숨을 바칠 것이다.

　너를 애틋하게 생각한다. 간절한 만큼 너의 보폭에 맞추어 걸을 것이다. 두렵게 만들고 싶지 않다. 내가 너를 완전히 존중하고 있음을 전할 것이다. 말뿐인 감정이 아니다. 진부한 사랑 이야기는 세상 어디에나 있다. 그런 사랑이 아니다. 나는 온 우주에 만연한 사랑을 답습할 생각이 없었다. 절망을 꾹꾹 눌러 담아 내 심장에 끌어안은 채로 보냈던 시간을 기억한다.

　내가 그동안 깨끗하지도 않고 무겁지도 않은 관계들 속에서만 유영해 왔다는 것 역시 안다. 그래도 네 앞에서만큼은 최대한 순백한 남자가 되어, 네게 다가서고 싶었다. 그러기 위해서는 노력을 해야 했다. 나는 그때 잠든 너를 보며 내 인생 전부를 네게 헌납하겠다는 결심을 했다. 이제는 결심을 실천할 차례였다.

새벽에 일어나 웨이트를 했다. 어떤 몸이 너의 취향인지 아직 몰랐다. 그래도 근육량을 증가시키는 것보다야 감소시키는 게 더 쉬운 탓에, 일단은 벌크업을 조금 해 놓기로 했다. 네가 슬림한 쪽을 선호하면 다시 빼면 된다.

물건들도 준비했다. 김 변호사에게 전화를 걸어 믿을 만한 사람을 시켜 구입해 주었으면 하는 것들이 있다고 말했다. 그는 내가 목록을 읊을 때에는 별 반응이 없었다. 성인 남성이 건강한 성생활을 영위하고 싶어 하는데, 동시에 정보가 새어 나가기를 원치 않아서 변호사에게 연락을 하는 것이 그리 완전히 예상 불가능한 일은 아닌 모양이었다.

그러나 내가 특정한 병원 진료를 잡아 달라고 하자 그때는 약 2초간 대답을 하지 않았다. 그래도 그는 크게 당황한 티를 내지 않으면서 내가 말한 시간에 진료해 줄 의사를 찾은 후에 다시 연락하겠다고 했다. 아무 약국이나 병원에 가도 상관없기는 했지만, 너를 위해, 소문이 새어 나가는 걸 조심하고 싶었다.

어렸을 때부터 난 나를 거쳐 간 수많은 여자들을 트로피처럼 과시하는 것에는 별 관심이 없었다. 한 번에 여러 명을 만나는 일도 거의 없었다. 지나치게 난잡하게 노는 상황은 가능한 한 피했다. 나름대로 지켜야 하는 선은 있다고 생각했다. 아무 여자나 만나는 건 격이 낮아지는 일이라고 생각하면서, 철이 덜 들었던 나는 어쨌거나 내가 그 정도로 쉬운 남자는 아니라고 믿고 싶어 했다.

네게 그리 떳떳할 일이 아니었다. 삭제할 수 있다면 인생에서 잘라 덜어 내고 싶은 역사였다. 언젠가 너를 안게 될 몸이었다면, 나는 내 몸을 더 아낄 필요가 있었다. 관계를 더 신중하고, 진중하

282

게 결정했어야 했다. 애초에 아무 여자도 만나지 않는 게 나았을지도 모른다.

하지만 과거는 이미 지나갔다. 나는 그래도 내가 많은 여자를 만나 왔기에 내게 남은 긍정적인 부분을 최대한 부각시키기로 했다. 쌓인 경험으로 인해 나는 여자를 만족시키는 데에 일정 정도 자신이 있었고, 어떤 짓을 하면 안 되는 건지도 확실하게 알았다. 처녀막, 핑크 타령을 하는 것, 그리고 여자들의 싫단 말은 진짜 싫단 것이 아니라는 등의 개소리를 그대로 믿는 중딩 수준의 성 상식을 옛날 옛적에 다 치워 냈다는 것도 다행인 점이었다.

욕망을 원하는 대로 드러내며 내가 원하는 것을 다 할 수 있다고 여기는 것, 실제 섹스가 야동에 나오는 것과 같은 것이라고 생각하는 건 그냥 미디어가 잘못 주입시킨 남자들의 섹스 판타지일 뿐이다.

침대 위에서 네게 배우가 되길 강요하지 않을 것이다. 그냥 너이기만 하면 된다.

내 판타지는 그냥 너다. 너만을 원한다. 다른 무엇도 필요 없고, 그냥 너이기만 하면 충분하다. 그러니 마음에 들기 위해 애를 쓰는 건 온전히 나만의 일이다.

네게 전부 다 맞출 생각이다. 네 몸에 조금이라도 나쁜 짓은 하지 않을 것이다. 혹시라도 네가 아파하거나 제대로 관계를 즐길 수 없을까 봐, 또 그대로 직접적인 관계를 맺는 것에 대해 부담을 가질까 봐 젤이나 콘돔 같은 기본적인 물품들을 다 구비해 두는 것이었다. 네가 다른 부분에 대해서는 고민하거나 걱정할 필요가 전혀 없도록, 진짜 남자가 너를 아낀다는 게 어떤 건지 제대로 알려 줄 생각이었다.

병원에 진료를 잡은 것도 그 때문이었다. 나는 원체 어렸을 때부터 피임과 성병에 관한 부분에서만큼은 결벽을 떨었기에 성병에 걸렸던 적은 없지만, 내가 뭔가 문제를 일으킬 소지를 가지고 있다면 가능한 모든 조치를 취해야 했다. 성적인 접촉을 지난 몇 년간 한 적이 없기는 했지만, 꼭 관계를 통해서만 보균자가 되는 건 아니라는 것 정도는 알았다.

내가 할 수 있는 배려는 전부 해야 했다. 아니, 배려가 아니라 당연한 것이다. 귀찮은 일도, 어려운 일도 아니다. 다만 혹시라도 정보가 새어 나가 네가 안 좋은 소문에 휩싸일까 걱정해 은밀하게 처리하는 것뿐이었다.

또 스무 살에 했던 수술이 자연적으로 회복이 되었다면 수술까지 다시 해야겠다 생각했다. 잘못된 피임 상식을 가지고 사고를 쳐서 모두의 인생을 말아먹은 케이스를 나는 아주 어렸을 때부터 봐왔다. 그래서 성인이 되자마자 거의 바로 수술을 받았다. 결혼 후에도 아이를 가질 생각이 없었던 관계로 복구 수술을 하지 않았다. 아주 적은 가능성이긴 했지만 자연적으로 다시 복구가 되었을 수 있다.

네가 원치 않는 상황은 절대 만들지 않을 것이다. 너는 그냥 몸만 오면 된다. 그것만도 충분히 감사했다.

선택이 이르지 않아도 괜찮다. 나는 충분히 기다릴 생각이었다. 내가 다급하게 모든 준비를 해 놓는 건, 언제든 완벽하게 너를 맞기 위한 것이지 너를 다급하게 보챌 생각이 있기 때문은 아니었다.

네가 우리 사이에 아이를 원할 리가 없으니, 준비는 내 쪽에서 하는 게 맞았다. 피임 기구를 쓰는 건 애초에 네가 나와의 관계를 선택한 목적에도 부합하지 않을 뿐 아니라 언제나 네가 불안해할 소지가 있었기 때문에 수술이 나았다.

내 몸에 칼을 대기 싫어서 너에게 호르몬제를 먹일 생각도 전혀 없었다. 아무리 안전하다고 해도 네 몸이 망가질 가능성이 단 1%라도 있다면 나는 그걸 네게 부탁할 생각이 없었다.

웨이트를 하고 나서, 그리고 전화를 끊고 나서 정말 이래도 되는 걸까 싶은 생각이 들지 않았던 것은 아니다. 흑심을 가득 담은 마음이 그대로 드러나는 중이었다. 쓸쓸함이 잠시 드리워지기도 했다.

나는 깨끗하지 않다. 그걸 알아 간다는 게 썩 편치는 않다. 나는 너 이외에도 많은 여자를 알아 왔고, 육체적인 관계에 대해서도 많은 것을 안다. 내가 자랑스럽게 생각하지 않는 시간들은, 그래도 내가 너를 더 아낄 수 있는 방법을 내게 알려 주고 가기는 했다. 더 챙기고 보살필 수 있다는 걸 아는데, 내가 너를 위해 할 수 있는 준비를 관둘 이유는 없었다.

네가 어른들의 관계에 익숙하지 않다면 이런 나의 준비가 너를 수치스럽게 만들 수도 있었다. 그러니 네가 굳이 묻지 않는다면 구구절절이 내가 한 것들의 목록을 읊을 계획은 없었다.

나를 믿으면 된다는 말을 진심으로 건네고 싶다. 어떻게든 여자와 밤을 보내고 싶어서, 그냥 뱉어 대는, 하룻밤만 자고 일어나면 잊어버리는 그런 말이 아니다.

내 전부를 바쳐서라도 너를 지키고 싶다는 그 애정을 네가 완전히 몰라주더라도, 평생 이해하지 못하더라도, 나만큼은 진심을 가득 담아 말하고 싶었다. 세상 그 누구 앞에서도 진실할, 더할 수 없는 진심이었다.

해서는 안 되는 짓이란 것을 모른 척한다. 윤리적인 감각은 이미 오래전에 다 날아갔다. 너만을 숭배하는 너의 노예가 되어, 그런 남자가 되어 그렇게 평생을 살아가기로 작정했다. 내 영혼은 이미 내 것이 아니었으므로 지옥에 떨어진다 해도 상관없었다.

하루를 그렇게 살았다. 어떻게 그런 생각에 빠진 채로 일과를 견뎌 내고 있는지, 너에 대한 열망이 불어넣는 정신력을 나 역시 예상하지 못했다. 너는 그런 사람이다. 끊임없이 더한 것을 하게 만들고, 나를 구성하는 모든 것을 낚아채 간다.

임성진으로부터 연락이 왔을 때, 아주 자세한 내용을 묻지는 않았다. 녀석은 네게 전반적인 연금술의 역사에 관한 얘기를 했다는 얘기부터 했다. 똑똑하다는 칭찬에 뿌듯해졌다가 멋쩍어지기도 했다. 네가 완벽하다는 건 아주 오래전부터 알아 왔다. 이어서 임성진은 깔아 둔 멍석을 밟으라 말했다. 그 뒤에 이어지는 웃음이 거슬리지 않았다. 그 정도로 긴장했다.

무언가가 시작되었다는 것을 알았다. 죄책감인지 조급함인지 알 수 없는 감정에 눌린 상태로 남은 하루를 보냈다. 뺄 수 없는 회의가 잡혀서 퇴근 시간이 늦어지자 더 초조해졌다. 주차장에서 내렸을 때는 밤 열 시가 다 되어 있었다.

네가 겁먹지 않을 수 있게, 천천히.

네가 어떤 향을 좋아하는지 몰라 일단은 취향을 타지 않는 가벼운 쿨워터를 택했다. 향수는 내가 긴장했다는 티를 내는 것처럼 여겨질 수 있단 생각이 들어 잠시 고민했다. 그래도 나쁜 느낌을 주는 게 아니라면, 애를 쓰고 있다는 걸 알리고 싶었다. 누구도 알아

주지 않더라도, 좋아하는 사람과 같은 색깔의 옷을 입었다고 기쁘게 하루를 보내는 소년처럼, 괜한 의미 부여를 하면서라도 낭만에 도취되고 싶었던 걸까.

무조건 너의 반응을 보고 맞추어 가야 한다는 주문을 수십 번 되새겼다.

엘리베이터에 내려, 쿠션을 끌어안은 채로 소파에 앉아 있는 너와 만났다. 나는 벼랑 끝에 섰다. 고공을 맨발로 횡단하는 기분이었다. 황홀한지, 두려운지, 내가 지금 보고 있는 광경에 압도당하는지, 찬란하게 빛나는 너의 모습에 전율하는지, 그중 내가 사로잡힌 것이 무엇인지 정확하게 짚어 말할 수 없었다.

내 심장이 너의 것이라는 것만 알았다. 네가 받아 준 적 없더라도, 이미 내 심장의 주인은 너였다.

"저녁은 잘 먹었어요?"

"……네."

나는 너에게 물었다. 너는 잠시 정지한 채로 나를 보다가 천천히 고개를 끄덕였다. 편안한 분위기가 중요했다. 네가 나를 어려워하게 만들고 싶지 않았다. 나는 편안한 미소를 머금었다. 전혀 편안하지 않았지만, 그래도 나는 썩 괜찮게 연기를 하고 있었다. 몇 년간 쌓아 둔 가면이었다. 몇 년간 수없이 상상했던 상황이었다. 이성을 잃어서 망칠 수는 없었다.

"얘기는 들었어요?"

"네."

"……원하지 않는 건 하지 않을 거예요."

나는 진심을 전했다. 누구보다 너를 아낄 거라고, 네가 원하지 않는 짓은 절대 하지 않을 거라고, 내 말이 너를 안심시키기를 바라면서 마음을 전했다. 너의 답을 기다렸다. 당장 허락이 떨어지지 않아도 괜찮았다. 네가 나를 피하지 않고 그 자리에서 기다리고 있었다는 사실만으로도 일단은 충분했다.

어둠 속에서 웅크린 나의 욕망이 나를 충동질하는 것을 언제까지 참아 낼 수 있을지는 나도 알 수 없었지만 아직은 괜찮았다. 나는 그냥 이렇게 집에 와서 너와 마주할 수 있다는 게 좋았다. 같이 대화를 나누고, 얼굴을 본 다음에 침대에 가서 누워 잠을 청할 수 있다는 것만으로도 많은 것을 누리는 중임을 알았다.

이전의 내게는 이런 사소한 대화도 허락된 적이 없었으니까. 네게 그저 하루를 잘 보냈냐고, 내일도 행복하게 보내라고, 그런 흔한 안부 인사마저 나는 쉽사리 건넬 수가 없었다. 가까이 가고 싶으면서도 도망쳐야 했고, 너를 보고 싶으면서도 마주하는 걸 두려워해야 했다.

"저는 여전히 뭐가 뭔지 잘 모르겠어요. 선택을 해야 하는 상황부터 피하고 싶어요. 그리고 제가 택해야 하는 선택지 중 하나는 도덕적으로 완전히 옳지 않다는 걸 알아요."

너는 천천히 말했다. 내게 너의 의견을 전했다. 나는 너의 말을 곡해하지 않아야 한다고 내게 말했다. 오직 나만을 청자로 생각하며 뱉는 너의 말을 전부 잊지 않으려고, 단어 하나하나를 머리에 새겼다.

나를 버리지는 말아 달라. 그 말을 덧붙여도 되는 상황일까.

밀아, 나를 내치지는 마.

그러지만 마.

"……전 제가 정말 이기적인 사람이란 걸 알았어요."

그 이기적이라는 게, 내가 말하는 그것이 맞기를 바랐다. 나는 입을 열어 네게 말했다. 너는 이기적이어도 된다고, 모든 세상을 네게 맞추어도 된다고, 내가 그렇게 만들어 주겠다고 소리치지 않으려고 나를 억제했다. 사실은 무릎을 꿇고 너의 발등에 입을 맞추며 말하고 싶었다. 이 마음을 너는 절대 모를 것이다. 부피를 더하는 짙은 감정이 넘쳐흐르지 않도록 단단히 가두기 위해 몇 겹의 자물쇠를 걸었다.

"다들 그래요."

네가 이기적이라면, 나는?

너는 정말 내가 얼마나 이기적인 사람인지는 상상도 하지 못하고 있음이 분명했다. 내가 세운 계획과, 내가 그동안 해 온 생각과, 내가 오늘 한 일과, 수많은 것들이 나를 스쳐 갔다. 후회는 하지 않는다. 미안하지도 않다. 수십 번 시간을 되감아도 같은 선택을 할 것이다. 그럴 수밖에 없다.

이 사랑이 나를 미치게 만든다. 그래서 내가 죄를 짓게 되었으니 평생 네게 갚으며 살아갈 것이다.

"저는…… 죽고 싶지 않아요."

눈이 마주쳤다. 너는 시선을 피하지 않았다. 삶에 대한 열망이, 너를 추동한다면, 나는 내가 원하는 것을 취하게 된다. 원했던 모든 것이 펼쳐졌다. 내가 그려 온 꿈이 나의 현실에 내려앉았다.

너는 그 자체로도 나의 꿈이었다. 꿈이 말을 하고, 내게 다가오라 말한다. 다가서지 않을 이유가 없다. 나는 내 전부를 던지지 못해 애가 닳았다. 나를 죽여도 좋다. 이대로 완전히 나를 잡아먹어도 괜찮아.

나는 너의 앞에 섰다.

이런 상황을, 우리가 이렇게 마주한 상황을 얼마나 오래 바라왔는지, 얼마나 많은 악몽이 내게 찾아왔었는지, 그리고 얼마나 많이 나의 심장을 뜯어내야 했는지.

처음은 아니다. 하지만 동시에 처음이었다. 나는 앞으로 일어날 일을 알고 있었고, 너 역시 알고 있다는 것이 이전과는 달랐다. 다른 여러 가지 상황 때문에 강요받는 것이라 해도, 네가 직접 선택한 일이었다. 네가 나를 택했다. 그 사실이 나를 전율하게 했다. 그 어떤 순간에도 이렇게 긴장하면서 동시에 기쁨에 파묻혔던 적이 없었다.

너의 눈에 내가 담겨 있다.

세상 무엇보다 눈이 부신, 아름다운 네가 나의 세상에 있다. 나의 세상의 주인이, 내게 다가오라 말했다. 네가 나를 허락했다.

천천히, 다가갔다. 네가 원하지 않는 것 같으면 바로 멈출 생각이었다. 너는 그대로 가만히 있었다. 입술이 닿고, 네 입술이 벌어졌다. 숨결이 닿았다. 그대로 나의 영혼을 바쳤다. 내 전부를 네게 주고 싶었다. 나를 전부 먹이고 싶었다. 원하는 게 있으면 다 가져가라고, 원하지 않는 것까지 전부 네 안에 들여보내 달라고, 욕망이 시위했다.

나는 나를 믿지만, 동시에 사랑에 취한 내가 무슨 짓을 할지 모른다는 것 역시 알았다. 사고를 치지 않으려고, 자꾸만 제동을 걸었다. 너를 아끼고 싶은 마음이 무엇보다 컸다. 네가 원치 않는 짓을 할 인간으로 여겨지고 싶지 않았다. 네게 생명을 전해 주는 현자의 돌이 되고 싶다. 네가 나를 네게 도움이 되는 존재로 여기기를 바란다.

치유의 과정은 너보다는 나를 치유하는 모양이었다. 내가 두려워했던 것들이 사라져 간다. 너의 구원이 내게 닿는다. 나의 모든 세상은 너고, 네가 있어야지만 내 세계는 완전해지며, 너는 네가 숨을 쉬고 있다는 사실만으로도 내 존재의 바닥을 흔든다.

세상에서 가장 소중한 것을 다루듯이, 그 무엇보다도 황홀하고 찬란한 경험을 거닐어 가듯이, 너의 숨결을 받았다. 전해진다. 네가 전해진다. 나 역시 나를 전하고 싶다. 이 마음을 어떤 식으로든 하나하나 다 전해 갈 거라고 맹세했다. 무릎을 꿇으라면 꿇을 것이고, 받들어 모시라면 네가 원하는 방식대로 모실 것이다.

작게 나의 옷깃을 쥐는 너의 행동이, 무엇보다 나의 감각을 저미게 만들었다.

그렇게 내게 조금씩만 매달려 줘.

약간씩만 더 여지를 주고, 한 걸음씩만 더 다가와서 내게 기대. 내게 의지해.

너는 아주 섬세하고 여린 존재라는 걸 잊지 않았다. 아주 성스럽고 고귀한 네가 물러나지 않도록, 나는 그저 다정하게 너의 턱을 감싸고, 머리카락만을 만졌다. 그대로 나의 모든 세상이 완벽해지는 느낌이었다.

내가 너에게 사소한 의미라도 될 수 있기를 정말 오랜 시간 동안 바라 왔다. 벅찬 느낌을 다 설명할 수가 없다. 그저 네가 나를 나쁘게 생각하지는 않길 빌었다. 너는 한 걸음씩만 다가오면 된다. 모든 준비는 내가 다 하고 너를 맞을 테니, 너는 그저 마음을 조금 열고 그런 나를 바라봐 주기만 하면 된다.

전부를 바치는 건 내가 할게. 도망치지 마. 물러날 생각도 말아 줘. 그렇게 나를 빨아들이고 절대 놓아주지 마. 나를 완전히 박살 내서, 그저 너의 일부로만 존재하게 만들어 줘.

등을 손으로 쓸면, 너는 허리를 바짝 세운다. 내 숨결이 귓가 언저리에 닿으면 몸을 작게 떤다. 그다음에 눈을 맞추면 내 시선을 피하거나, 얼굴을 약간 붉히는데, 그럴 때마다 나는 내가 정상적인 시신경을 가진 인간이라는 것에 감사한다. 네가 없었다면 신경 쓰지도 않았을 당연한 것에 깊은 감사를 전하고, 더욱 행복해한다.

긴장한 네게 더욱 밀착해, 내 열기를 그대로 전할 수도 있다. 그러나 그대로 네 옷의 단추를 몇 개 더 풀고, 네 몸을 내 입술에 머금어도 될지 묻지는 않았다. 아직은 이르다. 너를 겁먹게 하고 싶지 않다.

약간 열어진 너의 눈에 색을 더하는 숭고하고 다정한 작업이 우리 사이를 오간다. 우리 둘 다 결국엔 그 이상의 것을 하게 될 거라는 것을 알고 있다. 그러나 서로 모르는 척하는 중이다. 일단은 키스만. 점점 짙어지는 키스만. 조금씩 붙어 있는 시간이 늘어나는 키스만.

행동이 조금씩 편해지는 게 느껴져서 기쁘다. 너는 이제 어깨에 잔뜩 힘을 준 것을 조금씩 풀어 가기 시작했다. 가끔은 내 어깨에 손을 올리기도 한다. 그 작은 행동이 나를 얼마나 기쁨에 미쳐 날뛰게 하는지 너는 모를 것이다.

너와 밀고 당기는 게임을 하고 싶은 생각이 있는 것은 아니지만, 항상 저돌적이게 구는 건 게임처럼 이성 관계를 이해하려고 하는 것보다도 더 안 좋은 결과를 만들어 낼 수 있다. 지켜야 할 선을 잘 파악하는 게 중요하다. 너의 눈빛과 행동을 읽으면서, 부담스러워하고 있다는 생각이 들면 그대로 멈춘다.

나는 그래도 내가 바라는 정도로는 인내력이 있는 인간이었다. 그건 바람직했다.

밤이 되면 우리는 만나고, 지나치게 어색하지는 않은 분위기에서 하루에 대한 이야기를 한다. 가끔은 그저 일과 이상의 것을 이야기하기도 하고, 선호하는 것과 취향에 대해 묻기도 한다. 저녁에만 만나는 것이 아니라, 주말엔 같이 아침을 먹기도 했다. 한 침대에서 밤을 보내고 일어나 맞는 아침은 아니었다. 하지만 괜찮았다. 그런 아침을 기대하고 있는 것은 사실이었지만, 아직은 이대로도 좋았다. 충분히 만족스러웠다.

나는 자꾸 네게 무엇이 좋으냐고 물었다. 좋아하는 책, 좋아하는 영화처럼 비물질적인 것에서, 미각 같은 원초적인 감각을 자극하는 것은 무엇이 좋으냐고까지 물었다. 나는 네가 좋다고 말하는 것이 좋아서 자꾸 물었다.

무엇이 좋냐고 물어보면, 너는 결국 끝에 무엇인가가 좋다는 말을 한다. 내가 좋다는 얘기는 아니었지만, 그냥 그렇다는 착각에 취하는 중이었다. 착각인 걸 알고 하는 착각을 즐긴다고, 내가 하는 짓이 한심하다 생각하지도 않았다. 어쨌거나 이런 대화는 의미가 있었다.

어떤 것을 좋아하냐고 묻는 대화가 성적인 주제로 이어지지는 않았다. 아직은 그랬다. 하지만 계속해서 내가 너의 취향과 선호도를 묻는 것에 익숙해지는 것과, 또 너의 의견을 내게 구체적으로 전달하는 것에 익숙해지는 것은, 전혀 성적인 의미를 함유하고 있지 않더라도 야한 구석이 있었다.

이 세상의 거의 모든 것들은 성적인 것들과 얼마든지 연결될 수 있다. 프로이트의 학설을 굳이 끌어오지 않더라도 그렇다. 또한 나는 좋아하는 것에 대해 설명하는 과정 자체가 나중에 어떤 것으로 변질될 수 있을지 잘 알고 있다. 그래서 성적인 것을 전혀 함유하고 있지 않은 것처럼 보이는 대화 속에서도 긴장이 오고 갔다.

네가 무언가가 좋다고 말하는 것을 항상 기억했다. 꽃 얘기를 하다가, 너는 붉은 장미가 좋다고 말했다. 그리고 붉은 장미에 안개꽃이 더해진, 누가 봐도 정열을 머금은 꽃다발을 받아 본 적이 없다고도 말했다.

그래서 내가 샀다.

꽃다발을 안고 살짝 눈이 커진 너는, 장미보다 수억 배는 더 아름다웠다. 장미의 향보다 너의 향이 더 좋았다. 지금은 못 해도, 나중엔 꼭 네게 그 사실을 말해 주어야겠다 생각했다.

"이런 거, 주시는 게…… 그게, 이걸 바라고 한 말은 아니었는데. 그냥 받아 본 적 없다고 한 거였어요."

"알아요. 플로리스트가 데코한 파티에 잠깐 들렀는데, 원하면 꽃다발 말아 주겠다고 저한테 먼저 말해서 그럼 하나 달라고 한 거예요."

"……감사합니다."

"받아 본 적 없다고 했던 게 생각났어요."

네게 선물하기 위해 수고를 들이며 굳이 애를 쓴 것은 아니지만, 그냥 네가 생각나서 그랬다는 식으로, 나는 나의 흑심을 포장했다. 하얀 거짓말이다. 나중에 웃으면서 네게 고백할, 그런 장난 같은 유치한 짓이다.

그때 너도 나를 따라 웃었으면 좋겠다. 그런 네가 내뿜는 빛에 눈이 멀어 버리기 전에 다시 눈을 감고 너와 키스할 것이다. 그리고 왜 이렇게 예뻐지기만 하는 거냐고 네게 물을 것이다. 내 말에 다시 웃으면서 내게 안겼으면 좋겠다. 그러다 네게 사랑한다 말하고 싶다. 매 순간마다 사랑을 속삭이고 싶다.

일단은 네가 궁금해했으면 좋겠다. 누구에게나 건네는 호의인지, 아니면 네게 관심이 있어서 이런 짓을 하는 건지 모르겠다 생각하며, 나에 대한 고민에 빠지기를 원한다. 내가 눈에 보이지 않을 때도 나에 대해 생각했으면 좋겠다. 항상 내가 그러하듯이.

"내일은 빨리 퇴근할 거예요. 저녁 같이해요."

"먹고 싶은 거 있으세요?"

너의 질문에 살짝 웃었다. 아직은 저 질문에 너를 먹고 싶다고 답할 수 있는 관계가 아니었다. 하지만 언젠가는 그렇게 답하며 너를 안고 침대로 갈 것이다.

"아니요. 딱히. 끌리는 거 있어요?"

"저한테 묻지 마시고, 그냥 길 가다 눈에 보이는 거라도. 원하는 대로 고르세요."

키스를 하지만 키스에 대한 대화는 아직 피하고 있다. 네가 지나치게 그런 상황을 어려워한다는 게 느껴지기 때문이다.

어쨌거나 좋다. 다 좋고, 전부 좋다.

구름 위를 비행하는 하루하루가 이어진다. 너에 대해 알아 가고, 나에 대해 알리는 시간이 자꾸만 쌓여 간다. 세상의 빛이 이토록 다채롭고 풍부하다는 것을 몰랐다. 내가 볼 수 없었던 아름다운 영상이 눈에 담기고, 들을 수 없었던 맑은 것들이 귀에 감긴다. 조급함은 아직 가까이 오지 않았다.

나쁜 건 없었다. 나보다도 너와 많은 대화를 하는 임성진이 나를 긁는 걸 빼면. 임성진은 네가 상당히 똑똑하다는 말로 너에 대한 나의 자부심을 키우기도 했고, 꾸준히 네가 능력을 조금씩 사용하게 만들어 내가 회복을 명목으로 너에게 매달릴 핑곗거리를 끊임없이 제공해 주기도 했다. 하지만 녀석의 네이처는 여전했다. 웃는 얼굴로 아무것도 모르는 척하다가, 갑자기 돌변해 사람을 돌게 만드는 것도 여전했고, 남이 말을 하고 있든 말든 지가 웃고 싶은 타이밍에 웃어 대고, 남의 고통을 자신의 즐거움이라 여기는 것 역시 변하지 않았다.

특히 내가 너에게 쩔쩔맨다는 걸 파악하고 나서부터는 10년 치 갈굼을 한 번에 나에게 다 퍼부어 대기로 작정한 모양이었다. 그리고 계속 너에게 말을 친근하게 놓는 것도 나를 열 받게 만들었다.

그리고 어제 물었다. 약간 숨이 차는지 작게 숨소리를 내며 호흡을 정리하는, 예쁨으로 사람을 죽일 수 있다면 바로 나를 예쁨사 시켰을 그런 모습을 한 네게 나는 홀리듯 질문을 던졌다.

"있잖아요. 우리 서로 말 놓을까요?"

"네?"

"그냥 밀아. 불러도 돼요?"

약간의 강요를 담은 말이었나 싶어서, 잠시 후회했다. 나도 내가 임성진을 의식해서 정말 유치한 짓을 하고 있다는 걸 알았다. 그런데 사랑이라는 게, 원래 어느 정도 유치한 것이 아니었던가. 나는 그냥 정신 승리를 하고 너의 답을 기다렸다. 너는 입을 열어 답을 하지는 않고 고개를 작게 끄덕였다.

"밀아. 같이 말 놓아요."

너는 작게 도리도리 고개를 저었다. 그게 너무 귀여워서 다시 키스를 했다. 그런 나를 막을 수가 없었다. 계속 보고 싶다. 내 앞에서 움직이는 행동 하나하나를 전부 놓치고 싶지 않다. 완전히 나의 뇌에 음각이든 양각이든 견고하게 박아 넣고 싶다. 그게 상당히 그로테스크한 욕망이라는 걸 나중에 눈치채기는 했지만, 어쨌거나 그런 생각 자체를 막을 수는 없었다.

내가 손을 뻗으면 그대로 잡히는 네가 좋았다. 당기면 더 다가온다. 내 모든 감각으로 너를 느끼려고 애쓰는 걸, 너는 굳이 막지 않고 있다. 시간이 다가온다는 걸 알았다. 나만 아는 것이 아니라는 것도 알았다.

너의 취향에 맞추고 싶다. 기뻐할 만한 행동을 하고 싶다. 그래도 네 모든 판타지를 이루어 주고 싶다고 다그치지는 않기로 했다.

키스를 하면서 느릿하게 너의 허리를 쓰다듬었다. 그대로 너를 뒤로 눕히고 싶었다. 그러나 그러지 않았다.

입술이 떨어지고, 잠시 있다가 너는 자러 올라가겠다며 일어났다. 나는 잘 자라고 말했다. 너를 잡지 않았다. 그대로 너를 다시 잡으면 정말로 사고를 칠 것 같았다. 아직은 견딜 수 있다. 그러나 얼마 남지 않았다. 인내심이 점점 바닥을 드러내어 가는 중이다. 잠이 금방 오지 않을 것만 같은 밤이었다.

연금술사의 체액에 현자의 돌이 닿을 때에 생명력이 회복
되는 속도가 가장 빠르다. 그러나 속도에만 차이가 있을 뿐,
회복의 질이나 양상의 차이는 없다.

七朦朧

　날이 추워진다. 자연 환기가 불가능한 건물에 살고 있음에도 겨울이 다가오는 것을 느낀다. 창문을 열어야만 추운 날씨를 느낄 수 있는 것은 아니다. 한강의 가을도 저물어 간다. 계절의 순환과 시간의 흐름에 큰 의미를 부여하고 싶다는 생각이 들지는 않는다. 하지만 지구의 공전 궤도와 더불어 무엇이 변하고 있는지 스스로에게 묻는 것이 조금 시적이라는 생각은 들었다.

　방 안에 앉아서 한강을 내려다보는 시간이 늘었다. 어제는 물 근처로 내려가, 강아지를 산책시킨다는 핑계로 나와서 괜찮은 이성이 없나 살피는 청춘 남녀를 관찰했다. 헌팅의 메카라는 압구정 부근의 한강까지 느릿느릿 걸어 보기도 했다. 승자가 없는 눈치게임, 남는 것도 없는데 사람들이 환장해서 달려드는 사랑이란 것의 본질이 무엇인지 가늠해 봤다. 수많은 영화를 보고, 드라마를 봐도 여전히 모르겠다. 사랑은 어쩔 때는 사기극 같다가도, 어쩔 때에는 끔찍한 현실에 남은 유일한 희망 같아 보인다.

한강을 계속 보았다. 물의 흐름이 보이지는 않는다. 하지만 흘러가고 있다는 것을 안다. 대개의 시간이 그러하듯이, 세월이 그러하듯이, 식물과 동물들의 성장이 그러히듯이.

키스가 점점 짙어진다. 아직 더 할 것이 남았다. 키스만도 벅찬데, 내가 그다음을 견딜 수 있을지 모르겠다.

새로운 감각을 알아 간다. 내 몸의 감각이 상상도 하지 못했던 방향으로 열렸다. 나는 완전히 색다른 세계를 겪어 낸다. 자꾸만 더 기대하게 된다. 동시에 더욱 물러나고 싶다. 언제나 내가 무슨 생각을 하는지 모르겠다고 생각하기는 했지만, 지금은 그 정도가 더했다. 나는 더할 수 없이 감정적인 상태가 되어 가다가도, 갑자기 차게 식어 이렇게 유리 너머의 한강만을 멍하니 본다.

지금처럼, 나는 한강과 나의 거리를 가늠해 본다.

또한 익숙해져 간다. 그 사실이 나를 두렵게 하고, 괴롭게 한다. 나의 새로운 계절이 오고 있다. 생전 느껴 보지 못한 계절이다. 인생의 새로운 국면이 왔다. 다음 막이 오르고, 새로운 지문이 적힌다. 백조가 흑조가 되는 것만큼의 극적인 변화가 일어난다. 내가 지금 서 있는 곳이 무대 위라면, 내 발밑에서는 오케스트라가 격정적인 선율로 관객을 압도하고 있을 것이다.

나를 지켜보는 관객들은 내가 결국 파멸에 이를지, 아니면 우아하게 이 격렬하게 요동치는 대본을 완성하고 박수를 받으며 물러날지 궁금해하고 있겠지. 나 역시 궁금하다. 나 역시 이 연극의 끝을 모른다.

나는 창문을 손으로 더듬어 본다. 창문은 매끄럽고, 차갑다. 그는 그렇지 않다. 그는 부드럽고, 단단하며, 따뜻하다. 옷을 벗은 그도 그럴 거라고 생각하는 것이 큰 비약은 아닐 것이다. 그는 내게 다정하고, 자상하다. 오늘 하루는 어땠냐고 묻는다. 내가 말하는 사소한 작은 것들까지 잊지 않는다. 내게 꽃다발을 안기고, 내가 좋아한다고 했던 차들로 가득한 찬장을 준비해 주고, 내가 잘 봤다는 영화의 한정판 DVD를 내 서재의 책장에 꽂아 두고 간다. 그 외에도 많다. 그의 사소한 선물과 배려는 끝도 없다.

감사하다는 말에 질리진 않았을까 싶을 정도다.

동시에, 그가 내 감사를 바라는 것이 아니라는 걸 알아 간다. 그가 무엇을 원하는지 모를 만큼 나는 어리지 않다. 경험은 없을지도 모르지만, 그가 암시하는 것이 무엇인지 모를 만큼 머리에 든 게 없지는 않다.

그는 대체 왜 나를 원하는 걸까? 그냥 여자가 필요한 걸까?

생명력 회복을 빨리 시켜야 하는 것은 나다. 접촉에 대한 것을 더 갈망해야 하는 것은 나일 텐데도, 먼저 손을 뻗고 내게 다가오는 것은 그였다. 처음에는 나를 위한 배려라고 생각했다. 친절에 감사했다. 하지만 시간이 더해질수록, 그렇지 않은 것도 같다는 생각이 쌓여 간다. 그는 나와의 키스를 즐긴다.

내가 그를 느끼는 것보다, 그가 더 나를 깊게 느끼는 것 같다. 내가 그를 원하는 것보다, 그가 나를 더 원하는 것 같다. 이상하다. 그는 나를 나보다 더 좋아하는 것 같다. 가끔, 갑자기 그런 생각이 드는 순간이 있다.

점점 그의 눈에 열락이 담기는 것을 본다. 뭔가를 참고 있다는 듯이 나를 본다. 그리고 내가 망설이는 것 같으면 물러난다. 티를 내지 않으려고 노력하는 모습이 미묘하게 티가 난다. 대체 왜 그러는지 도무지 감도 잡히지 않아서, 미지의 감정에 대한 공포가 내게 오는 것 같다.

대체 왜 그러는 거야? 알려 줘요.

그는 지나치게 능숙하다. 목에 숨이 닿으면 내가 약간 떤다는 걸 그는 확실하게 알고 있다. 나는 그의 시선을 피하고, 그는 갈 길을 잃은 나의 눈길을 관찰한다. 접촉에 익숙해지고 있다는 생각이 들어도, 여전히 힘든 부분들은 남아 있다.

나는 어쨌거나 준비를 하는 중이었다. 나는 연금술사도 임신이 가능한 거냐고 임성진 씨에게 물어봤다. 신체 조건이 변해서 뭔가가 바뀌는 거면 필요가 없겠지만, 여전히 내가 아이를 가질 수 있는 몸인 거면 피임 준비를 해야 하는지 확인할 필요가 있었다. 임성진 씨는 예상대로 일단 웃어 댔다. 나는 그에게도 조금씩 익숙해지고 있었다.

'걱정 안 해도 될 거야. 걔는 누가 지 애 밸까 봐 무서워서 고등학교 졸업식 하기도 전에 수술부터 했던 것 같은데.'

그 말에 내가 느낀 것이 안심인지, 불쾌감인지 모르겠다. 그 말은 그를 거쳐 간 수많은 여자들을 암시했다. 머리로는 이해했다. 완전히 알고 있었다. 그런데 약간 싸한 느낌이 들었다. 그 수많은 여자들 중 하나가 되어 버리는 걸까, 생각했다가, 대체 그 수많은 여자들 중 하나가 되는 것이 뭐가 대수라고 내가 그런 것에 연연하고 있는지 모르겠다는 데에까지 생각이 이어졌다.

생각이 묶인다. 몸이 동한다. 그가 나를 만지면 기분이 좋아진다. 하지만 욕망에 이끌리는 것이 마냥 즐겁지는 않았다. 그가 완벽한 남자라는 걸 알아 갈수록, 나는 이게 정말 이상한 관계라는 걸 확실히 인지하게 되었다. 그 수많은 여자들 중에 나와 굉장히 가까운 한 사람이 있다는 것도 나를 압박했다. 윤리와 도덕의 문제는 고려하지 않기로 했지만, 나는 자꾸만 내 뒤에 머무르고 있는 그 선으로 고개를 돌렸다.

첫 입맞춤을 가능하게 했던 끌림은 분명 엄청난 것이었으나, 입맞춤이 계속 반복될수록 두려움은 사라지고 점차 편안함과 익숙함이 쌓여 간다.

물론 여전히 다정한 손길이 좋다. 내게 말하는 낮은 목소리가 감미롭다. 항상 그와 키스를 나누는 순간에는 그 접촉이 영원했으면 좋겠다는 생각이 든다. 하지만 그뿐이다. 성적인 감각, 그건 모든 인간들에게 즐거운 유희가 된다. 그 역시 그럴 것이다. 나는 그것을 알았다.

그는 내 처음을 원하는 모양이지. 확실히 나 같은 목석의 첫 남자가 되는 게 재미있기는 할지도 모른다.

나의 첫 상대에 대해 남자애들이 추측하는 얘기를 중학생 때부터 종종 들어 왔다. S그룹 회장의 손녀의 처음을 취하는 남자는 대체 누구일지. 그건, 연우겸이 될 것이다. 이제는 알았다. 여전히 그 친구들이 그걸 궁금해하는지는 모르겠지만, 이제는 누구도 답할 수 없던 질문의 답이 누가 될지 뻔한 상황이었다.

연우겸.

"연우겸."

유리 너머 한강 위로 그의 이름을 던져 봤다. 그의 이름을 부르는 것은 이런 느낌이구나.

한참을 한강을 보고 있었다. 밤이 오면 다시 그와 만날 것이고, 그와 숨결을 나눌 것이다. 나는 항상 이를 박박 닦는데, 그는 대체 무엇을 먹고 무엇을 하면서 사는 건지, 늘 기분 좋은 향을 뿜어내고 달콤하게 내 입술에 자신의 향을 녹인다.

정신이 차분하게 가라앉았다. 벗어나고 싶다.

대체 무엇으로부터? 감정으로부터? 그로부터?

나는 눈을 감고 생각했다. 금방 다 잊힐 거라고. 세상 모든 일은 다 그런 거라고. 여태까지 괜찮았다면, 앞으로도 괜찮을 거야.

나는 내가 해야 하는 선택의 목록들을 잊지 않았다. 그리고 결국 내가 이루어야 하는 것이 무엇인지 확실하게 파악했다. 얼마나 우리는 살을 맞대어야 할까. 그건 알 수가 없었다. 끝이 있다는 건 명백했다.

나는 죽고 싶지는 않았지만, 힘에 관한 강렬한 열망은 없었다. 폭주가 일어날 가능성을 차단하기 위해, 어떤 순간에 힘이 새어 나가는지를 알기 위해 연금술을 익히는 것이었다. 내가 두려운 건 죽음보다 나를 점점 먹어 들어가는 그가 아닐까.

다들 이래서 남자를 만나는 거구나. 그래서 그렇게 울면서도, 다른 사람을 찾아 헤매는 거구나. 그걸 알아 간다. 결국 그저 한 남자의 수많은 여자들 중 하나가 되기 위해서. 그렇게 잊히기 위해서. 아주 잠시 동안이나마 동화 속의 공주가 되었다는 환상에 취하기 위해서.

그 남자가 네게 주는 것은, 네 몸을 얻고 나면 다 가치 없어질 뿐일 텐데, 그것을 뻔히 알면서도 결국 결정을 내리는 거구나. 끝이 보임에도 이렇게 불 속으로 뛰어드는 거구나. 그러니까 나 역시 그냥 그를 즐겨야 하는 거겠지. 괜한 피해자 코스프레를 하는 것에 심취하지 말고.

❖

　그의 놀이가 거북해지기 시작했다. 며칠 전의 밤에는 내게 이름을 부르겠다고 말하더니, 내게도 자신의 이름을 불러 보라 다정하게 말했다. 그리고 또 내가 말을 놓지 않는데 혼자 그러고 싶지는 않다고 말한다. 놀리는 건지, 장난을 치는 건지, 대체 어떤 장단에 맞추어야 하는 건지. 나는 애써 내 틀에 맞추어 재단하며 예민하게 반응하지 않기로 했다. 대신 거리를 두고 싶었다.

　"전 화연이랑 아람이랑 술 마시기로 해서 오늘 늦어요."

　찾아온 주말에, 나는 친구들과 저녁 약속을 잡았다. 원래 저녁 약속을 잡는 일은 흔치 않았는데, 이제는 저녁에 집에서 나가서 시간을 보내는 일도 좀 필요해 보였다. 그와 내내 같이 있는 건 내 정신 건강에 안 좋았다.

　지금은 방에서 홀로 머무르다 느릿하게 나와서 같이하는 늦은 점심이었다. 그런데 그는 왜 나와 시간을 더 보내지 못해 아쉬워하는 것 같은지. 정말 알 수 없는 일이었다. 이 남자는 연기를 잘한다.

　같이 밤을 보내고, 내 처녀성을 취해 가면 이 관계는 그대로 깨지게 되는 거려나. 아쉽기도 하고, 그러면 오히려 마음껏 실망할 수 있어서 마음이 놓이겠다는 생각도 든다.

　그냥, 대중가요 가사에서 어떤 답을 찾으려고 하는 그런 유치한 짓을 내가 언젠가 할 거라고는 상상도 하지 않았었지만, 그런 가사에 나오듯이 시간이 결국 모든 약이 될 것이라고 내게 속삭였다. 식사를 마치고, 정리하고, 대화는 최대한으로 줄이고, 내 주위를 맴돌려고 하는 그를 애써 모른 척하고 계단을 올라갔다. 그를 뒤에 두고 멀어져 갔다. 안타까운, 아련한 시선이 닿는다고 느끼는 것은 순전한 나의 착각이다.

외출 전에, 여전히 옅은 색의 눈을 가리기 위해 렌즈를 꼈다. 누구도 내 눈이 옅어졌다고 생각하지 않아도 내가 거울 안에서 옅은 색의 눈을 보는 건 어색할 것 같았다. 그리고 임성진 씨의 밀에 따르면 다른 연금술사들이 내가 연금술사라는 것을 알아채면 상당히 위험한 상황이 연출될 수 있었다. 그런 위험을 감수하고 싶지는 않았다.

✤

아람이가 남자 친구와 헤어졌다. 그게 이번 모임의 원인이자 주제였다.

마실 술의 종류를 선택할 수 있는 권리는 내게 없었다. 우리는 분명 네 명은 아니었지만, 아람이가 〈섹스 앤 더 시티〉에 나오는 캐리에 빙의하고 싶은 모양이었다. 내 앞에는 그 드라마 속에서 친구들끼리 자주 마시는 코스모폴리탄이 놓였다. 화연이가 사만다, 내가 샬롯일 거라고 나는 막연히 생각했다. 실제로는 유사하지 않은 부분들이 있었지만 어쨌거나 그랬다.

무조건 아람이를 위해 만나서 술을 마셔야 한다는 화연의 말에 알겠노라 답했던 건, 내가 놓인 상황 역시 정말 술을 마셔야 하는 상황이라 여겼기 때문이었다.

혼자 집에서 자작을 하면 나쁜 기억이 되살아날 것 같았고, 같이 사는 그에게 키스를 한 다음에 같이 술을 마시자고 했다가는 완전히 유혹의 멘트로 그가 나의 권유를 이해할 것이란 생각이 들어서 그 말을 뱉지 못했다. 그러니 술을 마실 수 있는 핑계가 생긴 건 괜찮았다. 나는 대화에 신경 쓰기보다는 앞에 놓인 붉은 술을 조금씩 목으로 넘기는 것에 집중했다. 달달한 것만큼 도수가 낮은 술은 아니었다.

대화는 아람과 화연 사이에서 주로 이루어졌고, 나는 그 중간에 앉아 적당한 타이밍에 고개를 끄덕이는 역할이었다. 판도라 1층의 레스토랑에서 만나 2차는 그 위층의 바에서 하고 있으니, 내가 이 모임에 기여한 바는 장소 선택에 지대한 영향을 미쳤다는 것 정도일 것이다. 두 사람은 아람의 전 남자 친구가 되어 버린, 내가 잘 모르는 남자를 몇 시간째 씹고 있었다. 저녁을 한 층 아래의 레스토랑에서 먹을 때에도 역시 같은 주제였다. 그리고 나는 코스모폴리탄만 세 잔째였다.

"남자들은 원래 다 그런 거야."

"사랑한다고 했어. 나뿐이라고 했었단 말이야. 정말 나 하나밖에 없는 것처럼 굴었어. 이번엔 진짜 벤츠라고 생각했다고. 진짜 나한테 그렇게 온갖 것들을 바쳐 대니까 나한테 이렇게 헌신해도 되나 싶었다니까?"

"너 저번에도 비슷한 소리 했던 거 모르냐?"

"이번엔 진짜 달랐어. 저번에는 그냥 자랑 좀 해 보고 싶어서 뻥을 좀 치긴 했는데, 이번엔 진짜 아니었어. 튜닝까지 끝난 벤츠였단 말이야."

아람이는 화를 내듯이 말했다. 나는 그 말을 듣다가, 같은 건물의 꼭대기에서 지금 시간을 보내고 있을 한 남자를 떠올렸다. 아마 서재에서 일을 하고 있을 것이다. 그리고 그가 지난 며칠 동안 내게 베푼 것들을 상기했다. 이래도 되나 싶을 정도로 잘해 주는 남자가, 내게도 있다. 그가 내게 했던 행동들이 내 앞에 찾아들었다.

그런 생각을 화연의 말이 가르고 들어왔다.

"늙히고 싶은데 뭔 짓을 못 하냐. 그래서 내가 너도 괜히 의미 부여 하지 말라고, 그냥 즐기라고 했잖아. 대체 왜 한 명 한 명 만날 때마다 완벽한 사랑으로 만들어 대는데?"

"진짜. 야. 더 위로 좀 해 줘라. 진짜, 나 친척들한테도 추석 때 이제 시집갈 남자 잡았다고 그랬는데. 이제 대체 또 설날에 뭐라고 그럴지 진짜 걱정돼서 나 그냥 한국 떠나 있으려고 해."

"어디로?"

"바다 위. 부산에서 떠나는 크루즈 있다고 해서 질렀지. 한국에선 세계 일주 하는 크루즈 원래 거의 없잖아. 근데 이번이 처음인가? 몰라. 그냥 프로모션인지 뭔지, 아무튼 뭐든 상관없어. 그렇다고 하더라고. 100일 넘게 세계 일주 하면서 배 위에 있을 거다. 두 명 쓰는 방 나 혼자 질렀어. 지구를 도는 중간에 외국 남자나 하나 잡을까 봐."

두 사람의 대화 위에 자꾸만 한 남자의 영상이 덧입혀졌다. 그는 놀던 남자였다. 완전히 새로운 타깃이 필요한 걸지도 몰랐다. 내가 생각해도 나 같은 타입은 유니크한 데가 있었다. 여태까지 늙힌 여자들과는 종류가 다른 뭔가가 하나 그의 정복 리스트에 추가되는 거겠지.

게다가 한번 관계를 트면 집에 왔을 때 그냥 아무런 노력 없이 밤을 보낼 수 있는 상대가 생기는 거였다. 인터넷 사이트에서 나를 그의 육변기라 지칭하는 글도 언젠가 읽지 않았나. 자조적인 생각이 스치고 지나갔다. 그 단어가 그리 편하게 느껴지지는 않았다. 나 자신을 그 정도 수준까지 격하시키고 싶지는 않아서 그냥 그 단어는 지웠다.

다들 이런 상황에서 결정을 하는 걸까. 그렇게 첫 경험을 결심하고 하게 되는 걸까. 친구들이 눈앞에서 남자에 대한 얘기를 하고 있음에도, 나는 내가 요즘 신체적인 접촉의 수위를 점점 높여 가고 있는 남자와의 향방에 관한 이야기를 꺼내진 못했다. 물어보면 안 되는 상황이란 자각은 있었다. 내 주위의 남자라고는 그, 단 한 사람뿐이란 걸 내 친구들 역시 알고 있을 것이었기 때문에.

"야. 넌 그게 문제야. 남자 문제를 남자로 해결하려는 건 뭐 쉬운 요법이기는 하지만 멘탈 건강부터 챙기라고. 있으면 있는 대로, 없으면 없는 대로 좀 행복하게 지내 봐라. 칠십 넘어서도 동네 할아버지 두고 서로 신경전 하는 할머니 되고 싶냐?"

짜증을 내는 아람이와 화연은 다시, 너무 심하지는 않게 서로를 비난하기 시작했다. 아까 레스토랑에서도 비슷한 상황이 있었다. 얼핏 보면 싸우는 것처럼도 보이지만, 그건 나름대로의 위로이자 치료 과정이었다. 아람이 슬픔에서 벗어나는 게 보였다. 타박이 담긴 말에도, 화연이 누구보다 아람을 다독이는 중이라는 게 드러났다.

이전 같았으면, 나는 정말 알 수 없는 세계라는 생각만 하면서 그저 그녀들을 관조했을 터였다. 하지만 지금은 뭔가가 달랐다. 알 수 없는 어둠이 내게 드리워졌다. 하지만 그 어둠을 뱉어 내진 않았다. 한참을 설전을 주고받다가 두 친구는 결국, 다른 남자를 구하러 가자는 것으로 의견을 수렴시켰다. 가벼운 관계를 구축할 다른 남자를 만나는 것이 오늘 밤의 목표가 되었다.

"그래, 그럼 남자로 위로받으러 3차는 이태원 가자. 이태원 클럽. 홍대는 갓 20대 된 고등어들이 물 더럽혀서, 강남은 테이블도 조각으로 맞추는 허세 찌질이들이 청담 개쌍마이웨이 시전해서 안 돼."

"그래. 콜. 근데 일단 나 화장부터 좀."

아람이는 화연의 제안에 꽤 동하는지 고개를 끄덕이며 백을 열었다. 그렇게 실제로 화를 내지 않는 싸움이 끝났다. 물건을 챙기고, 팩트를 꺼내 화장을 고치는 아람이를 보다 화연이 내게도 물었다.

"밀아. 너는?"

나는 갈까 말까 고민하다가 일단 지금은 거절하기로 했다.

"나는, 한…… 아마, 한두 달 뒤에?"

"가겠다는 것도 아니고, 한두 달?"

아람 역시 내 대답이 이상하다고 생각한 모양이었다. 팩트를 약간 아래로 내리고 그 너머로 나를 보았다. 나는 그 시선에 크게 개의치 않으며 남아 있던 코스모폴리탄을 원샷했다. 알싸한 느낌이 감돌았다.

쓰고, 달다. 붉은 액체가, 내 안으로 들어와 옅은 취기를 남겼다. 그래도 심하게 취한 정도는 아니었다. 아직은 멀쩡했다. 나는 자리에서 일어났다. 힐을 신고 있었지만 비틀거리지 않고 걸을 수도 있었다. 말도 또박또박 잘 나갔다.

"응. 한두 달."

"그건 대체 왜 그런 건데? 너도 스물여덟엔 여자가 꺾인다는 주의냐?"

"아니. 그럴 일이 있어. 진짜 미안. 이태원 가서 재밌게 놀고, 즐거운 밤 보내. 계산은 내가 할게."

나는 그러지 말라고 막아서는 화연을 지나쳐 먼저 카드를 내밀었다.

소녀처럼 굴고 싶지 않아졌다. 나도 어쩌면 나중에는 그녀들의 대화에 끼어들어 제대로 한자리를 차지할 수 있을지도 모른다고,

나 역시 이태원 클럽으로 그녀들을 따라갈 수 있는 여자가 될 수 있을지도 모른다는 생각이 들었다. 술 때문에 용기가 난 걸지도 몰랐다. 아무래도 상관없었다.

결단을 내릴 때였다.

❧

엘리베이터에서 내리자마자 그의 서재로 직행했다. 힐을 신고도 똑바로 나아가는 내 발을 보면서, 나는 내가 완전히 몸을 못 가누는 상태가 되어서 정신 나간 결정을 내리러 가는 중은 아니라는 걸 다시 한 번 확인했다.

내가 서재의 문을 열자 그는 문 쪽을 쳐다보더니 놀란 얼굴을 했다가 얼굴에 웃음을 머금었다. 내가 생각보다 일찍 들어온 모양이었다. 그는 바로 자리에서 일어났다.

"밀아. 일찍 왔네요."

"……"

"기다리고 있었어. 재밌게 놀았어요?"

내게 다가왔다. 다정하게 말을 걸고, 무표정, 무반응인 나를 보고도 싫은 기색이나 언짢은 기색 하나 보이지 않고 내 기분을 살핀다. 가까이 와서는 달콤한 코스모폴리탄의 향을 느낀 모양이었다. 취한 건 아니냐고 물으며 그가 다정하게 손을 뻗었다. 그는 내 머리카락을 쓰다듬더니 내 이마에 짧게 입맞춤을 했다. 그 다정하고, 애정을 잔뜩 녹여 낸 것만 같은 행동이 나를 괴롭게 했다.

그리고 더 다가왔다. 나를 품에 당겨 안으려 했다. 키스 역시 하고 싶은 모양이었다. 내게 키스를 하려는 걸 막듯이, 나는 그의 어깨를 살짝 밀었다. 그리고 말했다.

"……저 일단 샤워할 거예요."

그가 나를 봤다. 이번엔 감정이 명확하지 않은 표정이었다. 나는 그의 생각을 가늠해 봤다. 스킨십에 대한 거절이라고 생각했나. 진짜 키스에 대한 거절은 남자들을 상처 입히나. 화연이가 말했던, 나 역시 언젠가 잡지 속에서 보았던 남자들처럼, 그 역시 조금 잘 났다는 것만 빼면 그냥 다 그렇게 똑같은 남자인 걸까.

그는 다시 잔잔한 미소를 머금었다. 그런 표정 변화를 통해 그가 포커페이스에 능한 남자라는 것은 확실하게 알게 되었다.

"밀아. 피곤하면 일찍 자요. 술도 마셨으니까 쉬어요."

이건 내가 원했던 우리 만남의 결과물이 아니었다. 나는 내 혀가 전혀 꼬이지 않았다는 것을 확인하면서 또박또박 말했다.

"아니요. 피곤하지 않아요. 그런 이유가 아니에요. 그렇게 취하지도 않았어요. 묻고 싶은 게 있는데 물어봐도 돼요?"

"뭐든."

그는 약간 날이 선 내 말을 들으면서도, 한도 끝도 없이 다정했다. 그런 반응이 나를 더 꼬이게 만드는 것 같기도 했다. 나의 삐딱한 태도는 그나마 내 앞을 가로막고 있던 장애물들까지 한 번에 다 쓸어 냈다. 나는 주저하지 않았다. 돌려서 적당히 잘 포장해 내는 데에는 사실 재주가 없었다. 그래서 그냥 얼굴을 보고 물었다. 침을 삼키지도 않았다.

"저랑 자고 싶으세요?"

"……."

그는 바로 답을 하지 못했다. 나와의 밤을 원하는 걸 알았다. 나 역시 생각이 있다는 걸 알려 주고 싶었다. 첫 경험을 빼앗기는 소녀가 될 생각이 없었다. 내가 결정해서, 나 역시 즐기면 되는 거라고 생각했다. 나 역시 화연의 말처럼, 남자에게 내 행복을 의탁할 생각이 없었다. 수동적인 피해자가 되는 것도 원치 않았다.

계속해서 시기를 뒤로 늦추는 건 누구를 위해서도 좋은 결정이 아니었다. 이 순간의 나는 꽤나 용감하고 저돌적이었다. 말을 뱉고 나서 바로 후회하지도 않았다. 얼굴을 붉히지도 않았다.

"그럼 자요."

'자다' 라는 동사는 단일한 의미만 지니고 있지 않다. 하루 인간이 소비하는 시간의 3분의 1을 잡아먹는 행위를 뜻하는 이 단어는, 가끔 더 내밀하고 짙은 무언가를 암시한다. 정말로 대한민국에서 한국어를 구사하는 성인 모두가 그 숨은 의미를 알고 있는지 확인할 방법이야 없었지만, 적어도 눈앞에 있는 남자는 내가 암시한 그 다른 의미를 모를 사람이 아니었다.

나는 확신했다. 내 말은 확실하게 전달되었다. 그는 내가 던진 말의 의미를 확실하게 이해했다.

아무것도 아닌 일은 아니겠지만, 뭐 그리 엄청난 일일 것도 없다. 이 순간 살아 있는 세상의 모든 사람들이 그로 인해 태어났다. 시간을 거슬러 올라가도 변하는 것은 없다. 백 보 양보해서 성모 마리아가 성행위 없이 임신을 했다고 치더라도, 몇백억 명 이상의 여성들은 성행위의 결과로 임신을 해 아이를 낳았다. 그러니 아주 일반적인 일이다. 나 혼자만 경험하는 아주 특별한 일이라 생각할 이유가 없다.

정말로, 겁을 먹을 이유 역시 없다. 계속해서 주저하는 것이 더 이상하다. 세상이 무너지는 일이 아니다. 그저 처음이라 두려울 뿐이다. 물론 처음이라 두려워한다는 게 내게는 생소한 감각이기는 했지만, 새 학기, 첫 출근, 첫 시험 등등 처음을 두려워하는 사람들에 대한 이야기를 많이 들어 왔기 때문에, 내가 겪는 상황이 아주 독창적인 경험이란 생각이 들지는 않았다. 내가 하려고 하는 건 세상에 만연한 일이었고, 내가 겪고 있는 감정 상태 또한 그랬다.

"……밀아. 취한 것 같아요. 어서 씻……."

"딱 세 잔 마셨어요. 저 그렇게 술 못하지 않아요."

나를 돌려보내려는 그의 말을 끊었다. 그가 나를 원하는 것을 안다. 그런데 그는 어중간하게 나를 밀어 낸다. 그게 좀 일관성이 없게 느껴졌다. 이제 더는 수고를 들여 나를 아끼는 행동이나, 나를 배려하는 것 같은 행위 모두를 할 필요가 없다는 걸 알려 주는데도 그는 나의 제안을 빨리 받아 가지 않았다.

어쨌거나 이 남자도 도덕률에 지배를 받는 종류의 사람이긴 한 모양이지.

확실히 우리는 그저 하룻밤 즐기고 일어나서 모르는 척할 수 있는 사이도 아니었고, 일회성으로 이 관계가 끝나서도 안 되는 사이였다. 그의 고민을 이해할 수는 있었다.

술을 마신 여자랑 하는 걸 안 좋아할 수도 있었다. 하지만 그렇게까지 이 남자의 취향에 맞추고 싶다는 생각이 들지는 않았다. 그냥 약간 삐뚤어지고 싶은 마음일까, 이 남자에게 완벽한 여자가 되어 주고 싶지 않은 마음이 싹텄다. 그런 노력을 통해 얻을 수 있는 것도 없어 보였다. 어차피 결과는 같다.

"밀아. 취했다. 세 잔이면 적은 양은 아니야."

그는 굉장히 차분하게, 천천히 말했다. 그러면서 살짝 뒤로 물러났다. 그 말을 뱉기 전까지만 해도 그는 원한다면 바로 내 옷을 벗겨 낼 수 있는 거리에 있었다. 이제는 내 옷을 벗기려고 하면 좀 이상한 자세를 취해야 할 것 같은 거리까지 물러났다.

그래, 솔직하게 말하자면, 그의 말대로 코스모폴리탄 세 잔은 딱 세 잔이란 표현이 어울릴 정도로 적은 양은 아니었지만, 아까 말했던 대로 나는 술이 그렇게 약한 편이 아니었다. 그리고 그가 나를 밀어 낼수록 오기가 생겼다.

거절할 이유가 없는데, 나랑 자고 싶어서 그렇게 갖가지 것들을 다 내게 주었음에도 결정적인 상황에 왜 밀당을 하려고 하는 건지 이해가 가지 않았다. 그는 비싼 척을 하고 싶은 걸까, 스스로가 가볍지 않은 남자라고 믿고 싶나.

"그래요. 알겠어요. 그런데 그걸 고려해도, 하고 싶어요."

"……밀아."

"전 소녀가 아니에요. 아주 오래전부터 성인이었어요. 아시잖아요."

"……."

"얘기도 다 들었어요. 제가 피임 준비 안 해도 된다고."

"……밀."

그는 자꾸 내 이름만 불러 댔다. 할 줄 아는 말이 그것밖에 없는 것처럼. 이상했다. 내 이름을 부르는 남자가 있다는 게 갑자기 새롭게 느껴졌다. 원래 남자에게 이름이 불리는 일이 그리 흔치 않았다. 최근에는 임성진 씨가 이상한 별명을 뒤에 붙여서 부르는 일이 자주 있기는 했지만 그건 정말 예외적인 경우였다.

정말 이상했다. 그래서 더욱더 동했다. 그가 내 이름을 부를수록, 정말로 취해 가는 느낌이 들었다. 나를 취하게 만든 것은 술이 아니었다. 그의 목소리였다. 그러니 정말 내가 취했다면, 그건 그의 책임이었다.

지금 하고 싶었다. 강요당하는 게 아니었다. 정말로 물러날 이유가 없었다. 그냥 이 남자의 매력에 뛰어들어 보고 싶다는 생각이 들었다. 그가 물러난 만큼 내가 다가갔다. 그의 눈이 떨렸다. 미세하게 진동하는 게 보였다. 늘 시선을 피하고 싶이 하던 것은 나였는데, 이번에는 내가 그의 입장이 되었다.

당황하는 모습을 보는 건 생각보다 흥미로운 일이었다. 그가 지금의 그와 비슷한 행동을 하는 나를 왜 미소를 지은 채로 보는지 이제는 알 것도 같았다. 이거, 되게 생각보다 즐길 수 있는 일이구나. 그의 목소리에 취한 나는 더욱더 대담한 말을 뱉어 댔다.

"안아 주세요."

"……."

"제가 직접 결정하고 싶었어요. 지금 결정하는 거예요."

"밀아."

다시 내 이름을 부른다. 그는 주저하는 것처럼도 보였다.

그래도 원하고 있다. 알 수 있다. 다른 모든 남자들이 그러하듯이. 그 역시 여자의 처음을 원한다. 원한다면 줄 수 있다. 빼앗기는 거라고 생각하지 않겠다. 나 역시 충분히 즐길 각오를 했다. 그는 첫 상대로 나쁘지 않은 남자였다. 무언가에 취해 잠시 옳지 않은 결정을 내리는 것이라 해도 괜찮다. 왜냐면 어차피 어떤 식으로든 벌어질 일이니까.

"제가 택한 순간에 하고 싶어요. 도와주시겠다고 하셨잖아요."

"……."

"샤워하고 제가 방으로 갈게요."

나는 돌아섰다. 뱉어 놓고 보니, 생각만큼 그리 어렵지는 않았다. 처녀성을 비싼 값을 붙여 팔 생각이 없었다. 내 착각을 끝낼 수 있는 거라면 이런 선택도 나쁘지는 않다. 그래, 나도 그의 몸을 원하고 있다.

내가 원하는 순간에, 내가 준비가 된 때에, 어쩌면 평생 넘을 리가 없다고 생각했던 선을, 내가 넘어갈 수 있도록. 어디 한번 도와 줘 봐요. 원한다면 가져 봐요. 대신, 정말 그럴싸하게 새로운 걸 알려 줘야 할 거예요. 난 사전적인 정의에 따라 순결한 여자였을 수는 있지만, 들어 온 게 많아서, 정신세계마저 그렇게 만만하지는 않아요.

속으로 중얼거렸다. 내 생각을 뱉지는 않았다. 대신 드레스룸에서 자잘한 레이스가 달린 검은색 속옷과 짙은 보라색 슬립을 꺼냈다. 소녀처럼 보이고 싶지 않았다. 그가 말했듯이, 그는 나의 상급자가 아니었다. 동등한 높이에서 눈을 맞추고 싶다. 정복당하는 어린 양이 되고 싶지는 않다.

예전에 AV를 보면서 내가 무슨 생각을 했었는지 되짚어 봤다. 자신의 치부를 전부 드러내는 여배우들이 조금 안타깝다는 생각을 했었다. 내 생각과는 다르게 여배우들이 그 촬영을 즐기는 중일 수도 있기는 했지만, 내 눈에는 그녀들이 그리 행복해 보이지 않았던 것 같다. 그리고 반복된 허리 운동에 왜 그렇게 모두가 목을 매는 건지 좀 의아해했다.

대부분의 인간들이, 특히 남자들이 환장하는 일이라고 해서 뭔가 엄청 특별한 걸 줄 알았는데, 그 본질은 그냥 구멍을 찾아서 넣고, 반복된 허리 운동을 하는 것뿐이었다. 앵글이 좀 달라지고, 자세가 약간 바뀌고 하는 것에서 베리에이션은 그쳤다.

다른 영상을 봐도 똑같았다. AV들은 기본적으로 아주 폭력적이거나 엽기적인 것들을 제외하면 그 진행 양상이 별로 다양하지 않았다. 그런데도 매해, 매달 신작이 쏟아진다고 들었다. 어린 나는 한때 그건 지나친 낭비가 아닌가 아주 약간 걱정했다.

그걸 보다가 대체 왜 여자나 남자가 서로에게 필요한 건지 모르겠다는 생각도 했었다. 인격적으로 서로를 존중하는 느낌이 전혀 들지 않았다. 남자들에게는 그저 촉촉하고 조이는 구멍이, 여자들에게는 그저 딱딱한 물체만 있어도 비슷한 일을 할 수 있을 것 같은데 왜 인간의 몸뚱아리 전체가 필요한 걸까 묻고 싶었다. 그러나 누군가에게 묻지는 않았다.

그 부분에 대한 것은 이제는 좀 이해할 수 있을 것 같기도 했다. 연우겸이라는 남자는 만져 보고 싶을 만큼 충분히 매력적이었다. 게다가 내 현자의 돌이기까지 했다. 손에 잡히는 것이 살아 있는 인간이라는 것이 주는 매력과 안도감이 특별하리라 짐작하는 건 어렵지 않았다. 어릴 때 가졌던 의문이 해소되었는데도 아주 기쁘진 않았다.

오히려 알 수 없는 흐린 기운만 차곡차곡 쌓였다. 또한 정말 안타까운 건, 경험을 앞둔 순간에 내가 상상할 수 있는 한계가 딱 거기까지라는 거였다. 뭔가 더 구체적이고 유용한 팁이나 기술 같은 건 전혀 없었다.

AV가 내게 남긴 건 그저 살색 가득한 영상과 여배우들의 쥐어짜는 신음뿐이었다. 그게 별로 도움이 될 것 같지는 않았다. 화연이 언뜻 했던 말들을 떠올려도 별로 도움이 될 만한 게 건져지진 않았다. 그녀의 이야기는 주로 그녀 자신보다는 남자들에 관한 것이었다.

나는 욕실에 들어가 겉옷을 벗고, 거울 앞에 서서 일단 첫 번째 난관을 맞이했다. 화장을 지우는 게 맞는 건지, 지우지 않는 게 맞는 건지부터 알 수가 없었다. AV배우들은 화장이 짙었던 것 같은데, 드라마에서 여배우들이 화장뿐 아니라 속눈썹까지 붙인 채로 자는 걸 생각하면 그게 그리 참고할 만한 좋은 샘플인 것처럼 느껴지지 않았다.

　AV 속에서 벌어지는 일과 현실에서 실제 벌어질 일 사이에는 괴리가 있을 것이다. 남자가 몸에 손을 댄다고 해서 신음 소리가 그냥 흘러나올 것 같지도 않다. 그건 이전에 화연이 말해 준 적이 있었다. 다 가짜라고. 일부러 내야 하는 거라고. 근데 그게 무슨 도움이 될지 잘 모르겠단 생각이 뒤를 이었다.

　반 오십이 넘는 시간을 살아왔는데, 이런 기본적인 것도 감이 안 잡힌다니, 내가 꽉 막혀서 살아온 건지, 아니면 원래 다들 이렇게 아무것도 모르는 상태로, 고작 성인 비디오를 몰래 얻어 본 것으로 성에 관한 상식을 다 배우는 건지 모를 일이었다.

　정식으로 성에 관한 교육을 받은 건 아무리 생각해 봐도 언젠가 수업 시간에 비디오를 통해 싫으면 '안 돼'라고 말하라 배운 것밖에는 없었다. 그리고 그다음에는 올챙이처럼 헤엄치는 정자가 난자와 만나는 비디오를 봤던 것 같기도 하고. 쓸데없는 교육이었다.

　물론 배운 것에 따라 싫으면 싫다고 말할 것이다. 하지만 정말 그가 멈출지는 알 수 없다.

　위험은 감수해야 하는 거겠지.

　끝나는 순간까지 계속되는 YES가 없으면 강간이다. 그건 상식이다. 그런데 한국에서는 그런 상식이 잘 통용되지 않는다. 그러니까 나는 그냥 위험을 감수해야만 한다. 내가 싫다고 하는 순간에 그가 강제로 손을 대도 그를 강간범으로 만들 방법이 없다. 어디에 가서 하소연할 수 없다는 것을 안다. 게다가, 나와 그가 완전히 남이더라도 샤워를 하고 속옷까지 맞춰 입고 남자의 방에 들어갔는데 우리 사이에 강간이 일어났다고 밀할 때 거기에 동의해 줄 사람은 적어도 한국에는 거의 없을 것이다.

그냥 미니스커트만 입고 다녀도 강간에 대한 단초를 제공했다고 말하는 사람들이 한 트럭인 나라에 살고 있는데. 그러니까 내가 선택해야 하는 거였다. 그리고 선택을 했으면 각오를 하고 결과를 받아들여야 한다. 옳지 않다는 걸 알아도, 부조리를 제거할 수 없다면 이런 순간에는 어쩔 수 없다. 타협해야 한다. 슬프고 괴롭고 안타까워도 그렇다. 이런 싸움은 원래부터 나의 몫은 아니었다.

두렵다. 약간 그런 생각이 들었다.

내게는 그래도 힘이 있다. 금속 물체가 주위에 있을 테니 괜찮을 것이다.

정말 폭력적인 상황이 되어도 나를 구제할 방법이 있다. 손을 뻗어 만질 수 있는 거리에 그가 있기도 할 테니 힘을 써서 죽는 일도 없을 것이다. 육체의 완력이야 상대할 수 있는 수준이 아니겠지만 내게는 어쩌면 그를 죽일 수도 있는 이능이 있다.

그는 그게 두렵지 않은 걸까?

내게 힘이 있는 걸 왜 두려워하지 않는 걸까?

의문이 이어졌다. 하지만 치워 버렸다. 나는 일단 머리는 오후에 감았으니 몸만 씻기로 했다. 물이 묻을까 싶어 일단 머리를 높게 묶었다. 물을 틀고, 거품으로 몸을 씻어 내고, 스크럽 오일과 솔트를 섞어 다리 위에 얹었다. 체모가 워낙 없는 편이라 왁싱을 할 필요는 없었다. 그래도 포도 향이 나는 스크럽을 다리 위에 덜어 낸 다음에 문질렀다. 날이 건조하니까, 이런 걸 해 둬야 피부를 만질 때 거칠게 느껴지지 않을 것이다.

반드시 할 필요가 있는 행동은 아니었지만 그냥, 그에게서 좋은 향이 날 게 분명하니까 나도 내 몸에서 좋은 향을 내고 싶었다. 일관성이 없는 행동을 반복하고 있다는 것을 인지했지만, 내 행동을 막지는 않았다.

까끌까끌한 솔트가 몸을 자극했다. 아주 편한 느낌은 아니었다. 그래도 이를 통해 피부가 부드러워진다는 걸 알았다. 그래서 했다. 거친 입자지만, 피부에 상처를 입히지는 않는 것이라는 것도 알았다.

그도 그런 존재이기를 바란다. 상처를 입힐 것처럼 보여도, 결국에는 도움이 되는 존재이기를 바란다.

온몸에 도포했던 스크럽제를 미온수로 씻어 내고, 코롱을 조금 뿌리고, 안 지워도 되겠다 싶을 정도만 CC크림을 엷게 바르고, 입술에 립을 얹었다. 어차피 메이크업을 안 한 상태로도 많이 보는 사이였으니 민낯이라 깬다고 생각하지는 않을 것이다. 불을 꺼 달라고 말하면 꺼 줄 것 같다는 생각이 들기도 했다.

물기를 닦고 속옷을 입고, 슬립까지 위에 걸쳤다. 묶었던 머리도 풀었다.

심장을 누군가가 쥐어짜는 느낌이다. 심장박동이 귀에까지 들린다. 괜찮을 줄 알았는데, 거울 속의 나를 보니 두려워졌다. 기말시험 첫날, 1교시가 시작하기 전보다 더한 긴장이 내게로 왔다.

우리는 정상이 아니다. 애초에 처음부터 정상 비슷한 것이었던 적 없다.

슬립은 너무 얇은 것 같아서 남색 가운을 위에 하나 더 걸쳤다. 가운의 길이가 길지는 않았다. 그냥 허벅지 정도에서 끊기는 나이트가운이었다. 다시 나와 마주했다. 거울 안의 나는 꽤 괜찮았다. 그냥 적당히, 남자와 밤을 보내려는 이십 중반의 여자처럼 보였다. 입술 위에 바른 립스틱을 손으로 톡톡 두드려 봤다. 많이 묻어 나오지는 않는다. 키스를 하기 시작하면 금방 다 먹힐 것이다.

실내화를 신고 내려갈까 하다가 힐을 꺼냈다. 화려한 것을 택했다. 반짝반짝 박힌 펄들이 예뻐 보였다. 그래서 신었다. 별을 밟는 중이라 생각했다. 믿는다고 현실이 되지는 않지만, 주문을 걸어서 기분이 조금 나아진다면 가끔은 거짓말도 괜찮았다. 나는 힐 위에서 휘청거리지 않으며 계단을 내려갔다. 정말로 나는 취하지 않은 상태였다.

드레스룸 안의 거울에 비친 내 모습이, 야하게 느껴졌다. 그 이미지를 박아 넣었다. 해 본 적 없는 경험이었다. 해 본 적 없던 상상이었다.

또각, 또각.

구두가 바닥과 만나, 많은 구두들이 내는 그 소리를 똑같이 만들어 냈다. 그런 경험을 처음 하듯이, 진짜 어른이 되어 가듯이, 나는 약간 긴장한 채로, 모든 각오를 마친 채로 그에게로 갔다.

⚜

쿵쾅거리는 심장의 진동을 어렵게 견뎌 냈다.

천천히 그의 방문을 열었다. 노크를 하지는 않았다. 비틀거리지 않고 방으로 들어갔다. 침대에 걸터앉아 있던 그가 내 쪽을 보았다. 옷을 벗고 있지는 않았다. 적당히 몸에 맞는 짙은 긴 바지 위에, 바로 위로 벗을 수 있을 것 같은 반팔 티를 입은 채였다. 잔근육이 잘 잡힌 팔이 드러났다. 벗은 몸도 비슷할 거라는 생각이 막연하게 들었다. 아니라 해도 실망할 생각은 없었다.

늘 셔츠를 입은 것만 보다가 저런 차림은 처음이었다. 셔츠와 정장이 그를 완벽하게 만든다고 생각했는데, 역시 옷이 아니라 옷걸이가 더 중요한 모양이었다. 그는 여전히 지나치게 완벽해 보였다.

더 다가갔다. 그의 시선이 나를 훑었다. 평가를 당하고 있다는 생각이 들지는 않았다. 나를 보는 그가 약간은 위태로워 보였다. 머리카락이 젖어 있다. 물이 마르지 않았다. 그는 완전히 물을 맞는 쪽을 택했나 보다. 꽤 섹시했다. 여자를 동하게 만드는 비주얼을 가진 남자다. 그 사실에 조금 기뻐해도 되는 걸까, 나는 잠시 멈추었다. 그는 일어나지 않았다. 내게 다가오기보다, 나를 부르는 쪽을 택했다. 그는 손을 뻗지도 않았다. 나를 작게 불렀다.

"밀아. 이리 와."

큰 목소리가 아니었지만 분명히 들었다. 나를 부르는 목소리가, 그의 방 구석구석에 퍼졌다. 살짝 물기가 감도는 말에 홀리듯 이끌려 갔다. 계속 구두 소리가 났다. 그의 시선이 나의 힐에 닿을 때, 조금 오버한 것처럼 보이나 싶어, 그것에 신경을 쓰다 스텝이 약간 꼬였다.

그가 앉아 있는 곳 옆까지 다다랐을 때 쓰러지듯, 그에게 안기듯 그의 침대 위로 내려앉았다. 그는 무게 중심을 잃은 나를 빠르게, 완전히 자신의 품에 받아 냈다.

품에 안긴 나를 보는, 그렇게 나를 보는 그의 시선을 느꼈다. 그는 그 이상 어떤 말을 하지 않았다. 대신 나의 팔을 한 번 쓸었다. 성감이 그리 강한 신체 부위는 아닐 것이다. 그런데도 소름이 돋는 것 같았다. 나쁜 느낌은 아니었다. 색정적인 공기가 방 안에 내려앉았다. 나의 이마에, 머리카락에, 볼에, 입술에, 목에, 그의 입술이 닿았다. 그는 그대로 나를 침대 위로 눕혔다.

천장이 보였다. 그의 손이 내 종아리를 타고 내려가 내 힐을 벗겼다. 그 감각이 저릿했다. 신을 벗기는 행동일 뿐이었다. 침대 위에서 힐을 신고 있을 수는 없으니 당연한 행동이었다. 그런데, 내가 입고 들어온 옷은 전부 내 몸 위에 그대로 걸쳐져 있는데도, 완전한 나신이 되는 기분이 들었다.

그는 아주 서두르는 것처럼 보이지는 않았다. 신발을 던져 버리지도 않고, 땅바닥에 소리도 나지 않을 정도로 조심스럽게 내 구두를 내려놓았다. 그리고 천천히 내 위로 올라왔다. 그가 내가 보고 있던 천장을 가렸다.

위에서 내려다보는 그의 시선이 나를 완전히 사로잡았다.

시선에 지배당하는 기분이다.

시선이 나를 자극한다. 실오라기 하나 걸치지 않은 나신이 되어 범해지는 기분이었다. 그 어떠한 맨살도 닿아 있지 않은데, 벌써부터 궁극적 카타르시스가 어떤 것인지 알 것만 같다는 게 놀라웠다. 생경했다. 믿을 수 없을 정도로.

하지만 아직까지는 괜찮았다. 적어도 아직은 내 인생이 끝나는 기분을 느끼지는 않았다. 나는 그가 내 옷부터 다 벗길 거라고 생각했는데, 그는 짙은 스킨십을 이어 가는 것을 멈추고, 내 위에서 잠시 나와 눈을 맞추었다.

이런 사랑의 전희가 시작되는 순간에, 나를 보는 그 눈이 지나치게 깨끗하다는 생각이 들어, 울컥했다. 아니, 울컥하는 것이 아니고, 뭐라 형용할 수 없는 그런 감정이 잠시 다녀갔다. 먹먹하고, 외롭고, 불안하고, 도망치고 싶은데도, 그에게 끌리고, 만져지고 싶고, 그렇게 영원히 내 위에서 그가 머물렀으면 좋겠다고 생각하는 나를 발견했다. 오감 이상의 감각이 열리는 느낌인가, 그럴지도 몰랐다.

그는 왜 이렇게 욕망에 찌든 인간처럼 보이지가 않는 걸까. 나는 왜 이런 순간에도 그에게 완전히 존중받고 있는 중이라고 생각하고 있는 걸까. 그건 사실이 아닐 것이다.

내가 그의 좋은 면만 보고 싶어 해서 그런다. 그래서 속아 주는 척하기로 했다. 나는 그의 시선을 받으면서, 그의 다정한 애정을 받는 공주가 되는, 동시에 그를 완전히 지배할 수 있는 여왕이 되는 기분을 느꼈다. 나쁘지 않았다. 오히려 좋았다. 이 순간을 즐기기로 했다. 내 처음은 내 기대보다 더 나를 만족시킬 수 있을지도 몰랐다.

"밀아, 힘들면 바로 말해요."

"……."

"아프거나, 내키지 않거나, 내가 불쾌하게 만들거나 하면 알려 줘요."

그는 끝까지 다정했다. 아까 찾아들었던 설명할 수 없는 감정이, 좀 더 길게 이어졌다. 그래서 대답을 할 수가 없었다. 입을 열었다가 울어 버릴지도 모른다는 생각이 들어 내 언어를 꺼낼 수가 없었다.

"그냥, 드는 생각이나 느낌도 다 말해 주면 좋을 것 같은데, 그러려고 엄청 애쓸 필요는 없어요. 원하는 대로, 편한 대로 해요."

나는 대답 대신에, 내게로 상체를 숙이는 그에게 손을 뻗었다. 그 음성이 나오는 그의 목을 만져 봤다. 그의 목젖을 손으로 쓸어 봤다. 그가 침을 삼키자 그 행동을 따라 그의 목울대가 움직였다. 그대로 그의 눈을 보고 있었다.

나는 목 뒤로 손을 넣어 당겼다. 그가 끌려왔다. 내 행동에 따라, 그가 내게로 온다. 그는 절대 나를 거부하지 않는다. 그렇게 내가 먼저 키스했다. 키스가 점점 짙어지고, 호흡이 힘들어질 때에 그의 어깨를 살짝 밀었다. 그는 쉽게 물러났다. 우리 둘의 호흡이 모두 거칠어졌다.

"네. 하아. 알았어요."

늦은 대답을 보냈다. 그는 살짝 자신의 머리를 흔들었다. 물기가 완전히 마르지 않은 그 머리카락이, 지나치게 야했다. 그래서 손을 뻗어 만져 봤다. 야해서, 섹시해서, 만져 보고 싶어서 손을 뻗으면 그대로 만질 수 있었다. 그는 그런 나의 손길을 느끼는지, 내게 자신의 몸을 밀착했다. 나는 그를 밀어 냈다. 이번엔 키스가 끝났을 때보다 약간 더 저항감이 느껴졌다. 그래서 불쾌하지는 않았다.

나는 내 손으로 앞으로 묶인 가운의 끈을 풀었다. 내 행동에, 그의 시선이 묶였다. 상체를 들어 올리며 약간 뒤로 물러나, 나는 슬립까지 내 손으로 말아 올렸다. 이제는, 정말 나를 보는 그의 눈에 순수함이 남아 있지 않았다. 한 번도 본 적 없는 것이었지만, 본능으로 알았다. 그는 나를 확실히 원한다.

그가 손을 뻗어 나를 잡았다. 당겼다. 그에게 끌려, 그의 밑에 결박당했다. 완전히 깔려, 다시 그를 올려 보았다. 내 허벅지에,

그의 몸이 닿아 있었다. 열기가 그대로 느껴졌다. 그는 내 귓가에 속삭였다. 이미 뜨거워진 그의 것이 옷 너머로 느껴졌다.

그것 역시 본능적으로 알았다. 뭔가 단단한 것이 닿았다. 그래도 그는 내 속옷을 벌써부터 다 벗겨 낼 생각이 있는 것 같지는 않았다.

"진짜…… 하아. 숨 막힐 정도로…… 이런 말로 표현이 안 되는 걸 알지만, 내 눈에 밀이 지금 어떻게 보이는지…… 꼭 알고 있었으면 좋겠어요. 그런데 설명할 방법이 없네요."

오버액션을 하는 건지, 아니면 이런 레이스가 달린 짙은 색 취향인지 알고 싶었다. 그래서 입을 열었다. 예쁘게 보이는 것에 목을 매고 싶지는 않지만, 그래도 좋게 보이는 게 나쁘진 않았다. 이런 속옷은 내가 좋아하는 스타일이기도 했다. 서로 통하는 게 있는 게 나쁠 건 없었다.

"이런 속옷 좋아해요?"

"이것도 좋고. 사실, 하. 다 좋아. 뭐든."

"……."

"무슨 생각이 들든 다 말해 줘. 전부 다 알고 싶어요. 알게 해 줘."

그는 밀착시킨 몸을 떼어 내지 않았다. 귓가에 뱉어지는 말이 지나치게 야하게 들리는 건 내 기분 탓일까, 아니면 진짜 야한 말인 걸까, 아니면 목소리가 지나치게 탁해서 그렇게 들리는 걸까. 그는 뭔가가 시작되기도 전에, 그 목소리만으로도, 그가 선택하는 단어들만으로도 나를 녹였다.

그는 다시 천천히 입을 맞추고, 속옷 위로 천천히 내 몸을 더듬다가, 자세가 약간 불편한지, 내 다리를 벌려 그 안으로 자신의 몸을 밀착시켰다. 무서울 정도는 아니지만, 약간 그 행동이 거칠어서 움찔했다. 나쁜 느낌은 아니었다. 이제는 천만을 사이에 두고, 우리 둘의 가장 은밀한 곳이 닿아 있었다. 부끄럽지는 않았다. 나 역시 흥분해서 내 몸을 적시고 있었다.

닿아 있는 곳이 지나치게 뜨거웠다. 불에 덴 듯이 뜨거운 게, 그의 몸 때문인지, 나의 몸 때문인지는 알 수 없었다. 중요한 문제가 아니니 고민을 할 필요가 없었다. 그의 손이 닿는 곳 모두에 내 몸이 열기를 보냈다. 정신이 갈수록 혼미해졌다.

그는 모든 느낌을 말해 달라고 했다. 대체 무슨 생각이 든다고 말할 수 있을까.

몸이 녹는 것 같다고? 계속 만져 달라고? 당신이 나를 미치게 한다고? 머리끝부터 발끝까지 나를 다 집어삼켜 주면 좋겠다고? 내가 그런 생각을 한다고 진짜 그 말을 계속 다 뱉어 내면, 진짜 나를 미친년이라고 생각하게 될 것 같은데.

갑자기 그의 몸이 떨어졌다. 그는 잠시 상체를 위로 들었다. 왜 그러나 싶어서 올려 봤는데, 그는 나를 밑에 두고 머리 위로 상의를 벗었다.

아.

몸 좋다.

감탄사가 입 밖으로 나갈 것 같았다. 하지만 다행히, 민망한 상황을 만들어 내지는 않았다. 그는 자신의 옷을 다 벗었다. 나는, 옷을 벗는 행위가, 특히 하의는 상당히 민망한 모습이 아닐까 생각했는데 전혀 그렇지 않았다. 한 폭의 그림을 보는 것 같았다.

벗은 남자란 저런 느낌이구나.

하지만 모든 남자가 다 저렇게 완벽하지는 않겠지.

완벽한 피사체가 내게 다가왔다. 그는 내 속옷을 벗기려고 했다. 나는 그의 팔을 잡아 행동을 잠시 저지시켰다. 완전히 이성을 잃은 것처럼 보이는데도 팔을 잡자 그대로 행동을 멈추는 게 신기했다. 나는 작게 말했다. 흥을 깨는 것처럼 느끼지 않았으면 좋겠다고 생각했다.

"근데, 너무…… 밝은 건, 좀."

내 말에 그는 짧게 내게 입을 맞추었다가 입술을 떼어 냈다.

"이 정도 괜찮아?"

그는 침대 위로 손을 뻗어 조명의 밝기를 조절했다.

너무 어두운 건 그가 안 보여서 또 싫었다. 잘생긴 남자의 얼굴과 몸을 감상하는 건, 내 나체가 보여질지도 모른다는 두려움을 잊게 하기에 충분했다. 빛이 조금은 있었으면 했다. 그가 밝기 조절 롤을 내 말에 따라 돌렸다.

나는 약간만 밝게요, 조금만 더 어둡게요, 비슷한 말을 반복하면서 마음이 편해지는 밝기를 찾았다. 괜찮다고 말하자 그는 스탠드에서 손을 떼고는 다시 내 이마에 한 번 입 맞췄다.

"안심해요. 불안해하지 마요."

너무 다정해서, 심장이 간질거리다 못해 아팠다. 나는 작게 중얼거렸다. 다시 눈물이 쏟아질 것 같은 느낌이 들었다. 그래도 참아 냈다. 내가 왜 이러는지 나도 알 수가 없었다. 내가, 내가 아닌 것만 같다.

"……괜찮아요."

"조명 밝기처럼 다른 것도 다 하라는 대로 할게요."

다시, 그의 몸이 더 가까이 왔다. 단단해진 그의 것이, 내 허벅지에 닿으면서 그 감각이 그대로 전해졌다. 질척했다. 이상하게 좋

331

았다. 나를 보고 흥분하고 있다는 사실이 역으로 나를 더 흥분시켰
다. 괜한 호기심이 발동해서 그의 몸을 좀 더듬어 봤다. 어깨와 가
슴이 단단했다. 나의 몸과는 다르다. 신기하고, 좋고, 재미있다는
생각이 들었다. 그리고 무엇보다, 어색한 손길에 그가 그대로 반응
했다.

"하."

"……하으."

비슷한 행동을 반복하다, 내 귓가에 신음을 흘리는 그의 목소리
에 반응해 나 역시 신음을 흘렸다. 괜히 민망해서 손을 거두자 그
가 귓가에 속삭였다.

"계속 만져. 좋으니까."

온몸의 피가 타오르는 느낌이 들었다. 피가 부글부글 끓는 중이
아닐까 생각했다. 사실은 정말, 부끄러워하고 싶지 않았다. 그래서
그가 아까 말한 대로, 느끼는 대로 그대로 말할까 고민했다. 그래
서 허리를 쓸듯이 만져 주는 게 좋아서, 그게 좋다고 말할까 생각
했다. 진심으로 고려하고 있는 중이었다.

그가, 내가 자신을 만져 주는 게 좋다고 말하기 전까지.

같은 내용을 그에게서 들으니까 그 말이 지나치게 외설적이어
서, 내 입으로는 도저히 꺼낼 수가 없겠단 생각이 들었다. 그래서
괜히 입술만 뻐끔거렸다. 그러다 그에게 입술을 먹혀 버렸다.

"하. 아아."

괜히 허벅지를 쓰는 손길에 뭐라 말하려다 이상한 감탄사가 나
갔다. 그가 눈을 맞춘다. 부담스럽냐고 묻는 것 같다. 고개를 옆으
로 저으면 하지 말라는 뜻으로 알아들을 것 같고, 고개를 끄덕여도
왠지 멈출 것 같아서 그냥 시선을 피하면서 옆을 봤다. 그러니 허

벅지에 댄 손을 떼지 않으면서 드러난 내 목에 키스했다.

야한 소리가 난다. 약간 아프게 빨아들인다. 불쾌한 느낌은 아니다. 오히려, 자극적인 느낌이라 허벅지에 힘이 들어갔다. 그의 입술이 목과 쇄골을 따라 내려갔다. 브래지어 끈을 풀려고 할 때 등을 살짝 들어 줬다. 누워 있으니까 가슴이 좀 작아 보일까 걱정이 되긴 했는데, 그래도 괜한 걱정은 하지 않기로 했다.

"예뻐요."

가슴을 칭찬하는 것은 이상했다. 누군가에게 맨가슴을 보일 것이라고는 한 번도 생각하지 않았던 것 같다. 진짜 예뻐 보여서 칭찬하는 건 아니겠지. 뻔한 얘기지만, 그게 좋아서, 얼굴을 살짝 붉혔다. 칭찬이 나쁘지는 않았다.

"아."

그는 팬티 위에도 손을 두고 내 얼굴을 보았다. 나를 배려하는 중이란 걸 아는데도 너무 민망해서 눈을 마주치질 못했다. 내가 거부의 의사를 밝히지 않자, 그는 다시 한 번 내 몸 위에 키스했다. 자국이 남을 것 같다. 그가 내 입술 위에 자신의 입술을 얹자, 그의 목에 팔을 감아 매달렸다.

그는 작게 남은 천 위로 가볍게 내 몸을 쓰다듬었다. 온몸이 저릿저릿해지는 느낌이었다. 계속해서 천이 젖어 들어가는 느낌이라 괴롭기도 했지만, 분위기 자체가 워낙 질척하고 야해서 또 무지막지하게, 미치도록, 아주 부끄럽지는 않았다.

"밀아, 괜찮아. 안심해. 떨지 마."

떨고 있었나. 그의 말을 들은 다음에야 알았다. 숨도 잠시 멈춘 것 같았다. 나는 참았던 숨을 뱉어 냈다.

"하아……."

뱉은 숨이 색스럽게 늘어졌다. 멈췄던 호흡이 다시 이어졌다. 돌이킬 수 없는 선을 넘어가는 것에 대한 공포를 내가 여전히 안고 있다는 걸 깨닫게 되기는 했지만, 그게 흥분을 완전히 날리지는 않았다. 내 사고는 점점 깨끗한 이성에서 밀어져만 갔다.

지금 이 순간에도, 나를 걱정하고, 나를 신경 쓰고, 나를 아끼는 그가, 다정하게 구는 그가, 지나치게 착한 남자인 것처럼 행동하는 것을 그만두고 그대로 내 안으로 들어왔으면 좋겠다는 생각을 하는 걸 보면, 정말 내가 제정신이 아닌 게 분명했다.

내가, 내가 아니었다.

"밀아, 괜찮아?"

"하아…… 네."

그런 말을 묻지 말고, 그냥 더 거칠게 다루어도 된다고 알려 줘도 될까. 나는 그렇게 쉽게 꺾여서 시들어 버릴 꽃이 아니라고 말해도 될까. 조급했다. 나쁜 생각들을 더 큰 걱정으로 다 물리치고 싶었다. 새로운 경험을 갈망했다. 그를 탐하고 싶었다. 그가 나를 다른 우주로 보내기를 원했다.

달싹이는 나의 입술 위로 그의 입술이 내려앉았다. 다정함은 먹먹함을 만든다. 그래서 더 격렬한 걸 원했다. 안타까운 잔향을 남기는 애정 표현은 싫었다. 제발, 사랑받고 있다고, 아껴지고 있다고 그만 좀 착각하게 만들었으면 좋겠는데, 그는 여전히 나를 섬세한 꽃처럼 다루었다.

가시 박힌 장미도 되고 싶지 않다. 꺾이면 죽는 존재가 되기를 원치 않는다. 꽃이 아닌, 구르고 굴러도 기스 하나 나지 않는, 흠집 하나 생기지 않는 보석인 쪽이 좋다. 그런데, 뭔가 상처를 입는 느낌이 드는 건, 내가 보석이 아니라는 뜻인 걸까. 보석인 체할 뿐인 모조품인가? 그런 현실이 괴롭나? 나를 괴롭게 만드나? 나도 나를 잘 모르겠다.

"괜찮아. 정말 괜찮아. ……믿어도 돼. 안심해."

혼란에 휘말려 가는 나를, 그가 거두었다. 불어 오르는 강물에 사로잡혀 그대로 쓸려 내려가지는 않았다. 그에게 구해졌다. 다정하게 어루만지는 손길이 이제는 이상하게 나를 안심시켰다. 위로받는 느낌이 들었다. 그렇게 그의 품에 잠시 안겨 있었다. 몸의 떨림이 완전히 잦아들었다. 안심하라는 그 말에 바로 마음이 놓이는 게 신기했다. 두려움은 거의 다 걷혔다. 그는 다시 다정하게 이마에 입을 맞추고, 내 머리카락을 쓸어 넘겼다.

흥분에 적셔진 눈빛으로 나를 보고 있으면서, 살짝 붉게 충혈된 눈을 하고 있으면서, 엄청 참는 게 다 보이는데, 그런 상태에서도 그는 계속 신사처럼 굴려고 했다. 기쁘면서도 마음이 아프고, 고맙다는 생각이 들면서도 그가 미웠다. 나도 내가 무슨 생각을 하고 있는 건지 갈피를 잡을 수가 없다. 호흡도 제대로 이어지지 않는다.

"으으. 하아. 하."

"아프게 안 할 거야. 편하게 숨 쉬어요."

그가 귓가에 속삭였다. 배려는 유혹적이었다.

하지만 그런 배려가 끝까지 이어지지는 않았다. 내가 그의 어깨에 손을 얹고, 더 해 달라는 몸짓을 보이자, 그는 더 질척하게 나를 대했다. 성욕의 깊이는 얕아지지 않았다. 미치게 자상하게 굴면서, 손은 더 내밀한 곳 근처로 왔다.

그의 손이 내 속옷 안으로 넣어졌다. 살짝, 끈 안으로 넣어진 손이 끈을 그대로 아래로 당겼다. 속옷에 달린 검은 레이스가 약간 까칠한 감촉을 허벅지에 그대로 전하며, 나의 살을 스치고 내려갔다.

"아."

작은 천 조각이 몸에서 빠져나가는 그 감각이 그렇게 생소할 수가 없었다. 원래 이렇게 벗는 것이었던가, 수없이 비슷한 행동을 스스로 반복해 오지 않았었나. 그리고 완전히 나신인 그의 밑에서, 나 역시 나체가 되었다.

"밀."

"……네."

"밀아."

그는 내 이름을 작게 몇 번 불렀다. 내가 이곳에, 그와 함께 있다는 걸 확인하고 싶어 하듯이. 나는 우리가 이런 배덕의 행위를 하고 있다는 걸 서로 외면하고 싶어 할 거라고 생각했는데, 그 예상이 틀렸다는 것만 계속 확인하게 된다. 우리는 누구도 지금 맨살을 마주 대고 있는 상대가 자신이 생각하는 그 사람이 아니라고 부정하고 싶어 하지 않는 것 같다.

나 역시 그를 부정할 수가 없다.

이 남자는 연우겸일 수밖에 없다. 그걸 알아 간다.

그의 시선이, 입술이 몸 곳곳에 닿았다. 모든 감각기관이 끓어오르고, 그 이상으로 많은 열락이 몸을 뒤덮었다. 그는 속옷을 벗기자마자 그 안으로 파고들지는 않았다. 대신 내 온몸에 더 짙은 애무를 이어 가면서 나를 더욱 애태웠다. 그냥 몸이 젖어 들어가는 게 아니라 완전히 물을 흘리는 느낌이었다.

"으응. 아앗."

더 원한다고 말하진 않았다. 그의 손에, 손길에, 그가 이끌어 가는 대로, 그대로 느끼고 있는 게 좋았다. 애를 닳게 하는 듯하지만, 그는 더욱 나를 흥분시키고 있었다. 그가 원하는 대로, 그대로 가길 원했다. 그러기로 정했다. 내 몸이 느낄 수 있는 새로운 감각을 알아 가고, 새로운 세계를 항해해 가는 게 황홀했다. 새로운 세계는, 새로운 우주는 훨씬 더 웅장하고, 거대하고, 다채로웠다.

"으아."

"응. ······으음."

"하아."

방 안을 교성으로 채우진 않았다. 작은 신음을, 그냥 그런 소리가 목을 타고 올라오는 것 같을 때에 뱉어 댔다. 그런데 작게 터지는 한숨과, 거칠어진 호흡과, 작게 살이 비벼지는 소리와, 그런 것들이 더 야했다.

진짜 내가 지금 겪고 있는 것이 현실이라고, 정말로 이게 진짜인 거라는 생각이 들어 미칠 것 같았다.

"앗······ 우겸······."

그의 이름이 입에서 나간 건 내 사고 과정이 완전히 녹아 흐물흐물해졌기 때문이었다. 의도한 바가 아니었다. 판단 기능이 제대로 작동하고 있지 않았다.

그의 이름을 부르는 나의 목소리에, 그가 내 허리에 자국을 남기던 행동을 멈추었다. 고개를 들고 나를 보았다. 눈이 마주쳤다.

쿵.

심장이 떨어지는 느낌이 들었다.

이유를 알 수가 없었다.

그렇게 잠시, 그는 나를 보았다. 그가 천천히 입술을 벌려 내 이름을 뱉을 때까지, 잠시 시간이 정지한 것 같았다. 시계를 보고 있지 않았기에, 얼마나 우리가 가만히 시간을 흘려보냈는지 모르겠다.

"밀…… 지금. 내…… 이름."

무례하다고 생각했다. 그를 부를 만한 다른 호칭이 딱히 떠오르지 않아 그냥 그렇게 불렀던 것 같은데. 나는 변명을 해야 하나 생각했다. 짧은 순간에, 많은 생각들이 뇌를 쓸고 갔다. 이 상황에서 우리의 가족 관계를 상기시키는 호칭으로 부르는 게 더 이상할 것 같았다. 그래서 입을 열어 뭐라 말하지는 않았다.

그렇게 조금 더 시간을 보내고, 나는 결국 사과를 하기로 했다. 내가 옳지 않은 행동을 했음을 인정해야 했다.

"아…… 제가 잘못."

"아냐."

그는 빠르게 나의 말을 부정했다.

"……네?"

"불러 줘. 이름 불러 줘. 좋아서 그래. 진짜…… 좋아서."

말의 중간이 끊어졌다. 그는 고개를 숙여 내게 다시 입을 맞추었다. 키스가 길게 이어졌다. 뭔가, 목이 막히는 기분이 들어서, 더욱 매달리고 싶어서, 몸을 완전히 밀착한 채로, 입술만 비비는 게 아니라, 입술만 먹고 먹히는 게 아니라, 온몸으로 서로를 느끼고 잡아먹을 듯이 격정적인 키스를 나누었다.

"……겸."

"하아. 밀. 밀아."

그가 원한다면 어떤 애칭으로도 불러 줄 수 있겠다는 생각이 들었다. 이 남자의 몸은 지나치게 아름답고, 완벽했다. 섬세한 손길과, 모든 몸짓은 내게 황홀함을 안겼다.

사람이 아닐지도 몰라. 무슨 성의 신이나, 쾌락의 요정이나, 그런 것이 인간의 탈을 쓰고 있는 것인지도. 나는 갈수록 다급해져서, 그에게 물었다.

"으. 하아. ……언제 넣을 거예요?"

그 말을 할 때 그의 눈을 보았다.

다시 세상이 정지하는 느낌이 들었다. 그는 완전히 멈춘 상태 그대로 나를 보았다. 이건 진짜 좋지 않은 선택이었을까. 갑작스러웠나. 이 타이밍에 하는 말이 아닌가. 그의 눈이 약간 흔들렸다. 눈물까지는 아니지만 습기가 조금 차는 것도 같았다. 그는 내게 말했다. 다시 나의 이름을 불렀다.

"……밀아."

"…….."

"네가 원하는 거야. 그렇지? 나를 원하지? 내가 해 줬으면 좋겠는 거지?"

"……네."

대답을 할 수밖에 없었다. 그가 말한 전부가 진실이었다. 그가 약간 거칠어졌다. 싫지 않았다. 그 역시 나를 원하고 있다. 미칠듯이. 그 사실이 나를 더할 수 없을 만큼 기쁘게 만들었다.

그곳에 그의 손이 닿았다. 허벅지가 움찔거렸다. 그의 행동을 막지는 않았다. 손가락이 움직일 때, 질척거리는 소리가 났다. 그건 좀 민망하다는 생각이 들었다. 한 손으로 얼굴을 가리려고 했는데, 그가 그런 나의 행동을 예의 주시하면서, 내가 보이는 행동을 거부의 몸짓으로 생각할까 봐 그냥 그 행동을 관두었다. 나는 그에게, 지속적인 동의를 보이고 있었다. 그래야만 했다.

"아! 앗."

그의 손이 내 그곳의 특정한 부분에 닿을 때, 허리가 올라갔다. 이런 반응이 자연스러운 건가 싶어서 그를 보았는데, 그는 정말 죽을 듯이 자신을 자신의 욕망을 자제하고 있는 것처럼 보이면서도, 동시에 나를 이겼고, 또 동시에 사랑스럽다는 듯이 보고 있었다.

정말 이상한 일인데, 관계가 지속될수록, 그가 더욱 흥분하는 걸 지켜볼수록, 이 남자는 정말 내가 원치 않는 행동을 하지 않을 거란 확신이 더해진다.

허벅지가 벌려졌다. 그가 어디를 보고 있는지 알았다. 부끄럽기보다는, 더 거대한 쾌락에 빠져들어 갔다. 시선만으로도 저 멀리 다른 세계로 보내질 것 같았다. 다그치는 나의 행동에도 그는 내게 몇 번 입을 맞추며 말했다.

"밀아. 아프면 말해. 그럼 더 젖게 하고 다시 해 보자. 그럼 덜 아플 거야."

이제, 내가 아파하면 안 하겠다는 말에서 논조가 좀 바뀌었다. 아파하면 안 하는 게 아니라 그냥 덜 아프게 만들고 하겠다는 거네. 우스운 느낌이 들면서도 좋았다. 이상하게 나쁘진 않았다. 근데 젖는다는 말이 지나치게 야하지 않나? 나는 지금 내가 저 말을 듣고 민망해해야 하는 건지 아닌지도 모르겠단 생각이 들었다.

"……네. 그럼…… 으."

"천천히 하자. 천천히. 기분 좋아지게 해 줄게."

뜨거운 게 닿았다.

이건, 이건 대체 뭘까.

뭔가가 몸에 들어가기 시작했다. 생각만큼 많이 힘들지는 않았다. 피가 나오려나 했는데, 그렇게 상처가 날 만한 느낌이 아닌 것 같기도 하고. 여러 가지로 잘 모르겠단 생각이 들었다. 그러다, 약간 **빡빡한** 느낌이 들 때 그의 어깨를 잡은 한 손에 힘을 좀 쥐었다. 그러니까 그가 나와 눈을 맞추며 잠시 멈추었다.

"괜찮아?"

"앙…… 하아, ……네."

입을 열었다가 이상한 신음이 나간 것 같아서 약간 당황했다.

뇌에 순간 불안한 생각이 가득 찼다. 안 좋은 생각들로만 사고의 과정이 전부 다 채워졌다. 이제야 다시 불안함이 엄습했다.

관계가 끝나면 그가 차가워질까? 나는 계속 이걸 즐길 수 있을까? 신음 소리를 더 예쁘게 가공해서 뱉어야 하는 걸까? 적당한 스킬을 갖추려면 나도 AV들을 보고 배우들의 액션을 앞으로 좀 참고해야 하는 걸까? 그에게 물어봐야 할까? 그럼 그는 뭐라고 답할까?

모르겠다. 그가 더 내게 다정하게 굴고, 내 이름을 더 불러 주었으면 좋겠다는 생각이 들어 심장이 아려 왔다.

"밀아?"

"으. 하아."

그래도 작게 뱉어지는 것은 신음밖에 없었다. 나는 질문을 던지지 않았다. 생소한 곳에 전해지는 생소한 압박이 약간 힘겨웠다. 뭔가가 들어오는 것만으로 기분이 엄청 좋아지거나 하지는 않았다.

"밀아."

"으."

나를 부르는 그의 목소리를 자꾸만 더 찾게 됐다. 계속 불러 주면 좋겠다고 생각했다.

"하아. ……넌 완벽해."

그는 그 말을 귓가에 뱉었다. 그리고 내 몸 깊은 곳까지 순식간에 들어왔다.

"아. 앗!"

아.

이상해.

진짜 이상해.

좋고, 그게 아닌 것도 같고. 아프고, 굉장하고, 그런 느낌들이 아니라 그냥 이 감각 자체가 너무나 생소하다는 생각이 가장 먼저 내려앉았다. 그리고 뭐가 온 걸까. 모르겠다. 정말 모르겠다.

갑자기 뇌 어딘가의 퓨즈가 나가는 기분이 들었다. 갑자기 사고의 상태가 새로운 영역으로 넘어갔고, 내 위에 있던 그는 대화를 시도하기보다는 나를 거칠게 먹어 가기 시작했다.

나는 잡아먹히는 중이었다. 한 남자에게, 한 거대한 포식자에게, 그것 외에는 그다음에 이어진 상황을 설명할 표현 방법이 없다. 나는 내가 아닌 존재가 되어, 쾌락에 의해 갈기갈기 분산되어, 상상도 못 했던 세계의 저편으로 넘어갔다.

"아. 아아. 하웃."

나는 척추를 타고 흐르는 전율에 정신을 놓고, 완전히 쾌락에 취해 혼미해진 상태로 알 수 없는 열락의 세계를 유영했다.

"여기? 응? 좋아? 말해 봐요."

"으. 그게…… 아."

"……하."

"웃. 응."

"하아. 말해 줘야 더…… 기분 좋아지게 해 줄 수 있어요."

거기서 딱히 뭔가가 더 좋아지길 바라지 않았다. 이미 뇌가 다 녹아 버린 상태라서 뭐가 좋고, 뭐가 나쁜 건지도 구분이 불가능했다. 모든 소리가 야하게 들렸고, 그렇게 세상의 감각을 제대로 받아들일 수 있는 선은 끊겼다.

❧

어떻게 뭔가가 끝났는지 잘 모르겠다. 첫 경험은 그런 식이었다. 어떤 순간이 지나자, 술을 먹고 필름이 끊기듯 그 전의 기억들이 섞였다. 그다음은 완전히 포맷되어 정확하게 남아 있는 것이 무엇인지 확인을 할 수도 없었다.

마지막엔, 그냥 몸에서 힘이 빠지고, 그의 품 안으로 파고들었다. 그가 다정하게 나를 안고 등을 다독이면서 이마에 입을 맞추는 걸 느꼈다. 그냥 그대로 잠시만 눈을 감고 있자고 생각했는데, 그대로 그의 침대에 누워서 꿈 안으로 녹아들었다. 귓가에 다정하게 내려앉는 그의 목소리가 전해진 것 같기도 했다.

생각만큼 허탈하지는 않았다. 막연한 불안감에 떨지도 않았다. 끝에도 그는 다정했고, 상냥했다. 예쁘다는 칭찬을, 완벽하다는 감탄을, 셀 수 없을 정도로 많이 들었던 것 같다. 그런 그에게 매달려 그의 이름을 몇 번 더 불러 봤다. 그는 내가 그의 이름을 부르는 것을 좋아한다. 그건 확실하게 알게 되었다.

낭만이 갑자기 찾아들었다. 기분 좋은 꿈에 빨려 들어갔다. 다정한 손길을 느끼면서, 영원히 벗어나고 싶지 않은 꿈을 헤엄쳐 갔다. 색정적이기만 했던 원색의 욕망이 몽환적인 빛깔로 퍼져, 도무지 따라갈 수 없는 속도로 온 세계를 향해 뻗어 나갔다. 퍼즐의 빈 공간이 맞추어지고, 공허하던 벌판 위의 꽃들이 만개했다. 꽃이 되기를 원하지는 않았지만, 꽃을 가득 머금은 대지가 되는 기분은 나쁘지 않았다. 잔잔하지만, 화려하고, 더없이 아름다운 풍경이 펼쳐지는 중이었다.

연금술을 사용한 연금술사는, 그 순간부터
폭주의 위험을 안게 된다.

八夢

　책장에서 〈어린 왕자〉를 뽑았다. 경영에 관한 서적들이 가득한 책장에 홀로 외롭게 있던 작은 책이 손에 들어왔다. 혼자 튀는 게 이상했다. 그냥 적당히 잡히는 만큼 페이지를 넘겼다. 특별한 의도를 가지고 특정한 부분을 펼친 게 아닌데, 눈이 닿는 자리에 그 유명하다는 사막여우의 대사가 있었다.

　길들여진다는 것. 기다림을 즐긴다는 것. 밀밭에 부는 바람을 좋아하게 된다는 것. 그런 의미에 관해 잠시 생각했다. 무슨 우연인가 싶어서 작게 웃었다. 요즘 웃음이 늘었다. 내 행복의 시작과 끝은 항상 너와 닿아 있다. 나는 책을 닫고, 눈을 감고, 너를 떠올려 봤다. 친구들과 즐거운 시간을 보내고 내게로 왔으면 좋겠는 마음과, 그냥 어서 빨리 집으로 돌아왔으면 좋겠는 마음과, 친구들보다 내 곁에서 더 즐거워했으면 좋겠다는 생각이 엉켰다.

　다시 너를 생각했다. 습관처럼, 다시 나는 너를 찾는다.

너를 기다리는 시간은 사실 그리 나를 들뜨게만 만들지는 않는다. 나는 〈어린 왕자〉의 사막여우처럼 되지 못한다. 네가 나를 길들이는 일 역시 책에 나오는 과정 같지 않았다. 멋지기보다는 아주 고통스러운 일이었다. 이제야 나는 완전히 작정을 하고, 내 앞에서 벌어질 일들을, 나름대로 멋진 일로 탈바꿈시키기 위해 애를 쓴다. 자연스러운 일은 아니다. 하지만 자연스러운 일처럼 보여야만 한다. 그 사실이 나를 괴롭혔다.

불안해진다. 네가 눈에 보이지 않아 그런 것인지, 나의 욕망이 더럽게 느껴져서 그런 것인지, 대체 무엇 때문인지 별로 생각하고 싶지 않은데도, 자꾸만 무언가가 심장을 쿡쿡 찔렀다. 나는 나쁜 기억을 지우기 위해 어젯밤 우리가 나누었던 짙은 키스를 떠올렸다. 누구보다 아름다운 너와 나누었던 다정한 숨결을 세어 간다. 그런 되감기는 나를 진정시켰다.

의미가 있는 일이다. 목숨까지 걸 만한 가치가 있다. 차고 넘친다. 네 존재만으로도 내 존재의 이유를 설명할 수 있다. 그런 네게 닿을 수 있는데, 대체 그걸 무어라 설명할 수 있을까. 표현이 불가능한 영역이다. 너는 그렇게 내게로 오고 있다. 너는 그렇게 더욱 나를 이끌어 간다.

내게는 몸 안의 영혼까지 꺼내어 네게 바치고 싶어질 정도로 절절하고 애절한 충동이 있다. 그래서 나는 선을 넘었고, 이미 돌이킬 수 없어졌다는 것을 안다. 돌이키고 싶지도 않다.

오히려 자꾸만 바라는 것이 많아진다. 원하는 것이 끝도 없이 늘어 간다. 주말을 같이 보낼 수 있을 거라 생각했던 것부터가 그렇다. 외출이 잦지 않은 너와, 더 다정하게 시간을 보낼 수 있을 거라 생각했던 것 같다. 그런 주말을 기대했다. 주말에 일을 하지 않으려고 주중에 일을 몰아서 처리했다. 김칫국을 한 사발 퍼마셨었다는 걸 이제야 알겠다. 너는 친구들을 만나러 나갈 것이라 했다. 정말이지, 나는 갈수록 염치가 없어지는 게 분명하다.

내게 그런 것을 기대할 권리가 언제부터 있었던 거지? 나는 내게 닿는 너의 시선에도 감격하며 심장을 부여잡았을 얼마 전의 나를 기억한다. 정말 인간의 욕심이라는 게 끝이 없다는 것을 알아간다.

가지고 싶다. 원한다. 더, 조금만 더.

그렇게 티끌 같은 기대가 쌓이다 보면, 어느새 바라는 것이 태산의 크기를 갖추게 될 것이다. 알고 있는데 멈추질 못하겠다. 나를 막을 수가 없다.

네가 보고 싶다. 내가 확신할 수 있는 것은 그것뿐이다. 다른 건 별로 알고 싶지 않다. 어서 돌아왔으면 좋겠다. 누구보다 아끼면서 충분히 기다릴 테니, 입술을 맞추고 머리카락을 넘겨 주는 것만 허락해 주었으면 좋겠다. 작게 숨을 몰아쉬는 너를 내 눈에 담고 싶다. 그런 너를 보고 있으면 더할 나위 없이 행복해질 수 있을 것 같다.

너는 무엇을 생각하고 있을까. 무엇을 하고 있을까. 이 순간의 너를 상상해 봤다.

멀리 가나 걱정했다. 그런데 너는 옷을 두껍게 입고 나가지 않았다. 날이 추웠다. 건물 밖으로 나갈 생각이 없는 것 같아 안심했다. 너는 추위를 좀 타는 편이라, 건물 밖에서 친구들과 만날 약속을 잡았다면 훨씬 두꺼운 옷을 걸쳤을 것이다. 그리고 저녁의 술 약속은 보통 이 건물의 2층 바에서 이루어졌다. 오늘도 아마 그럴 것이다.

나는 핸드폰을 집어 들었다. 보안팀에 전화를 걸면 네가 지금 어느 가게의 어느 테이블에 앉아 있는지 알 수 있다. 보안 카메라 앵글에 네가 앉아 있는 테이블이 잡힌다면 컴퓨터로 실시간 영상을 받을 수도 있다.

미친 생각이다.

스토커도 아니고. 정신 좀 차려라.

나는 다시 핸드폰을 내려놓았다. 이 순간에도 너의 위치를 알고 싶고, 상황을 통제하고 싶어지는 내 욕망이 너무 적나라했다. 탐욕을 드러내는 건 좋지 않다. 나는 자제할 필요가 있다 생각하며 손으로 내 심장을 두어 번 두드렸다. 도를 넘지 말아야 한다. 가능하면 그런 쪽으로는 생각 자체를 말아야 한다. 나는 먼 곳에 시선을 두었다.

하늘이 붉게 물들어 간다.

넓은 하늘이 보였다. 오랜만에 하늘을 보았다. 짙은 석양 밑에는 한강과 건물들이, 위로는 하늘이 자리했다. 아주 오래전에, 네가 한강을 보는 것을 좋아한다고 들었다. 고층을 좋아한다는 얘기도 들었었다. 그래서 이 건물이 지어질 때에 투자를 했고, 펜트하우스를 분양받았다. 그리고 가장 높은 최상층, 가장 한강이 잘 보이는 방을 네 침실로 만들었다.

펜트하우스를 디자인할 때, 건축가에게 직접적으로 네가 살 곳이란 얘기를 할 수가 없어서, 몇 번이고 디자인을 반려해 가며 수정하게 만들었다. 괴벽을 가진 인간이라 생각했을 것이다. 그때에는 입 밖으로 꺼낼 수도 없는 꿈이었다. 처음 집을 살 때에는 네가 정말 들어와서 살 거란 기대도 크게 하지 않았다. 러시아에서 네가 돌아올 때, 따로 집을 마련해 두지 않았던 것은 못된 욕망의 발현이었다.

　그때의 나는 이런 상황이 올 수도 있다는 걸 알았을까. 미래의 나는 지금 이런 생각을 하고 있는 나에 대해 어떻게 생각할까. 더 많은 것을 바라고 있을까? 아니면, 벼랑 끝에 내몰리다 그 밑으로 굴러떨어져서, 절망 속에서 몸부림치며 지금의 나를 부러워할까. 끔찍한 생각을 다시 밀어 냈다. 죄책감이나 두려움을 가져서 좋을 것이 없다. 나는 다시 좋은 생각을 시도했다.

　은퇴를 하고 크루즈를 타고 세계 일주를 하는 것도 좋을 것 같다. 이런 빌딩과 맞닿은 하늘이 아니라, 끊임없이 펼쳐진 수평선을 너와 보고 싶다. 유치하지만 크루즈 끝의 난간에 올라 바람을 느끼며 뒤에서 너를 안고, 영화의 주인공이 된 것 같은 기분에 젖어 드는 순간이 왔으면 좋겠다. 정말 답이 없는 망상인 것 같아서 얼굴을 한 번 가렸다가 손을 뗐다. 그런 낭만을 꿈꿀 자격이 내게 있을까. 언젠가는 그런 것이 내게 허락되려나.

　이전에는, 이런 것들이, 절대 허락될 수가 없는 미래인 것 같아 망상마저도 피했다. 이런 생각이 들면, 차라리 육욕을 채우는 행위들을 떠올렸다. 침대 위의 너를 상상하고, 그렇게 흥분하고, 꿈에 빠졌다가, 땀에 흠뻑 젖은 채로 잠에서 깨어나 입을 막고 오열했다. 차라리 그게 나았다.

　잔잔한 미래를 꿈꾸는 것은 정말 해서는 안 되는 일이라 생각했다. 너의 몸뿐만 아니라 너의 미래, 우리의 대화, 같이 겪는 일상을 꿈꾸는 행위는, 믿을 수 없을 정도로 낭만적이라 상상의 후유증으로 내가 완전히 부서질까 두려웠다. 이제는 그런 미래를 상상한다. 지는 석양을 보며, 너와 함께 살아가는 나의 삶을 그린다.

　너의 모습이 아른거리고 가슴이 먹먹해진다.

푸른 가을 하늘 밑에서 하염없이 너와 함께 걷고 싶다. 코스모스 밭도 좋고, 단풍이 가득 물든 거리도 좋을 것 같다. 네가 하루 종일 있었던 일들에 대해 말할 때, 네가 읽었던 소설과, 본 영화에 대한 감상을 늘어놓고 그날 있었던 속상한 일들을 조심스럽게 말할 때, 너의 일상을 나의 일상으로 받아들이며, 너를 괴롭게 했던 모든 것들을 다 걷어 줄 수 있는 사람이 되고 싶다.

무슨 일이 있어도 나는 너의 편이고, 너를 응원하며, 네 곁에 있을 것이라 말할 것이다. 작은 웃음을 보고 싶다. 네가 내게 미소를 보여 주면 나도 웃을 것이다.

걱정이 차오르는 것을 완전히 모른 척할 수는 없다. 모든 난관이 끝난 것도 아니다. 내 욕망은 끝까지 더럽다. 너를 기만하지 않을 거라 맹세했고, 단 한 가지만 제외하면 모든 것을 사실대로 말할 것이란 다짐도 했다. 그래도 들키지 않아야 하는 그것이 끝까지 내 곁에 머무를 것이다. 내가 그렇게 떳떳하지만은 않은 편법을 쓰고 있는 것도 맞다. 안다.

하지만 이전에도 생각했듯이, 나는 이제 정말 어쩔 수가 없다. 모든 건 사랑 때문이다. 이게 다 사랑 때문이다. 누구보다 너를 사랑하기 때문이다.

빨리 네가 돌아왔으면 좋겠다고 생각하고 있을 때에, 문 바로 앞에서 구두 소리가 들려 고개를 들었다. 노크를 할 것이라 생각했다. 그 순간을 기다렸다. 그런데 너는 노크 없이 문을 열었다.

네가 들어왔다. 운명 같은, 기적 같은 타이밍이라 생각했지만 사실 네가 집을 떠나고부터 내내 너만 생각하고 있었기 때문에 어떤 타이밍에 네가 나타나도 운명적인 순간이라고 생각하기는 했을 것이다. 미소가 지어졌다. 나는 자리에서 일어나며 너를 맞았다. 어서 네게 손을 뻗어 어떤 식으로든 너를 느끼고 싶었다.

"밀아. 일찍 왔네요."

"……."

"기다리고 있었어. 재밌게 놀았어요?"

너의 표정이 그리 좋지 않았다. 안 좋은 일이 있었다면, 내게 투정을 부렸으면 좋겠단 생각이 들었다. 안 좋은 감정도 다 받아 주고 싶었다. 네 기분이 좀 나아질 수만 있다면, 나는 어떤 존재든 되어 줄 수 있었다. 네가 나의 위로를 원한다면, 나의 공감을 원한다면, 나는 그와 유사한 것들까지 전부 끌어와 너에게 퍼부어 줄 수 있다.

앞에 가자 알코올 향이 느껴졌다. 취했냐고 물으며 손을 뻗었다. 짙은 스킨십을 원하지는 않는 것 같아 우선 이마에 입술을 대었다가 뗐다. 품에 안고 싶었다. 그래서 안으려고 했는데 네가 원치 않는 것 같아 물러났다. 내가 그러길 원한다는 이유로 너를 괴롭힐 순 없었다. 약간 안타까운 마음이 들기는 했지만, 네가 원치 않는 것을 하는 것은 나도 싫었다.

너는 그런 상태로 말을 뱉었다. 방에 들어온 이후에 건넨 첫마디였다.

"……저 일단 샤워할 거예요."

"밀아. 피곤하면 일찍 자요. 술도 마셨으니까 쉬어요."

자러 가기 전에, 인사를 하러 들른 모양이었다. 괜찮았다. 얼굴을 보여 주고 가는 것만으로도 충분했다. 나는 과욕을 부리지 않으려고 했다. 이미 너는 내게 과분한 것을 주고 있다. 욕심을 부리면 안 된다. 나는 이제 앞으로 몇 시간 동안 볼 수 없을 너를 눈에 담아 두려 애를 썼다. 돌아서자마자 보고 싶어질 게 분명했다.

"아니요. 피곤하지 않아요. 그런 이유가 아니에요. 그렇게 취하지도 않았어요. 묻고 싶은 게 있는데 물어봐도 돼요?"

"뭐든."

대화가 이어지는 건 좋았다. 내게 묻고 싶은 것이 있는 것도 좋았다. 나는 언제나 너에 대해 알고 싶은 것이 많으니까, 나에 대한 너의 관심은 늘 나를 벅차게 했다. 그리고 설령 그게 나에 관한 호기심이 아니라 다른 것을 향한 질문이어도 상관없었다. 내가 답해줄 수 있다면, 내가 도움이 될 수 있다면 어쨌거나 좋았다.

"저랑 자고 싶으세요?"

무슨, 말을.

대체 무슨 말을 물었나 생각했다. 고민했다.

한국어가 아니었나?

그런데 말이 더 이어지질 않아서, 그 이후에 어떻게 적절한 말을 뱉을 수가 없었다. 내가 생각하는 그것이 맞는 걸까 두려워졌다. 동시에 작은 기대가 피어났다. 어쨌거나 그런 질문을 예상했던 것은 아니었다.

나는 계속 내가 뭔가를 잘못 들은 것은 아닐까 생각했다. 아니, 정확하게 말하자면 제대로 된 생각을 하고 있지는 않았다. 그런 걸 할 수가 없었다. 그런 종류의 질문을 예상했던 것이 아니었다. 멍했다. 다른 의미일 수도 있었다. 내가 착각을 하고 있는 중일 수 있었다. 그럴 확률이 더 높았다. 그래서 나는 뭐라 답을 하지 못하고 그대로 정지해 있기만 했다.

너는 나를 봤다.

언제나 네가 무슨 생각을 하고 있는지 궁금했지만, 지금은, 지금은.

정말, 알 수가 없다. 내가 정말로 그걸 알고 싶어 하는 것인지도 모르겠다.

"그럼 자요."

그 말이 끝났을 때에, 나는 무언가를 결심한 것만 같은 너의 표정을 보고, 우리가 지금 같은 것을 생각하고 있다는 것을 알았다. 바라던 것이 펼쳐지는지, 세상이 무너지는지, 대체 이 뒤에 무슨 일이 벌어질지보다, 나는 네가 무슨 생각으로 이런 말을 뱉은 건지가 가장 궁금했다. 그래서 다행이었다. 갑작스럽게 뱉어진 너의 말에, 나보다 너를 먼저 생각할 수 있는 이성의 끈이 내게 쥐어져 있어서 정말 다행이었다.

세상 그 무엇보다도 간절했던 일이다. 모른 척하고 너를 침대 위로 이끌 수도 있다. 그렇게 너의 몸을 알아 가고, 쾌락을 느끼면서, 너를 나로 채워 가면서, 갑작스럽게 찾아든 너라는 기적을 그대로 품에 안을 수도 있다.

하지만 하늘 위에 내려앉았던 석양의 붉은빛이 아직 내게 남아 있기 때문에, 내가 꿈꾸는 훨씬 더 다정하고 안락한 미래가 있기에, 그 모든 걸 외면하고 그대로 너를 취할 수는 없다.

그렇게 생각했다. 처음의 기억이 시작부터 전부 행복하길 바랐다. 너는 그래야만 했다. 내가 나를 전부 가져가기를 바라는 정밀이라는 존재는, 그 모든 순간을 완벽하게 겪을 자격을 넘치게 가지고 있었다. 어떤 화풀이의 방법이나, 강요에 의한 것이나, 특정한 무언가를 위한 수단으로써만 행해지는 것이 아니라, 더 행복한 너

를 만들기 위해서, 진심으로 네가 원할 때에 너에게 나를 바치고
싶었다.

그런데 나를 유혹하는 말은, 그저 건조하게 뱉어지는 말은, 동
시에 분명히 나를 진동시켰다. 건조한 말투는 충분히 색정적이있
다. 차오르는 간절함을 모른 척할 수가 없었다. 너는 그렇게 나를
다시 딜레마의 크레바스, 욕망의 심연 저 멀리까지 추락시켰다. 너
는 단어 몇 개를 뱉는 것만으로도 나를 이렇게 흔든다.

그런 순간에도 너는 더없이 아름다웠다. 아직도 다시 네게, 처
음 너를 본 그 순간처럼, 그렇게 사랑에 빠지는 것만 같다는 사실
이, 나를 지옥으로 이끌었다. 네게서 벗어날 수 있을 리가 없다.
그 무엇보다도 명백한 명제가 찾아들었다. 그리고 다시, 나를 지배
하는 너를 나의 눈에 담았다.

성욕보다 더 간절한 것이 나를 막아섰다. 내가 원하는 건 너의
육체만이 아니었다. 그래서 고개를 내미는 욕망을 모른 척하며 너
를 돌려보내기 위해 애썼다. 그런데도 너는 완고하게 입장을 고수
했다. 생각지도 못한 상황이었다. 언젠가 이 반대의 상황이 연출될
지도 모른다고 생각하기는 했었다. 내가 너를 향한 욕망을 참아 내
지 못하고 매달리는 건 그래도 좀 일어날 법한 일이었다.

나의 만류에도 불구하고 네가 뜻을 거두지 않자, 내 안의 다른
내가 왜 차려진 밥상을 거부하는 거냐며 나를 충동질하기 시작했
다. 약간만 더 이러고 있다가는 이 자리에서 바로 너에게 덤벼들지
도 몰랐다.

그래서는 안 되는 거다. 그건 정말 벌어져서는 안 되는 일이었다.

"밀아. 취했다. 세 잔이면 적은 양은 아니야."

그래서 완전한 반말까지 나갔다. 처음부터 끝까지 반말로만 구

성된 말은 하지 않아야지, 생각하는 중이었다. 자신은 말을 놓는데 왜 너는 못 하냐는 임성진의 도발에 넘어가기는 했지만, 경어를 가끔 삭제하는 것은 더 가까워지고 싶은 마음의 표현이었지, 너보다 상위의 존재가 되고 싶다 생각했기 때문이 아니었다.

나는 경어를 쓰지 않고 너만 경어를 쓰는 것은, 마치 내가 네게 명령을 내릴 수 있는 존재가 되는 것 같아 거북했다. 그런데 나는 지금 그 거북한 상황을 무의식중에 스스로 택했다. 너의 의사를 존중하지 않고, 네 판단이 옳지 않다고 지적한 거였다.

그런데도 너는 물러나지 않았다. 그다음에는 계속 뻗어지는 너의 말에 나는 답을 할 수가 없었다. 내가 고작 할 수 있는 거라고는 네 이름을 연이어 부르는 것밖에는 없었다. 결국 너는 돌아섰다. 그만두겠다는 뜻이 아니었다.

"샤워하고 제가 방으로 갈게요."

너는 그렇게 나의 서재에서 벗어났다. 뒷모습이 멀어져 갔다. 그 순간 완전히 다른 극단에 있는 두 가지 감정이 동시에 나를 압도했다. 끔찍할 정도로 황홀한 승리감에 도취됨과 동시에, 이대로 나라는 존재 자체가 매장당할 거라는, 역겹지만 분명히 어느 한구석만큼은 빛나는 패배감에 사로잡혔다.

❧

물을 틀었다. 찬물을 틀 생각이 없었는데, 쏟아진 건 찬물이었다. 정신이 없어서 찬물을 튼 것도 몰랐다. 갑자기 냉수가 머리 위로 쏟아졌다. 잠깐 놀라기는 했지만, 물을 바로 끄거나 바로 물러서지 않았다. 그냥 그대로 가만히 서 있었다.

몸을 적시는 액체는 내 열기를 식히지 못했다.

아른거린다.

너를 기대하는 마음에 모든 이성이 닫힌다. 모든 악마가 다가와 나를 유혹한다. 아니, 내가 더 나쁜 악의로 악마들을 내게 이끌고 있는 중이었다. 나보다 더 악한 존재가 나를 유혹해서 그것에 넘어 갔다는 듯이 말하며 내 잘못의 크기를 축소해서는 안 된다. 나는 생각을 정정했다.

그저 미치겠다. 미칠 것만 같다. 이미 충분히 미쳤는데, 왜 자꾸 미칠 것 같다는 생각을 하는지도 알 수 없다. 너는 나 자신의 상태를 말할 표현력마저도 사라지게 만들었다. 오로지 너만 보게 만든 다. 내 전부는 너만을 향한다. 다른 모든 창구가 닫힌다.

사실 진심으로 거부하고 싶은 생각은 없었던 게 아니냐고, 네가 정말 원하던 거라고, 왜 이렇게 망설이고 주저하는 거냐고, 타락한 내가 내게 말을 걸었다. 그리고 그래도 제정신인 나의 일부 역시 내게 속삭였다. 나를 정말 간절하게 원해서 내린 선택일 리가 없다 고, 그 결과를 내가 대신 짊어질 각오를 해야 한다고, 책임질 각오 를 하지 않으면 안 된다고.

나는 언젠가는 다시 버려질지도 모른다는 두려움에 사로잡히기 보다는, 평생 거짓말을 하는 쪽을 택했다. 그 순간부터 사실 나는 깨끗하기만 한 남자일 수는 없는 거였다.

이거 하나만. 딱 하나만.

밀아. 제발. 용서하지 마. 그냥 끝까지 모르고 있어 줘.

나머지는 전부 다 진실하게 굴 생각이야. 다른 것은 전부 다 사 실대로, 진실만을 전할 거야.

들리지 않을 맹세를 속삭였다. 그리고 나는 끝내 너의 결정에 따르기로 했다. 냉수로 내게 벌을 주는 것을 마감하고, 손을 뻗어 물의 온도를 조정했다. 따뜻한 물을 맞았다. 너를 경건하게 맞이하기 위해 어쨌거나 몸을 씻었다.

다시 옷을 챙겨 입고 침대에 앉아 너를 기다릴 때의 나는 생각보다 꽤 차분했다. 정신세계가 평온한 상태는 아니었지만, 그래도 어른인 척, 다정한 남자인 척을 필사적으로 수행했다. 네가 원하는 내가 되고 싶었다. 어린애가 되어 버린 나를 네가 바라고 있지는 않을 것이었다. 속에서 어떤 종류의 상념이 들끓고 있어도, 제정신을 가진 남자인 척은 해야 했다.

하지만 네가 들어오는 순간에, 나는 그냥 그런 것들을 다 체념해 버렸다. 그냥 뭐든 상관없다는 생각만 남았다.

고민을 하고 입술을 열지 않았다. 고민의 시간이 오기 전에 입술이 알아서 열렸다. 고민이나 판단과 무관하게 나는 너를 불렀다. 이름을 부르고 싶었다. 본능에 이끌려 그냥 불렀다. 네가 내게 좀 더 다가오기를 원했다. 우리가 같은 세계에 속해 있다는 걸 느끼고 싶었다. 내가 저 구름 위에 있는 여신을 그리며 기도를 하는 것이 아니라는 걸 확인받고 싶었다. 너도 나와 같은 피가 흐르는 사람이라는 걸 네가 내게 알려 줬으면 했다.

"밀아. 이리 와."

내가 어떤 모습으로 보이고 싶었는지 잘 모르겠다. 그냥 내가 너를 그렇게 부르기를 원했다. 그래서 입에 너의 이름을 머금었다. 내 말에 반응한 너는 그대로 다가왔다. 그렇게 다가와서 그냥 나를 죽여도 괜찮겠다는 생각을 했다. 이대로 꿈에서 깨어날 거라면, 그냥 그 끝에 아무것도 없는 쪽이 더 낫지 않을까 생각했다. 이게 현실이 아닌 꿈속의 과거가 되어 버린다면, 미래가 없는 미래를 맞는 쪽이 낫다.

반짝거린다. 네가, 그리고 네가 신은 구두가 빛난다. 어린 날의 내가 비웃었던, 구두 하나를 들고 신데렐라를 찾던 정신 나간 왕자가 그보다 더 잘 이해될 수가 없었다. 열두 시를 알리는 종소리와 함께 이대로 네가 사라진다면, 저 구두를 들고 무슨 짓이든 하려고 하겠지.

그대로 네가 내게 다가왔다. 나의 꿈이 더욱 가까이 왔다. 네가 내게로 오기를 기다리는 시간이 흘러갔다. 시간은 느리게, 빠르게, 속도를 바꿔 가며 나를 뒤흔들었다.

나의 여신, 이 세상 무엇보다 소중한 나의 천사, 종교에 기대어 무언가를 간절하게 바란 적 없었다. 앞으로도 그렇게 신을 찾는 일은 없을 것 같지만, 신보다도 더 위대한 너를 간절하게 염원하는 순간들은 끊임없이 이어질 것이다. 그것을 안다.

너는 높은 구두를 타고 내게로 날아왔다. 내 앞으로 걸어오는 모습을 보면서도 믿을 수가 없었다. 구두에 감싸지지 않은 발등부터 허벅지의 절반 정도까지는 아무것도 너를 가리지 않았다. 걸쳐진 것이 하나도 없었다. 매끄러운 살이 그대로 보였다.

조금만 더 기다리면 손을 뻗어서 네 맨다리를 직접 만질 수 있을지도 모른다는 게, 나를 전율하게 했다. 그리고 내가 미처 준비가 되기도 전에 너는 내 앞에 와서 발을 헛디디며 넘어지려 했다. 급하게 너를 잡았다. 그대로 품에 안았다.

향이 퍼졌다. 포도 향도 나고, 코롱을 뿌렸는지 플로럴한 향도 느껴졌다. 달콤한 인공향이었다. 순간, 너 역시 이 순간을 위해 신경을 썼나 싶어 벅찬 마음이 들었다. 아련하고, 먹먹하면서도 즐거웠다. 너를 실망시키지 않으리라 다짐했다. 이마에, 머리카락에,

볼에, 입술에, 목에, 연이어 입술을 대어 봤다. 그대로 빨아들여 짙은 자국을 남길 수도 있었지만 일단 시작은 잔잔한 쪽을 택했다. 서두르지 않아야 했다.

"아프거나, 내키지 않거나, 내가 불쾌하게 만들거나 하면 알려 줘요."

나는 네게 말했다. 차분하게 전했다. 진심이었다. 입에 발린 말이 아니라, 진심으로 그렇게 생각하고 뱉은 말이었다.

내 세계를 압도하는 아름다움을 지닌 너는, 이상하게, 참 다행이게, 성욕보다는 우선 경건한 마음을 불타오르게 만들었다. 세상에 있을 수 없는 존재가 내 앞에 내려왔다는 생각에, 네게 무례한 짓을 범해야겠다는 마음은 순식간에 사그라졌다. 너는 더욱 소중하게 대해질 필요가 있었다.

"그냥, 드는 생각이나 느낌도 다 말해 주면 좋을 것 같은데, 그러려고 엄청 애쓸 필요는 없어요. 원하는 대로, 편한 대로 해요."

그런데, 너는 그런 나의 신앙심을 시험하고 싶었던 걸까.

네가, 스스로 옷을 벗었다.

멍해졌다.

그런 너를 보고 있었다. 이미 나는 충분할 만큼 드러난 너의 살결을 감상하고 있었다. 하얗고 뽀얀 허벅지만도 충분했다. 그것만으로도 이미 이성을 잃기 일보 직전의 상태였다. 그런데 너는 스스로 가운을 풀어내면서 나의 자제력을 시험에 들게 했다.

너를 봤다. 넋을 놓고 봤다. 갈수록 참을 수 없어졌다. 돌이킬 수 없는 짓을 금방이라도 저지를지도 모른다는 두려움이 내게로 왔다. 동시에, 말로 형용할 수 없을 정도로 엄청난 크기의 기대가 폭발했다. 나는 내 몸을 네 몸에 닿게 하고 싶었다. 참지 않았다.

참을 수 있을 리가 없었다. 흥분한 내 몸이 너의 몸에 닿았다. 네가 당황할 수도 있다는 걸 알면서도 그대로 있었다.

해도 되는 걸까. 진짜 가져도 되는 걸까. 어쩌다가 이런 일이 벌어지게 된 걸까.

말하고 싶었다. 사랑한다고, 당신이 너무 아름다워서 감당이 안 된다고. 그런데, 사랑을 말하면 안 된다는 두려움이 내 목을 잡고 흔들어서, 내가 꺼낼 수 있는 건 아름다움에 관한 말밖에는 없었다.

"진짜…… 하아. 숨 막힐 정도로…… 이런 말로 표현이 안 되는 걸 알지만, 내 눈에 밀이 지금 어떻게 보이는지…… 꼭 알고 있었으면 좋겠어요. 그런데 설명할 방법이 없네요."

어수룩한 칭찬이었다. 그럴싸한 수사를 구사할 수가 없었다. 내가 뱉은 것이 내가 할 수 있는 최선이었다. 말실수를 하지 않은 것만 해도 대견한 거였다. 나중에, 훨씬 더 정교하게 수사를 다듬어서 하루 종일 네 아름다움에 대해 찬양해 주어야겠다 생각했다. 지금보다 정신이 더 멀쩡할 때에 칭찬을 쏟아 내기로, 그렇게 나는 내가 해야 할 일을 미루었다.

지금은 그저 너의 아름다움을 감당하는 것만도 벅찼다. 아름답고, 화사한, 누구보다 빛나는 너를 담아내는 것만으로도 나는 붕괴해 갔다.

당장이라도 속옷까지 다 벗겨 내고, 다리를 벌리고 안으로 들어가고 싶었다. 하지만 나는 초인적인 인내력으로 이성을 붙들고, 네 몸의 상태부터 확인했다. 네가 전혀 흥분하지 않은 상태면 네 안으로 들어가는 행위가 네게 고통만을 안길 수도 있었다. 대충 하다 보면 고통에 익숙해질 거라는, 강간범 수준의 마인드를 가지고 너를 안기 위해 너를 그렇게 오랜 시간 동안 기다려 온 게 아니었다.

처음 너를 보았을 때로부터 10년 가까운 시간이 흘렀다. 쭉 깊어지기만 했던 감정이다. 그보다 더 짙어질 수 없는 감정은 성적 충동의 충돌로부터 가까스로 너와 나를 구해 냈다. 나는 너를, 또한 나 자신을 다그칠 생각을 걷어 냈다. 맨몸이 닿아 있고, 네가 나를 허락했는데, 여기서 조급해하고 싶진 않았다. 그런데도 뭔가 몸이 말을 듣지 않는 것 같아서 스스로를 원망하는 마음이 나타났다가 사라지고는 했다.

참아.

조금만 더 참아.

네 속옷을 만지는 손이 전하는 감각이, 손끝을 타고 전해지는 감촉이 지나치게 자극적이라 괴로웠다. 즐길 수 없을 정도로 요동치는 격동이 온몸을 타고 흘렀다. 성적인 흥분이 어떤 것인지 알고 있다고 생각했다. 어떤 식으로든 참아 낼 수 있을 거라 약간은 자신했던 것도 같다.

그런데 지금 나와 한 침대에서 몸을 섞기 직전에 있는 사람이 너라는 게, 상황을 도무지 내가 견뎌 낼 수 없는 것으로 만들고 있었다. 하지만 참아야 하기는 했다. 조금은 더 견뎌야 했다. 현실은 늘 예측을 뛰어넘기 마련이다. 그런데 그런 현실에서도 넘지 말아야 할 선은 있었다. 나는 그것을 잊지 않았다.

내 손이, 가장 내가 파고 들어가고 싶은 부위를 만졌다. 얇은 천 밑에 네가 있다. 습한 느낌이 그렇게 매혹적으로 나를 흔들 수가 없었다. 속옷이 젖어 있었다. 네가 나에게 반응하고 있단 뜻이었다.

네게 묻고 싶은 것이 많아졌다. 어떤 점이 좋은지, 어떻게 하면 더 좋아질 것 같은지, 내가 마음에 드는지, 어떤 생각을 하고 있는지, 내가 어떻게 해 주었으면 좋겠는지, 지금 나를 받아들이기를 원하는지, 어떻게 애무를 해 주었을 때 가장 기분이 좋았는지, 그리고 너 역시 나를 만지고 싶다고 생각하는지. 열이 오른 네 몸이 너무 아름답게 느껴져 온몸 구석구석에 내 흔적을 잔뜩 남겨 놓고 싶었다.

몸을 들어 나 역시 옷을 벗었다. 내 몸이 마음에 들기를 바랐다. 설령 그렇지 않더라도, 네가 취향을 말하면 그것에 맞출 테니 걱정 말라는 말도 하고 싶었다.

동시에, 서두르지 말자고 수없이 내게 말했다. 주문처럼 느껴질 정도로 속으로 중얼거렸다. 조명 밝기도 네가 요구하는 것에 따라 맞추었다. 원하는 것을 조용조용하게 말하는 게 너무 예뻤다. 다른 많은 것들에 대해서도 그렇게 의견을 말해 주면 정말 행복할 것이다.

"조명 밝기처럼 다른 것도 다 하라는 대로 할게요."

야한 대화를 당장 강요하고 싶지는 않지만, 내가 해 줄 수 있는 것들을 앞으로 잔뜩 속삭여 주면서, 하나하나 네 의견을 듣고 싶었다. 네가 좋다고 하면 같이 그걸 하고, 아닌 것 같다고 하면 다른 것을 물어보고 하면서, 서로에게 좀 더 익숙해지면서, 그렇게 다가가면서, 더욱 친밀해지면서, 너를 더욱 기쁘게 만들 수 있는 방법을 알아 갈 것이다.

그리고 결국 너를 완전히 나신으로 만들었다. 한 폭의 그림 같은 느낌, 더할 수 없는 작품이라는 감상, 어떤 성령의 현신, 그보다 더 나를 돌아 버리게 만들 수 있는 것이 내 앞에 존재했다. 성욕보다 더한 것이 덮쳤다. 어떻게든 내가 네 몸에 새겨지길 바랐다.

미치도록 화사한 그림 앞에 넋을 놓고 있기보다, 그 안으로 들어가 나의 흔적을 남기고 싶다. 색스럽고 불경한 마음가짐이라 욕해도 좋다. 나를 차단하던 통제력이 갈 곳을 잃었다.

"밀아, 괜찮아. 안심해. 떨지 마."

그 상태로 다른 남자들도 다 뱉을 법한 대사를 읊어 댔다. 그게 내가 너에게, 또한 나에게 걸 수 있는 마지막 주문이었다. 그다음에는 어떤 척을 해도, 그게 진심이 아니었다.

너를 가져야겠다.

역시 나는 안 돼. 참을 수 있을 리가 없잖아.

시각적인 자극에 홀리고, 나는 나를 통제하고 싶지 않다는 욕망에 빨려 들어갔다. 진심을 담지도 않은 말들을 뱉었다. 내가 더욱 미쳐 갔다. 어떻게든, 무슨 말을 해서라도 뭐든 해야 했다. 내게는 네가 필요했다. 내가 너를 참아 낼 수 있었다면 이미 진작 너에게서 벗어났을 것이다.

"괜찮아. 정말 괜찮아. ⋯⋯믿어도 돼. 안심해."

거짓말이다. 네가 세상에서 절대 믿어서는 안 되는 남자가 나라는 걸 절대 네게 알리지 않을 것이다. 나는 너를 가지기 위해서는 무슨 짓이든 할 각오가 되어 있는 미친놈이라는 걸 절대 네게 말하지 않을 것이다.

⚜

이성이 오락가락했다. 점점 내가 거칠어진다는 생각이 들었다. 그러면 안 된다는 걸 아는데, 점점 선을 넘어가는 내가 느껴졌다. 그래도 어쩔 수가 없는 거라고, 너 역시 각오를 하고 침대 안으로 뛰어든 거라고, 자기합리화를 끝도 없이 행했다.

모른 척할 수 있는 건 모른 척해야 했다. 세상의 많은 불의를 못 본 척하면서 긴 시간을 살아왔다. 내가 진짜 원하는 걸 가지기 위해서 하는 짓인데, 게다가 사실 이미 수많은 죄를 저질렀는데, 여기서 더 무엇을 못 할 이유도 없었다.

그런데, 하지만.

너는, 다시, 내가 상상도 하지 못했던 경험을 내게 선물했다.

"앗…… 우겸……."

우겸.

연우겸. 내가 아는 내 이름이었다. 나를 부르는 소리가 들렸다. 네가 나를 불렀다.

갑자기 생경한 감각이 나를 멈추었다. 너의 음성이 귓가를 파고들었다. 그대로 심장이 떨어지는 느낌이 들었다. 내 생명을 유지시키는 기관이 내 몸에서 나가 지구라는 행성의 바닥으로 추락했다. 갑자기 입 안의 침이 마르고, 모든 충동이 나를 떠나갔다. 나는 나를 불렀던 입술을 봤다. 네가 나를 부른 게 분명했다. 청각을 황홀경에 이르게 하는 음파의 출처가 네가 아닐 수는 없었다.

"밀…… 지금. 내…… 이름."

겨우 입을 열었다. 확인을 받고 싶었다. 지금 나를 부른 거라고, 나를 찾은 거라고. 너 역시 너를 만지고 네게 입 맞추고 있는 것이 나임을 알고 있다고.

네가 부정하고 싶어 할 거라 생각했다. 그저 현자의 돌로만 나를 받아들이려고 애쓰고 있을 거라 생각했다. 너와 몸을 섞는 나를, 연우겸으로 받아들이고 있을 거라는 기대는 처음부터 하지 않았다. 그런 것을 바라면 안 될 것 같았다. 감히 내가 바랄 수 있는 것이 아니었다. 그런데 네가 나를 불렀다. 너를 원하고 있는 존재가 나라는 걸 부정할 생각이 없다는 듯이.

"아…… 제가 잘못."

"아냐."

잘못 부른 게 아니다. 계속, 계속 듣고 싶다. 네 앞에 있는 게 나라는 걸, 네가 계속 알고 있었으면 좋겠다. 내게도, 네가 그것을 알고 있다는 걸 계속 알려 주었으면 좋겠다. 좋은 정도가 아니다. 좋다는 것 이상으로, 우주의 모든 것이 다 내 것이 되는 기분을 느낄 것이다. 네가 나를 찾는 순간에, 나를 부르는 순간에는 이 우주 전부를 통틀어 가장 행복한 사람이 내가 될 것이라 확신할 수 있다.

"……네?"

"불러 줘. 이름 불러 줘. 좋아서 그래. 진짜…… 좋아서."

"……겸."

너는 다시 나를 불렀다. 그게 어떤 의미인지 너는 정말 모르는 것 같다.

"하아. 밀. 밀아."

너는 대체 어쩌자고. 대체 어쩌려고.

"으. 하아. ……언제 넣을 거예요?"

네가 말했다. 그 의미를 바로 이해했다.

네가 선택했다. 나는 전혀 강요하지 않았다. 네가 원하고 있는 것을 내가 행할 뿐이다. 네가 나를 원한다. 그래서 우리는 관계를 가지는 거고, 그렇게 네 안으로 들어가는 거고, 그렇게 흔적을 남길 것이다. 네가 나를 택했다. 그런 기적이 일어났다. 너는 나의 기적이다.

허락을 받았다. 그 사실을 딱 한 번만 더 확인받고 싶어서, 나는 물었다.

"……밀아."

"…….."

"네가 원하는 거야. 그렇지? 나를 원하지? 내가 해 줬으면 좋겠는 거지?"

"……네."

그래. 아무리 생각해도 이건 내 잘못이 아니야.

네가 자초한 거야.

욕망의 분출을 제어할 수 있는 이성의 끈이 단 한 자락도 남아 있지 않은 상태가 되었다. 더 다정하게 해 주지 못해 미안하다는 말은 하지 않았다. 사랑으로 인한 결과들을 미안해하지는 않겠다.

손끝에 감기는 살결의 느낌 모두 하나하나 음미하고, 사랑해 주고, 모든 반응을 기억하고 기다려 주면서 너에게 너를 사랑하는 남자가 네게 어떤 것을 선물할 수 있는지 알려 주고 싶었다.

근데 그런 건 다음에 하기로 했다. 일단 너를 나로 채우고, 내 흔적을 너에게 우선 남기고 싶단 생각에 뇌가 표백되었다. 그렇게 다루고 싶지 않았는데, 마인드컨트롤을 그렇게 했는데, 플러그를 네가 다 뽑아 버렸다.

너를 탓하고 싶은 건 아닌데, 아무리 생각해도 문제의 책임은 내게만 있지는 않았다. 네가 나를 원한다고 했다. 들어오라고 말했다. 그러니까 그냥 나를 탓하기만 해서는 안 된다.

그래도 기억하려 노력했다. 너의 반응과, 행동과, 그 모든 것들을 새기려고 애썼다. 내게 속삭이고, 속으로는 네게도 속삭였다. 네 표정, 숨소리, 음성, 몸짓, 그 순간순간 하나하나를 전부 잊지 않기 위해서, 너의 모든 것을 담고 나의 전부를 건네기 위해서. 나는 너에게 온 신경을 집중했다.

기억해.

매 순간순간을.

시간이 지나가고 경험이 쌓인다고 해서 익숙해지고 지겨워지지는 않을 것이다. 그럴 감정이 아니다. 하지만 분명히 처음은 의미가 있다. 새로운 세계에 처음으로 몸을 던졌고, 그로 인해 황홀한 감각을 느꼈다는 것을 너의 뇌에 새겨 주어야 했다. 앞으로도 계속 나를 원하도록, 계속 나를 찾으면서 더 많은 것들을 알아 가고 싶어 하도록.

어떤 순간에는 내가 아끼는 너의 본질이 무엇일까에 관해서도 생각했다. 신기한 일이었다. 뇌가 제 기능을 못하고, 몸짓이 격해지는 상황에서도 나는 너를 숭배하고 싶었나 보다. 순간순간에, 굉장히 철학적이고 형이상학적인 사고로도 너를 탐하고 싶어 하는 나를 발견했다. 나는 모든 수단을 동원해 너를 내게, 나를 네게 새기고 싶어 안달이 나 있었다.

우리는 계속 변할 것이다. 여태까지 변해 왔듯이. 사실 몇 년만 지나면 지금 내 몸을 구성하는 대부분의 것들이 떠나갈 것이다. 머리카락을 잘라 내고, 피도 바뀌고, 피부도 벗겨지고, 나는 천천히 다른 분자들로 채워질 것이다. 하지만 나는 연속한 사람이고 너 역시 그러할 것이다. 나는 내가 다른 존재가 되는 것이라 생각하진 않을 것이다. 네가 있기 때문에, 너를 계속 사랑할 것이기 때문에, 네가 있기에 나는 내가 같은 사람이라고 확신할 수 있을 것이다.

우주는 절대 정지하지 않을 것이다. 내가 너에 대한 영원한 사랑을 확신할 수 있는 이유를 묻는 것은 의미가 없다. 그저 내가 확신할 수 있기 때문에 확신한다. 그 어떤 신앙보다도 더한 믿음이다. 그건 존재의 끝에 대한 사유와도 같다. 수학으로 따지자면 한 점으로부터의 일정한 거리에 있는 점들의 집합이 원이 된다는 것과 같은 느낌. 너를 사랑하기 때문에 내가 존재할 수 있다는 그런 감각.

확실히 일반적이진 않고, 어딘가 미쳐 있는 것 같고 이해할 수도 없고 정신 나간 헛소리 같아도, 상관없다. 이 순간 네게 취해 완전히 너에 대한 사랑만을 말하고 싶기에 사실 논리 따위는 아무래도 괜찮다.

더.

더.

조금만 더.

오르가슴 뒤에 무용해지는 몸체라고 생각하지 않는다. 성욕 해결을 위한 수단이 아니라 더 많은 경험과 기쁨을 공유하고 싶은 깊은 애정의 과정이길 바란다. 보고 있는 것도 좋고, 목소리를 듣는 것도 좋고, 입술로 숨을 나누는 것도 좋고, 옷을 벗고 마주 대고 흥분해 색정적인 행위를 하는 것도 다 좋다. 모든 행위가 선물하는 낭만과 매력이 있다. 내게 주는 행복감이 다르다. 어떤 게 좋다고 특정할 수는 없다.

너와 내가 영장목 사람과 사람속 사람종으로 태어나 번식에 대한 욕구를 가지고 있기 때문에 우린 이런 성행위를 하는 것이다. 맛있는 음식이 넘어가면 기쁨을 느끼듯이 성감대의 자극에 의해 쾌락을 느낄 수 있기에 우리는 서로에게 이런 종류의 경험을 안긴다. 향락에 젖어 들고 싶다.

너 역시 그런 극단의 자극에 몸을 맡기고 나와 새로운 우주를 여행했으면 좋겠다. 침대 위에서, 너를 내게 맡기며, 내게 너의 전부를 줄 듯이, 모든 것을 허락할 듯이 그렇게 서로의 낭만에 취해 쾌락을 좇는 경험을 주저하지 않았으면 좋겠다. 너라서 그렇다. 그 상대가 너라서 이렇게 좋은 것이다.

너에게 모든 걸 주고 싶다. 결국 그렇게 끝나는 이야기다. 내가 너를 원하는 만큼 네가 나를 원하게 되지는 않겠지만, 어쨌거나 나를 전부 줄 것이다.

원하지 않아도 전부 전할 것이다.

열이 피어난다. 향이 짙어진다. 내 육체가 내 통제를 벗어난다. 만개한 꽃의 향에 취해, 나는 더할 수 없는 그야말로 완전한 상태가 되었다.

"밀."

작게 너의 이름을 불렀다. 이름을 부르는 순간, 너는 꽃이 아닌, 영원불멸할 보석이 된다. 이름을 부르고 나면, 너는 어떤 미의 여신이 와도 넘볼 수 없는 아름다운 무엇이 된다. 내가 내 시신경조차 믿을 수 없게 만든다.

사람이 이렇게 아름다울 리가 없어. 네가 그런 상태로 내 눈 앞에 있을 리가 없어. 그래서 차라리 울고 싶다. 좋아서, 네가 예뻐서, 사랑스러워서, 사랑을, 열락을, 너를 숭배하고 싶은 모든 사고를 막을 수가 없다. 주체가 되질 않는다.

이상한 일이다. 나는 너의 성스러움 앞에 무릎 꿇고 새삼스럽게 네게 다시 반한다. 여기서 더 감정이 더해지면, 대체 어쩌자는 건지 알 수가 없다. 너에게 내 운명을 선택할 권리까지 넘기고 싶다. 네게 깔려 지배당하고 싶다. 마약이 이런 걸까. 네가 내게 고통을 주고 싶어서 온몸에 마약을 도포하고 온 건 아닐까.

내 품에 안겨 고른 숨을 내쉬는 너를 쓰다듬었다. 나를 두고 방으로 가 버릴까 순간 두려움이 밀려왔는데, 너는 그대로 잠에 빠져 내 품에 묻혔다. 절대 놓아주고 싶지가 않다.

우리, 방금 어떤 짓을 한 걸까.

두렵지가 않다. 뭐든 할 수 있을 것 같다는 생각이 든다. 이대로 영원히 시간이 정지했으면 좋겠다는 생각에 파묻혀 간다.

너를 사랑한다. 그 말을 건네고 싶었다. 하지만 끝내 입 밖으로 나의 마음을 뱉어 내진 못했다. 하지만 괜찮다. 내가 완전해지는 기분을 느끼는 것만으로도 충분했다. 아직은 괜찮았다. 나의 보석이 내게로 왔고, 온 우주의 기적이 내게로 왔다. 수억 년이 지나도 사라지지 않을 아름다움을 지닌 보석이 될 네게, 절대 잊히지 않을 사랑을 전할 것이다. 찬란하게 빛나는 보석이 황홀한 낭만까지 덧입게 만들 것이다.

⚜

눈을 뜬 곳은 천국이었다. 꿈은 박살 나지 않았다.

스치듯 잠이 다녀갔다. 한참을 너를 보다 눈을 감았다 뜨자 아침이었다. 전혀 피곤하지 않고 개운했다. 모든 신체의 반응은 마음먹기에 달려 있는 거고, 정신적 만족감이 육체의 능력을 초월할 수 있다는 게 분명해졌다. 나는 그저 행복감에 도취되어 무지개 위를 날았다.

내 몸은 여전히 너를 품에 안은 채로 침대에 있었다. 그렇게 나는 달콤함밖에는 남지 않은 낭만을 헤엄쳐 다녔다. 물론, 그 낭만의 세계에서도 너는 내 품에 있었다. 그게 무엇보다 중요했다. 네가 나의 곁에 있다면 내가 있는 곳이 우주의 어느 구석이든, 완전히 다른 차원의 이공간이든 상관없다. 그보다 명백한 사실도 없다.

그런 진리를 되새기는 것보다도, 사실 여전히 나는 내 시야를 너로 채우는 것이 급했다. 눈을 깜빡이는 순간까지 너를 그리워한다고 말해도 과장이 아닌 간절함이 여전히 내 안에 자리했다.

아침에 눈을 떴을 때, 너를 품에 안고 있었다. 아직 잠에서 빠져나오지 않은 네가 옅게 숨을 쉬고 있는 것을 보는 게 얼마나 나를 벅차게 만들었는지, 그 기분을 내게 설명하려다 나는 내가 그동안 언어를 잘못 배워 왔음을 직시하게 되었다.

그런 기분일 거란 예상을 하는 것과 실제로 그 상황을 마주하는 것은 완전히 다르다. 그런 비슷한 깨달음을 최근에 지나치게 자주 얻었다. 너무 뻔한 생각을 하는 게 아닌가 싶다가도, 그냥 즐거워서 웃음이 나왔다. 소리를 내지는 않았다. 너를 깨울까 봐 가만히 그렇게 너를 보았다.

처음에 내게 찾아왔던 경탄은, 가만히 누워서 너를 바라보다, 너의 살결을 내 피부로 여전히 감각할 수 있다는 걸 깨닫자마자 은은한 열락으로 바뀌었다.

내 몸은 쉽게 흥분했다. 나를 조용히 자책하고 있을 때 네가 몸을 뒤척였다. 그리고 일어났다. 눈을 뜨고 깨어나는 너를 보다 눈이 멀어 버릴 뻔했다. 너의 눈이 깜빡였다. 약간 짙어진 눈동자에 내가 담겼다.

여전히 나는 네가 붉은 피가 흐르는 인간이라는 걸 믿을 수가 없다.

영혼이 육체를 박차고 나가게 만드는 충격을 주는 아름다운 장면에 혼을 빼앗겼다. 아침 인사를 건네는 것이 맞을지, 어떤 반응이나 어떤 말을 네가 원할지 고민했다. 네가 원하는 반응을 보이고 싶었다. 그런데 내가 어떤 액션을 취하기 전에, 네가 먼저 눈을 그냥 감아 버리고 이불을 끌어 그 속으로 파고들었다.

"으윽."

너는 이불 속에서 자학을 하는 것처럼 신음을 흘렸다. 그런 네가 굉장히 귀엽게 느껴짐과 동시에, 네가 지난밤을 후회하고 있을지도 모른다는 생각에 공포가 스멀스멀 내게 다가왔다.

"뭘?"

나는 가만히 손을 놓고 괴로워하기보다는 상황을 스스로 변화시키는 쪽을 택했다. 나는 너를 불렀고, 그제야 너의 자학 행위가 중지했다. 너는 잠시 멈추어 있다가 이불에서 고개를 내밀었다. 몸은 여전히 이불에 폭 말려 있었다. 워낙 큰 침대를 덮는 이불이라 이불은 내 몸 위도 덮고 있고, 그대로 이어져 네 몸에도 닿았다. 살짝 겁먹은 얼굴로 나를 살피는 네가 너무 사랑스러웠다. 내 걱정이 기우였다는 걸 알았다.

당장 당겨서 키스를 하고 싶었다. 하지만 너를 겁먹게 할 수는 없었다. 우리는 상당히 기묘한 대치 속에서 서로를 가만히 보았다. 네 눈에서 경멸을 읽지는 못했다. 그래서 안심이 됐다. 너도 비슷하게 안도감을 느끼고 다시 내 품에 안기기를 바랐다. 너는 하고 싶은 말이 있는 것 같았다. 입술을 달싹이는 네가, 네가 원하는 말을 뱉길 기다렸다.

"저…… 일단."

"응."

"옷 좀 입을 수 있을까요?"

결단을 내리고, 비장한 얼굴로 뱉은 말이 지나치게 달콤하게 들렸다. 몽글몽글한 무언가가 심장을 감쌌다. 나는 웃음을 감추지 못하면서 그대로 눈을 감았다. 내가 눈을 감고, 너를 보지 않을 것이란 사실을 알았는지, 같이 덮고 있는 이불을 타고 네가 움직이는

374

것이 전해졌다. 약간씩 살랑대는 이불의 감촉마저 나를 즐겁게 만들었다.

부끄럽구나. 그게 생각보다 되게 좋았다. 아니, 대담하게 굴어도 역시 환상적이게 좋을 것이라는 것 역시 알았다. 네가 어떤 행동을 해서 좋은 게 아니라, 그냥 너라서 좋은 것뿐이다.

아침을 먹었다. 물론 같이. 요리를 꺼내고 준비를 하다가 네 뒤로 가서 너를 끌어안았다. 그러고 싶은 마음을 주체할 수가 없었다. 머뭇거리던 너는 그런 나를 밀어 내지 않았다. 나는 약간씩 대담해졌다. 그 뒤에, 네 옆에 붙어 앉아 음식을 먹고, 너를 영화 관람실로 이끌었다.

네가 밝은 것을 그리 좋아하지 않는 것 같아서 빛이 들어오지 않는 곳으로 가서 옅게 조명을 켰다. 드라마와 영화를 많이 보는 네가 좋아할 것 같아 만든 방이었다. 그런데 네가 늘 그냥 너의 방에서만 영상물을 관람해서 누구도 쓰지 않던 공간으로만 한동안 남아 있었다.

그 공간의 새로운 용도를 발견했다. 푹신한 소파를 안에 두길 정말 잘했다는 생각이 들었다. 과거의 나에게 탁월한 선택이었다는 칭찬을 전하고 싶다. 그리고 다시 너와 몸을 나누었다. 여전히 조급했지만, 처음보다는 그래도 여유가 있었다.

나는 너를 그대로 안고 놓아주지 않았고, 너는 내 품에 조용히 그대로 안겼다. 너는 나를 거부하지 않았다. 원래 이런 걸까. 원래 이렇게 벅찬 것인 걸까. 나는 정말 완전히 아무것도 모르는 소년이 된 기분을 느꼈다.

한 번 허락을 받았다고 그 이후 전부를 허락받은 것은 아님을 안다. 그래도 어린애처럼, 마치 모든 것을 허락받은 것처럼 굴고 싶었다. 그 상태로 일요일을 보냈다. 또 같이 밥을 차려 먹고, 잠깐 씻었다가, 다시 달라붙어서 실없는 내용에 관해 떠들고, 웃었다. 처음에는 나만 너무 웃는 게 아닌가 했는데, 시간이 조금 지나자 너 역시 나의 웃음에 답했다. 크게는 아니어도, 네 입가에도 약간의 미소가 퍼졌다.

육체적인 접촉은 그 이후에 많은 것들을 가능하게 한다.

우리는 마치 그 이후의 모든 것을 잊어버린 것처럼 굴었다. 심장이 미친 듯이 뛰었다. 사춘기 때도 경험하지 않았던 심장의 롤러코스터 탑승에 괴로워하면서도, 나는 계속 얼굴에 피어오르는 웃음을 멈출 수가 없었다.

천국의 끝에 수없이 도달한 것 같다. 어떤 경험도 이보다 황홀하지는 못할 것이다. 헐떡이는 몸으로 그 위에 몸을 겹치고, 숨을 몰아쉬는 네 어깨에 짧게 입 맞추었다. 날은 다시 어두워졌고, 우리는 이제 다시 잠에 빠져들 준비를 마친 상태였다. 네 몸의 진동이 전해졌다. 나는 네 입술 위에도 다시 입을 맞추었다.

너를 보았다. 너 역시 나를 보았다. 붉게 상기된 볼에 시선을 두었다. 행복했다. 이 이상의 어떤 것이 있을 리 없다는 생각이 들었다.

"있잖아요……. 원래, 다들 이런 거예요?"

"밀아?"

너는 그런 내게 말했다. 나는 그 말의 의미를 정확하게 알 수 없어서 네게 다시 물었다.

"원래 이렇게 좋은 거예요?"

물음에 웃었다. 기쁘다. 정말 너무 기뻤다. 인정받은 마음이 들어서, 어린애같이 내 자신이 너무너무, 진짜 정말로 자랑스러웠다고 하면 네가 나를 비웃으려나. 나는 다시 네 어깨 위에 입을 맞추었다. 너무 좋아하는 티를 내는 것도 좋게 보이지 않을 것 같아서, 잠시 얼굴을 가려야겠다는 생각을 했다. 그런 나의 머리 위에서 다시 네가 말을 이었다.

"제가 뭔가 이상한 거 물어본 거 맞죠? 기억에서 지워 주세요."

그 말에는 소리 내서 웃을 수밖에 없었다.

몸을 들어 너를 보았다. 시선을 피하는 너를 잡아서 내게로 이끌었다. 너를 품에 품었다. 온기가 전해진다. 더욱 짙어진 눈동자가 보인다. 내가 네게 줄 수 있는 것들이 보인다. 나의 행복 역시, 나의 기쁨 역시 보인다.

"노력할게요."

네가 원한다면 노력은 하겠지만, 좀 힘들 것도 같다. 벌써부터 네 말에 반항하고 싶어지면 안 되는데, 이런 애정을 가득 담은 반항은 너도 이해해 주지 않을까. 속에만 품고 꺼내지는 않기로 했다. 잊은 척은 해 볼 것이다.

그리고 이젠 계속 이런 꿈에서 벗어날 수가 없도록 만들 것이다. 내가 영원히 너의 안에서 찬란하도록. 누구보다 빛나는 너의 빛을 조금이라도 그 옆에서 기생해 건네받기 위해서. 이대로 계속 머무를 수 있도록, 모든 마음에 내려앉아, 이 순간순간이 영원하도록. 멈추어 있지만 동시에 계속 사랑해 나가길, 더 미소 짓기를, 더욱 사랑하기를.

너의 이마에 입을 맞추었다. 나보다 더 행복하게 이 순간을 살아가는 사람은 없을 것이란 확신이 들었다. 그런 마음의 표현이었다.

하루가 너무 쉽게 갔다. 일요일은 순식간에 증발했다. 계속 침대 위에서 장난을 치면서 너와 놀고 싶은데, 시간은 끊임없이 흘러갔다. 평소보다도 훨씬 빠른 속도로 지나갔다.

난생처음 월요병에 걸렸다. 전설 속의 질병인 줄로만 알았는데, 실재하는 증상이 있다는 것에 놀랐다. 너를 내 침대에 두고 출근하기 싫어서 서성이는 내가 한심했다. 워커홀릭이었던 새신랑이 결혼 이후 아내를 집에 두고 나가기 싫어하는 꼴이 아닌가. 그런 생각을 할 수 있다는 게 기쁘기는 했지만, 결국 속으로 그런 나를 비웃고는 그냥 출근을 하기로 정했다. 능력 있는 남자처럼 보이기는 해야 했다.

하루 종일 붙어 있는 일은 뒤로 미루었다. 대신 너를 데리고 반년 동안 지구를 한 바퀴 도는 크루즈 여행을 떠나, 물리적으로 완전히 서로에게 구속된 상태로 지내고 싶다는 꿈을 버킷리스트에 추가했다.

일단은 너에게 괜찮은 사람으로 보이며 환심을 사고 싶었다. 어느 순간까지는 계속 프로페셔널하고 능력 있는 남자로 보이는 쪽이 좋다. 어차피 평생을 함께 보낼 테니 크루즈 세계 일주는 은퇴를 하고 천천히 해도 늦지 않다, 김칫국을 한 사발 들이켜는 수준이 아니라 김칫국의 바다에 몸을 던지는 망상이라 욕해도 좋다. 어쨌거나 나는 들뜬 상태였다.

월요일이라고 특별히 괴로워했던 적도 없지만, 이렇게 출근을 할 때 기분이 좋은 날도 없었다. 아침에 욕실에 들어가서는 괜히 씻고 싶지 않다는 생각을 했다. 당연히 망측한 생각으로 치부하면서 결국 씻기는 했다. 평소의 나는 청결을 무엇보다 중요하게 생각했다. 그런데 순간, 너의 향을 지워 내는 짓이 내키지 않았다. 정말이지 중증이었다. 나의 바보 같은 짓거리에 웃음이 나왔다.

운전을 하는 기사를 뒤에서 보다가, 대체 언제쯤에 회사를 때려치우고 너와 하루 종일 붙어 있을지 가늠해 봤다. 사실대로 말하면 당장 회사에서 잘린다고 해서 뭐 그렇게 괴로울 것 같지도 않았다.

이사회와 주주 회의가 소집되어 CEO 해임이 안건으로 오르면 나까지 찬성에 투표할 수 있겠다는 생각마저 들었다. 내가 주가를 말아먹고 있기 때문에 나를 CEO 자리에서 갈아 치워야 한다는 생각이 들 정도면 내 재산 중 2천억이 위태로운 상황일 텐데도 환하게 웃으면서 물러날 수 있을 것만 같다.

CEO 자리에서 물러나면 나는 적어도 대한민국에 사는 사람 중 5천만 명 정도는 꿈꾼다는 돈 많은 백수가 될 수 있다. 2천억을 날려도 나는 여전히 부자다. 나는 점점 구체화되는 생각을 하는 나를 관찰하면서, 진짜 내가 지금 제정신으로 그런 생각을 하는 건지, 정말로 이게 진심인지 고민하는 걸 멈추어야 함을 알았다.

엔돌핀과 아드레날린 분비가 과다했다. 너라는 마약을 했다. 정말 테스트를 하면 네 몸에서 마약 성분이 검출되는 게 아닐까 싶기도 했다. 마약을 자연스럽게 연성하는 몸체를 지닌 걸 수도 있었다. 처음에는 장난처럼 든 생각이 꼬리에 꼬리를 물고 늘어져 나는 진지하게 그럴 가능성에 관해서도 고민해 봤다. 결국 이성은 그랬으면 내 허리의 문장이 바로 반응했을 테니 그럴 리가 없다는 결론까지 나를 이끌었지만, 그건 어떤 위로도 되지 못했다.

너는 마약보다 더하니까.

그냥 나는 너를 마약처럼 생각하기로 했다. 나는 너로 인해 황홀함을 얻는다. 물론 너라는 마약은 만만치 않은 부작용과 금단증상을 일으킨다. 네가 없으면 내 인생이 끝장난다. 나는 이미 완전히 중독된 상태다. 절대 벗어날 수 없다는 것을 아니까 그냥 즐기는 게 최선이란 생각이 들었다.

이사회가 시작되었다. 지난 일주일을 정리했고, 새로운 일주일을 맞았다. 내내 내게서 긍정적인 반응이 나가자 김찬기 CMO도, 민유리 CFO도, 윤 비서도 내게 대체 무슨 좋은 일이 있었던 거냐고 흘리듯 물었다. 그렇게 티가 나나 싶어서 또 웃었다. 그냥 계속 웃어버렸다. 포커페이스를 유지하고 싶다는 생각이 전혀 들지 않았다.

"유럽 들어가는 문제 관련해서는 김지율 씨가 투자자들 데리고 온다고 합니다."

그래서 CFO, CMO, 윤 비서와 같이한 점심때에, 심기를 약간 거스르는 이름의 등장에도 불쾌한 기색을 전혀 드러내지 않을 수 있었다. 나는 그냥 알았다는 듯이 고개만 끄덕이고 그 의중을 편하게 물었다.

"수익이 남는 게 없을 텐데 왜 굳이 돈 버리면서 하겠다는 겁니까? 뭘 믿고?"

"제 생각에는 사장님 보고 오는 것 같은데요."

서투른 수가 남들 눈에도 읽히는 것 같아 약간 언짢았지만, 너의 낭만에 빠져 허우적대는 나는 불쾌한 생각에 그렇게 쉽게 잠식되지는 않았다. 네가 내게 미치는 영향력이 너무 커서 그럴 수가 없었다. 그냥 나는 투자금만 받고 김지율이 원하는 것을 주지 않거나, 당장 급하지 않은 시장으로의 유입을 촉구하는 돈을 그냥 끊어내는 길을 택하기로 했다. 지금 내 삶에 다른 인물을 끼워 넣고 싶지 않았다.

이상하게 시간이 흐르지 않았다. 너에 대한 생각만 부풀어 올랐다.

맛있는 걸 사다가 먹이고 싶다. 저녁이 가까워질 무렵엔 네가 좋아할 메뉴들을 생각해 봤다. 뭘 준비해 갈까 고민했다. 연락을 해서 물을까, 묻지 않을까에 관한 것도 한참을 고민했다. 그냥 도박을 택하기로 했다. 내가 선택한 것을 네가 좋아했으면 좋겠다는 생각이 들었다.

시계의 분침이 더디게 흐르는 것 같기만 했다. 그러나 시간이 흐를수록 조금씩 기뻐지는 마음이 부정적인 생각들을 잡아먹어 갔다. 조금만 있으면 다시 너에게로 간다. 누구보다 빠르게 달려갈 것이다.

계속 네 옆에 머무를 수 있으면 좋겠지만 어쨌거나 서로의 삶의 여유와 자유를 위해 그게 안 되는 거라면, 너와 적당한 거리가 있을 때에도 네게 다가가고 있는 나를, 너를 더 행복하게 해 줄 수 있는 나에 관해서 생각하고 싶다. 너를 보지 않은 지 얼마나 되었다고, 다시 네가 보고 싶어 정신이 아득해진다.

연금술은 등가교환을 원칙으로 한다.

八 朦朧

당이 필요했다. 냉동실에 있던 아이스크림을 꺼내 먹었다. 그래도 부족했다. 달달한 걸 더 입에 넣고 싶었다. 공허함을 달래 줄 무언가를 찾아 헤맸다. 밥도 먹지 않고 사탕을 몇 개 뜯어 입으로 가져갔다. 하지만 성에 차지 않았다. 나는 결국 씹어 먹을 수 있는 달콤한 것들을 사기 위해 청바지와 니트를 찾아 걸치고 엘리베이터에 올랐다.

초콜릿 한 박스든 데코가 예쁘게 된 케이크든, 보기만 해도 스윗한 느낌이 전해지는 음식을 감상하며 먹고 싶었다. 생전 경험해 본 적 없는 증상이었다. 이렇게 무조건적으로 지나친 단맛을 원한 적 없었다.

영화 같은 하루가 지나갔다. 인간의 몸으로 어떤 짓을 할 수 있는지를 알게 되었다. 정신이 혼미해지는 쾌락을 여러 번 느꼈는데, 그게 정말 좋고 행복했는지, 아니면 그저 벗어나고 싶은 마음뿐이었는지 아직도 확신이 잘 안 선다. 계속해서 내 곁에 머무르며 황홀경에 이르게 해 주었으면 좋겠다는 생각이 들다가도, 이대로 전부 끝내 버리고 도망치고 싶다는 생각이 나를 덮쳤다.

변함없이 다정한 태도에 완전히 취했다. 달콤한 향으로 나를 이끌지만, 정작 마셔 보면 입에는 딱히 달달함을 남기지 않는 바닐라 루이보스와 같은 남자일 거라 생각했다. 그런데 처음부터 끝까지 그는 낭만적이었다.

격정적인 순간에서야 약간 거칠어졌지만 그래 봐야 초콜릿의 쓴맛 같은 수준이었다. 그 쓴맛이 더 중독적이란 생각만을 남겼다. 항상 일관된 태도가 아니어서 더욱 물리거나 질리지 않았다. 그가 선사하는 절정에 압도당했다. 인생이 단절된 느낌이다. 삶의 전개와 구성이 달라졌다.

원래 이런 걸까, 원래 다들 이러면서 사는 걸까. 아니면 그가 특별한가? 그도 비슷한 쾌락을 느끼는 걸까. 내 몸 역시 그를 기분 좋게 만들고 있을까.

질문들이 이어졌지만 답은 돌아오지 않았다. 요즘 이런 일이 늘었다. 내가 당장 원하는 건, 그나마 확신할 수 있는 건 어쨌거나 괜찮은 음식을 베이커리에서 찾아 입에 넣었으면 좋겠다는 것뿐이었다.

혼자 시간을 보내도 외롭다고 느꼈던 적 없었다. 배가 고팠으면 고팠지, 이런 괴상한 허기를 느낀 적도 없었다. 배가 그렇게까지 고픈 게 아닌데도 뭔가를 채워 넣기 위해 먹고 싶었다. 평범한 일상에서 유리된 하루를 겪고 나자, 그냥 집에서 가만히 앉아 드라마를 보거나 책을 보는 걸로는 만족이 안 됐다.

어떤 욕망이 나를 추동하고 있는지 감이 안 왔다.

사실 내가 정말 원하는 게 케이크나 초콜릿인지 아니면 다른 무엇인지 모르겠다는 생각도 찾아들었으나, 그런 고민을 이어 가고 싶지는 않았다. 나를 파멸로 이끄는 망상을 경계했다. 고차원적인 추측과 사유에 대한 벽을 치고, 차라리 원초적인 욕망에 이끌리는 쪽을 택했다.

성욕에 빠져 있던 몸체를 건져 내 이제는 식욕의 늪으로 꾸역꾸역 밀어 넣어 봤다. 미각을 통해 다시 황홀경에 도달하는 것에 집중하기로 했다. 정말 다른 생각으로 빠지기를 원치 않았다. 원초적 욕망에 쓸려 내려가는 기분이 아주 유쾌하지는 않았지만 끝도 없는 사고를 향해 추락하는 건 더욱 불유쾌했다. 그래서 차선을 택했다.

엘리베이터에 오르기 전에 잠시 거울을 봤다. 아직은 눈이 완전히 검어지지 않았다. 폭주를 통제하는 연성진도 다 익히지 못했다. 그러니 아직은 시간이 더 필요했다.

❧

고민을 하다가 다른 종류의 컵케이크 몇 개를 트레이에 담아 달라 요청했다. 큰 케이크를 하나 사는 것보다 다양한 종류를 골고루 먹는 게 나을 것 같았다. 욕심을 조금 내서, 다 먹으면 배불러서 죽겠다 싶을 정도로 여러 개를 담았다. 평소라면 하지 않았을 선택이었다. 하지만 원한다는 생각이 드니까, 그냥 그걸 실행하기로 했다. 이유를 묻지 말아야 한다. 갑자기 뇌에 어떤 불문율이 생겼다. 불문율이 생긴 이유에 관해서도 생각하지 않기로 했다.

자꾸만 고민을 미루고 있다. 숙고를 유기하는 나를 모르는 게 아니다. 의도적으로 피하고 있다. 알면서도 계속 그렇게 피한다.

"이렇게 일곱 개 드릴까요?"

"네…… 아니요."

"네?"

"그냥 남은 세 개까지 다 주세요. 골고루."

일곱 개를 올리고, 하나를 더 올릴까 잠시 생각했다. 컵케이크 종류가 딱 열 개였는데, 기왕 이렇게 많이 사는 김에 열 개를 다 사 버려야겠다 결론지었다. 고민을 길게 하지 않고 그냥 다 달라고 했다. 모자란 것보다는 넘치는 쪽이 당장은 더 나을 것 같았다. 두 개의 컵케이크는 도저히 내 취향이 아닌 것처럼 보이기는 했지만 아무래도 괜찮았다. 쇼핑 행위 자체가 주는 성취감을 느끼고 싶었다.

"포장해 드릴까요?"

"네."

"선물하시는 건가요?"

"아니요."

종이 박스를 가지러 간 직원을 기다리는 동안에 조급해졌다. 왜 이렇게 불안한 건지 나도 알 수가 없었다. 내려오기 전에는 단 걸 찾아서 입에 넣으면 만족감을 느낄 수 있을 거라고 생각했는데, 케이크를 손에 쥘 상황이 되니까 눈에 보이는 칼로리 덩어리들이 굉장히 무용한 것처럼 느껴졌다.

그냥 올라가서 밥이나 차려 먹을까. 그게 건강에도 더 좋으려나. 컵케이크는 후식으로 하나만 먹는 게 나을지도 모르겠어.

하지만 어찌 되었든지 간에 사기로 했으니까 사서 올라가야겠다는 생각은 변함이 없었다. 나는 상당히 느리게 느껴지는 직원의 동작만 빤히 관찰했다. 상자 안을 꽉 채우는 컵케이크의 비주얼이 화려했다. 나는 계산을 할 준비부터 했다. 상자가 닫히고 내 앞에 도달하기도 전에 지갑을 열어 카드부터 꺼내 들었다.

"이 집 컵케이크가 맛있나요?"

그때 옆에서 여자치고는 허스키한 목소리가 들려왔다. 누가 옆에 있다는 걸 완전히 눈치 못 채고 있던 상황이라 놀라며 옆으로 약간 피했다. 밝은 갈색으로 염색을 한 미인이 보였다. 힐을 신고 있지 않은데도 컸다. 나도 키가 아주 작은 편은 아닌데 갑자기 말을 건 여자는 180은 안 되더라도 175는 넘을 것 같았다.

눈이 마주치자 여자가 웃으며 손을 내밀었다. 악수를 하자는 것 같아서 얼떨결에 나 역시 손을 내밀어 그 손을 맞잡았다. 악수를 하고 나서야 이 상황이 좀 이상하다는 생각이 들었다. 악수를 마치고 내 손이 다시 내 곁으로 돌아왔을 때, 나는 내가 아직 답을 하지 않았다는 걸 눈치챘다. 그래서 입을 열어 답했다.

"잘은 모르겠어요."

"아, 잘 모르시는데 열 개나 사 가시는 걸 보면 보기보다 꽤 모험을 즐기시는군요."

"뭐…… 그럴 수도요."

모험이라는 단어가 갑자기 지난밤의 기억을 불러일으켰다. 컵케이크를 선택하는 모험보다도 더 큰 모험을 떠났던 어제의 나에 대한 영상이 재생되었다. 컵케이크를 여러 개 사는 건 그냥 누구나 할 수 있는 시도지만, 어제 내가 한 선택은 그렇지 않다. 그게 진짜 모험이었다.

그 생각에 나는 내가 모험을 택해야 할 때는 모험을 택하는 인간이라는 걸 인정할 수밖에 없었다. 일주일 전까지만 해도 나는 내가 그런 사람이라 생각하지 않았을 것 같지만, 오늘의 나는 정말 그런 사람이었다.

"그럼 드셔 보시고 나중에 알려 주세요. 저희가 서로 비슷한 취향을 가지고 있는지 알아 가 보도록 하죠."

여자가 뱉은 말은 이상한 내용이었다. 갑자기 케이크 포장을 기다리는 동안에 다가와 말을 걸더니 마치 앞으로도 계속 만날 일이 있는 것처럼 말을 이었다.

"네?"

"저 역시 모험을 즐기는 타입이거든요. 저도 열 개 다 사 가서 먹어 볼게요. 그리고 나중에 얘기해요. 밀 양. 아, 밀 씨라고 할까요? 서로 말을 놓는 것도 좋을 것 같네요. 제가 언니예요."

그 뒤에 이어진 말은 나를 더 혼란스럽게 만들었나. 나를 아는 사람이었다. 경계심에 약간 물러났다. 케이크 포장을 마친 직원이 다가와 계산대 앞에 서 있는 나와 여자를 살피는 것이 느껴졌다. 나는 일단 여자에게 물었다.

"죄송한데…… 저랑 무슨?"

"아, 제 소개를 안 했네요. 김지율입니다. 금방 이사 들어올 거예요. 여기는, 반가운 얼굴이 보여서 따라 들어왔네요. 앞으로 친하게 지내요. 제 생각에는 우리 앞으로 아주 잘 지낼 수 있을 것 같거든요."

김지율이라 자신을 소개한 여자는 환하게 웃으며 말을 하고는 내가 멍해져 있을 동안에 자신이 카드를 내밀어 케이크 스무 개 값을 계산했다. 그녀는 스무 개 값을 지불하겠다고 말하면서 열 개를 더 포장해 줄 것을 요청했다. 나는 그 이후에야 정신을 차리고 그럴 필요가 없다며 그녀를 만류했지만 이미 영수증이 뽑힌 다음이라 어쩔 도리가 없었다.

김지율 씨는 엘리베이터 앞까지 나를 배웅하겠다고 했다. 그래서 그녀와 함께 그 앞까지 갔다. 매우 이상한 그림이었다. 그런데 그 상황을 이상하게 받아들이는 건 나뿐인 것 같아서 정말 당황스러웠다. 내가 그동안 사회생활에 대한 감을 잃어버려 이 상황을 이상하게 받아들이고 있는 건지도 모르겠다는 데에까지 생각이 도달했다. 그런데 아무래도 이상한 건 내가 아니라 내 앞에 있는 여자 같기는 했다.

"저를 어떻게 아시는 거죠?"

엘리베이터 도어 앞에 서서야 나는 더 일찍 물어봤어야 하는 말을 뱉었다. 김지율 씨는 환하게 웃으면서 자신이 내게 알은척을 한 이유를 설명했다.

폭발이 일어났다. 파급력이 생각보다 강한, 굉장한 폭탄이었다. 갑자기 찬물을 맞은 기분이 되었다.

"아. 제 미래의 가족이라 생각하고 있거든요. 양쪽 부모랑 모두 나이가 한 자릿수 차이 나는 게 좀 이상한 그림이기는 하지만, 그래도 뭐 전 엄청 개방적인 편입니다. 우겸 오빠도 제가 그런 거 잘 알 거예요."

호흡이 멈추었다. 엘리베이터가 도달했다.

"전 절대 나쁜 계모처럼 안 굴어요. 나갈 필요도 없어요. 셋이서 같이 사는 것도 나쁘지 않을 거라 생각해요. 친자매처럼 지내봐요. 아니면 절친이나. 이렇게 가끔 컵케이크 잔뜩 사서 시식도 해보고 그러면서 지내면 좋을 것 같지 않아요?"

어떤 정신으로 대화를 마감하고 엘리베이터에 올랐는지 모르겠다. 집에 도착해서는 상자를 바로 열었다. 그대로 컵케이크 세 개를 먹었다. 네 개째를 먹을 때 갑자기 역한 느낌이 들어 화장실로 달려갔다. 그리고 먹은 것을 다 게워 냈다.

식도를 타고 음식이 넘어오자 안압까지 같이 올라 눈에 눈물이 고였다. 물을 내리고, 겨우겨우 양치를 하고 침대로 갔다. 쓰러지 듯 누웠다. 보드카가 당겼다. 하지만 술병을 따지는 않았다. 그대로 한참을 누워 있었다. 피곤했지만 잠에 빠지지는 않았다.

❦

감정의 동요를 꿈꾸던 시절이 있었다. 아주 잠깐이기는 했지만 분명히 있었다. 좋아하는 아이돌의 스캔들 하나에 삶이 무너지고, 좋아하는 선배의 미소 하나에 세상을 얻는 소녀들을 내가 질투한다고도 생각했었다. 나만 보편적인 경험에서 배제되어 살아간다고 느끼기 싫었다. 보통 또래의 아이들이 자신이 없는 것을 가지고 있는 친구들에게 느끼는 일반적인 감정이라는 질투라도 경험하고 싶어 했던 것 같다. 그래서 질투를 느끼는 척을 해 봤다.

금방 내가 느끼는 건 질투가 아니라는 걸 깨닫게 되기는 했다. 나는 그렇게 격정적인 감정 소모에 매달리는 인간일 수가 없었다. 내가 했던 것은 굳이 이름 붙이자면 '의식' 정도일 것이다. 호기심에서 비롯된 주의 깊은 관찰을 의식적으로 잠시 시도하다 관두었다. 사실 그것이 전부였다.

어쨌거나 중학생 때의 나는 한동안, 아직은 사춘기가 끝나지 않았다며 나를 위로했다. 내게도 언젠가 그런 감정이 찾아올지도 모른다고 속삭였다. 언제나 그러했듯이 그런 일은 일어나지 않았다. 나는 미약한 혼돈의 시기를 겪어 내고도, 내가 닿고 싶은 존재에 대한 동경과, 내가 가지고 싶은 것을 가진 존재에 대한 질투 중 그어떤 것도 제대로 익히지 못했다. 이 순간까지는 그랬다. 방금 전까지는 분명 그런 상태였다.

그래서 내가 낯설었다. 내가 느끼는 격동에 무어라 이름 붙이기가 너무 어려웠다. 두 사람이 계속 나를 헤집었다. 실제로 같이 있는 것을 단 한 번도 본 적이 없는 조합임에도 내 머릿속에서는 두 사람이 알아서 섞였다. 젠틀한 미남과, 훤칠한 미녀의 조합은 꽤 어울렸다.

질투?

패배감?

분노?

체념?

내가 갑자기 어려졌다. 10년이 넘는 시간이 그대로 되감긴 느낌이었다. 지금의 나는 어린 나에게 분명히 말해 줄 수 있었다. 나는 네가 배우고 싶어 하는 감정을 약간은 배운 것도 같다고. 하지만 바라던 목표를 이루었기에 느껴지는 성취감은 없었다. 원하던 걸 얻었는데 오히려 더 많은 것을 잃은 것만 같았다.

불쾌했다. 그것만 확실했다.

어떻게 생각해도 그랬다. 뭔가를 빼앗긴 기분이었다. 뭔가를 엄청나게 손해 본 듯했다. 거울 안에서 더 짙어진 눈을 하고 나를 보고 있는 나는, 분명 나의 생각에 반박을 하고 싶어 안달이 나 있었다. 뭔가를 버리기 위해 결정을 내린 게 아니라 내 생명력을 얻기 위해 내린 결정이라고, 낯설어진 그녀는 내게 끊임없이 말했다.

그 남자에게 뭔가를 기대했던 것이 아니다. 기대할 이유도 없었다.

이성은 알았다. 논리적으로는 그랬다. 그런데 뭔가 괴롭고, 숨이 막히고, 갑자기 전반적인 무드가 침체되었다. 나를 버티게 하던 끈들이 다 끊어졌다. 나는 흐물흐물해져 우울함 속을 헤엄쳤다. 드라마나 영화는 좋은 해결책이 아니었다. 밝은 종류의 영상들은 붕 뜬 삐에로들의 장난 같기만 했고, 우울한 것들은 그걸 재생시킬 엄두도 내지 못했다.

정말 세상에 홀로 남겨졌다는 걸 인정하고 싶지 않았다. 나쁜 동요는 더욱 침체된 기운과 공명해 나를 더욱 거칠게 뒤흔들었다.

❧

약간 늦게 임성진 씨가 왔다. 멘탈을 조금 다잡고 그를 만나려고 했는데, 쉽지 않았다. 처음 그는 나를 보고, 짙어진 눈에 대한 농담을 건네고 싶어 하는 것 같았다. 하지만 그는 그런 농담을 쉽게 꺼내지 않았다. 나의 무거운 기운이 전해졌나 보다. 애써 밝은 척하지 않았다. 그럴 기운도 없었다. 감정 에너지가 상당히 고갈된 상태였다.

우리는 금방 자리에 앉아 공책을 꺼내 들고, 이제는 그래도 좀 익숙해진 문자를 쳐다보며 이야기를 이어 갔다. 연성어에 대한 내용은 배우고 배워도 어려웠다. 언어를 습득하는 과정이 일반적인 언어를 배우는 것과는 달랐다. 나는 모국어인 한국어뿐 아니라, 영어도 잘했다. 중학생 때부터는 스페인어와 일본어도 배웠다. 고등학교에 들어간 이후에는 러시아어까지 공부했다.

그래서 언어를 새로 습득하는 것에 대해서는 내가 나름대로 일가견이 있는 사람이라 생각했다. 하지만 연성어는 정말 달랐다. 굳이 말하자면 일반적인 언어보다는 수학과 밀접하다는 느낌이었다. 유감이지만 나는 공간과 숫자를 다루는 것에는 그다지 뛰어나지 않았다.

지적인 호기심을 자극하는 측면이 있기는 했다. 어쨌거나 연금술은 신세계의 마법이었다. 매력적인 측면이 있음을 부정하기 어려웠다. 그래서 인생을 바치는 정도는 아니더라도, 나름대로 열정을 쏟으며 공부했다. 오늘 역시 마찬가지였다. 문자들을 익히고 그 의미에 마법적인 힘을 덧입히는 과정을 반복했다. 그러고는 조금씩 힘을 꺼내 사용하면서 힘을 통제하고, 효율적으로 연성을 진행하는 것 역시 복습했다.

두어 시간은 금방 흘러갔다. 집중할 것이 생기니 기분이 좀 나아지는 것 같기도 했다. 임성진 씨는 시급으로 돈을 받는다고 했다. 그래서 칼출근과 칼퇴근을 언제나 지켰다. 그가 돌아갈 시간이 다가오고 있었다. 나는 그의 뒤에 놓인 시간을 보고, 당장 배우던 것과는 조금 거리가 있는 질문을 던졌다.

"연금술사가 자신의 힘을 오래 사용하지 않는다고 해도 별 상관은 없는 거죠?"

"뭐, 비사용에 대한 패널티는 없지. 왜?"

"폭주를 막는 방법만 익히면 생명력이 자동으로 새어 나가는 일도 없겠죠?"

"……뭐."

그가 미묘한 표정으로 나를 관찰하는 게 느껴졌다. 그래서 그를 약간 재촉했다.

"네?"

"우리 밀밭. 네 말대로 그렇기야 하겠지만 그런 경우는 거의 없지. 쩌는 초능력자가 됐는데 그 유혹을 어떻게 뿌리치겠어? 지금 혹시 나를 혀에 피어싱까지 하고 다니는 이상한 인간이라고 생각해? 나는 약과야. 더한 미친놈들이 세상에 얼마나 많은데. 특히 인간 현자의 돌한테 또라이 짓을 하는 연금술사들이 어떤 수준인지 알면 진짜 너 경악할걸."

"아…… 그럴 수도 있겠네요."

그의 설명이 이해가 가지 않는 바는 아니었다. 나는 고개를 끄덕였다. 그러니까 임성진 씨가 말을 더 이어 갔다. 그래도 내가 집중한 것은 어쨌거나 능력을 쓰지만 않으면 현자의 돌이 필요 없을 수 있다는 부분이었다. 내가 확인받고 싶었던 건 그 사실뿐이었다.

"우겸이는 천사 현자의 돌이라고. 그 자식은 너한테 엄청나게 협조적이잖아. 그리고 그 새끼는 끝까지 협조적일 테니까 걱정하지 마. 그리고 능력자는 너잖아? 우겸이가 튀려고 하면 그냥 감옥 만들어서 가둬 버려. 소성 수치를 극대화시켜서 변화시킨 형태 그대로를 유지시키는 방법도 나한테 배웠잖아. 쇠창살 감옥 만들어서 가두어 놔. 나도 모른 척해 줄게. 걔는 여러 가지로 그런 짓도 좀 당해 볼 필요가 있어."

총알이 쏟아지듯 빠르게 말이 뱉어졌다. 그는 내가 고려하고 있는 미래의 상황을 약간 다르게 짚고 있었다. 그가 나를 두고 도망칠까 봐 두려워하고 있는 게 아니었다. 내가 그의 곁에서 견디지 못할까 봐 불안한 마음이 더 컸다. 나는 알았다며 고개를 끄덕이고 다시 원래 하던 일에 집중했다.

임성진 씨가 그 이후에 좀 과하게 내게 힘을 사용하게 한다는 느낌이 들었다. 짙어진 눈의 색이 다시 점점 옅어졌다. 다시 회복이 필요해질 거라는 생각에 괴로워졌다. 하지만 어쨌거나 그는 내게 내가 살 수 있는 방법을 가르치고 있는 중이었으므로 교육 방법에 대해 태클을 걸 수는 없었다.

임성진 씨가 떠나고 난 다음, 혼자서 다시 폭주를 통제하는 연성진을 그려 봤다. 아직은 약간 어설펐다. 하지만 조금만 더 하면 완벽하게 그려 낼 수 있을 것도 같았다. 그려 내야만 했다. 나는 홀로 방에 남아 배운 것을 몇 번이고 읽고 쓰며 복습했다.

❦

여자를 홀리는 남자라는 걸 잊으면 안 된다. 그가 한 여자를 유혹해 얻은 재산의 액수가 얼마나 되는지 역시 기억해야 한다. 심지어 그 여자는 나와 굉장히 가까운 사람이었다. 세상에 더 이상 존재하지 않는 한 사람을 떠올리는 것이 그렇게까지 힘겨웠던 적이 없는데, 이 순간에는 마음이 조금 아팠다.

그래도 겉으로는 아무렇지 않은 척했다. 생각보다 가면을 쓰는 일은 어렵지 않았다. 나는 편안하게 퇴근을 하고 돌아온 그를 맞았다.

그는 맛있어 보이는 소고기 필라프와 이름을 잘 모르겠는 새우볶음 요리를 잔뜩 사 와서 금방 준비하겠다며 기다리라고 했다. 친절에는 감사한 마음이 들었지만, 컵케이크를 먹고 속을 게워 낸 다음부터 뭔가를 먹을 수 있는 상태가 아니었다. 그래서 나는 죄송하다며 식사를 거절했다. 나의 거절에 그의 표정이 확연하게 어두워졌다. 그는 나의 반응에 지나치게 동요했다.

"밀. 많이 안 좋아요?"

"아니요. 그냥 속이 좀 약간 안 좋은데, 여기서 더 먹으면 꽤 나빠질 수도 있을 것 같아서 주의하려는 것뿐이에요. 죄송해요."

괜히 엄살을 부렸다가는 바로 의사를 부를 것 같았다. 그래서 나는 그냥 컨디션 난조로 내 문제의 원인을 돌렸다. 구구절절이 설명할 문제가 아니었다.

"아니, 미안할 거 없어요. 죽이라도 준비할까?"

나는 고개를 저었다. 그냥 아무것도 먹고 싶지 않았다. 손까지 저었는데도 그는 내 사양을 극구 사양하며 내가 방으로 돌아가려는 것을 막아섰다. 그리고 나를 자리에 앉혔다. 가만히 있으면 먹을 만한 것을 자신이 준비해 주겠다는 거였다.

그는 정말 요리를 할 생각인 것 같았다. 집에 쌀이 없으면 도시락에 든 밥이라도 꺼내 그것으로 죽을 만들어 주겠다고 했다. 처음에는 거절을 하다가, 결국 포기하고 자리에 앉았다. 알 수 없는 불편함이 밀려왔다.

나한테 왜 이렇게 친절하지?

그는 정말로 왜 이러는 걸까. 나는 진심으로 내 몸 상태를 걱정하고, 내 안색을 살피고, 처방이 필요하면 이 시간에 집으로 의사까지 부르겠다고 말하는 이유를 파악하려 애썼다. 과잉 친절이다. 분명히 그랬다. 대체 나와 이런 짓을 하는 게 그에게 어떤 즐거움을 주기에 그가 내게 이러는 건지 감도 오지 않는다.

정말 내가 자신에게 점점 길들여지는 게 재미있나? 내가 재미있나?

나는 입을 다물고 식탁 위에 그가 두고 간 포장 음식들만 노려보았다. 쉬운 장난감처럼 보이고 있는 거라면 정말이지 불쾌했다. 김지율이라는 여자에 관해서는 그에게 물을 수 없을 거라고 생각했는데, 그에게 내가 그의 손 위에서 놀아나는 어린애가 아니라는걸 알려 주고 싶었다. 그렇게 식탁에 홀로 앉아서 그가 내가 먹을 죽을 만들어 오는 것을 기다렸다.

오랜 시간이 걸리지 않아 그는 정말 그럴싸한 흰죽을 만들어 왔다. 결심을 굳힌 나는 그에게, 내가 들은 이야기를 옮길 준비를 마쳤다. 그가 나를 가지고 놀기 위해 감추고 있는 한 여자에 관한 이야기를 내가 알고 있다는 것을 알려 주고 싶었다. 그래서 입을 열었다.

"그……분을 만났어요."

나를 그만 가지고 놀라고, 관두었으면 좋겠다고, 그 의사를 전하기 위해 나름대로 결의를 다지고 당차게 말을 뱉으려 했다. 원하던 만큼 매끄럽게 대화가 시작되지는 않았다. 뜸을 들이면서 말을 더듬는 건 내가 원하던 출발은 아니었다. 그렇지만 상관없었다.

"누구?"

그는 정말 모르는 것 같았다. 내 앞으로 죽과 깨소금을 얹은 간장을 밀어 준 그는 내게 다정하게 물었다. 배려가 가득한 행동과, 한없이 다정한 말투가 나를 약간 울컥하게 만들었다. 나만 이러는 게 억울했다. 나는 이번에야말로 또박또박 단어를 뱉으려 했는데 이번에도 말의 끝이 흐려졌다.

"김지율…… 씨요."

나는 시선을 피하지 않았다. 그가 보였다. 그의 표정이 굳었다. 미묘한 변화였다. 하지만 읽을 수 있었다. 다정다감하던 행동에 약간의 균열이 생겼다. 주제넘은 참견이라 생각할까 약간은 겁났다. 몸을 섞는 모든 여자들에게 이렇게 다정한 사람일 수도 있었다. 나를 가지고 놀기 위해 이러는 게 아니라 그냥 습관적인 배려인지도 몰랐다. 내가 방어적이게 구는 걸 이상하게 여길 수도 있었다.

사실 나는 여전히 그와 나의 관계가 어떤 것인지 감을 잡지 못하고 있었다. 이런 행위 자체가 처음이어서 그런 걸 수도 있겠지만, 전반적으로 그와 나의 관계는 지나치게 이상했다. 그래서 내가 지금 하는 짓과, 그에 이어진 그의 반응이 일반적인 건지 아닌지 역시 알 수가 없었다. 정말 나는 내가 한없이 무력해지고 무능해진다는 생각 속에 갇혔다.

보이지 않는 감옥 안에 징역이 몇 년인지도 모르고 수감되면 이런 기분일까. 그는 바로 답을 하지도 않고 약간 굳은 표정으로 내 앞에 놓인 죽 그릇을 쳐다보다가, 시선을 내 눈까지 올리지 않고 작게 물었다.

"……김지율이, 집으로 찾아왔나요?"

애정을 담은 호칭은 아니었다. 보통은 자신의 약혼녀를 저런 식으로 부르지는 않는다. 나는 잘은 모르겠지만 그가 적어도 내 앞에서는 애정을 담아 자신의 약혼녀를 대하지 않는다는 사실에 약간 기분이 나아지는 나를 발견했다. 괴상한 반응이었다. 나는 그에게 무엇을 기대하고 있었던 걸까.

"아니요. 컵케이크 사러 내려갔다가 약혼녀분이랑 밑에서 만났어요."

그는 그제야 고개를 들어 나를 보았다. 놀란 것 같았다. 믿을 수가 없다는 얼굴이었다.

"아닙니다."

그는 바로 부정했다. 손까지 저었다. 고개도 저었다. 더없이 단호한 태도였다. 내가 뱉은 말에서 아니라고 부정될 수 있는 것은 딱히 없었다. 내가 컵케이크를 사러 내려갔다는 사실에 대해 그가 아니라고 말할 수는 없다. 그건 의미상 매우 이상했다. 누군가와 만났다는 사실 역시 비슷했다. 남은 것은 내가 선택한 그녀를 지칭하는 표현이었다. 약혼녀가 아니라는 뜻일까. 그의 설명을 기다렸다. 나는 차분해졌다.

내가 기대하는 말을 뱉기를 원했다. 내가 기대하고 있는 것이 있다는 사실이 나를 약간은 당황스럽게 만들었다. 하지만 기대를 접지는 않았다. 이상했다. 이상한 것이 수없이 많은 와중에 특히 이상한 것이 나를 사로잡았다.

"약혼녀 아닙니다. 그 비슷한 사이도 아니에요. 지금도 아니고 앞으로도 아닐 겁니다. 꼭 김지율이 아니어도 어떤 여자와도 약혼할 생각 없습니다. 결혼도."

평범하지 않은 사이에서 오고 가는 평범하지 않은 대화 속에서 헤엄쳤다. 나는 갑자기 평정을 찾은 나를 발견했다. 표정을 통제하는 것이 더 이상 어렵지 않아졌다. 목을 조이던 압박감이 사라졌다.

"아…… 그래요?"

"절대."

"그렇군요."

나는 안도감을 느꼈나? 그는 지금 내게 거짓말을 하고 있을까? 그럴 이유가 있나?

나는 작게 답하고는 숟가락을 들어 간장을 조금 죽 위에 올렸다. 그리고 한 숟가락을 떠서 입 안에 넣었다. 꽤 고소하고 맛있었다. 위가 음식을 힘겹게 받아들이고 있다는 생각도 들지 않았다.

"밀."

그런 나를 그가 불렀다. 나는 천천히 입에 있는 것들을 다 삼킨 다음에 대답했다. 내 태도에는 조금 여유가 생겼다. 오히려 다급해 보이는 건 눈앞의 그였다. 그는 끊임없이 자신을 변호하고 싶어 했다.

"네."

"필요하면 언제든 저를 찾으세요. 전 어디에도 가지 않아요."

따듯한 것이 몸에 들어와서 속이 좀 편안해졌는지, 그 말에 기분이 좀 놓였는지 모르겠다. 이상하고, 모르겠는 것들이 너무나 많은 상황에 한동안은 익숙해진 상태로 살아가야 한다는 사실을 인정했다.

속에 뭔가가 들어가서 그런지, 나를 괴롭히던 불안도 조금 잠잠해졌다. 여자를 유혹해 재산을 얻은 남자라는 걸 머리는 분명 안다. 하지만 갑자기, 다시, 나는 내가 지금 그에게 목을 매는 중이 아니라는 걸, 그럴 필요가 없다는 걸 상기해 냈다.

나는 아주 합당한 이유를 가지고 그를 찾고 있다. 그것을 인지했다.

"오늘도 부탁드려요."

그래서 나는 그를 보고 말했다. 나는 꽤 당차게, 또박또박 그에게 말을 뱉었다. 의미는 확실히 전해진 것 같았다. 식사가 끝날 때까지도 그는 한없이 다정했다. 확신할 수 없는 문제인데도, 침대 위로 가서도 그가 이렇게 계속 다정할 것이란 확신이 갑자기 찾아들었다.

그냥 확신할 수 있었다. 기분도 상당히 편해졌다. 괴상한 대화의 끝에, 괴상한 관계가 형성되는 도중에, 알 수 없는 안도감과 확신에 빠졌다. 그가 먹고 있는 음식에 손을 뻗지는 않았지만, 기름기 가득한 필라프도 잘 소화시킬 수 있을 것 같았다. 동요가 사그라졌다.

⚜

꼭 깊은 애무가 선행되어야지만 체액을 섞는 과정을 맞이할 수 있는 건지, 애써 묻지 않았다. 처음 그의 방에 들어갔을 때에는 그가 내 위에 자리하고 있다는 사실에 완전히 압도되어, 뭐가 옳고 그른 것인지 판단을 내릴 수가 없었다. 이후에는 그의 손길과 입술이 전하는 감각을 뿌리치고 싶지 않았다. 맨 처음에, 그는 나를 아프게 만들지 않기 위해 애쓰는 것이라 말했다.

그런데 정말 온몸에 키스를 하는 것이 순전히 나의 고통을 덜어 주기 위해서라면 그건 지나친 시간과 체력의 낭비가 아닐까. 그가 나에게 부어 대는 애무는 좀 과한 구석이 있었다. 우리 사이에 오가는 스킨십은 지나치게 연인 사이의 애정 교환과 닮아 있었다. 적어도 내가 드라마와 영화를 통해 보고 배운 바에 따르면 그랬다. 그래서 행위의 진행 양상을 이해하는 것이 다소 힘겨웠다. 내가 이해할 수 있는 영역을 초월해서 과정이 진행되는 중인 것만 같았다.

이제 나는 상상만으로도 충분히 흥분해서 그런 짙고 질척한 과정이 생략되어도 괜찮았다. 괜찮다고 성급하게 판단할 수 있는 문제가 아니라는 생각이 들기는 해도, 아무튼 그래도 되는 게 아닐까 싶어졌다. 그냥 시도해도 아프지 않을 것 같았다.

하지만 그는 내 전부를 갈망하는 것처럼 굴었다. 이상했다. 동시에 그게 싫지 않아 막지 않았다. 한 번도 밀어 내지 않았다. 그의 어깨를 밀고, 그냥 짙은 선행 과정 없이 해 달라고 말할 수가 없었다. 오랜 시간이 지난 것도 아닌데, 고작 몇 번의 관계가 있었을 뿐인데, 쾌락에 이미 길들여졌다.

이 행위를 이어 가다 보면 갑자기 모든 판단 능력을 상실하고, 온몸이 마비되는 그 순간이 온다는 걸 완전히 학습했다. 통제력을 잃는 순간을 간절하게 바란다는 건 아이러니다. 하지만 순간순간을 그렇게 지나 보내고 있다.

파멸에 대한 욕구가 추동하는 힘이 생각보다 강력했다. 인간들은 원래 비극에 대한 욕망을 느낀다고 들었다. 혹자는 그것을 카타르시스라고 표현한다 배웠다. 진짜 그게 맞는 진술인지는 모른다. 몸이 녹아 가는 와중에, 그냥 그런 생각이 찾아들었다. 이 순간에 나의 끝과 조우하기를 바라는 괴상한 이끌림이, 그가 좀 더 거칠게 나를 다루어 주었으면 하는 생각으로 변질되었다.

그래, 뭐, 약간은 구속되었다고 느껴도 나쁘지는 않을 것 같아. 정말 내가 이성적인 판단의 결과로 그걸 원하는 것 같진 않다는 게 문제기는 하지만, 뭐가 되었든지 그냥 나쁘지는 않았다. 그럼 되는 거였다.

나를 압박할 그를 상상해 봤다. 손목이 구속되고, 완전히 그의 의지에 따라서 내 몸이 움직이게 되는 건 어떨까. 내게 이능이 없었다면, 그는 내 반항을 모두 무력화시킬 수 있는 완력을 가진 사람이었겠지. 하지만 내게는 이능이 있다. 그가 나를 폭력적으로 대하려고 하면, 그리고 그게 어떤 선을 넘어가면, 나는 그를 막아설 수 있다. 그 사실이 나를 어느 정도는 편안하게 만들었다.

그런 생각을 깊게 해 본 적이 없는데, 생전 처음 보는, 자신보다 월등히 강한 신체적 힘을 가진 남자와 옷을 벗고 마주할 수 있는 화연의 결단력이 엄청난 것이라는 걸 새삼스럽게 깨달았다.

어떻게 폭력의 공포에 그렇게 자신을 쉽게 노출시킬 수 있는 거지?

사랑이라는 이름으로? 아니면 쾌락을 더 갈망하기 위해서?

나는 절대 그런 선택만은 할 수가 없을 것 같다는 생각이 들었다. 나와 가장 가까운 거리에 있는 남자, 무려 2년 동안이나 한집에 살았던 남자에 대해서도 확신을 하지 못하고, 내 이능에 기대어

나 자신을 방어할 계획을 세우는데, 처음 보는 남자를 대체 어떻게 믿을 수 있단 말인가.

대체 다들 어떻게 그렇게 살아가는 거지? 왜 유사 자살행위를 자행하는 거지?

"아아. 응. 겸."

내가 그를 부르자. 그의 행동이 정지했다. 하지만 그의 신체가 내게 안기는 감각은 약간 더 여운을 남기고 거두어졌다.

"하아. 무섭지 않아요?"

나는 그에게 물을 수밖에 없었다. 말을 건네기 전에 신음이 먼저 약간 차올랐다. 색기가 담긴 호흡을 흘리는 게 그렇게 나를 괴롭게 하지는 않았다. 흥분한 상태로 정신을 약간 잃은 건 그도 마찬가지였다. 갈수록, 그가 자기 자신을 주체하지 못하는 모습을 보는 게 즐거워진다. 호흡을 제대로 잇지 못하고 숨을 고르는 건 그도 마찬가지였다.

"하아. 뭐가?"

그는 잠시 뜸을 들였다가 내게 물었다. 그의 행동이 느려졌다. 나는 그의 어깨를 손으로 쓸어 봤다. 단단했다. 목도, 쇄골도 예뻤다. 말을 하면서 그의 몸을 만져 봤다. 알아 갈수록, 더 보아 갈수록 사람을 홀리는 매력을 끊임없이 생산하는 남자란 게 다시 증명된다. 나는 그의 쇄골에서 눈을 떼지 않았다. 직각으로 각이 잡힌 어깨까지 이어지는 라인을 계속 감상하고 싶었다.

"난…… 생각만으로도 당신을 죽일 수 있잖아요."

내 손이 그의 목 근처에 있었다. 나는 말을 뱉고 나서, 내가 상당히 파괴적인, 그를 위협하는 말을 뱉은 것인지도 모르겠다 생각했다. 그가 원치 않는 방향으로 긴장하게 될 수도 있었다. 사실 나

405

는 그런 의도가 전혀 없었다. 그래서 아니라는 걸 알려 주기 위해 시선을 약간 위로 향했다.

눈이 마주쳤다.

내가 상상했던, 그런 얼굴이 아니었다. 그는 나보다도 더 파멸에 대한 욕구에 찌든 사람처럼 보였다. 숨이 멎어 가는 중이다. 그는 더욱더 큰 파괴를 향해 나아가고 있었다. 그런 표현을 들이대기도 힘들었다. 하지만 아름다웠다. 이 남자는, 내 눈앞에서 내 시선을 자신에게 구속시킨 존재는, 정말, 수려했다.

"밀아, 나를."

"……"

"죽이고 싶으면."

죽이고 싶지 않다.

하지만 그 말이 입술을 뚫고 나오지 않았다.

"죽여."

심장이 멈추는 느낌이 들었다.

농담인 줄 아는데, 진심 같아서 그랬다. 내가 죽이지 않을 거라는 것을 아는 거겠지. 그리고 이어서 그의 몸이 더욱 거칠어졌다. 나는 방금 전까지 우리가 나누었던 대화를 금방 날려 보냈다. 더 큰 파도가 나를 덮쳤다. 그에게 다시 먹혀 갔다. 피식자가 되는 경험은 끔찍하게 즐거웠다.

그리고 그에게, 나 역시 그를 잡아먹는 포식자로 인식되고 싶다는 생각이 찾아왔다. 나도 그를 먹고 싶다. 다 먹어 들어가고 싶다. 피식자가 되는 즐거움을 그에게도 안기고 싶다. 우리가 나누는 행위는, 행위에 덧입혀진 상상은 더할 수 없는 쾌락을 선물했다. 준 만큼 돌려주고 싶다. 그게 더 나를 황홀하게 할 거란 확신이 들어.

미쳐 간다.

돌아 버릴 것만 같아.

사랑받고 있다. 그렇게 착각하게 만든다. 나를 아끼는 것처럼, 나만을 원하는 것처럼 구는, 지금 이 순간의 나를 지배하는 그를 보았다. 잠시 시선이 교차했다. 믿을 수 없을 정도로 충만한 기분이 되었다. 내게 좀 더 다가와서, 입을 맞춰 주었으면 좋겠다 생각했다.

그 말은 입 밖으로 뱉을 수가 없었는데, 그는 그 바람을 내 말 없이도 이해했다는 듯이 행동을 잠시 멈추고 고개를 숙여 숨을 전했다. 입술을 타고 말랑하고 부드럽고 달콤한 것이 전해졌다. 그 모든 감각이 나로 하여금 카타르시스를 경험하게 했다.

오감을 통해 지각 불가능한 거리에 있는 연금술사와 현자의
돌이 다른 감각을 통해 서로를 인지할 수 있다고 주장되는
경우가 종종 있다. 사실인지는 밝혀지지 않았다.

九夢

"김지율 불러."

엘리베이터에서 내렸을 때 윤 비서와 마주쳤다. 나는 윤 후배를 보자마자 그 말부터 뱉었다.

"예?"

"저번에 오겠다는 거 거절했지? 내일 이 시간까지 데려와서 회의실에 앉혀 놔라."

"네? ……네."

윤 비서는 뭔가 말을 이어서 또 읊으려 하다가 입을 다물었다. 나는 사무실에 들어가, 케이스를 데스크 위에 두고 외투를 벗어 옷걸이에 걸었다. 그리고 바로 데스크 앞에 가서 앉았다. 윤 비서는 내가 열어 둔 문을 통해 들어와 문을 닫고는 내 데스크 앞에 와서 섰다. 내가 착석해 들을 준비를 마칠 때까지 잠시 대기했다. 대화는 김지율을 주제로 하며 이어지지는 않았다.

"사장님. 남성 잡지 LK 관련해서 확인받아야 하는 사항이 있습니다. 어제 퇴근하시고 연락이 왔는데, 퇴근 이후에 연락하지 말라고 하셔서 오늘 아침에 확인받으려고 했던 겁니다."

"그래. 보고해."

너와 처음 키스를 했던 순간부터, 계속 일과 너의 사이에서 균형을 잘 맞추려고 애썼다. 너에게 나를 바치고 싶은 생각과 업무 사이에서 무게 중심을 잘 잡을 필요가 있었다. 가능하면 회사에서는 일에 집중하고, 너에게 연락을 하지 않는 것이 옳다 생각했다. 그 대가로 회사를 나서는 순간에는 일에 관한 연락을 다 끊어 버리기로 했다. 내가 답이 없는 짓을 하고 있다는 걸 알았다.

아무래도 괜찮았다. 내 모든 답과, 내가 추구해야 하는 진리는 오직 너라서, 다른 사고가 정상적인지 그렇지 않은지는 내 관심사가 아니었다.

한 회사의 최고 직책을 안고 있는 인간이 어쩌자고 그런 대담한 방침을 내세우나 싶겠지만 나는 회사에서 내 할 일을 다 하고 있다고 생각했고, 이 회사에는 굉장한 리스크매니지먼트 전문가들이 나 말고도 많았다.

그리고 정말 회사가 무너질 위기에 처해 있다면 내가 연락을 하지 말라고 해도 급박해진 직원들이 내 전화가 터지도록 전화를 걸어 댈 것임이 분명했다. 실제로 내 판단이 얼마나 합리적이고 정상적인가와는 상관없이, 나는 내 나름대로의 정당화 메커니즘을 장착해 버렸다.

하지만 잠시 일과 사생활에 대한 명확한 구분선을 잠시 지우기로 했다. 회사에 와서도 처리해야 하는 너에 관한 일이 생겼기에 결심을 잠시 보류하기로 했다. 괴상한 방침을 스스로 만든 것도 모자라, 마음대로 원할 때마다 그걸 무시해 버리는 태도가 권장할 만한 것이 아니라는 것 역시 알았으나, 어쩔 수가 없었다.

네가 가장 중요하니까. 맨 처음에 일과 사생활을 구분해야겠다는 생각을 한 것도 너 때문이었다. 그러니까 궁극적으로 너와 나 사이의 관계에 도움이 되는 길을 택하는 것이었다. 그런 면에 한해서는 나의 연속된 상충하는 판단들에도 일관성은 있었다.

감히 너와 내가 아닌 다른 인간이 우리 둘 사이에 끼어들어 관계를 망치게 놔둘 수는 없었다. 분명 다른 사람에 의해 우리의 관계가 위태로워질 수 있을 거라는 가능성을 애초에 생각하지 않은 것은 아니었으나, 내가 그때 염두에 두었던 것은 김 변호사를 내게 보낸 백발의 노인이었지 멋대로 내 약혼녀 코스프레를 하려는 김지율 따위가 아니었다.

자기 주제를 모르고 나대는 것들에게 내 수고를 들여 깊은 깨달음을 주는 것은 내 취미가 아니었다. 난 모든 사람이 행복한 착각에 빠져 있는 게 피해만 주지 않으면 그런대로 나쁘지는 않다고 믿는 주의였다. 하지만 너에 관한 것이라면 달랐다. 너와 나의 관계에 자신을 끼워 넣어 착각한 다음에 네게 피해까지 주는 짓은 용서할 수 없다. 네 앞에서 입이나 몸을 함부로 놀리는 것들은 쓸어 버려야 한다.

"네. LK에서 이번 해 가기 전에 특집으로 인터뷰 따고 싶다고 합니다. 좀 급박한 일정이기는 해서, 잘하면 2월 호로 미루어질 수도 있습니다. 사실은 그 전에 이미 12월 호 커버 모델로 사장님을 쓰고 싶다고 컨택이 왔는데, 평소 같았으면 사진 촬영 인터뷰는 컷 하겠지만 김찬기 부사장님이 옴므 라인도 런칭했는데 클로즈업 화보로 제품 홍보 좀 하는 게 어떻겠냐고 사장님 설득해 보라고 하셨습니다. 제 뜻이 아니라 부사장님이 권유한 홍보 마케팅 방법임을 꼭 강조하고 싶습니다."

윤 비서의 말이 내가 생각을 잠시 정리하게끔 만들었다. 컴퓨터를 켜며 윤 비서의 설명을 마저 들었다. 부팅이 끝나사 손을 움직여 LK를 검색해 봤다. 어떤 잡지인지 그 성격과 컨셉을 모르는 것은 아니었으나, 최근 방향을 다시 확인해 볼 필요가 있었다.

김찬기 CMO는 종종 코스메틱 브랜드 보와의 마케팅 히든카드는 CEO인 연우겸이라고 말했다. 그 말 뒤에는 특정한 구매층에게는 아이돌이나 입소문보다 젊은 CEO의 매력이 강한 구매 어필 수단일 거라는 설명을 이어 붙였다. 내가 원하든 원하지 않든 간에 나는 이미 구매 충동을 일으키는 셀러브리티라는 거였다.

그는 그 논리로 나를 설득해 구매 금액이 최상위에 속하는 VVIP 고객 전용 자유 게시판에 내가 글을 직접 남기게 만들기도 했고, 6개월마다 플로어 한 층을 다 빌려서 한 번씩 하는 VVIP들과 파워블로거 파티에 나를 끌고 가기도 했다. 그의 견문은 인정했다. 실제로 파티 참여 금액 집계 시즌이 되면 VVIP 자격을 유지하기 위해 큰 지출을 하는 고객들이 많다는 것을 알고 있다.

하지만 내가 직접 언론에 나가 제품 PR을 하는 것은 거절했다. 김찬기는 일단 나의 결정을 받아들이는 것처럼 굴기는 했다. 그런데 이제 옴므 라인을 제대로 런칭해서 힘을 실어 보려는 상황이 되니까 다시 노선을 변경한 모양이었다. 우리 회사에서 새로 만든 제품 좀 남성 잡지 독자들이 사게 하라는 압박이 전해졌다.

거절하면 다시 나를 쫓아다닐 테지. 일 처리를 할 노트북을 들고 내 사무실에 올라와서 나와 마주 앉아 일을 하려고 할지도 몰랐다. 적당한 타협이 필요했다. 그래서 나는 구체적인 내용을 더 물었다.

"인터뷰 질문은 샘플이 왔나? 독점 붙여서 사생활을 떠 갈 거래? 아니면 제품 PR만 거의 담은 포멀한 형식으로 가능해?"

"샘플 질문지 받아 보니까 주로 결혼 계획이나 따님과의 관계나 가십 위주인 것 같습니다. 물론 광고 가능하게 최대한 양보하겠다고는 합니다. 우리 쪽 마케팅팀에서 사장님 인터뷰 띄우는 거 고민한다는 정보를 입수한 에디터가 귀신같이 낚은 것 같습니다. 그래도 그쪽에서 먼저 요청한 거라 우리한테 맞추라고 압력 넣는 건 가능합니다."

'따님'이라는 말에 잠시 사고가 정지했다. 물론 심각하게 받아들이는 티를 내지는 않았다. 인터넷에 떠도는 가십은 완전한 통제를 할 수는 없으니 어쩔 수 없지만, 언론사를 통해 나가는 정보에서 너와 내가 엮이는 것은 최대한 피하고 있었다. 하지만 그건 업무와 관련된 윤 비서의 라인이 아니라 김 변호사의 힘을 통해서였다. 나는 그냥 무난한 반응을 택했다.

"나는 모르는 상태로 마케팅팀에서 회사 CEO인 나한테 인터뷰를 시키려고 했다고?"

"……CMO님 독단입니다. 저는 몰랐어요."

징징대는 소리가 들렸다. 2m 가까이 되는, 얼핏 보면 정말 곰 같은 몸을 가진 남자가 저러니 어이가 없었다. 윤 후배는 갈수록 능청이 늘어 간다. 화를 낼 생각은 없었다. 정신이 떠서 회사에 대한 관심이 점점 옅어지는 것에 대한 죄책감도 있었다.

김찬기는 원래부터 내가 아니라 자신의 일에 충성하는 사람이었다. 그리고 그는 언제나 게임을 하듯이 직장엘 다녔다. 마치 회사 출근이 '회사 키우기 타이쿤'이나 '회사 문명 5'를 로딩하는 작업이라 여기는 듯이.

내가 아는 거의 모든 사람을 통틀어 회사에 오는 걸 그렇게 즐기는 인간이 없었다. 돈을 잘 벌어다 주니까, 회사에 긍정적인 분위기를 불어넣으니까 좋기야 한데, 회사 내의 그의 유일한 상관인 나와 종종 이런 식으로 대립한다는 게 문제였다.

"그래, 그렇겠지."

"믿어 주세요……. 그리고 그게 그나마 CMO가 타협한 거라는 말도 있습니다. 초기엔 TV 케이블 뷰티 채널에 사장님을 출……."

"변명은 됐다. 내 사생활 말고 회사 얘기 위주로 인터뷰 콘티 전부 다 첨삭해서 돌려보내고, 바뀐 거 싫다고 그러면 인터뷰 컷해."

인터뷰를 거절하는 건 셀러브리티가 되고 싶은 욕망이 거의 전무했기 때문이었다. 내 사생활은 필연적으로 너의 존재까지 수면 위로 올릴 것임이 분명하다. 그런 관심을 원치 않았다.

정말 회사에 필수불가결한 일이라면 나름의 결단을 내리겠지만 내게는 회사의 손익계산서, 자본변동표, 현금흐름표, 재무상태표 등의 재무제표와, 지난 분기 실적과 우리 회사의 주가 등을 읽을 수 있는 눈과 표들이 말하는 바를 이해할 수 있는 지식이 있었다.

"알겠습니다."

그리고 서류와 문서들이 쏟아졌다. 업무 시간을 줄였으니 앉아 있는 시간에 더욱 인텐시브하게 일해야 했다. 자세한 인터뷰지 첨삭 얘기는 잠시 뒤로 미루어졌다.

내가 과도한 노출을 꺼려서 지나치게 상세한 인터뷰는 거절할 거라는 걸 모를 만큼 김찬기는 멍청하지 않았다. 그저 회사가 늘 상태가 좋을 수는 없으니, 상품이 안 팔리면 언젠가 방송이든 뭐든 나가서 직접 홍보해야 할 상황이 올지도 모른다는 걸 상기시키는 행동일 것임이 분명했다. 세상일은 모르는 거니까 단단히 각오하고 있으라는 언질과도 같았다.

오후에 전화가 왔다. 기다리던 전화일 거라 생각해 망설임 없이 전화를 받았다. 내 예상이 맞았다.

"연우겸입니다."

— 네. 김 변호사입니다. 사장님.

김 변호사의 목소리가 반대편에서 들렸다. 나는 서로가 누구인지 확인하자마자 용건부터 물었다.

"약속 잡혔나요?"

— 네. 직접 저택으로 오시랍니다.

"알겠습니다."

— 시간은 사흘 뒤 새벽 5시 24분입니다.

"5시 24분이라고 하셨습니까?"

— 네.

괴벽에 가까운 시간 선택이었다. 하지만 그 사실을 이상하게 생각하는 것에 집중하고 싶지는 않았다. 너무 이른 시간이라 그 시간에 만나면 커피를 한잔하게 될지, 아니면 아침을 같이 들게 될지도 예상하기 힘들었다. 예상과는 다르게 독한 술이 나오거나, 저녁만큼이나 헤비한 코스 요리가 줄줄이 나올지도 몰랐다. 어떤 일이 벌어져도 이상하지 않았다.

인사를 마치고 통화를 종료했다. 나는 침을 한 번 삼켰다. 반드시 넘어가야 하는 관문이 내 앞에 놓였다. 김지율은 걱정거리가 아니었다. 하지만 김 변호사의 위에 있는 남자는 달랐다. 그는 정말이지 예상이 불가능한 인물이었다. 제대로 코드를 읽어 내고 비위를 맞추지 못하면, 내가 상상할 수 없는 일이 펼쳐지게 될지도 몰랐다.

그는 연금술사인가?

나는 당장은 답할 수 없는, 그리고 그를 만난다고 하더라도 내가 답할 수 있게 될지 알 수 없는 물음을 던져 봤다. 그가 지난 몇십 년간 이룩해 온 것들과, 쌓아 둔 재산과, 휘두를 수 있는 권력의 크기를 생각해 보면 사흘 뒤에 내가 만나러 가야 하는 남자가 평범한 인간이 아니라고 해도 별로 이상할 것은 없었다.

하지만 네가 연금술사의 힘을 사용하기 전까지, 나는 너와 그가 연금술사일 거라 생각해 본 적 없었다. 역사에 위대한 업적을 남긴 모든 이가 연금술사였던 것은 아니다. 나는 속단하기는 이른 문제라 생각하며 판단을 보류했다. 네가 연금술사니까, 너에게 자신의 유전자를 유전시킨 한 남자 역시 연금술사일 가능성이 있다는 것만 잊지 않기로 했다.

S그룹의 정 회장.

공식적으로는 너의 친할아버지인 그 남자가, 내가 상상할 수 있는, 혹은 상상 너머의 어떤 존재일 수 있는 무한한 가능성을 지닌 인간이라는 점만은 명심해야 했다.

임성진만 하더라도 아버지 쪽이 연금술사다. 물론 연금술사라고 해도 무조건 연금술사 자식을 낳는 것은 아니라고 했다. 하지만 일반인들 사이에서 태어난 자식보다, 연금술사의 자식이 연금술사일 확률이 월등히 높다는 것만은 사실이었다.

완전히 연금술과 연이 없는 사람들 사이에서 연금술사가 태어날 확률보다 정확히 몇 배나 높은지는 모르지만, 어쨌거나 비교도 불가능할 정도로 높다는 건 알았다. 너와 혈연이 있는 남자가 연금술사일 수 있다는 추측은 나름대로 합당했다.

만약 그가 연금술사라면, 그는 내가 너의 현자의 돌이라는 것 역시 파악할 것인가?

내가 현자의 돌이라는 것을 느낄 수 있는 감각 수단이 없다고 하더라도, 그가 지닌 정보력을 통해서, 그가 곳곳에 심어 둔 눈을 통해서 내가 너의 현자의 돌이라는 걸 연역해 내는 게 가능했을 수 있다. 나는 그런 경우에는 그가 나를 어떻게 다루려고 할지 예상해 보려 했다. 변수가 너무 많아 별다른 소득은 없었다.

내가 그에게 가까이 가면, 허리에서 진동이 읽힐 가능성이 있다. 그가 연금술의 흔적을 지니고 있다면 그 순간에 바로 알게 될 것이다. 문제는 동시에 그 역시 내가 연금술과 연관된 존재라는 걸 알게 될 수도 있다는 점이다. 계속 너와 접촉을 하고 있기 때문에 내가 은연중에 받았을 연금술사의 미약한 기운을 읽을 수 있을 정도로 대단한 술사일 가능성도 무시할 수 없다. 내가 연금술과 관련된 인간이라는 것을 알게 됨과 동시에, 그는 너 역시 연금술사라는 걸 결국 파악해 낼지도 모른다.

아니, 이미 알고 있나?

나는 내가 지금 안심해도 되는 패를 쥐고 있는 건지 자신이 없어졌다. 처음에는, 계획을 세울 때만 해도 그가 나의 제안과 선택을 거절하지는 않을 거라 믿으며 자신만만했다. 그런데 결전의 순간이 눈앞에 놓이자 불안함이 고개를 내밀었다.

임성진의 이야기도 맴돌았다. 나는 연금사들이 대한민국의 땅에서 사라진 것과 정 회장 사이에 어떤 연관 관계가 있을 가능성도 무시하지 않기로 했다. 일이 이렇게까지 된 이상 무엇이라도 가능했다. 그 가능성은 희망이 되기도 했지만, 절망으로 가는 창구를 열기도 했다. 나는 모든 각오를 했다.

그와 대화를 나누어 본 적이 있기는 했다. 단둘만 있던 곳은 아니었다. 경제인 연합 파티에서, 손에 와인글라스를 들고 그와 마주했다. 나의 손에도, 그의 손에도 와인이 있었다. 그는 술을 단 한 모금도 입에 대지 않는다고 들었기에, 그의 손에 들려 있는 잔을 의아하게 보았다.

그는 통성명을 하기도 전에, 자신이 소유한 와인만 팔아도 몇백억이 나온다는 얘기부터 했다. 괴상한 시작이었다. 그의 말이 자랑처럼 느껴지지는 않았다. 그 자리에 있는 사람들 중에, 아니 대한민국의 모든 사람들 중에 그가 돈이 많다는 것을 모르는 사람은 없을 테니까.

나는 그는 알코올은 물론 건강에 나쁘다는 음식을 전혀 입에 대지 않는다고 말한 기사가 완전히 틀렸다고 생각하며 적당히 그의 말에 동조하고, 내가 가진 와인에 대한 상식들을 늘어놓았다. 비위를 맞추어야 한다고 본능이 소리쳤다. 그런데 그는 나와 몇천만 원짜리 와인에 대한 이야기를 하다가, 갑자기 자신의 비서를 불러 과자가 먹고 싶다고 말했다. 그리고 잠시 후에 시중에서 파는 천오백 원짜리 과자를 커다란 접시 통째로 받아서 거의 퍼먹기 시작했다.

케이터링에 파티의 격에 맞지 않는 과자가 끼어 있는 걸 보았을 때부터 그게 왜 거기에 있는 건지 이상하게 생각했다. 그 이유를 그 순간에 알게 되었다. 표정 관리를 하려고 애썼지만, 그의 행동을 보고 경악한 것을 완전히 감추지도 못했다.

나이가 그렇게 들어서도 정 회장이 어떻게 그렇게 슬림하고 건강한 몸매를 유지하는지 분석해 놓은 기사가 사고를 강하게 쳤다.

잡지에 실린 기사의 에디터는 정 회장이 몸에 안 좋은 음식을 먹지 않는다고 했다. 게다가 그는 6시 이후에는 금식하고, 실내 공기 청정도를 유지하기 위해 전기 사용료로만 억 단위의 돈을 쓰며, 매일 아침마다 운동을 하는 것은 물론, 전문 PT와 전문 영양사, 전문 요리사와 기타 등등 수많은 전문가들을 거느리고 산다 말했다.

대체 기자가 무슨 근거를 가지고 기사를 갈긴 건지 그 정보의 소스가 궁금해지는 순간이었다.

어쨌거나, 나는 그의 첫째 아들의 와이프의 남편이 된 남자였다. 그런데 그는 끝까지 그런 부분에 대한 얘기는 꺼내지도 않았다. 대신 그는 내게 괴상한 제안을 했다. 그리고 자신의 물음에 대한 나의 답을 들은 뒤에, S그룹은 화장품 업계로는 진출을 할 생각이 없다고 말했다. 뜬금없는 화제 전환이었다.

그는 내가 CEO로 있는 보와의 앞길을 방해하지 않겠다는 뜻을 전한 거였다. 그런 의미로 이해했다. 하지만 갑자기 던져진 우호적인 제스처가 사실은 협박을 끌어안고 있는 것일지도 모른다고도 생각했다. 아들의 자리를 빼앗은 나를 조롱하는 것인가? 나는 애매하게 웃으며 감사하다고 말했다. 동시에 그의 표정을 살폈다. 어쩌면 나도 모르는 사이에 내 목이 날아가는 중인지도 몰랐다.

전혀 상식적이지 않은 대화였다. 10분 남짓 이어진 대화는, 모든 흐름이 믿을 수 없을 정도로 대단히 비상식적이었다. 그리고 지금 내게 있는 자신만만함은, 전부 그 순간의 대화에만 바탕을 두고 있었다. 혹시 모를 가능성들에 지나치게 의존했다. 그는 내 생각보다 변덕이 강한 인간일 수도 있었다. 농담처럼 건넨 말을 완전히 다 잊어버렸을 가능성 역시 있었다.

'자네의 부탁을 하나 들어주도록 하지.'

'지금 말씀드려야 하는 겁니까?'

'뭐, 꼭 그럴 필요는 없고. 김 변호사라고 믿을 만한 녀석이 하나 있거든. 나중에 내 비서한테 연락처 받아.'

'예.'

'둘이 친하게 지내다가, 필요한 거 생길 때 나한테 연락해.'

그 말을 끝으로 그는 떠나갔다. 그의 태도는 온화했다. 하지만 나는 한참을 굳어서 서 있었다. 너와 닮은 눈빛에 긴장했다. 그는 분명히 나보다 키가 작은데도, 목을 꺾어 그를 올려 보고 있는 기분이 들었다. 기분만 그런 것이 아니었다. 목 뒤가 아팠다. 실제로 근육통이 다음 날에 느껴지기도 했다.

너와 닮았다고, 처음부터 그렇게 생각했다. 그가 시야에 들어온 순간에, 나는 바로 너를 떠올렸다. 그 사실이 나를 심적으로 강하게 압박했다. 너의 할머니라는 사람은, 온갖 이유로 너의 어머니를 욕했지만, 그중에 네가 당신 아들의 딸이 아닐 수도 있다는 내용은 없었다.

의심할 수 없을 정도로 명백하게 네 외모에 정 회장의 외양이 녹아 있기 때문이었다. 너의 할머니는 네 유전자의 출처를 의심할 수는 없었다. 그녀의 시신경은 멀쩡했다. 그 눈에 네가 네 할아버지로부터 너의 외모의 거의 전부를 물려받았다는 것이 보였을 것이다.

누군가는 그가 너의 친할아버지가 아니라 친아버지일 수 있다고도 했다. 그 말이 사실인지 아닌지는 아무도 모를 것이다. 너의 어머니와 가까웠던 나도, 그 문제에 대해 묻는 것은 불문율을 어기는 행동이라 생각해 한 번도 직접적으로 그런 물음을 던진 적 없었다.

그의 와이프, 너의 할머니라는 여자, 그녀를 생각해도 그는 정말 센세이셔널한 인간이었다.

그의 아내는 고풍스러운 재벌가의 안주인이라기보다는, 억척스러운 벼락부자의 아내 같은 인물이었다. 그녀는 자신의 남편의 체면을 세우는 일에는 단 1초의 시간도 투자하지 않는 것처럼 보였다. 대체 왜 너의 어머니가 가진 얼마 되지도 않는 재산을 돌려받으려고 악을 쓰는지 역시 이해할 수 없었다.

고고한 여왕 같아야 할 여자는, 일반적인 추측과는 다르게 매일 쌍욕을 입에 달고 돌아다녔다. 나는 그게 숨겨진 무언가를 감추기 위한 연기가 아닐까 생각하기도 했었다. 그것 역시 모르겠다. 그냥 그런 여자일 수도 있었다.

나는 정 회장이 내게 남겼던 인상을 다시 생각해 봤다. 세상과 유리된 분위기, 좀처럼 커지지 않는 목소리, 약간 차분한 느낌까지, 모든 것이 너와 연결되었다. 혹자는 독재 정권 시절 독재자와 그렇고 그런 관계였을 거라며 뒤에서 입을 놀리기도 했다. 그런 말을 떠들고 다니던 한 여자는 갑자기 소리 소문 없이 서울의 사교계에서 매장당했다.

대한민국 현대사의 살아 있는 증인이라기보다, 그냥 걸어 다니는 현대사 그 자체라는 말이 더 합당한 인물.

근현대사 교과서의 표지에 등장하는 인물은 그가 아니지만, 그가 교과서 표지에 오른다 해도 그리 이상할 것 같지는 않다고 생각했었다. 여전히 그렇게 생각한다. 그와 관계된 사람들로 교과서가 채워져 있다 해도 과언이 아니니까. 그는 초등학교 교과서에도 나오는 독립운동가의 아들로 태어나 친일인명사전에 등재된 악명 높은 친일파의 사위가 되었다. 군사독재 시절 내내 재계의 실세로

군림하며 재산을 수십 배로 불렸다. 인생 자체가 소설이었다.

조선이 고종에 의해 대한제국이 되었던 순간부터, 이 한반도가 어떻게 지금의 형태를 갖추게 되었는지, 현재 대한민국의 정치, 경제, 사회, 문화의 형성 모두를 설명하기 위해서는 그와 연결된 사람들의 이야기가 반드시 필요했다. 그의 존재가 지금의 역사를 완결시켰다는 말은 지나친 과장이 아니다. 그렇게 생각하는 사람이 나만은 아닐 것이다.

하지만 내가 긴장하는 이유는, 무엇보다 그가 내가 사랑하는 여자의 아버지의 아버지이기 때문이다. 어쩌면 그냥 아버지일 수도 있다. 정말 아이러니한 건, 나 역시 너의 아버지라는 사실이겠지만, 그런 블랙유머를 양산할 만한 배치가 내게 편안함을 주지는 않았다.

사람들은 그가 자신의 첫째 아들과 아들의 아내, 그리고 외동딸을 완전히 놓아 버렸다고 했다. 그가 그런 결단을 내린 원인을 누구도 알지 못했다. 모두가 본 것은 결과물일 뿐이었다. 나 역시 그랬다. 자세한 내막은 나도 몰랐다.

그럼에도 나는 실제로 일어난 사건이 알려진 것과 완전히 같지는 않음을 알았다. 정 회장의 선택이 의외로 그들을 위한 것이었을 수도 있다고 생각했다. 아주 견고한 논리로 해낸 추리는 아니었다. 그냥 느낌이 그렇게 말했다.

나는 그가 손녀에게 줄 신탁 자금을 끊고, 자신의 아들을 회사에서 해고하고, 호적에서 그를 지워 버리고, 자신의 아들의 장례식에도 나타나지 않았다는 걸 알기는 한다. 그러나 정말 그가 모든 혈연을 끊기로 작정을 했는가에 대해서는 확신할 수 없다. 그를 직접 만나고 나서 더욱 그렇게 생각하게 되었다. 일반적인 상식이 통하는 존재가 아닌 것처럼 보였다.

나는 정말 아무것도 모른다.

두렵나? 그런 것도 같다.

두렵다는 생각은 진심이다. 그래도 이제 정말 그를 만나기는 해야 했다. 내가 원하는 계획을 실행하려면, 계획에도 없던 변수가 중간에 끼어들 확률을 내가 먼저 잘라 내야 했다.

❧

회의실 안에 김지율이 있었다. 보이지 않는 벽으로 차단된 공간에 둘만 있고 싶지 않아서 유리방에 불러 놓으라고 말했다. 사소한 선택에 그렇게까지 신중을 가해야 할 필요가 있는 것은 아니었지만, 그냥 그런 생각이 들어서 그대로 뱉었다.

입 밖으로 문장을 던지고 보니, 그것이 내가 베풀 수 있는 호의의 마지노선이란 생각이 그제야 들었다. 배려 아닌 배려였다. 착각을 유도해 김칫국을 퍼마시게 하다가 절벽 아래로 밀어 버리는 고문까지 하고 싶지는 않았다. 나는 어쨌거나 네게 어울리는 착한 남자로 살아가려 노력하는 중이었기에.

복도를 걸을 때부터 김지율의 시선이 따라붙었다. 즐길 만한 것은 아니었다. 회의실의 유리문을 열면서야 눈을 마주했다. 시선을 피하지 않았다. 위축되거나 망설일 이유가 없었다.

그녀의 입에 미소가 걸렸다. 굳은 내 표정을 읽을 생각이 없는 모양이었다. 김지율은 내가 회의실에 들어갔을 때 자리에서 일어나지 않았다. 예의를 갖추어 나를 맞지도 않았다. 그건 괜찮았다. 격식 없는 인사를 격식이 없다며 비방하고 싶지는 않았다. 기분이 좋지 않은 건 나를 맞는 김지율의 행동 때문이 아니었다.

"오빠."

호칭마저도 변함없었다. 지난 몇 년 동안 나를 저렇게 불렀던 사람이 없어서 나는 순간 저 말이 부르는 대상이 나라는 걸 바로 집어내지 못했다. 밝은 갈색 머리를 그녀가 옆으로 쓸어 넘겼다. 의도가 담긴 행동이었다. 그 장단에 놀아 줄 생각이 없었다. 나의 머릿속에, 내가 나의 약혼녀를 숨기고 단순히 육체적인 관계로 자신을 대하고 있다는 듯이 말하던 네가 아른거렸다.

말이 안 되는 상황이었다. 절대 내 사랑의 진실성이 그런 식으로 혼탁해져서는 안 된다. 나는 나의 전부를 다 바치고자 하는 마음을 네게 전할 준비를 하는 중이었다. 당장은 나의 모든 감정을 언어로 조각조각 뱉어 내지 못하더라도, 언젠가는 반드시 전해야 했다.

네가 인생 전부를 네게 헌납하고자 하는 나의 고백을 들을 때에, 내가 하는 짓이 기만이라 생각하도록 둘 수는 없다. 그게 내가 견딜 수 있는 마지노선이다. 너의 사랑을 바랄 수는 없지만, 너의 용서를 구할 수는 없겠지만, 그저 너에게 애정을 구걸하기만 하면서 평생을 살아갈 수도 있겠지만, 내가 너의 것임을, 온전한 너의 소유임은 알게 만들어야 했다.

내게는 너밖에 없다. 영원히 너만을 볼 것이다. 다른 길은 없다. 이제는 다른 방식의 삶을 살아 낼 수도 없다. 상상도 할 수 없다. 뇌 안에 이미 한계선이 지정되었다.

"김지율."

"응? 왜 그렇게 딱딱하게……."

"이거 하나는 확실히 하자."

"뭘?"

그래서 나는 내가 하고 싶은 말만 할 생각이었다. 김지율이라는 인간이 싫어서라기보다, 그녀를 걷어 내지 않으면 내 인생이 위태로워질 수도 있다는 현실을 보고 있기 때문이었다.

"네 투자 업무에 내 사생활을 끌어들이지 마. 전화로 말하면 내가 어설프게 너랑 밀당이나 한다고 착각할까 봐 내가 직접 알려 주는 거니까 새겨들어."

시간을 오래 쓰고 싶지 않았다. 김지율의 표정이 딱딱해졌다. 김지율은 멍청한 여자가 아니었다. 내게 이런 식으로 구는 것도 사랑 타령을 하기 위해서가 아니라는 것 역시 뻔히 보였다. 그래서 더 편했다. 확실하게 내 입장을 밝혀서, 네가 보고 있는 것이 네 입맛대로 왜곡된 현실임을 일깨워 주어야 했다.

김지율은 머리를 꼬던 행동을 멈추고 굳은 표정으로 자세를 바르게 했다. 내게 치대려는 모든 행동을 멈춘 걸로 보아 1차 상황 파악은 끝난 것 같았다. 내가 자신에게 그 어떤 호의도 베풀 생각이 없음을, 김지율은 빠르게 인정한 모양이었다. 호칭도 변했다.

"연우겸 씨."

"왜."

일어나서 회의실을 나가지 않는 걸로 보아 아직은 할 말이 더 남은 모양이었다. 마지막으로 하려는 말은 들어 주고 돌려보내야겠다고 생각했다. 분노와 화는 분명히 존재했다. 그래도 어쨌거나 비즈니스를 하는 입장에서, 받지 않아도 되는 원한을 양산하면서 살아가는 건 피할 수 있으면 피하는 쪽이 좋을 거라는 판단이었다.

"걔, 예쁘더라?"

누구를 지칭하는 것인지, 바로 알았다. 그리고 듣지 않는 쪽이 나았을지도 모르겠단 생각이 바로 찾아왔다. 인칭대명사에 대한 설명이 이어질 필요가 없었다. 나는 굳어진 표정을 숨기지 않았다.

"나는 연우겸은 나 같은 스타일 좋아한다고 생각했는데. 확실히 사람 마음이라는 게 꼭 일관성이 있지는 않지."

"……."

"근데, 내가 좀 찔러 봤는데, 둘이 그렇게 깊은 사이는 아닌 모양이야? 내가 약혼녀라 그랬는데 머리채 휘어잡지 않은 거 보면, 예의도 있는 것 같고, 내 말에 반박하면서 쏘아붙이지 않은 거 보면 윤리적, 도덕적 장벽도 가지고 있는 타입 같기도 했어. 부모님이랑 붙어먹고 재산까지 털어 간 남자랑 몸 섞는 사이라고 말할 수 있는 철판은 도무지 못 깔 것같이 굴던데."

"……."

닥쳐 줬으면 좋겠다고 생각했다. 그런데 입술이 떨어지질 않았다. 김지율의 말만 이어졌다.

"나랑 결혼하자. 걔랑 놀고 싶으면 놀아. 난 절대 안 막아. 어디서 굴러먹는지 모르는 것보다야 누구랑 뒹구는지 아는 게 낫지. 성병 걱정 안 해도 되고. 그럼 연우겸 씨도 좋은 거 아냐? 나는 남자들의 꿈의 와이프가 되겠네. 외도도 눈감아 줘, 몸매 관리 언제나 빡세게 해서 살도 안 쪄, 공부도 잘해, 예뻐, 그리고 말도 잘 들어. 뭐 돈이야 좀 들어가겠지만."

늘어지는 말을 듣고 있다 보니 그래도 정신이 좀 들었다. 머리가 차갑게 식었다. 그래도 할 말이 별로 없는 건 여전했다. 자기가 뭐라도 되는 줄 아는 착각에서 헤어 나오지 못하는 김지율의 태도도 계속 거슬렸다. 너를 자기 아래에 두려는 태도가 점점 분노가 차오르게 만들었다.

"그래?"

"응. 그래. 다들 오빠를 남창이라고 말할 때 난 정말 오빠가 멋진 남자라고 생각했어. 하늘 위로 올라가는 계단을 어쩜 그렇게 럭셔리하게 밟고 올라갈 수 있는지 궁금해졌지. 신데렐라는 원래 여자들만 될 수 있는 거였잖아? 근데 오빠가 할리퀸만 아니라 할리킹이 되는 것도 가능하다는 걸 모든 사람들 앞에 시연해 보인 거야."

정말이지 갈수록 할 말이 없어졌다.

"그에 반해 내가 결혼해서 재산 분할을 신청한 남자는 급이 좀 낮기는 했어. 그래도 뭐 어때, 내 통장 잔고가 이렇게 화려해졌는데."

더 이상 들어 줄 가치가 없었다. 그래서 그녀의 말을 끊고 들어 갔다. 이제는 정말 말도 안 되는 소리를 하는 입을 닫고 내 앞에서 꺼져 달라고 부탁할 차례였다.

"김지율. 네가 착각하는 게 있는데."

"뭔데?"

"넌 그냥 짝퉁이야."

"뭐라고?"

"네 머릿속에서는 남편의 사생활을 거머쥐고 그걸 권력처럼 휘 두르는 플랜이 있는 건가? 그래서 도덕적이고 윤리적인 벽이 뭐라 고? 감히 어디서 멋대로 남의 머리를 읽으려고 들어. 게다가 너 따 위가 내 내연녀로 만들려고 하는 사람이 나한테 어떤 존재인지 알 기는 해?"

화가 났다. 그래서 뱉어서는 안 되는 말을 뱉었는지도 몰랐다.

다른 사람 앞에서 이런 식으로 감정을 인정한 적 없었다. 임성 진 앞에서도 이런 식으로는 아니었다. 하지만, 너의 상처를 부여잡 고, 너의 격을 격하시키려는 김지율의 태도를 견딜 수가 없었다.

"……오빠."

"'걔'가 뭐라고? 네가 멋대로 그딴 식으로 불러도 되는 사람이 아니야. 침대 위에서 굴러? 나랑? 닥쳐. 그게 내가 원하는 걸로 보여? 그것만 네가 인정하기로 하면 가족관계증명서에 내가 흔쾌히 내 이름을 박아 넣어 줄 것 같아? 내가 바라는 건 침대 위의 공간, 그 위에서 흐르는 시간만이 아니야. 죄를 짓는 중이라 생각하게 만들지도 않을 거야. 나는 내가 내 인생을 바치길 원하는 사람이 나의 세계 전부를 지배하게 만들 거야."

"……."

"거기에 너 따위가 들어와서 차지할 공간은 없어."

쏟아 내서는 안 되는 감정이란 걸 알면서도 멈추어지지 않았다.

"내 약점을 지금 잡고 있다고 생각해? 어디 한번 해 봐. 내가 인내심을 가지고 프롤로그까지는 관람해 줄게."

"그게 아니라……."

김지율은 갑자기 다급해졌다. 상황이 뜻대로 굴러가지 않는 모양이었다. 게다가 나는 내 분노를 전혀 숨기고 있지 않았기에, 김지율은 더욱 당황한 것 같았다. 나는 이런 식으로 내 분노를 남에게 쉽게 쏟아 내지 않았다. 그녀는 이런 상황이 벌어지리란 예상을 전혀 하지 않고 패를 던진 것임이 분명했다.

"근데 나도 아니고, 감히 도대체 누굴 네 발밑에 두려고 해? 안 들려? 누굴 집 안에서 숨어 살게 만들려는 거냐고 묻잖아?"

"……."

"그래. 답 안 하는 건 좋은 판단이야. 그대로 입 닫고 꺼져."

"……."

"나가."

무너진 기분을 신경 써 주고 싶지 않았다. 김지율은 자신보다 못한 인간들은 끊임없이 짓밟는 걸 약육강식의 법칙이라 말하며 수없이 자행해 온 여자다. 그녀는 자신이 강자에 의해 짓밟혔던 경험들만을 선별적으로 기억해 스스로가 무슨 대단한 피해자라도 되는 것처럼 굴 뿐이었다.

자기연민에 빠져서 그걸 눈치도 못 채고 있는 것 같지만, 사실 받은 상처보다 준 상처가 많다는 걸 언젠가는 그녀도 깨닫게 될지도 몰랐다. 그런 날이 영원히 찾아오지 않을 수도 있기는 하지만, 그거야 내가 알 바가 아니었다.

김지율이 안타깝지 않았다. 김지율 따위는 내게 아무것도 아니니까. 내가 신경 쓰는 건, 이 순간 내가 그리는 건, 분노한 순간에도 애틋한 마음을 싹 틔우게 하는 건, 내가 보고 싶어서 미치겠는 건 너다.

너를 원한다. 너를 아끼고 있다. 나는 네가 나를 지배하길 바란다. 절대 내 지배 아래에 너를 두고 싶은 것이 아니야. 그 사실을 끊임없이 알아 간다.

이렇게 화를 낼 일이었는지, 내 반응이 정상적인지 고민하는 시간은 찾아오지 않았다. 다급해지기만 했다. 회의실에 걸린 시계를 보고 퇴근까지 남은 시간을 가늠해 봤다. 시간이 느리게 간다. 빨리 집으로 가고 싶었다.

연금술사 역시 연성진을 발동시킬 수 있다. 그러나 자신의
영역 안의 연금술만 할 수 있다는 한계를 지닌다.

九朦朧

꿈을 꿨다. 꿈으로 들어갔다. 거의 생각을 하지 않으며 살았던, 한 사람이 찾아들었다. 그리고 꿈에서 깨어났다. 나는 천장을 보면서, 아스라이 잊혀만 가는 한 사람을 다시 불러내 인식 영역 안에 두었다.

생각을 거의 하지 않고 산다는 게 놀라울 정도로 그녀는 나와 가까운 사람이었다. 그녀는 언제나 당당했다. 그리고 가끔은 나를 위하는 거라며 내게 삶에 대한 교훈들을 늘어놓고는 했다. 내가 봤을 때 그녀가 해 주는 조언들은 내 인생에는 하등 도움이 안 되는 것들뿐이었다.

주로 남자들은 어떻다든가, 화가 날 때는 어떻게 해야 한다든가, 어느 나라가 밤에 나가서 놀기 좋다든가, 하는 별로 내 인생에 적용이 불가능할 것 같은 내용들만을 담고 있었기 때문이다.

남자들은 그녀에게 있어서 유희였다. 나는 그걸 그녀가 가진 기

435

호라고 생각했다. 취향의 문제로 인식해 버리면, 그런 성정을 일반화할 필요가 없기 때문에 받아들이기는 쉬웠다. 인생에 자극적인 것이 필요해서 재미있는 놀이를 찾아 헤매는 중일 것이라 추측했다. 그게 어린 내가 할 수 있던 상상의 한계였다.

시간이 갈수록 점점 그 취미가 상당히 질척한 것이라는 걸 알아가기는 했지만 갑자기 한순간에 정신을 차리고 그게 잘못된 일이라며 바락바락 대들게 되지는 않았다. 이미 무뎌진 상태였다. 내가 잘라 낸다고 잘라질 부분처럼 보이지도 않는데 교정을 하려 애쓸 이유도 없었다.

그런 그녀가 평소보다 더 정적이게 변했을 때에, 나는 그녀가 새로운 사람을 본격적으로 만나고 있다는 걸 어렴풋이 눈치챘다. 신기한 변화였다. 하지만 그에 관한 생각을 길게 이어 가거나, 그녀에게 변한 삶에 대해 묻지는 않았다. 변화를 알아차린 것이 다였다.

인간에게는 관성이 있다. 그러니, 분명 금방 다시 원래의 형태를 갖추게 될 것이라고, 그렇게 생각했다.

따분함을 덜어 내기 위해 하는 놀이에서도 따분함을 느껴서 변칙이 필요했나 보다, 그렇게 받아들였다. 내가 보기에 사랑은 핑계에 불과했다.

한때는 그래도 나와 그녀가 닮은 구석이 있을 것이라 믿고 싶었다. 나는 내게 묻고는 했다. 그녀가 아니면, 대체 어떤 사람이 나와 닮은 사람일 수 있겠어? 그래서 아주 어렸을 때에는, 그녀가 지나치게 감정적이게 구는 것이 사실이 아님을, 나만은 안다고 믿었다. 내가 자랄수록 그런 나의 믿음은 오락가락했다. 결국 나는 그녀가 단순히 한쪽으로만 안정을 찾지 못한, 그저 정신이 미성숙한 아이가 아닌가 생각하게 되기까지 했다.

내 머릿속의 그녀는 갈수록 평범해졌다. 약간 독특할 뿐 별로 다른 사람과 다를 것이 없는 사람이 되어 갔다. 그녀는 아름답고, 당당하고, 여러 가지의 재능을 갖춘 사람이기는 했으나 완전히 특별한 인간으로 인식되지는 않았다.

그녀가 이번에는 정말 진지하다며 젊은 남자를 데려왔을 때, 좀 놀랍다고는 생각했다. 아이를 낳았을 때에도 결혼을 하지 않았던 그녀였다. 할아버지를 들먹이며 어떤 서류 때문에 혼인신고를 하면 안 된다고 했다. 할아버지 비서실의 사람들이 들락거렸다. 그래서 그냥 그러려니 생각했다. 어른들의 세계를 이해할 수 없던 시절이었다. 지금은 어른들의 세계를 이해하냐고 묻는다면, 긍정적인 답변을 돌려줄 자신이 없기는 하지만 어쨌거나 그랬다.

인생의 동반자로 여기기에는 젊은 남자가 너무 어려 보였다. 그래서 더욱 젊은 남자가 안타깝다고 생각했다. 내게는 그가 추구하는 것 같은 재화의 가치가 그리 대단해 보이지 않았기 때문이었다. 그 생각은 결혼 생활이 이어질수록 깊이를 더해 갔다.

맨 처음에는 돈 때문에 결혼했다가 금방 후회할 거라고 생각했는데, 그가 나와도 전혀 가깝지 않던 동생의 병간호에 목숨을 걸기 시작하자, 정말 엄마를 가슴 깊이 사랑해서 결혼한 건 아닐까 하는 데에까지 사고가 이어졌다.

그렇다면 더 문제였다. 엄마가 유서를 바꾸었다고는 해도, 사실혼을 들먹이며 법정싸움에 갈 수 있다고는 해도, 그가 가진 가장 큰 재산은 그의 젊음이었다. 그 젊음은 엄마가 가진 돈보다 쉽게 사라질 것임이 분명했다. 지금은 그 생각이 틀렸다는 걸 잘 알게 되었지만, 그때의 나는 그렇게 생각했었다. 그를 안타깝게 여겼다.

아니다. 사실은, 잘 기억이 안 난다.

실제로 그렇게 생각했는지, 아니면 정말 아무렇지 않게 생각했는지, 정확하게 기억하기에는 너무 오랜 시간이 흘렀다. 내가 느낀 감정에 대해서도 확신할 수 없을 정도로 옅게 찾아들었던 생각이었다. 그리고 시간이 흘러서 잊어버렸다. 기억은 그대로 나를 스치고 지나갔다. 어쨌거나 내가 참견할 일이 아니라 생각했던 것만 확실하게 기억난다.

내 생각보다 그는 손에 들린 재화가 매력이 없는 존재가 됨을 빠르게 깨달았다. 그리고 젊음이 다하기 전에, 스스로 엄마를 떠나야겠다는 결심을 한 것 같았다. 전개가 참 이상하게 흘러간다고 생각했다. 예상이 뒤집어지는 건 나름대로 흥미로운 경험이기는 했다.

그가 공식적인 이혼을 원했고, 엄마는 모스크바에 있는 내게로 왔다. 그녀는 자신을 나쁜 엄마로 매도하는 그와, 대한민국에 있는 다른 공포를 심는 존재 때문에 내게로 도피해 왔다고 내게 변명했다. 구구절절했던 설명은 사실 쓸데없는 것이었다. 나는 딱히 그 이유가 궁금하지는 않았다. 그냥 말하니까 들었다. 그뿐이었다.

그녀는 가끔 내가 사다 둔 위스키를 따서 마셨다. 화연과 나름대로 죽이 잘 맞아서, 화연에게 그녀를 위한 위스키를 대신 선물받아 그녀에게 전하기도 했다. 그녀가 사고를 당하기 며칠 전에도 그녀는 그렇게 술을 마셨다. 나는 벽에 기대어 그런 그녀를 잠시 지켜봤다. 내 시선을 느꼈는지 그녀가 내게 물었다.

'와서 같이할까?'
'내일까지 내야 하는 과제가 있어.'

'그럼 들어가거나, 와서 앉거나 하나만 해. 거기서 그냥 쳐다
보지만 말고.'

그녀의 말에 나는 돌아서 방에 들어가려고 했다. 그런 나를 그
녀가 불러 세웠다.

'밀아.'
'왜?'
'하루아침에 뒤바뀌는 세계를 사는 게 어떤 건지 아니?'
'아니.'
'그래? 언젠가는 알게 될 거야.'
'그럴지도. 나 공부해야 돼.'
'그래?'
'그래.'

나는 돌아섰다. 그냥 뻔한 행동이었다. 그런 일들이 흔했다. 평
범한 대꾸였다. 보통의 하루였다. 내가 그녀의 술주정을 들어 주지
않아도, 괜찮을 거라 생각했다. 늘 그러했듯이, 평범한 나날이 앞
으로도 쭉 이어지리라 자신했다. 그래서 내 태도를 매정하다 생각
하지 않았다.

그런데, 지금 침대에 누워 멍하게 천장을 보며, 그녀가 했던 말
에 대해 생각하는 나는 내 판단을 약간 정정했다. 내가 좀 매정했
던 게 아닐까 생각하는 중이었다. 뭔가가 변했다. 내가 했던 행동
이 썩 바람직하지 않았다는 것을 깨달아 간다.

그녀는 삶의 끝이 앞에 와 있다는 것을 알고 있었던 것 같다.

이유를 말해 주지는 않았지만, 그 이유 역시 알았던 것 같다. 그런데도 절망에 빠지기보다는 똑같이 시니컬한 태도를 유지했던 걸보면 그녀도 정말 강한 사람이었나 보다. 그동안 내가 그녀를 너무나의 사고 안에서 일방적으로 평가절하 해 온 것은 아닐까 반성했다.

늘 감정의 소용돌이 언저리에서 살아가면서도 그녀는 그렇게 당당했구나.

내가 보지 않았던 다른 사람들의 대단한 구석을 알아 간다. 그리고 무감각하고, 무덤덤한 나의 모자란 단면들이 보이기 시작한다.

누군가에게 자신의 고뇌를 털어 내고 싶은 마음, 이 광활한 우주에서 누군가에게 만큼은 이해받고 있다고 여겨지고 싶은 그런마음, 남아 있는 시간을 공유하고 싶은 마음, 그런 것을 입 밖으로꺼내고 싶은 순간에 내가 그녀를 완전히 외면했던 것은 아닌가 하는 죄책감이 찾아들었다. 내가 이런 생각을 하게 될지 정말 몰랐다. 생소한 감각, 색다른 이해, 꼬인 위치로의 접근, 나의 기초가흔들린다.

죄책감은 그곳에만 있는 것이 아니다.

배덕의 행위와 도덕적으로 용납이 불가능한 어떤 상태는 그냥나를 위해 잊어버리기로 했다. 나의 절반의 출처인 사람과 동일한육체를 품는다는 것이 주는 절망은 크지 않은 것이라 말하며 밀어냈다. 내 삶을 살아가야만 한다는 말이 윤리 앞에 왔다. 하지만,인간의 감정 상태에 대한 새로운 깨달음의 순간 앞에 서자, 나는전혀 다른 시각에서, 나를 불러 세웠던 그녀가 내뱉던 언어들을 돌이켜 보게 되었다.

'하루아침에 뒤바뀌는 세계를 사는 게 어떤 건지 아니?'

하루아침에 변하는 세계가 있냐고?

나는 입을 열어 작게 중얼거려 봤다.

"아마."

그녀는 듣지 못한다.

"그런 것도 같아."

있다. 그런 것 같다. 그런 것 같다는 듯이 그냥 말하는 것보다 더한 확신을 담아 대답할 수도 있다. 이제는 말할 수 있다. 하루아침에 뒤바뀌는 세계가 있다. 나의 세계가 그런 세계가 되었다.

누군가를 그릴 것이라는 생각을 해 본 적이 없었다. 그런데 이제는 그의 손길이 아른거린다. 나는 자꾸만 찾아드는 생각들을 밀어 내면서, 침대에서 일어났다. 그가 없는 집에서, 나는 거울 안의 나와 다시 마주했다. 거울을 보면 나는 나의 눈을 찾는다. 매일 아침, 어제의 눈과 오늘의 눈을 비교한다.

오늘도 거울 안의 나를 보았다. 거울 안의 내가 보였다. 검은 눈의 나와 마주했다. 완전히 눈이 검지는 않았다. 하지만 의식해서 신경 쓰지 않는다면, 다른 사람의 눈길을 끌지는 않을 정도라는 생각이 들었다.

살짝 풀린 눈으로, 웃음을 짓고, 술잔을 흔들던 그녀를 생각했다. 언제가 보았던 여배우보다 그녀가 아름다웠다. 나보다 훨씬 더 화려한 사람이었다. 너무 강하게 느껴져 위태롭게 보이기도 했다. 강한 바람에 갈대는 휘어지지만 나무들은 그대로 뿌리 뽑히고는 하니까. 그런 위태로움이 주는 매력이 또 있다고 생각했다.

어쨌거나 그녀는 굉장히 다층적인 인물이었고, 그런 그녀의 속성들은 확실히 나의 인격 형성에도 상당한 기여를 했다. 내 문제들의 원인을 그녀의 탓으로 돌리고자 하는 생각을 한 적은 한 번도 없지만, 그녀가 내게 행사한 영향력을 완전히 부정할 수도 없는 노릇이다.

평범한 어머니는 확실히 아니었다. 아무리 내가 그저 보통의 인간이라 그녀를 평가하려 해도, 그녀는 그냥 길을 가다 마주칠 수 있는 종류의 인간 그 비슷한 무엇도 아니었다. 나는 끝내 그녀가 그냥 평범하지만 다소 독특한 인간일 뿐이라 생각했던 것 같기는 하지만, 그건 진짜 그녀가 평범하단 의미는 아니었다.

'밀아.'

나를 부르던 그녀를 기억한다. 우리는 분명 매우 친밀한 사이는 아니었다. 하지만 기억나지 않는 어린 시절부터, 정말 많은 대화를 그녀와 나누었을 것임은 분명했다. 나는 그녀로 인해 세계에 언어라는 것이 있다는 걸 알았겠지. 내가 상상하지도 못하는 어떤 구석이 닮아 있을 수도 있다.

그리고 그에 이어 다른 여자에까지 생각이 닿았다. 엘리베이터 앞에서 나를 보던 긴 갈색 머리가 이제는 머릿속을 어지럽힌다. 아무 사이가 아니라고 해도, 그가 다시 사라진 시간에, 알 수 없는 불안함이 찾아든다. 그 감정이 질투임을 알았다. 그냥 알게 되었다.

싫다.

그녀가 싫은 것인지, 이 감정이 싫은 것인지도 불분명하다.

강하다고 믿었던 나는 더욱 취약해지고, 확신을 가지고 말할 수 있던 것들이 순식간에 헛된 믿음에 기반한 헛소리가 되었다. 나 역시도 내가 하고 있는 일이 옳은지 알 수가 없어서, 나는 나마저도 설득시키지 못하고 있다. 대체 이 이야기에 상식적인 것이 처음부터 있기는 했던 걸까?

같은 침대에서 일어나, 귓가에 출근하고 오겠다고 속삭이던 목소리의 주인을 떠올렸다. 다정하게 들리던 낮은 목소리, 이불을 끌어 올려 덮어 주던 손, 이마에 짧게 닿았다가 떨어진 입술, 연속적으로 내게 투하되는 다정한 행위의 연쇄는 끝이 보이질 않았다.

나는 생각을 정리하기 위해 집어 든 잡지에 어떤 여자의 인터뷰가 실려 있다는 것을 알았다. 김지율. 그 이름에 눈이 저절로 갔다. 나는 다시 나를 옥죄는 감정에 녹아들었다.

❧

천재 소녀. 그런 얘기를 언뜻 들었던 것도 같다. 과고 조기졸업, S대, 프린스턴…… 그리고 얼마 전에 이혼 합의가 마무리되었다는 것이 나열된 정보의 말미를 장식했다. 화려한 프로필을 읽으니까, 왜인지 익숙한 사람이란 생각이 들었다.

크게 관심을 가져 본 적은 없지만, 어딘가에서 종종 회자되기에 한두 번 정도는 그녀의 인생에 대해 들어 본 것도 같은 인물, 뭐 그런 사람이었다. C그룹에 대한 언급을 보니, 언젠가 화연이나 아람이 중 한 명이 혼테크 한번 제대로 하는 여자라 칭했던 사람이 그녀인 것 같기도 했다.

살짝 떨리는 손으로 페이지를 앞으로 넘겼다.

왜 이렇게 불안한 거지. 정말 왜 이렇게 정신을 차릴 수가 없는 거지?

과학고등학교 출신이라. 얼굴만 반반한·여자가 아니라는 건 알겠다. 눈으로 인터뷰를 조금 훑어보니, 한국 대학에 몇 개월 다니다가 프린스턴에 합격을 해서 자퇴를 하고 미국으로 날아간 모양이었다. 작은 분식집을 하던 부모님에 대한 얘기가 짧게 언급된 걸 보면 대단한 집안의 딸도 아닌 모양이었다. 그런데도 이렇게 럭셔리한 여자가 되었구나.

나는 주먹을 쥐었다 피는 걸 몇 번 반복하다가 잡지를 그냥 닫았다. 서재에서 나가, 최대한 트인 곳으로 발을 옮겼다. 1층으로 갈까 하다가 다시 내 방으로 들어갔다. 한강이 보이는 자리로 갔다. 내 발밑에 있는 서울을 보았다. 내가 있는 위치가 어디쯤인지 가늠해 봤다.

비싼 서울, 서울의 하늘, 하늘까지 뻗은 고층 주상복합, 주상복합 안의 최상층에 있는 나. 나는 저 밑의 사람들이 어떤 생각을 가지고 하루하루를 견뎌 가고 있는지 알지 못한다. 하지만 그들이 바라는 궁극적인 삶의 형태를 내가 살아 내고 있을지도 모른다는 텍스트는 종종 읽어 왔다. 일을 안 해도 되는 삶, 돈이 썩어 나는 인생, 넘치도록 옷이 들어 있는 옷장, 비싼 집, 맛있는 음식들……

대체 이 자리에 서 있기 위해 나는 어떤 노력을 했지? 이런 식으로 사람들을 기만하기까지 내가 노력해 온 것이 있기는 한가? 이 삶을 유지하기 위해 앞으로는 어떤 짓을 할 거지?

정밀. 나는 내 이름을 생각했다. 그리고 손으로 눈 위를 덮었다. 내가 받아들일 수밖에 없는 진짜 현실은 눈을 감아도 보였다.

갑자기, 씁쓸한 웃음이 차곡차곡 내 위로 포개어졌다. 생전 처음 느껴 보는 불안함에 빠져, 나는 보통은 사춘기가 오기 전에 선행되어야 하는 자아 인식의 과제를 뜬금없는 타이밍에 떠안게 되었는데, 그것이 얼마나 부질없는 일인지 갑자기 순식간에 깨달아 버렸다.

그래, 열등감이나 질투는 나의 것이 아닌 감정이었다. 내게 속해 있지 않은 충동들은 쉽게 나를 빠져나갈 것이다. 순간의 당황은 유통기한이 짧다. 한 번쯤 이렇게 나를 진동시킬 수는 있지만, 한 번 뒤집어엎고 나면 금방 사라질 것이다. 애초에 그런 것이 있었는지도 눈치채지 못하게, 흔적도 없이.

나는 다시 어쨌거나 견고한 정밀로서 구성될 것이다.

이런 갑작스러운 깨달음을 위해, 순식간에 찾아지는 평정을 위해, 그 고뇌의 시간을 견딘 것일까. 다른 사람이 될 수 없는 나의 형체가 유리창에 흐릿하게 반사되었다. 나는 나일 수밖에 없다. 내가 아무리 애정과 비슷한 종류의 감정을 제대로 받아들이지 못하더라도, 내가 나 스스로만큼은 벅차게 사랑해 내야 한다는 건 알았다. 그게 남아 있는 최후의 보루였다.

가장 소중한 건 나다. 나는 내가 무너지지 않게 하기 위해 끝까지 나를 지켜야 한다. 다른 사람들의 눈에 비쳐지는 내 모습에 연연하는 건 순간일 뿐이다.

결국 나에 대한 궁극의 평가를 내릴 수 있는 건 나뿐이고, 내가 받아들이는 세상은 어차피 내가 없다면 없는 것과 마찬가지다. 심지어 누군가가 입 밖으로 꺼내지도 않은 평가에 구속되어, 하지도 않은 행동을 검열할 수는 없다.

하지만 나의 이런 모든 행동의 원흉에 대한 판단까지 삭제할 수는 없었다. 절망? 괴로움? 그렇게 설명하기에는 조금 더 차분하기는 했다. 공포도 아니었고, 슬픔도 아니었다. 조금 안타깝지만, 눈물이 쏟아질 것 같지는 않았다. 내가 아는 단어의 조합들로는 표현이 어려웠다. 한 남자의 이미지가 나를 떨리게 할 뿐이다.

그를 그린다. 그와 몸을 마주할 때, 완전히 그에게 빠져들어 가는 나를 발견하게 되고는 했다. 이미 늦었다. 그걸 깨달았다.

정말 이걸 어떻게 해야 해?

사랑이다. 이건 사랑일 수밖에 없다.

"그래, 그런 것 같아."

생각보다 담담하게 나는 내 감정을 말했다. 구체적인 표현이 없는 흐릿한 형체로, 뭉뚱그려 설명할 뿐이긴 했지만 발화자인 나는 그 본질이 무엇인지 정확하게 알고 있었다. 그리고 내가 그 감정으로부터 도망쳐야 한다는 것 역시 알았다.

나는 아람이에게 여행을 같이 가고 싶다는 문자를 보냈다. 물리적으로 당장 이 공간을 벗어날 수 있는 핑계가 필요했다. 답은 금방 돌아왔다. 그녀는 나의 제안을 반겼다. 바랐던 답을 받았는데도, 괜히 멍해지는 기분이었다.

❧

대탈주를 결심한 나는 거울 안의 내 눈을 뚫어져라 쳐다보았다. 한 번이면 될 것 같다. 그러면 다시는 이런 생명력을 충족시키는 작업이 필요하지 않을 것이다. 폭주를 막는 연성진을 그리는 일도 한 번 성공했다. 내일 다시 그려 보고 확인을 받으면 연성어에 대해서는 더 배우지 않아도 된다. 폭주로 인해 죽는 일은 생기지 않을 거라는 확신이 생겼다.

목욕을 했다. 거품 가득한 욕조에 들어가서, 입욕제의 향을 느끼면서 한참을 그러고 있었다. 예쁘게 보이고 싶다는 욕망을 받아들이기로 했다. 그런 순간을 겪어 내는 것은 나쁘지 않다. 삶에 좀 더 풍부한 기억들이 새겨지는 것이, 인생에 조금 다채로운 장면들이 남는 것이 그렇게까지 끔찍할 이유는 없다.

꼭 처음부터 끝까지 한 사람의 인생이 깨끗하기만 할 수는 없다. 누구나 실수를 하고, 죄를 만들고, 옳지 않은 행동을 한다. 그런 경험을 하는 것이 옳다고 말하고 싶은 것은 아니다. 실수나 죄는 분명히 실수나 죄로 남는다. 그런데 그런 여러 일들이 한 인간을 더욱 성숙하게 만들게 된다. 결국 그런 사건·사고들이 한 명의 아이를 어른이 되게 한다. 그런 시기를 직접 경험해 가는 것은 확실히 신비로운 일이다. 그런 과정을 늦게 겪는 중일 뿐이다.

끝이 보이면 아련해진다.

재미있게 읽지 않은 소설이어도, 책의 마지막 장을 덮으면 그들의 미래가 궁금해지고, 막장이라 욕해 대던 드라마도 마지막 화를 보고 나면 조금 먹먹해진다. 어쩌면 옅은 아련함보다 더한 미련이 남을지도 모른다. 그러니까 더 기쁜 마음으로 맞이할 각오를 마쳤다.

다시는 인생에 찾아오지 않을, 그런 화려하고 찬란한 순간이 내게로 올 것임을, 나는 이미 알고 있다. 그땐 정말 아름다운 시절이었다며, 왜 그때는 그걸 몰랐을까 한탄하는 건 나와 어울리지 않는다. 내 기억에 박아 넣을 각오를 하고, 그렇게 그런 장면을 맞이하여, 순간순간을 전부 다 기억해서 영원히 품에 안고 있을 것이다.

그게 나였다. 나는 다른 사람을 향한 사랑 이전에, 다른 사랑이 먼저 내 안에 존재했다는 걸 깨달았다. 그렇게 세상을 살아가는 나를, 내가 아주 오래전부터 사랑하고 있었단 것을, 이제야 알게 되었다.

나는 나를 아낀다. 세상에 혼자 남는다는 건, 내가 있기 때문에 외로운 일이 아니다. 두 갈래의 사랑이 있다. 밖으로 향하는 사랑뿐 아니라, 안에 머무르는 마음이 있다. 그게 나를 나로 존재하게 해 왔다.

자기 자신을 벅차게 은애하는, 거대한 감정이 그대를 그대로 살아가게 한다.

연금술사의 현자의 돌은 절대로 바뀌지 않는다.

十夢

선물할 게 있으면 좋을 것 같았다. 너의 탄생석인 다이아가 어떨까 생각했다. 더욱 어려운 건 말을 준비하는 일이었다. 어떻게 네게 내 마음을 전하면 좋을지 고민하는 과정이 필요했다. 무턱대고 저질렀다가 망쳐 버리면 곤란했다. 전해야 할 내용부터가 너무나 많았다.

10년이나 쌓아 둔 감정이었다. 10년 동안 단 한순간도 놓지 않았던 간절한 꿈이었다. 담아서 건네야 하는 마음의 크기가 너무나 커서 고백 자체가 애초에 불가능한 것이 아닌가 하는 생각까지 들었다.

말만 중요한 것이 아니었다. 적절한 멘트만큼이나 분위기 역시 중요했다. 가볍게 여겨져서는 안 된다. 진심이 닿았으면 좋겠다. 나의 죄에 대해 말하고, 사랑에 대해 말하고, 미래에 대해 말할 것이다. 내 모든 것을 전부 바치겠다 전할 것이다. 그 마음이 그대로 닿아야 한다.

너를 만나기 위해 태어났다. 네 세계의 일부가 되는 것이 나의 사명이라 믿겠다. 그 마음을 전하고 싶다. 고백을 하고 싶다.

나의 마음을, 이 영혼을 전부 바치고 싶다. 내 전부를 걸고 맹세하겠다. 너의 것이 되고 싶다. 가질 수 없다고 여기며 긴 시간을 보냈다. 내가 하는 행위가, 내가 하고자 하는 많은 일들이 그리 떳떳하지 않을 수 있다는 걸 알고 있지만, 그보다 더 큰 감정이 나를 결국 네게로 이끌었다.

너를 갈망한다는 것.

너를 사랑한다는 것.

그게 정말이지 너무나 당연해서 어떻게 설명할 방법이 없다. 차라리 아인슈타인의 상대성이론이나 뉴턴의 법칙들처럼 하나의 식을 진리처럼 말할 수 있으면 좋겠다. 너를 사랑한다는 말을 하는 것은, 내게는 마치 오늘이 가면 내일이 찾아온다고 말하는 것과 같다. 그 사실을 네게 이해시켜야 한다는 사명이 나를 악의 지대로 이끌어 간다.

우리의 미래는 어디에 있는 걸까. 모두가 아는 너의 남자가 될 수 있을까. 한 남자와의 문제만 해결된다면 그게 완전히 불가능한 일은 아닐 것이다. 마지막까지, 그 순간까지 확신할 수는 없겠지만, 분명히 가까워져 가고 있기는 하다. 속에서 울컥거리는 감정이 차올랐다. 나는 가능하면 좋은 결말을, 끝도 없이 이어지는 행복한 결말을 상상하는 쪽을 택했다.

⚜

그런 레파토리가 있었다.

어느 날, 퇴근을 마치고 집에 들어간 나를 네가 맞는 것이다. 너는 내게 가까이 다가와 내 품에 안기고, 기다리고 있었다고 말한다. 나는 너의 작은 투정에 이 세상 누구보다 행복한 인간이 되어 네게 입을 몇 번 맞추고, 너를 안아 들고 침대로 가는 거다. 아주 성급하게 몸을 섞기보다는, 우리는 먼저 서로가 보낸 하루에 대해 이야기를 하고, 애정을 전하다가, 몸을 씻고 같이 침대에 들게 된다.

그야말로 망상의 궁극, 내가 바라는 내 하루의 종결, 그런 것이 내게는 있었다.

"기다리고 있었어요. 언제 오시나."

네가 나를 맞이하기 전까지, 네가 내게 다가와 안기기 전까지, 네가 오늘 내게 있었던 일들에 관해 묻기 전까지 그런 것들은 나의 망상 속에서만 존재했다. 나는 심장이 떨리는 걸 주체할 수가 없어서, 상상 속의 나처럼 웃으며 너를 안아 들고 침대로 이끌지는 못했다. 하지만 어쨌거나 내 방에 당도하게 되었기에 결과물은 비슷했다. 나는 네게 있었던 일들에 관해 묻고, 침대 위에서 너를 안았다.

사랑한다고 말하고 싶다.

평생 너를 위해 살다가 죽겠다는 고백을 전하고 싶다. 고백까지 남아 있는 시기를 가늠해 봤다. 그런데 이 순간들이 깨어질까 두려워서, 아직 내가 너무 성급한 것 같아서 나는 일단 그 말들을 삼키기로 했다. 준비가 필요했다. 망쳐서는 안 되는 일이란 판단이 자꾸 제동을 걸었다.

생각은 길게 이어지지 않았다. 순식간에 대담해진 너를 앞에 두고, 다른 상상이 가능할 리가 없었다. 나는 계속 너만을 담았다. 철저한 예속 상태에 대한 짙은 갈망과, 영원히 채워지지 않을 것 같던 모든 욕구들이 충족되는데, 다른 길을 택하는 건 미친 짓이었다.

너의 나신이 드러난다. 취향을 말하거나 평가를 할 수 있는 무엇이 아니다. 그냥 그대로 혼을 빼앗기게 된다. 단순한 성적인 흥분과도 다르다. 피가 돌고, 열이 나고, 어떻게든 너와 하나가 되고 싶다는 열락이 찾아드는 것은 분명했다. 그러나 앞선 설명만으로는 나의 상태를 말할 수 없다. 불충분하다. 절대 그것만으로는 설명할 수 없는 환상이 현실에 내려앉는다.

선이 유려하다. 하얀 피부가 너무나 청렴하게 느껴지고, 그 위에 나의 흔적이 새겨지는 것이 나를 돌아 버리게 만든다. 움직임이 아름답다. 손길에 전해지는 쾌감의 크기가 너무나 커서 겁이 날 정도다. 행복해서 불안하고, 두렵고, 아플 정도로 황홀하다. 경험들이 쌓이면서, 약간은 익숙해지나 싶었다.

분명 약간씩 익숙해지기는 한다. 하지만 그건 네가 당연해지는 것과는 거리가 멀었다. 나는 여전히 없던 감정까지 끌어와 거대한 늪을 만들고 그 안에 빠진다. 탈출 불가능한 홈은 그 영역을 확장해 나가기만 한다. 허우적대는 것에 익숙해졌을 뿐이다. 나는 그 안에서 탈출할 의지를 완전히 상실했다.

그러니 익숙해졌다는 것은 별 의미가 없었다. 네게 완전히 중독되었다는 것이 무엇보다 중요한 사실이었다. 나는 너 없이는 안 된다. 그 확신만 더해진다.

그냥 그대로, 이대로, 영원히. 다른 생각 같은 건 하고 싶지도 않아.

그런데 그런 나를 네가 잠시 막아섰다. 어깨가 가로막히자, 내 몸이 그대로 정지했다. 나는 너의 뜻에 따라야 한다. 그래서 너와 시선을 마주했다. 방 안에는 어둠만 있지 않았다. 오늘도 역시 네가 바라는 딱 그 정도의 밝기로 맞추었다. 나는 너의 요구를 기다렸다. 입술을 바라보고 있으니 입을 맞추고 싶다는 생각이 들었지만 일단은 참았다. 네가 내게 말을 하려는 걸 막아설 수는 없었다. 너는 천천히 말했다.

"알려 주세요."

"……."

"제가 어떻게 하면 더 기분이 좋아지실 것 같으세요?"

침을 한 번 삼켰다. 이건 극도로 위험했다. 그냥 앞에 있으면, 손이 닿는 거리에 있으면, 너를 만지면 자꾸만 더 기분이 좋아진다. 주체할 수 없을 정도로, 상상이 불가능했던 쾌감까지 느낄 수 있다. 그것만으로도 나는 충분히 위태롭다. 분에 넘칠 만큼 황홀하다. 아무 노력 없이도 너는 자꾸만 내 기분을 더욱 좋아지게 만들 수 있다. 그 사실이 나를 미치게 만든다. 내게 공포를 준다.

그런데 이 상태에서 내 기분이 더 좋아질 것을 찾는다고?

숨이 막힌다. 모든 호흡이 멎어 간다.

너는 나의 답을 기다렸다. 무엇이 맞는 것인지 모르겠단 생각이 들었다. 늘 이런 생각을 한다. 네 앞에서는 계속 휘청거린다. 나의 다른 환상을 끌어와 봤다. 수많은 꿈들이 스쳐 지나갔다. 나는 내 입술을 벌려 네게 물었다. 조금이라도 원치 않는 것 같으면 바로 뜻을 거둘 생각이었다. 사실은 아무래도 괜찮았다.

"위에서…… 해 볼래?"

지배받고 싶다. 그런 욕망이 태초부터 자리했다. 완전무결하게 사로잡히고 싶다는 피학적인 욕망은 단 한순간도 나를 놓아준 적이 없었다. 나를 자신의 것처럼 여기는 너의 시선이, 너를 숭배하는 나의 시선이 얽히는 순간을 원했다.

너의 손길에 따랐다. 네가 내 위로 올라왔다. 무게감이 전해졌다.

이건 말도 안 돼.

위를 보는 나의 시야에 네가 걸렸다. 네가 보였다. 온전히 너만을 담았다. 아무것도 몸에 걸친 것이 없는 네가, 너의 손으로, 나를 너의 안으로 들여보낸다. 하얘진다. 쾌락이라 이름 붙일 수 없는 황홀경을 경험하고 있다. 심장을 그대로 뜯어내 가져갔으면 좋겠다. 연금술사는 현자의 돌의 뛰는 심장이 필요한 것이라 들었다.

필요하다면 모든 조각을 다 잘라 내서 가져가 줘. 제발, 제발 네 뜻대로 나의 모든 것을 다루어 줘. 내 의견 같은 건 묻지 마. 너의 의지에 따라서 움직이고 싶어. 처음 본 그 순간부터 그랬어. 완전히 네게 속한 존재가 되고 싶었어.

밀아.

나는 너에게, 그리고 나에게도 말했다.

절대 잊어서는 안 돼.

내가 가질 수 있는 기억의 용량이 나를 초라하게 만들까 불안하다. 나는 이 모든 순간들을 절대 지워 버려서는 안 된다. 어린 나는 기댈 곳 없어 위태롭고 불안했다. 아주 오래도록 그런 시절을 견뎠다. 끝이 없을 거라 생각했다. 내 옆에 자리한 암흑을 인정하면서, 나의 나약함을 받아들이면서, 그걸 나의 숙명이라 여겼다.

네 몸의 움직임에 나의 모든 것이 녹아내리는 지금, 나는 완전히 다른 필연을 받아들인다. 결국 너의 것일 수밖에 없는 나를 알아 간다. 내 옆에는 암흑이 있지 않다. 네가 있다. 영원히 이대로 머무를 것이다.

"하아."

"앗."

너의 성대를 타고 흘러나온 목소리에 다른 감각마저도 홀린다. 죄악들에 대한 생각들마저도 흩어진다. 표백된다. 너와 나만이 있는 우주를 상상한다. 세계는 그것만으로도 충분하다. 너와 내가 자리하는 공간만으로도 완결된다. 다른 모든 일들과 행위들, 사건들, 발화들이 아무런 의미 없는 것들처럼 느껴진다. 도덕률에 관한 문제는 우리 밖에 있다. 그래서 나는 네 옆에만 있으면 그 모든 게 아무런 문제가 아닌 것처럼 생각하게 된다.

너와 나만으로도 나의 세상은 완결돼. 더할 수 없이 내 세상은 충만해져. 그것으로 완벽해. 그 무엇도 더 필요치 않아.

너를 상처 주지는 않았으면 좋겠다. 이런 나의 태도가 네게 아픔을 주지는 않길 바란다. 그래서 나는 나를 검열하고, 언어들을 정제할 필요성을 느낀다. 진심을 아름답게 가공할 방법을 찾아내야 한다.

네게 기대고 싶다. 내가 받고자 하는 모든 위로는 너의 존재 자체만으로도 받을 수 있다. 너의 몸이 따스한 온기를 가지고 있다는 것만으로도 나는 온 세상의 축복을 알아 간다. 너에게 속한 존재가 된다는 것이 내게 그 어떠한 것보다 큰 안락감을 선사한다. 그로 인해 평정을 찾을 수 있다. 너에게 돌아오는 것으로 내 모든 하루가 끝난다면, 그것만이 나의 운명이자 숙명이 된다면, 정말 나는 아무것도 두려울 것 같지가 않아.

내가 받았던 모든 상처들과 아픔들을, 너는 정말 순식간에 아무것도 아닌 것들로 만들어 버려. 그냥 네가 있으면 그래. 네가 내 곁에 있으면 나는 그렇게 돼.

죄악을 씻어 낼게. 네 옆에서 언제나 너를 지킬게. 너에게 깊게 뿌리를 박아 넣고, 그 위에서 내가 자라날 수 있게 해 줘. 물론 내 모든 열매는 너의 것이야. 나는 절대로 너로부터 벗어나지 않아. 그럴 수 있게 허락해 줘. 제발 내 생명이 네게서 자라날 수 있게 해 줘. 부디 이 간절하고 절절한 열망을 지워 내라 명령하지만 마. 다른 건 다 따를게. 옆에서 네가 원하는 모든 것이 될게.

별빛들이 회오리친다. 그 모든 기억들이 네게 닿아 녹는다. 나는 치유되고 있다.

너는 이 순간 나뿐만 아니라, 비 내리는 골목 어딘가에서 멍하니 앉아 내 죽음이 어디에 있는지 고뇌하던 어린 소년이던 나까지 끌어안는다. 내 인생 모든 어귀의 불안들마저도 쫓아낸다. 내 시공간을 전부 초월하는 너는 나의 신이다. 내 시작과 끝 모두에 네가 있어. 연우겸의 전부가 너의 권위 아래에 놓여 있어.

그러니 고해를 할게. 처음부터 끝까지 네게 용서를 구하는 나의 모든 죄들을 네게 전할게. 부디 자비로운 신이 되어 나를 아껴 줘. 아주 작은 용서만 베풀어. 너를 지켜볼 수 있는 거리에 머무르며 네게 나의 모든 것을 헌신할 수 있도록 허락해 줘. 부디 자애를, 감정의 옅은 자락을 내게 베풀어 주지 않겠니.

하지만 당장은 사랑을 삼킨다. 열락과 육욕에 취해서 그냥 뱉는 말처럼 들리지는 않았으면 좋겠다. 내가 원하는 것은, 이런 찰나의 절정이 아니라 남은 시간 전부라는 걸 말하고 싶다.

너는 다시 꿈에 빠지고, 나는 꿈이 되어 버린 현실에 남아 너를 보았다. 잠을 자는 너는, 어둠 속의 너는 눈이 부시게 빛난다.

언제나 환상적일 거란 생각은 했었다. 근데 이건 황홀함의 수준을 넘어섰다. 단어가 설명할 수 있는 한계를 초과했다. 역치는 낮아지지 않는다. 단어의 함의에 대해서만 회의하게 될 뿐이다. 내가 너의 손을 잡을 때 생명력이 회복되는 너에게, 눈을 감고 있는 네게, 나는 몇 번 입을 맞추어 봤다. 잠든 네게 이런 식으로 매달리는 것마저도 좋아서 죽을 것 같다.

아.

네가 몸을 뒤척이자 나는 급하게 일어났다. 나는 나의 욕망을 다스렸다. 괜히 너의 잠을 방해하고 싶지는 않았다. 다행히 너는 한 번 뒤척이기만 했을 뿐 일어나지는 않았다. 숨은 여전히 규칙적이었다.

입술이 부어 있는 것이 보였다. 원인이 전부 나에게 있음이 명백했다. 나는 살짝 미소 지었다. 그리고 다시 멍하게 너를 보았다. 너의 입술 밑의 하얀 목과 쇄골에까지 시선이 닿았다. 나는 얼굴을 한 번 손으로 가렸다. 나는 너를 뒤로하고 일어났다.

허락을 받고 돌아올 것이다.

❧

물론 돈으로 살 수 없는 것들이 있기는 하다. 하지만 그 말은 실제로 돈이 없는 사람들이 자기위로의 수단으로 쓰는 것 외에는 유용한 문장이 되지 못하는 것 같다. 돈으로 살 수 없는 것을 돈으로 살 수 없는 건 어쨌거나 돈이 있는 사람들에게나 없는 사람들에게나 공평하기 때문이다. 돈이 없다고 해서 돈이 있는 사람에 비해 인격이 성숙해지거나, 세상에 관대해지거나, 행복감이 늘어나거나, 그런 일은 없다.

그 말의 패배적 성격은, 진짜 돈이 있으면 살 수 있는 어마어마한 것들의 목록이 그 뒤에 자리하고 있음을 암시한다. 그중에는 말 그대로 초자연적인 것들도 있다. 많은 돈과 정보력이 있으면 이용 가능한 임성진의 능력만 해도 그렇다. 사실은 초능력까지 갈 것도 없다.

사실은 우리가 보지 못하는 흑막이 있다고 말하는 것이 아니다. 혹은 음모론을 외치면서 피라미드의 꼭대기에 있는 것 같아 보이는 이들을 끌어내리기 위해 힘쓰라는 것은 더더욱 아니다. 그러면 다친다. 이 사회에 평등을 만들기 위해, 진정한 천부인권을 실현하기 위해, 사회의 부조리를 처단하기 위해 구호를 죽어라 외치는 건 개인의 자유지만, 그 외침은 끝내 길을 잃은 분노가 되거나 평화를 위한 대가 없는 헌신이 될 것이다.

나는 내가 고작 중학생 수준의 권력 찬양 혹은 비판으로 돌아가는 중이라는 것을 인지하게 되었다. 그런 생각에는 별로 실효성이 없었다. 나는 그저 긴장한 마음을 풀기 위해서 덧없는 생각을 하기만 했다. 시간은 다섯 시였고, 정 회장의 저택까지 소요되는 시간은 채 5분도 남지 않은 상태였다.

주먹을 꽉 쥐었다가 풀면서 시간을 확인했다. 분 단위로 끊어진 일정에 대한 이야기를 듣고 나니, 일반적인 경우에 예의라고 생각되듯이 먼저 가서 준비하고 앉아 있는 게 올바른 것인지에 대한 확신도 제대로 서지 않았다.

완전히 판의 주도권을 빼앗긴 상태다. 알고는 있지만 다시 주도권을 되찾아 올 방법은 없어 보였다. 어떻게 내 뜻을 지키고 의사를 전달해 낼지 고민하는 것만도 벅찼다. 하려고 하는 말만 다 해도 대단한 성과를 내는 것이란 생각까지 들었다.

갈수록 그가 연금술과 관련이 있는 사람이란 생각만 짙어졌다. 그렇다면 왜 아들과 연을 끊어 냈는가?

나의 상상은 거기서 막혔다. 대외적으로 공표되지 않은 진실이 있을 거라는 추측은 사실 구체적인 시나리오를 만들어 내지는 못하고 있었다. 그래서 나는 그 의문을 치웠다. 더 중요한 것은 따로 있었다. 정말로 친아들을 버렸는지, 아니면 은폐된 사실이 있는지 궁금하기는 하지만, 답을 알고 모르고가 내 미래에 결정적인 영향을 끼치지 않는 물음이라면 던지지 않는 게 나을 것 같았다. 변수는 최대한 줄이기로 했다.

널리 알려진 사실만 생각했다. 일단은 그대로 받아들였다. 공식적으로 너는 버려진 손녀였다. 회장은 첫째 아들을 버렸다. 회장의 와이프이자 첫째 아들의 어머니인 윤 여사는 끝내 아들을 포기하지 않았던 것 같지만, 어쨌거나 정 회장만큼은 그랬다. 버려진 아들의 버려진 딸이니 너는 재벌가의 손녀라고 하기엔 묘한 구석이 있었다.

하지만 알고 보니 그 손녀가 연금술사라면? 그래도 손녀를 버릴 것인가?

동시에 나는 그 남자가 연금술과 관련이 없는 사람일 가능성 역시 완전히 놓아 버리지 않았다. 무슨 생각을 하는지 대체 읽을 수가 없는 백발의 정 회장. 나는 흑막이라는 이름이 그보다 잘 어울리는 상대를 찾기도 힘들다는 걸 절대 잊지 않았다.

나와 너의 관계를 어림짐작하고 있을 것이다. 김 변호사가 너와 나를 범상치 않은 관계로 생각하고 있다는 것만은 분명했다. 일부러 그걸 노리고 행동했다. 어차피 들킬 거라면 대놓고 알려 주는 쪽

461

이 나을 거라 판단했다. 어설프게 속일 수 있는 대상이 아니었다.

정 회장은 일단은 내게 호의적인 편이었다. 그래서 우리 둘의 관계에 대한 루머들이 존재하는 거였다. 김찬기와 민유리라는, 대한민국은 물론 동아시아를 통틀어서도 정상급인 두 인재를 데리고 있어도 대한민국에서는 상대할 수 없는 것이 바로 재벌이다. 더러운 뒷거래를 한 적도 없는데 이렇게 크게 회사가 성장한 것은 재벌들에 의해 제동이 걸리지 않았기 때문이었다.

정말로 무엇을 원하는지 알 수 없는 노인이었다. 정 회장. 나는 그의 이름 세 글자가 어떤 것이었는지, 그 이름을 구성하는 한자가 어떤 것이었는지도 생각해 봤다.

어느새 약속 시간 10분 전이었다. 나는 차에서 내렸다. 일단은 가서 기다릴 생각이었다.

✤

다른 사람을 완전히 통제하는 경험을 해 본 적이 있는가? 두려움에 굴복시킨 적이 있는가?

나는 적어도 눈에 보이는 저 남자에게만큼은 그것들이 완전히 익숙한 경험일 것이라 확신할 수 있었다. 5시 14분, 내 손목의 시계는 내게 정확한 시간을 알렸다. 그리고 약속 시간을 그보다 딱 10분 늦게 잡은 남자는, 한정식이 차려진 식탁 앞에서 과일향이 첨가된 소주의 병을 직접 따고 있었다.

비싼 음식들 사이에 편의점에서 사 온 것 같은 독특한 메뉴 하나. 파티 케이터링에서 느꼈던 것과 비슷한 위화감이 내 곁에 머물며 빙빙 돌았다.

"어서 와라. 대한민국에 마지막으로 남은 연금사."

시작부터 던져진 직구에, 나는 굳은 표정으로 허리를 숙여 인사했다. 모든 각오를 하고 온 상태라 다행이었다.

"앉아."

"예."

그의 말에 따라 앉기 위해 방 안으로 더 깊숙하게 들어갔다. 나의 행동에 따라 그의 시선이 향하는 방향이 움직였다. 익숙한 눈이었다. 눈매가 닮았다. 웃을 때 짓는 표정도 비슷하다는 걸 알았다. 너와 닮은 남자가 눈앞에 있다는 사실이 내 목을 조였다. 압박감을 느꼈다. 아주 좋은 종류의 것은 아니었다. 지난밤에 네가 주었던 압박처럼 그저 즐길 수만은 없었다.

최대한 긴장을 내색하지 않았다. 그는 소주의 뚜껑을 따는 중이라서, 그런 나의 미묘한 상태에 하나하나 반응하지는 않았다. 그나마 다행이었다. 그는 병뚜껑을 옆에 두면서 나와 눈을 맞추었다.

"아침은 매일 먹지?"

"예. 그렇습니다."

그가 굉장히 사적인 정보를 알고 있는 것은 별로 놀랍지도 않았다. 인터뷰 같은 데에서 말한 정보를 찾아서 매일 아침을 먹는다는 걸 알고 있을 확률도 있기는 했다. 박경진 씨를 비롯한 고용인들의 이름이 머릿속을 스치고 지나갔다. 누구라도 가능성이 있었다.

하지만 불쾌하게 느끼지는 않았다. 치욕스럽다는 생각도 들지 않았다. 떨리지 않는 손으로 젓가락질을 하는 것만도 다행이었다. 그를 이겨 먹기 위해, 싸움에서 승리하기 위해 이 자리에 온 것이 아니었다. 내 말을 제대로 전하고, 그의 허락을 전하기만 하면 되는 거였다. 나는 초기의 결심을 상기했다.

"정밀은 나올 때 자고 있던?"

"……예."

그는 성과 이름을 붙여 너의 이름을 말했다. 그가 지어 준 이름인 것을 알았다. 그런 내용을 담은 글을 본 적이 있었다. 모든 손자 손녀의 이름까지 회장이 직접 지었다는 기사를 여러 해 전에 읽었다.

그의 입에서 너의 이름이 나오자 나는 동요할 수밖에 없었다. 손이 약간 떨렸다. 목소리도 제대로 깔끔하게 정돈된 상태로 나간 것 같지 않았다. 그대로 읽혔을 것이다. 약점이 그대로 잡혔다는 것을 알았지만, 어차피 도망칠 수 있는 덫이 아니었다.

"같은 침대에서 일어났나?"

행동이 정지했다.

"……."

"아니야?"

"같은 침대에서…… 일어났습니다."

이런 식으로 물을 거라고 예상하진 않았다. 그는 애호박전을 입에 넣고 씹었다. 그리고 내 앞에 장어 요리를 두었다. 아무 의미가 없는 행동인지, 아니면 뭔가를 노리고 한 행동인지 판단을 하지 못했다. 당황했다. 침대까지는 괜찮았다. 손녀와 다른 남자의 성행위를 암시하는 말을 뱉을 수 있을 정도로 대담한 인간일 거란 각오는 어느 정도 했다. 하지만 이런 음식을 눈앞에 두는 건 오히려 그런 나의 행동을 부추기는 것 같지 않은가.

눈이 마주쳤다. 눈빛이 지나치게 젊었다. 내 두 배가 넘는 인생을 살아온 사람이라는 걸 알았는데도, 갑자기 나이를 어림할 수 없겠단 느낌이 들자, 그가 연금술사일 거라는 확신이 더욱 더해졌다.

그의 입에서 나를 연금사로 지칭하는 말이 나왔을 때부터 그쪽으로 모든 가능성의 방향이 집중되기는 했지만, 아직 직격탄이 떨어지지는 않은 상태였다.

물어봐도 되는 것인가, 아니면 그가 직접 말을 할 때까지는 기다려야 하는 것인가. 나는 너에 대한 이야기를 하기 위해, 그의 허락을 구하기 위해 그의 앞에 이렇게 앉았는데 준비한 말을 꺼낼 타이밍을 잡기가 힘들었다. 완전히 그의 페이스에 말리고 있었다.

"내가 자네를 무어라 생각할 것 같나?"

"……모르겠습니다."

솔직하게 답했다.

"나는 충분히 강하지만, 내가 통제할 수 있는 약점을 가진 녀석들을 좋아해. 주제까지 알면 더 좋지. 더할 나위 없어."

그가 말하는 그 좋아하는 인간상에 내가 해당되기를 바랐다.

"애정이라는 게 참 강렬하지. 도무지 통제가 안 돼. 이렇게 오래 살았는데 아직도 모르겠어. 그리고 연금술사에게 자신에게 협조할 수 있는 연금사가 있다는 건 참 좋은 일이지 않나?"

"예."

"아나? 나는 연금사들을 쓸어버릴 때 자네를 염두에 두고 있었다. 양자로 들일 생각이었지. 그런데 네가 정밀 엄마랑 결혼해 버리면 그림이 안 예쁘잖아? 나는 미적인 걸 굉장히 추구하는 사람이거든. 조금 빈정 상했지."

"……그렇습니까."

이번엔 평이한 반응이 나갔다. 연금사들의 죽음에 그가 기여한 바가 있었을지도 모른다는 시나리오는, 내가 이전에도 생각했던 것이었다.

"네가 결국 손을 들기를 기다리는 중이었다. 내 딸이 연금술사인 줄은 몰랐지만. 자네는 정밀이 내 딸인 걸 알았나?"

"몰랐습니다."

꼬인 가족 관계 역시 놀랍지는 않았다. 당사자의 입을 통해 듣는 얘기라, 놀라운 점이 있기는 했지만 눈에 띄게 동요할 정도는 아니었다. 상상하지 못했던 전개는 아니었다.

"빌딩이 휘청거렸다기에 바로 죽는 줄 알았지. 그런데 살아 있는 걸 보면 자네가 마법을 부린 모양이야?"

"제가 그녀의……."

"알아. 내가 자네가 모르는 걸 하나 새로 알려 줄까?"

"……예."

"정밀 엄마는 러시아에서 죽은 그 여자가 아니야."

이건 예상하지 못했다. 목이 메는 기분이 들어 차를 조금 입으로 넘겼다. 생각이 쉽게 정리되지 않는 타이밍이 찾아들었다. 무엇을 물어야 하는지, 어떻게 행동해야 하는지 빠르게 판단해야 하는데, 뇌에 과부하가 걸려 제대로 작동하지 않았다.

작은 웃음소리가 들려왔다. 모든 태도를 읽히고 있다는 것을 알았다. 내가 말하고 싶은 것을 먼저 물은 것도 그랬다.

"나한테 할 말이 있지?"

"어떻게 하면 허락하실 겁니까?"

준비한 단어들의 조합을 뱉었다. 주저하거나 망설이지 않으려고 노력했다.

"글쎄. 두고 보자고. 난 너 같은 녀석들을 좋아해."

"감사합니다."

"그래? 감사해? 두고 보자고 했잖아? 금방 싫어하게 될 수도 있지 않겠어?"

어느 장단에 맞추어야 하는지 몰라 긴장했다. 그는 그런 나의 반응을 보더니 더욱 큰 소리로 웃었다. 섬뜩함을 애써 지워 냈다.

"한 잔 받아."

"네."

나는 바로 잔을 들었다. 그리고 바로 이어서 병을 받아 그에게 도 한 잔 따랐다.

"박준중을 아나?"

연타가 들어왔다. 갑자기 들려온 이름에 나는 잠시 내 기억을 되짚어갔다. 받은 술을 목으로 넘기지도 못했다. 박준중은 내가 있 던 시설의 원장이었다. 한때는 내 모든 두려움의 원흉이었고, 지금 은 시설에서 난 화재로 인해 저세상으로 떠나간 사람이 되었다. 그 래서 안다고 답했다.

"네."

"나는 애들이나 여자를 때리는 남자들을 별로 좋아하지 않아. 거슬려. 그래서 그런 녀석이 있다는 걸 알게 돼서, 기분 나쁜 마음 에 죽여 버렸다. 누구 한 명 시켜서 불을 질렀지. 나는 내 스트레 스 풀이를 그런 식으로 하거든."

어떻게 반응해야 할지 몰라서 멍한 표정으로 그를 보았다. 얼굴 에 미소가 걸렸다. 다시 다른 사람의 얼굴이 바로 떠올랐다. 완전 히 통제당하고 있다는 생각이 들었지만, 견디기 힘들 정도로 불쾌 하다 여겨지지는 않았다.

심연이 주는 두려움을 느끼는 중이었다. 그는 다시 웃었다. 웃 음의 의미가 무엇인지 추측해 보지도 않았다. 그저 그가 웃고 있다 는 것만을 인식하고, 받아들였다.

"그러니까, 때리진 마라."

누구를 염두에 두고 뱉은 말인지 바로 알았다. 농담으로 던진 건지, 진심으로 던진 말인지 모르겠단 생각이 들었다. 심각하게 절대 그런 일은 없을 거라고 말을 해야 하는지, 아니면 그냥 농담으로 웃어넘겨야 하는지에 대한 판단도 서지 않았다. 그의 웃음에 맞추어같이 웃을 수가 없었다. 내가 적절한 반응에 대해 고뇌하고 있을 때, 그가 다시 웃었다. 나만 더욱 뻣뻣하게 굳었다.

그는 바빠서 나가 봐야겠다며 일어났다. 나는 바로 일어나 허리를 숙여 인사했다. 그가 먼저 자리를 벗어났다. 다시 자리에 앉아 잠시 넋을 놓고 있다가 손목의 시계로 시선을 옮겼다. 아직 여섯 시도 되지 않은 시간이었다. 해가 제대로 뜨지도 않았는데 일주일은 그 자리에 앉아서 보낸 기분이었다.

적어도 내쳐지지는 않았다는 것을 알았다. 새벽이 아침으로 넘어가는 시점에 나는 나름대로 괜찮은 결과를 안게 되었다. 일과를 마치고 네게로 돌아갈 것이라 다짐했다. 긴 하루를 보내고 다시 네게로 가야만 했다. 이제 정말 네게로 다가가 너를 안을 자격을 갖춘 남자가 되었다. 나는 눈을 감았다. 크게 심호흡을 한 번 하고 다시 눈을 떴다. 여전히 현실이 보였다. 이건 꿈이 아니었다.

인간 현자의 돌이 현자의 돌의 속성을 가장 짙게 띠고 있는 부위는 심장이다. 뇌사 상태여도 심장이 제 기능을 하고 있다면 현자의 돌은 현자의 돌로서 존재하고, 심장이 멈추거나 다른 심장이 이식된 경우에는 더 이상 현자의 돌로서 기능하지 못한다.

十 朦朧

"기다리고 있었어요. 언제 오시나."

그에게 다가가 안기고 싶었기에, 그에게 다가가 안겼다. 하루 동안 무슨 일이 있었는지 묻고 싶었기에, 물었다. 다정한 그는 따뜻한 품에 나를 안고 입을 맞추고, 낮은 목소리로 잔잔하게 어떤 일이 있었는지 말했다. 조금 아팠다. 약간 쓰라린 느낌이 들었다. 하지만 괜찮았다. 이 정도는 괜찮았다.

우리는 연인처럼 서로를 대했다. 밖에서, 우리 둘의 모습만 보면 퍽 아름다울 수도 있겠단 생각이 들었다. 수려한 남자는 내게서 시선을 떼지 않으면서 나의 모든 말을 경청하고, 누구보다 젠틀하게 굴면서 모든 질문에 대한 답을 전했다. 내가 물었던 것을 전부 잊지 않으면서, 심지어 아주 예전에 내가 언뜻 던졌던 말까지도 기억해 내면서, 내가 그에게 그 누구보다 특별한 사람인 것처럼 나를 아꼈다.

하지만 본질은 그렇지 않았다. 우리는 연인이 아니다. 그걸 애써 모른 척하는 중도 아니었다. 그 역시 내가 자신의 연인이 아님을 확실하게 알고 있다. 그는 똑똑한 남자였고, 편집증이나 과대망상에 시달리는 환자도 아니었다. 굳이 말하지 않아도 나 역시 그 사실을 안다. 그냥 굳이 대화 주제를 그런 것으로 돌릴 필요성을 느끼지 못할 뿐이었다. 그래서 이야기를 하지 않는 거였다. 너무나 당연한 사실이라 굳이 이야기할 이유가 없었다.

재미있는 놀이를 같이 즐기는 중이었다. 그러고 보면 참 신기하고 재미있는 일이었다. 그래서 더 유쾌하게 만들기를 원했다. 하룻밤은 그러고 싶었다. 내가 원하니까 하는 것이다. 오늘만큼은 제동을 걸고 싶지 않았다. 넓은 어깨에 안기고 싶으면 안겼고, 낮은 목소리가 흘러나오는 목을 쓸고 싶으면 그렇게 했다. 그는 나의 행동을 막지 않았다.

그는 배려가 넘쳤다. 그래서 언뜻, 그가 원하는 걸 들어주고 싶다는 생각이 들었다. 그래서 물었다. 그가 어떤 걸 원하는지 알고 싶었다.

"알려 주세요."

"……."

"제가 어떻게 하면 더 기분이 좋아지실 것 같으세요?"

그리고 그가 답했다.

"위에서…… 해 볼래?"

저릿한 감각이 타고 올라왔다. 충분히 그 감각에 취해 즐기기로 했다. 그의 바람에 따라 그의 위로 올랐다. 내 시선 밑에 그가 자리하는 것이 이상했다. 나를 올려 본다. 나만을 보겠다는 듯이 나를 대한다. 다정한 손길이, 짙은 행위가, 그의 낮은 신음이 나를 만족시켰다.

내가 그를 먹고 있다는 생각이 들었다. 그의 맛에 대해 평가해 볼까 생각하기도 했다. 미슐랭 가이드에 수록할 정도일까, 아니면 테이스티로드에 나올 정도는 되나? 상상이 웃겨서 웃었다. 나의 웃음에 그 역시 반응했다. 이유도 모르고 따라 웃는 게 흥미로워서 그에게 물었다.

"아. 내가 왜 웃는지 알아요?"

"으…… 아니."

그래서 더 웃었다. 모든 게 즐겁다는 생각이 들었다. 이건 정말 유쾌한 놀이었다. 더한 유흥도 없을 것 같았다. 왜 사람들이 이 행위에 그렇게 목을 매는지 알 것 같기도 했다.

"하아. 알고 싶어요? 맞춰 봐요."

나의 것이라는 생각이 들었다. 그 순간만큼은 그랬다. 나에게 목을 매는 그를, 사랑스럽다고도 생각했다. 완전무결해 보이던 남자는, 내 밑에서 내게 완전히 사로잡혀 있기만 했다. 내 움직임에 딸려 온다. 정신을 차리지 못하는 것이 보인다. 쾌락에 취해 정신이 녹아내리는 건 나도 똑같았지만, 그래도 내가 조금 더 멀쩡한 상태인 것 같았다.

나의 흥분만을 따라가도, 누구도 나를 막을 수 없는 상황이란 것이 주는 승리감도 있었다. 나는 지배욕에 도취되어, 내 자신이 완전해졌다는 착각에 빠졌다.

기묘한 지배였다. 나의 손길에, 행동에 이끌리는 그를 그대로 느꼈다. 새로운 감각이 얼마 전에 눈을 떴다. 그 감각으로 그를 충분히 느끼고 있었다. 내 몸으로 그를 충분히 즐기는 중이었다. 쾌락의 등이 깜빡인다. 저 멀리 저편에 닿는다. 격해지는 흐름에, 나

는 내 몸이 이런 식의 유희를 즐길 수도 있는 몸체였다는 걸 알아
간다. 격해지는 행위가 좋다.

"밀."

"하아. 네."

"밀."

그가 나를 부른다. 내가 그의 이름을 불렀을 때 그가 좋아했던
이유를 알겠다. 그가 나를 부를 때, 온전히 한 사람으로 이 자리에
서 인정받고 있다는, 나라는 인간의 고유한 존재를 확인받고 있다
는 느낌이 든다. 쾌락과는 다른 만족감을 얻을 수 있다. 새로운 기
쁨을 알 수 있다. 육체를 넘어선, 그 이상의 즐거움을 경험할 수
있다. 새로운 것을 날마다 알아 간다.

"하아."

나는 숨을 뱉었다. 저물어 가는 찬란한 빛에 대한 안타까움 때
문만은 아니었다. 입에서 나간 소리가 퍼져 내 귀를 통해 다시 나
의 안으로 흘러들었다. 흥분은 증폭되어 가고, 나의 남자가 된 것
같은 그는 끝까지 내가 원하는 대로 행동했다.

내가 점점 가학적이게 변하는 것 같았다. 아니, 확실하게 그렇
게 변했다. 복종을 강요하고 싶었다. 명령하길 원했다. 내 허락 없
이는 아무것도 하지 못하게 만들고 싶었다.

"하앗."

나의 목소리에만 반응하고, 나의 행동에 따라서만 움직이고, 그
저 나만을 바라보는 그런 생명체가 되어 내 곁에 머물길 바란다.

아니. 그건 아닐지도.

"아아."

나는 생각을 접었다. 몸짓은 더욱 격렬해졌다. 복잡하고 다층적

인 사고를 할 수 있는 상태가 아니게 되었다. 나는 사유의 세계를 포기했다. 욕망에만 충실한 인간이 되었다. 몸이 원하는 대로 나를 채웠다. 그를 내 안에만 머물게 만들었다.

"으. 겸."

"하아. 응."

"안아 줘요."

동시에 그의 품에 안겨서, 그의 벽 안에 갇히고 싶었다. 그래서 그에게 세게 안아 달라 말했다. 그는 절대 주저하지 않았다. 내 말은 그를 내가 원하는 대로 조종할 수 있는 힘을 지니고 있는 것처럼 보였다.

내가 원하는 것을, 그가 했다. 내가 말하는 대로, 그는 따랐다. 그래서 그 순간만큼은, 나는 그 누구와도 비할 수 없는 완벽한 내가 되었다.

그리고 끝이 왔다.

허무로 장식된 행위의 완결을 마주했다. 절정의 끝은 깊은 만족 대신에 허탈함을 남겼다. 허무하게 이어진 행위가 만들어 낸 공허함은 영원히 충족되지 않고 그대로 공극으로 남아 영원의 시간을 살아 낼 것만 같다.

끝내 채워지지 못한 상태로 남겠지.

나는 눈을 감고 인정했다. 잠에 빠진 듯이 누워서, 온 세포의 세포 대사마저도 정지시킬 듯이 정적인 순간을 느끼려 애썼다. 그런 우울함의 순간이 필요했는지도 모른다. 숨이 막히지는 않았다. 하지만 심장은 아렸다. 아무런 물리적인 타격 없이도 통각이 느껴졌다. 신경이 제대로 일을 하고 있지 않은 모양이었다.

빈 공간이 없는 인생을 살았다. 모든 곳에 모든 것이 넘쳐흐르는 3차원의 비커 안에서만 헤엄쳤다. 나름대로 만족스러운 인생이었다. 부족한 것들이 딱히 없었다. 하지만 그 위로 다른 축이 세워졌다.

시간이 흘러갔다. 나는 한참 시간이 흐른 뒤에서야 시간이라는 축이 생겨났다는 걸 알았다. 시간은 눈에 보이지 않았다. 보이는 건 시간에 따라 흐르는 물뿐이었다. 물은 들어오기도 하고 빠져나가기도 했다. 새로운 세계는 예측 불가능한 형태로 다가왔다가 흔적도 없이 사라지고는 했다.

내 세계에 분명히 존재하는 또 다른 기준은, 그것이 있다는 걸 많은 증거들을 통해 알 수 있기는 했지만 직접 드러나는 법이 없었다. 그래서 모른 척하는 것이 가능했다. 없는 것처럼 살아가는 것도 가능해 보였다. 그래서 나는 물러나기로 정했다.

비어 있는 곳이 많다는 걸 알아 간다. 감정도, 세계도, 우주도, 육체도, 빈 공간으로 메워져 있다. 공극을 메우기 위해 애쓰는 사람들의 거친 노력이 부질없다 생각했던 삶이 바스라진다. 그들의 노력 뒤에는 나 역시 납득 가능한 이유가 있었다.

잘 자라며 속삭이는 목소리가 작게 들렸다. 그는 이불을 꼼꼼하게 덮어 주었다. 이마에 입술이 닿았다가 떨어졌다. 그러지 않았으면 좋겠다는 나쁜 마음이 다시 또 고개를 내밀었다. 이제는 그 역시 나의 생명력이 거의 전부 찼다는 것을 알 터였다. 놓아줄 시간이 가까워지고 있는데, 계속 더욱 깊은 사이가 되는 것처럼 굴지 말았으면 했다.

방금 전까지는 내게 속한 존재라고 생각했는데, 나의 것인 것처럼 여기고 있었는데, 절정의 순간 이후에 차게 식은 몸은 그를 다시 잘라 내려 애쓰고 있었다. 정신도 얼었다. 나는 차오르는 냉기를 그대로 받아 냈다. 영원히 행복할 수는 없다. 어둠의 시간이 있어야지만 그 이전에 내 곁에 자리했던 평온함에 감사할 수 있게 된다. 나는 나를 위로했다.

"밀. 좋은 꿈 꿔."

"……."

자는 척을 하며 다정한 말에 답하지 않았다. 뒤에서 나를 끌어 안고 잠에 빠져들 준비를 하는 그의 따뜻함을 지워 냈다. 그에게서 전해지는 온기는 강해져 가기만 했다. 날이 점점 추워지기 때문에 내가 착각하는 것일 뿐이리라 결론지었다. 다른 생각은 하고 싶지 않았다.

갈수록 변덕이 심해지는 나는 그냥 내가 생각하고 싶은 대로, 그 틀에 맞추어 모든 현실을 끼워 넣었다. 평평한 현실을 구겨 버리는 중이라 욕해도 하는 수 없다. 그래서 편해질 수 있다면 내 마음대로 생각하는 것이 나쁠 이유가 없다.

일관성 없고, 나답지 않은 사고를 이어 가는 것도 괜찮았다. 괜찮지 않은 일들이 많으니까, 그냥 내가 알아서 내가 괜찮다고 여기는 일을 할 수 있기만 하면 되는 거였다. 나쁘게 생각하고 싶지 않았다. 가능하면 좋은 쪽으로만 생각하고 싶었다.

이런 경험을 하고 싶었다. 진득한 행위를 원했다. 그래서 목욕을 하고 그를 기다렸고, 그에게 안기기보다는 그를 안는 행위를 시도했다. 원했던 전개가 이어졌다. 예상 못 했던 작은 벗어남도 없었다. 황홀한 절정을 느꼈다. 전부 다 내가 원한 거였다. 전부 다 원했던 것만을 했다. 그러니까 좋게 생각해야 했다. 아쉬움과 후회를 남길 필요가 없다는 걸 내가 확실하게 알아챌 필요가 있었다.

이것 역시 새로운 세상을 알아 가는 과정이라 생각하겠다. 나는 다짐했다. 더욱 강해지는 과정일 뿐이다. 이 자리에서 모든 것이 끝나지만 않으면 된다. 그렇다면 나를 상처 입히는 것들은 끝내 나를 죽이지는 못한 것이다.

내가 진정 원하는 건 이런 불안정한 상황에서 탈출하는 거였다. 위태로운 상황에서 얻을 수 있는 즐거움은 모두 취해 봤으니, 이제 미련 없이 떠나기만 하면 됐다. 나는 모든 사고를 깔대기에 담아, 내가 원하는 결론 위에 퍼부었다. 내가 원하는 건 나를 지키는 것뿐이다. 나는 나를 사랑하기를 원했다. 궁극적인 목표는 명백했다.

결심을 하고 잠에 빠졌다. 그리고 눈을 뜬 아침에, 내 곁에 그는 없었다. 그가 보이지 않자 먹먹한 마음이 들었다. 아무렇지 않은 척하기가 쉽지 않았다. 팔로 눈을 가렸다. 한참을 그러고 있었다. 힘겹게 침대에서 일어나는 데까지 꽤 오랜 시간이 걸렸다. 이 모든 게 내게 상처를 주는 일이라는 걸 다시 한 번 깨달았다. 나는 정말로 도망쳐야 했다.

아람이와의 크루즈 여행 계획은 막힘없이 진행되었다. 비자에 관한 문제들도 여행사를 끼고 해결했다. 새로운 모험을 또 시도하는 것이 인생을 풍부하게 한다는 걸 깨달았기에 모험을 시도해 보기로 했다. 위태로운 상황에서 나를 지키는 것과는 결이 약간 달랐다. 수다스러운 아람이 과묵한 내게 상당한 도움을 줄지도 모르겠다는 판단 역시 내 선택을 부추기는 데 중요한 요인으로 작용했다.

상념에 갇혀, 혼자 있는 시간 동안에 고독함 안에서만 허우적대고 싶지는 않다. 잘려 나간 영혼의 조각을 모아 이어 붙이는 시간 동안만은 정신을 빼앗길 다른 것들이 필요했다. 그리고 그런 경험 이후에 나는 더욱 성숙해질 것이다. 더욱 공고한 벽 안으로 들어가서, 이제는 앞으로 계속 평온하고 아늑한 길만을 걷기로 했다. 성숙해지는 경험을 하는 중이다. 그러니 긴 여행을 마치고, 확실한 어른이 되었으면 좋겠다.

내가 늘 똑같은 정밀이 아닐 수 있다는 걸 인정했고, 그런 나 역시 받아들이기로 했다. 여전히 불안정한 나는 오락가락한다.

어쨌거나 나는 탈주에 대한 필요성만큼은 짙게 느끼고 있었다. 즐거움을 경험했다고 해서 끝을 미루고 싶지 않았다. 기쁨과 환희를 경험했으니 이제는 떠날 때가 되었다는 마음이 더 컸다.

나는 대개는 귀찮은 걸 질색하기는 했지만, 더 귀찮고 힘든 일을 피할 수 있을 때에는 늘 해야 하는 일을 미루지 않고 처리했다. 그런 정밀은 오래된 정밀이었다. 그런 내가 낯설지는 않았다. 익숙한 내가 주는 편안함이 좋았다. 그것만으로도 내 선택의 근거는 충분했다. 아주 이성적인 판단을 할 수 있는 상태가 아니었기에, 나는 그냥 편하고 익숙한 것들을 따르기로 했다. 나는 자꾸 나의 변하지 않은 부분들을 찾았다.

3개월 동안이나 바다 위에 있을 것이다. 정장을 입지 않으면 들어갈 수 없는 메인 다이닝에서 매일 선상 파티가 벌어질 것임을 알았다. 시끄러운 걸 좋아하지는 않지만, 드레스를 입고, 와인을 들고 고개를 끄덕이다 보면 다른 생각에 빠질 시간이 사라질 테니, 나쁜 선택이 아니었다. 그보다 좋은 해결책도 드물었다.

아람이는 나와 통화를 하며 크루즈의 다른 좋은 점에 대한 설명을 이었다. 무슨 연극과 공연이 있고, 어떤 요리들이 나오는 레스토랑들이 있고, 어떤 상점이 거대한 배 안에 있고, 어떤 루트를 타고 지구를 돌며, 어떤 파티가 이어질지 열정적으로 읊었다. 결국엔 그 안에 있는 수영장이나 헬스클럽에 대한 얘기까지 했다. 아주 흥미롭지는 않았지만, 못 들을 얘기도 아니었다.

— 그럼 먼저 도착하는 사람이 연락하자. 이따 공항에서 봐!

"응응. 알았어."

나는 떠나기로 했다. 그렇게 그에게서 멀어지기로 했다. 아쉬운 마음이 들었다. 하지만 다른 길은 내 스스로 막았다. 다른 가능성을 스스로 차단했다. 나쁜 선택은 아니라고 믿었다. 세상에서 벌어지는 일들에는 반드시 끝이 있다는 걸 받아들이기로 했을 뿐이었다.

내게 남은 건 임성진 씨와의 마지막 만남이었다. 나는 폭주를 막는 연성진을 완벽하게 그려 냈다. 이제는 자신이 있었다. 임성진 씨는 배우는 속도가 정말 빨랐다며 나를 칭찬했다. 칭찬에 아주 기뻐지지는 않았다. 그는 앞으로 새롭게 배워 갈 것들에 대한 목록을 읊었다. 그건 나의 관심사가 아니었다. 나는 중간에 그의 설명을 끊었다.

"그것들, 꼭 배워야 하는 건 아닌 거죠?"

"그렇기는 하지."

"그럼 저는 괜찮아요."

죽지 않는다면, 그렇다면 충분했다. 나는 지구를 악으로부터 구원하기 위해 애쓰는 타입이 아니었다. 초능력자가 되어서 그 능력을 통해 무언가를 변화시키고 싶다는 생각 역시 하지 않았다. 나는 여태까지 배워 온 연금술도 딱히 쓸 일이 없을 거라 생각했다. 세상일은 모르는 거라지만, 내 삶의 패턴을 생각하면 상당히 합리적인 판단이었다. 이 이상 무언가를 더 배우는 건 낭비였다.

무언가를 배우기 위해 그와 더 많은 시간을 보낼 일도 없었다. 나는 이미 바다 위에서 꽤 긴 시간을 보내기로 작정한 상태였다.

나의 무덤덤한 반응을 그가 미심쩍게 보는 듯도 했다. 그가 나를 미묘하게 관찰하는 느낌이 들었다. 하지만 금방 의심을 털어냈다. 며칠 뒤에 우리가 지금 있는 집의 주인에게 내가 더 이상 이 집에서 지내지 않는다는 사실을 듣게 되면 그냥 끝날 관계였다.

"그럼 나 잘리는 거야?"

"……저한테 그럴 권한이 있는 것 같지는 않아요."

"흐음, 그래?"

"네."

이야기가 이상한 곳으로 새는 걸 원치 않아 약간 경계심을 돋웠다.

"내가 하는 연금술이 어떤 건지 우리 밀이 아직 모르는 거 알아?"

"연금술사는 자신의 능력의 한계를 떠벌리고 다니면 안 된다고 말씀하셨던 건 잘 들었습니다."

"그래도, 묻고 싶지 않아?"

"예의가 아닌 것 같아요."

481

적당히 다른 얘기를 했다. 그렇게 마지막 수업이 끝났다. 고등학교를 졸업할 때 느꼈던 정도의 아쉬움만 남았다. 미련이랄 게 없었다. 그에게 안녕히 가시란 말을 했다. 그는 밝게 내 인사를 받으며 또 이상한 별명으로 나를 불렀다. 나는 어실프게 웃으며 농담에 반응했다.

내가 그에게 더 이상 교육 자체가 필요 없으며, 나는 이 집을 떠날 생각임을 알릴 수도 있었다. 하지만 그러지 않았다. 집요한 질문이 이어지면 내가 내 속을 뒤집어 모든 감정을 뱉어 내야 할지도 모른다는 두려움이 찾아왔기 때문이다. 그런 두려움이 나를 막았다.

수업을 한동안 진행해 준 사람에게 예의 없이 구는 거라는 생각을 하지 않은 것은 아니었다. 나는 일반적으로 옳다고 여겨지는 행동보다 나를 방어하는 행동을 하는 게, 오히려 이런 순간의 내게만큼은 더욱 옳은 일이라 믿기로 했다.

임성진 씨가 떠나고 난 펜트하우스에서, 나는 준비해 둔 트렁크 속의 짐을 다시 한 번 체크했다. 그리고 내 방에서 1층 엘리베이터 앞까지 트렁크들을 옮겼다. 최대한 적게 챙긴다고 했는데도 짐의 양이 꽤 많았다. 살 수 있는 것들은 가는 길에 사자고 생각하며 짐을 더 줄였다. 그리고 엘리베이터 앞에 짐을 두고 부엌으로 갔다.

펜과 메모지를 들고 식탁에 가서 메모를 썼다. 글씨체가 예쁘지 않은 것 같아서 몇 번 메모를 새로 썼다. 성의를 담은 쪽지를 남기고 싶었다. 이제 다시는 만날 일이 없을지도 몰랐다. 나에 대한 마지막 기억이 알아볼 수 없는 필기체로 쓴 한국어가 되게 할 수는 없었다. 그냥 그 정도의 마음은 표현하기로 했다.

「그동안 감사했습니다. 부디 행복하게 지내세요.」

　나는 이전에, 그가 메모를 올려놓았던 것과 정확히 같은 위치에 메모를 적어 올려 두었다. 금방 확인할 것이다. 그가 쪽지를 보는 순간까지 만 하루도 걸리지 않을 것임을 확신하는 것은 쉬웠다. 어려운 것은 그다음에 그가 느낄 감정을 추측하는 것이었다. 내가 그때 그의 메모를 보고 느꼈던 격정적인 감정의 동요를 그 역시 경험할지는 알 수 없다. 그래도 조금은 안타까워했으면 좋겠다는, 그런 마음이 씁쓸하게 남았다.

연금술이 행해진 자리에는 연금술의 흔적이 남는다.
그를 눈치채는 방법에는 여러 가지가 있다.

十一夢

"당장 말해."

— 어디 있는지 알려 주면, 보너스 주냐?

다급했다. 나는 대답을 독촉했지만, 임성진은 여유가 넘쳤다. 욕설이 차오르는 와중에, 갑자기 심장이 부서지는 느낌이 들어 눈을 감고 심장을 부여잡았다.

네가 보고 싶다. 지나치게 그리워한다. 감정과 이성과 모든 것이 요동친다. 감정의 동요는 실재하는 육체의 위까지 번져 갔다. 손이 떨리고, 눈동자가 떨리고, 심장이 뛰고, 목이 탄다. 핏기가 빠지고 호흡이 힘겨워진다. 처방은 단순하다. 네가 필요하다. 네가 내 곁에 있어야만 해.

"임성진."

나는 녀석의 이름을 불렀다. 연금술사 임성진의 능력은 이럴 때에 유용했다. 전자신호를 읽어 내는 연금술사는, 갖가지 해킹에 엄청나게 능했다. 하지만 녀석에게 감사하고 싶은 마음은 없었다. 오히려 눈앞에 녀석이 보이면, 바로 멱살을 잡고 흔들 것만 같았다.

— 부산으로 비행기 타고 가서, 방금 출발한 것 같던데.

"뭘 타고?"

— 크루즈.

정상적인 판단 과정은 없었다. 몸이 먼저 움직였다. 명령을 한 적도 없는데 알아서 움직였다. 너를 향해 가기 위해 나의 모든 세포 하나하나가 애를 쓰는 중이었다. 나를 구성하는 모든 것들이 다 너를 향해 달려갔다. 원래부터 나의 전부는 너를 위해 존재했다. 그러기 위해 세상에 태어났다. 그러니 놀랄 것도 없었다.

액셀을 미친 듯이 밟았다. 어떻게 비행기 표에 대한 오더를 넣었는지도 모르겠다. 그대로 도로를 질주했다. 그리고 공항에서 비행기에 오를 때가 되어서야 겨우 정신을 붙잡고 김 변호사에게 전화를 걸었다.

— 예. 사장님.

"부산에서 띄울 수 있는 헬기 준비해 놓으세요."

그 이유에 대한 설명은 하지 않았다. 부산에 도착해 내가 비행기에서 내릴 때쯤이면 내가 애써 말하지 않아도 목적지를 알아서 파악하고 헬기를 띄워 줄 것임이 분명했다. 나는 허락받은 권력을 남용하기로 작정했다. 네게 닿기 위해서라면 무엇이든 할 수 있다. 이런 건 일도 아니었다.

행복?

그게 어떤 뜻을 가진 단어였지?

「그동안 감사했습니다. 부디 행복하게 지내세요.」

그 쪽지를 보고 생각했다.

너는 행복이 무슨 뜻인지 모르는 게 분명해.

나는 정말이지 무조건적으로 너에게 복종할 생각이었지만 이런 식으로 나를 떠나려고 하면서 내게 행복에 대해 가르치려 드는 너만큼은 받아들일 생각이 없었다. 이 순간만큼은 너는 내게 절대자가 아니었다.

너라는 진리는 내가 받았던 모든 고통을 걷어 냈다. 내게 남아 있는 모든 상처와 흉터들을 전부 지워 냈다. 나는 무의식 속에서 나를 괴롭히던 폭력으로부터도 완전히 벗어났다. 네가 나를 구원했다. 그 축복에 감사하며, 영원히 무릎을 꿇고 너의 기사로 살아갈 생각이었다. 내가 너의 은혜를 갚을 방법은 그뿐이었다. 네게는 그 감정을 받아 낼 의무가 지워졌다. 너는 이런 식으로 내게 행복을 말해서는 안 된다.

나를 구원한 그 순간부터, 너는 나라는 악을 짊어진 거야. 너는 절대 내 곁을 떠나서는 안 돼. 네가 한 결정이야. 절대로 이런 짓은 말아야 해. 이런 식으로 나는 정리되지 못해. 그건 불가능해.

어제 나를 맞이하던 너를 기억했다. 환상적인 밤이었다. 그리고 오늘 아침에 너의 아버지를 만났다. 딸과의 관계에 대한 허락을 얻었다. 이제는 더 이상 거리낄 것이 없었다. 내가 원했던 다이아는 아직 내게 오지 않았지만 그것만 빼고는 모든 준비가 완료된 상태였다. 그런데 네가 나를 이렇게 버리고 갈 줄은 몰랐다.

괴롭다는 생각도 들지 않았다. 모든 피가 차게 식어서 내게 감정이라는 것 자체가 남아 있지 않다는 생각이 들었다. 절대온도까지

기온이 떨어진 느낌이었다. 모든 대사와 생명 활동이 정지했다.

그리고 내가 내린 결론은, 나는 미치게 이기적인 개새끼라는 거였다. 나는 절대 너의 모든 의견을 존중하지는 못한다. 그것만은 안 된다. 너에 대한 절대적인 충성에는 명백한 한계선이 있었다. 나는 멀리서 네 행복을 빌어 줄 수 있는 종류의 인간이 아니다. 나는 이미 썩을 때까지 썩어서, 그런 대인배스러운 짓은 수천 번을 죽었다 깨어나도 못 한다.

떠나기를 원한다면, 차라리 죽여. 다시 살아나면, 또 죽여.

밀아. 그게 네가 해야 하는 일이야. 이런 쪽지만 남겨 두고 멀리 가 버려서 나를 돌아 버리게 하는 게 아니라.

내 속삭임을 들을 수 없는 너에게 말했다. 나는 쪽지를 집어서 안주머니에 넣었다. 너의 흔적이 깃든 것들은 다 소중했다. 아끼기를 원한다면 전부 다 무엇보다 소중하게 대해 줄 수 있었다. 모든 너의 의지와 선택을 존중할 것이다. 하지만 내 옆에 네가 있어야 한다. 그런 경우에 한해서만 나는 신사일 수 있다.

이건 아니야.

정말 아니야.

이런 식으로 너를 놓아줄 수는 없어.

나는 절대 너를, 평생, 이겨 먹을 생각이 없었지만, 너의 옆에 있는 문제에 한해서 만큼은 달랐다. 모든 나의 결심은 하나의 전제를 바탕에 깔고 있다. 반드시 너의 곁에 내가 있어야 한다. 그곳에서 나는 너를 지킬 것이다. 그것만은 타협이 불가능했다.

그래. 가장 넘기 힘든 것은 너의 아버지가 아니다.

너다.

나는 결국 테이블을 뒤로하고 돌아섰다. 그래도 멀쩡하게 다리가 움직이기는 했다. 너는 내가 어떤 짓을 할 수 있는 남자인지 완전히 모르고 있는 게 분명했다. 어떤 정신 나간 짓까지 내가 할 수 있는지 하나하나 열거해서 내가 얼마나 미친놈인지 알려 주는 일을 굳이 해야겠다 생각하지는 않았다. 지금도 적어도 네 앞에서만큼은 제동을 걸어야겠다 생각하기는 했다. 하지만 할 수 있는 일을 하지 않을 이유는 없었다. 너를 찾는 일은 어렵지 않다. 지금 내 속에서 차오르는 두려움은, 오히려 그 이후에 일어날 일이었다.

내게 스스로 부여했던 수많은 사명과 다짐들을 떠올렸다. 나는 네가 원하는 그 모든 기준들과 틀에 나 자신을 구겨 넣어 네게 바칠 각오를 1초에도 수십 번씩 자행했지만, 사실 단 한순간도 너의 온전한 행복만을 바랐던 적은 없었다.

나는 내가 그런 개자식이라는 걸 처음부터 알고 있었다. 내가 착한 남자라고 생각했던 적은 단 한순간도 없었다. 그건 사실이 아니니까 그렇게 말할 수가 없었다. 그런 착각 속으로 스스로를 내던지고 싶다는 생각을 할 수도 없을 만큼 나는 내가 꿈꾸는 것이 악으로 점철된 욕망에 근거하고 있음을 알았다.

나는 처음부터 그랬다.

첫 순간부터 너를 사랑했듯이, 정말 도저히 어쩔 수가 없는 거였다.

내가 사라지기 전까지는, 정말로 끝나기 전까지는 끝나지 않을 것이다. 네가 끝을 원한다면 내가 줄 수 있는 끝은 그런 것밖에는 없다. 내 상상력은 너무 빈약해서 다른 답은 보이지 않아. 그리고 나는 굉장히 완고한 인간이라 다른 답이 있다는 다른 이의 주장을 받아들일 생각도 없다. 아무리 노력해도 그런 여력이 생겨날 것 같지 않다.

내가 살아 있는 한 우리 사이에 마지막은 없어.

죽기 위해 네게로 가는 것인지도 모른다. 내 삶의 끝을 보기 위해 네게로 가는 중일 수도 있다. 나는 그런 공포를 밀어 내지 않았다. 나에 대한 모든 환멸을 내 안에 눌러 담았다. 밀어 냈던 나에 대한 모든 혐오를 불러왔다.

씻을 수 없는 죄를 지었다는 것을 모르는 것은 아니다. 늘 알고 있었다. 지금도 안다. 평생 잊지 못할 것이다. 잊지 않을 것이다. 영원히 사랑에 대한 허락을 구할 수 없을지도 모른다는 것 역시 알았다. 하지만 지금 나는 네게 달려가야 했다. 사명보다 더한 무게감, 나를 짓누르는 고통, 그 속에서 나는 더욱 참담한 암흑 속에서 뒹굴었다.

참담해.

너를 원하고 있어. 더욱 간절하게 꿈꾸고 있어. 너는 이런 순간에도 여전히 나의 꿈이야. 놓을 수 있을 리가 없잖아. 행복을 비는 그런 짓은 못 해. 미안한데, 나는 아직 덜된 인간이야. 지금만 그런 게 아니야. 앞으로도 쭉 그럴 것 같아.

사랑해.

네게 한 번도 전하지 못한 말들로만 내 공극 전부가 점령당한다. 두려움과 공포, 그도 아니면 너에 대한 사랑. 숨이 멎는 순간에도, 이처럼 벼랑 끝에 몰린 순간에서도 나는 너에게 나를 바치며 나를 잃어 간다.

밀아, 나를 두고 가지 마.

내게서 멀어지지 마.

나를 비추던 별빛들이 지나치게 찬란했기 때문에, 그랬던 까닭에, 나는 내가 결국에는 단죄받으리라는 것을 알았던 것 같기도 했다. 그러니까 끝에 대한 각오도 하고는 있었다. 하지만 이런 끝은 아니었다. 끝을 말하려면, 진짜 이 모든 것을 끝내려면, 진짜 끝이라 할 수 있는 결말이 필요했다.

끝에 대해 생각했다. 모든 것이 끝나는 순간을 계속 그려 봤다. 결국 찾아들 암흑이 두렵지는 않았다. 내가 정말로 두려워하는 형벌은 너를 잃은 채로도 정신을 유지하고 이 지구 위에 남아 있는 것이었다. 나라는 존재 자체가 삭제되는 건 괜찮다. 그건 두렵지 않다. 내 이성과 감정이 그대로 남은 채로 방치될지도 모른다는 사실이 나를 완연한 공포에 잠식되게 만들었다.

처음 봤던 순간을 떠올려 봤다. 너는 소녀였다. 무심한 표정 밑에 있는 것이 궁금했다. 그 순간부터 나는 이미 네게 영혼을 바치고 싶었다. 완전히 초월적인 이끌림이었다. 우주적 필연에 종속되었음을 인정했다. 그렇게밖에는 설명할 수 없는 충돌이었다.

그 순간이 아니어도 언젠가는 네게 미쳤을 것이다. 그 순간이었기 때문에 미친 것이 아니다. 어디에서 너를 보았더라도, 네가 어떤 모습이었더라도 나는 바로 내 영혼을 믹서기에 넣고 갈아서 나온 결과물을 네가 마셔 주었으면 좋겠다고 생각했을 것이다. 지금 이렇게 상공을 날아서 너의 앞에 다다르면, 그렇게 다시 너를 마주치면, 나는 또 똑같은 충동에 사로잡힐 것이다.

모든 마주침마다 네게 반한다. 눈꺼풀이 한 번 깜빡였다가 다시 떠지면 다시 반한다. 내 사랑의 유통기한이 3초라고 해도 내 사랑은 영원히 유지될 것이다. 계속 반하기만 한다. 같은 사랑이 유지

되는 것이 아니다. 자꾸만 더 큰 사랑이 나를 먹어 버리기만 한다.

소수는 무한하다. 소수가 유한하다는 명제는 모순을 만들어 낸다. 모든 소수를 곱하고 그것에 1을 더하기만 하면 더욱 큰 소수가 만들어지기 때문이다. 내 사랑 역시 무한한 영역까지 커 간다. 여태까지 내 안에 자리했던 모든 사랑의 크기를 곱하고 그 위에 또 다른 숫자를 더해서 나는 더 큰 사랑을 끌어안게 된다. 너를 향한 사랑이 더 자랄 수 없다는 말은 내 존재에 대한 부정이다.

나는 불안정하다. 나는 아주 오래전부터 그 사실을 알았다. 그걸 감추기 위해 노력했다. 하지만 나는 더욱 크게 흔들리고 취약해지기만 해 왔다. 그래도 나는 대외적으로는 성공한 인간이었다. 나처럼 되고 싶다고 외치는 수많은 인간들이 대한민국에는 깔려 있었고, 나의 곁에 머물기를 원하는 사람들도 그 수에 뒤지지 않았다. 불안정하고 불완전한 모든 특질들을 지니고서도 멀쩡한 척을 할 수 있었던 건 네가 있기 때문이었다. 단 하나의 간절한 바람이 불가능했던 것을 가능하게 만들었다.

닿지 않았어도 그랬다. 그런 네가 나를 살아가게 했다. 그런데 그런 네가 진짜 내 곁에 왔을 때, 나는 정말 내가 안정하고 완전한 인간이 될 수도 있을 거라는 환상에 취했다. 경험은 비가역적이다. 한번 느낀 건 다시 회수해 갈 수가 없다.

무슨 말을 하고 싶은지에 대해 오래도록 고민했다. 고백에 관해서 생각하기 시작한 것은 최근이었지만, 사실 10년 전부터 쭉 나는 네게 전하고 싶은 마음에 관해 생각해 왔다. 이제는 그 전에는 어떤 생각을 하고 있었는지도 정확하게 파악하기 어려울 만큼 시간이 흘러 버렸다. 나는 이제 너에게 사로잡히지 않은 나의 사고에 대해서 생각하는 것도 힘들다. 그런 감정이 되었다. 이제는 돌이킬 수가 없다.

보석과 함께 전하고 싶은 마음에 대해서 생각했다. 변치 않는다는 보석보다도 오랜 시간 동안 변치 않는 경애로 남을 감정을 전해야 했다. 네가 그 어떤 무엇보다도 사랑받고 있음을, 우주 그 어떤 항성보다도 내 안에서 강렬하게 타오르고 있음을 알리고 싶었다. 그래야만 했다. 네가 네 자신이 아껴지고 있다는 것을 확실하게 알기를 원했다. 그것만큼은 양보할 수 없었다.

하지만 정리된 말이 제대로 잘 뱉어질 것 같지 않았다. 나는 완전히 미쳐 있었다. 영혼이 완전히 얼었다고 생각했는데, 그럼에도 불구하고 정신은 날뛰고 있었다. 내가 나에 대한 판단을 올바르게 내리고 있는 것 같지 않다는 것을 끝내 인정했다.

사랑만 분명하다. 다른 건 정말 잘 모르겠어.

너를 그렸던 기나긴 밤들을 돌이켰다. 너는 닿을 수 없는 존재였다. 영원히 가질 수 없게 된다 할지라도 괜찮을 거라고 생각하고는 했다. 나는 네 옆에서 그저 너를 볼 수 있는 자리에 머무르는 것만으로도 만족하려고 했다.

이제는 안 된다. 그 정도로는 만족이 안 돼.

그게 나의 죄악이다. 씻을 수 없는 낙인이 이미 새겨졌다. 지워낼 수 없다. 나는 그것을 인정했다. 이제는 가져야 해. 만질 수 있어야 해. 이야기를 나눌 수 있어야 해. 너의 미래까지 내 곁에 있었으면 해.

처벌이 내려진 것이다. 헛된 욕망을 향해 철퇴가 휘둘러졌다. 각오는 했다. 내가 원하는 것은 깔끔한 끝이었다. 나의 미련과 집착으로 질척해진 늪에서 평생 벗어날 수 없는 상태가 되어 죽어가는 건 정말이지 끔찍하기만 한 결말이다.

이건 너를 위해서도 좋지 않은 생각이란 걸 알려 주어야 했다. 괴물을 만드는 짓을 네가 하고 있음을 말해 주고 싶었다. 나는 더욱더 믿을 수 없을 정도로 끔찍한 짓을 하게 될 거야. 정말 사람을 죽일 수 있을지도 몰라. 너를 죽이진 않겠지만, 네 주위의 다른 인간들을 내가 죽이지 못할 이유가 점점 사라지지 않겠어?

바다 위에서 빛나는 점이 보였다. 헬기의 진동이나, 소음엔 완전히 무감각한 상태였다. 헤드셋을 끼고 있기 때문에 무디게 행동하는 것이 아니었다. 내 신경은 저 거대한 배 어딘가에 있을 네게 집중되었다. 너의 존재가 느껴졌다. 그런 감각이 전해졌다. 나를 지배하는 네가, 내 존재의 근간이 되는 네가, 나를 살아가게 하는 네가, 나의 모든 이유의 이유인 네가 저곳에 있음을 알 수 있었다.

크루즈에 관한 상상을 했었다. 바다가 보이는 갑판 위에서, 너와, 낭만적인 경험을 하는 상상이었다. 영화의 한 장면보다 아름다운 기억을 남기고 싶었다. 너와 단둘이, 갑판 위에서 짙은 추억을 새기고 싶었다.

그리고 네가 보였다. 네가 그곳에 있다는 걸 알았기에 그곳으로 다가갔다. 새벽인데도 잠에 빠지지 않고, 너는 바다를 보고 있었다. 헬기가 만들어 낸 소음 때문인지, 나의 발소리가 들렸는지, 너는 서서히 몸을 돌리기 시작했다. 그 눈부신 모습이, 세상 무엇보다 아름다운 한 사람의 움직임이 슬로모션처럼 하나하나 내 눈에 박혔다.

아름답다.

나는 다시 반한다.

이 자리에서 무릎을 꿇고, 우주의 모든 것을 네게 제물로 바치고, 나마저도 바치겠다고 부르짖길 원한다. 심장을 토해 내고 싶다. 나의 모든 생명을 쥐어짜서, 네가 내 감정을 마주하게 된다면, 그냥 내 미래 전부를 지옥으로 떨구는 것도 나쁘지는 않겠어.

그러니까 이 순간을 절대로 잊지 않을게. 너를 내 눈에 담고, 이 모든 순간을 새겨 넣을게. 너는 그 무엇보다도 눈부셨다는 걸, 나의 주인은 너였다는 걸 절대로 잊지 않을 거야. 아무리 지우려고 해도 지워지지 않는 순간으로 남을 거야.

어떻게 너는, 이런 순간에까지 무릎을 꿇고 나의 경애하는 마음에 취해 눈물을 흘리고 싶어질 정도로 아름다울 수 있는 거니.

아프고, 괴롭고, 동시에 황홀하다.

나를 천천히 돌아보는 너에게 그 말만은 하고 싶었다.

밀아. 날 떠나가려면, 날 죽이고 가. 그래야만 해.

그 말만은 전해야 했다.

내 목소리가 들릴 거리까지 다가갔다. 나를 멍하게 보고 있는 너의 앞에서 입을 열었다. 오랜 시간 동안 이어져 온 짙은 경애를 말해야 했다. 지금이 아니면 영원히 말할 수 없을지도 몰랐다. 나를 보고 놀라서 멈춘 네게 더 이상 다가가지 않았다. 만지려면 허락이 필요하다. 끝까지 너는 나의 지배자였다. 무례한 행위를 하는 짓은 신성모독이라 생각했기 때문일까. 나는 나의 본능에 따라서만 움직였다.

위협을 느끼지는 않길 바랐다. 나는 네게 공포를 안기고 싶은 것이 아니었다. 나는 약했다. 네 앞에서는 언제나 그랬다. 그보다 취약한 것을 상상할 수 없을 정도로 연약했다. 너의 모습이 나를 흔든다.

"밀."

너를 불렀다. 너는 답하지 않았다. 하지만 나는 계속 말을 이었다. 듣고 있다는 걸 알았다. 그러니까 들을 수 있을 때에 말을 해야 했다. 정제되지 않은 욕망이 쏟아졌다. 나의 욕망의 언어화는 내가 원했던 것보다 투박했다. 하지만 이미 정상적인 상태가 아니게 되어 버린 나는, 다른 수를 쓸 수가 없었다. 그저 갈수록 절절해지기만 했다.

미로엔 탈출구가 없어도 괜찮다. 영원히 네 안에 갇혀 있을 거라는 사실이 참담하지는 않아. 얼마나 광활한 땅에 이 미로가 펼쳐져 있는지도 중요하지 않아. 궁금하지도 않아.

한발 더 다가가고 싶었다.

조금 더 네게로 가까이 가고 싶다는 간절한 욕망이 나를 살아가게 만들었다.

나는 입술을 열고, 그 감정에 대해 말하기 시작했다.

"처음 본 순간에 알았어. 너에게 완전히 사로잡혀서 내가 내 인생을 말아먹을 거라고."

준비한 말들이 제대로 뱉어지는 것 같지는 않았다. 하지만 나는 나를 막을 수가 없었다. 여태까지 그래 왔듯이, 늘 그러했듯이. 나는 인정했다. 체념했다. 그냥 어쩔 수가 없는 것 같아. 네가 날 이렇게 만드는 걸 어떡해. 내가 대체 뭘 어쩌겠어.

"그때 미친 짓을 멈췄으면 좋았겠지. 그래서 수없이 많은 밤을 후회했어. 나를 원망하고, 증오하고, 혐오하고, 욕하고, 속으로 수억 번을 찢어발기면서 짓밟았어. 하지만 계속 사라지지 않는 감정을 발견해서, 나는 그 어떤 무엇보다 연우겸이라는 나 자신을 혐오하게 되었어."

"……."

"오랜 시간 동안 너와 나를 기만했지. 나도 알아, 별 같잖은 핑계를 대면서 너를 곁에 묶어 두려고 했고, 네가 눈치채지 못하는 수많은 수단을 동원해서 너를 가지려고 애썼어. 처음에는 내가 제정신이 아니란 걸 알아서 그래도 자체 검열을 조금 했는데, 내가 너의 현자의 돌이라는 걸 알고는 완전히 이성을 잃었지. 미안해. 내가 거짓말을 많이 했어. 거짓말을 시키기도 했지. 너와 내가 꼭 우리가 했던 방식대로 몸을 나누었어야 했던 건 아니야."

"……."

그것만은 말하지 않으려고 생각했던 진실마저 뱉었다. 너의 시선을 받아 내고 있으니 거짓을 말할 수가 없었다. 사실이 아닌 것을 사실이라 말하며, 너를 기만하는 짓을 더 이상은 할 수가 없었다. 나는 그저 나의 전부인 너에 대한 말을 이어 나가는 수밖에는 없었다.

"시간이 지나도, 도무지 없어지질 않는 감정이라 그랬어. 그러면 안 되는 걸 아는데, 정말이지, 도무지, 주체가 안 돼. 내가 지금, 이 순간마저도 제정신이 아닌 짓을 하고 있다는 거 정말 잘 알고 있어. 이렇게 헬기 타고 착륙하는 게 범법인지 아닌지도 모르겠다. 솔직하게 말하자면, 그딴 거 별로 중요하게 느껴지지도 않아."

"……."

"밀아."

너를 부른다. 너의 이름을 담은 그 한 음절이, 나를 울린다.

의외로 생각보다 쉬운 것도 같았다. 말없이 나의 고백을 듣는 네게 감사하고, 우리 뒤에 펼쳐진 우주의 싸늘함에 아파한다. 푸른 바다 위에서 기록되는 영상은 절대로 추억이 되지는 못할 것이다. 이대로 영원한 사랑을 지키거나, 짙은 어둠 속에서 나를 잃겠지.

나의 전부인, 네가 나의 인연이 아닌 거라면 나는 그냥 이 모든 기억과 언어를 삭제하고 없어지는 쪽을 택할 것이다.

용서를 구하기 위해서는, 나를 그동안 숨 쉬게 해 왔던 기억들과, 헤어날 수 없던 기다림과, 내가 꿈꿔 오던 기적과, 시리기만 했던 달빛들과, 너의 주위를 맴돌기만 했던 눈물들과, 내 심장을 짓밟던 고문을 꺼내야 했다.

밀아, 나는 너를.

정말 너를. 그 무엇보다, 간절하게, 정말 오랜 시간 동안, 아주 힘겹게, 하지만 당연하게, 바라봐 왔어. 너를, 정말로 너를.

"……."

"사랑해."

사랑했기 때문이야.

언제나 사랑이었어.

"……."

너의 눈이 떨렸다. 거의 10년이 다 되었다. 너를 대상으로 한 망상이 언제나 꿈에 찾아들었다. 성적인 행위들에 관해서는 수많은 상황을 상상했다. 하지만 그 긴 시간 동안 너에게 사랑한다 말하는 상황에 관해서는 깊게 생각하지 않았다. 어떻게 이 마음을 말로 전할 수 있으면 좋을까 고민하지 않았다.

단순히 성적 대상으로만 너를 보아 왔기 때문이 아니다. 행동은 그래도 단계와 수순이 있어서 제동을 걸 수 있지만, 말은 그게 아니라서 눈치채지도 못한 순간에 흘러 나가 버릴 수 있으니까. 내 영혼의 밑바닥을 여는 행위를 내 스스로 차단하려 애썼다. 그렇게 쉽게 더러운 욕망을 보여 줄 순 없었다. 네게 읽힐 수는 없었다.

감정은 결국 너의 앞에서 뱉어졌다. 이럴 줄 알았으면 더 많은 생각을 해 볼 걸 그랬나. 나의 어린애 같기만 한 이기적인 마음들이, 어설픈 세 글자 위에 올려져, 너무나 형편없는 모습으로 네게 전해진 것 같아서 괴로웠다. 하지만 던져진 말은 이미 주워 담을 수가 없었고, 내 입은 계속해서 단어들을 나열했다.

"이렇게 말하지만, 나는 사실 이 감정이 사랑이 아닐 거라 생각했어. 이렇게 파괴적인 충동과 욕망들이 그렇게 사람들이 쉽게 떠드는 감정 따위일 리가 없잖아. 사랑이라는 말이 이 감정을 표현하는 데에 가장 적절한 표현이기 때문에 네게 그렇게 전할 뿐이야. 사실은 사랑이라는 단어를 수만 번 읊어도 부족해. 흔한 마음이 아니야. 너의 시선이, 너의 목소리가, 그 모든 게 나를 뿌리부터 흔들어."

"……."

"9년이라는 시간 동안 내가 내 머릿속에서 얼마나 많은 짓을 했는지 넌 모를 거야. 그러니까, 네게 비슷한 애정을 구걸하지는 않을게. 밀아, 용서를 빌 자격도 내게 없다는 걸 알아. 네가 원하는 걸 다 할게. 너를 계속 옆에서 사랑할게. 지켜볼 수 있게 허락해 줘. 나는 그거면 충분해. 나는 네가 나를 전부 가졌으면 해."

"……."

"미안해."

이제야 용서를 구한다. 은하수를 헤아려 가는 마음이다. 빛나는 별들 속에서, 유영하는 경험을 했다. 너의 앞에서, 나는 사랑을 이겨 내지 못해 미안하다 말하고 있었다. 네가 끝까지 모르길 바랐던 진실을 꺼내 놓고, 나는 문턱을 넘어설 준비를 한다.

모든 것은 내가 감당해야 했다. 이제는 죽는 게 정말이지 두렵지 않았다. 고통 안에서 느리게 죽어 가지는 않을 것이다. 네가 나를 안타까워하지는 않기를 바랐다. 울지도 않길 바랐다. 어둠 속을 걷지도 않길 바랐다. 언제나 화려한 꽃길을 걷기만을 간절하게 바랐다. 다시 아침이 찾아오면, 눈부신 햇살을 받으며 그 빛보다 찬란하게 반짝이기를 바랐다.

"난 네가 그냥 날 두고 떠나게 둘 수가 없어. 그래서 이렇게 왔어. 네가 보고 싶어서 미칠 것 같아서, 이렇게 왔어. 다른 선택지가 없었어."

"……."

"밀아, 그래도 나를 떠날 거라면, 날 그냥 세상에서 없애 줘. 네가 나를 죽일 수도 있는 게 두렵지 않냐고 했었지? 전혀 두렵지 않아. 너의 뜻에 따라 내 삶이 끝난다면, 그보다 더 내게 찬란하게 빛나는 끝은 없을 거야. 그러니 죽이고 가. 네 능력을 사용하면, 수사망은 쉽게 피할 수 있을 거야. 정 어려우면 할아버지께 도움을 청하면 알아서 잘 해결해 주실 거야. 나를 없애는 걸 두려워하지 마. 나는 처음부터 너의 것이었어. 네가 원한다면 언제든지 세상에서 없앨 수 있어."

그냥 깨끗하게 나를 지워. 망설이지 말고, 주저하지 말고, 황홀한 낭만을 내게 선물해 줘. 내 심장을 꺼내서, 그 더러운 것을 치워 버려. 그대로 불에 태워서 저 멀리 하늘로 날려 버려도 괜찮아. 그냥 없었던 일이라고 생각해. 그냥 몰랐던 사람으로 나를 만들어 버리고 싶다면, 그렇게 해.

나의 운명을 받아들일게. 네가 내 사랑을 잊더라도, 이 바다 위에서 우리가 서로를 보고 있던 순간은 남겠지. 수평선은 이 장면과 어울리는 것도 같아. 무참한 이 비극을 이 장면만큼은 기억할지도 모르지.

"……."

"이렇게 날 버릴 거면, 차라리 날 죽여."

나는 그대로 너의 답을 기다렸다. 너의 시선을 받아 냈다. 삶이 끝나는 건 두렵지 않았다. 그저 이 순간에도 우주의 모든 기적을 품고 있는 너를 시야에 담기 위해 노력했다. 이런 네가 내 앞에 있는 순간에, 내 인생이 끝난다면 그건 정말 행복한 일일 거라 생각했다. 그게 행복이었다. 그것이 내가 아는 행복의 모습이었다. 너는 그런 식으로 내게 행복을 줄 수 있는 존재였다. 내게 시작을 주었듯이, 너는 내게 끝을 주기만 하면 된다. 나는 옅게 미소를 지었다. 진심이었다. 나는 끝이 두렵지 않았다. 내 눈앞에 네가 있기에, 아무래도 괜찮았다. 아무 상관이 없었다.

닿을 수가 없다고 생각했다. 하지만 내 품에 안겼었잖아. 이렇게 사랑까지 말했잖아. 애타게 불러도, 결국 메아리만 돌아올 거라고 자조하기만 했다.

나의 세계를 정지시켜. 이 비극을 여기서 멈추어 줘. 내 어둠을 거두고, 나를 꿈에서 깨워. 나를 완전히 놓아 버리고, 무심하게 나를 절벽으로 밀어 줘. 나는 절망으로 추락하는 그 순간까지 네게 시선을 떼지 않고 있을 거야. 그것만은 허락해 줘. 그런 사랑만큼은 허락해 줘. 부탁이야. 제발. 그 이상은 바라지 않을게. 나를 뒤에 두고, 너의 날개로 구름 위로 날아가.

내 이야기는 이제 이렇게 완결되어도 괜찮았다.

연금술사와 인간 현자의 돌은 반드시 한순간만큼은
동시대를 살아가지만, 나이대가 반드시 유사하지는 않다.

十一 朦朧

　크루즈 안에 있는 요란한 술집에 들렀다가, 아무도 없는 침대에 누웠다. 두 장면이 쉽사리 이어지지 않았다. 중간에 자꾸 못된 마음과 나쁜 영상들이 끼어들었다. 애써 지우려고 해도 자꾸만 찾아드는 불안함을 이겨 내지 못했다. 알 수 없는 색채들이 자꾸 영상 위에 칠해졌다. 아람이는 나와 방으로 돌아오는 대신, 다른 남자와 대화의 꽃을 피우기를 택했다. 나만 홀로 먼저 돌아왔다.

　그래도 방금 전까지는 괜찮았는데, 어느 정도는 견딜 만했는데, 지금은 힘겨웠다. 갑자기 감정이 요동쳤다. 침대가 좁아져서, 옆에 온기가 없어서 지나치게 허전한 것이라 결론지었다. 아주 오랜 시간을 같이 보낸 것도 아닌데 그새 익숙해진 모양이었다.

　그의 손길을 그렸다. 심장이 먹먹해진다. 가시를 삼킨 것 같다. 뱉어 낼 수도 없고, 그대로 견딜 수도 없는데 고통은 잦아들지 않는다.

왜, 나는 그대로 그의 곁에 머무르기를 포기한 걸까. 왜 나는 결국 그런 선택을 해야만 했던 걸까. 왜 나는 사랑에 뛰어들지 못했을까. 왜 나는 그런 걸까? 대체 왜 나는…….

아무도 내 질문에 답해 주지 않는 늦은 밤, 나의 괴로움은 짙어져만 갔다. 내가 남기고 온 행복을 비는 문장은 진심이 아니었다. 사실은 내가 말하고자 했던 행복이 뭔지, 나조차도 감을 잡지 못했다. 그의 행복은 모르겠지만, 일단 지금의 나는 그다지 행복하지 않았다. 행복하지 않다면, 왜 이런 선택을 해야 하는 걸까. 결정을 내린 것은 나인데, 내게 그렇게 물어도 돌아오는 명쾌한 대답은 없었다.

누구나 늘 행복한 것은 아니다. 그렇다면, 모두가 결국 끝까지 벅차게 즐거울 수 있을 거라 생각하지도 않는 인생을 살고 있는 걸까? 누구로 인해? 대체 무엇 때문에? 왜 다시 내일을 맞는 거지? 왜 오늘 모든 걸 끝내 버리지 않는 거야?

이전까지는 행복이라는 가치에 대해서 크게 생각하지 않았다. 행복 너머의 무엇이 딱히 필요하지도 않았다. 행복이 없는 무엇이 가치 없다 생각하지도 않았다. 그런데, 그가 내 삶에 들어와서 그런 나의 감정의 전후를 단절시켰다. 그가 안기 전의 나와, 그에게 안긴 후의 내가 있다. 그 전후의 정밀은 다른 사람이다. 이전의 나는 오만했다. 언제까지나 그런 정밀이 공고하리라는 편협한 생각에 갇혀 있었다.

내가 내린 판단을 수없이 뒤집어 간다. 방금 전까지는 괜찮은 것 같았는데, 결국 나를 위로해 내서 다시 흔들림 없는 정밀이 된 것 같았는데, 갑자기 찾아든 감정의 파편에 다시 무너져 내린다.

아프다.

새벽이 다가오는 시간에도, 그에게 사로잡혀서 헤어 나오질 못하고 있다. 잠도 찾아오지 않는다. 불면의 고통에 시달린 적이 없었다. 그냥 꿈에 빠져 현실 전부를 잊고 싶은데 잠이 찾아오지 않아서 미칠 것 같았다. 나는 그냥 침대 위에 누워 있을 뿐이었다. 아무런 사건이 없는데도 감정이 요동친다. 피해망상에 갇혀서, 알 수 없는 공격을, 비난을, 혐오를 자행하면서 내가 나를 더욱 아프게 만든다.

나는 시간이 지나면 잊히리라 생각하지만, 그렇지 않을 수도 있다. 영원히 이런 고통에 사로잡혀 하루하루를 견뎌 내야 할 수도 있다.

나는 관성에 관해 생각하면서, 결국에는 원래의 모습으로 돌아갈 것이라 나를 위로했다. 그러나 사실 불변하는 것은 없다는 진리가 내게로 왔다. 그를 완전히 외면할 수 없다. 우주에 있는 모든 물질은 정지하지 않는다. 물질이 아닌 것들도 멈추어 서지 않는다. 운동들이 공간을 차지한다. 매 순간 새로운 움직임을 보이는 파동들과 무수한 입자들이 없다면 이 세계는 완전히 무너져 내릴 것이다.

변하지 않는 정밀은 그런 불변의 법칙 위에서도 변하지 않을 수 있었다. 내가 변하지 않아 왔다고 생각하는 것들은 다분히 그 기초를 공상의 세계에 두고 있었기에, 현존하는 세계에 속한 것이라 말하기에는 모순적인 부분들이 매우 많았다.

나는 자꾸만 나의 실수들을 발견해 냈다. 끈질긴 합리화를 통해 정신 승리를 할 수가 없었다. 이제는 내가 보고 있는 것을 진정으로 인정하기를 바라기 시작했다. 하지만 나는 이미 떠난 배 위에 있었다. 이 거대하고 육중한 운송 수단에 오른 순간부터 나는 스스로, 완전한 어제의 정밀이 되어 다시 집 안으로 들어가는 미래를 선택지에서 삭제해 버린 거였다.

내가 바라는 걸 원하지 않았다. 그걸 삶에서 덜어 내고 싶었다. 그래서 선택을 했다. 삭제했다. 리셋 버튼을 누르고 싶었다. 그래서 내린 결정이었다. 그랬다. 그게 내가 지금 한복판에 놓인 배경이었다.

대체 어째서.

그렇다면 왜, 그로부터 도망쳐야 했던 거지?

이러다가는 한숨도 자지 못할 것임을 알았다. 그걸 인정하는 것은 내가 실수를 한 것 같다는 사실을 인정하는 것보다야 쉬웠다. 24시간을 주기로 한 번씩 이성을 놓아 버리는 작업을, 나는 내가 기억하는 시간 동안에는 거의 포기한 적이 없었지만, 오늘 하루는 좀 그냥 놓아 버리고 싶었다.

갑판으로 나갔다. 좁은 공간에 있기 때문에 답답함을 느끼는 것이라 믿고 싶었다. 밤을 맞이한 바다는 썩 내게 친절하지 않았다. 냉기가 휘몰아쳤다. 하지만 나는 물러나지 않았다. 바람에 몸이 떨리는 기분이 좀처럼 잦아들지 않는 것이 추운 날씨 때문인지, 오후부터 아무것도 먹지 않았기 때문인지, 잠을 제대로 자지 못했기 때문인지 정확하게 알 수는 없었다.

나타나는 증상들만 명확했다. 원인은 정확하게 파악하기 어려웠다. 아니, 명백한 근원을 알고 있으면서도 계속 모른 척하려고 있는 중인지도 몰랐다. 모르는 척하는 것을 모르는 척한다. 그런 눈속임을 통해 진정 얻으려고 하는 것이 무엇인지 알 수 없다는 것이 이 난제의 핵심 중 하나였다.

시간은 움직여 갔다. 보이지 않는 네 번째 축을 따라 시간이라는 변수가 서서히 계속 이동해 갔다. 손이 차가워져 딱딱하게 굳었다. 하지만 나는 뒤돌아 다시 물러나지는 않았다. 동이 터 오기 시작하는 새벽에, 헬리콥터 소리가 상공에 찾아들었다.

나는 갑판 위에 서서 먼 바다를 보며 계속 생각했다. 아무것도 생각하고 싶지 않은 생각에 관해서만 계속 생각하려 애썼다. 그 과정은 숙고나 사고라고 하기 힘들었다. 나는 찾아드는 생각을 자꾸 걷어 내기 위해서만 애썼다. 그렇게 생각을 멈추어 보려 필사적이었던 적이 없었다.

내가 긍정할 수 없는 나의 망상의 행방, 예상하지 못했던 왜곡, 은닉하고 싶기만 한 기대, 결국 나는 내게도 소유욕이 있었음을 인정하는 수밖에는 없었다. 나는 무념무상의 경지에는 도달할 수 없는 그릇을 가진 인간이었다.

무심하게 지나쳤던 장면들이 내게로 온다. 한 남자의 영상이 자꾸만 더 가까이 내게로 다가온다.

집착은 아닌 것도 같다. 애정이라 말하기엔 파괴적이다. 분명 어떤 욕망의 종류인 것 같기는 한데, 정확한 정의를 내리기는 힘들다. 갈증을 유발한다. 존재하지 않았던, 감각할 수 없었던 허기가 나를 자극한다. 소유를 원한다. 이것은 어떤 존재를 가지고 싶다는, 내 소유하에 두고 싶다는 욕망이다.

가지고 싶은 것이 있다고. 그게 계속 내 손에 머물렀으면 좋겠다고, 나는 지금 그런 생각을 하고 있다. 나는 무엇도 간절히 바란 적 없다. 이미 내 손에 있는 것들만도 벅차게 과분함을 알았기 때문이었다.

가진 것에 만족을 못 하고 욕심만 내는 존재이고 싶지 않았다. 그게 내가 세상을 향해 던질 수 있는 마지막 변명이었다. 하나쯤은, 욕심을 내어도 되는 것이 아니었을까. 다들 그러는데, 다들 그렇게 과분한 것을 바라며 살아가는데, 왜 입지도 않은 상처를 두려워하며, 내가 나를 먹어 들어가는 것을 두려워하며 무언가가 시작도 되기 전에 물러난 거지.

알고 있다. 내가 자꾸만 나의 상처를 키워 가는 중이다. 이 행위의 이유를 나도 알 수가 없다. 벗어나면, 잊어버리면, 그냥 차갑게 돌아서고 물러나면 되는 것임을 알고는 있는데 자꾸만 더욱 파고들게 된다. 자기장에 이끌려 자석에 처박히는 쇳조각들처럼, 중력장에 의해 추락하는 수많은 비행 물체들처럼, 그냥 이끌려 간다. 벗어날 수가 없다.

중력장에 저항하는 물체가 보였다. 무언가가 바다 위를 날고 있었다. 나는 그것에 시선을 집중했다. 아무리 애를 써 봐도, 저런 헬리콥터처럼 바다 위 일정 높이에 떠 있을 수 있는 게 다인가? 자조적인 생각이 찾아들었다. 그나마도 기름이 떨어지면 바로 바다로 추락할 것이다. 그리고 기계는 없던 목숨마저 한순간에 잃을 것이다.

물론 가끔 어떤 것들은 지구의 중력장의 영향력에서 벗어난다. 기름을 퍼붓는 것은 물론, 인류가 이룩해 온 모든 기술력을 동원하면 종종 그런 일들이 벌어진다. 겨우 지구의 궤도를 탈출하는 물체들이 있다. 그나마도 어마어마하게 많은 것들을, 궤도를 벗어나는 과정에서 지구에 떨구고 가야만 한다. 죽을 각오를 하고 벗어나서, 아무 것도 없는 무의 우주로 기나긴 여행을 떠난다. 나는 그런 각오를 하고 이 배에 오른 것일까?

헬기는 자꾸 가까워져만 오는데, 소음은 커져만 가는데 나는 답을 내릴 수가 없었다.

우주로 가고 싶어? 우주를 건너가면 그다음에는 무엇이 있는데?

새벽을 가르고, 소음이 찾아들었다. 헬기가 크루즈 위에 엄청난 소음을 뿌리며 착륙하는 것을 멍하게 보았다. 생각을 하기 싫었다. 할 수 있는 생각도 별로 없는 상태에서 하는 생각은 그 어떤 영양가도 없다고 생각했다.

하지만 내 다층적인 의지의 일부는 다시 그를 끌어들였다. 남자의 형체를 그려 냈다. 저 헬기의 문이 열리고 그가 내게 다가온다면, 무슨 말을 할 수 있을까 생각했다. 그리고 그 상상이 현실에서 일어났다. 문이 열리고 그 안에서 나온 남자가 서서히 내게 다가왔다.

나는 몸을 돌렸다. 그리고 바다를 보았다. 헛것을 보고 있는 중이라 생각했다. 잠을 이렇게까지 원해 본 적이 없어서, 불면의 시간을 보내면 나타날 수 있는 부작용이 뭔지 나는 알지 못했다. 아니면 나도 모르는 사이에 이미 잠에 빠져든 상태라서, 여기가 꿈속일지도 몰랐다.

발소리가 들렸다. 작은 진동이 발 아래로 전해졌다. 나는 결국 몸을 돌릴 수밖에 없었다.

영화처럼. 정말 어떤 드라마의 한 장면처럼 한 남자가 서서히 내게 다가왔다. 그는 내가 손을 뻗어도 닿을 수 없는 자리에서 멈추었다. 극적이었다. 꿈인지, 환상인지 확인할 수 없는 자리에 내가 그리고 있던 그가 멈추었다.

"밀."

그가 나를 불렀다. 낮은 목소리가 공기를 진동시켰다. 언제나 달콤하게 찾아들던 목소리가 내게 닿았다. 음성은 내가 기억하고 있던 그것과 똑같았다. 나의 기대 너머의, 어쩌면 현실일 수도 있는 영상이 내려앉았다.

하나 정도는 욕심을 부릴 수 있도록, 허락하세요.

저 남자를 제게 주세요.

그 말이 하고 싶었다. 그 말을 뱉으려고 하고 있었다. 사랑인지 무엇인지 알 수 없는 소유욕에 불타고, 그가 내 앞에 다가서기를 기대하고 있었다. 완전한 꿈인지 아닌지도 판단하기가 어려웠다. 내가 그를 원하고 있다는 것만은 분명했다. 그는 그런 나의 반응을 하나하나 살피지 않았다. 대신 그 감미로운 목소리로 내 귓가에 어떤 이야기를 들려주었다.

"처음 본 순간에 알았어. 너에게 완전히 사로잡혀서 내가 내 인생을 말아먹을 거라고."

무슨 말을 하는 건지 알 수 없었다.

"그때 미친 짓을 멈췄으면 좋았겠지. 그래서 수없이 많은 밤을 후회했어. 나를 원망하고, 증오하고, 혐오하고, 욕하고, 속으로 수억 번을 찢어발기면서 짓밟았어. 하지만 계속 사라지지 않는 감정을 발견해서, 나는 그 어떤 무엇보다 연우겸이라는 나 자신을 혐오하게 되었어."

낮은 목소리가 좋다고 생각했다. 늘 그렇게 생각했다. 어떤 내용이 뱉어지는지와 무관하게 항상 듣기 좋다고 생각했다. 그 내용에 관해서는 큰 신경을 쓰지 않고 그 음색에 집중했다. 하지만 그렇다고 그 내용이 완전히 들리지 않는 것은 아니었다. 갈수록 명해졌다.

눈앞의 남자는 10년 동안 이어져 온 기만과 거짓에 대한 고백을 하고 있었다. 잠에 취한 기분 위로 잔잔한 독백이 전해졌다. 나는 하나의 극을 관람하듯이 그를 보았다. 그의 입에서 나오는 어휘들을 하나하나 모았다. 순서대로 배열해 의미를 읽어 봤다. 25년이 넘게 들어 온 모국어인데도 어려웠다.

"……."

"오랜 시간 동안 너와 나를 기만했지. 나도 알아, 별 같잖은 핑계를 대면서 너를 곁에 묶어 두려고 했고, 네가 눈치채지 못하는 수많은 수단을 동원해서 너를 가지려고 애썼어. 처음에는 내가 제정신이 아니란 걸 알아서 그래도 자체 검열을 조금 했는데, 내가 너의 현자의 돌이라는 걸 알고는 완전히 이성을 잃었지. 미안해. 내가 거짓말을 많이 했어. 거짓말을 시키기도 했지. 너와 내가 꼭 우리가 했던 방식대로 몸을 나누었어야 했던 건 아니야."

현자의 돌과 연금술사의 관계에 대해서, 의문이 잠시 찾아왔던 순간이 있었다. 내게 정보를 알려 주는 건 임성진 씨 한 사람뿐이었기에, 나는 그의 설명을 믿는 수밖에는 없었다. 그는 그것이 거짓임을 말하고 있었다. 화가 나지는 않았다. 그냥 그를 보았다. 계속 그의 목소리를 듣고 싶었다. 더 많은 이야기를 내게 했으면 했다.

내가 서 있는 땅이 땅이 아닌 느낌, 지금 이 현실이 현실이 아닌 느낌. 내가 나를 보고 있는 기분이었다. 꿈인가, 아닌가, 나는 내게 물었다.

"시간이 지나도, 도무지 없어지질 않는 감정이라 그랬어. 그러면 안 되는 걸 아는데, 정말이지, 도무지, 주체가 안 돼. 내가 지금, 이 순간마저도 제정신이 아닌 짓을 하고 있다는 거 정말 잘 알고 있어. 이렇게 헬기 타고 착륙하는 게 범법인지 아닌지도 모르겠다. 솔직하게 말하자면, 그딴 거 별로 중요하게 느껴지지도 않아."

"……."

"밀아."

이름. 나의 이름. 나를 부르는 단어. 나를 의미하는 한 글자. 그것이 그의 입에서 나왔다. 그리고 내게로 왔다. 흔한 이름은 아니었다. 나를 부른 것임이 분명했다. 이곳에는 그와 나밖에 없었다. 그의 이야기를 듣고 있는 사람 역시 나밖에 없었다. 그런데도 나를 불렀다. 그의 언어는 이상했다. 은유와 비유로 나를 압도하는 수사를 구사하는 것도 아닌데, 진정한 뜻이 제대로 읽히지 않았다.

잠시 정적이 찾아왔다. 나를 불렀다는 걸 아는데 답할 수가 없었다. 답해야 하는 부름이 아닌 것 같았다. 나는 그의 말을 기다렸다. 그가 나를 부른 이유를 조금만 더 기다리면 알 수 있을 것 같았다. 그 이유를 알고 싶었다.

"……."

"사랑해."

사랑.

잠시 세상이 멈추었다.

운동으로 그 존재를 증명하는 우주의 만물이 잠시 내 세계에서 사라졌다. 작게 손이 떨렸다. 나는 약간 손가락을 움직여 봤다. 내가 원하는 대로 내 몸이 움직였다. 싸늘한 바람도 여전했다. 내가 서 있는 세계가 보였다. 새벽의 바다와, 거대한 배와, 은은한 달빛 모두가 그대로였다. 배경은 변함없었다. 하지만 다시 변했다.

한순간에 변하는 세계. 뒤집히는 우주, 전복된 시공간, 그 모두가 다시 나를 헤집었다. 뇌에 과부하가 걸렸다. 상상과 사고, 판단, 이성, 평가, 모든 것이 뒤얽혔다.

"……."

사랑?

나는 그 단어의 뜻에 관해 물었다. 내게 물어보았다.

답할 수가 없다. 정말이지 알 수가 없다. 내 주위의 사람들이 떠들어 댔던 사랑에 대해 생각해 봤다. 유희, 장식품, 인생의 목표, 삶의 궁극적 형태, 혹은 놀이, 장난, 기타 등등. 그 어떤 것도 우리 사이에는 어울리지 않는 것 같았다. 동시에 그 허구성과 난해함, 미묘하고 복잡다단한 형태를 생각하면 무엇보다 우리에게 잘 어울리는 단어 같기도 했다.

사랑이라 확신했던 순간이 있었다. 판단은 다시 거두어지기도 했다. 그리고 나는 다시 창고에 박아 넣었던 잣대를 꺼내 들었다. 다시 나의 감정을 재어 본다. 인간은 필연적으로 다른 사람의 감각과 사고의 틀을 빌릴 수 없는 비극을 안고 살아간다. 그런 운명에 처해 있지 않은 사람은 없다.

다른 사람의 기쁨과 나의 기쁨이 같은 것인지, 다른 것인지, 그 어떤 인간도 증명해 내지 못할 것이다. 하지만 사람들은 보편성에 관해 이야기한다. 나는 실체가 없는 그 척도를 나의 안에 끌고 들어갔다.

이것은 사랑인가? 내 앞에서 사랑을 말하는 저 남자는 자신의 사랑에 대해 어째서 저렇게 확신하며 말할 수 있는가?

지직거리는 사고가 나를 괴롭혔다. 몸에 힘이 점점 빠졌다. 그냥 누워서 자고 싶었다. 피곤해졌다. 그냥 이 모든 것을 다 미루어 두고 쓰러지고 싶다는 생각이 들기도 했다. 영화 속에서나 나올 법한 장면 안에 담겨 있으면서도, 갑자기 이곳을 탈출해 침대에 들어가 눕고 싶다는 얼척 없는 생각을 하는 내가 보였다.

그래서 꿈이 아니라는 걸 알 수 있었다. 내가 사고하는 방식이 나다워서, 의심할 수 없는 나라서, 그냥 내게 찾아온 드라마는 이런 현실이라는 걸 이상하게 의심 없이 받아들이게 되었다. 무엇보다 저 남자가, 꿈속에서도 이렇게 생생할 리가 없었다. 저렇게 완벽한 사람을 완전히 재현해 내는 꿈을 꾸는 능력을 내가 가지고 있을 리가 없었다.

연우겸, 그였다. 다른 사람일 수가 없는 그였다. 그가 나의 이름을 부르듯이, 나 역시 그의 이름을 내 입에 담아 보고 싶었다. 그의 이름뿐 아니라, 전부를, 다 원했다. 다 가지고 싶었다.

"이렇게 말하지만, 나는 사실 이 감정이 사랑이 아닐 거라 생각했어. 이렇게 파괴적인 충동과 욕망들이 그렇게 사람들이 쉽게 떠드는 감정 따위일 리가 없잖아. 사랑이라는 말이 이 감정을 표현하는 데에 가장 적절한 표현이기 때문에 네게 그렇게 전할 뿐이야. 사실은 사랑이라는 단어를 수만 번 읊어도 부족해. 흔한 마음이 아니야. 너의 시선이, 너의 목소리가, 그 모든 게 나를 뿌리부터 흔들어."

"……."

"9년이라는 시간 동안 내가 내 머릿속에서 얼마나 많은 짓을 했는지 넌 모를 거야. 그러니까, 네게 비슷한 애정을 구걸하지는 않을게. 밀아, 용서를 빌 자격도 내게 없다는 걸 알아. 네가 원하는 걸 다 할게. 너를 계속 옆에서 사랑할게. 지켜볼 수 있게 허락해 줘. 나는 그거면 충분해. 나는 네가 나를 전부 가졌으면 해."

나는 어떤 순간에, 내가 그에게 가지는 감정이 사랑일 거라 생각했지만, 그건 그가 이어서 설명하는 감정과는 조금 달랐다. 나는

계속 나를 파괴하기보다는 지키기를 원했고, 어쨌거나 나 자신을
소중하게 여기기 위해 고군분투했다. 그가 말하는 사랑은 오히려
자기 파괴와 유사했다. 정말 그가, 거짓이 아니라 진심을 말하고
있는 거라면, 그가 어떻게 그 오랜 시간을 견뎌 온 것인지 상상이
가질 않았다.

"……."

"미안해."

"……."

"난 네가 그냥 날 두고 떠나게 둘 수가 없어. 그래서 이렇게 왔
어. 네가 보고 싶어서 미칠 것 같아서, 이렇게 왔어. 다른 선택지
가 없었어."

"……."

"밀아, 그래도 나를 떠날 거라면, 날 그냥 세상에서 없애 줘. 네
가 나를 죽일 수도 있는 게 두렵지 않냐고 했었지? 전혀 두렵지
않아. 너의 뜻에 따라 내 삶이 끝난다면, 그보다 더 내게 찬란하게
빛나는 끝은 없을 거야. 그러니 죽이고 가. 네 능력을 사용하면,
수사망은 쉽게 피할 수 있을 거야. 정 어려우면 할아버지께 도움을
청하면 알아서 잘 해결해 주실 거야. 나를 없애는 걸 두려워하지
마. 나는 처음부터 너의 것이었어. 네가 원한다면 언제든지 세상에
서 없앨 수 있어."

나의 것이라고 했다. 내가 원하던 것, 그러나 가질 수 없을 거라
고 생각하던 것이 처음부터 나의 것이었다는 걸 그는 내게 알렸다.
도로시는 처음부터 구두를 신고 있었다. 내게는 처음부터 저 남자
가 있었다.

절대로 가질 수 없을 거라고 생각했는데, 그래서 이렇게 도망친

건데, 내가 이 자리에 있는 이유가 전부 저 남자 때문이었는데, 그는 그런 나의 시도가 전부 무용한 것이었음을 알렸다. 나의 암흑은 걷혔다. 태양이 찾아와 어둠을 전부 거두어 가기 전에 나를 가리던 장막이 먼저 사라졌다.

그대로 믿을 수 있을까. 그래도 될까. 고민을 하는 것도 지쳤다. 나는 이미 충분히 피곤했다. 눈을 감고 안기고 싶었다. 그냥 조용한 공간에서 그에게 빠져들고 싶었다. 서서히 저편으로 넘어가고 싶었다. 그가 사는 세상을 알고 싶다. 그러니까 그냥 믿고 싶다. 나를 고문하는 고민에 빠질 바에야 차라리 그게 나았다. 정말로 나아 보였다.

"……."

"이렇게 날 버릴 거면, 차라리 날 죽여."

나는 불안정했다. 잠을 제대로 자지 못해 더욱 그랬다. 그래서 저 남자가 내게 거짓으로 저런 말들을 뱉고 있을 이유가 있을까 깊게 고민하지 않았다. 진심이 전해지는 중이라고, 그냥 그렇게 생각했다. 정말로 믿고 싶었다. 충분히 달콤한 이야기였다. 끔찍한 기만이 덧입혀진 이야기라 더욱 달았다. 쓰디쓴 맛을 끌어안고 있는 달달함이라 더욱 나를 이끌었다.

잠에 녹아들어 가는 기분에 취해, 저 품에 안기면 그대로 꿈에 빠져들 수 있을 거라는 확신에 나를 맡기고 그에게로 다가섰다. 그는 물러나지 않았다. 내게 다가오고 싶었다니까, 하지만 그렇게 오랜 시간 동안 그 욕망을 참았다니까, 대신 내가 다가가 주기로 했다. 나는 그에게로 다가가는 것이 그리 두렵지는 않았다. 지금도 괜찮았다. 오히려 편안했다. 내가 돌아갈 수 있는 곳이라는 느낌이 들었다.

"죽고 싶어요?"

나는 물었다. 궁금했다.

"네 손에, 죽을 수 있으면."

손을 뻗으면 닿는 거리까지 갔을 때, 그는 답했다. 강한 확신이
전해졌다. 어떤 감정이 저런 확신을 가능하게 하는지 알지 못했다.
웃고 싶었다. 웃어도 되는 상황이란 생각이 들지는 않았지만, 나도
내가 무슨 생각을 하는지 정확하게 알 수가 없었다.

하지만 상관없었다. 눈앞의 남자도 그런 행동에 크게 연연해할
것 같지 않았다. 어떤 나를 바란다고 말하지 않았다. 그냥 나를 원
한다고 했다. 내가 웃고 싶을 때 웃는 것이 문제가 될 이유가 없
다. 그는 정밀이라는 하나의 인간을 긍정하고 있었다. 내가 무슨
행동을 하는지는 중요한 문제가 아니었다.

"저는 당신이 죽기를 원하지 않아요. 오히려 제 곁에 있기를 원
해요. 제 감정 역시 사랑일까요?"

나는 솔직하게 말했다. 그리고 물었다. 진심으로 궁금했다. 사
랑, 사랑, 사랑. 나는 속으로 중얼거려 봤다. 그는 답하지 않았다.
거짓을 입혀 포장하는 건 내가 잘하는 일이 아니었다. 답을 하지
못하는 그를 보며, 그의 절절한 이야기에 대한 나의 감상을 이어서
전했다.

"사랑이 뭐죠? 저는 제 감정이 사랑인지는 모르겠어요. 지금 제
가 느끼는 감정을, 저는 여태까지 단 한 번도 느껴 보지 못했어요.
이게 사랑인지, 아닌지 제가 알아 갈 수 있게 해 주세요. 전 절대
제게 하셨던 거짓말들을 잊지 않을 거예요. 지금 하는 말들을 진심
이라 믿고, 제 곁에 당신을 둘 거예요."

"……밀아."

눈물이 차오르는 것 같은 음성이었다. 굳이 옷을 벗고 그의 위에 올라가 있지 않더라도 알 수 있었다. 내가 이 남자를 지배하고 있다는 걸 알았다. 낭만적이었다. 그런 느낌을 받았다. 손을 뻗으면 만질 수 있는 거리에 있으니, 손을 뻗어서 만지면 된다는 것을 알았다. 그래서 손을 뻗었다.

출구가 없다. 보이지 않는다. 탈주를 원했으나, 도망치기도 전에 잡혔다. 덫에 걸린 나는, 모든 체념을 마치고 벗어날 수 없다는 것을 인정했다. 나를 포박한 줄은 나만을 한쪽 끝에 걸고 있지 않았다. 다른 한끝에는 다른 사람이 있었다. 그게 그였다. 나의 앞에서 사랑을 말하는 남자는, 아주 오래전부터 이미 그 끝에 매달려 죽어 가고 있었다. 하지만 죽지 않았다. 그는 내게 살인을 구걸했다.

나는 그런 끝을 택할 생각이 없다. 지금 마지막을 택하는 건 옳지 않다. 지나치게 이르다. 그저 이르다는 것만 안다. 끝이 어디쯤일지는 짐작조차 할 수 없다. 멀리 있다는 것만 안다. 엔딩은 아직 멀었다. 살아온 시간보다 살아갈 시간이 많다. 그러니까 나는 끝을 택하지는 않을 것이다.

언젠가는 후회할 수도 있다. 내 안의 내가 작게 속삭였다. 내가 지금 하는 짓이 어떤 짓인지 판단할 수 있을 만큼 나는 충분히 성숙한 인간이 아니었다. 그래서 내가 하는 행동이 옳다는 말을 할 수는 없었다. 아무래도 괜찮았다. 그냥 괜찮았다. 생각하기 싫었다. 나는 되는대로 내게 속삭였다. 생각 없이 독백을 뱉었다.

더욱더, 완전히 새로운 것을 알게 될 수도 있다. 상상도 하지 못한 다른 세계를 살아가게 될 수도 있다. 시간의 흐름부터가 다른 이공간을 비집고 나아가게 될지도 모른다. 저 남자와 함께, 혹은 혼자. 알 수 없는 일이다. 나는 미래에 대한 어떤 확신도 무너질 수 있다는 것을 깨달았다. 그게 아주 힘겨운 시간이 내게 선물한 가치 있는 지혜였다.

손이 닿았다. 그의 목을 만졌다. 체온이 전해진다. 그는 뜨겁다. 그런 그를 천천히 쓰다듬었다. 그는 그대로 나의 손길을 느끼고 있었다. 몸을 좀 더 가까이 했다. 키스를 하기 위해서가 아니었다. 그의 맥박을 느끼고 싶었다. 그에게 내가 어떤 힘을 가지고 있는지 역시 알려 주고 싶었다. 그의 맹세를 그가 지켜 내도록, 그가 절대 나로부터 벗어날 수 없도록.

"잊지 마세요."

"······."

그는 내게 생명력을 준다. 이렇게 그의 목에 손을 대면, 온기뿐 아니라 나의 생명이 내게 더해진다. 이것은 마법이다. 우리 둘 사이에서만 일어날 수 있는 기적 같은 일이다. 누구도 알지 못하는, 우리 둘을 하나의 틀에 가두는 그런 운명이 있다. 현자의 돌과 연금술사. 우리 둘의 접촉은 그런 결합을 완성한다.

그와 나는 하나의 틀에 가두어졌다. 감옥, 미로, 덫, 굴레, 그 모든 표현들 전부 적절하지 않다. 저런 단어들로 표현되기에는 지나치게 달콤한 미궁이다. 헤어 나오지 못할 것이다. 빠져나가고 싶지 않다. 그는 이 관계에 사랑이란 이름을 붙였다. 나는 그것이 진짜 진실인지 알아 갈 것이다. 그렇게 새롭게 펼쳐진 은하수를 따라 걸어갈 것이다. 점점 견고해지는 보석이 되어 갈 것이다.

나는 나의 뜻을 전했다. 그를 보고 말했다. 시선을 피하지 않고 말했다. 그의 심장의 진동을 느끼며 말했다. 눈앞에서 살아 있는 남자에게 말했다. 내가 말하고 싶은 것을 말했다.

"반드시 기억하세요."

"……."

"저는 언제라도 당신을 죽일 수 있어요."

나는 주문을 걸었다.

내가 꿈에서 깨지 않도록, 영원히 이런 몽롱한 꿈에 취해 있도록.

— fin

연금술에 관해서는 아직도 알려지지 않은 것이 많다.

夢朦朧

　일제강점기 때 사라졌던 조선왕조의 가보 중 하나인 비녀가 돌아왔다. 비행기를 타고 무사히 인천국제공항에 도착한 물건은, 삼엄한 경호를 받으며 서울특별시 안으로 진입했다.

　일주일 뒤, S그룹 연례행사인 설립 기념일 파티에 정 회장은 자신의 리무진에서 먼저 내려 한 여자를 에스코트했다. 기자들은 먼 거리에서 그 여자의 옆모습이라도 담으려고 셔터를 눌러 댔다. 그들의 카메라엔 다이아를 비롯한 보석이 잔뜩 박힌 커다란 비녀로 머리를 장식한 정밀의 옆모습만 찍혔다.

　정밀. 정 회장의 손녀. 연이 끊긴 가족으로 알려졌던 첫째 손녀였다. 왕족만이 쓰던 머리 장식을 어마어마한 돈을 주고 구매해 손녀의 머리 위에 얹은 행위가 주는 메시지는 명백했다. 해석을 덧붙일 것도 없었다. 흐릿한 옆모습 사진이 포털에 오르내리면서, 한 노어 번역가의 프로필에 가족 관계가 추가되었다. 할아버지, 정열

527

진 회장. 가족 관계에 뜬 그 이름을 클릭하면 대한민국 최고 갑부의 프로필로 화면이 넘어갔다.

정밀은 카메라 앞에 서지 않았다. 그녀의 포털에 뜨는 프로필 사진은 여전히 큰 비녀로 머리를 장식한 옆얼굴이었다. 화질마저 그리 좋지 않았다. 그 이후로도 한동안 그녀의 얼굴 사진은 추가되지 않았지만, 정밀을 태그한 이미지는 쌓여 갔다. 이미지 검색에 정밀을 치면 벨벳 위에 놓인 반짝이는 비녀가 떴다.

그녀가 국립박물관에 기증한 국보를 담은 사진이었다. 비녀는 금방 진품으로 감정돼 국보로 등재되었다. S그룹에서 로비를 했기 때문인지, 아니면 역사계가 그 비녀를 역사적으로 굉장히 가치 있는 것으로 보아서 그런 건지는 알려지지 않았다. 그러나 비녀의 사진이 초등학교 교과서에 조선왕조의 장신구란 설명이 달린 채로 넣어질 것임이 거의 확실시되었다는 뉴스는 금방 보도되었다.